U0113171

山东大学双一流建设「中国古典学术」专项资助项目

张可礼 著

山东大学中文专刊

张可礼文集

第一册 三曹年谱
建安文学论稿

中华书局

图书在版编目（CIP）数据

张可礼文集/张可礼著. —北京:中华书局,2023.4
ISBN 978-7-101-16076-5

Ⅰ.张… Ⅱ.张… Ⅲ.中国文学-古典文学研究-文集
Ⅳ.I206.2-53

中国国家版本馆 CIP 数据核字（2023）第 004121 号

书　　名　张可礼文集（全六册）
著　　者　张可礼
责任编辑　葛洪春
责任印制　管　斌
出版发行　中华书局
　　　　　（北京市丰台区太平桥西里 38 号　100073）
　　　　　http://www.zhbc.com.cn
　　　　　E-mail:zhbc@zhbc.com.cn
印　　刷　三河市宏达印刷有限公司
版　　次　2023 年 4 月第 1 版
　　　　　2023 年 4 月第 1 次印刷
规　　格　开本/920×1250 毫米　1/32
　　　　　印张 123¼　插页 12　字数 3300 千字
国际书号　ISBN 978-7-101-16076-5
定　　价　860.00 元

张可礼（1935—2021）

  山东荣成人，汉族。1956年加入中国共产党。1962年，山东大学中文系毕业后，考取本系陆侃如教授的研究生。1965年毕业留校任教。1990年被评聘为教授。1993年被国务院学科组评审为博士生导师。曾任中文系主任、党总支书记多年。兼任中国《诗经》学会常务理事、中国《文心雕龙》学会常务理事、中国《文选》学会常务理事等。独立完成国家哲学社会科学基金项目四项："东晋文艺综合研究""中国古代文学史料学""二十世纪前半期中国古代文学史学编年"和"冯沅君陆侃如年谱长编"。出版《三曹年谱》《建安文学论稿》《东晋文艺系年》《东晋文艺综合研究》《中国古代文学史料学》《二十世纪前半期中国古代文学史学编年》等多种著作。《中国古代文学史料学》2013年获山东省社会科学优秀成果一等奖。2014年，获山东省第八届社会科学突出贡献奖。2018年获山东省社科名家称号。

张可礼部分著作书影（一）

张可礼部分著作书影(二)

《山东大学中文专刊》编辑出版说明

　　《山东大学中文专刊》，是山东大学中文学科学者著述的一套丛书。由山东大学文学院主持编辑，邀请有关专家担任编纂工作，请国内有经验的专业出版社分工出版。山东大学中文学科与山东大学的历史同步，在社会巨变中，屡经分合迁转，是国内历史悠久、名家辈出、有较大影响的中文学科之一。1901年山东大学堂创办之初，其课程设置就包括经史子集等中文课程。1926年省立山东大学在济南创办，设立了文学院，有中国哲学、国文学两系。20世纪30年代至40年代，杨振声、闻一多、老舍、洪深、梁实秋、游国恩、王献唐、张煦、丁山、姜叔明、沈从文、明义士、台静农、闻宥、栾调甫、顾颉刚、胡厚宣、黄孝纾等著名学者、作家在国立山东（青岛）大学、齐鲁大学任教，在学术界享有盛誉。新中国成立后，山东大学中文学科迎来新的发展时期，华岗、成仿吾先后担任校长，陆侃如、冯沅君先后担任副校长，黄孝纾、王统照、吕荧、高亨、高兰、萧涤非、殷孟伦、殷焕先、刘泮溪、孙昌熙、关德栋、蒋维崧等语言文学名家在山东大学任教，是国内中文学科实力雄厚的学术重镇。改革开放以来，新中国培养的一代学术名家周来祥、袁世硕、董治安、牟世金、张可礼、龚克昌、刘乃昌、朱德才、郭延礼、狄其骢、葛本仪、钱曾怡、曾繁仁、张忠纲等，以深厚的学术功力和开拓创新精神,谱写了山东大学中文学科新的辉煌。总结历史成就,整理出版几代人用心血和智慧凝结而成的著述,是对学术前辈最大的尊敬,也是开拓未来,创造新知,更上一层楼的最好起点。2018年4月16日,山东大学文学院新一届领导班子奉命成立,20日履任。如何在新的阶段为学科发展做一些有益的工作,是摆在面前的首要课题。编辑出版《山东大学中文专刊》是新举措之一。经过一年的紧张工作,一批成果即将问世。这其中既有历史成就的总结,也有新时期的新著。相信这是一项长期的任务,而且长江后浪推前浪,在未来的学术界,山东大学中文学科的学人一定能够创造出无愧于前哲,无愧于当代,无愧于后劲的更加辉煌的业绩。

山东大学文学院

二〇一九年十月一日

总目录

目　录

我的求学与学术探讨之路
（代前言）

2018 年 9 月，山东大学文学院院长杜泽逊等院领导研究决定，编辑出版文学院名家文集，我忝列其中。虽然自知不是名家，但盛情难却。我在由衷地感谢院领导的同时，也想借编辑文集的机会，回望忆想自己一生所走过的求学和学术探讨之路。我很幸运，时间把我带到了 84 岁。现在身体各方面的零件自然老化，但总体来看，属亚健康，头脑还比较清楚，尽管有些事情已经忘记了，但有些还历历在目。我走过的道路，不像许多前辈学者那样艰难险阻，总的来看，比较简单，比较平顺，不过也有蹉跎和迷失。把它勾列出来，对自己是一个总结检查，会有助于自己走好人生最后一段路程，对他人也可能会有一点借鉴的意义。

我于 1935 年 9 月 3 日，出生在山东省胶东半岛荣成县靠海的尹格庄村。家境贫困。父亲张序贞十多岁时就给人当雇工，后来为生活所迫，只身下了关东。在关东，他学会了编油篓。几年后回到故乡，除了种地，就是打短工、编油篓。因为家境贫困，他 30 多岁才和我母亲王稳结婚。我父母亲辛勤劳作，勤俭持家，忠厚老实。他们对我没有多少言教，主要是身教。他们善良的为人处事和吃苦耐劳的精神，哺乳了我，影响了我一生。我兄弟姊妹四个，一个哥哥、一个妹妹、一个弟弟。我父母亲没上过学，不识字，但对子女上学却非常重视。当时家里常常是缺吃少穿,特别是到了春天,要高价借钱借粮,有时用野菜充饥。记得我六七岁时,在春天,常常挎着父亲编的菜篮子、拿着小铲子到田垄山上挖野菜。我母亲常年病魔缠身,患有多种疾病,但没有钱治疗。无钱求医便信神仙。有一年的春天,谣传离我们村10多里路的一个山沟,发现了能治病的"神水"。我随着大人到那里,连水带泥,高兴地提了一小桶回来。母亲喝了,病情加重了。就是在这样非常贫困的情况下,父母亲还是咬紧牙关,坚持让我们兄弟姊妹上学。回想起来,我能上学,从小学一直读到研究生,能够逐渐学到一些文化知识,成为一名高等院校的教师,首先要感谢我的父母。父母对我的养育之恩,没齿难忘。使我痛惜的是,他们病逝得太早了。"子欲孝而亲不待",无法弥补,愧疚之痛,经常萦绕心中,挥之不去!

我上小学时,正是抗日战争后期和解放战争时期。当时我们那里的小学分初小和完小两级。初小4年,完小2年。我上初小是在本村。初小的设备,极其简陋。书桌是用土坯垒的。买不起纸张,学写字用石板。课程很简单,有语文、算术、珠算,写大仿(书法)等。教材是老师自己编写刻版油印的。不知是什么原因,教师经常变换。对学生的管理,还存有一些过去私塾的方式。对有过失的学生,老师用戒尺惩罚,打手掌。我曾因大仿写得不好,被打过。那时我们家乡的教育相当落后。约有500户的本村只有初小。我读完初小,只能到离我们村5华里的斥山(现改名为赤山)镇读完小。完小的学生,除了斥山镇本村的,还有周围十几个村的。完小的设备也十分简陋。有的教室是借用庙宇和祠堂。没有书桌,上课席地而坐。课程有语文、算术、历史、地理等。教师比较固定。完小的学生多是走读。我读完小时,每天和同村的伙伴，早出晚归，风雨不止，冰雪无阻。每天带着用一块布包着的几本书，带着一块玉米面饼子或两块红薯中午充饥。境遇艰难，但不觉为苦。读完小期间，学校已有共产党组织和青年团组织，后来听说，有些年纪大的同学加入了党组织，有的毕业前后就离家参加了革命。我是1949年，由盛秀华介绍，加入了青年团（后来改为共青团）。我在完小读书时，除了读书，还参与了一些社会活动：在村里办黑板报，宣传党的方针政策，报道国内外大事。组织中老年妇女学习组，为她们讲事实，教她们识字写字。学校有时也组织文娱活动，组织过演讲会。我参加过全区组织的小学生演讲比赛，还侥幸地得了第一名。记得有一年在全区的大会上，我还代表完小学生在大会上讲话。

由于日本的侵略，我上小学比较晚，直到1949年才小学毕业。小学毕业后，我想上中学。当时，荣成县全县没有一所中学。后来听说我们邻县的文登县许家设有初中。1950年，刚过春节，我独自一人背着过春节留下的几个馇馇，冒着风雪，步行50华里，到文登县高村镇参加考试。第一天到那里，夜晚无铺无盖，蜷曲地睡一个学校教室的铺草上，第二天席地而坐，参加了考试。很幸运，我住了几天，接到了被录取的通知。当时全村没有上中学的。村里人知道我考上了中学，都夸奖我，家人也非常高兴。当时只知道上中学要花钱，不知道有助学金。母亲病逝不久，家里十分困难。我心想，上还是不上？父亲压力很大，他吃不下饭，睡不好觉。父亲的经历够苦的了，我不忍心为难父亲。经过反复考虑，我主动放弃了上中学的机会。弃学以后，我情绪稳定，主要是帮助父亲和外祖父家干农活，从中学会了不少东西，除了播种之类的细活之外，刨地、锄草、推独轮车等粗活我都会干。干农活锻炼了我不怕脏、不怕累、吃苦耐劳的精神。

　　1951 年 5 月，我曾报名参加解放军。当时，抗美援朝战争如火如荼，解放军在我们县招收军干校学员。我知道后迅疾报了名。区青年团委书记热心支持推举我。我有完小文化程度，是团员，是贫农，出身成分好。在区里很顺利被选上了。家里、亲戚和我个人都认为此事已成，准能入伍。没想到，到了县里却被刷下来了。后来才知道，被刷下的原因是因为在填写的表格"社会关系"一栏中，写了我的一个姨妈在朝鲜仁川。有"海外关系"，又在朝鲜南部的仁川，自然是不合格了。那时特别重视"社会关系"。人生路上，常有偶然性。像姨妈这样的社会关系，没有必要填写。如果当时我不填写这一"海外关系"，我会成为一名解放军战士，也可能成为一名军官，也可能牺牲在战场上。福兮，祸兮？命运有时会捉弄人，会决定一个人走的道路。参军不成，又想上学。到了 7 月，听说威海一中招生，且有助学金，我到县城所在地崖头镇，第二次考上了初中。

　　威海是一个美丽的海滨城市，三面环海，夏天少炎热，冬季不严寒，自然环境优美。一中设在市区内。有两座过去建的二层楼房和新盖的平房作为教学场所。由于学生较多，住宿条件差。我刚入学时睡草铺。后来才住上了用木板搭起来的通铺。饭食很简单，常年吃的是用东北三省运来的玉米做成的大饼子，早晨有咸菜，中午饭、晚饭喝用萝卜、冬瓜、菠菜做的菜汤。我家距学校180 华里。那时荣成、威海地区很少见到汽车。交通工具主要靠骡子或毛驴拉的车和人力小车。我家里穷，上学、放假往返，全是与同学结伴步行。上学时，因为总要背一些东西，途中要在十分简易的旅店里住一宿。放假时，归心似箭，起早加夜里步行 180华里赶回家。现在想想，一次连续步行 180 里，怎么可能？可当时就是这样步行的。初中三年，教学正规。任课的老师，有 50 多岁的，也有 20 多岁刚从师范学校毕业的。课程依照国家规定相当全面，主要课程用全国通用教材。三年初中，我的学习方式很单一，几乎全是依据课本和老师的授课，没有特别的爱好，很少阅读课外读物。学校的风气很好。我们班上约 50 位同学，有的十三四岁，有的二十岁上下，年龄差别较大，但都很质朴，守纪律，和谐相处，没有争吵。我学习努力，成绩良好。有一位同学年纪大，学习很吃力，成绩差，班主任老师特别安排和我同桌，以便帮助他。学校与社会息息相关。荣成、威海一带，是老解放区，社会秩序好，干部廉洁，民风质朴，群众觉悟高。这些自然经由各种途径影响了学校。

我初中毕业后，随着几年来全国经济的恢复和发展，再加上我有了勤俭持家的继母，家里的经济状况有所改善。父亲和继母支持我继续上高中。我决定就近报考文登一中。当时文登是一个专区，管辖荣成、威海、文登、牟平、海阳、乳山等县市。文登一中是文登地区唯一的高中。幸运之神常常对我垂青，1954 年暑期，我以第一名的成绩考上文登一中。一中建校虽然只有两年，但校风好，学风好。老师很敬业，爱学生，上课、批改作业都非常认真；学生敬老师，都努力学习。我们是第三届，只有两个班。我读高中，一如既往依据课本和老师的讲授努力学习各门功课，没有特别的爱好，课外阅读过几本当时流行的苏联小说，如《钢铁是怎样炼成的》《卓娅和舒拉的故事》。三年高中，没有运动，各种活动也很少参加。因为客观条件的影响，我上小学很不正规，加上少年懵懂，没有学到多少东西。但初中和高中，我受到了正规的教育。读高中时，学校有党支部，班级有团支部。我担任过团支部书记。在政治上，我热爱共产党，要求进步。1956 年 12 月，由学校的两位干部周大伟和丛海滋介绍加入了中国共产党。我是我们年级的两名党员之一。

1957 年 7 月,我高中毕业后顺利地考上了北京航空学院。北京航空学院是新建带有国防工业性质的院校,政治条件要求高。我在高中时文理课程没有偏科,成绩比较均衡,政治条件又好,所以第一志愿选了该学院兼有文理特点的工业经济系。9 月到学院后,上课一个多月,我患了严重的神经衰弱症,医疗无效。当时学院规定,新生入校有病不能休学,只能退学。无可奈何,我退学回家了。回家后我一直参加农业劳动,病情有所好转,逐渐能看书学习了。鉴于学习理工科太紧张,据说学文科较为轻松,再加上我文科基础还可以,于是 1958 年我第二次参加高考,改报了文科。第一志愿报的是中国人民大学国际新闻系,第二志愿是山东大学中文系。结果被山东大学录取。

50 年代的山东大学中文系,名师荟萃,教古代文学的有陆侃如、冯沅君、高亨、萧涤非、黄公渚、袁世硕等,教语言的有殷孟伦、殷焕先、蒋维崧等,教现代诗歌的有高兰,教民间文学的有关德栋,教文学理论的有孙昌熙、吕慧娟、周来祥,教现代文学的刘泮溪、韩长经等。能到山东大学中文系学习是很幸运的。但遗憾的是,我们 58 级入学以后,变故多,运动多,劳动多,正常的教学秩序被打乱,学习受到了严重的干扰。1958 年 9 月我入学时,山东大学还在美丽的海滨城市青岛。想不到的是,我们入学的第一堂课,是系主任章茂桐在大众礼堂作学校由青岛迁到济南的动员报告。此前,在济南洪家楼的山东农学院迁到了泰安。山东大学迁到济南,就用了农学院的校舍。系主任作动员报告后,我们立即投入了紧张的迁校劳动。在青岛,用大板车把学校的物品运到火车站。到了济南,再从黄台火车站运到学校。迁校时正值全国"大跃进"。我们到济南后没有几天又投入了大炼钢铁运动。开始，我被安排用地排车从南面山区运矿石，后来又当了小高炉炼铁炉的炉前工。1958年，全国贯彻"教育为无产阶级服务，教育与生产劳动相结合"的方针，劳动成了教育的重要内容。我们除了平时的建校、搞卫生等劳动外，还有许多集中的下乡劳动。印象最深的是每逢麦收时要到郊区参加麦收。1959年秋天，我到五莲县街头公社参加劳动1个月，与农民同吃同住同劳动。1960年秋天，正值三年灾害最困难时，我到齐河县许寺公社参加秋种，干的是人拉犁的重活。1961年春，我参加了济南南部修建卧虎山水库的劳动，挖土、运土，吃住在工地搭建的帐篷里。劳动是繁重的，饭食不好，特别是1960年到1962年，粮食定量，常常伴随着饥饿。我因为从小"劳其筋骨"，干过农活，也"饿其体肤"，能适应，劳动从不惜力，常常受到表扬。但有个别的同学因难以适应而中途退学了。大学四年，我除了参加集体劳动外，为了在经济上减轻父母的压力，还利用假期，和几个同学一起找活干挣点钱。记得有一年暑假，我和宋连杰、李志宏、范连明4人，用大板车把芦苇从北园郊区运到城内。拉大板车，有危险。我身体好，经受过劳动的锻炼，常常由我驾辕。夜晚，我们曾在黄台车站卸过煤炭。卸煤炭要求速度快。我们拼命干，都能提前卸完。卸完后，我们全身汗水淋漓，成了"煤黑子"。我自己也单独在校内打工，拆大炼钢铁时留下的小高炉，然后用地排车把拆下的炉子完整地转运到新的工地。大量的劳动，占用了学习专业的时间，可也进一步锻炼了我的筋骨，磨炼了吃苦耐劳的意志。

大学四年，尽管多次运动、劳动严重地冲击了教学体制，但高等教育长时期以来形成了以教学为主的优良传统，并没有被完全冲掉。学校坚持开基础课。我们学过文学概论、古代文学、现代文学、现代汉语、古代汉语等课程，只是课时少、不系统。到了四年级,有选修课和专题讲座。高亨先生给我们讲授《诗经》,陆侃如先生给我们上过"《文心雕龙》选讲"。我学习努力,对各门课程都很重视。因为离家远,寒暑假,为了节省路费,寒暑假从未回家。假期除了打工以外,就是读书。毕业时要求写论文,我写的是《刘勰论文学的内容和形式》。我在大学期间,担任过团支部书记、党支部委员。由于各方面表现好,常受表扬,曾被评为山东大学青年建设社会主义积极分子。

1962年,我大学毕业,可能因为我学习成绩比较好,系领导安排我报考陆侃如先生的研究生,结果被录取了。那年,陆先生招了三名研究生,除了我,还有刘文忠、陈祖美,专业是汉魏六朝文学。研究生学习的前两年,全国在贯彻党的"调整、巩固、充实、提高"八字方针,除了全国性社会主义教育运动之外,没有其他运动,劳动也少了。当时高教部对研究生有明确的规定,除了学习专业,还要学习马列著作,要通过两门外语。我们的专业课,汉代文学由赵省之先生辅导,其他全由陆先生指导。陆先生当时办了一个中国古代文论研究班,参加的有文艺理论教研室的青年教师、进修教师和我们三名研究生。研究班的一个重要内容是陆先生讲授郭绍虞编的《中国古代文论选》的附录部分,还定期举行专题讨论。此外的专业学习,就是阅读魏晋南北朝时期重要的作家作品。学习的方式主要是自学,写读书笔记。笔记包括阅读后的体会、疑问等。我们每人都有两本读书笔记,轮换交给陆先生审阅。陆先生精力旺盛,处事勤敏,不留案牍。我们交的读书笔记,不超过两天就审阅完,退给我们。由于我们的外语水平基础单薄,要通过两门外语,用的时间较多,影响了专业学习。陆先生很体谅我们,减少了专业学习的内容。马列著作选读由政治系的杨贵昌、王守昌老师指导我们读了《反杜林论》《费尔巴哈与德国古典哲学的终结》等著作。研究生的前两年，我们基本上能集中学习，可到了1964年暑假开学后，正当开始撰写毕业论文时，学习中断了。10月底，学校决定中文系待分配的以及62级、63级的研究生到农村参加"四清"。11月3日，我和刘文忠、陈祖美等同学，冒雨随"大部队"到了曲阜城关公社。我被分配在孔林北的荀家村。进村后，同农民同吃同住同劳动。我被安排在丰宗贞家，吃的是地瓜面煎饼，睡的是用几根木棍、木板支撑，上面用草铺成的床铺。那时孔林可以随便出入。冬天，我曾同房东一起到孔林搂草拾柴。工作方面，我和滕县的两个小青年是一个小组，我任组长，主要任务是查一个小队干部的"四不清"。查来查去，没查出什么问题。到1965年4月中旬，学校通知让我们应届毕业生回校。回校后，我们赶写毕业论文。1963年1月，高教部公布的研究生条例规定，研究生写毕业论文的时间不得少于8个月，而参加"四清"占了6个月。时间紧促，我们只好缩小论文的内容，同时加倍努力。我的论文题目是《如何评价庾信及其作品中的"故国之思"》。当时，古代文学专业有4名研究生毕业，论文答辩的结果，我得了4分（良），其他3人都是3分（及格）。我的论文很快在《文史哲》1966年第2期发表了。三年的研究生，虽然有6个月参加"四清"，用大部分时间学习外语，学习专业的时间不多，但幸运的是，我们的导师陆先生，学识渊博，孜孜教诲，特别是他的治学精神和治学方法让我深受教益。当时毕业的研究生由国家统一分配，因为要经过上报、用人单位选用、审批等环节，常常要等几个月才下达分配方案。我们62级是在1966年4月，才接到了分配方案，我被分配留校，在中文系古代文学教研室任教。

我一个贫农家的子弟能在大学当教师，从未梦想过，可今天成了现实。当时想：学生的路程走到顶了，今后要努力教学，同时

争取在学术探讨方面做出成绩。人常想自己支配自己的命运,确
定自己的取向。其实,常常是命运支配自己,自己确定的取向往
往会成为泡沫。我留校不久,"文革"开始了。开始时我积极参
加,后来基本上是顺从吆喝。"文革"的前奏,是全国上下搞"文艺
批判"、批判吴晗的《海瑞罢官》。当时中文系党总支指定我们待
分配的研究生参加大批判写作组。我们集体写过《〈林家铺子〉兜
售的什么货色》《历史剧〈海瑞罢官〉反映的是什么政治方向》等应
时随风的批判文章。这些文章都及时地在《文史哲》上发表了。
"文革"正式开始后,山大人有造反的,有保守的,有挨批挨斗的,
有逍遥的。各种群众组织、"战斗队"之类,纷纷成立。我参加了
教工组织的偏于"保守"的"赤卫队"。因为保守,挨过"造反派"的
殴打,也曾受到"造反派"中几个友好同学在小范围的批判。因为
我出身好,又是党员,在"清理阶级队伍"时,我随从"造反派"的同
学,一起到过长沙、广州、广西、贵阳、四川等地搞过外调,也曾到
山东省陵县、江苏省赣榆县、吉林梨树县做过个别同学关于家庭
情况的外调。"文革"期间,继续强调知识分子和工农兵结合,我
经常被派到农村、工厂劳动。印象较深的是:1969年春到平原县
农村参加春播,边劳动,边整党。1969年秋到1970年春,我被安
排为教育革命探索队的成员,到滕县龙阳公社龙山村,参加了7
个多月的劳动。还到过章丘县普集公社搞过所谓"教改",到过博
山一个工厂做过调查。还同几个同学和萧涤非先生一起到过青
岛市纺织机械厂同工人相结合。我们集体住在一间大屋子里,萧
先生住下铺,我住上铺。萧先生给工人讲解毛泽东诗词。1970年
6月,山东大学改为鲁迅大学,文科迁到曲阜,与曲阜师范学院合
并为山东大学。我到曲阜,在校农场劳动了3个多月。1971年,
学校开始招收第一届工农兵学员。工农兵学员入学后,继续坚持

教育与生产劳动相结合。我没有正式给工农兵学员上过课，只是做些辅导工作，先后同部分学员到过农村、工厂、部队。曾在曲阜附近的夏家村一边劳动，一边参加"批孔"。那时，陆侃如先生刚从监禁释放，也到了夏家村，同我们同住、同劳动。后来我又到济南柴油机械厂参加劳动，还跨省到石家庄市一个机械厂劳动过。1974年冬，全国开展"批儒评法"期间，蒋维崧先生、我和几个同学，被安排到驻扎在肥城县山沟里的一支部队，同指战员一起注释《韩非子》，一直到1975年5月才返校。返校不到半年，10月我又被安排参加农业学大寨工作队，被分配到郓城县杨庄集公社大王庄，我任组长，抓整顿，促生产，直到1976年10月才返校。1966年我留校时，正值"而立"之年。奴性、顺从地虚度了十年，蹉跎、迷惘地抛掉了十年。人生有几个十年！而且是人生精力最旺盛的、黄金般的十年！懊丧无济于事，愧悔徒增伤感。我向前看，决心奋起直追，努力补偿浪费的时间。

　　我真正从事教学和学术探讨，是从粉碎"四人帮"以后开始的。"四人帮"被粉碎，"文革"结束了，教育的酷寒冬天结束了，明媚的春光普照全国。我沐浴着明媚的春光，开始了新的路程。77级同学入学以后，我虽然兼任中文系系主任和党总支书记达18年之久，但属于"双肩挑"的教师。我长期坚守在教学岗位上。我坚持教基础课汉魏六朝文学部分，讲过古代文选，开过选修课"建安文学研究"。教材是教学之本，山东大学中文系有自编教材的传统。我参加了袁世硕先生主编的《中国古代文学作品选》的编选工作。此书由人民文学出版社出版后，至今不断再版。袁先生和我主编的《中国文学史》，2006年由中国人民大学出版社初版，2014年出了第二版，2019年出了第三版。我1981年被定为讲师，1983年被评为副教授，1990年被评为教授，1993年经国务院学科组评审为博士生导师。我从 1983 年开始招硕士研究生，从 1994 年开始招博士研究生，共指导硕士 19 名（其中韩国学生 1 名），博士 19 名（其中韩国学生 3 名）。我指导的研究生毕业论文，一名硕士、一名博士的论文获得全省优秀论文奖，一名硕士、一名博士的论文获得山东大学优秀论文奖。

我留校工作以后，在完成教学任务的同时一直坚持学术上的探讨。就探讨的主要内容来看，大体上可分为三个时段：

第一个时段，自 1978 年到 1990 年，重点是建安文学。这一阶段发表的论文和出版的著作主要是有关建安文学的。齐鲁书社 1983 年出版了《三曹年谱》，山东教育出版社 1986 年出版了《建安文学论稿》，山东大学出版社 1989 年出版了《建安诗歌选译》。另外还发表了几篇其他方面的文章，如《〈文心雕龙·体性篇〉"八体"辨析》《刘勰对三曹评价的得失》。《建安文学论稿》是有关建安文学研究的论文集，收有 16 篇论文，其中有 9 篇先后发表在《文学评论》《文学评论丛刊》《文史哲》《文心雕龙学刊》《古典文学论丛》等书刊中。《建安诗歌选译》是应出版社之约编著的。我有关建安文学研究的论著发表后受到了学术界的关注，有些论文被转载或摘要刊载，有些常被引用。吴云教授在《建安文学研究述要》（《天津师大学报》1988 年第 3 期）一文中认为：《三曹年谱》"对三曹的生平、政治活动和文学创作情况进行了较详细的考证"。《建安文学论稿》一书的出版，"结束了在这一领域无专题论著的局面，具有突破性的成就"。

第二个时段，从 1990 年到 2009 年，主要探讨是东晋文艺。除了出版了《东晋文艺系年》《东晋文艺综合研究》两部专著外，还发表了多篇论文：有关《诗经》的两篇，有关陶渊明的两篇，有关《文心雕龙》的两篇等。《东晋文艺系年》把 102 年的东晋（包括北方十六国）有关文学、书法、绘画、雕塑和音乐等方面的史料，以时间为序，分别系于各年。全书对收录的170多位文艺家的生卒、行迹和著述等详加考订，对民间文艺也收录较全。本书出版后，学术界认为该书是研究东晋文艺的案头必备之书。1994年，该书获山东省社会科学优秀成果二等奖。《东晋文艺综合研究》是独立完成的国家社会科学基金项目。结集出版前，其阶段性成果曾在《山东大学学报》、《艺文述林》、《文史知识》、韩国顺天乡大学《汉学集刊》等刊物上发表。此书2001年初版后，2002年再版，2004年第三版，受到内地和港台以及日本一些学者的称许。复旦大学王运熙教授说："你过去编过《东晋文艺系年》，在充分占有材料的基础上，又进一步作综合研究，内容深入而富有新意；也为与艺术结合研究古代文学开拓了新路。"台湾大学郑吉雄教授认为，此书"以会通之观念，联系文学、书法、绘画之范畴，构筑东晋文艺之网络"。日本京都大学文学部编集《中国文学报》第6册刊有日本学者的评介文章。此书2002年获山东省社会科学优秀成果二等奖，2003年获2001—2002年度山东省优秀图书奖，2004年获华东地区大学出版社第六届优秀学术专著一等奖。

第三时段从2009年开始，探讨的重点是中国古代文学史料学。主要的成果是《中国古代文学史料学》和《20世纪前半期中国古代文学史学编年》两部专著。我酝酿编著《中国古代文学史料学》始于20世纪末。从那时开始，断断续续边搜集史料、边思考。2003年，以此题申报国家社会科学基金项目，被批准。当时计划三年完成，后来因为内容有较大的拓展和反复修订，申报延长至2010年12月。此书在2011年9月出版。全书近108万字，在前人研究的基础上，尝试重新建构了中国古代文学史料学体系。内容分四编：绪论编，是对文学史料学这门学科的界定；历史编，论述了古代文学史料历代的演变；内容编，从背景史料、传记史料、作品史料、研究史料等方面论述了古代文学史料；方法编，论述了史料的搜集、整理、鉴别、著录、使用等问题。此书出版前在《文学遗产》《文史哲》《山东大学学报》等刊物上发表了一系列阶段性成果；出版后，为学术界所嘉许。2012 年获中国出版协会古籍出版工作委员会 2011 年度全国优秀古籍图书奖二等奖，2013 年获山东省社会科学优秀成果一等奖。《中国古代文学史料学》出版以后，我开始把主要精力投入编著《20 世纪前半期中国古代文学史学编年》一书。编著此书的缘起，一是认为 20 世纪前半期是中国古代研究由传统进入现代的一个非常重要的新时代，二是因为中外没有这方面的著述，想补阙。经过几年的努力，到 2015 年 8 月，完成了全书计划的 70%，申报了国家社会科学基金后期资助项目，12 月被批准。2018 年 8 月批准结项。此书约 100 万字。全书以时间为序，将 20 世纪前半期中国古代文学史学史料按年月依次编排，所选收的史料兼顾纯文学、杂文学，兼顾实践和理论，兼顾国内外，有助于研究者按时序查阅史料，可供研究、学习古代文学之参考。2009 年后，我除了编著上述两种专著外，还编著了《20 世纪世说新语——趣闻逸事》一书(待出版)，发表了两篇有关《文心雕龙》的论文，出版了《曹操曹丕曹植集》(合著)，同袁世硕先生合编出版了十五卷《陆侃如冯沅君合集》等。《陆侃如冯沅君合集》是"十一五"国家重点图书出版规划项目，2014 年获第三届中国出版政府奖提名奖。我自 1993 年开始领取国务院政府特殊津贴。2014 年 10 月，获山东省社会科学突出贡献奖。2018 年 12 月，被山东省社会科学联合会评为"山东社会科学名家"。

　　回想自己走过多年的学术探讨之路，也有一些粗浅的体会，大体上有以下几点：

　　一是注意努力创新。学术研究，贵在创新，力避因袭。清代文人袁枚强调：著书立说最忌"得人之得而不自得其得"。我在学术探讨中注意遵循这一治学原则。在我的心目中，创新主要体现在两方面：一是开拓，一是深化。开拓指的是，前此学术界基本上未及涉及的。深化指的是在前人研究的基础上加深细化。我在学术探讨中所选的题目，有些属于开拓方面的，如《东晋文艺系年》《东晋文艺综合研究》《20世纪前半期中国古代文学史学编年》。有些是属于深化方面的，如《中国古代文学史料学》。论著出版后之所以受到关注肯定，当与注意创新有关。

　　二是史料与理论并重。古代文学形式多样，内容丰厚。由于研究者的志趣和学养的不同，对其研究自然会有多种门径，会有所侧重，或偏于史料，或偏于理论。但就一个时代的总体而言，理想的研究应当是史料与理论的融合。我受陆侃如先生等前辈的教诲，走的是史料与理论相融合的路子。我重视史料的积累，也注意提升自己的理论素养。探讨一个问题，通常是先作史料工作，以竭泽而渔的心态，搜集史料，整理史料，在此基础上再做论述。为了探讨建安文学，我先编三曹年谱。通过编此年谱，大体上掌握了与之相关的史料。掌握了史料，再结合自己学得的理论撰写有关的论文。结果出版了《三曹年谱》和《建安文学论稿》两种专著，在史料和论述两方面为学术界提供了一点参考。我的著述中，使用的史料错误较少。曹道衡先生不只一次地对别人说："我能放心地使用张可礼先生编著的史料。"这是过誉之词，但也从一个方面说明，我在史料方面肯下笨工夫。理论永远不能离开史料，也不能代替史料。我在史料方面做的工作，自信能起到一点灰沙石子铺路的作用。

　　三是教学与研究相结合。高等院校的教师肩负着教学和研究两方面的责任。我研究生毕业留校任教后，一直注意教学和学术研究相结合，尽力把自己研究的心得体现在教学中，在教学中加深对研究的问题的认知。1981年，我编纂了《三曹年谱》，开始撰写建安文学方面的论文。有了上述基础，我给1979级同学开"建安文学研究"选修课。开这门课后，一面授课，一面听取同学们的意见。对讲稿，不断拓展，反复修改，后来出版的《建安文学论稿》一书，就是在讲稿的基础上修订的。我讲授文学史多年，也参编过文学史。其间，也体现了教学与研究的融合。2006年，中国人民大学出版社初版了袁世硕先生和我主编的《中国文学史》，我负责审定宋前部分，并撰写了《建安正始诗歌》和《两晋诗歌》两章。我撰写的两章，其中不少内容是我研究的心得。这部文学史由于水平较高，适合教学，至今仍为许多高等院校选用。

四是尽力做普及的工作。对于古代文学，我们应当像历代的许多学者那样，不断地做深入细致的高深研究，撰写前人想写而未及写的论著，努力从各方面提升研究的水平，同时我们也应当注意使古代优秀的文学遗产融入现实，接近民众。其重要途径是做好古代文学的普及工作。普及优秀的古典文学，不仅是传播古典文学知识，提高审美情操，更是从一个方面传播民族精神、爱国情怀，是一项有助于民族文化认同、凝聚民族精神的工作。古典文学的生命力，在很大程度上是经由普及呈现的。由于我知道普及古典文学的重要性，所以多年以来在这方面也相当尽力，取得了一些成绩。为了普及建安文学，我先后出版了《建安诗歌选译》和《曹操曹丕曹植集》（合著）。《曹操曹丕曹植集》选注、简析了三曹的重要诗文。由于此书比较适合一般读者的需求，2009年初版后，2014年又出版修订本，至2018年11月连印五次。从20世纪80年代初开始，学术界为了普及古典文学的优秀作品，相继出版了多种鉴赏性的著述。我奉萧涤非、刘乃昌、袁行霈诸位先生之命，先后撰写了多篇赏析性的文章。长久以来，在学术评价上，轻视普及性著述，我不以为然。我认为，古典文学研究者应当把撰写普及性读物，视为自己应当担当的重要职责。

我在学术探讨方面之所以能取得一点成绩，有外缘，也有内因，是外缘与内因的结合。

如上所述，我的学术探讨是从"文革"结束开始的。"文革"结束以后，全国拨乱反正，解放思想，实事求是，进入了改革开放的新时代。国家长期稳定，经济发展，重视文化建设，为研究古代文学提供了亘古未有的大好时机。我珍惜这一时机，决心努力补救过去糟蹋的宝贵时间，在完成教学任务的同时，结合自己的专业，探讨学术，不断有成果问世。古代文学研究与时代密切相连。没有改革开放的新时代，我不可能在学术探讨上取得成绩。我感谢改革开放的新时代！

"人是社会关系的总和。"一个人的能耐是有限的，能在某一方面取得一点成绩，总是与多方面的支持和帮助分不开的。对此，我有深切的感受。我很幸运，我一生受到人民和众多亲友师长的厚爱和帮助。他们对我的帮助、为我付出的大量心血，我说不完，算不清。我从上初中到大学毕业，一直享受较高的人民助学金。我父母亲，含辛茹苦支持我从小学读完研究生。我 1963年与张培媛结婚后，因工作难以调动，至 1975 年一直分居两地。她为了支持我的学习和工作，在奋力工作的同时，自己抚养三个孩子。一次，三个孩子同时患病，她用地排车拉着到医院治疗。我遇到了很多值得特别尊敬的师友。特别是陆侃如先生，他言传身教，不仅增长了我的专业知识，还使我懂得了一些治学的方法。华东师大教授王元化，南京大学教授程千帆、周勋初，中国社会科学院研究员曹道衡、沈玉成，复旦大学教授王运熙，北京大学教授陈贻焮、袁行霈、张少康，福建师大教授穆克宏，台湾师范大学教授王更生，台湾文化大学洪顺隆，日本山口大学岩城秀夫，日本京都大学教授小南一郎，韩国顺天乡大学教授朴现圭诸位，或赐大作，或赐手书，我从中受到激励，获益良多。齐鲁书社社长孟繁海、山东教育出版社社长张华刚、人民文学出版社编审刘文忠、山东大学出版社总编辑周广璜、凤凰出版社社长姜小青、安徽教育出版社编审张丹飞诸位，先后鼎力帮助出版我的著述。我教过的学生，我指导的硕士和博士，他们关心我，从多方面支持和帮助我。我很幸运，一生有那么多的、难得的相遇。没有上面例举的来自多方面的亲友的厚爱和帮助，我根本没有机遇探讨学术，更何能遑谈什么成绩！在这里，我向所有教育过我、扶持过我、表扬过我、批评过我的人，包括恩师、亲友、同事、学生，致以发自肺腑的谢忱！

　　我知道自己比较笨拙，没有才气，但我深信勤能补拙。我在学术探讨过程中，勤奋耕耘，而且能持之以恒，直到现在，还是这样。我铭记古人"贱尺璧，重寸阴"的教诲，勤读书、勤思考、勤写作。我兼任中文系系主任和总支书记长达 18 年。工作繁忙，除了教学、科研等系务工作外，其他如教职工有病住院、吵架、婚丧、子女上学等都是分内的事。这些占用了不少时间，但我心甘情愿，没有抱怨，而是抓紧工作，拿得起，放得下，做完工作后，争分夺秒，马上坐下来读书写作。节假日，不论是长是短，是酷暑还是严冬，我很少休息。记得 20 世纪 80 年代前后，我的住房小，为了能安静，我就整天在学生宿舍读书写作，我的《建安文学论稿》就是 1985 年在学生宿舍整理完成的。假日我也很少同家人出去游玩。有时大年初一，还照常读书写作，以至落得家人的抱怨。我有时也有玩心，也想看一些娱乐节目，但我能节制，不敢随心所欲，不愿博弈荒嬉，不愿坐抛岁月。1986年4月初，我到北京人民医院治疗多发性的肾结石。医院只有一台肾结石碎石机，病号多，要排队，直到7月底才出院。住院期间，我坚持阅读，重读了《文心雕龙》和《南史》《梁书》等，还记了一些卡片。我勤奋，但我不拼命，注意节奏，"一张一弛，文武之道也"。我想尽力延长自己探讨学术的时间。我读书写作，很少"开夜车"，感到算总账，"开夜车"不合算。我生活比较规律，每日按时作息。时间是个常数。它公平无私，对所有的人是一样的，就看你是否能勤奋地利用了。"天道酬勤"，我之所以能在学术探讨上取得一点成绩，是长期勤奋耕耘的酬报。

　　我开始对古代文学的探讨，主要是缘于兴趣，研究生毕业之后，又把它当作自己的职业。后来经过多年的学习和探讨，我逐渐加深了对中国古代文学的认识。认识到中国古代文学是中国悠久灿烂的文化的重要组成部分，是一个丰厚的宝藏，有生命力。经过开采，能大放光彩。我们万不能舍弃古代文学这一遗产，应当批判地继承其中的精华，这是提高民众的爱国情怀、审美情操和创造新文学不可缺少的。一个民族的优秀文化，没有地域的限制。中国古代文学中的优秀成果，不仅属于我们中国，也属于世界。长期以来，世界上有许多国家的文人学者，热爱中国的古代文学，不惜花费大量的心血研究、传播中国的古代文学。他们有时研究的某些成果，超过了我们，居于世界领先的地位。国外如此看重中国的古代文学，我们作为中华民族的子孙，更应加倍珍惜。作为一名中国古代文学的探讨者，应当感到自豪，应当有一种责任担当。对于古代文学的探讨，不能拘于职业，而应当把它作为一种神圣的事业，要有事业心。职业在很大程度上是一种谋生的手段,具有功利性、有限性。而有事业心者,源自责任,会超越自我,思想境界会更高一些,会有持久的耐力,没有休息站,只有加油站,不断地向前进,能摆脱"俗谛之桎梏",突破多方面的限制。有了上面的认识,我对古代文学的探讨,逐渐由拘于一种职业而过渡到把它作为一种终生的事业。有了事业心,就突破了退休、年龄诸多界限。2005 年,我 70 岁退休以后,亲友多次劝我休息,但我谢绝了他们的好意。我自不量力,有争强的心态。我退而不休,力避各种牵系干扰,一如既往,潜心读书、思考、写作。我的专著《东晋文艺综合研究》《中国古代文学史料学》都是退休后反复修改出版的,后来经过近 10 年的耕耘,又编著了《20 世纪前半期中国古代文学史学编年》一书。如果没有事业心的支撑,是不可能取得上述成绩的。

据说人的自然生命,至少能活 100 岁。作家冰心说:"生命从八十岁开始。"她年过 80,片刻没有停止写作。季羡林先生把 80 岁作为自己学术研究的冲刺点,写出了一部 73 万字的《糖史》。侯仁之院士在 85 岁时,曾用"老牛自知黄昏晚,不待扬鞭自奋蹄"来自励,一直坚持工作。许多前辈为我们树立了楷模。现在我虽然桑榆暮景,但不怕老,想过有意义的晚年,仍存储着理想和希望,有一个向前的目标,愿意为之付出努力,仍在迈着不太有力的步子向前走。我常想,年迈能读书、能思考、能写作是一种福分。你看,由于多种原因,有多少人想读书、想思考、想写作而不能,而我现在还能。这岂不是一种难得的福分! 我暗中立誓:有生之年,不辍读,不止思,不挂笔。

我生来驽钝,悟性不高,长期以来,在学术探讨上虽然勤奋努力,但出版的著述,水平不高。我之所以应允结成文集出版,是想借以记下自己跋涉在学术探讨道路上的足迹,自信有些著述有参考的价值。同时,想用这部文集来纪念养育我的父亲和母亲。贱集承蒙刊行,实出望外。我底子很薄,水平有限,文集中的著述难免幼稚和失误,恳请各位不吝赐正。

收在本文集中的大部分著述都是已经发表过的,有一部分是没有发表的。已经发表的著述,除了订正了个别错字外,均保持了发表时的原貌。

在本文集的编辑出版过程中,先后得到了许多同志的热心帮助。李剑锋教授在非常繁忙的情况下帮助搜集资料,尽心编辑,付出了很多心血。潘磊博士在忙于撰写毕业论文的紧张时刻,不怕劳累,帮助搜集复印资料。中华书局的编辑葛洪春同志,认真负责,一丝不苟。对于各位的真诚帮助,我鞠躬致以谢忱!

2019年2月22日,定稿于山东大学农子晚学斋

（原文载《山东大学中文论丛》2020年第4辑[总第4辑],山东人民出版社2020年版）

三曹年谱

编　例

一、内容主要包括:1. 时事。略记政治、经济和文化等方面的重大事件,以便与谱主曹操、曹丕和曹植的社会活动和诗文内容互相参证。2. 谱主家庭、经历、思想、性格、文学活动和交游等方面的概况。

二、谱主写作时间可以断定的,有助于说明其生活、思想和有影响的作品,均系于各年。根据需要全引或摘引原文,引文一般根据现存较早的版本。

三、三曹,特别是曹操、曹丕和时事政治关系极为密切,所以谱文基本上按年月次序排列。凡难以确定年月,但一般可以推定在某一时期的,均在谱文正文后加以说明。凡不能考定月份的,一般放在该年最后。谱中所记月、日,均用旧历。

四、凡与谱主有关的事迹,限于篇幅,正文不便多写的,均列于正文之后。编者有需要说明、辨正、补充之处,亦列于正文之后。

五、本书所依据、引用的资料,主要根据第一手资料,并注明出处,以便读者查核和进一步研究。摘录资料尽量作到认真仔细,以免转引时造成讹误。所引原著,首次出现时均标明著者,复次出现则予以省略。

六、本书对前人的研究成果,需要时均直接援引,并注明出处,以便读者复按,同时以免攘人之善。

年　谱

曹操，一名吉利，字孟德，小字阿瞒。沛国谯（今安徽亳县）人。汉相国曹参之后。

陈寿《三国志》卷一《魏书·武帝纪》（以下简称《武帝纪》）："太祖武皇帝，沛国谯人也，姓曹，讳操，字孟德。"注引《曹瞒传》曰："太祖一名吉利，小字阿瞒。"又注引王沈《魏书》曰："其先出于黄帝。当高阳世，陆终之子曰安，是为曹姓。周武王克殷，存先世之后，封曹侠于邾。春秋之世，与于盟会，逮至战国，为楚所灭。子孙分流，或家于沛。汉高祖之起，曹参以功封平阳侯，世袭爵土，绝而复绍，至今适嗣国于容城。"《三国志》卷一四《魏书·蒋济传》注："臣松之案蒋济《立郊议》称《曹腾碑文》云'曹氏族出自邾'。"王符《潜夫论》卷九："曹姓封于邾。"汪继培笺曰："隐元年《左传》杜注：'邾，今鲁国邹县也。'"

又《蒋济传》注："魏武作《家传》，自云曹叔振铎之后。"陈彭年等撰《广韵》卷二《豪》第六"曹"字注："魏武作《家传》，自云曹叔振铎之后。周武王封母弟振铎于曹，后以国为氏，出谯国、彭城、高平、钜鹿四望。"欧阳询等撰《艺文类聚》卷一三引曹植《武帝诔》曰："于穆我王，胄稷胤周，贤圣是绍，元懿允休。

先侯佐汉,实惟平阳。功成绩著,德昭二皇。"

又《蒋济传》:"初,侍中高堂隆论郊祀事,以魏为舜后。"注:
"后魏为《禅晋文》,称'昔我皇祖有虞'。"《三国志》卷三《魏
书·明帝纪》(以下简称《明帝纪》)景初元年注引《魏书》载诏
曰:"曹氏系世,出自有虞氏,今祀园丘,以始祖帝舜配。"据上
述记载,曹操之祖有三说:一曰黄帝之后,出自邾;二曰姬姓
之后;三曰虞舜之后。何说为是,难以断定,录以备考。

曾祖节,字元伟,仁厚德让。

《武帝纪》注引司马彪《续汉书》曰:"腾(编者注:曹操祖父)父
节,字元伟,素以仁厚称……长子伯兴,次子仲兴,次子叔兴。
腾字季兴。"

卢弼《三国志集解》卷一引梁章钜曰:"《艺文类聚》卷九四引
《续汉书》:'曹腾父萌。''节''萌'字形相近,或本作'萌'而误
作'节'欤?"

《三国志》卷一四《魏书·刘晔传》引魏明帝诏曰:"自我魏室
之承天序,既发迹于高皇、太皇帝……至于高皇之父处士君,
潜修德让,行动神明。"《三国志集解》卷一:"所云'处士君',
即节也。"

祖父腾,字季兴。历事安帝、顺帝、冲帝、质帝与桓帝。顺
帝即位,为中常侍大长秋。桓帝世封费亭侯。

《武帝纪》注引司马彪《续汉书》曰:"腾字季兴,少除黄门从
官。永宁元年,邓太后诏黄门令选中黄门从官年少温谨者配
皇太子书,腾应其选。太子特亲爱腾,饮食赏赐与众有异。
顺帝即位,为小黄门,迁至中常侍大长秋。在省闼三十余年,
历事四帝,未尝有过。好进达贤能,终无所毁伤。其所称荐,

若陈留虞放、边韶、南阳延固、张温、弘农张奂、颍川堂谿典等，皆致位公卿，而不伐其善……桓帝即位，以腾先帝旧臣，忠孝彰著，封费亭侯，加位特进。太和三年，追尊腾曰高皇帝。"

范晔《后汉书》卷七八《宦者传》：曹腾"安帝时，除黄门从官"，"曹腾参建桓之策……自曹腾说梁冀，竟立昏弱"。注："谓立桓帝也。"

《艺文类聚》卷五一引曹操《上书让封》曰："臣祖父中常侍侯，时但从辇，扶翼左右，既非首谋，又不奋戟，并受爵封，暨臣三叶。"

《艺文类聚》卷六九引曹植《九华扇赋·序》曰："昔吾先君常侍，得幸汉桓帝。帝赐尚方竹扇。"

《后汉书》卷七四上《袁绍传》载讨曹操檄文曰："司空曹操祖父腾，故中常侍，与左悺、徐璜并作妖孽，饕餮放横，伤化虐人。"

父嵩，腾养子，字巨高。

《武帝纪》：曹腾"养子嵩嗣，官至太尉，莫能审其生出本末。嵩生太祖"。注引《续汉书》曰："嵩字巨高。质性敦慎，所在忠孝。"又注引吴人作《曹瞒传》及郭颁《世语》并云："嵩，夏侯氏之子，夏侯惇之叔父。太祖于惇为从父兄弟。"

母丁氏。

《三国志》卷二《魏书·文帝纪》（以下简称《文帝纪》）黄初元年五月："戊寅，天子命王追尊皇祖太尉曰太王，夫人丁氏曰太王后。"

汉桓帝(刘志)永寿元年(公元一五五)　乙未　曹操一岁

二月,司隶、冀州饥馑,人相食。

六月,洛水溢,南阳大水。

巴郡、益州郡山崩。

太山、琅邪义军不息。

　　以上据《后汉书》卷七《孝桓帝纪》(以下简称《桓帝纪》)。

秋,南匈奴左奠鞬台耆、且渠伯德等反,攻西河美稷。安定属国都尉张奂击败奠鞬等,伯德惶恐率众降。

　　据《桓帝纪》、《后汉书》卷六五《张奂传》。

是年:

曹操生。

　　《武帝纪》建安二十五年正月:"庚子,王崩于洛阳,年六十六。"以此上推,操当生于是年。

马融七十七岁。

　　据《后汉书》卷六〇上《马融传》。

胡广六十五岁。

　　据《后汉书》卷四四《胡广传》。

桥玄四十七岁。

　　据《后汉书》卷五一《桥玄传》。

郑玄二十九岁。

　　据《后汉书》卷三五《郑玄传》。

蔡邕二十四岁。

　　据《后汉书》卷六〇下《蔡邕传》。

杨彪十四岁。

　　据《后汉书》卷五四《杨彪传》。

郦炎六岁。

据《后汉书》卷八〇下《郦炎传》。

孔融三岁。

据《后汉书》卷九《孝献帝纪》（以下简称《献帝纪》）建安十三
年、卷七〇《孔融传》。

张纮三岁。

据《三国志》卷五三《吴书·张纮传》。

永寿二年（公元一五六）　丙申　曹操二岁

正月，初听中常侍行三年之丧。

三月，蜀郡属国农民起义。

以上据《桓帝纪》。

七月，鲜卑大人檀石槐攻云中。桓帝以李膺为度辽将军。膺到
边境，羌、胡皆望风惧服。

据《桓帝纪》、《后汉书》卷六七《李膺传》。

太山、琅邪公孙举、东郭窦等组织三万人起义，攻青、兖、徐三
州，桓帝连年镇压不克。是秋拜段颎为中郎将，镇压举、窦等，
残杀义军，获首万余级。

据《桓帝纪》、《后汉书》卷六五《段颎传》。

永寿三年（公元一五七）　丁酉　曹操三岁

春，交州九真郡朱达等起义，攻杀居风县令，义军至四五千人。

四月，朱达等攻九真，为九真都尉魏朗所镇压。

以上据《桓帝纪》、《后汉书》卷八六《南蛮传》、卷六七《魏朗
传》。

六月，京师蝗灾。

据《桓帝纪》。

太学生刘陶上议，反对改铸大钱，主张重农，使民有所食。

　　据司马光《资治通鉴》卷五四永寿三年、《后汉书》卷五七《刘陶传》。

十一月,长沙农民起义,攻益阳。

　　据《桓帝纪》。

是年:

荀攸生。

　　据《三国志》卷一〇《魏书·荀攸传》及注引《魏书》。

华歆生。

　　据《三国志》卷一三《魏书·华歆传》及注引《魏书》。

延熹元年(公元一五八)　戊戌　曹操四岁

五月,日食。太史令陈授谓日食之变,咎在外戚权臣大将军梁冀。冀闻之,捕杀授。桓帝由此怒恨冀。

　　据《桓帝纪》、《后汉书》卷三四《梁冀传》。

京师蝗灾。

六月,改元延熹。

七月,以太常胡广为太尉。

十月,桓帝校猎广成,至上林苑。

　　以上据《桓帝纪》。

十二月,南匈奴诸部与乌桓、鲜卑攻缘边九郡,悉为北中郎将张奂所击破。

　　据《桓帝纪》、《后汉书》卷八九《南匈奴传》。

是年,管宁生。

　　据《三国志》卷一一《魏书·管宁传》。

延熹二年(公元一五九)　己亥　曹操五岁

二月,鲜卑攻雁门。

蜀郡农民攻蚕陵，杀县令。

夏，京师雨水。

六月，鲜卑攻辽东。

七月，皇后梁氏卒。

　　以上据《桓帝纪》。

外戚大将军谋为乱。

八月，中常侍单超、小黄门史左悺等宦官与桓帝合谋杀梁冀及其中外宗亲，连及公卿、列校、刺史、二千石，死者数十人。太尉胡广等免为庶人。故吏、宾客免黜者三百余人，朝廷为空。单超、左悺等五人，以谋诛梁冀功封侯。自此权归宦官，朝廷更加昏乱。

　　据《桓帝纪》、《后汉书》卷七八《单超传》、卷三四《梁冀传》。

　　《梁冀传》："少为贵戚，逸游自恣"，"居职暴恣，多非法"，"大起第舍……又起别第于城西，以纳奸亡。或取良人，悉为奴婢，至数千人，名曰'自卖人'"。死后，"收冀财货，县官斥卖，合三十余万万"。

立皇后邓氏。

大司农黄琼为太尉。

　　以上据《桓帝纪》。

白马令李云上言封诛梁冀谋臣及皇后家不当，桓帝怒，下云狱。五官掾杜众、大鸿胪陈蕃上书救云。

　　据《后汉书》卷五七《李云传》。

十二月，烧当等八种羌攻陇右，护羌校尉段颎于罗亭击破之。

　　据《桓帝纪》。

延熹三年(公元一六〇)　庚子　曹操六岁

正月，单超卒。

据《桓帝纪》。

宦官左悺、具瑗、徐璜等日益横暴,侵掠百姓,民不堪命。

　　据《后汉书》卷七八《宦者传》。

闰正月,烧何羌攻张掖,护羌校尉段颎于积石大破之。

七月,长沙农民起义,攻郡界。

九月,太山、琅邪农民起义。

十一月,太山叔孙无忌起义,攻杀都尉。

十二月,叔孙无忌为中郎将宗资所镇压。

武陵农民起义,攻江陵。

　　以上据《桓帝纪》。

曹操妻卞氏生。

　　《三国志》卷五《魏书·卞后传》:"武宣卞皇后,琅邪开阳人,
　　文帝母也。本倡家。"注引《魏书》曰:"后以汉延熹三年十二
　　月己巳生齐郡白亭,有黄气满室移日。父敬侯怪之,以问卜
　　者王旦,旦曰:'此吉祥也。'"《三国志集解》卷五引颜师古曰:
　　"倡,乐人。"卢弼曰:"所谓倡乐,不似后世之淫业贱流。"

延熹四年(公元一六一)　辛丑　曹操七岁

正月,大疫。

六月,犍为属国农民起义,益州刺史山昱镇压之。

零吾羌与先零诸种并反,攻三辅。

七月,朝廷财政困难,减公卿以下俸,借王侯半租。卖关内侯以
下官爵。

十月,南阳黄武、襄城惠德与昆阳乐季相率起义,军败,被杀。

　　以上据《桓帝纪》。

先零沈氐羌与诸种羌攻并、凉二州,十一月,为中郎将皇甫规所

击破,相劝降者十余万。

　　据《桓帝纪》、《后汉书》卷六五《皇甫规传》。

是年,刘备生。

　　据《三国志》卷三二《蜀书·先主传》(以下简称《先主传》)。

延熹五年(公元一六二)　　壬寅　　曹操八岁

三月,沈氏羌攻张掖、酒泉,为皇甫规所降服。

　　据《桓帝纪》、《后汉书》卷六五《皇甫规传》。

四月,长沙农民起义,攻桂阳、苍梧。

五月,长沙、零陵起义军攻桂阳、苍梧、南海、交址,众达十余万人。

　　以上据《桓帝纪》、《后汉书》卷三八《度尚传》、卷五六《陈球传》。

七月,鸟吾羌攻汉阳、陇西、金城。

八月,艾县农民起义,攻长沙郡县,杀益阳令。

零陵农民起义,攻长沙。

十月,武陵农民起义,攻江陵。

十一月,车骑将军冯绲击败武陵义军。

滇那羌攻武威、张掖、酒泉。

　　以上据《桓帝纪》。

冬,宦官徐璜、左悺诬毁皇甫规,诸公及太学生张凤等三百人诣阙讼之,会赦,归家。规初讥切梁冀,谢罪归,以《诗》、《易》教授于家,好推达贤士,陈蕃、杨秉、李膺、张奂,皆规所教授,名显于世。

　　据《后汉书》卷六五《皇甫规传》。

延熹六年(公元一六三)　　癸卯　　曹操九岁

五月,鲜卑攻辽东属国。

七月,桂阳农民义军李研等攻郡界。

武陵农民再次起义,为太守陈奉所镇压。

陇西太守孙羌攻破滇那羌。

十月,桓帝校猎广成,至函谷关、上林苑。

十二月,南海农民起义,攻郡县。

　　以上据《桓帝纪》。

时宦官专权恣横,尚书朱穆上疏口陈,谏帝罢省宦官,帝不从。

　　据《后汉书》卷四三《朱穆传》。

是年:

崔琰生。

　　据《三国志》卷一二《魏书·崔琰传》。

荀彧生。

　　据《三国志》卷一○《魏书·荀彧传》。

杜畿生。

　　据《三国志》卷一六《魏书·杜畿传》及注引孙盛《魏氏春秋》。

延熹七年(公元一六四)　甲辰　曹操十岁

七月,零陵、桂阳农民义军为荆州刺史度尚所镇压。

　　据《桓帝纪》、《后汉书》卷三八《杜尚传》。

十月,桓帝南巡。随从公卿贵戚车骑万计,征求费役,不可胜极。

　　据《桓帝纪》、《资治通鉴》卷五五延熹七年。

护羌校尉段颎击破当煎羌。

　　据《桓帝纪》。

传说曹操浴于谯水,击蛟。

　　《三国志集解》卷一引刘昭《幼童传》曰:"太祖幼而智勇。年
　　十岁,常浴于谯水,有蛟逼之,自水奋击,蛟乃潜退。浴毕而

还，弗之言也。后有人见大蛟奔退。太祖笑之，曰：'吾为蛇所击而未惧，斯畏蛇而恐邪。'众问，乃知，咸惊异焉。"

曹操少年任侠放荡，不治行业。

《武帝纪》："太祖少机警，有权数，而任侠放荡，不治行业，故世人未之奇也。"注引《曹瞒传》曰："太祖少好飞鹰走狗，游荡无度，其叔父数言之于嵩。太祖患之，后逢叔父于路，乃阳败面喎口；叔父怪而问其故，太祖曰：'卒中恶风。'叔父以告嵩。嵩惊愕，呼太祖，太祖口貌如故。嵩问曰：'叔父言汝中风，已差乎？'太祖曰：'初不中风，但失爱于叔父，故见罔耳。'嵩乃疑焉。自后叔父有所告，嵩终不复信，太祖于是益得肆意矣。"

刘义庆《世说新语》卷六《假谲》第二七，刘孝标注引《曹瞒传》曰："少好谲诈，游放无度。"《武帝纪》注引孙盛《异同杂语》曰："太祖尝私入中常侍张让室，让觉之；乃舞手戟于庭，逾垣而出。才武绝人，莫之能害。"

李昉等编《太平广记》卷一九〇引《小说》曰："魏武少时，尝与袁绍好为游侠，观人新妇，因潜入主人园中。夜呼叫云：'有偷儿至！'庐中人皆出观。帝乃抽刃劫新妇，与绍还出，失道，坠枳棘中，绍不能动。帝复大叫：'偷儿今在此！'绍惶迫自掷出，俱免。"

上述操诸事，年月不详，姑录于此，备考。

延熹八年（公元一六五）　　乙巳　　曹操十一岁

正月，桓帝遣中常侍左悺往苦县祠老子。

诏公、卿、校尉举贤良方正。

以上据《桓帝纪》。

太尉杨秉奏免宦官中常侍侯览及其弟参。司隶校尉韩𬭸奏宦官左悺及其兄称。悺、称自杀。

　　据《后汉书》卷五四《杨秉传》、卷七八《宦者传》。

皇后邓氏废。

护羌校尉段颎击破罕姐羌。

　　以上据《桓帝纪》。

桓帝事黄老道。四月诏坏郡国诸房祀。

　　据《后汉书》卷七六《王涣传》、《资治通鉴》卷五五延熹八年。

五月,荆州兵朱盖与桂阳胡兰起义军攻桂阳、零陵,为中郎将度尚所击破,盖、兰等被杀。

　　据《桓帝纪》、《后汉书》卷三八《度尚传》。

六月,段颎击破当煎羌于湟中。

八月,初令郡国有田者,每亩纳税十钱。

　　以上据《桓帝纪》。

十月,立窦氏为皇后。窦后父窦武迁越骑校尉。武得赏赐悉散于太学生。

　　据《桓帝纪》、《后汉书》卷六九《窦武传》。

勃海盖登等起义,战败,被杀。

十一月,桓帝使中常侍管霸往苦县祠老子。

　　以上据《桓帝纪》。

延熹九年(公元一六六) 丙午 曹操十二岁

正月,诏公、卿、校尉、郡国举至孝。

三月,司隶、豫州大饥,死者殆半。遣三府掾赈济之。

　　以上据《桓帝纪》。

五月,桓帝亲祠老子于濯龙宫。

　　据《资治通鉴》卷五五延熹九年。

六月,南匈奴及乌桓、鲜卑攻略缘边九郡。

七月,沈氏羌攻武威、张掖。

　以上据《桓帝纪》。

桓帝祠黄、老于濯龙宫。又宫中立浮屠祠。

　据《桓帝纪》、《后汉书》卷三〇下《襄楷传》。

遣使匈奴中郎将张奂击南匈奴、乌桓、鲜卑。

十二月,南匈奴、乌桓率众诣张奂降。

　以上据《桓帝纪》。

第一次党锢事起。宦官诬告李膺养太学游士,共为部党,诽讪
朝廷。桓帝怒,命郡国逮捕党人,布告天下。李膺、杜密、陈翔、
陈寔、范滂等二百人下狱。

　据《桓帝纪》、《后汉书》卷六七《党锢传》。

是年,马融卒,时年八十八。

　据《后汉书》卷六〇上《马融传》。《马融传》曰:"融才高博洽,
　为世通儒,教养诸生,常有千数。涿郡卢植,北海郑玄,皆其
　徒也。善鼓琴,好吹笛,达生任性,不拘儒者之节。居宇器
　服,多存侈饰。常坐高堂,施绛纱帐,前授生徒,后列女乐,弟
　子以次相传,鲜有入其室者。尝欲训《左氏春秋》,及见贾逵、
　郑众注,乃曰:'贾君精而不博,郑君博而不精。既精既博,吾
　何加焉!'但著《三传异同说》。注《孝经》、《论语》、《诗》、
　《易》、《三礼》、《尚书》、《列女传》、《老子》、《淮南子》、《离骚》,
　所著赋、颂、碑、诔、书、记、表、奏、七言、琴歌、对策、遗令,凡
　二十一篇。"

永康元年(公元一六七)　丁未　曹操十三岁

正月,先零羌攻三辅,为中郎将张奂所击平。当煎诸羌复反,为

护羌校尉段颎所击破。西羌悉平。

四月,先零羌攻三辅。

五月,庐江农民起义,攻郡县。

诏公、卿、校尉举贤良方正。

　　以上据《桓帝纪》。

六月,大赦天下,悉除党锢,李膺等二百余人皆归田里,书名三府,禁锢终身。

　　据《桓帝纪》、《后汉书》卷六七《党锢传》。

改元永康。

六州大水,勃海溢。

　　以上据《桓帝纪》。

十月,先零羌攻三辅,张奂遣董卓等击破之。拜卓为郎中。

　　据《桓帝纪》、《三国志》卷六《魏书·董卓传》。

十二月,桓帝卒,时年三十六。窦皇后为皇太后,临朝,与其父城门校尉窦武、中常侍曹节迎解渎亭侯刘宏为帝。

　　据《桓帝纪》、《后汉书》卷六九《窦武传》、卷八《孝灵帝纪》(以下简称《灵帝纪》)、卷七八《曹节传》。

汉灵帝(刘宏)建宁元年(公元一六八)　戊申　曹操十四岁

正月,以城门校尉窦武为大将军。武迎刘宏即皇帝位,是为灵帝。灵帝时年十二。改元建宁。以陈蕃为太傅。

　　据《灵帝纪》。

使护羌校尉段颎击先零羌。

二月,段颎大破先零羌于逢义山。

　　以上据《灵帝纪》。

五月,窦武、陈蕃等谋诛宦官管霸、苏康、曹节等,太后犹豫不定,事久不发。

据《后汉书》卷六九《窦武传》。

六月,京师大水。

七月,段颎复破先零羌于泾阳。

以上据《灵帝纪》。

九月,窦武、陈蕃谋泄。中常侍曹节、王甫等矫诏诛蕃、武,幽太后,收捕蕃、武门生故吏、宗亲、宾客,悉诛之。李膺等复被废。宦官权势益盛。

据《灵帝纪》、《窦武传》、《后汉书》卷六六《陈蕃传》、卷六七《党锢传》。

十二月,鲜卑及濊貊攻幽、并二州。

据《灵帝纪》。

是年,曹操从弟曹仁生。

据《三国志》卷九《魏书·曹仁传》及注引《魏书》。

建宁二年(公元一六九)　己酉　曹操十五岁

正月,郭太卒,时年四十二。

据《后汉书》卷六八《郭太传》。

七月,段颎大破先零羌,东羌悉平。

九月,江夏农民起义,为州郡所镇压。

丹阳、山越农民起义,为太守陈夤所镇压。

以上据《灵帝纪》。

李膺等虽被废锢,然天下士大夫皆崇尚其道,为宦官所疾恶。

十月,第二次党锢事起。大长秋曹节讽有司奏李膺、杜密等为钩党,李、杜等百余人被杀,妻子皆徙边。州郡大举钩党,天下豪杰及儒学有行义者,其死、徙、废、禁者六七百人。宦官之势极盛。

　　据《灵帝纪》、《后汉书》卷六七《党锢传》。

何颙称许曹操。

　　《武帝纪》:"太祖少机警……南阳何颙异焉。"《后汉书》卷六七《何颙传》:"初,颙见曹操,叹曰:'汉家将亡,安天下者必此人也。'操以是嘉之。"此事年月不详,据《何颙传》,颙素与李膺善,是年因党锢将被收捕,乃变名姓匿汝南间。疑此事殆于是年党锢前后,姑录于此,备考。

十一月,鲜卑攻并州。

　　据《灵帝纪》。

建宁三年(公元一七○)　庚戌　曹操十六岁

八月,以大鸿胪梁国桥玄为司空。

　　据《灵帝纪》。

冬,济南农民起义,攻东平陵。

　　据《灵帝纪》。

是年:

梁州刺史孟伦遣将与戊己司马曹宽、西域长史张晏率三万人击疏勒,攻桢中城,未克,引去。

　　据《后汉书》卷八八《西域传》。

徐干生。

　　据严可均《全上古三代秦汉三国六朝文·全三国文》卷五五载阙名《中论序》、《三国志》卷二一《魏书·王粲传》。《中论序》云"建安二十三年","三"疑为"二"之误。

郭嘉生。

据《三国志》卷一四《魏书·郭嘉传》。

建宁四年（公元一七一）　辛亥　曹操十七岁

正月,赦天下,唯党人不赦。

三月,大疫。

司空桥玄为司徒。

五月,河东地裂,雨雹,山水暴出。

七月,司徒桥玄免。

冬,鲜卑攻并州。

以上据《灵帝纪》。

是年,司马朗生。

据《三国志》卷一五《魏书·司马朗传》。

熹平元年（公元一七二）　壬子　曹操十八岁

三月,太傅胡广卒,时年八十二。

据《灵帝纪》、《后汉书》卷四四《胡广传》。

五月,改元熹平。

据《灵帝纪》。

宦官长乐太傅侯览有罪,自杀。

据《灵帝纪》、《后汉书》卷七八《侯览传》。《侯览传》曰:侯览
"恒帝初为中常侍……受纳货遗以巨万计……前后请夺人宅
三百八十一所,田百一十八顷。起立第宅十有六区……房夺
良人,妻略妇子"。

六月,京师雨水。

窦太后卒。

以上据《灵帝纪》。

七月,有人书朱雀阙,揭露宦官曹节、王甫等。诏司隶校尉搜捕

太学游生千余人。

　　据《后汉书》卷七八《曹节传》。

十一月,会稽许昭起义,攻破城邑,众以万数;遣扬州刺史臧旻、丹阳太守陈寅击破之。

　　据《后汉书》志第一二《天文下》、《后汉书》卷五八《臧洪传》。

十二月,鲜卑攻并州。

　　据《灵帝纪》。

熹平二年(公元一七三)　癸丑　曹操十九岁

正月,大疫。

六月,北海地震。东莱、北海海水溢。

十二月,鲜卑攻幽、并二州。

　　以上据《灵帝纪》。

是年:

祢衡生。

　　据《后汉书》卷七〇《孔融传》、卷八〇下《祢衡传》、《三国志》卷二一《魏书·王粲传》有关路粹注引《典略》。

曹操请交南阳宗世林,世林不与之交。

　　《世说新语》卷三《方正》第五:"南阳宗世林,魏武同时,而甚薄其为人,不与之交。"注引《楚国先贤传》曰:"宗承字世林……魏武弱冠,屡造其门,值宾客猥积,不能得言;乃伺承起往要之,捉手请交,承拒而不纳。"

梁国桥玄、许劭评曹操。

　　《武帝纪》:"太祖少机警……惟梁国桥玄、南阳何颙异焉。玄谓太祖曰:'天下将乱,非命世之才不能济也,能安之者,其在君乎!'"注引《魏书》曰:"太尉桥玄,世名知人,睹太祖而异之，曰：'吾见天下名士多矣，未有若君者也！君善自持。吾老矣！愿以妻子为托。'由是声名益重。"《世说新语》卷三《识鉴》第七注引《续汉书》曰："初，魏武帝为诸生，未知名也，玄甚异之。"又《武帝纪》注引《世语》曰："玄谓太祖曰：'君未有名，可交许子将。'太祖乃造子将，子将纳焉，由是知名。"又注引《异同杂语》曰：太祖"尝问许子将：'我何如人？'子将不答。固问之，子将曰：'子治世之能臣，乱世之奸雄。'太祖大笑"。《后汉书》卷六八《许劭传》："许劭字子将……曹操微时，常卑辞厚礼，求为己目。劭鄙其人而不肯对，操乃伺隙胁劭，劭不得已，曰：'君清平之奸贼，乱世之英雄。'操大悦而去。"

上述曹操诸事，年月无考。明年，操举孝廉，为郎。据时操"弱冠"及"为诸生"等句，上述诸事殆在举孝廉前，姑附于此，备考。

熹平三年（公元一七四） 甲寅 曹操二十岁

十一月，臧旻、陈寅镇压会稽起义军，获许昭父子，斩首数千级。

据《灵帝纪》、《后汉书》卷五八《臧洪传》。

十二月，鲜卑攻北地，为太守夏育所击破。鲜卑又攻并州。

据《灵帝纪》。

是年，曹操举孝廉，为郎，除洛阳北部尉，执法不避豪强。

《武帝纪》："年二十，举孝廉为郎，除洛阳北部尉。"又《武帝纪》建安十三年注引卫恒《四体书势序》曰："上谷王次仲善隶书，始为楷法。至灵帝好书，世多能者。而师宜官为最，甚矜其能，每书，辄削焚其札。梁鹄乃益为版而饮之酒，候其醉而窃其札，鹄卒以攻书至选部尚书。于是公欲为洛阳令，鹄以为北部尉。"又《武帝纪》建安二十一年注引《曹瞒传》曰："为

尚书右丞司马建公所举。及公为王,召建公到邺,与欢饮,谓
建公曰:'孤今日可复作尉否?'建公曰:'昔举大王时,适可作
尉耳。'王大笑。"《武帝纪》注引《曹瞒传》曰:"太祖初入尉廨,
缮治四门。造五色棒,县门左右各十余枚,有犯禁者,不避豪
强,皆棒杀之。后数月,灵帝爱幸小黄门蹇硕叔父夜行,即杀
之。京师敛迹,莫敢犯者。"

曹操上书陈窦武、陈蕃正直被害,奸邪盈朝。

　　《武帝纪》注引《魏书》曰:"先是大将军窦武、太傅陈蕃谋诛阉
官,反为所害,太祖上书陈武等正直而见陷害,奸邪盈朝,善
人雍塞,其言甚切;灵帝不能用。"操上书陈武、蕃事,未详年
月。武、蕃建宁元年被诛,时操十四岁,殆不可能上书,上书
疑在为洛阳北部尉后,姑录于此,备考。

贾逵生。

　　据《三国志》卷一五《魏书·贾逵传》。

熹平四年(公元一七五)　乙卯　曹操二十一岁

三月,诏诸儒正《五经》(《尚书》、《周易》、《公羊传》、《礼记》、《论
语》)文字。议郎蔡邕书之,刻石碑立于太学门外,使后儒学经
均以碑为正。碑始立,其观视及摹写者,车乘日千余两,填塞
街陌。

　　据《灵帝纪》、《后汉书》卷六〇下《蔡邕传》。

初制,禁止婚姻之家及两州人交互为官,选举艰难。蔡邕上疏
谏帝蠲除近禁。帝未从。

　　据《蔡邕传》。

四月,郡国七大水。

五月,鲜卑攻幽州。

六月,弘农、三辅螟灾。

令郡国遇灾者,田租减半。

十月,改平准为中准,使宦者为令,列于内署,自此诸署皆以宦官为丞、令。

以上据《灵帝纪》。

是年:

杨修生。

据《三国志》卷一九《魏书·陈思王植传》(以下简称《曹植传》)注引《典略》、《后汉书》卷五四《杨修传》注引《续汉书》。

孙策生。

据《三国志》卷四六《吴书·孙破虏讨逆传》。

周瑜生。

据《吴书·孙破虏讨逆传》注引《江表传》。

熹平五年(公元一七六)　丙辰　曹操二十二岁

四月,益州郡农民起义,为太守李颙所镇压。

据《灵帝纪》。

闰五月,永昌太守曹鸾上书求赦宥党人,灵帝大怒,收杀鸾。诏州郡更考党人门生、故吏、父子兄弟,其在位者免官禁锢,乃及五属。

据《灵帝纪》、《后汉书》卷六七《党锢传》。

十二月,试太学生年六十以上者百余人,补郎中、太子舍人至王家郎、郡国文学吏。

是岁:

鲜卑攻幽州。

以上据《灵帝纪》。

朝廷授爵位,多不以次。灵帝好微行,乐游外苑,政事日废。

　　据《后汉书》卷五四《杨赐传》。

熹平六年(公元一七七)　丁巳　曹操二十三岁

四月,大旱,七州蝗灾。

鲜卑攻东西北三边。

　　以上据《灵帝纪》。

灵帝好学,引招能为辞赋、绘画、书法者数十人,居鸿都门下,待以不次之位。七月,蔡邕上封事,斥责之为小才,有类俳优。

　　据《后汉书》卷六〇下《蔡邕传》。

八月,遣破鲜卑中郎将田晏等三道出塞,并攻鲜卑。鲜卑檀石槐三部大人各帅众迎战,晏等大败,死者大半。

　　据《灵帝纪》、《后汉书》卷九〇《鲜卑传》。

十二月,鲜卑攻辽西。

　　据《灵帝纪》。

是年:

朝廷近习宠臣疾恨曹操,然不能伤,迁操顿丘令,征拜议郎。

　　《曹植传》:"太祖征孙权,使植留守邺,戒之曰:'吾昔为顿丘令,年二十三,思此时所行,无悔于今'……"《武帝纪》:"迁顿丘令,征拜议郎。"注引《曹瞒传》曰:操为洛阳北部尉时,"近习宠臣咸疾之,然不能伤,于是共称荐之,故迁为顿丘令"。

　　操征拜议郎年月不详,据《武帝纪》原文及注,盖在是年为顿丘令后、次年免官前,暂附于此,备考。

郦炎卒于狱中,时年二十八。

　　据《后汉书》卷八〇下《郦炎传》。

王粲生。

据《三国志》卷二一《魏书·王粲传》。

光和元年（公元一七八）　戊午　曹操二十四岁

正月，合浦、交址乌浒农民起义，与九真、日南农民攻占郡县。

据《灵帝纪》。

二月，始置鸿都门学，举召能为书、画、辞赋者相课试，至千人。
诸生课试及格者，任高宫，乃有封侯赐爵者。

据《灵帝纪》及注、《后汉书》卷六〇下《蔡邕传》。

三月，改元光和。

据《灵帝纪》。

七月，诏问灾异及消变复常之术。
杨赐谏帝黜阉尹之徒及鸿都诸生。蔡邕谏帝无以鸿都篇赋之
文超取选举。

以上据《后汉书》卷五四《杨赐传》、卷六〇下《蔡邕传》。

十月，宋皇后废，以忧死。父不其乡侯酆及兄弟并被诛。

据《后汉书》卷一〇下《皇后纪》。

曹操因其从妹夫被诛免官。

《武帝纪》注引《魏书》曰："太祖从妹夫濦强侯宋奇被诛，从坐
免官。"操免官年月，史无明文。梁章钜《三国志旁证》卷一：
"按，宋奇之封，不见于《后汉书》，熊方补表亦失载。考《后汉
书·后纪》，灵帝宋皇后父酆封不其乡侯。光和元年后废，酆
父子并被诛，则濦强侯必宋皇后兄弟行也。"

冬，鲜卑攻酒泉，缘边均受其害。

据《后汉书》卷九〇《鲜卑传》。

十二月，光禄大夫桥玄为太尉。

据《灵帝纪》。

诏为鸿都文学乐松、江览等人图象立赞，以劝学者。尚书令阳球谏罢鸿都之选，书奏不省。

据《后汉书》卷七七《阳球传》。

是年，初开西邸卖官。官位不等，入钱各有差。又私令左右卖公卿。卖官所得以为私藏。

据《灵帝纪》。

光和二年（公元一七九）　己未　曹操二十五岁

春，大疫。

三月，太尉桥玄罢。

四月，中常侍王甫及太尉段颎并下狱死。

赦天下，诸党人禁锢小功以下皆除之。

以上据《灵帝纪》。

十月，司徒刘郃、永乐少府陈球、卫尉阳球、步兵校尉刘纳谋杀宦官，谋泄，皆下狱死。

据《灵帝纪》。

巴郡板楯农民起义，益州刺史镇压之，不克。

据《后汉书》卷八六《巴郡南郡蛮传》。

十二月，鲜卑攻幽、并二州。

据《灵帝纪》。

是年：

曹操于谯纳卞氏为妾。

《三国志》卷五《魏书·卞后传》："年二十，太祖于谯纳后为妾。后随太祖至洛。"卞后延熹三年生，至是年二十岁。时操因宋奇事免官居乡里谯，纳卞氏。

仲长统生。

据《三国志》卷二一《魏书·刘劭传》注引缪袭撰统《昌言表》。

光和三年（公元一八〇）　庚申　曹操二十六岁

四月，江夏农民与庐江黄穰连结起义，众至十余万，攻占四县。

据《后汉书》卷八六《巴郡南郡蛮传》。

六月，诏公卿举能通《尚书》、《毛诗》、《左氏》、《穀梁春秋》各一人，皆除议郎。

据《灵帝纪》。

曹操复征拜议郎。

《武帝纪》注引《魏书》曰："后以能明古学，复征拜议郎。"此事年月不详，据上引《灵帝纪》六月所载除议郎事，疑在是年六月后，姑附于此，备考。

冬，鲜卑攻幽、并二州。

据《灵帝纪》。

十二月，立贵人何氏为皇后，征后兄颍川太守何进为侍中。

据《灵帝纪》、《后汉书》卷六九《何进传》。

苍梧、桂阳农民起义，为零陵太守杨琔所镇压。

据《后汉书》卷三八《杨琔传》。

是年，刘廙生。

据《三国志》卷二一《魏书·刘廙传》及注引《廙别传》。

光和四年（公元一八一）　辛酉　曹操二十七岁

正月，初置骡骥厩丞，领受郡国征调马匹，豪右垄断，马一匹钱至二百万。

四月，交址刺史朱儁镇压交址、合浦乌浒农民起义。

十月，鲜卑攻幽、并二州。

是年：

灵帝作列肆于后宫,使诸采女贩卖,更相盗窃争斗。灵帝穿商贾服,从之饮宴为乐。又于西园弄狗、驾驴取乐,京师转相仿效。

以上据《灵帝纪》。

诸葛亮生。

据《三国志》卷三五《蜀书·诸葛亮传》(以下简称《诸葛亮传》)。

光和五年(公元一八二)　壬戌　曹操二十八岁

正月,诏公卿以谣言劾举刺史与二千石官。曹操上言公卿所举不当。

《后汉书》卷五七《刘陶传》:"时司徒东海陈耽……以忠正称,历位三司。光和五年,诏公卿以谣言举刺史、二千石为民蠹害者。时太尉许馘、司空张济承望内官,受取货赂,其宦者子弟宾客,虽贪汙秽浊,皆不敢问,而虚纠边远小郡清修有惠化者二十六人。吏人诣阙陈诉,耽与议郎曹操上言:'公卿所举,率党其私,所谓放鸱枭而囚鸾凤。'其言忠切,帝以让馘、济,由是诸坐谣言征者悉拜议郎。"

二月,大疫。

三月,司徒陈耽免。

四月,旱灾。

五月,永乐宫署灾。

七月,有星孛于太微。

以上据《灵帝纪》。

灵帝以灾异博问得失,曹操复上书切谏。

《武帝纪》注引《魏书》曰:"诏书敕三府:举奏州县政理无效,民为作谣言者免罢之。三公倾邪,皆希世见用,货赂并行,强者为怨,不见举奏,弱者守道,多被陷毁。太祖疾之。是岁以灾异博问得失,因此复上书切谏,说三公所举奏专回避贵戚之意。奏上,天子感悟,以示三府责让之,诸以谣言征者皆拜议郎。是后政教日乱,豪猾益炽,多所摧毁;太祖知不可匡正,遂不复献言。"操复上书未详年月,是年二月至七月多灾异,盖在二月至七月间。

巴郡板楯农民起义军诣太守曹谦降。

十二月,灵帝至太学。

以上据《灵帝纪》。

曹丕妻甄氏生。

《三国志》卷五《魏书·甄后传》:"文昭甄皇后,中山无极人,明帝母。汉太保甄邯后也,世吏二千石。父逸,上蔡令,后三岁失父。"注引《魏书》曰:"逸娶常山张氏,生三男五女:长男豫,早终;次俨,举孝廉,大将军掾、曲梁长;次尧,举孝廉;长女姜,次脱,次道,次荣,次即后。后以汉光和五年十二月丁酉生。"

是年:

孙权生。

据《三国志》卷四七《吴书·吴主传》(以下简称《吴主传》)。

荀纬生。

据《三国志》卷二一《魏书·刘桢传》注引《文章叙录》。

光和六年(公元一八三)　癸亥　曹操二十九岁

夏,大旱。

据《灵帝纪》。

初,钜鹿张角奉事黄、老道,以妖术教徒众,号"太平道"。分遣弟子行四方，十余年间，徒众数十万，自青、徐、幽、冀、荆、扬、兖、豫八州之人，莫不毕应。司徒杨赐、司徒掾刘陶上书言张角事，帝不以为意。角置三十六方，各立渠帅，宣言"苍天已死，黄天当立，岁在甲子，天下大吉"。

据《三国志》卷八《魏书·张鲁传》注引鱼氏《典略》、《后汉书》卷七一《皇甫嵩传》、卷五七《刘陶传》。

是年，桥玄卒，时年七十五。

据《后汉书》卷五一《桥玄传》。

中平元年（公元一八四）　甲子　曹操三十岁

春，太平道大方马元义等先收荆、扬数万人，期会起义于邺。义数往来京都，以中常侍封谞、徐奉等为内应，约以内外俱起。张角弟子唐周告密，朝廷收杀马元义，诏三公、司隶按验有事张角道者，杀千余人。角令诸方同时起义，著黄巾为帜。二月，张角兄弟起兵冀州。所在烧官府，长吏多逃亡。天下响应，京都震动。

据《后汉书》卷七一《皇甫嵩传》、《后汉书》志第一七《五行》。

三月，灵帝召群臣会议。赦天下党人，诛徙之家皆归故乡。唯张角不赦。命北中郎将卢植、左中郎将皇甫嵩、右中郎将朱儁镇压黄巾。

据《后汉书》卷六四《卢植传》、卷七一《皇甫嵩传》、卷六七《党锢列传》。

曹丕妻郭氏生。

《三国志》卷五《魏书·郭后传》："文德郭皇后，安平广宗人也。祖世长吏。"注引《魏书》曰："父永，官至南郡太守，谥敬侯。母姓董氏，即堂阳君，生三男二女：长男浮，高唐令，次女

昱,次即后,后弟都,弟成。后以汉中平元年三月乙卯生,生
而有异常。"《郭后传》又曰:"后少而父永奇之曰:'此乃吾女
中王也。'遂以女王为字。早失二亲,丧乱流离,没在铜鞮
侯家。"

曹操拜骑都尉。

　　《武帝纪》:"光和末,黄巾起。拜骑都尉。"操拜骑都尉月份不
　　详。考《灵帝纪》,是年二月黄巾起义,十二月改元中平,操拜
　　骑都尉,盖在黄巾起义后不久。

四月,朱儁为黄巾波才所败。汝南黄巾败太守。广阳黄巾杀刺
史及太守。

　　据《灵帝纪》。

五月,灵帝遣曹操与皇甫嵩、朱儁合军镇压颍川黄巾军,斩首数
万级。操迁济南相,奏免贪官污吏,禁淫祀。

　　据《武帝纪》、《后汉书》卷七一《皇甫嵩传》。

　　《武帝纪》建安十五年注引《魏武故事》载曹操《让县自明本志
　　令》曰:"故在济南,始除残去秽,平心选举。"《武帝纪》中平元
　　年:"拜骑都尉,讨颍川贼。迁为济南相,国有十余县,长吏多
　　阿附贵戚,赃污狼藉,于是奏免其八;禁断淫祀,奸宄逃窜,郡
　　界肃然。"注引《魏书》曰:"长吏受取贪饕,依倚贵势,历前相
　　不见举;闻太祖至,咸皆举免,小大震怖,奸宄遁逃,窜入他
　　郡。政教大行,一郡清平。初,城阳景王刘章以有功于汉,故
　　其国为立祠,青州诸郡转相仿效,济南尤盛,至六百余祠。贾
　　人或假二千石舆服导从作倡乐,奢侈日甚,民坐贫穷,历世长
　　吏无敢禁绝者。太祖到,皆毁坏祠屋,止绝官吏民不得祠祀。
　　及至秉政,遂除奸邪鬼神之事,世之淫祀由此遂绝。"《武帝
　　纪》初平三年注引《魏书》曰:黄巾"移书太祖曰:'昔在济南,

毁坏神坛,其道乃与中黄太乙同。'"应劭《风俗通义》卷九"城阳景王祠"条云:"自琅琊、青州六郡,及渤海都邑乡亭聚落,皆为立祠,造饰五二千石车,商人次第为之,立服带绶,备置官属,烹杀讴歌,纷籍连日,转相诳曜,言有神明,其谴问祸福立应,历载弥久,莫之匡纠,唯乐安太守陈蕃、济南相曹操,一切禁绝,肃然政清。陈、曹之后,稍复如故。"

曹操作《对酒》诗。

诗见郭茂倩《乐府诗集》卷二七。《武帝纪》建安十五年注引《魏武故事》载曹操《让县自明本志令》曰:"孤始举孝廉,年少,自以本非岩穴知名之士,恐为海内人之所见凡愚,欲为一郡守,好作政教,以建立名誉,使世士明知之;故在济南,始除残去秽,平心选举。"操任济南相时,"政教大行,一郡清平"。《对酒》诗写封建太平盛世景象,疑是操任济南相时政治理想之表现,姑系于此,备考。

七月,五斗米道张修于巴郡起义,攻郡县。

据《灵帝纪》、《三国志》卷八《魏书·张鲁传》注引《典略》。

八月,皇甫嵩与黄巾军战于仓亭,获其帅卜己,斩首七千余。

十月,皇甫嵩与黄巾军战于广宗,杀张角弟梁,获首三万级,赴河死者五万许人。张角先已病死,剖棺戮尸,传首京师。

十一月,皇甫嵩破黄巾军于下曲阳,杀张角弟宝,斩获十余万人。

以上据《灵帝纪》、《后汉书》卷七一《皇甫嵩传》。

北地先零羌及枹罕河关反,共立湟中义从胡北宫伯玉、李文侯为将军,以边章、韩遂为军帅,杀太守,攻烧州郡。

据《灵帝纪》、《后汉书》卷七二《董卓传》。

朱儁、孙坚镇压黄巾军孙夏,斩首万余级。拜孙坚别部司马。

据《后汉书》卷七一《朱儁传》、《三国志》卷四六《吴书·孙破虏讨逆传》。

至此，黄巾起义军溃败，余者仍在青、徐、豫等州郡继续作战。

十二月，改元中平。

据《灵帝纪》。

是年：

曹操辞济南相，乞留宿卫，拜议郎。

《武帝纪》建安十五年注引《魏武故事》载操《让县自明本志令》曰："在济南，始除残去秽，平心选举，违迕诸常侍。以为强豪所忿，恐致家祸，故以病还。去官之后，年纪尚少，顾视同岁中，年有五十，未名为老，内自图之，从此却去二十年，待天下清，乃与同岁中始举者等耳。"操是年三十，从此向下二十年，正五十，知操辞济南相当在是年。又《武帝纪》注引《魏书》曰："于是权臣专朝，贵戚横恣。太祖不能违道取容，数数干忤，恐为家祸，遂乞留宿卫。拜议郎。"据此知操辞济南相后，乞留宿卫，拜议郎。

刘备得中山大商张世平、苏双等赀累千金，与关羽、张飞起兵镇压黄巾，除安喜尉。

据《先主传》、《三国志》卷三六《蜀书·关羽传》。

胡综生。

据《三国志》卷六二《吴书·胡综传》。

中平二年（公元一八五）　乙丑　曹操三十一岁

正月，大疫。

据《灵帝纪》。

二月，中常侍张让、赵忠说灵帝令敛天下田税亩十钱，以修宫室、铸铜人。又诏发州郡材木文石，部送京师。黄门常侍从中为奸，刺史、太守复增私调，百姓怨恨。

　　据《灵帝纪》、《后汉书》卷七八《张让赵忠传》。

张牛角等十余部起义，号"黑山军"，攻河北诸郡县。后乞降。

　　据《灵帝纪》、《后汉书》卷七一《朱儁传》。

三月，北宫伯玉等攻三辅。

四月，大风，雨雹。

七月，三辅螟灾。

　　以上据《灵帝纪》。

八月，以司空张温为车骑将军，攻北宫伯玉，拜董卓为破虏将军，属温统辖。

十一月，张温破北宫伯玉于美阳；董卓与鲍鸿等合兵攻破边章、韩遂。章、遂退走榆中。

　　以上据《灵帝纪》、《后汉书》卷七二《董卓传》。

鲜卑攻幽、并二州。

　　据《灵帝纪》。

是年：

灵帝造万金堂于西园，聚钱私藏。

　　据《灵帝纪》、《后汉书》卷七八《宦者传》。

征曹操为东郡太守，不就，归乡里。

　　《武帝纪》："久之，征还为东郡太守；不就，称疾归乡里。"注引《魏书》曰："拜议郎，常托疾病，辄告归乡里；筑室城外，春夏习读书传，秋冬弋猎，以自娱乐。"又《武帝纪》建安十五年注引《魏武故事》载操《让县自明本志令》曰："故以四时归乡里，于谯东五十里筑精舍，欲秋夏读书，冬春射猎，求底下之地，欲以泥水自蔽，绝宾客往来之望，然不能得如意。"上述操诸事年月不详。据《武帝纪》及注引

《魏书》,知操由任济南相至征为东郡太守,历时"久之"。姑附于此,备考。

中平三年(公元一八六)　丙寅　曹操三十二岁

二月,江夏兵赵慈暴动,杀南阳太守秦颉。

灵帝复修玉堂殿,铸铜人、黄钟、天禄等。

六月,荆州刺史王敏攻斩赵慈。

十月,武陵农民起义,攻郡界,为郡兵所镇压。

十二月,鲜卑攻幽、并二州。

　以上据《灵帝纪》。

冬,韩遂杀边章、北宫伯玉、李文侯,拥兵十余万,进围陇西。

　据《后汉书》卷七二《董卓传》。

征曹操为都尉。

　《武帝纪》:"金城边章、韩遂杀刺史郡守以叛,众十余万,天下
　骚动。征太祖为典军校尉。"《武帝纪》建安十五年注引《魏武
　故事》载操《让县自明本志令》中有"后征为都尉,迁典军校
　尉"等句,知起用操是任都尉,为典军校尉当在中平五年(详
　后)。又据《灵帝纪》、《后汉书》卷五八《盖勋传》、卷六四《赵
　岐传》、卷四八《应劭传》、卷七二《董卓传》等,知边章、韩遂等
　于中平元年起兵反叛,二年继续为患,至本年冬众至十余万。
　综上所述,知操为都尉盖在是年冬或明年。暂系于此,备考。

是年,缪袭生。

　据《三国志》卷二一《魏书·刘劭传》注引挚虞《文章志》。

中平四年(公元一八七)　丁卯　曹操三十三岁　曹丕一岁

二月,荥阳农民起义,杀中牟令。

三月,河南尹何苗镇压荥阳农民义军。

　　以上据《灵帝纪》。

四月,梁州刺史耿鄙率六郡兵攻韩遂,兵败被杀。韩遂进围汉
阳。耿鄙司马马腾、汉阳王国并叛,与遂合,共推国为主,攻略
三辅。

　　据《灵帝纪》、《后汉书》卷七二《董卓传》。

六月,前中山太守渔阳张纯与同郡前泰山太守张举联合乌桓,
劫略蓟中,众至十余万,屯肥如,举自称天子,攻幽、冀、青、徐
四州。

　　据《灵帝纪》、《后汉书》卷七三《刘虞传》、卷九〇《乌桓传》。

十月,零陵人观鹄起义,攻桂阳,为长沙太守孙坚所镇压。

　　据《灵帝纪》。

十一月,曹操父嵩为太尉。

　　《灵帝纪》中平四年十一月:"太尉崔烈罢,大司农曹嵩为
　　太尉。"

　　《后汉书》卷七八《曹腾传》:"嵩灵帝时货赂中官及输西园钱
　　一亿万,故位至太尉。"《后汉书》卷七四上《袁绍传》载讨曹操
　　檄文曰:"父嵩,乞匄携养,因臧买位,舆金辇宝,输货权门,窃
　　盗鼎司,倾覆重器。"注引《续汉志》曰:"灵帝时卖官,嵩以货
　　得拜大司农、大鸿胪,代崔烈为太尉。"

冬,曹操子丕生于谯。丕,字子桓,母卞氏。

　　《三国志》卷二《魏书·文帝纪》(以下简称《文帝纪》):"文皇
　　帝讳丕,字子桓,武帝太子也。中平四年冬,生于谯。"郦道元
　　《水经注》卷二三《阴沟水》注:谯"城东有曹太祖旧宅,所在负
　　郭对廛,侧隍临水……文帝以汉中平四年生于此。"

　　《三国志》卷二〇《魏书·武文世王公传》:"卞皇后生文

皇帝。"

是年,卖关内侯,值五百万。

据《灵帝纪》。

中平五年(公元一八八)　戊辰　曹操三十四岁　曹丕二岁

二月,黄巾余部郭太等起于西河白波谷,攻太原、河东。

三月,休屠各胡攻杀并州刺史张懿。

以上据《灵帝纪》。

改刺史为州牧。刘虞为幽州牧。刘焉为益州牧,入蜀。

据《三国志》卷三一《蜀书·刘焉传》及注引司马彪《续汉书》。

四月,汝南葛陂黄巾军攻没郡县。

曹操父太尉曹嵩罢。

以上据《灵帝纪》。

六月,益州马相等起义,自号黄巾,众数万。为州从事贾龙所镇压。龙迎刘焉。

据《灵帝纪》、《三国志》卷三一《蜀书·刘焉传》。

郡国七大水。

据《灵帝纪》。

冀州刺史王芬等谋废灵帝,以其谋告曹操,操拒之。

《武帝纪》:"冀州刺史王芬、南阳许攸、沛国周旌等连结豪杰,谋废灵帝,立合肥侯,以告太祖,太祖拒之。芬等遂败。"注引司马彪《九州春秋》曰:"于是陈蕃子逸与术士平原襄楷会于芬坐,楷曰:'天文不利宦者,黄门、常侍(贵)〔真〕族灭矣。'逸喜。芬曰:'若然者,芬愿驱除。'于是与攸等结谋。灵帝欲北巡河间旧宅,芬等谋因此作难,上书言黑山贼攻劫郡县,求得起兵。会北方有赤气,东西竟天,太史上言'当有阴谋,不宜北行',帝乃止。敕芬罢兵,俄而征之。芬惧,自杀。"又注引《魏书》载曹操拒王芬辞曰:"夫废立之事,天下之至不祥也。古人有权成败,计轻重而行之者,伊尹、霍光是也。伊尹怀至忠之诚,据宰臣之势,处官司之上,故进退废置,计从事立。及至霍光受托国之任,藉宗臣之位,内因太后秉政之重,外有群卿同欲之势,昌邑即位日浅,未有贵宠,朝乏谠臣,议出密近,故计行如转圜,事成如摧朽。今诸君徒见曩者之易,未睹当今之难。诸君自度,结众连党,何若七国?合肥之贵,孰若吴、楚?而造作非常,欲望必克,不亦危乎!"曹操拒王芬谋废灵帝事,时间未详。今据《资治通鉴》卷五九中平五年系于此。

八月,朝廷初置西园八校尉,曹操为典军校尉。

《灵帝纪》中平五年:"八月,初置西园八校尉。"注引乐资《山阳公载记》曰:"小黄门蹇硕为上军校尉,虎贲中郎将袁绍为中军校尉,屯骑校尉鲍鸿为下军校尉,议郎曹操为典军校尉,赵融为助军左校尉,冯芳为助军右校尉,谏议大夫夏牟为左校尉,淳于琼为右校尉:凡八校〔尉〕,皆统于蹇硕。"《武帝纪》建安十五年注引《魏武故事》载操《让县自明本志令》曰:"后征为都尉,迁典军校尉,意遂更欲为国家讨贼立功,欲望封侯作征西将军。"

九月,匈奴南单子于扶罗与黄巾白波众攻河东。

朝廷遣中郎将孟益率骑都尉公孙瓒攻渔阳张纯等。

十月,青、徐二州黄巾复起,攻郡县。

以上据《灵帝纪》。

十一月,王国围陈仓。拜皇甫嵩为左将军,督前将军董卓拒之。

据《灵帝纪》、《后汉书》卷七一《皇甫嵩传》。

朝廷遣鲍鸿镇压葛陂黄巾。

巴郡板楯农民起义,赵瑾镇压之。

公孙瓒大破张纯。

以上据《灵帝纪》。

中平六年(公元一八九)　己巳　曹操三十五岁　曹丕三岁

二月,皇甫嵩破王国军,斩首万余级。

据《灵帝纪》、《后汉书》卷七一《皇甫嵩传》。

三月,刘虞设赏购斩张纯,纯为其客所杀。

据《灵帝纪》、《后汉书》卷七三《刘虞传》。

四月,灵帝卒,时年三十四。皇子辩即皇帝位,时年十七。何太后临朝,改元为光熹。何太后弟大将军何进秉朝政,谋诛宦官,信用袁绍、袁术。蹇硕谋杀何进,谋泄,被杀。

据《灵帝纪》、《后汉书》卷六九《何进传》。

六月,雨水。

据《灵帝纪》。

七月,何进欲招猛将董卓等引兵向京城,胁太后诛宦官。主簿陈琳谏何进当果断行事,不必聚会大兵。

据《后汉书》卷六九《何进传》。

曹操反对招外将尽诛宦官。

《武帝纪》:"大将军何进与袁绍谋诛宦官,太后不听。进乃召董卓,欲以胁太后。"注引《魏书》曰:"太祖闻而笑之曰:'阉竖之官,古今宜有,但世主不当假之权宠,使至于此。既治其罪,当诛元恶,一狱吏足矣,何必纷纷召外将乎?欲尽诛之,事必宣露，吾见其败也。'"

董卓率兵自河东向洛阳。何进谋泄。

　　据《后汉书》卷七二《董卓传》、卷六九《何进传》。

八月，中常侍张让、段珪杀何进。袁绍入宫捕杀宦官少长共二千余人。让、珪等将帝与陈留王等至小平津，卢植等追兵至，让、珪投河死。宦官专政至此结束。董卓引兵迎帝还宫，辟蔡邕署祭酒，迁侍中。袁绍与董卓有隙，绍逃奔冀州。改光熹为昭宁。

　　据《灵帝纪》、《三国志》卷六《魏书·袁绍传》、《后汉书》卷六〇下《蔡邕传》。

九月，董卓废刘辩为弘农王，立陈留王协为帝（献帝）。协时年九岁。改昭宁为永汉。董卓杀何太后，自任太尉。

　　据《灵帝纪》、《后汉书》卷九《孝献帝纪》（以下简称《献帝纪》）、卷七二《董卓传》。

董卓表曹操为骁骑校尉，操不就，东归，杀吕伯奢子。

　　《武帝纪》："卓表太祖为骁骑校尉，欲与计事。太祖乃变易姓名，间行东归。"注引《魏书》曰："太祖以卓终必覆败，遂不就拜，逃归乡里。从数骑过故人成皋吕伯奢，伯奢不在，其子与宾客共劫太祖，取马及物，太祖手刃击杀数人。"又注引《世语》曰："太祖过伯奢。伯奢出行，五子皆在，备宾主礼。太祖自以背卓命，疑其图己，手剑夜杀八人而去。"又注引孙盛《杂记》曰："太祖闻其食器声，以为图己，遂夜杀之。既而凄怆曰：'宁我负人，毋人负我！'遂行。"曹操杀伯奢子之事，上引三说，何说为是，难以断定。东汉后期，朝政极为昏暗，天下人多相疑，时操又背卓命，卓下书拘操，盖操疑人图己，故杀伯奢子。《世语》、《杂记》所记，较为符合当时情势。

曹操过中牟,被亭长所执,旋得解。

　　《武帝纪》:"出关,过中牟,为亭长所疑,执诣县,邑中或窃识
之,为请得解。"注引《世语》曰:"中牟疑是亡人,见拘于县。
时掾亦已被卓书;唯功曹心知是太祖,以世方乱,不宜拘天下
雄儁,因白令释之。"

洛阳讹传曹操卒,操部下皆欲归,操妻卞氏劝止之。

　　《三国志》卷五《魏书·卞后传》:"及董卓为乱,太祖微服东出
避难。袁术传太祖凶问,时太祖左右至洛者皆欲归,后止之
曰:'曹君吉凶未可知,今日还家,明日若在,何面目复相见
也? 正使祸至,共死何苦!'遂从后言。太祖闻而善之。"

曹操至陈留、襄邑,欲起兵讨董卓,与工师共造武器。

　　《武帝纪》:"太祖至陈留,散家财,合义兵,将以诛卓。"注引《世
语》曰:"陈留孝廉卫兹以家财资太祖,使起兵,众有五千人。"
　　虞世南等编《北堂书钞》(以下简称《书钞》)卷一二三、李昉等
撰《太平御览》(以下简称《御览》)卷三四六引曹操《军策令》
曰:"孤先在襄邑,有起兵意,与工师共作卑手刀。时北海孙
宾硕来候孤,讥孤曰:'当慕其大者,乃与工师共作刀耶?'孤
答曰:'能小复能大,何苦!'""有起兵意"指曹操是年逃离洛
阳,至陈留、襄邑等地,准备起兵讨伐董卓。

十月,黄巾白波众攻河东,董卓遣牛辅镇压之。

十一月,董卓为相国,擅专朝政。

　　以上据《献帝纪》。

十二月,袁术畏董卓,出奔南阳。

　　据《三国志》卷六《魏书·袁术传》。

曹操于己吾起兵讨董卓。鲍信与弟韬以兵应操。

　　《武帝纪》:"冬十二月,始起兵于己吾,是岁中平六年也。"

《三国志》卷一二《魏书·鲍勋传》注引《魏书》曰："太祖始起
兵于己吾,信与弟韬以兵应太祖。太祖与袁绍表信行破虏
将军,韬裨将军。时绍众最盛,豪杰多向之。信独谓太祖
曰:'夫略不世出,能总英雄以拨乱反正者,君也。苟非其
人,虽强必毙。君殆天之所启!'遂深自结纳,太祖亦亲
异焉。"

是年,曹丕妻甄氏八岁。甄氏自少至长,不好戏弄。

《三国志》卷五《魏书·甄后传》注引《魏书》曰:"后自少至长,
不好戏弄。年八岁,外有立骑马戏者,家人诸姊皆上阁观之,
后独不行。诸姊怪问之,后答言:'此岂女人之所观邪?'"

汉献帝(刘协)初平元年(公元一九〇)　庚午　曹操三十六岁　曹丕四岁

正月,关东州郡皆起兵讨董卓,推袁绍为盟主。军阀混战开始。
曹操行奋武将军。

《武帝纪》初平元年:"正月,后将军袁术、冀州牧韩馥、豫州刺
史孔伷、兖州刺史刘岱、河内太守王匡、勃海太守袁绍、陈留
太守张邈、东郡太守桥瑁、山阳太守袁遗、济北相鲍信同时俱
起兵,众各数万,推绍为盟主。太祖行奋武将军。"

袁绍自号车骑将军,与王匡屯河内。韩馥留邺。孔伷屯颍川。
刘岱、张邈、桥瑁、袁遗、鲍信与曹操俱屯酸枣。袁术屯南阳。

据《武帝纪》、《后汉书》卷七四上《袁绍传》。

董卓杀弘农王刘辩。

黄巾白波攻东郡。

以上据《献帝纪》。

二月,董卓以山东兵盛,胁献帝迁都长安,驱徙其余民数百万往

长安,悉烧洛阳宫室,二百里内,室家荡尽。

　　据《献帝纪》、《后汉书》卷七二《董卓传》。

白虹贯日。

　　据《献帝纪》。

三月,献帝至长安,朝政皆委司徒王允。

　　据《献帝纪》、《后汉书》卷六六《王允传》。

诏刘表为荆州刺史。

　　据《后汉书》卷七四下《刘表传》。

董卓在洛阳,袁绍等畏其强,莫敢先进。曹操引兵向西,将据成皋。

　　《武帝纪》初平元年:"卓兵强,绍等莫敢先进。太祖曰:'举义兵以诛暴乱,大众已合,诸君何疑?向使董卓闻山东兵起,倚王室之重,据二周之险,东向以临天下;虽以无道行之,犹足为患。今焚烧宫室,劫迁天子,海内震动,不知所归,此天亡之时也。一战而天下定矣,不可失也。'遂引兵西,将据成皋。邈遣将卫兹分兵随太祖。"

曹操于荥阳汴水与董卓将徐荣战,为荣所败。

　　《武帝纪》初平元年:"到荥阳汴水,遇卓将徐荣,与战不利,士卒死伤甚多。太祖为流矢所中,所乘马被创,从弟洪以马与太祖,得夜遁去。"又《三国志》卷九《魏书·曹洪传》:太祖被"徐荣所败。太祖失马,贼追甚急,洪下,以马授太祖,太祖辞让,洪曰:'天下可无洪,不可无君。'遂步从到汴水,水深不得渡,洪循水得船,与太祖俱济,还奔谯"。

曹操至酸枣,见讨卓诸军不图进取,责让之。操谋画攻卓,张邈等不能用。

　　《武帝纪》初平元年:"太祖到酸枣,诸军兵十余万,日置酒高会,不图进取。太祖责让之,因为谋曰:'诸君听吾计,使勃海引河内之众临孟津,酸枣诸将守成皋,据敖仓,塞轘辕、太谷,全制其险;使袁将军率南阳之军军丹、析,入武关,以震三辅:皆高垒深壁,勿与战,益为疑兵,示天下形势,以顺诛逆,可立定也。今兵以义动,持疑而不进,失天下之望,窃为诸君耻之!'邈等不能用。"

曹操诣扬州募兵。

《武帝纪》初平元年:"太祖兵少,乃与夏侯惇等诣扬州募兵,刺史陈温、丹杨太守周昕与兵四千余人。"

《武帝纪》建安十五年注引《魏武故事》载操《让县自明本志令》曰:"遭值董卓之难,兴举义兵。是时合兵能多得耳,然常自损,不欲多之;所以然者,多兵意盛,与强敌争,倘更为祸始。故汴水之战数千,后还到扬州更募,亦复不过三千人,此其本志有限也。"

曹操还至龙亢,士卒多叛。

《武帝纪》初平元年:"还到龙亢,士卒多叛。"注引《魏书》曰:"兵谋叛,夜烧太祖帐,太祖手剑杀数十人,余皆披靡,乃得出营;其不叛者五百余人。"

曹操复收兵,屯河内。

《武帝纪》初平元年:"至铚、建平,复收兵得千余人,进屯河内。"

六月,董卓坏五铢钱,更铸小钱,货贱物贵。

据《献帝纪》、《三国志》卷六《魏书·董卓传》。

是年:

袁绍与韩馥谋立刘虞为帝,约结曹操,操拒之。

《武帝纪》初平元年:"袁绍与韩馥谋立幽州牧刘虞为帝,太祖

拒之。"注引《魏书》载操答绍曰："董卓之罪，暴于四海，吾等
合大众、兴义兵而远近莫不响应，此以义动故也。今幼主微
弱，制于奸臣，未有昌邑亡国之衅，而一旦改易，天下其孰安
之？诸君北面，我自西向。"

曹操恶袁绍，想诛灭之。

《武帝纪》初平元年："绍又尝得一玉印，于太祖坐中举向其
肘，太祖由是笑而恶焉。"注引《魏书》曰："太祖大笑曰：'吾
不听汝也。'绍复使人说太祖曰：'今袁公势盛兵强，二子已
长，天下群英，孰逾于此？'太祖不应。由是益不直绍，图诛
灭之。"

曹操作《薤露》诗。

诗见《乐府诗集》卷二七。诗写白虹贯日、董卓焚洛阳、胁天子
西迁诸事，均发生于是年。诗殆作于是年献帝西迁后不久。

曹丕妻甄氏，是年九岁，看字则识。

《三国志》卷五《魏书·甄后传》注引《魏书》："九岁，喜书，视
字则识，数用诸兄笔砚。"

孔融为北海相，镇压黄巾军张饶，被饶所败。融立学校，表显儒
术，深敬郑玄，荐举郑玄、彭璆、邴原等。

据《后汉书》卷七〇《孔融传》。

初平二年（公元一九一）　辛未　曹操三十七岁　曹丕五岁

春，袁绍、韩馥立刘虞为帝，虞终不敢当。

据《武帝纪》。

二月，董卓自为太师，位在诸侯王上。

袁术遣孙坚败董卓将胡轸于阳人。卓掘洛阳诸帝陵。

四月,董卓至长安。

以上据《献帝纪》。

七月,袁绍胁韩馥让冀州,绍领冀州牧,馥自杀。

据《武帝纪》、《三国志》卷六《魏书·袁绍传》。

鲍信建议曹操据大河以南以待其变,操采纳之。

《三国志》卷一二《魏书·鲍勋传》注引《魏书》曰:"信言于太祖曰:'奸臣乘衅,荡覆王室,英雄奋节,天下响应者,义也。今绍为盟主,因权专利,将自生乱,是复有一卓也。若抑之,则力不能制,只以遘难,又何能济?且可规大河之南,以待其变。'太祖善之。"

黑山军攻魏郡、东郡,曹操入东郡击破之。操为东郡太守。

《武帝纪》初平二年:"黑山贼于毒、白绕、眭固等十余万众略魏郡、东郡,王肱不能御,太祖引兵入东郡,击白绕于濮阳,破之。袁绍因表太祖为东郡太守,治东武阳。"

刘邈盛称曹操忠于皇帝。

《后汉书》卷四二《琅邪孝王京传》:刘邈"至长安,盛称东郡太守曹操忠诚于帝,操以此德于邈"。此事未详年月,当于是年操为东郡太守后,姑附于此,备考。

十一月,青州黄巾军三十万攻太山,为太守应劭所破。

据《献帝纪》、《后汉书》卷四八《应劭传》。

青州黄巾军转攻勃海,为公孙瓒所破。

据《献帝纪》。

关东军阀务相兼并。袁绍与袁术不合。公孙瓒进兵攻绍,冀州诸郡多叛绍从瓒。瓒使刘备为平原相,备使关羽、张飞为别部司马。袁绍南结刘表。

据《先主传》、《后汉书》卷七四《袁绍刘表传》、《三国志》卷三六《蜀书·关羽传》。

是年：

荀彧离袁绍归曹操，操大悦，以为司马。

> 《三国志》卷一〇《魏书·荀彧传》："袁绍已夺（韩）馥位，待彧以上宾之礼。彧弟谌及同郡辛评、郭图，皆为绍所任。彧度绍终不能成大事，时太祖为奋武将军，在东郡，初平二年，彧去绍从太祖。太祖大悦曰：'吾之子房也。'以为司马，时年二十九。是时，董卓威陵天下，太祖以问彧，彧曰：'卓暴虐已甚，必以乱终，无能为也。'"

曹操教曹丕学射。丕少好弓马。

> 《文帝纪》注引曹丕《典论·自叙》曰："余时年五岁，上以四方扰乱，教余学射……生于中平之季，长于戎旅之间，是以少好弓马。"

公孙度威行辽东，邴原、管宁、王烈等至辽东。宁于山中讲《诗》、《书》，习俎豆。原教授游学之士。

> 据《三国志》卷八《魏书·公孙度传》、卷十一《魏书·邴原管宁王烈传》。

初平三年（公元一九二）　壬申　曹操三十八岁　曹丕六岁　曹植一岁

正月，董卓将李傕、郭汜等于中牟击破朱儁，因掠陈留、颍川诸县。

> 据《后汉书》卷七二《董卓传》。

袁术遣将孙坚攻刘表，坚被表军士射杀。

> 据《献帝纪》、《三国志》卷四六《吴书·孙破虏讨逆传》。

袁绍败公孙瓒于界桥。

据《献帝纪》。

春,曹操军顿丘,败黑山帅于毒。又大破黑山眭固与匈奴于夫
罗于内黄。

> 《武帝纪》初平三年:"春,太祖军顿丘,毒等攻东武阳。太祖
> 乃引兵西入山,攻毒等本屯。毒闻之,弃武阳还。太祖要击
> 眭固,又击匈奴于夫罗于内黄,皆大破之。"

四月,司徒王允与吕布诛董卓。

> 据《后汉书》卷七二《董卓传》。

王允总朝政,监禁蔡邕,邕卒于狱中,时年六十一。

> 据《后汉书》卷六〇下《蔡邕传》。

青州百万黄巾攻兖州,杀刺史刘岱。鲍信与州吏万潜等迎曹操
为兖州牧。

> 据《武帝纪》初平三年。又《武帝纪》注引《世语》曰:"岱既死,
> 陈宫谓太祖曰:'州今无主,而王命断绝,宫请说州中,明府寻
> 往牧之,资之以收天下,此霸王之业也。'宫说别驾、治中曰:
> '今天下分裂而州无主;曹东郡,命世之才也,若迎以牧州,必
> 宁生民。'鲍信等亦谓之然。"

曹操进兵镇压黄巾于寿张东,鲍信被黄巾击毙。

> 《献帝纪》初平三年四月:"东郡太守曹操大破黄巾于寿张,
> 降之。"

> 《武帝纪》初平三年:"遂进兵击黄巾于寿张东。信力战斗死,
> 仅而破之。"注引《魏书》曰:"太祖将步骑千余人,行视战地,
> 卒抵贼营,战不利,死者数百人,引还。贼寻前进。黄巾为贼
> 久,数乘胜,兵皆精悍。太祖旧兵少,新兵不习练,举军皆惧。
> 太祖被甲婴胄,亲巡将士,明劝赏罚,众乃复奋,承间讨击,贼
> 稍折退。贼乃移书太祖曰:'昔在济南,毁坏神坛,其道乃与

中黄太乙同，似若知道，今更迷惑。汉行已尽，黄家当立。天之大运，非君才力所能存也。'太祖见檄书，呵骂之，数开示降路；遂设奇伏，昼夜会战，战辄禽获，贼乃退走。"

《三国志》卷一二《魏书·鲍勋传》注引《魏书》曰："太祖以贼恃胜而骄，欲设奇兵挑击之于寿张。先与信出行战地，后步兵未至，而卒与贼遇，遂接战。信殊死战，以救太祖，太祖仅得溃围出，信遂没。"

《武帝纪》初平三年：操"购求信丧不得，众乃刻木如信形状，祭而哭焉"。

诏以京兆金尚为兖州刺史，将之部，曹操迎击之，尚奔袁术。

据《资治通鉴》卷六〇献帝初平三年。

六月，董卓故将李傕、郭汜等陷长安，攻吕布，杀王允，吏民死者万余人。布东逃归袁术，后又归袁绍。

据《献帝纪》、《三国志》卷七《魏书·吕布传》。

王粲与族兄凯、友人士孙萌等离长安往荆州襄阳避乱，依刘表。

据俞绍初校点《王粲集》附《王粲年谱》。

九月，李傕为车骑将军，郭汜为后将军，统管朝政。

据《献帝纪》、《三国志》卷六《魏书·董卓传》。

曹操追黄巾至济北，黄巾败降。操受降卒三十余万。操由此开始强大。

《武帝纪》初平三年："追黄巾至济北。乞降。冬，受降卒三十余万，男女百余万口，收其精锐者，号为青州兵。"

毛玠劝曹操奉天子，修耕植，蓄军资。操采纳其言，遣使西至长安。

《三国志》卷一二《魏书·毛玠传》："太祖临兖州，辟为治中从事。玠语太祖曰：'今天下分崩，国主迁移，生民废业，饥

馑流亡,公家无经岁之储,百姓无安固之志,难以持久。今
袁绍、刘表,虽士民众强,皆无经远之虑,未有树基建本者
也。夫兵义者胜,守位以财,宜奉天子以令不臣,修耕植,畜
军资,如此则霸王之业可成也。'太祖敬纳其言,转幕府
功曹。"

《三国志》卷一四《魏书·董昭传》:"时太祖领兖州,遣使诣杨
(编者注:张杨),欲令假途西至长安,杨不听,昭说杨曰:'袁、
曹虽为一家,势不久群。曹今虽弱,然实天下之英雄也,故当
结之……'杨于是通太祖上事,表荐太祖。昭为太祖作书与
长安诸将李傕、郭汜等,各随轻重致殷勤。杨亦遣使诣太祖。
太祖遗杨犬马金帛,遂与西方往来。"

公孙瓒攻袁绍,使刘备、单经、陶谦自东方逼绍,绍与曹操合兵
攻破诸军。

《武帝纪》初平三年:"袁术与绍有隙,术求援于公孙瓒,瓒使
刘备屯高唐,单经屯平原,陶谦屯发干,以逼绍。太祖与绍会
击,皆破之。"

是年:

曹丕知射。

《文帝纪》注引曹丕《典论·自叙》曰:"六岁而知射。"

曹操子植生。植,字子建,母卞氏。

《曹植传》载植复上疏陈审举之义,曰:"臣生乎乱,长乎军。"

《曹植传》又曰:"陈思王植字子建。"太和六年卒,"时年四十
一"。据此推之,植当生于是年。

《三国志》卷二〇《魏书·武文世王公传》:"武皇帝二十五男:
卞皇后生文皇帝、任城威王彰、陈思王植。"

初平四年（公元一九三）　癸酉　曹操三十九岁　曹丕七岁　曹植二岁

春，曹操军鄄城。

袁术屯封丘，黑山军别部及于夫罗皆附之，曹操接连击破之。

> 《武帝纪》初平四年："春，军鄄城。荆州牧刘表断术粮道，术引军入陈留，屯封丘，黑山余贼及于夫罗等佐之。术使将刘详屯匡亭。太祖击详，术救之，与战，大破之。术退保封丘，遂围之，未合，术走襄邑，追到太寿，决渠水灌城。走宁陵，又追之，走九江。"

三月，袁术杀扬州刺史，领其州。

> 据《三国志》卷六《魏书·袁术传》。

魏郡兵反，与黑山军于毒等数万人共占邺城，杀郡守。

> 据《后汉书》卷七四上《袁绍传》。

夏，曹操还军定陶。

> 据《武帝纪》。

六月，下邳阙宣聚众数千人起义，自称天子，陶谦初与合从，后遂杀宣。

> 据《武帝纪》、《三国志》卷八《魏书·陶谦传》。

袁绍击破黑山军，斩于毒及其众万余级；绍复败左髭丈八、刘石等军，斩数万级；又与黑山军张燕及匈奴、乌桓战于常山。

> 据《后汉书》卷七四上《袁绍传》。

秋，曹操引兵击败陶谦。

> 《武帝纪》初平四年："秋，太祖征陶谦，下十余城，谦守城不敢出。"
>
> 《三国志》卷八《魏书·陶谦传》："初平四年，太祖征谦，攻拔

十余城,至彭城大战。谦兵败走,死者万数,泗水为之不流。谦退守郯。太祖以粮少引军还。"

九月,朝廷试儒生四十余人,上第赐位郎中,次太子舍人,下第者罢之。

《献帝纪》初平四年载诏曰:"今耆儒年逾六十,去离本土,营求粮资,不得专业。结童入学,白首空归,长委农野,永绝荣望,朕甚愍焉。其依科罢者,听为太子舍人。"

十月,刘虞攻公孙瓒,虞大败,被杀。

据《献帝纪》、《三国志》卷八《魏书·公孙瓒传》。

是年:

袁术使孙策渡江。

据《武帝纪》。

张温生。

据《三国志》卷五七《吴书·张温传》。

骆统生。

据《三国志》卷五七《吴书·骆统传》。

兴平元年(公元一九四) 甲戌 曹操四十岁 曹丕八岁 曹植三岁

正月,改元兴平。

据《献帝纪》。

春,曹操自徐州还。

据《武帝纪》。

曹操父嵩为陶谦所害。

《武帝纪》兴平元年:"初,太祖父嵩,去官后还谯,董卓之乱,避难琅邪,为陶谦所害,故太祖志在复仇东伐。"注引《世语》

曰："嵩在泰山华县。太祖令泰山太守应劭送家诣兖州,劭兵
未至,陶谦密遣数千骑掩捕。嵩家以为劭迎,不设备。谦兵
至,杀太祖弟德于门中。嵩惧,穿后垣,先出其妾,妾肥,不时
得出;嵩逃于厕,与妾俱被害,阖门皆死。劭惧,弃官赴袁绍。
后太祖定冀州,劭时已死。"

《后汉书》卷四八《应劭传》:"兴平元年,前太尉曹嵩及子德从
琅邪入太山,劭遣兵迎之,未到,而徐州牧陶谦素怨嵩子操数
击之,乃使轻骑追嵩、德,并杀之于郡界。"《后汉书》卷七八
《曹腾传》:嵩"及子操起兵,不肯相随,乃与少子疾避乱琅邪,
为徐州刺史陶谦所杀"。

《武帝纪》兴平元年注引《吴书》曰:"太祖迎嵩,辎重百余两。
陶谦遣都尉张闿将骑二百卫送,闿于泰山华、费间杀嵩,取财
物,因奔淮南。"

《后汉书》卷七三《陶谦传》:"初,曹操父嵩避难琅邪,时谦别
将守阴平,士卒利嵩财宝,遂袭杀之。"

关于曹操父嵩被杀一事,有上述诸说。当以是年为陶谦所杀
为是。据《武帝纪》初平三年、四年,知操数击谦,盖谦恨操,
遂杀嵩。

三月,韩遂、马腾与郭汜、樊稠战于长平观,遂、腾败。

据《献帝纪》。

夏,曹操复往攻陶谦,至东海,还,击刘备于郯东。

《武帝纪》兴平元年:"夏,使荀彧、程昱守鄄城,复征陶谦,拔
五城,遂略地至东海。还过郯,谦将曹豹与刘备屯郯东,要太
祖。太祖击破之,遂攻拔襄贲,所过多所残戮。"

陶谦将笮融走广陵。

《后汉书》卷七三《陶谦传》:"初,同郡人笮融,聚众数百,往依

于谦,谦使督广陵、下邳、彭城运粮。遂断三郡委输,大起浮
屠寺。上累金盘,下为重楼,又堂阁周回,可容三千许人,作
黄金涂像,衣以锦彩。每浴佛,辄多设饮饭,布席于路,其有
就食及观者且万余人。及曹操击谦,徐方不安,融乃将男女
万口、马三千匹走广陵。”

陈留太守张邈与陈宫叛曹操迎吕布,布攻鄄城不能下,屯濮阳。
操自徐州还,击布。操军败。操表程昱为东平相。

《武帝纪》兴平元年:“会张邈与陈宫叛迎吕布,郡县皆应。荀
彧、程昱保鄄城,范、东阿二县固守。太祖乃引军还。布到,
攻鄄城不能下,西屯濮阳。太祖曰:‘布一旦得一州,不能据
东平,断亢父、泰山之道乘险要我,而乃屯濮阳,吾知其无能
为也。’遂进军攻之。布出兵战,先以骑犯青州兵。青州兵
奔,太祖阵乱,驰突火攻,坠马,烧左手掌。司马楼异扶太祖
上马,遂引去。”注引袁晔《献帝春秋》曰:“太祖围濮阳,濮阳
大姓田氏为反间,太祖得入城。烧其东门,示无反意。及战,
军败。布骑得太祖而不知是,问曰:‘曹操何在?’太祖曰:‘乘
黄马走者是也。’布骑乃释太祖而追黄马者。门火犹盛,太祖
突火而出。”

《三国志》卷一四《魏书·程昱传》:“太祖还,执昱手曰:‘微子
之力,吾无所归矣。’乃表昱为东平相,屯范。”

曹操复攻吕布,与布相守百余日,各领兵退。

《武帝纪》兴平元年:“太祖乃自力劳军,令军中促为攻具,进
复攻之,与布相守百余日。蝗虫起,百姓大饿,布粮食亦尽,
各引去。”

《三国志》卷一四《魏书·程昱传》:“太祖与吕布战于濮阳,数
不利。”

四月至七月，三辅大旱。谷一斛钱五十万，人相食，白骨堆积。

八月，冯翊羌叛，攻属县。

以上据《献帝纪》。

九月，曹操还鄄城。吕布屯山阳。袁绍欲连操，操拒之。

《武帝纪》兴平元年："秋九月，太祖还鄄城。布到乘氏，为其县人李进所破，东屯山阳。于是绍使人说太祖，欲连合。太祖新失兖州，军食尽，将许之。程昱止太祖，太祖从之。"

《三国志》卷一四《魏书·程昱传》："于是袁绍使人说太祖连和，欲使太祖迁家居邺。太祖新失兖州，军食尽，将许之。时昱使适还，引见，因言曰：'窃闻将军欲遣家，与袁绍连和，诚有之乎？'太祖曰：'然。'昱曰：'意者将军殆临事而惧，不然何虑之不深也！夫袁绍据燕、赵之地，有并天下之心，而智不能济也。将军自度能为之下乎？将军以龙虎之威，可为韩、彭之事邪？今兖州虽残，尚有三城。能战之士，不下万人。以将军之神武，与文若、昱等，收而用之，霸王之业可成也。愿将军更虑之！'太祖乃止。"

十月，曹操至东阿。

据《武帝纪》。

是年：

曹丕能属文，博贯经传诗论诸子百家之书，善骑射。

《文帝纪》注引《魏书》曰："年八岁，能属文。有逸才，遂博贯古今经传诸子百家之书。善骑射，好击剑。"又注引曹丕《典论·自叙》曰："上以世方扰乱……又教余骑马，八岁而能骑射矣"，"上雅好诗书文籍……余是以少诵诗、论，及长而备历五经、四部，《史》、《汉》、诸子百家之言，靡不毕览"。

刘焉卒，子璋代为益州牧。

据《三国志》卷三一《蜀书·刘焉传》。

陶谦卒,刘备代领徐州牧。

据《先主传》、《三国志》卷八《魏书·陶谦传》。

兴平二年(公元一九五)　乙亥　曹操四十一岁　曹丕九岁　曹植四岁

二月,李傕杀樊稠而与郭汜相攻。

三月,李傕胁献帝至其营,焚宫室。

以上据《献帝纪》。

郭汜执公卿,与李傕相攻击连月,死者万数。

据《三国志》卷六《魏书·李傕郭汜传》。又房玄龄等撰《晋书》卷二六《食货志》:“及卓诛死,李傕、郭汜自相攻伐,于长安城中以为战地。是时谷一斛五十万,豆麦二十万,人相食啖,白骨盈积,残骸余肉,臭秽道路。帝使侍御史侯汶出太仓米豆,为饥民作糜,经日颁布而死者愈多。帝于是始疑有司盗其粮廪。”

《御览》卷三五引王粲《英雄记》曰:“李傕等相次战,长安城中盗贼不禁,白日虏掠。”

春,曹操败吕布于定陶。

《武帝纪》兴平二年:“春,袭定陶。济阴太守吴资保南城,未拔。会吕布至,又击破之。”

四月,献帝立贵人伏氏为皇后,后父侍中完迁执金吾。

据《献帝纪》、《后汉书》卷一○下《皇后纪》。

大旱。

据《献帝纪》。

夏,曹操大破吕布,布奔刘备,保雍丘。

《武帝纪》兴平二年曰:"夏,布将薛兰、李封屯钜野,太祖攻之,布救兰,兰败,布走,遂斩兰等。布复从东缗与陈宫将万余人来战,时太祖兵少,设伏,纵奇兵击,大破之。"注引《魏书》曰:"于是兵皆出取麦,在者不能千人,屯营不固。太祖乃令妇人守陴,悉兵拒之。屯西有大堤,其南树木幽深。布疑有伏,乃相谓曰:'曹操多谲,勿入伏中。'引军屯南十余里。明日复来,太祖隐兵堤里,出半兵堤外。布益进,乃令轻兵挑战,既合,伏兵乃悉乘堤,步骑并进,大破之,获其鼓车,追至其营而还。"《武帝纪》又曰:"布夜走,太祖复攻,拔定陶,分兵平诸县。布东奔刘备,张邈从布,使其弟超将家属保雍丘。"

六月,李傕、郭汜和解,献帝乃得出。

　　据《献帝纪》、《三国志》卷六《魏书·李傕郭汜传》。

七月,兴义将军杨奉、安集将军董承等护献帝离长安东归。

　　据《献帝纪》。

八月,曹操围雍丘。

十月,献帝拜曹操为兖州牧。

　　以上据《武帝纪》。

曹操作《领兖州牧表》。

　　表见《艺文类聚》卷五〇,当是操领兖州牧时所作。

十一月,李傕、郭汜等追献帝,战于东涧,王师败。杨奉、董承引白波帅胡才、李乐、韩暹及匈奴左贤王去卑,与李傕等战,破之。

　　据《献帝纪》。

蔡邕女蔡文姬被匈奴人虏获。

　　据郭沫若《蔡文姬》附《谈蔡文姬的〈胡笳十八拍〉》。蔡文姬入匈奴当在明年。

十二月,李傕等复来追战,王师大败。献帝走陕渡河,至安邑。

蝗虫起,岁旱无谷。

据《献帝纪》。

又《三国志》卷六《魏书·李傕郭汜传》:"是时蝗虫起,岁旱无谷,从官食枣菜。诸将不能相率,上下乱,粮食尽。"注引《魏书》曰:"乘舆时居棘篱中,门户无关闭。天子与群臣会,兵士伏篱上观,互相镇压以为笑。诸将专权,或擅笞杀尚书。司隶校尉出入,民兵抵掷之。诸将或遣婢诣省阁,或自赍酒啖,过天子饮,侍中不通,喧呼骂詈,遂不能止。又竞表拜诸营壁民为部曲,求其礼遗。医师、走卒,皆为校尉,御史刻印不供,乃以锥画,示有文字,或不时得也。"

曹操攻占雍丘。兖州全为操控制,遂东略陈地。

《武帝纪》兴平二年:"十二月,雍丘溃,(张)超自杀,夷(张)邈三族。邈诣袁术请救,为其众所杀,兖州平,遂东略陈地。"

是年:

曹操作《兖州牧上书》。

书见徐坚等撰《初学记》卷二〇,《御览》卷九六九、九七一。《初学记》曰:"魏武帝尝为兖州牧,上书曰:'山阳郡美梨,谨献甘梨三箱。'"《御览》卷九六九曰:"魏武帝为兖州牧,上书曰:'山阳郡有美梨,谨上甘梨二箱。'"操是年十月为兖州牧,明年二月为建德将军,六月迁镇东将军,封费亭侯(详下)。

书盖作于是年十月后、明年二月前。姑附于此,备考。

曹丕妻甄氏年十四,丧兄。

《三国志》卷五《魏书·甄后传》注引《魏略》曰:"后年十四,丧中兄俨,悲哀过制,事寡嫂谦敬,事处其劳,抚养俨子,慈爱甚笃。"

鲜于辅等与袁绍将麹义合兵攻公孙瓒,瓒大败。

据《献帝纪》、《后汉书》卷七三《公孙瓒传》。

建安元年(公元一九六)　丙子　曹操四十二岁　曹丕十岁　曹植五岁

正月,改元建安。

据《献帝纪》。

曹操军临武平。操遣曹洪西迎献帝。

《武帝纪》建安元年:"正月,太祖军临武平,袁术所置陈相袁嗣降。太祖将迎天子,诸将或疑,荀彧、程昱劝之,乃遣曹洪将兵西迎,卫将军董承与袁术将苌奴拒险,洪不得进。"

《三国志》卷一〇《魏书·荀彧传》载彧劝曹操曰:"自天子播越,将军首唱义兵,徒以山东扰乱,未能远赴关右,然犹分遣将帅,蒙险通使,虽御难于外,乃心无不在王室,是将军匡天下之素志也。今车驾旋轸,〔东京榛芜〕,义士有存本之思,百姓感旧而增哀。诚因此时,奉主上以从民望,大顺也;秉至公以服雄杰,大略也;扶弘义以致英俊,大德也。天下虽有逆节,必不能为累,明矣。"

二月,曹操镇压汝南、颍川黄巾军。

《武帝纪》建安元年:"汝南、颍川黄巾何义、刘辟、黄邵、何曼等,众各数万,初应袁术,又附孙坚。二月,太祖进军讨破之。"

献帝拜曹操为建德将军。

据《武帝纪》。

六月,献帝诏拜曹操镇东将军,袭费亭侯。曹操作《上书让封》、《上书让费亭侯》、《谢袭费亭侯表》。

《武帝纪》建安元年:"六月,迁镇东将军,封费亭侯。"献帝诏及曹操《上书让封》、《上书让费亭侯》、《谢袭费亭侯表》见《艺文类聚》卷五一。

七月，献帝至洛阳。

《献帝纪》建安元年："秋七月甲子，车驾至洛阳……是时，宫室烧尽，百官披荆棘，依墙壁间。州郡各拥强兵，而委输不至，群僚饥乏，尚书郎以下自出采稆，或饥死墙壁间，或为兵士所杀。"

曹操作《善哉行》其二。

《善哉行》其二见《乐府诗集》卷三六。朱乾《乐府正义》卷八曰："此篇内痛父死，外悲君难"。诗中有"欣公归其楚"句，黄节《魏武帝诗注》释此句曰："公归其楚，指兴平二年，长安乱，天子东迁，明年还洛阳也。"献帝还洛阳在是年七月。又据诗中"快人由为叹，抱情不得叙"等句，知操写此诗时尚未至洛阳抒其情于献帝。操至洛阳在是年八月（详下），诗殆作于是年八月操至洛阳前夕。

八月，曹操至洛阳，献帝假操节钺。操自领司隶校尉，录尚书事。

《后汉书》卷七二《董卓传》："（韩）暹矜功恣睢，干乱政事，董承患之，潜召兖州牧曹操。操乃诣阙贡献，禀公卿以下，因奏韩暹、张杨之罪。暹惧诛，单骑奔杨奉。"

《武帝纪》建安元年："太祖遂至洛阳，卫京都，（韩）暹遁走。天子假太祖节钺，录尚书事。"

《献帝纪》建安元年八月："镇东将军曹操自领司隶校尉，录尚书事。曹操杀侍中台崇、尚书冯硕等。封卫将军董承为辅国将军伏完等十三人为列侯，赠沮俊为弘农太守。"

董昭、丁冲等劝曹操都许。

《武帝纪》建安元年："洛阳残破，董昭等劝太祖都许。"《三国志》卷一四《魏书·董昭传》："太祖朝天子于洛阳，引昭并坐，问曰：'今孤来此，当施何计？'昭曰：'将军兴义兵以诛暴乱，入朝天子，辅翼王室，此五伯之功也。此下诸将，人殊意异，未必服从，今留匡弼，事势不便，惟有移驾幸许耳……'太祖曰：'此孤本志也……'"

《曹植传》注引《魏略》曰："丁仪字正礼，沛郡人也。父冲，宿与太祖亲善，时随乘舆。见国家未定，乃与太祖书曰：'足下平生常喟然有匡佐之志，今其时矣。'是时张杨适还河内，太祖得其书，乃引军迎天子东诣许，以冲为司隶校尉。"

献帝迁都许。

《献帝纪》建安元年八月："庚申，迁都许……幸曹操营。"

曹操作《遗荀攸书》，以攸为军师。

《三国志》卷一〇《魏书·荀攸传》："太祖迎天子都许，遗攸书曰：'方今天下大乱，智士劳心之时也，而顾观变蜀汉，不已久乎！'于是征攸为汝南太守，入为尚书。太祖素闻攸名，与语大悦，谓荀彧、钟繇曰：'公达，非常人也，吾得与之计事，天下当何忧哉！'以为军师。"

曹操手书与吕布。

《三国志》卷七《魏书·吕布传》注引《英雄记》曰："初，天子在河东，有手笔版书召布来迎。布军无畜积，不能自致，遣使上书。朝廷以布为平东将军，封平陶侯。使人于山阳界亡失文字，太祖又手书厚加慰劳布，说起迎天子，当平定天下意，并诏书购捕公孙瓒、袁术、韩暹、杨奉等。布大喜，复遣使上书于天子曰：'臣本当迎大驾，知曹操忠孝，奉迎都许……'"操手书原文佚，殆作于迎献帝都许时。

袁绍欲令曹操都鄄城,操拒绝之。

> 《三国志》卷六《魏书·袁绍传》:"初,天子之立非绍意,及在
> 河东,绍遣颍川郭图使焉。图还说绍迎天子都邺,绍不从。
> 会太祖迎天子都许,收河南地,关中皆附。绍悔,欲令太祖徙
> 天子都鄄城以自密近,太祖拒之。"

九月,曹操为大将军,封武平侯。

> 《武帝纪》建安元年九月:"以太祖为大将军,封武平侯。自天
> 子西迁,朝廷日乱,至是宗庙社稷制度始立。"

曹操作《上书让增封武平侯》、《上书让增封》。

> 二书见《艺文类聚》卷五一。

侍中太史令王立劝献帝委任曹操。

> 《武帝纪》建安元年九月注引张璠《汉纪》曰:"侍中太史令王
> 立……数言于帝曰:'天命有去就,五行不常盛,代火者土也,
> 承汉者魏也,能安天下者,曹姓也,唯委任曹氏而已。'公闻
> 之,使人语立曰:'知公忠于朝廷,然天道深远,幸勿多言。'"

太尉杨彪罢。

> 据《献帝纪》。
> 《后汉书》卷五四《杨彪传》:"建安元年,从东都许。时天子新
> 迁,大会公卿,兖州刺史曹操上殿,见彪色不悦,恐于此图之,
> 未得宴设,托疾如厕,因出还营。彪以疾罢。"

曹操控制朝政,杀赵彦等。

> 《后汉书》卷七二《董卓传》:"自都许之后,权归曹氏,天子总
> 己,百官备员而已。"《后汉书》卷一〇下《伏皇后纪》:"自帝都
> 许,守位而已,宿卫兵士,莫非曹氏党旧姻戚。议郎赵彦尝为
> 帝陈言时策,曹操恶而杀之。其余内外,多见诛戮。"

十月,曹操征杨奉,拔梁。

《武帝纪》建安元年：“天子之东也，奉自梁欲要之，不及。冬十月，公征奉，奉南奔袁术，遂攻其梁屯，拔之。”

曹操以大将军让袁昭。

《后汉书》卷七四上《袁绍传》：“时曹操自为大将军，绍耻为之下，伪表辞不受。操大惧，乃让位于绍。”

《三国志》卷六《魏书·袁绍传》注引袁晔《献帝春秋》曰：“绍耻班在太祖下，怒曰：‘曹操当死数矣，我辄救存之，今乃背恩，挟天子以令我乎！’”

十一月，曹操为司空，行车骑将军，作《让还司空印绶表》。

《献帝纪》建安元年：“冬十一月丙戌，曹操自为司空，行车骑将军，百官总己以听。”《让还司空印绶表》见《艺文类聚》卷六七。

曹操见宗世林。

《世说新语》卷三《方正》第五：“南阳宗世林，魏武同时，而甚薄其为人，不与之交。及魏武作司空，总朝政，从容问宗曰：‘可以交未？’答曰：‘松柏之志犹存。’”注引《楚国先贤传》：“帝不说，以其名贤，犹敬礼之。敕文帝修子弟礼，就家拜汉中太守。”

献帝征孔融为将作大匠。

据《后汉书》卷七〇《孔融传》。

是年：

曹操作《陈损益表》。

表见《艺文类聚》卷五二。表中有“受上将之任，统领二州，内参机事，实所不堪”等句，与是年操为将军、统领兖州、任司隶校尉、录尚书诸事合，当作于是年。

曹操利用黄巾资业，始兴屯田，作《置屯田令》。

令见《武帝纪》建安元年。《武帝纪》曰："是岁用枣祗、韩浩等议，始兴屯田。"注引《魏书》曰："自遭荒乱，率乏粮谷。诸军并起，无终岁之计，饥则寇略，饱则弃余，瓦解流离，无敌自破者不可胜数。袁绍之在河北，军人仰食桑椹。袁术在江、淮，取给蒲赢。民人相食，州里萧条。公曰：'夫定国之术，在于强兵足食，秦人以急农兼天下，孝武以屯田定西域，此先代之良式也。'是岁乃募民屯田许下，得谷百万斛。于是州郡例置田官，所在积谷。征伐四方，无运粮之劳，遂兼灭群贼，克平天下。"《三国志》卷一六《魏书·任峻传》："是时岁饥旱，军食不足，羽林监颍川枣祗建置屯田，太祖以峻为典农中郎将。"注引《魏武故事》载操令曰："及破黄巾定许，得贼资业。当兴立屯田……"

曹操作《表糜竺领赢郡》。

《三国志》卷三八《蜀书·糜竺传》：建安元年，"曹公表竺领赢郡太守"。注引《曹公集》载《表糜竺领赢郡》。

曹操作书与荀彧，彧荐郭嘉。

《三国志》卷一四《魏书·郭嘉传》："先是时，颍川戏志才，筹画士也，太祖甚器之。早卒。太祖与荀彧书曰：'自志才亡后，莫可与计事者。汝、颍固多奇士，谁可以继之？'彧荐嘉。召见，论天下事……表为司空军祭酒。"又据《郭嘉传》注引《魏书》及《傅子》，知刘备奔操时，郭嘉尝就是否图谋备事言于操，备奔操在是年（详下）。由此知上引操与荀彧书当作于是年操为司空之后，备奔操之前。

吕布攻刘备，备奔曹操。程昱劝操图谋备，操未从。郭嘉言不宜伤备，操以为是。

《武帝纪》建安元年："吕布袭刘备，取下邳。备来奔。程昱说公曰：'观刘备有雄才而甚得众心，终不为人下，不如早图之。'公曰：'方今收英雄时也，杀一人而失天下之心，不可。'"

《三国志》卷一四《魏书·郭嘉传》注引《魏书》曰："刘备来奔，以为豫州牧。或谓太祖曰："备有英雄志，今不早图，后必为患。'太祖以问嘉，嘉曰：'有是。然公提剑起义兵，为百姓除暴，推诚仗信以招俊杰，犹惧其未也。今备有英雄名，以穷归己而害之，是以害贤为名，则智士将自疑，回心择主，公谁与定天下？夫除一人之患，以沮四海之望，安危之机，不可不察！'太祖笑曰：'君得之矣。'"

曹操子冲生。

《三国志》卷二〇《魏书·武文世王公传》："邓哀王冲字仓舒……年十三，建安十三年疾病。"据此上推，冲当生于是年。

张济卒，侄绣领其众，屯宛，与刘表合。

据《武帝纪》、《三国志》卷八《魏书·张绣传》。

建安二年（公元一九七）　丁丑　曹操四十三岁　曹丕十一岁　曹植六岁

正月，曹操攻张绣，操子昂、丕从征。操军败，操为流矢所中，昂遇害，丕乘马得脱。

《武帝纪》建安二年："正月，公到宛。张绣降，既而悔之，复反。公与战，军败，为流矢所中，长子昂、弟子安民遇害。"注引《魏书》曰："公所乘马名绝影，为流矢所中，伤颊及足，并中公右臂。"又注引《世语》曰："昂不能骑，进马于公，公故免，而昂遇害。"

《三国志》卷二〇《魏书·武文世王公传》："丰愍王昂字子修。弱冠举孝廉。随太祖南征，为张绣所害。无子。"

《文帝纪》注引曹丕《典论·自叙》曰："以时之多故，每征，余常从。建安初，上南征荆州，至宛。张绣降，旬日而反，亡兄孝廉子修、从兄安民遇害，时余年十岁，乘马得脱。""十岁"当为"十一岁"。

《三国志》卷八《魏书·张绣传》："太祖南征，军淯水，绣等举众降。太祖纳济妻，绣恨之。太祖闻其不悦，密有杀绣之计。计漏，绣掩袭太祖。"

曹操击破张绣，还许，不复朝见。

《武帝纪》建安二年："公乃引兵还舞阴，绣将骑来钞，公击破之。绣奔穰，与刘表合。公谓诸将曰：'吾降张绣等，失不便取其质，以至于此。吾知所以败。诸卿观之，自今已后不复败矣。'遂还许。"注引《世语》曰："旧制，三公领兵入见，皆交戟叉颈而前。初，公将讨张绣，入觐天子，时始复此制。公自此不复朝见。"

春，袁术自称天子，置公卿百官，郊祀天地。

据《献帝纪》、《后汉书》卷七五《袁术传》。

曹操奏收杨彪，孔融劝操放彪出狱。操不得已，放之出狱。

《后汉书》卷五四《杨彪传》："时袁术僭乱，操托彪与术婚姻，诬以欲图废置，奏收下狱，劾以大逆。将作大匠孔融闻之，不及朝服，往见操曰：'杨公四世清德，海内所瞻。《周书》父子兄弟罪不相及，况以袁氏归罪杨公……'操曰：'此国家之意。'融曰：'……今横杀无辜，则海内观听，谁不解体！孔融鲁国男子，明日便当拂衣而去，不复朝矣。'操不得已，遂理出彪。"

曹操手书与吕布。

手书见《三国志》卷七《魏书·吕布传》注引《英雄记》。手书

中有"袁术称天子,将军止之,而使不通章"等句,知手书当作
于袁术称帝后不久。

三月,献帝诏孔融持节拜袁绍为大将军,兼督冀、青、幽、并
四州。

　　据《献帝纪》、《后汉书》卷七四上《袁绍传》。

五月,蝗灾。

　　据《献帝纪》。

袁术攻吕布,败。

　　据《后汉书》卷七五《袁术传》。

九月,曹操东征袁术,术败。操还许。

　　《武帝纪》建安二年:"秋九月,术侵陈,公东征之。术闻公自
　　来,弃军走,留其将桥蕤、李丰、梁纲、乐就;公到,击破蕤等,
　　皆斩之。术走渡淮。公还许。"

江、淮间空尽,民相食。

　　《后汉书》卷七五《袁术传》:"术兵弱,大将死,众情离叛。加
　　天旱岁荒,士民冻馁,江、淮间相食殆尽。"

十一月,曹操南征张绣、刘表。祠亡将士。

　　《武帝纪》建安二年:"公之自舞阴还也,南阳、章陵诸县复叛
　　为绣,公遣曹洪击之,不利,还屯叶,数为绣、表所侵。冬十一
　　月,公自南征,至宛。表将邓济据湖阳。攻拔之,生擒济,湖
　　阳降。攻舞阴,下之。"注引《魏书》曰:"临淯水,祠亡将士,歔
　　欷流涕,众皆感恸。"

是年,曹操遣归妻丁氏,以卞氏为继室。

　　《三国志》卷五《魏书·卞后传》:"建安初,丁夫人废,遂以后
　　为继室。诸子无母者,太祖皆令后养之。"注引《魏略》曰:"太
　　祖始有丁夫人,又刘夫人生子修及清河长公主。刘早终,丁

养子修。子修亡于穰,丁常言:'将我儿杀之,都不复念!'遂
哭泣无节。太祖忿之,遣归家,欲其意折。"

建安三年(公元一九八)　戊寅　曹操四十四岁　曹丕十二岁　曹植七岁

正月,曹操还许,初置军师祭酒。

三月,曹操围张绣于穰。

　　以上据《武帝纪》。

四月,裴茂率段煨讨李傕,夷三族。

　　据《献帝纪》。

五月,刘表遣兵救张绣。曹操作书与荀彧,大破张绣。

　　《武帝纪》建安三年:"五月,刘表遣兵救绣,以绝军后。公将
引还,绣兵来〔追〕,公军不得进,连营稍前。公与荀彧书曰:
'贼来追吾,虽日行数里,吾策之,到安众,破绣必矣。'到安
众,绣与表兵合守险,公军前后受敌。公乃夜凿险为地道,悉
过辎重,设奇兵。会明,贼谓公为遁也,悉军来追。乃纵奇兵
步骑夹攻,大破之。"

　　《水经注》卷二九《淯水注》:"涅水又东南,径安众县竭而为
陂,谓之安众港,魏太祖破张绣于是处。与荀彧书曰:'绣遏
吾归师,迫我死地。'"上引《武帝纪》与《水经注》所载《与荀彧
书》当为一书。

　　《淯水注》又曰:"淯水又径穰县故城北,又东南径魏武故城之
西南,是建安三年,曹公攻张绣之所筑也。"

七月,曹操还许。

　　《武帝纪》建安三年:"七月,公还许。荀彧问公:'前以策贼必
破,何也?'公曰:'虏遏吾归师,而与吾死地战,吾是以知

胜矣。'"

九月,曹操东征吕布。

《武帝纪》建安三年:"吕布复为袁术使高顺攻刘备,公遣夏侯
惇救之,不利。备为顺所败。九月,公东征布。"

十月,曹操屠彭城,进至下邳。

《武帝纪》建安三年:"十月,屠彭城,获其相侯谐。进至下邳,
布自将骑逆击。大破之……时公连战,士卒罢,欲还,用荀
攸、郭嘉计,遂决泗、沂水以灌城。"

曹操纳秦宜禄妻杜氏。

《明帝纪》青龙元年注引《献帝传》曰:秦朗父"名宜禄,为吕布
使诣袁术,术妻以汉宗室女。其前妻杜氏留下邳。布之被
围,关羽屡请于太祖,求以杜氏为妻,太祖疑其有色,及城陷,
太祖见之,乃自纳之……朗随母氏畜于公宫,太祖甚爱之,每
坐席,谓宾客曰:'世有人爱假子如孤者乎?'"

十二月,曹操擒杀吕布。

《三国志》卷七《魏书·吕布传》:"布虽骁猛,然无谋而多猜
忌,不能制御其党,但信诸将。诸将各异意自疑,故每战多
败。太祖堑围之三月,上下离心,其将侯成、宋宪、魏续缚陈
宫,将其众降。布与其麾下登白门楼。兵围急,乃下降。遂
生缚布,布曰:'缚太急,小缓之。'太祖曰:'缚虎不得不急
也。'布请曰:'明公所患不过于布,今已服矣,天下不足忧。
明公将步,令布将骑,则天下不足定也。'太祖有疑色。刘备
进曰:'明公不见布之事丁建阳及董太师乎!'太祖颔之。布
因指备曰:'是儿最叵信者。'于是缢杀布。布与宫、顺等皆枭
首送许,然后葬之。"

曹操俘获臧霸,厚待之。

《武帝纪》建安三年:"太山臧霸、孙观、吴敦、尹礼、昌豨各聚众。布之破刘备也,霸等悉从布。布败,获霸等,公厚纳待,遂割青、徐二州附于海以委焉。"

是年:

袁绍欲使曹操诛杨彪、孔融等,操拒绝之。

《武帝纪》建安三年注引《魏书》曰:"袁绍宿与故太尉杨彪、大长秋梁绍、少府孔融有隙,欲使公以他过诛之。公曰:'当今天下土崩瓦解,雄豪并起,辅相君长,人怀怏怏,各有自为之心,此上下相疑之秋也,虽以无嫌待之,犹惧未信;如有所除,则谁不自危? 且夫起布衣,在尘垢之间,为庸人之所陵陷,可胜怨乎! 高祖赦雍齿之仇而群情以安,如何忘之?'绍以为公外托公义,内实离异,深怀怨望。"

曹操作《蒿里行》。

《蒿里行》见《乐府诗集》卷二七。诗中"淮南弟称号"句,指上年春袁术于淮南称帝事,据此知诗作于上年春以后。上年除战乱外,灾荒频仍,士民多死亡。《献帝纪》建安二年:"夏五月,蝗。秋九月,汉水溢。是岁饥,江淮间民相食。"又据《武帝纪》知是年操东征吕布,大破之,屠彭城,操因"连战,士卒罢,欲还"。《献帝纪》、《武帝纪》所记与诗中"铠甲生虮虱,万姓以死亡。白骨露于野,千里无鸡鸣。生民百遗一,念之断人肠"等相近。是年十二月,操杀吕布,明年袁术卒。疑诗当作于上年操征袁术或是年征吕布欲还时,暂系于此,备考。

袁绍又大败公孙瓒。

据《后汉书》卷七三《公孙瓒传》。

周瑜、鲁肃渡江,依附孙策。

据《三国志》卷五四《吴书·周瑜鲁肃传》。

杜恕生。

　　据《三国志》卷一六《魏书·杜恕传》及注引《杜氏新书》。

建安四年（公元一九九）　己卯　曹操四十五岁　曹丕十三岁　曹植八岁

二月，曹操还至昌邑。

黑山军睢固以其众属袁绍，屯射犬。

　　以上据《武帝纪》。

三月，袁绍灭公孙瓒，据有四州。命长子谭领青州，中子熙领幽州，甥高干领并州。

　　据《献帝纪》、《三国志》卷六《魏书·袁绍传》。

四月，曹操击斩睢固。射犬降。操还军敖仓。

　　《武帝纪》建安四年："四月，进军临河，使史涣、曹仁渡河击
　　之。固使（张）杨故长史薛洪、河内太守缪尚留守，自将兵北
　　迎绍求救，与涣、仁相遇犬城。交战，大破之，斩固。公遂济
　　河，围射犬。洪、尚率众降，封为列侯，还军敖仓。"

卫将军董承为车骑将军。

　　据《献帝纪》。

董承与刘备等谋诛曹操。操遣备击袁术。备遂背操，屯沛。操遣兵击之，未胜。

　　《后汉书》卷七二《董卓传》："帝忌操专逼，乃密诏董承，使结
　　天下义士共诛之。承遂与刘备同谋，未发，会备出征，承更与
　　偏将军王服、长水校尉种辑、议郎吴硕结谋。"

　　《先主传》："先主未出时，献帝舅车骑将军董承辞受帝衣带中
　　密诏，当诛曹公。先主未发。是时曹公从容谓先主曰：'今天
　　下英雄，唯使君与操耳。本初之徒，不足数也。'先主方食，失

匕箸。遂与承及长水校尉种辑、将军吴子兰、王子服等同谋。会见使,未发……先主据下邳……留关羽守下邳,而身还小沛。东海昌霸反,郡县多叛曹公为先主,众数万人,遣孙乾与袁绍连和,曹公遣刘岱、王忠击之,不克。"《武帝纪》建安四年:"袁术自败于陈,稍困,袁谭自青州遣迎之。术欲从下邳北过,公遣刘备、朱灵要之……程昱、郭嘉闻公遣备,言于公曰:'刘备不可纵。'公悔,追之不及。"

六月,袁术卒于寿春。

据《献帝纪》。

袁绍选兵十余万,欲攻许。曹操准备迎战。

《武帝纪》建安四年:"是时袁绍既并公孙瓒,兼四州之地,众十余万,将进军攻许。诸将以为不可敌,公曰:'吾知绍之为人,志大而智小,色厉而胆薄,忌克而少威,兵多而分画不明,将骄而政令不一,土地虽广,粮食虽丰,适足以为吾奉也。'"

八月,曹操进军黎阳,使臧霸等入青州破齐、北海、东安,留于禁屯河上。

九月,曹操还许,分兵守官渡。

以上据《武帝纪》。

十一月,张绣率众降曹操。

据《武帝纪》。

又《三国志》卷八《魏书·张绣传》:"太祖拒袁绍于官渡,绣从贾诩计,复以众降……绣至,太祖执其手,与欢宴,为子均取绣女,拜扬武将军。"

孙策破庐江太守刘勋,勋北归曹操,封为列侯。

据《武帝纪》、《三国志》卷四六《吴书·孙破虏讨逆传》。

十二月,曹操复军官渡。

据《武帝纪》。

建安五年（公元二〇〇）　庚辰　曹操四十六岁　曹丕十四岁　曹植九岁

正月，董承等诛曹操谋泄，为操所杀。

《献帝纪》建安五年："正月，车骑将军董承、偏将军王服、越骑校尉种辑受密诏诛曹操，事泄。壬午，曹操杀董承等，夷三族。"

曹操东击刘备。备败，奔袁绍。操又攻破关羽、昌豨，还官渡。

《武帝纪》建安五年："公将自东征备，诸将皆曰：'与公争天下者，袁绍也。今绍方来而弃之东，绍乘人后，若何？'公曰：'夫刘备，人杰也，今不击，必为后患。袁绍虽有大志，而见事迟，必不动也。'郭嘉亦劝公，遂东击备，破之，生禽其将夏侯博。备走奔绍，获其妻子。备将关羽屯下邳，复进攻之，羽降。昌豨叛为备，又攻破之。公还官渡，绍卒不出。"

《后汉书》卷七四上《袁绍传》："曹操畏绍过河，乃急击备，遂破之。"

陈琳代袁绍作讨曹操檄文。

据《三国志》卷二一《魏书·陈琳传》、《后汉书》卷七四上《袁绍传》。

二月，袁绍遣郭图、颜良等攻东郡太守刘延于白马。绍引兵至黎阳，将渡河。

据《武帝纪》。

四月，曹操北救刘延，斩颜良，解白马之围。又于延津南破袁绍军，斩文丑。操还军官渡，绍进保阳武。

关羽逃归刘备。

以上据《武帝纪》。

长广郡牟平从钱起义,为何夔、张辽所镇压。东牟人王营起义,何夔又遣将镇压之。

据《三国志》卷一二《魏书·何夔传》。

六月,郑玄卒,时年七十四。

《后汉书》卷三五《郑玄传》:"其年(编者注:建安五年)六月卒,年七十四。遗令薄葬。自郡守以下尝受业者,缞绖赴会千余人。门人相与撰玄答诸弟子问《五经》,依《论语》作《郑志》八篇。凡玄所注《周易》、《尚书》、《毛诗》、《仪礼》、《礼记》、《论语》、《孝经》、《尚书大传》、《中候》、《乾象历》,又著《天文七政论》、《鲁礼禘祫义》、《六艺论》、《毛诗谱》、《驳许慎五经异义》、《答临孝存周礼难》,凡百余万言。玄质于辞训,通人颇讥其繁。至于经传洽孰,称为纯儒,齐鲁间宗之。其门人山阳郗虑至御史大夫,东莱王基、清河崔琰著名于世。又乐安国渊、任嘏,时并童幼,玄称渊为国器,嘏有道德,其余亦多所鉴拔。"

曹操作《董卓歌》。

《董卓歌》见《三国志》卷六《魏书·袁绍传》注引《英雄记》。歌中有"郑康成行酒,伏地气绝"句,当作于是年郑玄卒后。具体时间未详,暂附于此,备考。

七月,曹操制新科,行户调。

《三国志》卷一二《魏书·何夔传》:"是时太祖始制新科下州郡,又收租税绵绢。夔以郡初立,近以师旅之后,不可卒绳以法,乃上言曰……太祖从其言。"

八月,袁绍连营稍前,曹操亦备战,分营与绍相对。

《武帝纪》建安五年:"八月,绍连营稍前,依沙塠为屯,东西数

十里。公亦分营与相当，合战不利。时公兵不满万，伤者十
二三。绍复进临官渡，起土山地道。公亦于内作之，以
相应。"

《世说新语》卷四《捷悟》第十一："魏武征袁本初，治装，余有
数十斛竹片，咸长数寸。众云：'并不堪用。'正令烧除。太祖
思所以用之，谓可为竹椑楯。"此事当在官渡决战前夕，故系
于是。

曹操因粮少欲还许，与荀彧书，或劝阻之。

《三国志》卷一〇《魏书·荀彧传》："五年，与绍连战。太祖保
官渡，绍围之。太祖军粮方尽，书与彧，议欲还许以引绍。彧
曰：'今军食虽少，未若楚、汉在荥阳、成皋间也。是时刘、项
莫敢先退，先退者势屈也。公以十分居一之众，画地而守之，
扼其喉而不得进，已半年矣。情见势竭，必将有变，此用奇之
时，不可失也。'太祖乃住。"操与荀彧书，已佚。

孙策闻曹操与袁绍相持，谋袭许，未发，卒，时年三十六。

据《三国志》卷四六《吴书·孙破虏讨逆传》。

又《武帝纪》建安五年："孙策闻公与绍相持，乃谋袭许，未发，
为刺客所杀。"

曹操欲攻吴，张纮谏操厚待之，操从其言。

《三国志》卷五三《吴书·张纮传》："曹公闻策薨，欲因丧伐
吴。纮谏，以为乘人之丧，既非古义，若其不克，成仇弃好，不
如因而厚之。曹公从其言，即表权为讨虏将军，领会稽
太守。"

钟繇送马二千余匹给曹操军。操作《与钟繇书》。

书见《三国志》卷一三《魏书·钟繇传》。《钟繇传》曰："太祖
在官渡，与袁绍相持，繇送马二千余匹给军。太祖与繇书曰：

'得所送马，其应甚急……'"

汝南黄巾刘辟等叛曹操应袁绍。绍遣刘备助辟。操遣曹仁败备、辟。

《武帝纪》建安五年："汝南降贼刘辟等叛应绍，略许下。绍使刘备助辟，公使曹仁击破之。备走，遂破辟屯。"

九月，曹操烧袁绍运粮车数千乘。

《武帝纪》建安五年："袁绍运谷车数千乘至，公用荀攸计，遣徐晃、史涣邀击，大破之，尽烧其车。"

十月，曹操烧袁绍辎重万余乘。绍攻操营，大败，与子谭弃军走，渡河。冀州诸郡多降操。

《武帝纪》建安五年："冬十月，绍遣车运谷，使淳于琼等五人将兵万余人送之，宿绍营北四十里。绍谋臣许攸贪财，绍不能足，来奔，因说公击琼等。左右疑之，荀攸、贾诩劝公。公乃留曹洪守，自将步骑五千人夜往，会明至。琼等望见公兵少，出陈门外。公急击之，琼退保营，遂攻之。绍遣骑救琼。左右或言'贼骑稍近，请分兵拒之'。公怒曰：'贼在背后，乃白！'士卒皆殊死战，大破琼等，皆斩之。"注引《曹瞒传》曰："公闻攸来，跣出迎之，抚掌笑曰：'〔子卿远〕〔子远，卿〕来，吾事济矣！'既入坐，谓公曰：'袁氏军盛，何以待之？今有几粮乎？'公曰：'尚可支一岁。'攸曰：'无是，更言之！'又曰：'可支半岁。'攸曰：'足下不欲破袁氏邪，何言之不实也！'公曰：'向言戏之耳。其实可一月，为之奈何？'攸曰：'公孤军独守，外无救援而粮谷已尽，此危急之日也。今袁氏辎重有万余乘，在故市、乌巢，屯军无严备；今以轻兵袭之，不意而至，燔其积聚，不过三日，袁氏自败也。'公大喜，乃选精锐步骑，皆用袁军旗帜，衔枚缚马口，夜从间道出，人抱束薪，所历道有问者，语之曰：‘袁公恐曹操钞略后军，遣兵以益备。’闻者信以为然，皆自若。既至，围屯，大放火，营中惊乱。大破之，尽燔其粮谷宝货，斩督将眭元进、骑督韩莒子、吕威璜、赵睿等首，割得将军淳于仲简鼻，未死，杀士卒千余人，皆取鼻，牛马割唇舌，以示绍军。将士皆怛惧。时有夜得仲简，将以诣麾下，公谓曰：‘何为如是？’仲简曰：‘胜负自天，何用为问乎！’公意欲不杀。许攸曰：‘明旦鉴于镜，此益不忘人。’乃杀之。”《武帝纪》又曰：“绍初闻公之击琼，谓长子谭曰：‘就彼攻琼等，吾攻拔其营，彼固无所归矣！’乃使张郃、高览攻曹洪。郃等闻琼破，遂来降。绍众大溃，绍及谭弃军走，渡河。追之不及，尽收其辎重图书珍宝，虏其众。公收绍书中，得许下及军中人书，皆焚之。冀州诸郡多举城邑降者。”注引《魏氏春秋》曰：“公云：‘当绍之强，孤犹不能自保，而况众人乎！’”

曹操作《造发石车令》、《上言破袁绍》。

《造发石车令》见《御览》卷三三七。《御览》原文：“《魏武本纪》曰：‘上与袁绍军于官渡，贼射营中，行者皆被田，众皆恐。上令：传言旝动而鼓……乃造发石车击绍。’”据此，知令作于操与绍战于官渡时。

《上言破袁绍》见《武帝纪》建安五年注引《献帝起居注》。

《上言破袁绍》曰：“辄勒兵马，与战官渡，乘圣朝之威，得斩绍大将淳于琼等八人首，遂大破溃。绍与子谭轻身迸走。凡斩首七万余级，辎重财物巨亿。”

刘表击败张怿等。表地方数千里，兵十余万，立学校，博求儒士，命故雅乐郎杜夔作雅乐。

据《三国志》卷六《魏书・刘表传》及注引《英雄记》、卷二九《魏书・杜夔传》。

是年：

曹操作《为徐宣议陈矫下令》。

令见《三国志》卷二二《魏书·陈矫传》注引《魏氏春秋》。《魏氏春秋》曰："矫本刘氏子，出嗣舅氏而婚于本族。徐宣每非之，庭议其阙。太祖惜矫才量，欲拥全之，乃下令曰：'丧乱已来，风教凋薄，谤议之言，难用褒贬。自建安五年已前，一切勿论。其以断前诽议者，以其罪罪之。'"据"自建安五年已前，一切勿论"二句，知令当作于是年。

曹丕植柳。

《艺文类聚》卷八九载曹丕《柳赋》曰："昔建安五年，上与袁绍战于官渡时，余始植斯柳……在余年之二七，植斯柳乎中庭。"

汝南瞿恭、张赤等起义，为李通所镇压。

据《三国志》卷一八《魏书·李通传》。

谯周生。

据《三国志》卷四二《蜀书·谯周传》。

建安六年（公元二○一）　辛巳　曹操四十七岁　曹丕十五岁　曹植十岁

三月，曹操因粮少至安民，欲击刘表，荀彧劝阻之。

《三国志》卷一○《魏书·荀彧传》："六年，太祖就谷东平之安民，粮少，不足与河北相支，欲因绍新破，以其间击讨刘表。彧曰：'今绍败，其众离心，宜乘其困，遂定之；而背兖、豫，远师江、汉，若绍收其余烬，乘虚以出人后，则公事去矣。'太祖复次于河上。"

四月，曹操击破袁绍仓亭军。

《武帝纪》建安六年："四月，扬兵河上，击绍仓亭军，破之。绍归，复收散卒，攻定诸叛郡县。"

九月，曹操还许。

据《武帝纪》。

曹操南征刘备，备奔刘表。

《武帝纪》建安六年："绍之未破也，使刘备略汝南，汝南贼共都等应之。遣蔡扬击都，不利，为都所破。公南征备。备闻公自行，走奔刘表，都等皆散。"

刘表使刘备屯新野。

据《先主传》。

张鲁以鬼道教民，朝廷力不能征，使鲁为镇民中郎将，领汉宁太守。

据《资治通鉴》卷六四献帝建安六年。

是年：

曹植能诵读诗论及辞赋数十万言，善属文。

据《曹植传》。

赵岐卒，时年九十余。

据《后汉书》卷六四《赵岐传》。

建安七年(公元二〇二)　壬申　曹操四十八岁　曹丕十六岁　曹植十一岁

正月，曹操军谯，作《军谯令》。

《武帝纪》建安七年："正月，公军谯，令曰：'吾起义兵，为天下除暴乱。旧土人民，死丧略尽，国中终日行，不见所识，使吾凄怆伤怀。其举义兵已来，将士绝无后者，求其亲戚以后之，授土田，官给耕牛，置学师以教之……'"

曹操至浚仪,治睢阳渠,祀桥玄,作《祀故太尉桥玄文》。

〔〕《武帝纪》建安七年:"遂至浚仪,治睢阳渠,遣使以太牢祀桥玄。"注引祀文曰:"故太尉桥玄,诞敷明德,泛爱博容……吾以幼年,逮升堂室,特以顽鄙之姿,为大君子所纳。增荣益观,皆由奖助……士死知己,怀此无忘……"

〔〕《后汉书》卷五一《桥玄传》:"初,曹操微时,人莫知者。尝往候玄,玄见而异焉,谓曰:'今天下将乱,安生民者其在君乎!'操常感其知己。及后经过玄墓,辄凄怆致祭。自为其文曰……"其文与《武帝纪》注所引祀文大致相同。

曹操进军官渡。

〔〕据《武帝纪》。

五月,袁绍卒,少子袁尚袭绍位,袁谭自号车骑将军。由此尚、谭有隙。

〔〕据《武帝纪》、《三国志》卷六《魏书·袁绍传》。

九月,曹操渡河攻袁谭、袁尚,谭、尚数败退,固守。

〔〕据《武帝纪》。

刘表使刘备北侵,至叶,曹操遣夏侯惇、李典等拒之。

〔〕据《三国志》卷一八《魏书·李典传》。

曹操下书要孙权送子至许为人质,权拒绝之。时权兼会稽、吴、丹阳、豫章、庐陵、庐江六郡之众。

〔〕据《三国志》卷五四《吴书·周瑜传》注引虞溥《江表传》。《江表传》曰:"曹公新破袁绍,兵威日盛,建安七年,下书责权质任子。权召群臣会议……遂不送质。"

曹操作《举太山太守吕虔茂才令》。

〔〕令见《三国志》卷一八《魏书·吕虔传》。写作时间未详。《吕虔传》曰:"太祖以虔领太山太守……济南黄巾徐和等,所在劫长吏,攻城邑。虞引兵与夏侯渊会击之……太祖令曰……
虞在太山十数年,甚有威惠。"《三国志》卷九《魏书·夏侯渊
传》记夏侯渊击败昌狶后,"济南、乐安黄巾徐和、司马俱等攻
城,杀长吏,渊将太山、齐、平原郡兵击,大破之"。《资治通
鉴》卷六四载夏侯渊败昌狶事于建安六年末。据此,操令殆
作于是年。

是年,邺中大饥,米一斛二万钱。

据《御览》卷三五引王粲《英雄记》。

建安八年(公元二○三)　癸未　曹操四十九岁　曹丕十七岁　曹植十二岁

三月,曹操攻黎阳,大破袁谭、袁尚军,谭、尚败走还邺。

据《武帝纪》、《三国志》卷六《魏书·袁绍传》。

四月,曹操进军追袁谭、袁尚至邺。

五月,曹操还许,留贾信屯黎阳。

以上据《武帝纪》。

曹操作《败军令》、《论吏士行能令》。

《败军令》见《武帝纪》建安八年。令曰:"自命将征行,但赏功
而不罚罪,非国典也。其令诸将出征,败军者抵罪,失利者免
官爵。"

《论吏士行能令》见《武帝纪》建安八年注引《魏书》。令曰:
"明君不官无功之臣,不赏不战之士;治平尚德行,有事赏
功能。"

七月,曹操作《请爵荀彧表》二篇、《与荀彧书》。

《三国志》卷一○《魏书·荀彧传》:"八年,太祖录彧前后功,
表封彧为万岁亭侯。"表之一见《后汉纪》卷二九。《后汉纪》

曰：建安八年，"七月，曹操上言守尚书令荀彧……"表之二和《与荀彧书》见《荀彧传》注引《彧别传》。《彧别传》曰："彧固辞无野战之劳，不通太祖表。太祖与彧书曰：'与君共事已来，立朝廷，君之相为匡弼，君之相为举人，君之相为建计，君之相为密谋，亦以多矣。夫功未必皆野战也，愿君勿让。'"表之二有"臣闻虑为功首，谋为赏本，野绩不越庙堂，战多不逾国勋"等句，知表之二和《与荀彧书》当作于彧不通表之一后。

曹操作《修学令》。

《修学令》载《武帝纪》建安八年。令曰："丧乱已来，十有五年，后生者不见仁义礼让之风，吾甚伤之。其令郡国各修文学，县满五百户置校官，选其乡之俊造而教学之，庶几先王之道不废，而有以益于天下。"

八月，曹操征刘表，军西平。

据《武帝纪》。

袁谭、袁尚争冀州，相攻。谭败走平原，遣使诣曹操乞降求救。操许之。

《武帝纪》建安八年："公之去邺而南也，谭、尚争冀州，谭为尚所败，走保平原。尚攻之急，谭遣辛毗乞降请救。诸将皆疑，荀攸劝公许之，公乃引军还。"

十月，曹操至黎阳，袁尚停止攻平原，还邺。

《武帝纪》建安八年："十月，到黎阳，为子整与谭结婚。尚闻公北，乃释平原还邺。"

袁尚将吕旷、吕翔叛尚降曹操。

据《武帝纪》。

孙权西伐黄祖，镇压山越起义军。建安、汉兴、南平农民起义，聚众各万余人。权遣将镇压之。

据《吴主传》、《三国志》卷六〇《吴书·贺齐传》。

是年,曹丕从征,由邺附近至黎阳,写《黎阳作》诗四首。

诗见《艺文类聚》卷五九。诗中"千骑随风靡,万骑正龙骧,金
鼓震上下,干戚纷纵横"等句,写出征行军,雄壮威武。又诗
中有"朝发邺城,夕宿韩陵","行行到黎阳"等句,知此次行军
是由邺城往黎阳。考《武帝纪》、《文帝纪》,唯是年大规模用
兵于黎阳。诗盖作于是年由邺附近至黎阳途中。

建安九年(公元二〇四)　甲申　曹操五十岁　曹丕十八岁　曹植十三岁

正月,曹操渡河,遏淇水入白沟以通粮道。

据《武帝纪》。

二月,袁尚复攻袁谭至平原,留其将审配等守邺。曹操围邺。
尚武安长尹楷屯毛城,通上党粮道。

据《武帝纪》。

四月,曹操留曹洪攻邺,自领兵击破尹楷。

《武帝纪》建安九年:"四月,留曹洪攻邺,公自将击楷,破之而
还。尚将沮鹄守邯郸,又击拔之。易阳令韩范、涉长梁岐举
县降,赐爵关内侯。"

黑山军帅张燕遣使求助曹操,拜平北将军。

据《三国志》卷八《魏书·张燕传》。

五月,曹操决漳水灌邺。

《武帝纪》建安九年:"五月,毁土山、地道,作围堑,决漳水灌
城;城中饿死者过半。"

七月,袁尚还救邺,曹操连续击破之。尚奔中山。

《武帝纪》建安九年:"秋七月,尚还救邺,诸将皆以为'此归

师,人自为战,不如避之'。公曰:'尚从大道来,当避之;若循西山来者,此成禽耳。'尚果循西山来,临滏水为营。夜遣兵犯围,公逆击破走之,遂围其营。未合,尚惧,〔遣〕故豫州刺史阴夔及陈琳乞降,公不许,为围益急。尚夜遁,保祁山,追击之。其将马延、张顗等临陈降,众大溃,尚走中山。尽获其辎重,得尚印绶节钺,使尚降人示其家,城中崩沮。"

八月,曹操攻克邺城。

《武帝纪》建安九年:"八月,审配兄子荣夜开所守城东门内兵。配逆战,败,生禽配,斩之,邺定。"

《三国志》卷六《魏书·袁绍传》:"配声气壮烈,终无挠辞,见者莫不叹息。遂斩之。"注引《先贤行状》曰:"公曰:'卿忠于袁氏父子,亦自不得不尔也。'有意欲活之。配既无挠辞,而辛毗等号哭不已,乃杀之。"

曹操临袁绍墓哭绍,慰劳绍妻。

《武帝纪》建安九年八月:"公临祀绍墓,哭之流涕;慰劳绍妻,还其家人宝物,赐杂缯絮,廪食之。初,绍与公共起兵,绍问公曰:'若事不辑,则方面何所可据?'公曰:'足下意以为何如?'绍曰:'吾南据河,北阻燕、代,兼戎狄之众,南向以争天下,庶可以济乎?'公曰:'吾任天下之智力,以道御之,无所不可。'"

宗世林随曹操至邺,操薄其位而优其礼。

《世说新语》卷三《方正》第五注引《楚国先贤传》记宗世林,"武帝平冀州,从至邺。陈群等皆为之拜,帝犹以旧情介意,薄其位而优其礼,就家访以朝政,居宾客之右"。

陈琳归曹操,操爱其才而不咎既往。

《三国志》卷二一《魏书·陈琳传》:"袁氏败,琳归太祖。太祖

谓曰：'卿昔为本初移书，但可罪状孤而已，恶恶止其身，何乃
上及父祖邪？'琳谢罪，太祖爱其才而不咎……太祖并以琳、
（阮）瑀为司空军谋祭酒，管记室，军国书檄，多琳、瑀所作也。
琳徙门下督。"注引鱼氏《典略》曰："琳作诸书及檄，草成呈太
祖。太祖先苦头风，是以疾发，卧读琳所作，翕然而起曰：'此
愈我病。'数加厚赐。"

曹操作《破袁尚上事》。

《破袁尚上事》见《御览》卷三五六。

曹丕至邺，纳甄氏。

魏徵等撰《群书治要》卷四六载曹丕《典论·内诫》曰："上定
冀州屯邺，舍绍之第。余亲涉其庭，登其堂，游其阁，寝其房。
栋宇未堕，陛除自若。"

《三国志》卷五《魏书·甄后传》："建安中，袁绍为中子熙
纳之。熙出为幽州，后留养姑。及冀州平，文帝纳后于
邺。"注引《魏略》曰："及邺城破，绍妻及后共坐皇堂上。
文帝入绍舍，见绍妻及后，后怖，以头伏姑膝上，绍妻两手
自搏。文帝谓曰：'刘夫人云何如此？令新妇举头！'姑乃
捧后令仰，文帝就视，见其颜色非凡，称叹之。太祖闻其
意，遂为迎取。"

传说当时争纳甄氏的，还有曹操和曹植。

《世说新语》卷六《惑溺》第三五："曹公之屠邺也，令疾召甄。
左右曰：'五官中郎将已将去。'公曰：'今年破贼正为奴！'"
此说不足信。如操确为甄氏而攻邺，则克邺后必会千方百
计纳甄氏，丕亦不敢违父意而纳之。据此知操不会争纳
甄氏。

萧统《文选》卷一九曹植《洛神赋》李善注引《记》曰："魏东阿

王，汉末求甄逸女，既不遂，太祖回，与五官中郎将。植殊不平，昼思夜想，废寝与食。"上述"太祖回，与五官中郎将"与《武帝纪》、《魏书·甄后传》所记不符。又，时植十三岁，而甄氏已二十三。植争纳甄氏之说亦不足信。

孔融嘲弄曹操为曹丕纳甄氏。

《后汉书》卷七〇《孔融传》："曹操攻屠邺城，袁氏妇子多见侵略，而曹子丕私纳袁熙妻甄氏。融乃与操书，称'武王伐纣，以妲己赐周公'。操不悟，后问出何经典，对曰：'以今度之，想当然耳。'"

九月，曹操作《蠲河北租赋令》、《收田租令》。

《蠲河北租赋令》见《武帝纪》建安九年。《武帝纪》："九月，令曰：'河北罹袁氏之难，其令无出今年租赋！'重豪强兼并之法，百姓喜悦。"注引《魏书》载《收田租令》曰："有国有家者，不患寡而患不均，不患贫而患不安。袁氏之治也，使豪强擅恣，亲戚兼并；下民贫弱，代出租赋，衒鬻家财，不足应命；审配宗族，至乃藏匿罪人，为逋逃主。欲望百姓亲附，甲兵强盛，岂可得邪！其收田租亩四升，户出绢二匹、绵二斤而已，他不得擅兴发。郡国守相明检察之，无令强民有所隐藏，而弱民兼赋也。"

曹操领冀州牧，让还兖州。

据《武帝纪》。

曹操作《报荀彧》。

《报荀彧》见《后汉书》卷七〇《荀彧传》。《荀彧传》曰："九年，操拔邺，自领冀州牧。有说操宜复置九州者，以为冀部所统既广，则天下易服。操将从之。彧言曰……操报曰：'微足下之相难，所失多矣！'遂寝九州议。"

十月,高干以并州降,曹操复以干为并州刺史。

　　据《三国志》卷六《魏书·袁绍传》。

袁谭于曹操围邺时叛操,攻袁尚,尚败,走故安,从袁熙。

　　据《武帝纪》、《三国志》卷六《魏书·袁绍传》。

曹操遗袁谭书,责谭负约,进军攻谭。

　　《武帝纪》建安九年:"公遗谭书,责以负约,与之绝婚,女还,
　　然后进军。谭惧,拔平原,走保南皮。"

十二月,曹操入平原,略定诸县。袁谭奔南皮。

　　据《武帝纪》、《三国志》卷六《魏书·袁绍传》。

曹操表辽东公孙度为武威将军,封永宁乡侯。

　　据《三国志》卷八《魏书·公孙度传》。

曹操遣牵招诣柳城,托慰乌桓峭王。

　　据《三国志》卷二六《魏书·牵招传》。

是年,韦曜生。

　　据《三国志》卷六五《吴书·韦曜传》。

建安十年(公元二〇五)乙酉　曹操五十一岁　曹丕十九岁　曹植十四岁

正月,曹操征袁谭,攻南皮,追杀谭,平定冀州。

　　《武帝纪》建安十年:"正月,攻谭,破之,斩谭,诛其妻子,冀州
　　平。"注引《魏书》曰:"公攻谭,旦及日中不决;公乃自执枹鼓,
　　士卒咸奋,应时破陷。"

　　《武帝纪》建安十年:"初讨谭时,民亡椎冰,令不得降。顷之,
　　亡民有诣门首者,公谓曰:'听汝则违令,杀汝则诛首,归深自
　　藏,无为吏所获。'民垂泣而去;后竟捕得。"注曰:"讨谭时,川
　　渠水冻,使民椎冰以通船,民惮役而亡。"《三国志》卷九《魏

书·曹纯传》:"纯,初以议郎参司空军事,督虎豹骑从围南皮。袁谭出战,士卒多死。太祖欲缓之,纯曰:'今千里蹈敌,进不能克,退必丧威;且县师深入,难以持久。彼胜而骄,我败而惧,以惧敌骄,必可克也。'太祖善其言,遂急攻之,谭败。纯麾下骑斩谭首。"《御览》卷五七四引王粲《英雄记》曰:"曹操于南皮攻袁谭,斩之。操作鼓吹,自称万岁,于马上舞。"

曹植从征。

《曹植传》载植《求自试表》曰:"臣昔从先武皇帝……东临沧海……伏见所以行军用兵之势,可谓神妙矣。"《三国志集解》卷一九引林畅园曰:"植所述从征,本传俱不载……所云'东临沧海',疑破袁谭,在建安十年也。"林说可从。《三国志》卷六《魏书·袁绍传》注引《九州春秋》:"谭始至青州……其土自河而西,盖不过平原而已。遂北排田楷,东攻孔融,曜兵海隅。"知操攻谭时,谭之土已至东海,操破谭殆亦东至沧海。故系植从征东至沧海于此。

曹操作《诛袁谭令》,辟王修为司空掾,行司金中郎将,作《与王修教》。

令见《三国志》卷一一《魏书·王修传》注引《傅子》。《王修传》曰:修"至高密,闻谭死,下马号哭曰:'无君焉归?'遂诣太祖,乞收葬谭尸。太祖欲观修意,默然不应。修复曰:'受袁氏厚恩,若得收敛谭尸,然后就戮,无所恨。'太祖嘉其义,听之"。注引《傅子》:"太祖既诛袁谭,枭其首,令曰:'敢哭之者戮及妻子。'于是王叔治(编者注:王修字叔治)、田子泰相谓曰:"生受辟命,亡而不哭,非义也。畏死忘义,何以立世?'遂造其首而哭之,哀动三军。军正白行其戮,太祖曰:'义士也。'赦之。"

又《王修传》曰:"及破南皮,阅修家,谷不满十斛,有书数百卷。太祖叹曰:'士不妄有名。'乃礼辟为司空掾,行司金中郎将。"注引《魏略》载操《与王修书》曰:"昔孤初立司金之官,念非屈君,余无可者。故与君教曰:'昔遏父陶正,民赖其器用,及子妫满,建侯于陈;近桑弘羊,位至三公。此君元龟之兆先告者也。'"《与王修书》作于建安十七年,详下。《与王修教》当作于让修任司金中郎将时。

曹操作《赦袁氏同恶令》。又令民禁复私仇,禁厚葬。

《赦袁氏同恶令》载《武帝纪》建安十年。令曰:"其与袁氏同恶者,与之更始。"

《武帝纪》又曰:"令民不得复私仇,禁厚葬,皆一之于法。"

袁熙大将焦触等叛,攻袁熙、袁尚。熙、尚奔三郡乌桓。

据《武帝纪》。

曹操作《请封荀攸表》。

表见《三国志》卷一〇《魏书·荀攸传》。《荀攸传》曰:"其后谭叛,从斩谭于南皮。冀州平,太祖表封攸曰……于是封陵树亭侯。"

春,曹丕射猎于邺西。

《文帝纪》注引曹丕《典论·自叙》曰:"夫文武之道,各随时而用,生于中平之季,长于戎旅之间,是以少好弓马,于今不衰;逐禽辄十里,驰射常百步,日多体健,心每不厌。建安十年,始定冀州,涉、貊贡良弓,燕、代献名马。时岁之暮春,勾芒司节,和风扇物,弓燥手柔,草浅兽肥,与族兄子丹猎于邺西,终日手获獐鹿九,雉兔三十。"

《三国志》卷九《魏书·曹真传》:"曹真字子丹,太祖族子也……太祖哀真少孤,收养与诸子同,使与文帝共止。常猎,为虎所逐,顾射虎,应射而倒。太祖壮其骜勇。"

四月,黑山军张燕率其众十余万降曹操,封为列侯。

故安赵犊、霍奴等杀幽州刺史、涿郡太守。

三郡乌桓攻鲜于辅于犷平。

八月,曹操攻斩赵犊等,渡潞河救犷平,乌桓奔走出塞。

　　以上据《武帝纪》。

九月,曹操作《整齐风俗令》。

　　令见《武帝纪》建安十年。令曰:"阿党比周,先圣所疾也。闻
　　冀州俗,父子异部,更相毁誉。昔直不疑无兄,世人谓之盗
　　嫂;第五伯鱼三娶孤女,谓之挝妇翁;王凤擅权,谷永比之申
　　伯,王商忠议,张匡谓之左道:此皆以白为黑,欺天罔君者也。
　　吾欲整齐风俗,四者不除,吾以为羞。"

曹操作《手书答朱灵》。

　　手书见《三国志》卷一七《魏书·徐晃传》注引《魏书》。写作
　　时间,史无明文。《魏书》曰:"太祖既平冀州,遣(朱)灵将新
　　兵五千人骑千匹守许南,太祖戒之曰:'冀州新兵,数承宽缓,
　　暂见齐整,意尚快快。卿名先有威严,善以道宽之,不然即有
　　变。'灵至阳翟,中郎将程昂等果反,即斩昂,以状闻。太祖手
　　书曰:'兵中所以为危险者,外对敌国,内有奸谋不测之
　　变……来书恳恻,多引咎过,未必如所云也。'"手书殆作于是
　　年冀州平、操下《整齐风俗令》后不久。

十月,曹操还邺。

　　据《武帝纪》。

高干闻曹操攻乌桓,以并州叛,执上党太守,守壶关口。操遣乐
进、李典击之,高干还守壶关城。

　　据《武帝纪》。

是年,山涛生。

　　据《晋书》卷四三《山涛传》。

建安十一年(公元二〇六)　丙戌　曹操五十二岁　曹丕二十岁　曹植十五岁

正月,曹操作《表称乐进于禁张辽》。

　　表见《三国志》卷一七《魏书·乐进传》。《乐进传》曰:“建安十一年,太祖表汉帝,称进及于禁、张辽曰……”作表的月份未详,《乐进传》列此事于是年正月征高干前,故系于此。

曹操征高干。

　　据《武帝纪》。

曹操留曹丕守邺。丕仍出田猎,变易服乘。崔琰书谏,丕作《报傅崔琰》,表示承蒙教诲。

　　《报傅崔琰》见《三国志》卷一二《魏书·崔琰传》。《崔琰传》曰:“太祖征并州,留琰傅文帝于邺。世子仍出田猎,变易服乘,志在驱逐。琰书谏曰……世子报曰:‘昨奉嘉命,惠示雅数,欲使燔翳捐褶。翳已坏矣,褶亦去焉。后有此比,蒙复诲诸。’”

曹操作《苦寒行》。

　　《苦寒行》见《乐府诗集》卷三三。于惺介《文选集评》卷七评《苦寒行》引何义门曰:“此篇征高干时作。”何说是。诗曰“北上太行山……羊肠坂诘屈”。魏徵等撰《隋书》卷七七《崔赜传》载崔赜曰:“皇甫士安撰《地书》云:‘太原北九十里有羊肠坂。’”《三国志》卷一七《魏书·乐进传》:“进别征高干,从北道入上党,回出其后。干等还守壶关,连战斩首。干坚守未下,会太祖自征之。”时高干在太行山西壶关,自邺征干回出其后必经太行山北羊肠坂。又诗曰"雪落何霏霏",与是年往征干时令亦合。诗殆作于是年正月往征干途经太行山时。

三月,曹操拔壶关,高干走荆州,为上洛都尉王琰所捕杀。并州悉平。

据《武帝纪》。

八月,曹操东去镇压长广起义军管承,至淳于,遣乐进、李典击破之,承走入海岛。

据《武帝纪》、《三国志》卷一二《魏书·何夔传》。

十月,曹操下《求言令》。

令见《武帝纪》建安十一年注引《魏书》。令曰:"吾充重任,每惧失中,频年已来,不闻嘉谋,岂吾开延不勤之咎邪?自今以后,诸掾属治中、别驾,常以月旦各言其失,吾将览焉。"

三郡乌桓数入塞为害。曹操将击之。

《武帝纪》建安十一年:"三郡乌丸承天下大乱,破幽州,略有汉民合十余万户。袁绍皆立其酋豪为单于,以家人子为己女,妻焉。辽西单于蹋顿尤强,为绍所厚,故尚兄弟归之,数入塞为害。公将征之,凿渠,自呼沲入泒水,名平虏渠;又从泃河口凿入潞河,名泉州渠,以通海。"

《后汉书》卷九〇《乌桓传》:"及绍子尚败,奔蹋顿。时幽、冀吏人奔乌桓者十余万户,尚欲凭其兵力,复图中国。"

曹操使国渊典屯田事。

《三国志》卷一一《魏书·国渊传》:"太祖欲广置屯田,使渊典其事。渊屡陈损益,相土处民,计民置吏,明功课之法,五年中仓廪丰实,百姓竞劝乐业。太祖征关中,以渊为居府长史,统留事。"操使国渊典屯田之年月,未详。操于建安十六年征关中,时渊已典屯田约五年。姑附于此,备考。

是年,曹丕妻甄氏生子睿(魏明帝)。曹操爱之。

> 《明帝纪》:"年十五,封武德侯。"《文帝纪》延康元年五月:"封
> 王子睿为武德侯。"知睿延康元年十五岁,以此推之,当生于
> 是年。《明帝纪》:"明皇帝讳睿,字元仲,文帝太子也。生而
> 太祖爱之,常令在左右。"注引《魏书》曰:"帝生数岁而有岐嶷
> 之姿,武皇帝异之,曰:'我基于尔三世矣。'每朝宴会同,与侍
> 中近臣并列帷幄。好学多识,特留意于法理。"

建安十二年(公元二〇七)　丁亥　曹操五十三岁　曹丕二十一岁　曹植十六岁

二月,曹操自淳于还邺,作《封功臣令》。

> 《武帝纪》建安十二年:"二月,公自淳于还邺。丁酉,令曰:'吾
> 起义兵诛暴乱,于今十九年,所征必克,岂吾功哉?乃贤士大夫
> 之力也。天下虽未悉定,吾当要与贤士大夫共定之;而专飨其
> 劳,吾何以安焉!其保定功行封。'于是大封功臣二十余人,皆
> 为列侯,其余各以次受封,及复死事之孤,轻重各有差。"

曹操作《分租与诸将掾属令》。

> 令见《武帝纪》建安十二年注引《魏书》。

曹操作《下令大论功行封》。

> 令见《三国志》卷一〇《魏书·荀攸传》。

曹操作《请增封荀彧表》、《报荀彧》。

> 《请增封荀彧表》见《后汉书》卷七〇《荀彧传》、《三国志》卷
> 一〇《魏书·荀彧传》注引《彧别传》,《报荀彧》见《魏书·荀
> 彧传》注引《彧别传》。

曹操将北征三郡乌桓,表制酒禁。孔融作二书论争,操有书
答之。

《武帝纪》建安十二年："将北征三郡乌丸，诸将皆曰：'袁尚，
亡虏耳，夷狄贪而无亲，岂能为尚用？ 今深入征之，刘备必说
刘表以袭许。 万一为变，事不可悔。'惟郭嘉策表必不能任
备，劝公行。"

《后汉书》卷七〇《孔融传》："后操讨乌桓，又嘲之曰：'大将军
远征，萧条海外。 昔肃慎氏不贡楛矢，丁零盗苏武牛羊，并可
案也。'时年饥兵兴，操表制酒禁，融频书争之，多侮慢之辞。"
注引融二书，其二有"昨承训答，陈二代之祸，及众人之败，以
酒亡者，实如来诲"等句，知操得融第一书后，有答融书。 操
书今佚。

郗虑奏免孔融，曹操有《作书与孔融》。

《作书与孔融》见《孔融传》。《孔融传》曰："既见操雄诈渐著，
数不能堪，故发词偏宕，多致乖忤……山阳郗虑承望风旨，以
微法奏免融官。 因显明仇怨，操故书激厉融曰……"此书有
路粹为操作之说。 严可均《全后汉文》卷九四："《文选》任昉
《王文宪集序》注引路粹《为曹公与孔融书》云：'邀一言之誉
者，计有余矣。'证知此文是路粹作。 今无此'邀一言之誉
者'，范史有删节也。"录以备考。

五月，曹操北征三郡乌桓至无终。 途经涿郡，作《告涿郡太守
令》。 曹植从征。

令见《三国志》卷二二《魏书·卢毓传》注引《续汉书》。《续汉
书》曰："太祖北征柳城，过涿郡，令告太守曰：'故北中郎将卢
植，名著海内，学为儒宗，士之楷模，乃国之桢干也……'"

《武帝纪》建安十二年："夏五月，至无终。"

曹植从征事，详下。

七月，大雨，沿海道不通，曹操作《下田畴令》，以畴为乡导，引军

出卢龙塞，东向柳城。

　　《武帝纪》建安十二年："七月，大水，傍海道不通，田畴请为乡
导，公从之。引军出卢龙塞，塞外道绝不通，乃堑山堙谷五百
余里，经白檀、历平冈，涉鲜卑庭，东指柳城。"《下田畴令》见
《三国志》卷一一《魏书·田畴传》。《田畴传》曰："建安十二
年，太祖北征乌丸，未至，先遣使辟畴，又命田豫喻指……明
日出令曰：'田子泰非吾所宜吏者。'即举茂才，拜为蓨令，不
之官，随军次无终。"

　　《曹植传》载植《求自试表》曰："臣昔从先武皇帝……北出玄
塞。"《三国志集解》卷一九引赵一清曰："玄塞，卢龙之塞也，
谓柳城之役。"又卷一引《方舆纪要》卷一七曰："卢龙塞，在永
平府西一百九十里有卢龙镇，土黑色，山似龙形，即古卢龙塞
云。"据此，知曹植是年从征。

八月，曹操大败乌桓。

　　《武帝纪》建安十二年："八月，登白狼山，卒与虏遇，众甚盛。
公车重在后，被甲者少，左右皆惧。公登高，望虏陈不整，乃
纵兵击之，使张辽为先锋，虏众大崩，斩蹋顿及名王已下，胡、
汉降者二十余万口。辽东单于速仆丸及辽西、北平诸豪，弃
其种人，与尚、熙奔辽东，众尚有数千骑。"《御览》卷五七四引
王粲《英雄记》曰：曹操"十二年，攻乌桓蹋顿，一战，斩蹋顿
首，系马鞍，于马上抃舞"。

九月，曹操引兵自柳城还，作《步出夏门行》。曹植作《泰山梁甫
行》。

　　《武帝纪》建安十二年："九月，公引兵自柳城还。"注引《曹瞒
传》曰："时寒且旱，二百里无复水，军又乏食，杀马数千匹以
为粮，凿地入三十余丈乃得水。"《步出夏门行》见《乐府诗集》

卷三七。诗中有"东临碣石,以观沧海","孟冬十月,北风徘徊","水竭不流,冰坚可蹈"等句,知诗当作于是年秋冬归途中。全诗非一时一地所作,现一并系于此。

　　《文史》第六辑载徐公持《曹植诗歌的写作年代问题》曰:《泰山梁甫行》"是北征三郡乌桓时作的","从《泰山梁甫行》的内容看,它是切合于当时当地情况的"。诗见《乐府诗集》卷四一。

公孙康杀袁尚、袁熙。袁氏遂灭。

　　《武帝纪》建安十二年九月:"康即斩尚、熙及速仆丸等,传其首。诸将或问:'公还而康斩送尚、熙,何也?'公曰:'彼素畏尚等,吾急之则并力,缓之则自相图,其势然也。'"

黄巾军杀济南王赟。

　　据《献帝纪》。

十一月,曹操至易水,代郡乌桓行单于普富卢、上郡乌桓行单于那楼将其名王来贺。

　　据《武帝纪》。

曹操作《表论田畴功》。

　　《三国志》卷一一《魏书·田畴传》:"军还入塞,论功行封,封畴亭侯,邑五百户。"注引《先贤行状》载操《表论田畴功》。

曹操作《为张范下令》。

　　令见《三国志》卷一一《魏书·邴原传》注引《原别传》。写作年月不详。《原别传》曰:"太祖北伐三郡单于,还住昌国……河内张范,名公之子也,其志行有与原符,甚相亲敬。令曰……"令当作于是年征乌桓还经昌国时。

郭嘉卒。曹操作《请追赠郭嘉封邑表》、《与荀彧书追伤郭嘉》其一。

　　表见《三国志》卷一四《魏书·郭嘉传》注引《魏书》。《郭嘉

传》曰："嘉深通有算略，达于事情。太祖曰：'唯奉孝（编者
注：郭嘉字奉孝）为能知孤意。'年三十八，自柳城还，疾笃，太
祖问疾者交错。及薨，临其丧，哀甚，谓荀攸等曰：'诸君年皆
孤辈也，唯奉孝最少。天下事竟，欲以后事属之，而中年夭
折，命也夫！'乃表曰……"此表当为《魏书》所载表之约文，仅
多"增邑八百户"一句。《与荀彧书追伤郭嘉》有二，均见《郭
嘉传》注引《傅子》。第一书中有"今表增其子满千户"一句，
当与表作于同时。

是年，刘备始用诸葛亮。

据《资治通鉴》卷六五建安十二年。

建安十三年（公元二〇八）　戊子　曹操五十四岁　曹丕二十二岁　曹植十七岁

正月，曹操还邺，作玄武池训练舟师。

据《武帝纪》。

辽东送袁尚首，曹操有令。

据《三国志》卷二六《魏书·牵招传》。令见《三国志》卷一一
《魏书·田畴传》。

司徒赵温辟曹丕。曹操作《表赵温选举不实》，免温官。

《文帝纪》注引《献帝起居注》曰："建安十（五）〔三〕年，为司徒
赵温所辟。太祖表'温辟臣子弟，选举故不以实'。使侍中守
光禄勋郗虑持节奉策免温官。"《后汉书》卷二七《赵典传》：
"典兄子谦，谦弟温……温从车驾都许。建安十三年，以辟司
空曹操子丕为掾，操怒，奏温辟（忠）臣子弟，选举不实，免
官。"《献帝纪》："十三年春正月，司徒赵温免。"《献帝起居注》
"十五"当为"十三"。

五月,曹操幼子冲卒,时年十三。曹操哀痛。曹丕作《曹仓舒诔》。

《三国志》卷二〇《魏书·武文世王公传》:"冲字仓舒。少聪察岐嶷,生五六岁,智意所及,有若成人之智……冲仁爱识达……太祖数对群臣称述,有欲传后意。年十三,建安十三年疾病,太祖亲为请命。及亡,哀甚。文帝宽喻太祖,太祖曰:'此我之不幸,而汝曹之幸也。'言则流涕。"注引《魏书》曰:"冲每见当刑者,辄探睹其冤枉之情而微理之。及勤劳之吏,以过误触罪,常为太祖陈说,宜宽宥之。辨察仁爱,与性俱生,容貌姿美,有殊于众,故特见宠异。"又注引《魏略》曰:"文帝常言'家兄孝廉,自其分也。若使仓舒在,我亦无天下'。"

《曹仓舒诔》见《艺文类聚》卷四五。诔序曰:"建安十二年,五月甲戌,童子曹仓舒卒,乃作诔曰……""十有二年"当作"十有三年"。

周不疑幼有异才,曹操惧曹丕等不能驾御,遣刺客杀之。

《三国志》卷六《魏书·刘表传》注:"《先贤传》称不疑幼有异才,聪明敏达,太祖欲以女妻之,不疑不敢当。太祖爱子仓舒,夙有才智,谓可与不疑为俦。及仓舒卒,太祖心忌不疑,欲除之。文帝谏以为不可,太祖曰:'此人非汝所能驾御也。'乃遣刺客杀之。"又注引挚虞《文章志》曰:"不疑死时年十七,著《文论》四首。"

六月,罢三公官,置丞相、御史大夫。曹操为丞相。

据《武帝纪》。

又《献帝纪》建安十三年六月:"癸巳,曹操自为丞相。"

又《后汉书》卷四八《徐璆传》:"后拜太常,使持节拜曹操为丞相。操以相让璆，璆不敢当。”

曹操作《授崔琰东曹掾教》。

教见《三国志》卷一二《魏书·崔琰传》。《崔琰传》曰：“太祖
为丞相，琰复为东西曹掾属征事。初授东曹时，教曰……”

曹操好隐语，于相国门上题“活”字。

《世说新语》卷四《捷悟》第十一：“杨德祖为魏武主簿，时作相
国门，始构榱桷，魏武自出看，使人题门作‘活’字，便去。杨
见，即令坏之。既竟曰：‘门中活，阔字，王正嫌门大也。’”此
事当在操任丞相后不久，故系于此。

七月，曹操南征刘表。

据《武帝纪》。

曹丕随曹操南征，作《述征赋》。

《述征赋》见《艺文类聚》卷五九。赋曰：“建安之十三年，荆楚
傲而弗臣，命元司以简旅，予愿奋武乎南邺。”

刘桢随曹操南征。

《文选》卷二三载刘桢《赠五官中郎将四首》其一曰：“昔我从
元后，整驾至南乡。过彼丰沛都，与君共翱翔。”李善注：“元
后，谓曹操也。至南乡，谓征刘表也”“君，谓五官也”。

阮瑀代曹操作书与刘备。

《三国志》卷二一《魏书·王粲传》注：“《典略》载太祖初征荆
州，使瑀作书与刘备。”是书仅存“披怀解带，投分托意”二句，
见《文选》卷二〇潘岳《金谷集作诗一首》李善注引。书当作
于是年七月征刘表时。

八月，曹操杀孔融，时融年五十六。曹操作《宣示孔融罪状令》。

《献帝纪》建安十三年八月：“壬子，曹操杀太中大夫孔融，夷
其族。”

《后汉书》卷七〇《孔融传》:"曹操既积嫌忌,而郗虑复搆成其罪,遂令丞相军谋祭酒路粹枉状奏融……书奏,下狱弃市。时年五十六。妻子皆被诛……所著诗、颂、碑文、议论、六言、策文、表、檄、教令、书记凡二十五篇。"

《宣示孔融罪状令》见《三国志》卷一二《魏书·崔琰传》注引《魏氏春秋》。《魏氏春秋》曰:"十三年,融对孙权使,有讪谤之言,坐弃市……融有高名清才,世多哀之。太祖惧远近之议也,乃令曰:'太中大夫孔融既伏其罪矣,然世人多采其虚名,少于核实,见融浮艳,好作变异,眩其诳诈,不复察其乱俗也。此州人说平原祢衡受传融论,以为父母与人无亲,譬若瓴器,寄盛其中,又言若遭饥馑,而父不肖,宁赡活余人。融违天反道,败伦乱理,虽肆市朝,犹恨其晚……'"

刘表卒,其子刘琮代,屯襄阳。刘备屯樊。

据《武帝纪》。

蒯越、傅巽、王粲等劝刘琮归曹操。

据《三国志》卷六《魏书·刘表传》、卷二一《魏书·王粲传》。《王粲传》注引张隐"《文士传》载粲说琮曰:'仆有愚计,愿进之于将军,可乎?'琮曰:'吾所愿闻也。'粲曰:'天下大乱,豪杰并起,在仓卒之际,强弱未分,故人各各有心耳。当此之时,家家欲为帝王,人人欲为公侯。观古今之成败,能先见事机者,则恒受其福。今将军自度,何如曹公邪?'琮不能对。粲复曰:'如粲所闻,曹公故人杰也。雄略冠时,智谋出世,摧袁氏于官渡……其余枭夷荡定者,往往如神,不可胜计。今日之事,去就可知也。将军能听粲计,卷甲倒戈,应天顺命,以归曹公,曹公必重德将军。保己全宗,长享福祚,垂之后嗣,此万全之策也。粲遭乱流离,托命此州,蒙将军父子重顾，敢不尽言！'琮纳其言。"

九月，刘琮归降曹操。操以琮为青州刺史，封列侯，作《下荆州书》、《与荀彧书追伤郭嘉》其二。

《武帝纪》建安十三年："九月，公到新野，琮遂降，备走夏口。公进军江陵，下令荆州吏民，与之更始。乃论荆州服从之功，侯者十五人，以刘表大将文聘为江夏太守，使统本兵，引用荆州名士韩嵩、邓义等。"《三国志》卷六《魏书·刘表传》："太祖以琮为青州刺史、封列侯。蒯越等侯者十五人。"

《下荆州书》见《刘表传》注引《傅子》。《傅子》曰："荆州平，太祖与荀彧书曰：'不喜得荆州，喜得蒯异度（编者注：蒯越字异度）耳。'"《与荀彧书追伤郭嘉》其二见《三国志》卷一四《魏书·郭嘉传》注引《傅子》。书曰："追惜奉孝，不能去心。其人见时事兵事，过绝于人。又人多畏病，南方有疫，常言'吾往南方，则不生还'。然与共论计，云当先定荆……"殆作于定荆州后。

王粲归曹操，操辟为丞相掾，赐爵关内侯。

《三国志》卷二一《魏书·王粲传》："太祖辟为丞相掾，赐爵关内侯。太祖置酒汉滨，粲奉觞贺曰：'方今袁绍起河北，仗大众，志兼天下，然好贤而不能用，故奇士去之。刘表雍容荆楚，坐观时变，自以为西伯可规。士之避乱荆州者，皆海内之儁杰也；表不知所任，故国危而无辅。明公定冀州之日，下车即缮其甲卒，收其豪杰而用之，以横行天下；及平江、汉，引其贤儁而置之列位，使海内回心，望风而愿治，文武并用，英雄毕力，此三王之举也。'"

曹操召见、敬重邯郸淳。

《王粲传》注引《魏略》曰："淳一名竺，字子叔。博学有才章，又善《苍》、《雅》、虫、篆、许氏字指……荆州内附,太祖素闻其名,召与相见,甚敬异之。"

曹操收用梁鹄,鹄善书法。

《武帝纪》建安十三年注引卫恒《四体书势序》曰:"鹄后依刘表。及荆州平,公募求鹄,鹄惧,自缚诣门,署军假司马,使在秘书,以(勤)〔勒〕书自效。公尝悬著帐中,及以钉壁玩之,谓胜宜官。鹄字孟黄,安定人。魏宫殿题署,皆鹄书也。"

《水经注》卷一六《谷水注》:"魏太祖平荆州,汉吏部尚书安定梁孟皇,善师宜官八分体,求以赎死。太祖善其法,常仰系帐中爱玩之,以为胜宜官。北宫牓题,咸是鹄笔。"《太平广记》卷二〇六引《书断》曰:"梁鹄字孟皇,安定乌氏人。少好书,受法于师宜官,以善八分书知名。举孝廉为郎。亦在鸿都门下,迁选部郎。灵帝重之。魏武甚爱其书,常悬帐中,又以钉壁,以为胜宜官也。"

曹操收用杜夔,夔知音乐。

《三国志》卷二九《魏书·杜夔传》:夔"以知音为雅乐郎……以世乱奔荆州……后表子琮降太祖,太祖以夔为军谋祭酒,参太乐事,因令创制雅乐。夔善钟律,聪思过人,丝竹八音,靡所不能","汉铸钟工柴玉巧有意思,形器之中,多所造作,亦为时贵人见知。夔令玉铸铜钟,其声均清浊多不如法,数毁改作。玉甚厌之,谓夔清浊任意,颇拒捍夔。夔、玉更相白于太祖,太祖取所铸钟,杂错更试,然〔后〕知夔为精而玉之妄也,于是罪玉及诸子,皆为养马士"。

曹操改葬王儁,表为先贤。

《武帝纪》建安十三年注引皇甫谧《逸士传》曰:"汝南王儁,字子文,少为范滂、许章所识,与南阳岑晊善。公之为布衣,特爱俦；俦亦称公有治世之具。及袁绍与弟术丧母，归葬汝南，俦与公会之，会者三万人。公于外密语俦曰：'天下将乱，为乱魁者必此二人也。欲济天下，为百姓请命，不先诛此二子，乱今作矣。'俦曰：'如卿之言，济天下者，舍卿复谁?'相对而笑。俦为人外静而内明，不应州郡三府之命。公车征，不到，避地居武陵，归俦者一百余家。帝之都许，复征为尚书，又不就。刘表见绍强，阴与绍通，俦谓表曰：'曹公，天下之雄也，必能兴霸道，继桓、文之功者也。今乃释近而就远，如有一朝之急，遥望漠北之救，不亦难乎!'表不从。俦年六十四，以寿终于武陵，公闻而哀伤。及平荆州，自临江迎丧，改葬于江陵，表为先贤也。"

十二月，孙权与刘备结盟。曹操自江陵东下，与周瑜、刘备战于赤壁。操大败。作《与孙权书》。

《武帝纪》建安十三年："十二月，孙权为备攻合肥。公自江陵征备，至巴丘，遣张憙救合肥。权闻憙至，乃走。公至赤壁，与备战，不利。于是大疫，吏士多死者，乃引军还。"注引《山阳公载记》曰："公船舰为备所烧，引军从华容道步归，遇泥泞，道不通，天又大风，悉使羸兵负草填之，骑乃得过。羸兵为人马所蹈藉，陷泥中，死者甚众。军既得出，公大喜，诸将问之，公曰：'刘备，吾俦也。但得计少晚；向使早放火，吾徒无类矣。'备寻亦放火而无所及。"

《先主传》："先主遣诸葛亮自结于孙权，权遣周瑜、程普等水军数万，与先主并力，与曹公战于赤壁，大破之，焚其舟船。先主与吴军水陆并进，追到南郡，时又疾疫，北军多死，曹公引归。"

《吴主传》："刘备欲南济江，肃与相见，因传权旨，为陈成败。备进住夏口，使诸葛亮诣权，权遣周瑜、程普等行。是时曹公新得表众，形势甚盛，诸议者皆望风畏惧，多劝权迎之。惟瑜、肃执拒之议，意与权同。瑜、普为左右督，各领万人，与备俱进，遇于赤壁，大破曹公军。公烧其余船引退，士卒饥疫，死者大半。备、瑜等复追至南郡，曹公遂北还。"

《艺文类聚》卷八〇引王粲《英雄记》曰："周瑜镇江夏。曹操欲从赤壁渡江南，无船，乘簰从汉水下，住浦口，未即渡。瑜夜密使轻船走舸百所艘，艘有五十人移棹，人持炬火。火然，则回船走去，去复还烧者，须臾烧数千簰。火大起，光上照天，操夜去。"

《与孙权书》有二。其一见《吴主传》注引《江表传》。《江表传》载"曹公与权书曰：'近者奉辞伐罪，旄麾南指，刘琮束手。今治水军八十万众，方与将军会猎于吴。'权得书以示群臣，莫不向震失色"。知书其一当作于赤壁之战前。其二见《三国志》卷五四《吴书·周瑜传》注引《江表传》及王谟辑《汉唐地理书钞》载刘澄之《永初山川记》。《江表传》曰："瑜之破魏军也，曹公曰：'孤不羞走。'后书与权曰：'赤壁之役，值有疾病，孤烧船自退，横使周瑜虚获此名。'"知书其二当作于赤壁之战后。

刘备表刘琦为荆州刺史，引兵南向，遂有荆州江南四郡；周瑜屯江北，与曹仁相对。

据《先主传》、《三国志》卷五四《吴书·周瑜传》。

刘璋与曹操绝而同刘备结好。

据《三国志》卷三一《蜀书·刘璋传》。

曹操作《表刘琮令》。

令见《三国志》卷六《魏书·刘表传》注引《魏武故事》。写作月份不详。令中有"比有笺求还州"等句，殆作于十二月前后，姑附于此，备考。

是年，曹操遣周近持玉璧赎回蔡文姬。曹丕作《蔡伯喈女赋》。

赎回蔡文姬的时间，据郭沫若《蔡文姬》附《再谈蔡文姬的〈胡笳十八拍〉》。

《后汉书》卷八四《董祀妻传》："曹操素与邕善，痛其无嗣，乃遣使者以金璧赎之，而重嫁于祀。"

曹丕《蔡伯喈女赋》已佚。《御览》卷八〇六载丕《蔡伯喈女赋序》曰："家公与蔡伯喈有管鲍之好，乃命使者周近持玄玉璧于匈奴，赎其女还，以妻屯田郡都尉董祀。"赋当作于文姬被赎回重嫁董祀后不久。

建安十四年（公元二〇九） 己丑 曹操五十五岁 曹丕二十三岁 曹植十八岁

三月，曹操、曹丕至谯。

《武帝纪》建安十四年："三月，军至谯，作轻舟，治水军。"《艺文类聚》卷三四载曹丕《感物赋序》中有"南征荆州，还过乡里"等句，知丕是时亦随操至谯。

七月，曹操引水军自涡入淮，出肥水，军合肥。

据《武帝纪》。

曹丕从征，作《浮淮赋》。

赋见《书钞》卷一三七、《艺文类聚》卷八、《初学记》卷六。《初学记》载《浮淮赋序》曰："建安十四年，王师自谯东征，大兴水运，泛舟万艘，时余从行，始入淮口，行泊东山……乃作斯赋云。"

曹操作《存恤吏士家室令》。

令见《武帝纪》建安十四年七月。令曰："自顷已来，军数征行，或遇疫气，吏士死亡不归，家室怨旷，百姓流离，而仁者岂乐之哉？不得已也。其令死者家无基业不能自存者，县官勿绝廪，长吏存恤抚循，以称吾意。"

曹操置扬州郡县长吏，开芍陂屯田。

　　据《武帝纪》。

曹操作《以蒋济为扬州别驾令》。

　　令见《三国志》卷一四《魏书·蒋济传》。《蒋济传》曰："建安十三年，孙权率众围合肥……明年使于谯……大军南征还，以温恢为扬州刺史，济为别驾。令曰……"

曹操开募屯田于淮南，以仓慈为绥集都尉。

　　据《三国志》卷一六《魏书·仓慈传》。

十二月，曹操、曹丕还谯。丕作《感物赋》。

　　《武帝纪》建安十四年："十二月，军还谯。"《感物赋》见《艺文类聚》卷三四。赋序曰："南征荆州，还过乡里，舍焉，乃种诸蔗于中庭。涉夏历秋，先盛后衰，悟兴废之无常，慨然永叹，乃作斯赋。"赋当作于十二月还谯时。

刘桢随曹操、曹丕还谯。丕于谯饮宴歌舞。

　　《文选》卷二三载刘桢《赠五官中郎将四首》其一曰："昔我从元后，整驾至南乡。过彼丰沛都，与君共翱翔。四节相推斥，季冬风且凉。众宾会广坐，明镫熺炎光。清歌制妙声，万舞在中堂。金罍含甘醴，羽觞行无方。长夜忘归来，聊且为大康。四牡向路驰，叹悦诚未央。"李善注："丰沛，汉高祖所居，以喻谯也。君，谓五官也。"诗中又有"季冬风且凉"句，与是年还谯时令合。

曹操遣夏侯渊督诸将镇压庐江义军雷绪。

　　据《三国志》卷九《魏书·夏侯渊传》。

庐江人陈兰、梅成据灊、六二县起义反曹操。操遣张辽攻斩陈兰等,作《论张辽功》,因使张辽、乐进、李典等屯合肥。

据《三国志》卷一七《魏书·张辽传》。《论张辽功》亦见《张辽传》。《资治通鉴》卷六六建安十四年注引繁钦《征天山赋》曰:"建安十四年十二月甲辰,丞相武平侯曹公东征,临川未济,群舒蠢动,割有灊、六,乃俾上将荡寇将军张辽治兵南岳之阳。"《论张辽功》当作于十二月镇压陈兰等后不久。

周瑜、曹仁相守岁余,所杀伤甚众。仁弃城走。

刘备表孙权行车骑将军,领徐州牧。刘备领荆州牧,驻军公安。

以上据《吴主传》。

曹操作《与韩遂教》。

教见《三国志》卷一五《魏书·张既传》注引《魏略》。《魏略》曰:"阎行,金城人也……少有健名,始为小将,随韩约(编者注:韩遂字文约)。建安初,约与马腾相攻击……至十四年,为约所使诣太祖,太祖厚遇之,表拜犍为太守。行因请令其父入宿卫,西还见约,宣太祖教云……"写作月份未详,姑附于此,备考。

曹操作《辟蒋济为丞相主簿西曹属令》。

令见《三国志》卷一四《魏书·蒋济传》。《蒋济传》曰:"民有诬告济为谋叛主率者,太祖闻之,指前令与左将军于禁、沛相封仁等曰:'蒋济宁有此事!有此事,吾为不知人也。此必愚民乐乱,妄引之耳。'促理出之。辟为丞相主簿西曹属。令曰……"此事时间未详。《蒋济传》叙此事于济任扬州别驾后。暂附于此,备考。

是年:

曹操作《爵封田畴令》。

《三国志》卷一一《魏书·田畴传》:"从征荆州还,太祖追念畴功殊美，恨前听畴之让，曰：'是成一人之志，而亏王法大制也。'于是乃复以前爵封畴。"注引《先贤行状》载《爵封田畴令》曰："及孤奉诏征定河北，遂服幽都，将定胡寇，时加礼命。畴即受署，陈建攻胡蹊路所由……斩蹋顿于白狼，遂长驱于柳城，畴有力焉。及军入塞，将图其功，表封亭侯，食邑五百，而畴恳恻，前后辞赏。出入三载，历年未赐，此为成一人之高，甚违王典，失之多矣。"操征三郡乌丸于建安十二年，至本年正三年，与令中"出入三载"相合。故系于此。

田畴让爵，曹操作《决议田畴让官教》，令曹丕及大臣评议，丕以为宜肯定其节操。

教见《田畴传》注引《魏略》。《田畴传》曰："畴上疏陈诚，以死自誓。太祖不听，欲引拜之，至于数四，终不受。有司劾畴狷介违道，苟立小节，宜免官加刑。太祖重其事，依违者久之。乃下世子及大臣博议，世子以畴同于子文辞禄，申胥逃赏，宜勿夺以优其节。"此事具体时间未详，盖在操下《爵封田畴令》后，暂附于此，备考。

夏侯玄生。

据《三国志》卷九《魏书·夏侯玄传》。

傅嘏生。

据《三国志》卷二一《魏书·傅嘏传》。

建安十五年（公元二一〇）　庚寅　曹操五十六岁　曹丕二十四岁　曹植十九岁

春，曹操作《求贤令》。

令见《武帝纪》建安十五年。令曰："自古受命及中兴之君，曷尝不得贤人君子与之共治天下者乎！及其得贤也，曾不出闾

巷,岂幸相遇哉?上之人不求之耳。今天下尚未定,此特求
贤之急时也。'孟公绰为赵、魏老则优,不可以为滕、薛大
夫'。若必廉士而后可用,则齐桓其何以霸世!今天下得无
有被褐怀玉而钓于渭滨者乎?又得无盗嫂受金而未遇无知
者乎?二三子其佐我明扬仄陋,唯才是举,吾得而用之。"

曹操作《短歌行》(本辞)。

　　《短歌行》(本辞)见《乐府诗集》卷三〇。诗中"我有嘉宾,鼓
　　瑟吹笙。明明如月,何时可辍……山不厌高,海不厌深,周公
　　吐哺,天下归心"等句,抒发延揽人才之激切愿望,盖与《求贤
　　令》作于同时。

冬,曹操作铜雀台于邺。

　　据《武帝纪》建安十五年。潘眉《三国志考证》卷五:"《邺中
　　记》:'铜爵台因城为基,址高一十丈,有屋一百二十间,周围
　　弥覆其上。'""观此亦可想见魏时繁华声伎矣。"

曹操率诸子登台,使各为赋。曹植挥笔即成。

　　《曹植传》:"太祖尝视其文,谓植曰:'汝倩人邪?'植跪曰:'言
　　出为论,下笔成章,顾当面试,奈何倩人?'时邺铜爵台新成,
　　太祖悉将诸子登台,使各为赋。植援笔立成,可观,太祖甚异
　　之。"操诸子是年登台所作之赋,已佚。

献帝封曹操邑兼四县,食户三万。十二月,操作《让县自明本志
令》,让还封邑三县,只食武平万户。

　　令见《武帝纪》建安十五年注引《魏武故事》。令曰:"身为宰
　　相,人臣之贵已极,意望已过矣。今孤言此,若为自大,欲人
　　言尽,故无讳耳。设使国家无有孤,不知当几人称帝,几人称
　　王。或者人见孤强盛,又性不信天命之事,恐私心相评,言有
　　不逊之志,妄相忖度,每用耿耿。齐桓、晋文所以垂称至今日

者,以其兵势广大,犹能奉事周室也。《论语》云'三分天下有
其二,以服事殷,周之德可谓至德矣',夫能以大事小也……
孤祖父以至孤身,皆当亲重之任,可谓见信者矣,以及(子植)
〔子桓〕兄弟,过于三世矣。孤非徒对诸君说此也,常以语妻
妾,皆令深知此意。……然欲孤便尔委捐所典兵众以还执
事,归就武平侯国,实不可也。何者? 诚恐己离兵为人所祸
也。既为子孙计,又己败则国家倾危,是以不得慕虚名而处
实祸,此所不得为也。前朝恩封三子为侯,固辞不受,今更欲
受之,非欲复以为荣,欲以为外援,为万安计……然封兼四
县,食户三万,何德堪之! 江湖未静,不可让位;至于邑土,可
得而辞。今上还阳夏、柘、苦三县户二万,但食武平万户,且
以分损谤议,少减孤之责也。"

曹操作《短歌行》("周西伯昌")。

《短歌行》("周西伯昌")见《乐府诗集》卷三〇。诗曰:"周西
伯昌,怀此圣德。三分天下,而有其二。修奉贡献,臣节不
坠……齐桓之功,为霸之首,九合诸侯,一匡天下。一匡天
下,不以兵车。正而不谲,其德传称……晋文亦霸,躬奉天
王。"诗中所言周文王、齐桓公、晋文公尊王诸事与《让县自明
本志令》所述一致,其写作时间殆与令相近,故附于此。

是年:

曹操宠爱曹植。

《曹植传》:"性简易,不治威仪。舆马服饰,不尚华丽。每进
见难问,应声而对,特见宠爱。"上述诸事时间未详,《曹植传》
叙于封平原侯前,封平原侯在明年。姑录于此,备考。

交趾太守士燮兄弟归附孙权。

据《三国志》卷五二《吴书·步骘传》。

周瑜卒,时年三十六。

　　据《三国志》卷五四《吴书·周瑜传》。

阮籍生。

　　据《晋书》卷四九《阮籍传》。

建安十六年(公元二一一)　辛卯　曹操五十七岁　曹丕二十五岁　曹植二十岁

正月,献帝减曹操食户五千,分所让万五千户封曹植等。植为平原侯,食邑五千户。

　　《武帝纪》建安十六年正月注引《魏书》曰:"庚辰,天子报:减户五千,分所让三县万五千封三子,植为平原侯,据为范阳侯,豹为饶阳侯,食邑各五千户。"

曹操训诫诸侯,以正直之士辅助之,重诸侯宾客交通之禁。

　　《三国志》卷二〇《魏书·赵王干传》载魏明帝《诫诲赵王干玺书》曰:"自太祖受命创业,深睹治乱之源,鉴存亡之机,初封诸侯,训以恭慎之至言,辅以天下之端士,常称马援之遗诫,重诸侯宾客交通之禁,乃使与犯妖恶同。夫岂以此薄骨肉哉?徒欲使子弟无过失之愆,士民无伤害之悔耳。"

曹丕为五官中郎将,置官属,为丞相副。天下向慕,宾客如云。

　　据《武帝纪》、《三国志》卷一一《魏书·邴原传》注引《原别传》。

太原商曜等起义,曹操遣夏侯渊督徐晃镇压之。曜被杀。

　　据《武帝纪》、《三国志》卷九《魏书·夏侯渊传》。

徐干、苏林为五官将曹丕文学。

　　事见《三国志》卷二一《魏书·徐干传》及《刘劭传》。《徐干传》:干"为五官将文学"。《刘劭传》注引《魏略》曰:"林字孝友,博学,多通古今字指,凡诸书传文间危疑,林皆释之。建安中,为五官将文学,甚见礼待。……文帝作《典论》所称苏林者是也。"干、林为五官将文学,年月未详,暂系于此,备考。

曹操作《转邴原为五官长史令》。

令见《三国志》卷一一《魏书·邴原传》注引《原别传》。《原别传》曰:"魏太子为五官中郎将,天下向慕,宾客如云,而原独守道持常,自非公事不妄举动。太祖微使人从容问之……于是乃转五官长史,令曰:'子弱不才,惧其难正,贪欲相屈,以匡励之。虽云利贤,而不恶恶!'"令当作于曹丕为五官中郎将后不久。

曹丕、曹植兄弟与王粲、徐干、陈琳、阮瑀、应场、刘桢等友善往来,唱和诗赋。

《三国志》卷二一《魏书·王粲传》:"始文帝为五官将,及平原侯植皆好文学。粲与北海徐干字伟长、广陵陈琳字孔璋、陈留阮瑀字元瑜、汝南应场字德琏、东平刘桢字公干并见友善。"

又《王粲传》注引《魏略》载曹丕建安二十三年《又与吴质书》曰:"昔年疾疫,亲故多离其灾,徐、陈、应、刘,一时俱逝,痛何可言邪! 昔日游处,行则同舆,止则接席,何尝须臾相失! 每至觞酌流行,丝竹并奏,酒酣耳热,仰而赋诗。当此之时,忽然不自知乐也。"

《晋书》卷四八《阎缵传》引缵上疏曰:"昔魏文帝之在东宫,徐干、刘桢为友,文学相接之道并如气类。"

《初学记》卷一○引《魏文帝集》曰:"为太子时,北园及东阁讲堂,并赋诗,命王粲、刘桢、阮瑀、应场等同作。"阮瑀明年卒,此事当在瑀卒前,故系于此。

曹操作《高选诸子掾属令》。

　　令见《三国志》卷一二《魏书·邢颙传》。《邢颙传》曰:"是时,
太祖诸子高选官属,令曰:'侯家吏,宜得渊深法度如邢颙
辈。'"令当作于曹植等为侯后不久。

邢颙为平原侯曹植家丞。刘桢为平原侯庶子,谏植。

　　《邢颙传》:"遂以为平原侯植家丞。颙防闲以礼,无所屈挠,
由是不合。庶子刘桢书谏植曰:'家丞邢颙,北土之彦,少秉
高节,玄静淡泊,言少理多,真雅士也。桢诚不足同贯斯人,
并列左右。而桢礼遇殊特,颙反疏简,私惧观者将谓君侯习
近不肖,礼贤不足,采庶子之春华,忘家丞之秋实。为上招
谤,其罪不小,以此反侧。'"

应场为平原侯曹植庶子。

　　《三国志》卷二一《魏书·应场传》:"场、桢各被太祖辟,为丞
相掾属。场转为平原侯庶子,后为五官将文学。"

毌丘俭为平原侯曹植文学。

　　《三国志》卷二八《魏书·毌丘俭传》:"俭袭父爵,为平原侯
文学。"

司马孚为曹植文学掾。

　　《晋书》卷三七《安平献王孚传》:"魏陈思王有俊才,清选官
属,以孚为文学掾。植负才陵物,孚每切谏,初不合意,后乃
谢之。迁太子中庶子。"

　　上述邢颙为平原侯曹植家丞,刘桢、应场为庶子,毌丘俭为文
学,司马孚为文学掾之时间,未详,当在是年至建安十九年植
为平原侯时,暂系于此,备考。

三月,曹操遣钟繇攻张鲁。关中马超、韩遂、杨秋等十部疑为袭
己,叛操。操遣曹仁攻之。超等屯潼关。

据《武帝纪》。

秋，曹植作《公䜩》诗。

诗见《文选》卷二〇。诗曰："公子敬爱客，终宴不知疲。清夜游西园，飞盖相追随。明月澄清景，列宿正参差。秋兰被长坂，朱华冒绿池。"李善注曰："公子谓文帝，时武帝在，谓五官中郎将也。"《三国志集解》卷二一引赵一清曰："《名胜志》：西园在邺城西，魏曹丕同弟植宾从游幸之地也。"植此诗写随丕秋夜游西园情景。《文选》卷四二载丕《与吴质书》曰："曒日既没，继以朗月，同乘并载，以游后园，舆轮徐动，宾从无声，清风夜起……余顾而言，兹乐难常，足下之徒，咸以为然。今果分别，各在一方。元瑜长逝，化为异物。"据此知元瑜等常随丕等游园，同游西园时当有瑀。瑀卒于明年。此诗殆作于本年秋从征前。

七月，曹操率军西征马超等。

据《武帝纪》。

曹丕留守邺，作《感离赋》。

《感离赋》见《艺文类聚》卷三〇。《感离赋序》曰："建安十六年，上西征，余居守。老母、诸弟皆从，不胜思慕，乃作赋曰……"

曹植抱病从征，从征前作《离思赋》。

赋见《艺文类聚》卷二一。赋序曰："建安十六年，大军西讨马超，太子留监国，植时从焉。意有怀恋，遂作离思之赋。"赋曰："在肇秋之嘉月，将曜师而西旗，余抱疾以宾从。"

曹植经洛阳，作《送应氏诗》二首、《洛阳赋》。

诗见《文选》卷二〇。黄节《曹子建诗注》注此诗曰："子建于建安十六年封平原侯。是年从操西征马超……殆由邺而西，道过洛阳,故本集有《洛阳赋》逸句。是此诗之作盖在其时。"
《洛阳赋》今存四句,见《书钞》卷一五八。

八月,曹操至潼关,与马超等夹关而军。

闰八月,曹操自潼关北渡河。

以上据《武帝纪》建安十六年及注引《魏书》。

九月,曹操渡渭,大破马超等。马超、韩遂奔凉州,杨秋奔安定。

据《武帝纪》。

曹操作《下令增封杜畿秩》。

令见《三国志》卷一六《魏书·杜畿传》。《杜畿传》曰:"韩遂、马超之叛也……太祖西征至蒲阪,与贼夹渭为军,军食一仰河东。及破贼,余畜二十余万斛。太祖下令曰……"

曹操作《手书与阎行》。

手书见《三国志》卷一五《魏书·张既传》注引《魏略》。写作时间不详。《魏略》曰:"及超等破走,行随约还金城。太祖闻行前意,故但诛约子孙在京师者。乃手书与行曰……"手书殆作于是年破马超后。

十月,曹操自长安北征杨秋,围安定。杨秋降。

据《武帝纪》。

曹植作《赠丁仪王粲》诗。

诗见《文选》卷二四。诗曰:"从军度函谷,驱马过西京……君子在末位,不能歌德声。"古直《曹子建诗笺》曰:"考《魏志》:建安十六年,秋七月,太祖西征马超、韩遂。九月,关中平。冬十月,军自长安北征杨秋,围安定。乃知子建此诗实作于此。时自长安北征则已过长安而北矣,故曰'驱马过西京'。时仲宣官仅丞相掾,故曰'君子在末位'。"

曹植作《三良诗》。

诗见《文选》卷二一。余冠英《三曹诗选》注此诗曰："建安十六年曹植从军征马超曾到关中,这篇诗或许是过秦穆公墓吊古之作。"余说是。《史记》卷五《秦本纪》注引《括地志》曰:"秦穆公冢在歧州雍县东南二里。"此诗当作于北征杨秋后经秦穆公墓时。

曹植作《述行赋》。

赋见《初学记》卷七。赋曰:"寻曲路之南隅,观秦政之骊坟。哀黔首之罹毒,酷始皇之为君。"当是征马超、杨秋后经骊山时所作。

河间田银、苏伯起义,曹丕遣将军贾信镇压之。

《三国志》卷二三《魏书·常林传》:"太祖西征,田银、苏伯反,幽、冀扇动。文帝……遣将往伐,应时克灭。"又卷一四《魏书·程昱传》注引《魏书》曰:"太祖征马超,文帝留守,使昱参军事。田银、苏伯等反河间,遣将军贾信讨之。"

田银、苏伯被击破。曹操听从国渊建议,宽宥田银、苏伯余众。

《三国志》卷一一《魏书·国渊传》:"太祖征关中,以渊为居府长史,统留事。田银、苏伯反河间,银等既破,后有余党,皆应伏法。渊以为非首恶,请不行刑。太祖从之,赖渊得生者千余人。"

十二月,曹操自安定还,留夏侯渊屯长安。

据《武帝纪》。

曹操表钟繇为前军师,令其参军事。

《三国志》卷一三《魏书·钟繇传》:"太祖征关中,得以为资,表繇为前军师。"又《御览》卷二四九引《魏武选令》曰:"今诏书省司隶官,钟校尉材智决洞,通敏先觉,可上请参军事,以辅暗政。"表钟繇、令其参军事殆在是年征关中后,暂系于是,备考。

是年：

刘璋使法正迎刘备。备留诸葛亮、关羽守荆州，自领步卒数万人入益州。璋使备击张鲁。备北至葭萌。

　　据《先主传》。

阮瑀为曹操作书与孙权。

　　书见《文选》卷四二。书中有"离绝以来，于今三年……昔赤壁之役，烧舡自还，以避恶地"等句。赤壁之战在建安十三年，至本年为三年，知书当作于是年。

建安十七年（公元二一二）　壬辰　曹操五十八岁　曹丕二十六岁　曹植二十一岁

正月，曹丕作《答繁钦书》。

　　书见《艺文类聚》卷四三，《初学记》卷三〇，《御览》卷五七三、九二六。写作时间未详。《文选》卷四〇载繁钦《与魏文帝笺》曰："正月八日壬寅，领主簿繁钦，死罪死罪，近屡奉笺，不足自宣。顷诸鼓吹，广求异妓，时都尉薛访车子，年始十四，能喉啭引声，与笳同音，白上呈见，果如其言。"李善注引"《文帝集序》云：'上西征，余守谯（编者注："谯"当为"邺"），繁钦从，时薛访车子能喉啭，与笳同音。"《答繁钦书》曰："披书欢笑，不能自胜，奇才妙伎，何其善也。守宫王孙世有女曰琐……固非车子喉转长吟所能逮也。"据上所述，知书当作于本年正月接繁钦书后、曹操还邺前。

曹操还邺。献帝诏操赞拜不名，入朝不趋，剑履上殿。

　　据《武帝纪》。

曹操遣夏侯渊镇压南山起义军刘雄。

据《三国志》卷九《魏书·夏侯渊传》。

曹操褒赞毛玠举用清正之士。曹丕要玠任用亲眷,被玠拒绝。
操作《止省东曹令》。

《三国志》卷一二《魏书·毛玠传》:"太祖为司空丞相,玠尝为
东曹掾,与崔琰并典选举。其所举用,皆清正之士,虽于时有
盛名而行不由本者,终莫得进。务以俭率人,由是天下之士
莫不廉节自励,虽贵宠之臣,舆服不敢过度。太祖叹曰:'用
人如此,使天下人自治,吾复何为哉!'文帝为五官将,亲自诣
玠,属所亲眷。玠答曰:'老臣以能守职,幸得免戾,今所说人
非迁次,是以不敢奉命。'大军还邺,议所并省。玠请谒不行,
时人惮之,咸欲省东曹,乃共白曰:'旧西曹为上,东曹为次,
宜省东曹。'太祖知其情,令曰:'日出于东,月盛于东,凡人言
方,亦复先东,何以省东曹?'遂省西曹。"

春,曹操、曹丕、曹植等登铜雀台,各作《登台赋》。

曹丕赋见《艺文类聚》卷六〇。赋序曰:"建安十七年春,游西
园,登铜雀台,命余兄弟并作其词。"

曹操赋仅存二句,见《水经注》卷一〇《浊漳水注》,当作于是
年登台时。

曹植赋见《曹植传》注引《魏纪》。赋曰:"从明后而嬉游兮,登
层台以娱情……仰春风之和穆兮,听百鸟之悲鸣。"赋当作于
是年春登台时。

七月,螟灾。

据《献帝纪》。

马超余众梁兴等屯蓝田,曹操使夏侯渊击斩之。割河内、东郡、
钜鹿、赵之诸县以益魏郡。

据《武帝纪》。

九月，立献帝四子为王。

　　据《献帝纪》。

孙权作石头城，改秣陵为建业。

　　据《吴主传》。

十月，董昭等谓曹操宜进爵为公，荀彧持异议，操心不平。

　　《三国志》卷一〇《魏书·荀彧传》："十七年，董昭等谓太祖宜
　　进爵国公，九锡备物，以彰殊勋，密以谘彧。彧以为太祖本兴
　　义兵以匡朝宁国，秉忠贞之诚，守退让之实；君子爱人以德，
　　不宜如此。太祖由是心不能平。会征孙权……"征孙权在十
　　月，故系此事于此。

阮瑀卒，曹丕作《寡妇》诗、《寡妇赋》，命王粲并作之。

　　《三国志》卷二一《魏书·阮瑀传》："瑀以十七年卒。"曹丕诗
　　见《艺文类聚》卷三四。诗序曰："友人阮元瑜早亡，伤其妻孤
　　寡，为作此诗。"诗曰："霜露纷兮交下，木叶落兮凄凄。"赋见
　　《文选》卷一六潘岳《寡妇赋》李善注引、《艺文类聚》卷三四。
　　赋序曰："陈留阮元瑜，与余有旧，薄命早亡。每感存其遗孤，
　　未尝不怆然伤心，故作斯赋，以叙其妻子悲苦之情，命王粲并
　　作之。"赋曰："去秋兮既冬，改节兮时寒。水凝兮成冰，雪落
　　兮翻翻。"瑀卒及丕作诗、赋的月份，不见史载，审丕诗、赋文
　　意，当在是年初冬。

曹操征孙权，曹丕、曹植从征。

　　《武帝纪》建安十七年："十月，公征孙权。"《初学记》卷九载曹
　　丕《临涡赋序》曰："上建安十八年至谯，余兄弟从上拜坟墓。"
　　据此知丕、植是年从征。详见明年。

曹操作《留荀彧表》。

　　表见《后汉书》卷七〇《荀彧传》。《荀彧传》曰："十七年……

南征孙权,表请或劳军于谯,因表留或曰……帝从之"。表当作于南征孙权前。

曹丕南征驻曲蠡,荀或奉使犒军。丕与或论射。

《文帝纪》注引《典论·自叙》曰:"后军南征次曲蠡,尚书令荀或奉使犒军,见余谈论之末,或言:'闻君善左右射,此实难能。'余言:'执事未睹夫项发口纵,俯马蹄而仰月支也。'或喜笑曰:'乃尔!'余曰:'埒有常径,的有常所,虽每发辄中,非至妙也。若驰平原,赴丰草,要狡兽,截轻禽,使弓不虚弯,所中必洞,斯则妙矣。'时军祭酒张京在坐,顾或拊手曰'善'。"

荀或卒,时年五十。

《魏书·荀或传》:"太祖军至濡须,或疾留寿春,以忧薨,时年五十。"注引《魏氏春秋》曰:"太祖馈或食,发之乃空器也,于是饮药而卒。"又注引《或别传》曰:"或自为尚书令,常以书陈事,临薨,皆焚毁之,故奇策密谋不得尽闻也。是时征役草创,制度多所兴复,或尝言于太祖曰:"……今公外定武功,内兴文学,使干戈戢睦,大道流行,国难方弭,六礼俱治,此姬旦宰周之所以速平也。既立德立功,而又兼立言,诚仲尼述作之意;显制度于当时,扬名于后世,岂不盛哉!若须武事毕而后制作,以稽治化,于事未敏。宜集天下大才通儒,考论六经,刊定传记,存古今之学,除其烦重,以一圣真,并隆礼学,渐敦教化,则王道两济。'或从容与太祖论治道,如此之类甚众,太祖常嘉纳之。"

曹植作《光禄大夫荀侯诔》。

诔见《艺文类聚》卷四九。据《魏书·荀或传》,建安八年荀或封为侯,十七年"以侍中光禄大夫持节,参丞相军事"。

十二月,刘备进据涪城。

据《先主传》。

是年，曹操作《与王修书》，赞修洁身忠能。

书见《三国志》卷一一《魏书·王修传》注引《魏略》。《魏略》
曰：“修为司金中郎将，陈黄白异议，因奏记曰：‘修闻枳棘之
林，无梁柱之质……是以在职七年，忠说不昭于时……’太祖
甚然之，乃与修书曰……”又据《王修传》，修建安十年任司金
中郎将，至是岁正七年，故系是书于此。

建安十八年（公元二一三）　癸巳　曹操五十九岁　曹丕二十七岁　曹植二十二岁

正月，曹操进军濡须口，破孙权江西营，引军还。

《武帝纪》建安十八年：“正月，进军濡须口，攻破权江西营，获
权都督公孙阳，乃引军还。”

《吴主传》：“十八年正月，曹公攻濡须，权与相拒月余。曹公
望权军，叹其齐肃，乃退。”

诏并十四州，复为九州。

据《武帝纪》。

春，曹操军谯，曹丕、曹植从之。丕、植各作《临涡赋》。植赋书
于桥上。

丕赋见《艺文类聚》卷八，《初学记》卷九、二二，《御览》卷三五
九、五八七。《初学记》卷九载丕《临涡赋序》曰：“上建安十八
年至谯，余兄弟从上拜坟墓。”《艺文类聚》卷八载丕《临涡赋》
曰：“萍藻生兮散茎柯，春水繁兮发丹华。”知操军谯在是
年春。

植赋已佚。朱绪曾《曹集考异》卷四注《临涡赋》题曰：“《穆修
参军集·过涡河诗》：‘扬鞭策羸马，桥上一徘徊，欲拟《临涡

赋》,惭无八斗才。'自注:'昔曹子建临涡作赋,书于桥上。考魏文帝有《临涡赋序》云:"余兄弟从上拜坟墓。"盖子建赋亦同时作。'"

曹植作《归思赋》。

赋见《艺文类聚》卷三〇。赋中有"背故乡而迁徂,将遥憩乎北滨。经平常之旧居,感荒坏而莫振"等句,殆作于是年将要离谯时。

四月,曹操还邺。

据《武帝纪》。

五月,曹操为魏公,加九锡。

《武帝纪》建安十八年:"五月丙申,天子使御史大夫郗虑持节策命公为魏公曰:'……今以冀州之河东、河内、魏郡、赵国、中山、常山、钜鹿、安平、甘陵、平原凡十郡,封君为魏公……其以丞相领冀州牧如故。又加君九锡。'"

《献帝纪》建安十八年:"夏五月丙申,曹操自立为魏公,加九锡。"

曹操作《让九锡表》、《辞九锡令》和《上书谢策命魏公》。

表见《艺文类聚》卷五三。令见《武帝纪》建安十八年注引《魏书》。上书见《武帝纪》建安十八年注引《魏略》。

《三国志》卷二一《魏书·潘勖传》注引《文章志》曰:"魏公九锡策命,勖所作也。"

荀攸、钟繇、毛玠、刘勋、王粲、王朗、杜袭、曹洪等劝进,曹操乃受命。

据《武帝纪》建安十八年注引《魏书》。

曹丕纳郭氏。

《三国志》卷五《魏书·郭后传》:"太祖为魏公时,得入东宫。"

大雨水。

　　据《献帝纪》。

刘璋遣将拒刘备,皆败。璋退保绵竹;备遣将略其下属县,进军
围雒城。

　　据《先主传》。

七月,魏始建社稷宗庙。

　　据《武帝纪》。

魏使王粲改创《俞儿舞歌》四篇,并用之。

　　《宋书》卷二○《乐志》:"魏《俞儿舞歌》四篇,魏国初建所用,
　　后于太祖庙并用之。王粲造。"《晋书》卷二二《乐志》:"阆中
　　有渝水,因其所居,故名曰《巴渝舞》。舞曲有《矛渝本歌曲》、
　　《安弩渝本歌曲》、《安台本歌曲》、《行辞本歌曲》,总四篇。其
　　辞既古,莫能晓其句度。魏初,乃使军谋祭酒王粲改创其词。
　　粲问巴渝帅李管、种玉歌曲意,试使歌,听之,以考校歌曲,而
　　为之改为《矛渝新福歌曲》、《弩渝新福歌曲》、《安台新福歌
　　曲》、《行辞新福歌曲》,《行辞》以述魏德。"

曹操作《议复肉刑令》。

　　令见《三国志》卷二二《魏书·陈群传》。《陈群传》曰:"魏国
　　既建,迁为御史中丞。时太祖议复肉刑,令曰……"

曹操作《辩卫臻不同朱越谋反论》。

　　令见《三国志》卷二二《魏书·卫臻传》。《卫臻传》曰:"东郡
　　朱越谋反,引臻。太祖令曰……会奉诏命,聘贵人于魏,因表
　　留臻参丞相军事。"聘贵人在是年(详下),故系是令于此。

献帝聘曹操三女为贵人,小者待年于国。

　　《后汉书》卷一○下《献穆曹皇后纪》:"献穆曹皇后讳节。魏
　　公曹操之中女也。建安十八年,操进三女宪、节、华为夫人,

聘以束帛玄纁五万匹,小者待年于国。"

曹操有令,诫其女。

> 《御览》卷六九一引曹操《内诫令》曰:"今贵人位为贵人,金印蓝绶,女人爵位之极。"《内诫令》内容较多,非一时之作。上述一条盖作于献帝聘操女为贵人后。

曹植作《叙愁赋》。

> 赋见《艺文类聚》卷三五。赋序曰:"时家二女弟,故汉皇帝聘以为贵人。家母见二弟愁思,故令予作赋曰……"

秋,曹植作《离友诗》二首。

> 《离友诗序》及其一见《艺文类聚》卷二一,其二见卷二九。《曹集考异》卷五定此诗作于本年秋。此说可从。诗序曰:"乡人有夏侯威者,少有成人之风。余尚其为人,与之昵好。王师振旅,送余于魏邦,心有眷然,为之陨涕,乃作《离友》之诗。"夏侯威为夏侯渊之子,字季权,任侠,与曹植同是谯人(见《三国志》卷九《魏书·诸夏侯传》及注引《世语》)。盖上年植离谯还邺,威送之到邺。此时,威将别植,故植作诗二首以抒离别情怀。其一当是追忆上年离谯还邺;其二则是叙写离别。序及诗中有"送余于魏邦""迄魏都兮息兰芳""凉风肃兮白露滋"云,对邺的称谓、秋天时节与"七月,魏始建社稷、宗庙"事合。诗殆写于魏建国后不久。

马超攻占冀城。

> 据《三国志》卷三六《蜀书·马超传》。

九月,杨阜、姜叙等击败马超,超南奔张鲁。

> 据《三国志》卷二五《魏书·杨阜传》。

曹操封击马超之功,赐杨阜爵,作《杨阜让爵报》。

> 《杨阜让爵报》见《魏书·杨阜传》。《杨阜传》曰:"陇右平定,

太祖封讨超之功,侯者十一人,赐阜爵关内侯。阜让曰……
太祖报曰……"

曹操作金虎台,凿引漳水入白沟以通河。

据《武帝纪》。

曹操作《下州郡》。

《下州郡》见《三国志》卷一六《魏书·杜畿传》注引《杜氏新
书》。《杜氏新书》曰:"平虏将军刘勋,为太祖所亲,贵震朝
廷。尝从畿求大枣,畿拒以他故。后勋伏法,太祖得其书,叹
曰:'杜畿可谓"不媚于灶"者也。'称畿功美,以下州郡,
曰……"写作时间,未详。是年五月,刘勋曾与荀攸等上书劝
曹操进魏公,知勋伏法必在是年五月后。《杜氏新书》所载
《下州郡》裴注于《杜畿传》"魏国既建,以畿为尚书"之前。是
年十一月,初置尚书。则《下州郡》殆写于是年五月至十一月
间。暂系于此,备考。

十一月,魏国初置尚书、侍中、六卿。荀攸为尚书令,毛玠、崔
琰、何夔等为尚书,王粲、杜袭、卫觊、和洽为侍中。

据《武帝纪》建安十八年及注引《魏氏春秋》。

曹操命王粲、卫觊并典制度,草创朝仪。

《三国志》卷二一《魏书·卫觊传》:"魏国既建,拜侍中,与王
粲并典制度。"

《晋书》卷一九《礼志》:"魏氏承汉末大乱,旧章殄灭,命侍中
王粲、尚书卫觊草创朝仪。"

曹操作《以杜畿为尚书仍镇河东令》。

令见《三国志》卷一六《魏书·杜畿传》。《杜畿传》曰:"魏国
既建,以畿为尚书。事平,更有令曰……"

马超在汉阳。曹操遣夏侯渊击之。

据《武帝纪》。

是年：

曹操凿利漕渠。

《水经注》卷一〇《浊漳水注》："建安十八年，魏太祖凿渠引漳水，东入清洹，以通河漕，名曰利漕渠。"

曹操出猎，曹丕从，作《校猎赋》，命陈琳、王粲、应玚、刘桢并作。

《古文苑》卷七章樵注引挚虞《文章流别论》曰："建安中，魏文帝从武帝出猎赋，命陈琳、王粲、应玚、刘桢并作。琳为《武猎》，粲为《羽猎》，玚为《西狩》，桢为《大阅》。"《校猎赋》见《初学记》卷二二、二四，《艺文类聚》卷六六，《御览》卷三三九。《羽猎赋》见《初学记》卷二二，《艺文类聚》卷六六。《西狩赋》见《艺文类聚》卷六六。《羽猎赋》中称曹操为"公"，《西狩赋》中称曹操为"魏公"，赋中又有"寒风肃而川逝，草木纷而摇荡"等句，据此知曹操出猎诸事在是年操为魏公后之秋冬时节。考《武帝纪》，建安十九年七月操征孙权，十月自合肥还。二十年三月至二十一年正月征张鲁，五月为魏王。则操出猎诸事，当在十八年或十九年秋冬时节，暂系于此，备考。

曹植首女金瓠卒，植作《金瓠哀辞》。

哀辞见《艺文类聚》卷三四。哀辞曰："予之首女……生十九旬而夭折。"又同卷载植《行女哀辞》曰："行女生于季秋，而终于首夏，三年之中，二子频丧。"《行女哀辞》作于建安二十年（详下），由建安二十年上推三年，首女金瓠当卒于是年，故系于此。

豫章东部民彭材等起义，众万余人，被贺齐所镇压。

据《三国志》卷六〇《吴书·贺齐传》。

应玚为五官将文学。

《三国志》卷二一《魏书·应玚传》："玚转为平原侯庶子,后为
五官将文学。"玚卒于建安二十二年,其为五官将文学年月;
不见史载,暂系于此,备考。

建安十九年(公元二一四)　甲午　曹操六十岁　曹丕二十八岁　曹植二十三岁

春,马超围祁山,为夏侯渊所击败。渊又大破韩遂军于长离。

据《三国志》卷九《魏书·夏侯渊传》。

路粹从军至汉中,违禁伏法。曹丕为之叹惜。

《三国志》卷二一《魏志·王粲传》注引《典略》曰:"粹字文蔚,
少学于蔡邕。初平中,随车驾至三辅。建安初,以高才与京
兆严像擢拜尚书郎……粹后为军谋祭酒,与陈琳、阮瑀等典
记室。及孔融有过,太祖使粹为奏……融诛之后,人睹粹所
作,无不嘉其才而畏其笔也。至十九年,粹转为秘书令,从大
军至汉中,坐违禁贱请驴伏法。太子素与粹善,闻其死,为之
叹惜。"

二月,献帝遣人聘曹操二女入宫。

《武帝纪》建安十九年注引《献帝起居注》曰:"使行太常事大
司农安阳亭侯王邑与宗正刘艾,皆持节,介者五人,赍束帛驷
马,及给事黄门侍郎、掖庭丞、中常侍二人,迎二贵人于魏公
国。二月癸亥,又于魏公宗庙授二贵人印绶……乙亥,二贵
人入宫。"

曹操告诫安定太守毌丘兴。

《武帝纪》建安十九年:"安定太守毌丘兴将之官,公戒之曰:
'羌、胡欲与中国通,自当遣人来,慎勿遣人往。善人难得,必
将教羌、胡妄有所请求,因欲以自利;不从便为失异俗意,从

之则无益事。'兴至,遣校尉范陵至羌中,陵果教羌,使自请为
属国都尉。公曰:'吾预知当尔,非圣也,但更事多耳。'"

三月,诏曹操位在诸侯王上。

《武帝纪》建安十九年:"三月,天子使魏公位在诸侯王上,改
授金玺、赤绂、远游冠。"

曹植作《赠王粲》诗。

诗见《文选》卷二四。《三国志》卷二三《魏书·杜袭传》:"魏
国既建,为侍中,与王粲、和洽并用。粲强识博闻,故太祖游
观出入,多得骖乘,至其见敬不及洽、袭。袭尝独见,至于夜
半。粲性躁竞,起坐曰:'不知公对杜袭道何等也?'洽笑答
曰:'天下事岂有尽邪?卿昼侍可矣,恺恺于此,欲兼之乎!'"
知粲虽为侍中,然亦恺恺不安。《赠王粲》诗曰:"重阴润万
物,何惧泽不周。谁令君多念,自使怀百忧!"诗当是时为劝
慰王粲而作。诗又曰:"树木发春华。"考《武帝纪》、《文选》卷
五六曹植《王仲宣诔》,粲于建安十八年十一月为侍中,二十
二年正月卒。则诗当作于是年春或明后年春,暂系于此,
备考。

四月,旱。

五月,雨水。

以上据《献帝纪》。

曹操欲征吴,作《征吴教》、《原贾逵教》。

《三国志》卷一五《魏书·贾逵传》注引《魏略》曰:"太祖欲征
吴而大霖雨,三军多不愿行。太祖知其然,恐外有谏者,教
曰……逵受教,谓其同寮三主簿曰……乃建谏草以示三人,
三人不获已,皆署名,入白事。太祖怒,收逵等……既而教
曰:'逵无恶意,原复其职。'"

闰五月,孙权攻克皖城,还屯寻阳。

　　据《吴主传》。

卢陵民起义,孙权令吕蒙镇压之。

　　据《三国志》卷五四《吴书·吕蒙传》。

曹丕自作《槐赋》,并命王粲作。

　　丕赋见《艺文类聚》卷八八。赋曰:"文昌殿中槐树,盛暑之
时,余数游其下,美而赋之。王粲直登贤门小阁外,亦有槐
树,乃就使赋焉。"《王粲集》附《王粲年谱》建安十九年曰:"按
杨晨《三国会要》卷八(编者注:"八"应为"七"),登贤门在听
政门外,近内朝,粲必以侍中值登贤门。考粲于建安十八年
十一月为侍中,二十年三月西征张鲁,二十一年二月还邺,二
十二年春卒,盛暑之时在邺者唯十九、二十一两年。今暂系
此事于是年。"

曹植作《槐树赋》。

　　赋见《艺文类聚》卷八八、《初学记》卷三八。赋中有"羡良木
之华丽,爰获贵于至尊,凭文昌之华殿,森列峙于端门……在
季春以初茂,践朱夏而乃繁,覆阳精之炎景"等句,与曹丕《槐
赋》中"承文昌之邃宇……伊暮春之既替,即首夏之初期"等
句意思相近,当是同时唱和之作。

刘备攻破雒城,进围成都。诸葛亮、张飞、赵云引兵与备共围成
都。刘璋降。备复领益州牧,亮为军师将军。

　　据《先主传》、《诸葛亮传》。

曹植徙封临淄侯。

　　《曹植传》:"十九年,徙封临淄侯。"植封临淄侯月份未详。
《艺文类聚》卷五九载杨修《出征赋》曰:"嗟夫吴之小夷,负川
阻而不廷……公命临淄,守于邺都。"知曹操是年征孙权前,

植已为临淄侯。操征孙权在七月,故系是事于此。

《曹植传》注引《魏略》载植上书曰:"臣初受封,策书曰:'植受兹青社,封于东土,以屏翰皇家,为魏藩辅。'"临淄属青州,策书当作于徙封临淄侯时。

郑袤、徐干为临淄侯文学。

《三国志》卷一六《魏书·郑浑传》注引《晋阳秋》曰:郑袤"初为临淄侯文学"。《晋书》卷四四《郑袤传》:"魏武帝初封诸子为侯,精选宾友,袤与徐干俱为临淄侯文学,转司隶功曹从事。"袤、干为临淄侯文学,年月未详。干建安二十二年卒,为临淄侯文学当在是年至二十二年间。暂系于此。

曹操遣邯郸淳诣曹植,植得淳甚喜。淳任临淄侯文学。

《三国志》卷二一《魏书·王粲传》注引《魏略》曰:"时五官将博延英儒,亦宿闻淳名,因启淳欲使在文学官属中。会临淄侯植亦求淳,太祖遣淳诣植。植初得淳甚喜,延入坐,不先与谈。时天暑热,植因呼常从取水自澡讫,傅粉。遂科头拍袒,胡舞五椎锻,跳丸击剑,诵俳优小说数千言讫,谓淳曰:'邯郸生何如邪?'于是乃更著衣帻,整仪容,与淳评说混元造化之端,品物区别之意,然后论羲皇以来贤圣名臣烈士优劣之差,次颂古今文章赋诔及当官政事宜所先后,又论用武行兵倚伏之势。乃命厨宰,酒炙交至,坐席默然,无与伉者。及暮,淳归,对其所知叹植之材,谓之'天人'。而于时世子未立。"

丁福保《全汉三国晋南北朝诗·全三国诗》卷三载邯郸淳《答赠诗》曰:"我受上命,来随临淄。"《太平广记》卷二〇九引王僧虔《名书录》曰:"陈留邯郸淳为魏临淄侯文学。"

邯郸淳诣曹植,任临淄侯文学,时间未详,当在植徙封临淄侯后。又植见淳在暑热时节,故系于此。

七月，曹操征孙权，留曹植守邺，操作《戒子植》。

　　《武帝纪》建安十九年："七月，公征孙权。"

　　《曹植传》："太祖征孙权，使植留守邺，戒之曰：'吾昔为顿邱令，年二十三。思此时所行，无悔于今。今汝年亦二十三矣，可不勉与！'"

曹植作《东征赋》。

　　赋见《艺文类聚》卷五九、《御览》卷三三六。《艺文类聚》引《赋序》曰："建安十九年，王师东征吴寇，余典禁兵卫宫省。然神武一举，东夷必克，想见振旅之盛，故作赋一篇。"赋当作于曹操东征前夕。

荀攸卒，时年五十八。曹操作《悼荀攸下令》。

　　令见《三国志》卷一〇《魏书·荀攸传》注引《魏书》。《荀攸传》曰："攸深密有智防，自从太祖征伐，常谋谟帷幄……太祖每称曰：'公达外愚内智，外怯内勇，外弱内强，不伐善，无施劳，智可及，愚不可及，虽颜子、宁武不能过也。'文帝在东宫，太祖谓曰：'荀公达（编者注：荀攸字公达），人之师表也，汝当尽礼敬之。'攸曾病，世子问病，独拜床下，其见尊异如此……攸从征孙权，道薨。太祖言则流涕。"注引《魏书》曰："时建安十九年，攸年五十八。"又注引《魏书》载曹操令。

十月，夏侯渊攻克枹罕，斩宋建。河西诸羌皆降，陇右平。曹操作《夏侯渊平陇右令》。

　　《三国志》卷九《魏书·夏侯渊传》："初，枹罕宋建因凉州乱，自号河首平汉王。太祖使渊帅诸将讨建。渊至，围枹罕，月余拔之，斩建及所置丞相已下。渊别遣张郃等平河关，渡河入小湟中，河西诸羌尽降，陇右平。太祖下令曰……"《武帝纪》建安十九年："冬十月，屠枹罕，斩建，凉州平。"

曹操自合肥还。

　　据《武帝纪》。

献帝伏皇后与父完谋杀曹操,事泄。

　　《后汉书》卷一〇下《伏皇后纪》:"董承女为贵人,操诛承而求
　　贵人杀之。帝以贵人有妊,累为请,不能得。后自是怀惧,乃
　　与父完书,言曹操残逼之状,令密图之。完不敢发。至十九
　　年,事乃露泄。"

十一月,曹操作《假为献帝策收伏后》,伏后幽死,兄弟及宗族被
杀者百余人。

　　《假为献帝策收伏后》见《伏皇后纪》。《伏皇后纪》曰:"操追
　　大怒,遂逼帝废后,假为策曰……遂将后下暴室,以幽崩。所
　　生二皇子,皆鸩杀之。后在位二十年,兄弟及宗族死者百余
　　人,母盈等十九人徙涿郡。"

　　《武帝纪》建安十九年:"十一月,汉皇后伏氏坐昔与父故屯骑
　　校尉完书,云帝以董承被诛怨恨公,辞甚丑恶,发闻,后废黜
　　死,兄弟皆伏法。"注引《曹瞒传》曰:"公遣华歆勒兵入宫收
　　后,后闭户匿壁中。歆坏户发壁,牵后出。时帝与御史大夫
　　郗虑坐,后被发徒跣过,执帝手曰:'不能复相活邪?'帝曰:
　　'我亦不自知命在何时也。'帝谓虑曰:'郗公,天下宁有是
　　邪!'遂将后杀之,完及宗族死者数百人。"

十二月,曹操至孟津。献帝命操置旄头,操作《谢置旄头表》。

　　《武帝纪》建安十九年:"十二月,公至孟津。天子命公置旄
　　头,宫殿设钟虡。"《谢置旄头表》见《御览》卷六八〇。

曹操作《敕有司取士毋废偏短令》、《选军中典狱令》,置理曹
掾属。

　　二令见《武帝纪》建安十九年十二月。《武帝纪》曰:"乙未,令

曰：'夫有行之士未必能进取，进取之士未必能有行也。陈平岂笃行，苏秦岂守信邪？而陈平定汉业，苏秦济弱燕。由此言之，士有偏短，庸可废乎！有司明思此义，则士无遗滞，官无废业矣。'又曰：'夫刑，百姓之命也，而军中典狱者或非其人，而任以三军死生之事，吾甚惧之。其选明达法理者，使持典刑。'于是置理曹掾属。"

曹操作《以高柔为理曹掾令》。

令见《三国志》卷二四《魏书·高柔传》。《高柔传》曰："魏国初建，为尚书郎。转拜丞相理曹掾，令曰：'夫治定之化，以礼为首。拨乱之政，以刑为先……'"

是年：

曹操作《报蒯越书》。

书见《三国志》卷六《魏书·刘表传》注引《傅子》。《傅子》曰：蒯越"建安十九年卒。临终，与太祖书，托以门户。太祖报书曰……"

曹植作《与吴季重书》。

书见《文选》卷四二。写作时间，不见史载。书曰："墨翟不好伎，何为过朝歌而回车乎？足下好伎，值墨翟回车之县。"知植写是书时，吴质（字季重）为朝歌长。《三国志》卷二一《魏书·吴质传》注引《魏略》曰："及河北平定，（大将军）〔五官将〕为世子，质与刘桢等并在坐席。桢坐谴之际，质出为朝歌长。"《世说新语》卷一《言语》第二："刘公干以失敬罹罪。"注引《典略》曰："建安十六年，世子为五官中郎将，妙选文学，使桢随侍太子。酒酣坐欢，乃使夫人甄氏出拜。坐上客多伏，而桢独平视。他日公闻，乃收桢，减死输作部。"《文选》卷四二吴质《答东阿王书》曰："墨子回车，而质四年。"知质为朝歌长始于建安十六年,至是岁正四年。故系是书于此。

建安二十年(公元二一五)　乙未　曹操六十一岁　曹丕二十九岁　曹植二十四岁

正月,献帝立曹操中女节为皇后。

> 《武帝纪》建安二十年:"正月,天子立公中女为皇后。"《后汉书》卷一〇下《献穆曹皇后纪》:"及伏皇后被弑,明年,立节为皇后。"

三月,曹操西征张鲁,征前作《合肥密教》。

> 《武帝纪》建安二十年:"三月,公西征张鲁,至陈仓,将自武都入氏;氏人塞道,先遣张郃、朱灵等攻破之。"
>
> 《合肥密教》见《三国志》卷一七《魏书·张辽传》。《张辽传》曰:"太祖既征孙权还,使辽与乐进、李典等将七千余人屯合肥。太祖征张鲁,教与护军薛悌,署函边曰'贼至乃发'。俄而权率十万众围合肥,乃共发教,教曰……"

曹操进驻长安,作《报刘廙》。

> 《报刘廙》见《三国志》卷二一《魏书·刘廙传》。《刘廙传》曰:"太祖在长安,欲亲征蜀,廙上疏曰……太祖遂进前而报廙曰……"

曹丕在孟津,令曹植使人说钟繇让玉玦于丕。丕作《与钟繇书》。

> 书见《三国志》卷一三《魏书·钟繇传》注引《魏略》。《魏略》曰:"后太祖征汉中,太子在孟津,闻繇有玉玦,欲得之而难公言。密使临淄侯转因人说之,繇即送之。太子与繇书曰:'……近见南阳宗惠叔称君侯昔有美玦,闻之惊喜,笑与抃俱。当自白书,恐传言未审,是以令舍弟子建因荀仲茂转言

鄙旨。乃不忽遗，厚见周称，邺骑既到，宝玦初至，捧跪发匣，
烂然满目。'"

四月，曹操自陈仓出散关，作《秋胡行》（"晨上散关山"）。

《武帝纪》建安二十年："四月，公自陈仓以出散关，至河池。"
《秋胡行》（"晨上散关山"）见《乐府诗集》卷三六。诗中三次
提及"晨上散关山"。考曹操一生，唯是年四月至散关山，诗
当作于是时。

五月，曹操攻屠氐王窦茂。韩遂被斩。

《武帝纪》建安二十年："氐王窦茂众万余人，恃险不服，五月，
公攻屠之。西平、金城诸将麹演、蒋石等共斩送韩遂首。"

曹植行女卒。植作《行女哀辞》，并命徐干、刘桢等为之作哀辞。

《行女哀辞》见《艺文类聚》卷三四、《文选》卷三〇谢灵运《拟
魏太子邺中集诗八首·魏太子》李善注引。写作时间未详。
《艺文类聚》引《行女哀辞》曰："行女生于季秋，而终于首夏。"
《文选》李善注引《行女哀辞》中有"家王征蜀汉"句。"征蜀
汉"当指本年曹操征张鲁。故系《行女哀辞》于此。
《御览》卷五九六引挚虞《文章流别论》曰："建安中，文帝与临
淄侯各失稚子，命徐干、刘桢等为之哀辞。"
刘勰《文心雕龙·哀吊篇》曰："建安哀辞，惟伟长差善，《行
女》一篇，时有恻怛。"伟长所作，已佚。

曹丕在孟津，作《与吴质书》。

书见《三国志》卷二一《魏书·吴质传》注引《魏略》。《魏略》
曰："大军西征，太子南在孟津小城，与质书曰：'五月十八日
丕白（编者注：此句依《文选》卷四二补）……方今蕤宾纪辰，
景风扇物，天气和暖，众果具繁……今遣骑到邺，故使枉道
相过。'"

刘备、孙权分荆州，长沙、江夏、桂阳以东属权，南郡、零陵、武陵以西属备。

　　据《吴主传》。

七月，曹操攻破张鲁军，入南郑。

　　《武帝纪》建安二十年："七月，公至阳平。张鲁使弟卫与将杨
　　昂等据阳平关，横山筑城十余里，攻之不能拔，乃引军还。贼
　　见大军退，其守备解散。公乃密遣解𢢍、高祚等乘险夜袭，大
　　破之，斩其将杨任，进攻卫，卫等夜遁，鲁溃奔巴中。公军入
　　南郑，尽得鲁府库珍宝。巴、汉皆降。"

八月，孙权围合肥，张辽、李典击破之。

九月，巴寳夷帅各举其众附曹操。

　　以上据《武帝纪》。

曹丕作《答曹洪书》。

　　《答曹洪书》见《文选》卷四一陈琳《为曹洪与魏文帝书》李善
　　注引，写作具体时间未详。《为曹洪与魏文帝书》曰："得九月
　　二十日书……来示乃以为彼之恶稔，虽有孙田墨翟，犹无所
　　救，窃又疑焉。"李善注引"文帝《答曹洪书》曰：'今鲁罪兼苗
　　桀，恶稔厉莽，纵使宋翟妙机械之巧，田单骋奔牛之诳，孙吴
　　勒八阵之变，犹无益也。'"《为曹洪与魏文帝书》中所辩，正是
　　《答曹洪书》中所言。故系《答曹洪书》于此。

献帝命曹操承制封拜诸侯守相。

　　《武帝纪》建安二十年注引《汉魏春秋》曰："天子以公典任于
　　外，临事之赏，或宜速疾，乃命公得承制封拜诸侯守相。"

秋，刘桢有诗赠曹丕。

　　《文选》卷二三载刘桢《赠五官中郎将四首》其三曰："秋日多
　　悲怀，感慨以长叹。终夜不遑寐，叙意于濡翰。明镫曜闺中，

清风凄已寒。白露涂前庭,应门重其关。四节相推斥,岁月
忽欲殚。壮士远出征,戎事将独难。"李善注云:"'壮士',谓
五官也……'出征',谓在孟津也。《魏志》曰:建安十六年,文
帝立为五官中郎将。《典略》曰:建安二十二年,魏郡大疫,徐
干、刘桢等俱逝,然其间唯有镇孟津及黎阳,而无所征伐。故
疑'出征'谓在孟津也。以在邺,故曰'出征'。以有兵卫,故
曰'戎事'也。"诗当作于是年秋丕在孟津时。

十月,始置名号侯至五大夫,以赏军功。

　　据《武帝纪》。

十一月,张鲁归降曹操。刘备进据巴中。

　　《武帝纪》建安二十年:"十一月,鲁自巴中将其余众降。封鲁
　　及五子皆为列侯。刘备袭刘璋,取益州,遂据巴中,遣张郃
　　击之。"

十二月,曹操自南郑还。

　　《武帝纪》建安二十年:"十二月,公自南郑还,留夏侯渊屯汉中。"

是年:

曹丕作《柳赋》、《孟津》诗。

　　《柳赋》见《艺文类聚》卷八九、《文选》卷二七石季伦《王明君
　　词》李善注引、《初学记》卷二八、《御览》卷九五七。《艺文类
　　聚》引《柳赋序》曰:"昔建安五年,上与袁绍战于官渡时,余始
　　植斯柳,自彼迄今,十有五载矣。感物伤怀,乃作斯赋。"
　　《孟津》诗见张溥《汉魏六朝百三家集·魏文帝集》卷二。诗
　　中有"翊日浮黄河,长驱旋邺都"等句,从诗题及内容看,当作
　　于是年或明年由孟津将还邺时。

屯田客吕并起义,据陈仓,被赵俨所镇压。

　　据《三国志》卷二三《魏书·赵俨传》。

潘勖卒,时年五十余。

> 《三国志》卷二一《魏书·潘勖传》:"建安末,尚书右丞河南潘勖……以文章显。"注引《文章志》曰:"勖字元茂……才敏兼通,明习旧事,敕并领本职,数加特赐。二十年,迁东海相。未发,留拜丞相左丞。其年病卒,时年五十余。"

建安二十一年(公元二一六)　丙申　曹操六十二岁　曹丕三十岁　曹植二十五岁

二月,曹操还邺,作《春祠令》。

> 令见《武帝纪》建安二十一年注引《魏书》。《武帝纪》曰:"二月,公还邺。"注引《魏书》曰:"辛未,有司以太牢告至,策勋于庙,甲午始春祠,令曰……"

三月,曹操亲耕籍田。曹植作《籍田赋》。

> 《武帝纪》建安二十一年:"三月壬寅,公亲耕籍田。"
>
> 《籍田赋》见《御览》卷八二四、《书钞》卷九一。《书钞》引《籍田赋》曰:"名王亲枉千乘之体于陇亩之中,执鉏钁于畦町之侧,尊趾勤于耒耜,玉手劳于耕耘。"考《武帝纪》,曹操亲耕籍田唯有本年一次,赋殆作于操亲耕籍田时。

五月,曹操为魏王,仍以丞相领冀州牧。

> 《武帝纪》建安二十一年:"五月,天子进公爵为魏王。"注引"《献帝传》载诏曰:'……今进君爵为魏王……君其正王位,以丞相领冀州牧如故。其上魏公玺绶符策……'魏王上书三辞,诏三报不许。"

代郡乌桓行单于普富庐与其侯王来朝。

> 据《武帝纪》。

曹操女为公主。

《武帝纪》建安二十一年五月："天子命王女为公主，食汤沐邑。"

曹操作蕤宾钟、无射钟。

《文选》卷六载左思《魏都赋》，李善注曰："文昌殿前有钟簴，其铭曰：惟魏四年，岁在丙申，龙次大火，五月丙寅作蕤宾钟，又作无射钟。"魏四年，即建安二十一年。又《书钞》卷一〇八："蕤宾钟，建安二十一年九月十七日作，重二千百八钧十有二斤"，"无射钟，建安二十一年九月十七日作，重三千五十钧有八斤"。时间与李善注有出入，录以备考。

曹操作《赐死崔琰令》，崔琰卒。

令见《三国志》卷一二《魏书·崔琰传》。《崔琰传》曰："琰尝荐巨鹿杨训，虽才好不足，而清贞守道，太祖即礼辟之。后太祖为魏王，训发表称赞功伐，褒述盛德。时人或笑训希世浮伪，谓琰为失所举。琰从训取表草视之，与训书曰：'省表，事佳耳！时乎时乎，会当有变时。'琰本意讥论者好谴呵，而不寻情理也。有白琰此书傲世怨谤者，太祖怒曰：'谚言"生女耳"，"耳"非佳语。"会当有变时"，意指不逊。'于是罚琰为徒隶，使人视之，辞色不挠。太祖令曰：'琰虽见刑，而通宾客，门若市人，对宾客虬须直视，若有所瞋。'遂赐琰死。"

曹操作《与和洽辩毛玠谤毁令》。

令见《三国志》卷二三《魏书·和洽传》。《和洽传》曰："魏国既建，为侍中。后有白毛玠谤毁太祖，太祖见近臣，怒甚。洽陈玠素行有本，求案实其事。罢朝，太祖令曰：'今言事者白玠不但谤吾也，乃复为崔琰觖望……'"令当作于操赐崔琰死后不久。

西曹掾丁仪用事，群下畏之。

《三国志》卷一二《魏书·徐奕传》:徐奕"为东曹属。丁仪等见宠于时,并害之,而奕终不为动"。注引《魏书》曰:"或谓奕曰:'夫以史鱼之直,孰与蘧伯玉之智?丁仪方贵重,宜思所以下之。'奕曰:'以公明圣,仪岂得久行其伪乎……'"又卷一二《魏书·何夔传》:"魏国既建,拜尚书仆射。"注引《魏书》曰:"时丁仪兄弟方进宠。"

七月,匈奴南单于来朝。

《武帝纪》建安二十一年:"七月,匈奴南单于呼厨泉将其名王来朝,待以客礼,遂留魏,使右贤王去卑监其国。"

曹植作《与杨德祖书》、《鹖赋》、《大暑赋》。

《与杨德祖书》见《曹植传》注引《典略》。《典略》曰:"杨修字德祖,太尉彪子也。谦恭才博。建安中,举孝廉,除郎中,丞相请署仓曹属主簿。是时,军国多事,修总知外内,事皆称意。自魏太子已下,并争与交好。又是时临淄侯植以才捷爱幸,来意投修,数与修书,书曰:'数日不见,思子为劳;想同之也。仆少好词赋,迄至于今二十有五年矣……'"是年,植二十五岁。杨修于建安二十四年卒(详下),时植二十八岁。植书中所云"二十有五"为有生之年,非实际好词赋之时,故系于此。

《大暑赋》见《艺文类聚》卷五,《书钞》卷一五六,《初学记》卷三,《御览》卷一、三四。《鹖赋》见《艺文类聚》卷九〇。《曹植传》注引《典略》载杨修《答临淄侯笺》曰:"不侍数日,若弥年载……损辱来命,蔚矣其文。"知笺作于植《与杨德祖书》后不久。笺又曰:"又尝亲见执事握牍持笔,有所造作,若成诵在心,借书于手,曾不斯须少留思虑。仲尼日月,无得逾焉。修之仰望,殆如此矣。是以对《鹖》而辞,作《暑赋》弥日而不

献。"《文选》卷四〇杨修《答临淄侯笺》李善注曰:"植为《鹖鸟
赋》,亦命修为之,而修辞让。植又作《大暑赋》,而修亦作之,
竟日不敢献。"《大暑赋》当作于是年夏。《鹖赋》、《与杨德祖
书》盖与《大暑赋》写作时间相近,故一并系于此。

八月,魏以钟繇为相国。

据《武帝纪》。

十月,曹操亲自训练士卒。

《武帝纪》建安二十一年:"十月,治兵。"注引《魏书》:"王亲执
金鼓以令进退。"

曹操征孙权,曹丕从征。

据《武帝纪》。又《三国志》卷五《魏书·甄皇后传》注:"二十
一年,太祖东征,武宣皇后、文帝及明帝、东乡公主皆从,时后
以病留邺。"

十一月,曹操至谯。

据《武帝纪》。

是年:

琅邪王熙谋欲渡江,曹操杀之。

据《献帝纪》及注。

曹操授鄱阳民尤突印绶。尤突起义,被吴将贺齐、陆逊所镇压。

据《三国志》卷六〇《吴书·贺齐传》。

曹操作《百辟刀令》。曹植作《宝刀赋》《宝刀铭》。

曹操令见《艺文类聚》卷六〇、《御览》卷三四五。令曰:"往岁
作百辟刀五枚,适成,先以一与五官将,其余四,吾诸子中有
不好武而好文学,将以次与之。"

曹植赋见《艺文类聚》卷六〇、《初学记》卷二二、《御览》卷三
四六。《御览》载植《宝刀赋序》曰:"建安中,家父魏王乃命有

司造宝刀五枚，三年乃就，以龙、虎、熊、马、雀为识。太子得一，余及余弟饶阳侯各得一焉，其余二枚家王自杖之。"《三国志》卷二〇《魏书·沛穆王林传》："建安十六年封饶阳侯。二十二年，徙封谯。"植赋序称林为饶阳侯，知赋当作于建安二十二年前。《王粲集》载王粲《刀铭》曰："侍中、关内侯臣粲言：奉命作《刀铭》。"粲铭殆与植赋同时作。粲卒于明年正月。又植赋序中称操为魏王，与本年操为魏王事合。操令中称丕为五官将，与本年丕仍为五官将事合。知操令及植赋当作于是年。

曹植铭见《艺文类聚》卷六〇、《初学记》卷二二、《御览》卷三四六，盖与赋作于同时。

曹操封其子曹彰为鄢陵侯，曹衮为平乡侯，曹彪为寿春侯。

《三国志》卷一九《魏书·任城威王彰传》："任城威王彰，字子文。少善射御，膂力过人，手格猛兽，不避险阻。数从征伐，志意慷慨。太祖尝抑之曰：'汝不念读书慕圣道，而好乘汗马击剑，此一夫之用，何足贵也！'课彰读《诗》《书》，彰谓左右曰：'丈夫一为卫、霍，将十万骑驰沙漠，驱戎狄，立功建号耳，何能作博士邪？'太祖尝问诸子所好，使各言其志。彰曰：'好为将。'太祖曰：'为将奈何？'对曰：'被坚执锐，临难不顾，为士卒先；赏必行，罚必信。'太祖大笑。建安二十一年，封鄢陵侯。"

《三国志》卷二〇《魏书·中山恭王衮传》："中山恭王衮，建安二十一年封平乡侯。少好学，年十余岁能属文。每读书，文学左右常恐以精力为病，数谏止之，然性所乐，不能废也。"

《三国志》卷二〇《魏书·楚王彪传》："楚王彪字朱虎。建安二十一年，封寿春侯。"

建安二十二年（公元二一七）　丁酉　曹操六十三岁　曹丕三十一岁　曹植二十六岁

正月，曹操军居巢。

据《武帝纪》。

王粲卒，时年四十一。曹丕临其丧。曹植作《王仲宣诔》。

《三国志》卷二一《魏书·王粲传》：粲"性善算，作算术，略尽其理。善属文，举笔便成，无所改定，时人常以为宿构；然正复精意覃思，亦不能加也"。注引《典略》曰："粲才既高，辩论应机。钟繇、王朗等虽名为魏卿相，至于朝廷奏议，皆阁笔不能措手。"又《王粲传》："建安二十一年，从征吴。二十二年春，道病卒，时年四十一。"《世说新语》卷五《伤逝》第一七："王仲宣好驴鸣，既葬，文帝临其丧，顾与同游曰：'王好驴鸣，可各作一声以送之。'赴客皆一作驴鸣。"

《王仲宣诔》见《文选》卷五六、《艺文类聚》卷四八。《文选》载《王仲宣诔》曰："建安二十二年正月二十四日戊申，魏故侍中关内侯王君卒，呜呼哀哉……遂作诔曰……"

二月，曹操攻孙权。

《武帝纪》建安二十二年："二月，进军屯江西郝溪。权在濡须口筑城拒守，遂逼攻之，权退走。"

三月，曹操引军还，留夏侯惇等屯居巢。操作《赐夏侯惇伎乐名倡令》。

《武帝纪》建安二十二年："三月，王引军还，留夏侯惇、曹仁、张辽等屯居巢。"

《赐夏侯惇伎乐名倡令》见《三国志》卷九《魏书·夏侯惇传》。

《夏侯惇传》曰："从征孙权还，使惇都督二十六军，留居巢。

赐伎乐名倡,令曰……"《夏侯惇传》叙惇留居巢于建安二十一年,今从《武帝纪》。

孙权请降,曹操报使修好。

《吴主传》:"二十二年春,权令都尉徐详诣曹公请降,公报使修好,誓重结婚。"

四月,献帝诏曹操设天子旌旗。

《武帝纪》建安二十二年:"四月,天子命王设天子旌旗,出入称警跸。"

五月,曹操作泮宫。

六月,以军师华歆为御史大夫。

以上据《武帝纪》。

八月,曹操作《举贤勿拘品行令》。

令见《武帝纪》建安二十二年注引《魏书》。令曰:"今天下得无有至德之人放在民间,及果勇不顾,临敌力战;若文俗之吏,高才异质,或堪为将守;负污辱之名,见笑之行,或不仁不孝而有治国用兵之术:其各举所知,勿有所遗。"

十月,献帝命曹操冕用十二旒,备天子之乘舆。

《武帝纪》建安二十二年:"十月,天子命王冕十有二旒,乘金根车,驾六马,设五时副车。"

曹操定曹丕为太子,作《立太子令》。

《武帝纪》建安二十二年十月:"以五官中郎将丕为魏太子。"

《文帝纪》:建安"二十二年,立为魏太子"。注引《魏略》曰:"太祖不时立太子,太子自疑。是时有高元吕者,善相人,乃呼问之,对曰:'其贵乃不可言。'……后无几而立为王太子。"

《曹植传》:"植既以才见异,而丁仪、丁廙、杨修等为之羽翼。太祖狐疑,几为太子者数矣。而植任性而行,不自雕励,饮酒不节。文帝御之以术，矫情自饰，宫人左右，并为之说，故遂定为嗣。"

《立太子令》见《御览》卷二四一。令曰："告子文：汝等悉为侯，而子桓独不封，而为五官中郎将，此是太子可知也。"令殆作于定丕为太子时。

《三国志》卷五《魏书·卞后传》："文帝为太子，左右长御贺后曰：'将军拜太子，天下莫不欢喜，后当倾府藏赏赐。'后曰：'王自以丕年大，故用为嗣，我但当以免无教导之过为幸耳，亦何为当重赐遗乎！'长御还，具以语太祖。"

曹丕得立太子，欢喜异常，作《太子》。

《三国志》卷二五《魏书·辛毗传》注引《世语》曰："初文帝与陈思王争为太子，既而文帝得立，抱毗颈而喜曰：'辛君知我喜不？'"

《全三国文》卷八载曹丕《典论·太子》曰："余蒙隆宠，忝当上嗣，忧惶蹴踏，上书自陈。欲繁辞博称，则父子之间不文也。欲略言直说，则喜惧之心不达也。里语曰：'汝无自誉，观汝作家书。'言其难也。"当作于丕得立太子时。

初，太子未立，曹丕、曹植互相争夺，各有党与。

支持立曹植为太子的有丁仪、丁廙、杨修、贾逵、王凌、邯郸淳、荀恽、孔桂和杨俊等。

《曹植传》注引《魏略》曰："丁仪字正礼，沛郡人也……太祖……闻仪为令士，虽未见，欲以爱女妻之，以问五官将。五官将曰：'女人观貌，而正礼目不便，诚恐爱女未必悦也。以为不如与伏波子楙。'太祖从之。寻辟仪为掾，到与论议，嘉其才朗，曰：'丁掾，好士也，即使其两目盲，尚当与女，何况但眇？是吾儿误我。'时仪亦恨不得尚公主，而与临淄侯亲善，数称其奇才。太祖既有意欲立植，而仪又共赞之。"

《曹植传》注：丁廙"字敬礼，仪之弟也"。又注引《文士传》曰："廙少有才姿，博学洽闻。初辟公府，建安中为黄门侍郎。廙尝从容谓太祖曰：'临淄侯天性仁孝，发于自然，而聪明智达，其殆庶几。至于博学渊识，文章绝伦。当今天下之贤才君子，不问少长，皆愿从其游而为之死，实天所以钟福于大魏，而永授无穷之祚也。'欲以劝动太祖。太祖答曰：'植，吾爱之，安能若卿言！吾欲立之为嗣，何如？'廙曰：'此国家之所以兴衰，天下之所以存亡，非愚劣琐贱者所敢与及。廙闻知臣莫若于君，知子莫若于父。至于君不论明暗，父不问贤愚，而能常知其臣子者何？盖由相知非一事一物，相尽非一旦一夕。况明公加之以圣哲，习之以人子。今发明达之命，吐永安之言，可谓上应天命，下合人心，得之于须臾，垂之于万世者也。廙不避斧钺之诛，敢不尽言！'太祖深纳之。"

《曹植传》注引《世语》曰：杨修"年二十五，以名公子有才能，为太祖所器。与丁仪兄弟，皆欲以植为嗣。太子患之，以车载废簏，内潮歌长吴质与谋。修以白太祖，未及推验。太子惧，告质，质曰：'何患？明日复以簏受绢车内以惑之，修必复重白，重白必推，而无验，则彼受罪矣。'世子从之，修果白，而无人，太祖由是疑焉。修与贾逵、王凌并为主簿，而为植所友。每当就植，虑事有阙，忖度太祖意，预作答教十余条，敕门下，教出以次答。教裁出，答已入，太祖怪其捷，推问始泄。太祖遣太子及植各出邺城一门，密敕门不得出，以观其所为。太子至门，不得出而还。修先戒植：'若门不出侯，侯受王命，可斩守者。'植从之"。

《三国志》卷二一《魏书·王粲传》注引《魏略》曰："世子未立。

太祖俄有意于植，而淳（编者注：邯郸淳）屡称植材。由是五官将颇不悦。”

《三国志》卷一〇《魏书·荀彧传》：“子恽，嗣侯，官至虎贲中郎将。初，文帝与平原侯植并有拟论，文帝曲礼事彧。及彧卒，恽又与植善……文帝深恨恽。”

《明帝纪》青龙元年注：孔桂“字叔林……太祖既爱桂，五官将及诸侯亦皆亲之。其后桂见太祖久不立太子，而有意于临淄侯，因更亲附临淄侯而简于五官将，将甚衔之”。

《三国志》卷二三《魏书·杨俊传》：杨俊“自少及长，以人伦自任。同郡审固、陈留卫恂本皆出自兵伍，俊资拔奖致，咸作佳士……初，临淄侯与俊善，太祖适嗣未定，密访群司。俊虽并论文帝、临淄才分所长，不适有所据当，然称临淄犹美，文帝常以恨之”。

支持曹丕为太子的有贾诩、崔琰、毛玠、邢颙、吴质、桓楷、卫臻、曹操夫人王昭仪和曹丕夫人郭后等。

《三国志》卷一〇《魏书·贾诩传》：“文帝为五官将，而临淄侯植才名方盛，各有党与，有夺宗之议。文帝使人问诩自固之术，诩曰：‘愿将军恢崇德度，躬素士之业，朝夕孜孜，不违子道。如此而已。’文帝从之，深自砥砺。太祖又尝屏除左右问诩，诩嘿然不对。太祖曰：‘与卿言而不答，何也？’诩曰：‘属适有所思，故不即对耳。’太祖曰：‘何思？’诩曰：‘思袁本初、刘景升父子也。’太祖大笑，于是太子遂定。”

又卷一二《魏书·崔琰传》：“魏国初建，拜尚书。时未立太子，临淄侯植有才而爱。太祖狐疑，以函令密访于外。唯琰露板答曰：‘盖闻《春秋》之义，立子以长，加五官将仁孝聪明，宜承正统。琰以死守之。’植，琰之兄女婿也。太祖贵其公亮,喟然叹息,迁中尉。"

又卷一二《魏书·毛玠传》:"魏国初建,为尚书仆射,复典选举。时太子未定,而临淄侯植有宠,玠密谏曰:'近者袁绍以嫡庶不分,覆宗灭国。废立大事,非所宜闻。'后群僚会,玠起更衣,太祖目指曰:'此古所谓国之司直,我之周昌也。'"

又卷一二《魏书·邢颙传》:"初,太子未定,而临淄侯植有宠,丁仪等并赞翼其美。太祖问颙,颙对曰:'以庶代宗,先世之戒也。愿殿下深重察之!'太祖识其意,后遂以为太子少傅,迁太傅。"

又卷二一《魏书·吴质传》:吴质"以文才为文帝所善"。注引《魏略》曰:吴质"以才学通博,为五官将及诸侯所礼爱"。又注引《世语》曰:"魏王尝出征,世子及临淄侯植并送路侧。植称述功德,发言有章,左右属目,王亦悦焉。世子怅然自失,吴质耳曰:'王当行,流涕可也。'及行,世子泣而拜,王及左右咸歔欷,于是皆以植辞多华,而诚心不及也。"

又卷二二《魏书·桓阶传》:"魏国初建,为虎贲中郎将侍中。时太子未定,而临淄侯植有宠。阶数陈文帝德优齿长,宜为储副,公规密谏,前后恳至。"注引《魏书》称阶谏曰:"今太子仁冠群子,名昭海内,仁圣达节,天下莫不闻;而大王甫以植问臣,臣诚惑之。'于是太祖知阶笃于守正,深益重焉。"

又卷二二《魏书·卫臻传》:"初,太祖久不立太子,而方奇贵临淄侯。丁仪等为之羽翼,劝臻自结,臻以大义拒之。"

又卷二〇《魏书·武文世王公传》:"干母(编者注:曹操夫人王昭仪)有宠于太祖。及文帝为嗣,干母有力。"

又卷五《魏书·郭后传》:"太祖为魏公时,得入东宫。后有智数,时时有所献纳。文帝定为嗣,后有谋焉。"

曹丕命郑冲为文学。

《晋书》卷三三《郑冲传》："郑冲字文和，荥阳开封人也。起自
寒微，卓尔立操，清恬寡欲，耽玩经史，遂博究儒术及百家之
言。有姿望，动必循礼，任真自守，不要乡曲之誉，由是州郡
久不加礼。及魏文帝为太子，搜扬侧陋，命冲为文学。"

曹植增置邑五千户。

《曹植传》："二十二年，增置邑五千，并前万户。"

曹植乘车行驰道中，犯门禁，曹操大怒，植宠日衰。

《曹植传》："植尝乘车行驰道中，开司马门出。太祖大怒，公
车令坐死。由是重诸侯科禁，而植宠日衰。"

曹操作《曹植私开司马门下令》、《又下诸侯长史令》。

二令见《曹植传》注引《魏武故事》。《魏武故事》"载令曰：'始
者谓子建，儿中最可定大事。'又令曰：'自临淄侯植私出，开
司马门至金门，令吾异目视此儿矣。'又令曰：'诸侯长史及帐
下吏，知吾出辄将诸侯行意否？从子建私开司马门来，吾都
不复信诸侯也……'"

曹植妻违制命，曹操赐死。

《三国志》卷一二《魏书·崔琰传》注引《世语》曰："植妻衣绣，
太祖登台见之，以违制命，还家赐死。"此事年月，史无明文，
疑发生在植失宠后，暂系于此。

冬，大疫。徐干、陈琳、应玚、刘桢卒。曹丕为之悲伤。

《武帝纪》建安二十三年注引《魏书》"载王令曰：'去冬天降疫
疠，民有凋伤……'"

《三国志》卷二一《魏书·王粲传》："干、琳、玚、桢二十二
年卒。"

又卷二一《魏书·吴质传》注引《魏略》载曹丕建安二十三年

与吴质书曰:"昔年疾疫,亲故多离其灾,徐、陈、应、刘,一时
俱逝,痛何可言邪! 昔日游处,行则同舆,止则接席,何尝须
臾相失! 每至觞酌流行,丝竹并奏,酒酣耳热,仰而赋诗。当
此之时,忽然不自知乐也。谓百年己分,长共相保,何图数年
之间,零落略尽,言之伤心。"

曹植作《说疫气》。

《说疫气》见《艺文类聚》卷九六、《御览》卷七四二。《御览》载
《说疫气》曰:"建安二十二年,疠气流行,家家有僵尸之痛,室
室有号泣之哀。或阖门而殪,或覆族而丧。"盖是本年大疫发
生后之作。

曹丕撰《典论》,作《与王朗书》。

《典论》撰写时间,史无明文。《艺文类聚》卷一六载卞兰
《赞述太子赋》并上赋表曰:"伏惟太子,研精典籍,留思篇
章……窃见所作《典论》及诸赋颂,逸句烂然,沈思泉涌,
华藻云浮,听之忘味。"知《典论》作于丕为太子时。又《文
帝纪》注引《魏书》曰:"帝初在东宫,疫疠大起,时人凋伤,
帝深感叹,与素所敬者大理王朗书曰:'……疫疠数起,士
人凋落,余独何人,能全其寿?'故论撰所著《典论》、诗赋,
盖百余篇,集诸儒于肃城门内,讲论大义,侃侃无倦。"《典
论》恐非作于一时,基本成书当于是年冬大疫发生后
不久。

又《艺文类聚》卷六〇:"《典论》曰:建安二十四年二月壬午,
魏太子丕造百辟宝剑。"

《御览》卷三四三:"建安二十四年丙午,魏太子丕造百辟
宝剑。"

《三国志》卷四《魏书·三少帝纪》注引《搜神记》曰:"昆仑之

墟，有炎火之山，山上有鸟兽草木，皆生于炎火之中，故有火浣布……汉世西域旧献此布，中间久绝；至魏初，时人疑其无有。文帝以为火性酷烈，无含生之气，著之《典论》，明其不然之事，绝智者之听。"

葛洪《抱朴子·内篇》卷二："魏文帝穷览洽闻，自呼于物无所不经，谓天下无切玉之刀，火浣之布，及著《典论》，尝据言此事。其间未期，二物毕至。帝乃叹息，遽毁斯论。"《文选》卷二三张载《七哀诗》二首（其一）："珠柙离玉体，珍宝见剽虏。"李善注引"魏文帝《典论》曰：丧乱以来，汉氏诸陵，无不发掘，至乃烧取玉柙金镂，体骨并尽。"上引诸句见曹丕《终制》一文。知《终制》为《典论》中之一篇。《文帝纪》黄初三年："冬十月甲子，表首阳山东为寿陵，作《终制》曰……"知《终制》作于黄初三年冬。据上述五条资料可知，《典论》基本成书后，曹丕不断有所删补。

曹丕作《答卞兰教》。

《答卞兰教》见《三国志》卷五《魏书·卞后传》注引《魏略》。《魏略》曰："兰献赋赞述太子德美，太子报曰：'……兰此赋，岂吾实哉……兰事虽不谅，义足嘉也，今赐牛一头。'由是遂见亲敬。"

刘备遣兵屯下辩，曹操遣曹洪拒之。

《武帝纪》建安二十二年："刘备遣张飞、马超、吴兰等屯下辩；遣曹洪拒之。"

曹操作《使辛毗曹休参治下辩令》。

令见《三国志》卷二五《魏志·辛毗传》。《辛毗传》曰："太祖遣都护曹洪平下辩，使毗与曹休参之，令曰……"

曹丕铸五熟釜成，作《与钟繇书》及《五熟釜铭》。

铭与书分别见于《三国志》卷一三《魏书·钟繇传》及注引《魏略》。《钟繇传》曰："魏国初建，为大理，迁相国。文帝在东宫，赐繇五熟釜，为之铭曰……"注引《魏略》："繇为相国，以五熟釜鼎范因太子铸之，釜成，太子与繇书曰……"又《钟繇传》曰："数年，坐西曹掾魏讽谋反，策罢就第。"繇建安二十一年为相国，二十四年因魏讽事免；曹丕是年为太子，则上述曹丕事当在是年至二十四年，暂系于此。

　　傅玄生。

　　据《晋书》卷四七《傅玄传》。

建安二十三年（公元二一八）　戊戌　曹操六十四岁　曹丕三十二岁　曹植二十七岁

　　正月，曹操作《敕王必领长史令》。少府耿纪、太医令吉本等起兵反曹操，攻许，烧王必营，被王必、严匡所杀。

　　《献帝纪》建安二十三年："正月甲子，少府耿纪、丞相司直韦晃起兵诛曹操，不克，夷三族。"注引《三辅决录》〔注〕曰：'时有京兆金祎，字德伟，自以代为汉臣，乃发愤，与耿纪、韦晃欲挟天子以攻魏，南援刘备……'"

　　《后汉书》卷一九《耿弇传》："曾孙纪，少有美名，辟公府，曹操甚敬异之，稍迁少府。纪以操将篡汉，建安二十三年……谋起兵诛操，不克，夷三族。于是衣冠盛门坐纪罹祸灭者众矣。"

　　《武帝纪》建安二十三年："正月，汉太医令吉本与少府耿纪、司直韦晃等反，攻许，烧丞相长史王必营，必与颍川典农中郎将严匡讨斩之。"注引《魏武故事》载曹操令曰："领长史王必，是吾披荆棘时吏也……故教辟之，已署所宜，便以领长史统事如故。"又注引《三辅决录注》曰："时关羽强盛，而王在邺，

留必典兵督许中事。文然（编者注：吉本子邈字文然）等率杂
人及家僮千余人夜烧门攻必……后十余日，必竟以创死。"耿
纪等攻必时，必已领长史；必败纪后十余日卒。操令当作于
纪等攻必前，故系于是。

曹洪攻破吴兰。三月，张飞、马超逃往汉中。

　　据《武帝纪》。

四月，曹操遣其子曹彰讨破乌桓。彰出发前，操诫之。彰大破
乌桓。

　　《武帝纪》建安二十三年："四月，代郡、上谷乌丸无臣氐等叛，
　　遣鄢陵侯彰讨破之。"

　　《三国志》卷一九《魏书·任城威王彰传》："二十三年，代郡乌
　　丸反，以彰为北中郎将，行骁骑将军。临发，太祖戒彰曰：'居
　　家为父子，受事为君臣，动以王法从事，尔其戒之！'彰北征，
　　入涿郡界，叛胡数千骑卒至。时兵马未集，唯有步卒千人，骑
　　数百匹。用田豫计，固守要隙，虏乃退散。彰追之，身自搏
　　战，射胡骑，应弦而倒者前后相属。战过半日，彰铠中数箭，
　　意气益厉，乘胜逐北……一日一夜与虏相及，击，大破之，斩
　　首获生以千数。彰乃倍常科大赐将士，将士无不悦喜。时鲜
　　卑大人轲比能将数万骑观望强弱，见彰力战，所向皆破，乃
　　请服。"

曹操作《赡给灾民令》。

　　令载《武帝纪》建安二十三年四月注引《魏书》。令曰："去冬
　　天降疫疠，民有凋伤，军兴于外，垦田损少，吾甚忧之。其令
　　吏民男女：女年七十已上无夫子，若年十二已下无父母兄弟，
　　及目无所见，手不能作，足不能行，而无妻子父兄产业者，廪
　　食终身。幼者至十二止，贫穷不能自赡者，随口给贷。老耄

须待养者,年九十已上,复不事,家一人。”

五月,曹丕中子仲雍卒,曹植作《曹仲雍哀辞》、《曹仲雍诔》。

哀辞见《艺文类聚》卷三四。哀辞曰:“曹喈,字仲雍,魏太子
之中子也。三月生而五月亡。”上年十月曹丕为太子,建安二
十五年正月曹操卒,丕嗣位为丞相、魏王。哀辞中称丕为“魏
太子”,哀辞当作于本年或明年五月,暂系于此。

《曹仲雍诔》今存二句,见《文选》卷二八陆士衡《挽歌行》三首
(其二)注引曹植《曹喈诔》及卷三一刘休玄《拟古》二首(其
一)注引曹植《曹仲雍诔》。《曹喈诔》当即《曹仲雍诔》。诔与
哀辞应是同时之作。

六月,曹操作《终令》。

令见《武帝纪》建安二十三年六月。令曰:“古之葬者,必居瘠
薄之地。其规西门豹祠西原上为寿陵,因高为基,不封
不树。”

七月,曹操治兵,西征刘备。时备屯阳平关,与夏侯渊、张郃等
相拒。

据《武帝纪》、《先主传》。

九月,曹操至长安,召曹彰。

《武帝纪》建安二十三年:“九月,至长安。”

《三国志》卷一九《任城威王彰传》:“时太祖在长安,召彰诣行
在所。彰自代过邺,太子谓彰曰:‘卿新有功,今西见上,宜勿
自伐,应对常若不足者。’彰到,如太子言,归功诸将。太祖
喜,持彰须曰:‘黄须儿竟大奇也!’”

南阳吏民苦繇役,十月,宛守将侯音等反,曹操令曹仁围宛。

《武帝纪》建安二十三年:“冬十月,宛守将侯音等反,执南阳
太守,劫略吏民,保宛。初,曹仁讨关羽,屯樊城,是月使仁

围宛。"

《武帝纪》建安二十四年正月注引《曹瞒传》："南阳间苦繇役，
音于是执太守……与吏民共反，与关羽连和。"

是年：

曹操作《赐袁涣家谷教》。

教见《三国志》卷一一《魏书·袁涣传》。《袁涣传》曰："魏国初
建，为郎中令，行御史大夫事……居官数年卒，太祖为之流涕，
赐谷二千斛，一教……"涣卒时间不详。魏国建于二十一年五
月，操卒于二十五年正月。教殆作于是年前后，暂系于此。

曹丕编徐干、陈琳、应玚、刘桢文集，作《与吴质书》。

书见《三国志》卷二一《魏书·王粲传》注引《魏略》。《魏略》
曰："二十三年，太子又与质书曰：'……昔年疾疫，亲故多离
其灾，徐、陈、应、刘，一时俱逝，痛何可言邪……顷撰其遗文，
都为一集……'"

曹植作《辩道论》。

《辩道论》见《全三国文》卷一八。论中有"世有方士，吾王悉
所招致……本所以集之于魏国者，诚恐斯人之徒，挟奸宄以
欺众，行妖隐以惑民，故聚而禁之也……自家王与太子及余
兄弟，咸以为调笑，不信之矣"等句。据《武帝纪》、《文帝纪》，
建安二十二年十月，曹丕为太子，二十五年正月嗣位为丞相、
魏王。《辩道论》中称丕为太子，则论当作于建安二十二年十
月至二十五年正月之间，暂系于是，备考。

曹植作《赠丁仪》、《当欲游南山行》。

《赠丁仪》见《文选》卷二四。《曹植传》注引《魏略》曰："太祖
既有意欲立植，而仪又共赞之。及太子立，欲治仪罪。"知丕
为太子时即欲治仪。《赠丁仪》曰"在贵多忘贱，为恩谁能

博",殆责丕不能容纳仪。丕建安二十二年十月为太子,二十五年正月嗣位,诛仪。《赠丁仪》又有"初秋凉气发"句,诗当写于是年或明年初秋。

《当欲游南山行》见《乐府诗集》卷六一。诗曰:"长者能博爱,天下寄其身。大匠无弃材,船车用不均。锥刀各异能,何所独却前!"当是望丕能博爱人才,容纳丁仪等,疑与《赠丁仪》作于同时。

邯郸淳受命离曹植。植饯淳,并赠诗。淳作《赠答诗》。

《全三国诗》卷三载邯郸淳《答赠诗》曰:"我受上命,来随临淄。与君子处,曾未盈期。见召本朝,驾言趣期。群子重离,首命于时。饯我路隅,赠我嘉辞。既受德音,敢不答之。余惟薄德,既局且鄙。见养贤侯,于今四祀。"据"赠我嘉辞"句,知植有赠诗,诗今佚。淳建安十九年诣植,至是年凡"四祀",故系于此。

繁钦卒。

《三国志》卷二一《魏书·王粲传》注引《典略》曰:"钦字休伯,以文才机辩,少得名于汝、颍。钦既长于书记,又善为诗赋。其所与太子书,记喉转意,率皆巧丽。为丞相主簿。建安二十三年卒。"

郪民马秦等起义,部伍数万人,被刘备将李严所镇压。

据《三国志》卷四〇《蜀书·李严传》。

建安二十四年(公元二一九)　己亥　曹操六十五岁　曹丕三十三岁　曹植二十八岁

正月,曹仁屠宛,斩侯音,复屯樊城。

据《武帝纪》、《三国志》卷九《魏书·曹仁传》。

夏侯渊与刘备战于阳平，为备所袭，渊战死。

　　《三国志》卷九《魏书·夏侯渊传》："二十三年，刘备军阳平
关，渊率诸将拒之，相守连年。二十四年正月……为备所袭，
渊遂战死。谥曰愍侯。初，渊虽数战胜，太祖常戒曰：'为将
当有怯弱时，不可但恃勇也。将当以勇为本，行之以智计；但
知任勇，一匹夫敌耳。'渊妻，太祖内妹。长子衡，尚太祖弟海
阳哀侯女，恩宠特隆。"

二月，曹丕造百辟宝剑，作《剑铭》。

　　《御览》卷三四三："魏文帝《典论》曰：'余好击剑，善以短乘
长，选兹良金，命彼国工，精而炼之，至于百辟……'又曰：'建
安二十四年二月丙午魏太子丕造百辟宝剑。'"

　　《文选》卷三五张协《七命》八首（其四）李善注引"《典论》曰：
'太子丕《剑铭》曰：流采色，似采虹。'"铭当作于剑造成后
不久。

三月，曹操率军攻刘备，离长安，至阳平；备因险拒守。操欲还，
作《在阳平将还师令》。

　　令见《武帝纪》建安二十四年三月注引《九州春秋》。《武帝
纪》曰："王自长安出斜谷，军遮要以临汉中，遂至阳平。备因
险拒守。"注引《九州春秋》曰："时王欲还，出令曰'鸡肋'，官
属不知所谓。主簿杨修便自严装，人惊问修：'何以知之？'修
曰：'夫鸡肋，弃之如可惜，食之无所得，以比汉中，知王欲
还也。'"

五月，曹操引军还长安，刘备遂有汉中。

　　据《武帝纪》、《献帝纪》。

七月，刘备自称汉中王，立子禅为王太子。

　　据《献帝纪》、《三国志》卷三三《蜀书·后主传》。

曹操作《策立卞后》，以卞氏为王后。

　　《策立卞后》见《三国志》卷五《魏书·卞后传》。《卞后传》曰：
　　"二十四年，拜为王后，策曰……"
　　《武帝纪》建安二十四年："七月，以夫人卞氏为王后。"

曹操遣于禁助曹仁击关羽。

　　据《武帝纪》。

八月，于禁军败。关羽围曹仁。曹操使徐晃救仁，作《命徐晃待
军齐集令》。

　　《武帝纪》建安二十四年："八月，汉水溢，灌禁军，军没，羽获
　　禁，遂围仁。使徐晃救之。"
　　令见《三国志》卷一七《魏书·徐晃传》。《徐晃传》曰："会汉
　　水暴隘，于禁等没。羽围仁于樊，又围将军吕常于襄阳。晃
　　所将多新卒，以羽难与争锋，遂前至阳陵陂屯。太祖复还，遣
　　将军徐商、吕建等诣晃，令曰……"

曹操欲遣曹植救曹仁，植醉不能受命。

　　《曹植传》："太祖以植为南中郎将，行征虏将军，欲遣救仁，呼
　　有所敕戒。植醉不能受命，于是悔而罢之。"注引《魏氏春秋》
　　曰："植将行，太子饮焉，逼而醉之。王召植，植不能受王命，
　　故王怒也。"

九月，魏讽谋袭邺，事泄，曹丕诛讽等。相国钟繇因讽事免官。

　　《武帝纪》建安二十四年："九月，相国钟繇坐西曹掾魏讽反
　　免。"注引《世语》曰："讽……有惑众才，倾动邺城，钟繇由是
　　辟焉。大军未反，讽潜结徒党，又与长乐卫尉陈祎谋袭邺。
　　未及期，祎惧，告之太子，诛讽，坐死者数十人。"

曹操作《以徐奕为中尉令》。

　　令见《三国志》卷一二《魏书·徐奕传》。《徐奕传》曰："太祖

征汉中,魏讽等谋反,中尉杨俊左迁……太祖乃以奕为中尉,手令曰……"

曹操作《原刘廙令》。

令见《三国志》卷二一《魏书·刘廙传》。《刘廙传》曰:"魏讽反,廙弟伟为讽所引,当相坐诛,太祖令曰……特原不问。"

曹丕作《答王朗书》。

书见《三国志》卷四二《蜀书·尹默传》注引《魏略》。《魏略》曰:"其子与魏讽谋反,伏诛。魏太子答王朗书曰……"

秋,曹操收杀杨修,修时年四十五。曹植益内不安。

《曹植传》:"太祖既虑终始之变,以杨修颇有才策,而又袁氏之甥也,于是以罪诛修。植益内不自安。"注引《典略》曰:"植后以骄纵见疏,而植故连缀修不止,修亦不敢自绝。至二十四年秋,公以修前后漏泄言教,交关诸侯,乃收杀之。修临死,谓故人曰:'我固自以死之晚也。'其意以为坐曹植也。"

《后汉书》卷五四《杨修传》:"修又尝出行,筹操有问外事,乃逆为答记,敕守舍儿:'若有令出,依次通之。'既而果然。如是者三,操怪其速,使廉之,知状,于此忌修。且以袁术之甥,虑为后患,遂因事杀之。"注引《续汉书》曰:"人有白修与临淄侯曹植饮醉共载,从司马门出,谤讪鄢陵侯章。太祖闻之大怒,故遂收杀之,时年四十五矣。"

曹操作《与太尉杨彪书》。

书见《古文苑》卷五。书曰:"足下贤子,恃豪父之势,每不与吾同怀,即欲直绳,顾颇恨恨。谓其能改,遂转宽舒,复即宥贷,将延足下尊门大累,便令刑之。念卿父息之情,同此悼楚,亦未必非幸也。"书盖作于杨修被杀后不久。

十月,曹操自长安还洛阳。离长安前,作《选留府长史令》,以杜袭为留府长史。以子曹彰行越骑将军，留长安。

　　令见《三国志》卷二三《魏书·杜袭传》。《杜袭传》曰："夏侯渊为刘备所没，军丧元帅，将士失色。袭与张郃、郭淮纠摄诸军事，权宜以郃为督，以一众心，三军遂定。太祖东还，当选留府长史，镇守长安，主者所选多不当，太祖令曰：'释骐骥而不乘，焉皇皇而更索？'遂以袭为留府长史，驻关中。"

　　《水经注》卷二七《沔水》"东过南郑县南"注："地沃川险，魏武方之'鸡肋'，曰：'释骐骥而不乘，焉皇皇而更求？'遂留杜子绪（编者注：杜袭字子绪）镇南郑而还。"据《杜袭传》，袭当先留镇南郑，后被选留府长史，镇守长安。《水经注》合二事为一，疑误。

　　《三国志》卷一九《魏书·任城威王彰传》："太祖东还，以彰行越骑将军，留长安。"《武帝纪》建安二十四年："十月，军还洛阳。"

陆浑民孙狼等起义，杀县主簿，南附关羽。羽威震华夏，曹操议徙许都，以避其锐。

　　据《三国志》卷一一《魏书·胡昭传》、卷三六《蜀书·关羽传》。

孙权遣使上书，以讨关羽自效。

　　据《武帝纪》。

曹操南征关羽。徐晃败羽军。操驻军摩陂，作《劳徐晃令》。

　　《武帝纪》建安二十四年："王自洛阳南征羽，未至，晃攻羽，破之，羽走，仁围解。王军摩陂。"

　　《劳徐晃令》见《三国志》卷一七《魏书·徐晃传》。《徐晃传》曰："太祖前后遣殷署、朱盖等凡十二营诣晃。贼围头有屯……晃击之……破之，或自投沔水死。太祖令曰……晃振旅还摩陂,太祖迎晃七里,置酒大会。"

十一月,关羽西保麦城,兵皆解散。

十二月,孙权军攻杀关羽。权遂定荆州。

以上据《吴主传》。

孙权上书称臣于曹操。操表权为骠骑将军,领荆州牧。

《武帝纪》建安二十四年注引《魏略》曰:"孙权上书称臣,称说
天命。王以权书示外曰:'是儿欲踞吾著炉火上邪!'"又注引
《魏氏春秋》载曹操曰:"'施于有政,是亦为政'。若天命在
吾,吾为周文王矣。"

《吴主传》:"曹公表权为骠骑将军,假节领荆州牧,封南昌侯。
权遣校尉梁寓奉贡于汉。"

建安二十五年(延康元年、魏文帝黄初元年、公元二二〇)　庚子　曹操六十六岁　曹丕三十四岁　曹植二十九岁

正月,曹操至洛阳。孙权传关羽首,操以诸侯礼葬之。

《武帝纪》建安二十五年:"正月,至洛阳。权击斩羽,传其首。"

《三国志》卷三六《蜀书·关羽传》注引《吴历》曰:"权送羽首
于曹公,以诸侯礼葬其尸骸。"

曹丕作《与钟繇书》。

书见《三国志》卷一三《魏书·钟繇传》注引《魏略》。《魏略》
曰:"孙权称臣,斩送关羽。太子书报繇,繇答书曰:'……顾
念孙权,了更妩媚。'太子又书曰:'得报……孙权之妩媚,执
书嗢噱,不能离手……'"二书当作于是年正月斩送关羽后。
第一书今佚。

曹操病,召曹彰,彰未至,操卒,时年六十六,有遗令。

《武帝纪》建安二十五年正月："庚子，王崩于洛阳，年六十六。"注引《曹瞒传》曰："王使工苏越徙美梨，掘之，根伤尽出血。越白状，王躬自视而恶之，以为不祥，还遂寝疾。"

《三国志》卷一九《魏书·任城威王彰传》："太祖至洛阳，得疾，驿召彰，未至，太祖崩。"

遗令见《武帝纪》建安二十五年。"遗令曰：'天下尚未安定，未得遵古也。葬毕，皆除服。其将兵屯戍者，皆不得离屯部。有司各率乃职。敛以时服，无藏金玉珍宝。'谥曰武王。"

曹丕在邺，曹彰未至洛阳，曹操军骚动，青州军离散。

《三国志》卷一五《魏书·贾逵传》："太祖崩洛阳，逵典丧事。"注引《魏略》曰："时太子在邺，鄢陵侯未到，士民颇苦劳役，又有疾疠，于是军中骚动。群僚恐天下有变，欲不发丧。逵建议为不可秘，乃发哀，令内外皆入临，临讫，各安叙不得动。而青州军擅击鼓相引去。众人以为宜禁止之，不从者讨之。逵以为'方大丧在殡，嗣王未立，宜因而抚之'。"

曹彰至洛阳，欲曹植嗣位，植拒绝之。

《贾逵传》："时鄢陵侯彰行越骑将军，从长安来赴，问逵先王玺绶所在。逵正色曰：'太子在邺，国有储副。先王玺绶，非君侯所宜问也。'"

《任城威王彰传》注引《魏略》曰："彰至，谓临淄侯植曰：'先王召我者，欲立汝也。'植曰："不可，不见袁氏兄弟乎！""

曹丕悉取曹操宫人。

《世说新语》卷五《贤媛》第一九："魏武帝崩，文帝悉取武帝宫人自侍。及帝病困，卞后出看疾。太后入户，见直侍并是昔日所爱幸者。太后问：'何时来邪？'云：'正伏魄时过。'因不复前而叹曰：'狗鼠不食汝余，死故应尔！'至山陵亦竟不临。"

西平麹演叛,称护羌校尉。

　　据《三国志》卷一六《魏书·苏则传》。

曹丕嗣位为丞相、魏王,领冀州牧。改建安二十五年为延康
元年。

　　《文帝纪》:"太祖崩,嗣位为丞相、魏王。"注引袁宏《汉纪》载
　　汉帝诏曰:"今使使持节御史大夫华歆奉策诏授丕丞相印绶、
　　魏王玺绂,领冀州牧。"

　　《三国志》卷二二《魏书·陈矫传》:"太祖崩洛阳,群臣拘常,
　　以为太子即位,当须诏命。矫曰:'王薨于外,天下惶惧。太
　　子宜割哀即位,以系远近之望。且又爱子在侧,彼此生变,则
　　社稷危矣。'即具官备礼,一日皆办。明旦,以王后令,策太子
　　即位,大赦荡然。"

　　《文帝纪》:"尊王后曰王太后。改建安二十五年为延康元年。"

曹丕作《策谥庞德》。

　　策见《三国志》卷一八《魏书·庞德传》。《庞德传》曰:"文帝
　　即王位,乃遣使就德墓赐谥,策曰……"

曹丕作《又与吴质书》。

　　书见《三国志》卷二一《魏书·吴质传》注。注曰:"太子即王
　　位,又与质书曰……"

二月,曹操葬高陵。

　　《武帝纪》建安二十五年:"二月丁卯,葬高陵。"

　　《武帝纪》注引《魏书》曰:"太祖自统御海内,芟夷群丑,其行
　　军用师,大较依孙、吴之法,而因事设奇,谲敌制胜,变化如
　　神。自作兵书十万余言,诸将征伐,皆以新书从事;临事又手
　　为节度,从令者克捷,违教者负败。与虏对陈,意思安闲,如
　　不欲战,然及至决机乘胜,气势盈溢,故每战必克,军无幸胜。

知人善察，难眩以伪，拔于禁、乐进于行陈之间，取张辽、徐晃于亡虏之内，皆佐命立功，列为名将；其余拔出细微，登为牧守者，不可胜数。是以创造大业，文武并施，御军三十余年，手不舍书，昼则讲武策，夜则思经传，登高必赋，及造新诗，被之管弦，皆成乐章。才力绝人，手射飞鸟，躬禽猛兽，尝于南皮一日射雉获六十三头。及造作宫室，缮治器械，无不为之法则，皆尽其意。雅性节俭，不好华丽，后宫衣不锦绣，侍御履不二采，帷帐屏风，坏则补纳，茵蓐取温，无有缘饰。攻城拔邑，得美丽之物，则悉以赐有功，勋劳宜赏，不吝千金，无功望施，分毫不与，四方献御，与群下共之。常以送终之制，袭称之数，繁而无益，俗又过之，故预自制终亡衣服，四箧而已。"又注引《傅子》曰："太祖愍嫁娶之奢僭，公女适人，皆以皂帐，从婢不过十人。"

又注引张华《博物志》曰："汉世，安平崔瑗、瑗子寔、弘农张芝、芝弟昶并善草书，而太祖亚之。桓谭、蔡邕善音乐，冯翊山子道、王九真、郭凯等善围棋，太祖皆与埒能。又好养性法，亦解方药，招引方术之士，庐江左慈、谯郡华佗、甘陵甘始、阳城郗俭无不毕至，又习啖野葛至一尺，亦得少多饮鸩酒。"

又注引《傅子》曰："魏太祖以天下凶荒，资财乏匮，拟古皮弁，裁缣帛以为帢，合于简易随时之义，以色别其贵贱。"

又注引《曹瞒传》曰："太祖为人佻易无威重，好音乐，倡优在侧，常以日达夕。被服轻绡，身自佩小鞶囊，以盛手巾细物，时或冠帢帽以见宾客。每与人谈论，戏弄言诵，尽无所隐，及欢悦大笑，至以头没杯案中，肴膳皆沾汙巾帻，其轻易如此。然持法峻刻，诸将有计划胜出己者，随以法诛之，及故人旧怨，亦皆无余。其所刑杀，辄对之垂涕嗟痛之，终无所活。"

《文帝纪》注引曹丕《典论·自叙》曰："上雅好诗书文籍，虽在军旅，手不释卷，每每定省从容，常言人少好学则思专，长则善忘，长大而能勤学者，唯吾与袁伯业耳。"

曹丕作《武帝哀策文》。

　　文见《艺文类聚》卷一三。文中有"猥抑奔墓，俯就权变。卜葬既从，大燧既通。漫漫长夜，窈窈玄宫。有晦无明，曷有所穷"等句，当作于曹操葬后不久。

曹丕作《短歌行》。

　　《短歌行》见《乐府诗集》卷三〇。《乐府诗集》引《古今乐录》曰："王僧虔《技录》云：'《短歌行》"仰瞻"一曲，魏氏遗令，使节朔奏乐，魏文制此辞，自抚筝和歌。歌者云"贵官弹筝"，贵官即魏文也。此曲声制最美，辞不可入宴乐。'"曹丕《短歌行》写曹操卒后，曹丕思念曹操之情，殆作于操葬后不久。

曹植作《武帝诔》。

　　诔见《艺文类聚》卷一三，《文选》卷一九谢灵运《述祖德诗》、卷二二谢灵运《从游京口北固应诏》诗李善注。《艺文类聚》引诔曰："既总庶政，兼览儒林，躬著雅颂，被之瑟琴……既次西陵，幽闺启路，群臣奉迎，我王安厝。"诔盖作于曹操葬后不久。

曹丕作《除禁轻税令》。

　　令见《文帝纪》延康元年二月注引《魏书》。令曰："关津所以通商旅，池苑所以御灾荒，设禁重税，非所以便民；其除池籞之禁，轻关津之税，皆复什一。"

曹丕赏赐诸侯王将相等，遣使者循行郡国。

　　《文帝纪》延康元年二月注引《魏书》曰："辛亥，赐诸侯王将相

已下大将粟万斛,帛千匹,金银各有差等。遣使者循行郡国,
有违理掊克暴虐者,举其罪。"

曹丕欲以杨彪为太尉,彪拒绝之。

《文帝纪》黄初二年注引《续汉书》曰:"彪见汉祚将终,自以累
世为三公,耻为魏臣,遂称足挛,不复行。积十余年,帝即王
位,欲以为太尉,令近臣宣旨。彪辞曰:'尝以汉朝为三公,值
世衰乱,不能立尺寸之益,若复为魏臣,于国之选,亦不为荣
也。'帝不夺其意。"

曹丕以贾诩为太尉,华歆为相国,王朗为御史大夫,定宦者为官
不得过诸署令。

《文帝纪》延康元年二月:"壬戌,以大中大夫贾诩为太尉,御
史大夫华歆为相国,大理王朗为御史大夫。置散骑常侍、侍
郎各四人,其宦人为官者不得过诸署令;为金策著令,藏之
石室。"

曹丕诛丁仪、丁廙。

《曹植传》:"文帝即王位,诛丁仪、丁廙并其男口。"注引《魏
略》曰:"及太子立,欲治仪罪,转仪为右刺奸掾,欲仪自裁而
仪不能。乃对中领军夏侯尚叩头求哀,尚为涕泣而不能救。
后遂因职事收付狱,杀之。"

曹植作《野田黄雀行》。

《野田黄雀行》见《乐府诗集》卷三九。黄节《曹子建诗注》:
"植为此篇,当在收仪付狱之前,深望尚之能救仪,如少年之
救雀也。"

曹植就国临淄。曹彰等诸侯皆就国。

《曹植传》:"文帝即王位,诛丁仪、丁廙并其男口。植与诸侯
并就国。"植就国临淄事,详下。

《三国志》卷一九《魏志·任城威王彰传》注引《魏略》曰："太
子嗣立,既葬,遣彰之国。始彰自以先王见任有功,冀因此遂
见授用,而闻当随例,意甚不悦,不待遣而去。时以鄢陵埆
薄,使治中牟。"

《三国志》卷二〇《魏书·武文世王公传》注引《袁子》曰："魏
兴,承大乱之后,民人损减,不可则以古始。于是封建侯王,
皆使寄地,空名而无其实。王国使有老兵百余人,以卫其国。
虽有王侯之号,而乃侪为匹夫。县隔千里之外,无朝聘之仪,
邻国无会同之制。诸侯游猎不得过三十里,又为设防辅监国
之官以伺察之。王侯皆思为布衣而不能得。"

尚书陈群立九品中正制。

《三国志》卷二二《魏书·陈群传》:曹丕"即王位,封群昌武亭
侯,徙为尚书。制九品官人之法,群所建也"。

《晋书》卷三六《卫瓘传》载请废九品中正疏曰:"魏氏承颠覆
之运,起丧乱之后,人士流移,考详无地,故立九品之制,粗且
为一时选用之本耳。"

《御览》卷二一四引《晋阳秋》曰:"陈群为吏部尚书,制九格登
用,皆由于中正考之簿世,然后授任。"又卷二六五引《傅子》
曰:"魏司空陈群,始立九品之制,郡置中正,平次人才之高
下,各为辈目,州置都而总其议。"

三月,谯出现黄龙,曹丕赐殷登谷三百斛。

《文帝纪》延康元年:"初,汉熹平五年,黄龙见谯,光禄大夫桥
玄问太史令单飏:'此何祥也?'飏曰:'其国后当有王者兴,不
及五十年,亦当复见……'内黄殷登默而记之。至四十五年,
登尚在。三月,黄龙见谯,登闻之曰:'单飏之言,其验兹
乎!'"注引《魏书》曰:"王召见登……赐登谷三百斛。"

曹丕作《拜毛玠等子为郎中令》。

　　令见《文帝纪》延康元年三月注。令曰："故尚书仆射毛玠……
　　其皆拜子男为郎中。"

四月,饶安出现白雉,曹丕赐田租。

　　《文帝纪》延康元年:"四月丁巳,饶安县言白雉见。"注引《魏
　　书》曰:"赐饶安田租,勃海郡百户牛酒,大酺三日;太常以太
　　牢祠宗庙。"

曹植在临淄,作《求祭先王表》。曹丕作《止临淄侯植求祭先王
诏》。

　　《求祭先王表》见《御览》卷三八九、五二六、九三八、九七○、
　　九七八。卷五二六引《求祭先王表》曰:"臣虽比拜表,自计违
　　远已来,以逾旬日,垂竟夏节方到,臣悲感有念先王,公以夏
　　至日终……臣欲祭先王于北河之上,羊猪牛臣能自办,杏者
　　臣县自有……计先王崩来,未能半岁,臣实欲告敬。"据此,知
　　植是年就国临淄,并求祭先王。《止临淄侯植求祭先王诏》见
　　《御览》卷五二六。诏曰:"得月二十八日表,知侯推情欲祭先
　　王于河上。"植表当作于是年四月二十八,丕诏当作于植表后
　　不久。

五月,曹丕封子睿为武德侯。

　　《文帝纪》延康元年:"五月戊寅,天子命王追尊皇祖太尉曰太
　　王,夫人丁氏曰太王后,封王子睿为武德侯。"

曹丕以郑称为武德侯傅,作《以郑称授太子经学令》。

　　令见《文帝纪》延康元年注引《魏略》。《魏略》曰:"以侍中郑
　　称为武德侯傅,令曰:'……学亦人之砥砺也。称笃学大儒,
　　勉以经学辅侯……'"

冯翊山民郑甘等率众降,皆封侯。

《文帝纪》延康元年五月："是月,冯翊山贼郑甘、王照率众降,皆封列侯。"

酒泉黄华、张掖张进等各执太守以叛。金城太守苏则攻斩张进。黄华降。

据《文帝纪》。

六月,曹丕治兵,南征。霍性上疏谏劝,丕杀之。

《文帝纪》延康元年："六月辛亥,治兵于东郊,庚午,遂南征。"注引《魏略》曰："王将出征,度支中郎将新平霍性上疏谏曰:'……而今创基,便复起兵,兵者凶器,必有凶扰,扰则思乱,乱出不意。臣谓此危,危于累卵……'奏通,帝怒,遣刺奸就考,竟杀之。既而悔之,追原不及。"

七月,曹丕作《敕尽规谏令》。

令见《文帝纪》延康元年七月。令曰:"轩辕有明台之议,放勋有衢室之问,皆所以广询于下也。百官有司,其务以职尽规谏,将率陈军法,朝士明制度,牧守申政事,缙绅考六艺,吾将兼览焉。"

孙权遣使奉献。

据《文帝纪》。

蜀将孟达、武都氐王杨仆降附。曹丕作《孟达杨仆降附令》、《与孟达书》。

令见《文帝纪》延康元年七月注引《魏略》。《文帝纪》曰:"蜀将孟达率众降。武都氐王杨仆率种人内附,居汉阳郡。"注引《魏略》"载王自手笔令曰……"

书见《明帝纪》太和元年十二月注引《魏略》。《魏略》曰:"达以延康元年率部曲四千余家归魏。文帝时初即王位,既宿知有达,闻其来,甚悦……逆与达书曰……又曰……"

曹丕驻军于谯。

　　据《文帝纪》。

八月，曹丕于谯大飨六军及百姓，作《复谯租税令》、《于谯作》。曹植作《大飨碑》。

　　《复谯租税令》见《文帝纪》延康元年七月注引《魏书》。《文帝纪》曰："甲午，军次于谯，大飨六军及谯父老百姓于邑东。"注引《魏书》曰："设伎乐百戏，令曰：'先王皆乐其所生，礼不忘其本。谯，霸王之邦，真人本出，其复谯租税二年。'三老吏民上寿，日夕而罢。"

　　《于谯作》诗见张溥《汉魏六朝百三家集·魏文帝集》卷二。诗写清夜饮宴歌舞盛况，与是年于谯"大飨六军及谯父老百姓"、"设伎乐百戏"情氛相合，殆作于是年在谯时。

　　《大飨碑》见洪适撰《隶释》卷一九。碑曰："惟延康元年八月旬有八日辛未，魏王……大飨六军，爰及谯县父老男女。"据此，知丕于谯大飨六军及百姓当在是年八月，《文帝纪》定于七月，恐非。《大飨碑》所写同丕于谯大飨事合，故系于此。严可均《全三国文》卷一九引《大飨碑》全文后，"按：闻人牟准《魏敬侯碑阴》云：'《大飨碑》，卫觊文并书。'《天下碑录》引《图经》云：'曹子建文，钟繇书。'今姑录入子建集，俟考"。

十月，曹丕作《殡祭死亡士卒令》。

　　令见《文帝纪》延康元年十月。令曰："诸将征伐，士卒死亡者或未收敛，吾甚哀之；其告郡国给槥椟殡敛，送致其家，官为设祭。"

献帝禅位，群公卿士上书欲曹丕受禅即阼。丕作《以李伏言禅代合符谶示外令》、《辞符谶令》、《辞许芝等条上谶纬令》（其中有丕作六言诗一首）、《再让符命令》、《答司马懿等再陈符命

令》、《止群臣议禅代礼仪令》、《答尚书令又奏令》、《罢设受禅坛
场令》、《既发玺书又下令》、《辞请禅令》、《让禅令》、《答刘廙等
奏令》、《上书让禅》、《答苏林董巴等令》、《三让玺绶令》、《上书
再让禅》、《让禅令》、《答华歆等上言令》、《上书三让禅》、《允受
禅令》、《答桓阶等奏令》等。

　　《文帝纪》延康元年十月："丙午，行至曲蠡。汉帝以众望在
魏，乃召群公卿士，告祠高庙。使兼御史大夫张音持节奉玺
绶禅位。"

　　上述丕《以李伏言禅代合符谶示外令》等二十一篇文和六言
诗均见《文帝纪》延康元年十月注引《献帝传》。

曹植作《魏德论》、《魏德论讴》。

　　《艺文类聚》卷一○引《魏德论》曰："迹存乎建安，道隆乎延
康。于是汉氏归义，顾音孔昭，显禅天位，布唐放尧，上犹谦
谦弗纳也。发不世之明诏，薄皇居而弗泰，蹈北人之清节，美
石户之高介。义贯金石，神明以兴，神祇致祥，乾灵效祐，于
是群公卿士，功臣列辟，率尔而进曰……侯民非复汉萌，尺土
非复汉有，故武皇创迹于前，陛下光美于后，盖所谓勋成于
彼，位定于此者也。"论中言及延康，未及黄初，当作于群公卿
士上书欲曹丕受禅即阼时。

　　《魏德论讴》今存《甘露讴》（见《全三国文》卷一七，《初学记》
卷二、《御览》卷一二均引作《魏德论》）、《时雨讴》（见《艺文类
聚》卷八五）、《嘉禾讴》（同上）、《木连理讴》（见《全三国文》卷
一七，《御览》卷八七三引作《魏德论》）、《白鹊讴》（见《艺文类
聚》卷九二）、《白鸠讴》（同上）。上述五讴所言，全系魏代汉
时祥瑞之事，当与《魏德论》写于同时。

曹丕代汉称帝（魏文帝），改延康元年为黄初元年，作《制诏三公

改元大赦》。

《文帝纪》延康元年十月："乃为坛于繁阳。庚午，王升坛即
祚，百官陪位。事讫，降坛，视燎成礼而反。改延康为黄初，
大赦。"注引《献帝传》曰："辛未，魏王登坛受禅……遂制诏三
公：'……今朕承帝王之绪，其以延康元年为黄初元年，议改
正朔，易服色，殊徽号，同律度量，承土行，大赦天下……'"

朝臣三公以下，并受爵位。陈群、华歆等不怡。

《世说新语》卷三《方正》第五："魏文帝受禅，陈群有戚容。帝
问曰：'朕应天受命，卿何以不乐?'群曰：'臣与华歆服膺先
朝，今虽欣圣化，犹义形于色。'"注引华峤《谱叙》曰："魏受
禅，朝臣三公以下，并受爵位。华歆以形色忤时，徙为司空，
不进爵。文帝久不怿，以问尚书令陈群曰：'我应天受命，百
辟莫不说，喜形于声色。而相国及公，独有不怡者，何邪?'群
起离席长跪曰：'臣与相国曾事汉朝，心虽说喜，义形于色，亦
惧陛下，实应见憎。'帝大说，叹息良久，遂重异之。"

郭淮奉使贺曹丕践祚，稽留不及，曹丕责之。

《世说新语》卷三《方正》第五："郭淮作关中都督，甚得民情，
亦屡有战庸。"注曰："郭淮……建安中，除平原府丞。黄初元
年，奉使贺文帝践祚，而稽留不及。群臣欢会，帝正色责之
曰：'昔禹会诸侯于涂山，防风氏后至，便行大戮。今溥天同
庆，而卿最留迟，何也?'淮曰：'臣闻五帝先教导民以德，夏后
政衰，始用刑辟。今臣遭唐虞之世，是以知免防风氏之诛。'
帝说之，擢为雍州刺史，迁征西将军。"

曹植闻曹丕代汉称帝，发服悲哭。

《三国志》卷一六《魏书·苏则传》："则及临淄侯植闻魏氏代
汉，皆发服悲哭，文帝闻植如此，而不闻则也。帝在洛阳，尝

从容言曰：'吾应天而禅，而闻有哭者，何也？'"注引《魏略》
曰："临淄侯植自伤失先帝意，亦怨激而哭。其后文帝出游，
追恨临淄，顾谓左右曰：'人心不同，当我登大位之时，天下有
哭者。'时从臣知帝此言，有为而发也……"

曹植作《庆文帝受禅章》、《庆文帝受禅上礼章》。

　　二章见《艺文类聚》卷一三。

曹丕作《答桓阶等奏改服色诏》、《定服色诏》。

　　二诏见《宋书》卷一四《志》四。

曹植作《丹霞蔽日行》。

　　《丹霞蔽日行》见《乐府诗集》卷三七。诗曰："汉祖之兴，阶秦
之衰。虽有南面，王道陵夷。炎光再幽，忽灭无遗。"《曹子建
诗笺》注此诗曰："'炎光再幽'，明指魏代汉事也。"诗当作于
魏代汉后不久。

曹植作《大魏篇》。

　　《大魏篇》见《乐府诗集》卷五三。诗曰："大魏应灵符，天禄方
甫始……众吉咸集会，凶邪奸恶并灭亡……白虎戏西除，舍
利从辟邪，骐骥（一作骦）蹀足舞，凤凰拊翼歌。"《文帝纪》延
康元年十月注引"《献帝传》载禅代众事曰：左中郎将李伏表
魏王曰：'……殿下即位初年，祯祥众瑞，日月而至……'"又
注引《献帝传》载"太史丞许芝条魏代汉见谶纬于魏王曰：
'……黄龙数见，凤皇仍翔，麒麟皆臻，白虎效仁……奇兽神
物，众瑞并出。斯皆帝王受命易姓之符也。"《大魏篇》所写众
灵符祥瑞，与魏代汉时臣下多言祥瑞事合，殆作于曹丕称帝
后不久。

曹植作《秋胡行》。

　　植《秋胡行》今只有"歌以永言，大魏承天玑"二句，见《文选》

卷五八颜延年《宋文皇帝元皇后哀策文》李善注引。《乐府诗集》卷三六引《广题》曰:"曹植《秋胡行》,但歌魏德,而不取秋胡事。"盖与《大魏篇》写作时间相近。

曹丕作《诏议追崇始祖》。

诏见《通典》卷七二。

曹丕封曹彰为中牟王。

《三国志》卷一九《任城威王彰传》注引《魏略》曰:"及帝受禅,因封为中牟王。是后大驾幸许昌,北州诸侯上下,皆畏彰之刚严;每过中牟,不敢不速。"

曹丕作《报何夔乞逊位诏》。

诏见《三国志》卷一二《魏书·何夔传》。

曹丕作《下诏赐华歆衣》。

诏见《三国志》卷一三《魏书·华歆传》。《华歆传》曰:"文帝即王位,拜相国,封安乐乡侯。及践阼,改为司徒。歆素清贫……帝叹息,下诏曰……特赐御衣,及为其妻子男女皆作衣服。"注引《魏书》曰:"又赐奴婢五十人。"

曹丕颇出游猎,王朗上疏谏劝,丕作《报王朗》。

《报王朗》见《三国志》卷一三《魏书·王朗传》。《王朗传》曰:"及文帝践阼,改为司空,进封乐平乡侯。时帝颇出游猎,或昏夜还宫,朗上疏曰:'……近日车驾出临捕虎,日昃而行,及昏而反,违警跸之常法,非万乘之至慎也。'帝报曰:'览表,虽魏绛称虞箴以讽晋悼,相如陈猛兽以戒汉武,未足以喻。方今二寇未殄,将帅远征,故时入原野以习戎备。至于夜还之戒,已诏有司施行。'"

曹丕作《出蒋济为东中郎将不听请留诏》。

诏见《三国志》卷一四《魏书·蒋济传》。《蒋济传》曰:"文帝

即王位，转为相国长史。及践阼，出为东中郎将。济请留，诏
曰：'高祖歌曰"安得猛士守四方！"天下未宁，要须良臣以镇
边境。如其无事，乃还鸣玉，未为后也。'"

河西胡大扰，曹丕以张既代邹岐，作《诏张既为凉州刺史》。

　　诏见《三国志》卷一五《魏书·张既传》。《张既传》曰："文帝
　　即王位，初置凉州，以安定太守邹岐为刺史……河西大扰。
　　帝忧之，曰：'非既莫能安凉州。'乃召邹岐，以既代之。诏
　　曰……"

张既大破河西胡，曹丕作《诏褒张既击胡》。

　　诏见《张既传》。《张既传》曰："进军击胡……大破之，斩首获
　　生以万数。帝甚悦，诏曰……"

苏则击麹演，有功，曹丕欲加则爵邑，作《问张既令》。

　　令见《三国志》卷一六《魏书·苏则传》注引《魏名臣奏》。《苏
　　则传》曰："太祖崩，西平麹演叛，称护羌校尉。则勒兵讨之。
　　演恐，乞降。文帝以其功，加则护羌校尉，赐爵关内侯。"注引
　　"《魏名臣奏》载文帝令问雍州刺史张既曰……"

曹丕作《封朱灵为鄃侯诏》。

　　诏见《三国志》卷一七《魏书·徐晃传》注引《魏书》。

曹丕作《诏官李通子基绪》。

　　诏见《三国志》卷一八《魏书·李通传》。

曹丕作《任城王彰增邑诏》，彰增邑五千。

　　《三国志》卷一九《任城威王彰传》载诏曰："先王之道，庸勋亲
　　亲，并建母弟，开国承家，故能藩屏大宗，御侮厌难。彰前受
　　命北伐，清定朔土，厥功茂焉。增邑五千，并前万户。"

曹丕作《答邯郸淳上受命述诏》，赐淳帛四十匹。

　　诏见《全三国文》卷五。诏曰："淳作此甚典雅，私亦美日。

（严可均按："当有误"，"'私'当作'斯'、'日'当作'矣'"。）朕
何以堪也哉！其赐帛四十四匹。"

曹丕集经典，遣郑默删定旧文。

《隋书》卷四九《牛弘传》引牛弘《请开献书之路表》曰："魏文
代汉，更集经典，皆藏在秘书、内外三阁，遣秘书郎郑默删定
旧文。时之论者，美其朱紫有别。"

曹丕诏诸儒缪袭、王象、桓范、刘劭、韦诞等撰著经传，数岁成，
凡千余篇，八百余万字，号曰《皇览》。

《文帝纪》："帝好文学，以著述为务，自所勒成垂百篇。又使
诸儒撰集经传，随类相从，凡千余篇，号曰《皇览》。"《史记》卷
一《五帝本纪》唐司马贞索隐曰："《皇览》，书名也。记先代冢
墓之处，宜皇王之省览，故曰《皇览》。是魏人王象、缪袭等所
撰也。"

《三国志》卷二三《魏书·杨俊传》注引《魏略》曰："王象字羲
伯。既为俊所知拔，果有才志。建安中，与同郡荀纬等俱为
魏太子所礼待。及王粲、陈琳、阮瑀、路粹等亡后，新出之中，
惟象才最高。魏有天下，拜象散骑侍郎，迁为常侍，封列侯。
受诏撰《皇览》，使象领秘书监。象从延康元年始撰集，数岁
成，藏于秘府，合四十余部，部有数十篇，通合八百余万字。"

《三国志》卷九《魏书·曹爽传》注引《魏略》曰："桓范字元则，
世为冠族。建安末，入丞相府。延康中，为羽林左监。以有
文学，与王象等典集《皇览》。"

《三国志》卷二一《魏书·刘劭传》："黄初中，为尚书郎、散骑
侍郎。受诏集五经群书，以类相从，作《皇览》。"《御览》卷
六〇一引《三国典略》曰："齐主如晋阳，尚书右仆射祖珽等上
言：'昔魏文帝命韦诞诸人撰著《皇览》，包括群言，区分

义别。'"

王应麟辑《玉海》卷五四《艺文·承诏撰述篇》:"类事之书,始于《皇览》。"

华歆论举孝廉应以经试,曹丕从其言。

《三国志》卷一三《魏书·华歆传》:曹丕"践阼……三府议:'举孝廉,本以德行,不复限以试经。'歆以为'丧乱以来,六籍堕废,当务存立,以崇王道。夫制法者,所以经盛衰。今听孝廉不以经试,恐学业遂从此而废。若有秀异,可特征用。患于无其人,何患不得哉?'帝从其言"。

十一月,曹丕奉献帝为山阳公,追尊曹操为武皇帝。

《文帝纪》黄初元年:"十一月癸酉,以河内之山阳邑万户奉汉帝为山阳公,行汉正朔,以天子之礼郊祭,上书不称臣,京都有事于太庙,致胙;封公之四子为列侯。追尊皇祖太王曰太皇帝,考武王曰武皇帝,尊王太后曰皇太后。"

曹丕作《为汉帝置守冢诏》。

诏见《御览》卷五六〇。

十二月,初营洛阳宫,曹丕至洛阳。作《改"雒"为"洛"诏》。

《文帝纪》黄初元年:"十二月,初营洛阳宫,戊午幸洛阳。"

注引《魏略》载《改"雒"为"洛"诏》。

是年:

曹丕作《以张登为太官令诏》。

诏见《三国志》卷一三《魏书·王朗传》注引《王朗集》。"《王朗集》载朗为大理时上'主簿赵郡张登……宜加显异'。太祖以所急者多,未遑擢叙。至黄初初,朗又与太尉钟繇连名表闻,兼称登在职勤劳。诏曰……"丕作此诏具体时间不详,今据"黄初初",系于是。

曹丕杀孔桂。

　　《明帝纪》青龙元年十月注引《魏略》曰："桂见太祖久不立太子，而有意于临淄侯，因更亲附临淄侯而简于五官将，将甚衔之。及太祖薨，文帝即王位，未及致其罪。黄初元年，随例转拜驸马都尉。而桂私受西域货赂，许为人事。事发，有诏收问，遂杀之。"丕杀桂月份未详，今据"黄初元年"系于是。

曹丕因邯郸淳作《投壶赋》，赐帛十匹。

　　《三国志》卷二一《魏书·王粲传》注引《魏略》曰："及黄初初，以淳为博士给事中。淳作《投壶赋》千余言奏之，文帝以为工，赐帛千（编者注："千"当作"十"）匹。"《御览》卷八一八引《魏略》曰："陈留邯郸淳奏《投壶赋》，文帝以为尚书郎，赐帛十匹。"淳奏《投壶赋》及丕赐帛具体时间未详，今据"黄初初"系于是。

仲长统卒，时年四十一。

　　《后汉书》卷四九《仲长统传》："尚书令荀彧闻统名，奇之，举为尚书郎。后参丞相曹操军事。每论说古今及时俗行事，恒发愤叹息。因著论名曰《昌言》，凡三十四篇，十余万言。献帝逊位之岁，统卒，时年四十一。友人东海缪袭常称统才章足继西京董、贾、刘、杨。"

桂阳浈阳王金起义，孙权遣吕岱镇压之。

　　据《三国志》卷六〇《吴书·吕岱传》。

黄初二年（公元二二一）　辛丑　曹丕三十五岁　曹植三十岁

　　正月，曹丕作《春分拜日诏》。

　　　诏见《南齐书》志第一《礼》上。

曹丕初令郡国人口满十万者，每年察孝廉一人；其有优异者，不受户口拘限。

曹丕分三公户邑，封子弟各一人为列侯。

以上据《文帝纪》。

曹丕作《复颍川一年田租诏》。

诏见《文帝纪》黄初二年正月注引《魏书》。诏曰：“颍川，先帝所由起兵征伐也。官渡之役，四方瓦解，远近顾望，而此郡守义，丁壮荷戈，老弱负粮……今朕复于此登坛受禅，天以此郡翼成大魏。”

曹丕作《以孔羡为宗圣侯置吏修庙诏》，令鲁郡修孔子庙，庙外广建室屋以居学者。

诏见《文帝纪》黄初二年正月。《文帝纪》曰：“诏曰：‘昔仲尼资大圣之才，怀帝王之器……俾千载之后，莫不宗其文以述作，仰其圣以成谋，咨！可谓命世之大圣，亿载之师表者也。遭天下大乱，百祀堕坏，旧居之庙，毁而不修，褒成之后，绝而莫继，阙里不闻讲颂之声，四时不睹蒸尝之位，斯岂所谓崇礼报功，盛德百世必祀者哉！其以议郎孔羡为宗圣侯，邑百户，奉孔子祀。’令鲁郡修起旧庙，置百户吏卒以守卫之，又于其外广为室屋以居学者。”

曹植作《孔子庙颂》。

颂见《隶释》卷一九、《艺文类聚》卷三八。颂序曰：“以鲁县百户命孔子廿一世孙议郎孔羡为宗圣侯，以奉孔子之祀……况今圣皇，肇造区夏，创业垂统，受命之日，曾未下舆，而褒崇大圣。”所写与曹丕《以孔羡为宗圣侯置吏修庙诏》相近，写作时间亦当相近。

曹植作《学宫颂》。

颂见《艺文类聚》卷三八、《文选》卷五九沈约《齐故安陆昭王碑文》李善注引。颂曰:"自五帝典绝,三王礼废,应期命世,齐贤等圣者,莫高于孔子者也……于铄尼父,生民之杰,性与天成,该圣备艺。"所写与《孔子庙颂》内容相近,殆为同时之作。

四月,刘备称帝于成都,以诸葛亮为丞相,许靖为司徒。置百官,立宗庙。

五月,刘备立子禅为皇太子。

以上据《先主传》。

郑甘复反,曹丕遣曹仁镇压之。

据《文帝纪》。

六月,曹丕赐夫人甄氏死。甄氏时年四十。

《文帝纪》黄初二年六月:"丁卯,夫人甄氏卒。"

《三国志》卷五《魏书·甄后传》:"践阼之后,山阳公奉二女以嫔于魏,郭后、李、阴贵人并爱幸,后愈失意,有怨言。帝大怒,二年六月,遣使赐死,葬于邺。"

曹丕作《日食勿劾太尉诏》。

诏见《文帝纪》黄初二年六月。《文帝纪》曰:"戊辰晦,日有食之,有司奏免太尉,诏曰:'灾异之作,以谴元首,而归过股肱,岂禹、汤罪己之义乎?其令百官各虔厥职,后有天地之眚,勿复劾三公。'"

七月,刘备遣将攻破孙权将于巫。

据《先主传》。

鄢陵侯彰、彭城王据、燕王宇、中山恭王衮、寿春侯彪等进爵为公。

据《三国志》卷一九《魏书·任城威王彰传》、卷二〇《魏书·武文世王公传》。

八月,孙权称臣,曹丕拜权为大将军,封吴王。

　　《文帝纪》黄初二年八月:"孙权遣使奉章,并遣于禁等还。丁巳,使太常邢贞持节拜权为大将军,封吴王,加九锡。"

曹丕作《制复于禁等官》。

　　制见《三国志》卷一七《魏书·于禁传》注引《魏书》。《于禁传》曰:"文帝践阼,权称藩,遣禁还。帝引见禁……慰谕以荀林父、孟明视故事。"注引《魏书》载制曰:"樊城之败,水灾暴至,非战之咎,其复禁等官。"

曹丕作《赠谥邓哀侯策》。

　　策见《三国志》卷二〇《魏书·邓哀王冲传》注引《魏书》。《邓哀王冲传》曰:"黄初二年,追赠谥冲曰邓哀侯,又追加号为公。"

十月,曹丕授杨彪光禄大夫,作《赐故太尉杨彪几杖诏》。

　　诏见《文帝纪》黄初二年十月注引《魏书》。《文帝纪》曰:"授杨彪光禄大夫。"注引《魏书》曰:"己亥,公卿朝朔旦,并引故汉太尉杨彪,待以客礼,诏曰……彪辞让不听,竟著布单衣、皮弁以见。"

谷贵,罢五铢钱。

以大将军曹仁为大司马。

　　以上据《文帝纪》。

十一月,曹真击破叛胡治元多、卢水、封赏等,河西平。破胡告檄到,曹丕为之喜悦。

　　《文帝纪》黄初二年注引《魏书》曰:"十一月辛未,镇西将军曹真命众将及州郡兵讨破叛胡治元多、卢水、封赏等,斩首五万余级,获生口十万,羊一百一十一万口,牛八万,河西遂平。帝初闻胡决水灌显美,谓左右诸将曰:'昔隗嚣灌略阳,而光

武因其疲弊,进兵灭之。今胡决水灌显美,其事正相似,破胡
事今至不久。'旬日,破胡告檄到,上大笑曰:'吾策之于帷幕
之内,诸将奋击于万里之外,其相应若合符节。前后战克获
虏,未有如此也。'"

曹丕作《策命孙权九锡文》、《册孙权太子登为东中郎封侯文》。

　　《策命孙权九锡文》见《吴主传》。《吴主传》曰:"二年……十
　　一月,策命权曰……帝欲封权子登,权以登年幼,上书辞封,
　　重遣西曹掾沈珩陈谢,并献方物。"《册孙权太子登为东中郎
　　封侯文》见《艺文类聚》卷五一,殆作于丕欲封权子登时。

曹丕作《与王朗书》。

　　书见《御览》卷六二六。书曰:"孙权重遣使称臣,奉贡明珠百
　　箧……"书中所写与上述《吴主传》中所记相合,当作于欲封
　　孙权子登后。

十二月曹丕东巡。

　　据《文帝纪》。

是年:

曹丕筑陵云台。

　　据《文帝纪》。

曹丕作《诏征南将军夏侯尚》。

　　诏见《三国志》卷一四《魏书·蒋济传》。《蒋济传》曰:"及践
　　阼,出为东中郎将……济上《万机论》,帝善之。入为散骑常
　　侍。时有诏,诏征南将军夏侯尚曰……尚以示济……黄初三
　　年……"此诏当作于黄初元年后、三年前,暂系于此。

曹植醉酒悖慢,劫胁使者,自招罪衅,徙居京都。未及定罪,遣
归临淄。曹丕作《改封曹植为安乡侯诏》。植行至延津,贬爵安
乡侯,作《谢初封安乡侯表》。植转回京都,后又改封鄄城侯。

《曹植传》:"黄初二年,监国谒者灌均希指,奏'植醉酒悖慢,劫胁使者'。有司请治罪,帝以太后故,贬爵安乡侯。其年改封鄄城侯。"

《三国志》卷二九《魏书·周宣传》:"帝复问曰:'吾梦摩钱文,欲令灭而更愈明,此何谓邪?'宣怅然不对。帝重问之,宣对曰:'此自陛下家事,虽意欲尔而太后不听,是以文欲灭而明耳。'时帝欲治弟植之罪,逼于太后,但加贬爵。"

《改封曹植为安乡侯诏》见《曹植传》注引《魏书》。诏曰:"植,朕之同母弟。朕于天下无所不容,而况植乎?骨肉之亲,舍而不诛,其改封植。"

《谢初封安乡侯表》见《艺文类聚》卷五一。表曰:"臣抱罪即道,忧惶恐怖,不知刑罪,当所限齐。陛下哀愍臣身,不听有司所执,待之过厚。即日于延津受安乡侯印绶。奉诏之日,且惧且悲。惧于始违宪法;悲于不慎,速此贬退。上增陛下垂念,下遗太后见忧。"

《文选》卷二〇曹植《上责躬应诏诗表》李善注"臣自抱衅归藩"句云:"植集曰:植抱罪,徙居京师,后归本国。"曹植《责躬诗》李善注"国有典刑,我削我黜"句云:"植集曰:博士等议,可削爵土,免为庶人。"又注"茕茕仆夫,于彼冀方"句云:"植集曰:'诏云,知到延津,遂复来。'《求出猎表》曰:'臣自招罪衅,徙居京师,待罪南宫。'"又注"赫赫天子,恩不遗物"句云:"植《求习业表》曰:'虽免大诛,得归本国。'"

曹睿为齐公。

据《明帝纪》。

刘廙卒,时年四十二。

《三国志》卷二一《魏书·刘廙传》:"廙著书数十篇,及与丁仪共论刑礼,皆传于世。文帝即王位,为侍中,赐爵关内侯。黄初二年卒。"注引《虞别传》曰:"时年四十二。"

黄初三年(公元二二二) 壬寅 曹丕三十六岁 曹植三十一岁

正月,曹丕作《取士勿限年诏》。

诏见《文帝纪》黄初三年正月。诏曰:"其令郡国所选,勿拘老幼;儒通经术,吏达文法,到皆试用。有司纠故不以实者。"

曹丕作《报吴王孙权》。

《报吴王孙权》见《文帝纪》黄初三年正月注引《魏书》。

二月,曹丕作《抚劳西域奉献诏》。

诏见《文帝纪》黄初三年二月。《文帝纪》曰:"二月,鄯善、龟兹、于阗王各遣使奉献,诏曰:'……顷者西域外夷并款塞内附,其遣使者抚劳之。'是后西域遂通,置戊己校尉。"

刘备自秭归将击孙权。

据《先主传》。

三月,曹丕立子睿为平原王,弟曹彰等十一人皆为王。

据《文帝纪》。《三国志集解》卷二引钱大昕曰:"今以诸王传考之,是年以皇弟封王者任城王彰、竟陵王据、下邳王宇、谯王林、北海王衮、陈留王峻、河间王干、弋阳王彪、庐江王徽,凡九人,纪云十一人,似误也。鄄城王植以四月戊申封,与任城诸王不同日,且是县王非郡王(任城诸王皆由公进封,惟植以罪贬侯,故不得郡王)故不在此数。"

初制封王之庶子为乡公。

《文帝纪》黄初三年三月:"初制封王之庶子为乡公,嗣王之庶子为亭侯,公之庶子为亭伯。"

立皇子霖为河东王。

曹丕至襄邑。

以上据《文帝纪》。

曹丕至苦县，作《敕豫州禁吏民往老子亭祷祝》。

> 敕见《全三国文》卷六。敕曰："告豫州刺史，老聃贤人，未宜
> 先孔子。不知鲁郡为孔子立庙成未？汉桓帝不师圣法，正以
> 婹臣而事老子，欲以求福，良足笑也。此祠之兴由桓帝。武
> 皇帝以老子贤人，不毁其屋。朕亦以此亭当路，行来者辄往
> 瞻视，而楼屋倾颓，傥能压人，故令修整。昨过视之，殊整顿。
> 恐小人谓此为神，妄往祷祝，违犯常禁，宜宣告吏民，咸使知
> 闻。"丕至苦县，史无明确记载，作敕时间亦未详。敕中言"此
> 祠之兴由桓帝"。考《桓帝纪》，桓帝一生两次遣中常侍往苦
> 县祠老子(详见本年谱延熹八年)，苦县属豫州。敕中又有
> "昨过视之"句。据此，知丕是年离襄邑后盖又至苦县，敕当
> 作于是年过苦县后不久。

四月，立曹植为鄄城王。植作《封鄄城王谢表》。

> 《文帝纪》黄初三年四月："戊申，立鄄城侯植为鄄城王。"
> 《曹植传》："三年，立为鄄城王，邑二千五百户。"
> 《封鄄城王谢表》见《艺文类聚》卷五一。

诏封曹植二子为乡公，植作《封二子为乡公谢恩章》。

> 章见《艺文类聚》卷五一。章曰："诏书封臣息男为高阳乡公，
> 志为穆乡公。"封植二子为乡公，当在植封王后，故系于此。

东郡太守王机、防辅吏仓辑等诬告曹植。植获罪，诣京都，陈诬
告之罪，作《当墙欲高行》《乐府歌》。诏令复国。

> 《全三国文》卷一四引曹植《自诫令》曰："吾昔以信人之心，无
> 忌于左右，深为东郡太守王机、防辅吏仓辑等任所诬白，获罪

圣朝。身轻于鸿毛，而谤重于太山。赖蒙帝主天地之仁，违
百僚之典议，赦三千之首戾，反我旧居，袭我初服。云雨之
施，焉有量哉！反旋在国。"

《曹集考异》卷一二引东阿县鱼山《陈思王墓道隋碑文》曰：
"皇初二年（"皇初"即"黄初"，避隋讳），奸臣谤奏，遂贬爵为
安乡侯。三年立为□王，诣京师面陈滥谤之罪。　诏令
复国。"

《当墙欲高行》见《乐府诗集》卷六一。诗中有"众口可以铄
金，谗言三至，慈母不亲。（愦愦）〔愦愦〕俗间，不辨伪真。愿
欲披心自说陈，君门以九重，道远河无津"。诗殆作于面陈滥
谤之罪以前。

《乐府歌》见《御览》卷七六六。诗曰："胶漆至坚，浸之则离。
皎皎素丝，随染色移。君不我弃，谗人所为。"诗盖作于面陈
滥谤之罪前后。

曹丕作《禁诽谤诏》。

诏见《三国志》卷二四《魏书·高柔传》。《高柔传》曰："文帝
践阼，以柔为治书侍御史……民间数有诽谤妖言，帝疾之，有
妖言辄杀，而赏告者。柔上疏曰：'……臣愚以为宜除妖谤赏
告之法，以隆天父养物之仁。'帝不即从，而相诬告者滋甚。
帝乃下诏曰：'敢以诽谤相告者，以所告者罪罪之。'于是遂
绝……四年，迁为廷尉。"诏当作于黄初元年十月后、四年前，
暂系于此。

曹植归国途中渡洛川，作《洛神赋》。

《洛神赋》见《文选》卷一九。《洛神赋序》曰："黄初三年，余朝
京师，还济洛川。古人有言：斯水之神，名曰宓妃。感宋玉对
楚王神女之事，遂作斯赋。"赋曰："余从京域，言归东藩。"

闰五月，孙权大破刘备军，备奔走。

　　据《吴主传》。

孙权遣使聘魏，曹丕书《典论》及诗赋与权，作《答吴王诏》。

　　《吴主传》黄武元年（黄初三年）注引《吴历》曰："权以使聘魏，具上破备获印绶及首级、所得土地，并表将吏功勤宜加爵赏之意。文帝报使，致鼲子裘、明光铠、骓马，又以素书所作《典论》及诗赋与权。"

　　《答吴王诏》见《吴主传》黄武元年注引《魏书》。

七月，冀州大蝗，民饥。

八月，蜀大将黄权率众降。

　　以上据《文帝纪》。

九月，曹丕作《禁妇人与政诏》。

　　诏见《文帝纪》黄初三年九月。诏曰："夫妇人与政，乱之本也。自今以后，群臣不得奏事太后，后族之家不得当辅政之任，又不得横受茅土之爵；以此诏传后世，若有背违，天下共诛之。"

曹丕立皇后郭氏。

　　《文帝纪》黄初三年九月："庚子，立皇后郭氏。"

　　《三国志》卷五《魏书·郭后传》："黄初三年，将登后位，文帝欲立为后，中郎栈潜上疏曰：'……圣哲慎立元妃，必取先代世族之家……若因爱登后，使贱人暴贵，臣恐后世下陵上替，开张非度，乱自上起也。'文帝不从，遂立为皇后。"注引《魏书》曰："后自在东宫，及即尊位，虽有异宠，心愈恭肃，供养永寿宫，以孝闻……性俭约，不好音乐。"

十月，曹丕表首阳山东为寿陵，作《终制》。

　　《终制》见《文帝纪》黄初三年十月。《文帝纪》曰："甲子，表首阳山东为寿陵,作终制曰:'礼,国君即位为椑,存不忘亡也。昔尧葬谷林,通树之,禹葬会稽,农不易亩,故葬于山林,则合乎山林。封树之制,非上古也,吾无取焉。寿陵因山为体,无为封树,无立寝殿,造园邑,通神道。夫葬也者,藏也,欲人之不得见也。骨无痛痒之知,冢非栖神之宅,礼不墓祭,欲存亡之不黩也,为棺椁足以朽骨,衣衾足以朽肉而已。故吾营此丘墟不食之地,欲使易代之后不知其处。无施苇炭,无藏金银铜铁……自古及今,未有不亡之国,亦无不掘之墓也……祸由乎厚葬封树。"

孙权复叛。曹丕南征权,作《伐吴诏》。权临江拒守。

《文帝纪》黄初三年十月:"孙权复叛。复郢州为荆州。帝自许昌南征,诸军兵并进,权临江拒守。"

《伐吴诏》见《全三国文》卷五,当作于是月伐吴时。

孙权因扬、越未平,上书曹丕,表示悔改。丕作《又报吴主孙权》《诏责孙权》。

《又报吴主孙权》、《诏责孙权》见《吴主传》黄武元年及注引《魏略》。《吴主传》曰:"魏乃命曹休、张辽、臧霸出洞口,曹仁出濡须,曹真、夏侯尚、张郃、徐晃围南郡。权遣吕范等督五军,以舟军拒休等,诸葛瑾、潘璋、杨粲救南郡,朱桓以濡须督拒仁。时扬、越蛮夷多未平集,内难未弭,故权卑辞上书,求自改厉……文帝报曰……"注引《魏略》载《诏责孙权》。

十一月,曹丕至宛,诏百官不得干预郡县,捕杨俊,诏问尚书,俊自杀。

《文帝纪》黄初三年十一月:"辛丑,行幸宛。"

《三国志》卷二三《魏书·杨俊传》:"黄初三年,车驾至宛,以市不丰乐,发怒收俊。尚书仆射司马宣王、常侍王象、荀纬请俊，叩头流血，帝不许。俊曰：'吾知罪矣。'遂自杀。众冤痛之。"注引《魏略》曰："车驾南巡，未到宛，有诏百官不得干豫郡县。及车驾到，而宛令不解诏旨，闭市门。帝闻之，忿然曰：'吾是寇邪？'乃收宛令及太守杨俊。诏问尚书：'汉明帝杀几二千石？'时象见诏文，知俊必不免。"曹丕杀杨俊，与俊曾在曹操面前称曹植之善有关。

曹丕作《答中山王献龙颂诏》。

诏见《三国志》卷二〇《魏书·中山恭王衮传》。《中山恭王衮传》曰："三年，为北海王。其年，黄龙见邺西漳水，衮上书赞颂。诏赐黄金十斤，诏曰：'……王研精坟典，耽味道真，文雅焕炳，朕甚嘉之……'"又曰："凡所著文章二万余言，才不及陈思王而好与之侔。"

曹植作《贺瑞表》。

表见《艺文类聚》卷九八。表曰："臣闻凤凰复见于邺南，黄龙双出于清泉。"《曹集考异》卷一二《曹植年谱》曰："延康元年八月，石邑县言凤凰集，故云'复见'也。"植表盖与中山王衮赞颂作于同时。

曹植作《上九尾狐表》。

表见《全三国文》卷一五。表曰："黄初元年十一月二十三日于鄄城县北见众狐数十。"据此知表当作于在鄄城时。考植黄初二年封鄄城侯，三年立为鄄城王，四年徙封雍丘王。表中"元年"应为"二年"或"三年"之误。表殆作于上年或本年，暂系于此。

曹植作《毁鄄城故殿令》。

令见《全三国文》卷一四。令曰："鄄城有故殿，名汉武帝殿。昔武帝好游行，或所幸处也。梁楣倾顿，栋宇零落，修之不成良宅,置之终于毁坏。故颇撤取,以备宫舍。余时获疾,望风乘虚,卒得慌惚,数日后廖。而医巫妄说,以为武帝魂神,生兹疾病。此小人之无知,愚惑之甚者也。"此令当作于在鄄城时。

曹丕穿灵芝池。曹植作《灵芝篇》。

《文帝纪》黄初三年:"是岁,穿灵芝池。"

《灵芝篇》见《宋书》卷二二《乐志》。诗中有"灵芝生天池……鸣呼我皇考,生我既已晚,弃我何其早"等句。《曹子建诗注》曰:"此诗'天池'盖喻灵芝池也。"诗当作于曹操死后、黄初三年丕穿灵芝池时。

曹丕好游猎,鲍勋上疏谏劝。

《三国志》卷一二《魏书·鲍勋传》:"文帝受禅,勋每陈'今之所急,唯在军农,宽惠百姓。台榭苑囿,宜以为后'。文帝将出游猎,勋停车上疏曰:'臣闻五帝三王,靡不明本立教,以孝治天下。陛下……如何在谅暗之中,修驰骋之事乎……'帝手毁其表而竟行猎,中道顿息,问侍臣曰:'猎之为乐,何如八音也?'……勋抗辞曰:'夫乐,上通神明,下和人理,隆治致化,万邦咸义。移风易俗,莫善于乐。况猎,暴华盖于原野,伤生育之至理,栉风沐雨,不以时隙哉……虽陛下以为务,愚臣所不愿也。'……帝怒作色,罢还,即出勋为右中郎将。"《鲍勋传》叙此事于曹丕践阼后、黄初四年前,具体年月未详。暂系于是,备考。

曹睿为平原王。

《明帝纪》:"三年为平原王。以其母诛,故未建为嗣。"注引《魏略》曰:"文帝以郭后无子,诏使子养帝。帝以母不以道终,意甚不平。后不获已,乃敬事郭后,旦夕因长御问起居。

郭后亦自以无子,遂加慈爱。文帝始以帝不悦,有意欲以他姬子京兆王为嗣,故久不拜太子。"

黄初四年(公元二二三)　癸卯　曹丕三十七岁　曹植三十二岁

正月,曹丕作《禁复私仇诏》。

诏见《文帝纪》黄初四年、《艺文类聚》卷三三、《御览》卷四八二。《文帝纪》黄初四年正月:"诏曰:'丧乱以来,兵革未戢,天下之人,互相残杀。今海内初定,敢有私复仇者皆族之。'"

曹丕筑南巡台于宛。

据《文帝纪》。

三月,曹丕自宛还洛阳。曹仁卒。大疫。丕作《以蒋济为东中郎将代领曹仁兵诏》。

《文帝纪》黄初四年三月:"丙申,行自宛还洛阳宫……丁未,大司马曹仁薨。是月大疫。"

诏见《三国志》卷一四《魏书·蒋济传》。《蒋济传》曰:"仁薨,复以济为东中郎将,代领其兵。诏曰……"

曹丕作《敕还师诏》。

诏见《文帝纪》黄初四年三月注引《魏书》。诏曰:"孙权残害民物,朕以寇不可长,故分命猛将三道并征。今征东诸军与权党吕范等水战,则斩首四万,获船万艘。大司马据守濡须,其所禽获亦以万数。中军、征南,攻围江陵,左将军张郃等舳舻直渡,击其南渚,贼赴水溺死者数千人,又为地道攻城,城中外雀鼠不得出入,此几上肉耳!而贼中疠气疾病,夹江涂地,恐相染污……今开江陵之围,以缓成死之禽。且休力役,罢省繇戍,畜养士民,咸使安息。"

四月,刘备卒于永安宫,时年六十三。卒前托孤于丞相诸葛亮。

　　据《先主传》。

五月,太子刘禅即位于成都,时年十七。

　　据《三国志》卷三三《蜀书·后主传》。

曹丕作《鹈鹕集灵芝池诏》。

　　诏见《文帝纪》黄初四年五月。《文帝纪》曰:"有鹈鹕鸟集灵
　　芝池,诏曰:'此诗人所谓污泽也。《曹诗》"刺恭公远君子而
　　近小人",今岂有贤智之士处于下位乎?否则斯鸟何为而至?
　　其博举天下儁德茂才、独行君子,以答曹人之刺。'"

王朗让位于杨彪,曹丕作《止王朗让位诏》。

　　诏见《三国志》卷一三《魏书·王朗传》。《王朗传》曰:"黄初
　　中,鹈鹕集灵芝池,诏公卿举独行君子。朗荐光禄大夫杨彪,
　　且称疾,让位于彪。帝乃为彪置吏卒,位次三公。诏曰……"

曹丕诏拜杨彪光禄大夫。

　　诏见《文帝纪》黄初二年十月注引《续汉书》。《续汉书》曰:
　　"黄初四年,诏拜光禄大夫,秩中二千石,朝见位次三公,如孔
　　光故事。彪上章固让,帝不听,又为门施行马,致吏卒,以优
　　崇之。"

曹植与白马王曹彪、任城王曹彰朝京都。

　　《文选》卷二四载植《赠白马王彪》李善注引植《集》曰:"黄初
　　四年五月,白马王、任城王与余俱朝京师,会节气。"《曹植传》
　　黄初四年注引《魏略》曰:"初植未到关,自念有过,宜当谢帝。
　　乃留其从官著关东,单将两三人微行,入见清河长公主,欲因
　　主谢。而关吏以闻,帝使人逆之,不得见。太后以为自杀也,
　　对帝泣。会植科头负铁锧,徒跣诣阙下,帝及太后乃喜。及
　　见之,帝犹严颜色,不与语,又不使冠履。植伏地泣涕,太后

为不乐。诏乃听复王服。"

曹植作《上责躬应诏诗表》、《责躬诗》、《应诏诗》。曹丕嘉其辞
义，优诏答勉之。

　　表及二诗均见《曹植传》黄初四年。《曹植传》载植"上疏
曰：……前奉诏书，臣等绝朝，心离志绝，自分黄耇无复执珪
之望。不图圣诏猥垂齿召，至止之日，驰心辇毂。僻处西馆，
未奉阙廷，踊跃之怀，瞻望反仄。谨拜表献诗二篇，其辞曰：
'……天启其衷，得会京畿，迟奉圣颜，如渴如饥。心之云慕，
怆矣其悲，天高听卑，皇肯照微！'又曰：'肃承明诏，应会皇
都……爰暨帝室，税此西墉；嘉诏未赐，朝觐莫从。仰瞻城
阈，俯惟阙廷；长怀永慕，忧心如醒。'帝嘉其辞义，优诏答勉
之"。盖植到京都，未许朝，故作表及诗，望朝觐。

六月，任城王曹彰卒于京都。

　　《文帝纪》黄初四年六月："甲戌，任城王彰薨于京都。"《三国
志》卷一九《魏书·任城威王彰传》："四年，朝京都，疾薨于
邸，谥曰威。"注引《魏氏春秋》曰："初，彰问玺绶，将有异志，
故来朝不即得见。彰忿怒暴薨。"《任城威王彰传》又曰："至
葬，赐銮辂、龙旂，虎贲百人，如汉东平王故事。"

　　关于曹彰之死，《世说新语》卷六《尤悔》第三三另有一说，兹
抄录如下，备考："魏文帝忌弟任城王骁壮，因在卞太后阁共
围棋，并噉枣。文帝以毒置诸枣蒂中，自选可食者而进。王
弗悟，遂杂进之。既中毒，太后索水救之。帝预敕左右毁瓶
罐，太后徒跣趋井，无以汲。须臾遂卒。复欲害东阿。太后
曰：'汝已杀我任城，不得复杀我东阿！'"

　　王嘉《拾遗记》卷七："任城王彰，武帝之子也，少而刚毅，学阴
阳纬候之术，诵《六经》《洪范》之书数千言。武帝谋伐吴、蜀，

问彰取便利行师之决。王善左右射,学击剑,百步中髭发。时乐浪献虎,文如锦斑,以铁为槛,枭殷之徒,莫敢轻视。彰曳虎尾以绕臂,虎弭耳无声。莫不服其神勇。时南越献白象子在帝前,彰手顿其鼻,象伏不动。文帝铸万斤钟,置崇华殿,欲徙之,力士百人不能动,彰乃负之而趋。四方闻其神勇,皆寝兵自固。帝曰:'以王之雄武,吞并巴蜀,如鸱衔腐鼠耳!'彰薨,如汉东平王葬礼。"

曹植作《任城王诔》。

诔见《艺文类聚》卷四五。

大雨,伊、洛溢流,杀人民,坏庐宅。

据《文帝纪》。

七月,曹植与白马王彪还国。植作《圣皇篇》、《赠白马王彪》。

《圣皇篇》见《宋书》卷二二《乐志》。《圣皇篇》曰:"诸王自计念。"曹丕诸弟为王是在黄初三年,据此知《圣皇篇》当作于黄初三年后。又《圣皇篇》曰:"便时舍外殿,宫省寂无人。"此与《责躬诗》"迟奉圣颜,如渴如饥"及《应诏诗》"爱及帝室,税此西墉;嘉诏未赐,朝觐莫从"所写事合。又《圣皇篇》曰:"主上增顾念,皇母怀苦辛。"《曹子建诗注》释此二句云:"盖即裴注所引《魏略》'植伏地泣涕,太后为不乐。诏乃听复王服'事也。"《圣皇篇》最后曰:"行行将日莫,何时还阙庭!车轮为裴回,四马踌躇鸣。路人尚酸鼻,何况骨肉情。"当是写本年离京都时情景。故系于此。《赠白马王彪》见《曹植传》黄初四年注引《魏氏春秋》。《魏氏春秋》曰:"是时待遇诸国法峻。任城王暴薨,诸王既怀友于之痛。植及白马王彪还国,欲同路东归,以叙隔阔之思,而监国使者不听。植发愤告离而作诗曰:'谒帝承明庐,逝将归旧疆……'"《文选》卷二四载植

《赠白马王彪》李善注引植《集》曰："至七月，与白马王还国。后有司以二王归藩，道路宜异宿止，意毒恨之。盖以大别在数日，是用自剖，与王辞焉，愤而成篇。"

曹植归鄄城，作《杂诗》之一（"高台多悲风"），徙封雍丘王。

《杂诗》之一见《文选》卷二九。诗曰："之子在万里，江湖迥且深。方舟安可极，离思故难任。孤雁飞南游，过庭长哀吟。翘思慕远人，愿欲托遗人。"诗盖写怀念远在南方之亲人。考植生平，其在南方之亲人唯有曹彪。《三国志》卷二〇《魏书·楚王彪传》：黄初"三年，封弋阳王。其年徙封吴王。五年，改封寿春县"。诗当是本年与彪离别回鄄城后，因思彪而作。

《曹集考异》卷五："本传黄初四年云：'徙封雍丘王，其年朝京师。'今观《责躬诗》，但云'王爵是加'，而未及徙封。盖以鄄城王应诏，至秋归鄄城后，始有徙封之事也。《赠白马王诗序》云：'黄初四年五月，白马王、任城王与余俱朝京师，会节气。到，任城王薨，至七月与白马王还国。'据此，则徙封在七月后无疑矣。"

曹植作《袭封雍丘王表》。

表仅存"禹祠原在此城"一句，见《曹集考异》卷一二《年谱》黄初四年。

曹植至雍丘，为监官诬告。

《全三国文》卷一四引植《自诫令》曰："及到雍，又为监官所举。"

八月，有司奏改汉氏乐舞。

《文帝纪》黄初四年八月注引《魏书》曰："有司奏改汉氏宗庙安世乐曰正世乐，嘉至乐曰迎灵乐，武德乐曰武颂乐，昭容乐

曰昭业乐,云(翻)〔翘〕舞曰凤翔舞,育命舞曰灵应舞,武德舞
曰武颂舞,文(昭)〔始〕舞曰大(昭)〔韶〕舞,五行舞曰大
武舞。"

曹丕校猎于荥阳,东巡,论征孙权功,赏诸将以下。

九月,曹丕至许昌宫。

　以上据《文帝纪》。

十一月,吴同蜀连合,与魏绝。

　据《三国志》卷四五《蜀书·邓芝传》、《吴主传》。

十二月,曹丕赐山阳公夫人汤沐邑。

　《文帝纪》黄初四年九月注引《魏书》曰:"十二月丙寅,赐山阳
　公夫人汤沐邑,公女曼为长乐郡公主,食邑各五百户。"

是年:

曹丕作《诏赐张既子翁归爵》。

　诏见《三国志》卷一五《魏书·张既传》。

曹丕作《诏刘靖迁庐江太守》、《成皋令沐并收校事刘肇以状闻
有诏》、《械击令狐浚诏》。

　《诏刘靖迁庐江太守》见《三国志》卷一五《魏书·刘馥传》。《刘
　馥传》曰:"馥子靖,黄初中从黄门侍郎迁庐江太守,诏曰……"
　《成皋令沐并收校事刘肇以状闻有诏》见《三国志》卷二三《魏
　书·常林传》注引《魏略》。《魏略》曰:"沐并字德信……黄初
　中,为成皋令。校事刘肇出过县,遣人呼县吏,求索稿谷……
　并怒……欲收肇。肇觉知驱走,具以状闻。有诏……"
　《械击令狐浚诏》见《三国志》卷二八《魏书·王凌传》注引《魏
　书》。《魏书》曰:令狐愚"字公治,本名浚,黄初中,为和戎护
　军。乌丸校尉田豫讨胡有功,小违节度,愚以法绳之。帝怒,
　械击愚,免官治罪,诏曰……"

上述三诏写作具体时间未详。黄初共七年。今依三诏均作
于"黄初中"，暂系于此。

曹丕以严苞、薛夏为秘书丞。

《三国志》卷一三《魏书·王肃传》注引《魏略》曰："严苞……
黄初中，以高才入为秘书丞，数奏文赋，文帝异之。"又曰："薛
夏……博学有才……太祖宿闻其名，甚礼遇之……文帝又嘉
其才，黄初中为秘书丞，帝每与夏推论书传，未尝不终日也。
每呼之不名，而谓之薛君。夏居甚贫，帝又顾其衣薄，解所御
服袍赐之。"苞、夏为秘书丞具体时间未详，今亦据"黄初中"，
暂系于此。

荀纬卒，时年四十二。

《三国志》卷二一《魏书·王粲传》注引荀勖《文章叙录》曰：
"纬字公高。少喜文学。建安中，召署军谋掾、魏太子庶子，
稍迁至散骑常侍、越骑校尉。年四十二，黄初四年卒。"

嵇康生。

据《晋书》卷四九《嵇康传》。

黄初五年（公元二二四）　甲辰　曹丕三十八岁　曹植三十三岁

正月，曹丕初令谋反者须如实上告。

《文帝纪》黄初五年正月："初令谋反大逆乃得相告，其余皆勿
听治；敢妄相告，以其罪罪之。"

三月，曹丕自许昌还洛阳宫。

据《文帝纪》。

四月，立太学，制五经课试之法，置《春秋谷梁》博士。

据《文帝纪》。

又《三国志》卷一三《魏书·王肃传》注引《魏略》曰："从初平
之元,至建安之末,天下分崩,人怀苟且,纲纪既衰,儒道尤
甚。至黄初元年之后,新主乃复,始扫除太学之灰炭,补旧石
碑之缺坏,备博士之员录,依汉甲乙以考课。申告州郡,有欲
学者,皆遣诣太学。太学始开,有弟子数百人。"

五月,有司奏疑事。

《文帝纪》黄初五年五月:"有司以公卿朝朔望日,因奏疑事,
听断大政,论辨得失。"

七月,曹丕至许昌宫,兴军攻吴,辛毗谏劝之,丕不听。郭后留
许昌。

《文帝纪》黄初五年七月:"行东巡,幸许昌宫。"

《三国志》卷二五《魏书·辛毗传》:"帝欲大兴军征吴,毗谏
曰:'吴、楚之民,险而难御,道隆后服,道洿先叛,自古患之,
非徒今也……今日之计,莫若修范蠡之养民,法管仲之寄政,
则充国之屯田,明仲尼之怀远;十年之中,强壮未老,童龀胜
战,兆民知义,将士思奋,然后用之,则役不再举矣。'帝曰:
'如卿意,更当以虏遗子孙邪?'……帝竟伐吴。"

《三国志》卷五《郭后传》:"五年,帝东征,后留许昌永始台。
时霖雨百余日,城楼多坏。"

八月,曹丕为水军,至寿春。

《文帝纪》黄初五年八月:"为水军,亲御龙舟,循蔡、颍,浮淮,
幸寿春。扬州界将吏士民,犯五岁刑已下,皆原除之。"

九月,曹丕至广陵,以吴不可图,乃退军,作《车驾临江还诏三
公》。

《文帝纪》黄初五年九月:"遂至广陵,赦青、徐二州,改易诸
将守。"

《吴主传》黄武三年（黄初五年）九月："魏文帝出广陵，望大江，曰'彼有人焉，未可图也'，乃还。"

《艺文类聚》卷一三引《江表传》曰："魏文帝出广陵，欲伐吴，临大江，叹曰：'吴据洪流，且多粮谷，魏虽武骑千队，无所用之！'乃还。"

《车驾临江还诏三公》见《三国志》卷一三《魏书·王朗传》。

《王朗传》曰："是时，帝以成军遂行，权子不至，车驾临江而还。"注引《魏书》曰："车驾既还，诏三公曰：'三世为将，道家所忌。穷兵黩武，古有成戒。况连年水旱，士民损耗，而功作倍于前，劳役兼于昔，进不灭贼，退不和民。夫屋漏在上，知之在下，然迷而知反，失道不远，过而能改，谓之不过。今将休息，栖备高山，沉权九渊，割除摈弃，投之画外。车驾当以今月中旬到谯，淮、汉众军，亦各还反，不腊西归矣。'"

十月，曹丕回许昌宫，作《议轻刑诏》。

诏见《文帝纪》黄初五年十月注引《魏书》。《文帝纪》曰："行还许昌宫。"注引"《魏书》载癸酉诏曰：'近之不绥，何远之怀？今事多而民少，上下相弊以文法，百姓无所措其手足。昔太山之哭者，以为苛政甚于猛虎，吾备儒者之风，服圣人之遗教，岂可以目玩其辞，行违其诫者哉？广议轻刑，以惠百姓。'"

十一月，冀州饥。

《文帝纪》黄初五年十一月："庚寅，以冀州饥，遣使者开仓廪振之。"

十二月，曹丕作《禁设非礼之祭诏》。

诏见《文帝纪》黄初五年十二月。诏曰："先王制礼，所以昭孝事祖……叔世衰乱，崇信巫史，乃至宫殿之内，户牖之间，无不沃酹,甚矣其惑也。自今,其敢设非祀之祭,巫祝之言,皆以执左道论,著于令典。"

是年:

曹丕穿天渊池。

　　据《文帝纪》。

曹丕作《改封诸王为县王诏》。

　　诏见《三国志》卷二〇《魏书·彭城王据传》。诏曰:"先王建国,随时而制。汉祖增秦所置郡,至光武以天下损耗,并省郡县。以今比之,益不及焉。其改封诸王,皆为县王。"

曹丕杀夏侯尚爱妾。

　　《三国志》卷九《魏书·夏侯尚传》:"夏侯尚……文帝与之亲友……后为五官将文学……五年,徙封昌陵乡侯。尚有爱妾嬖幸,宠夺适室;适室,曹氏女也,故文帝遣人绞杀之。"

曹丕作《诏赐温恢子生爵》。

　　诏见《三国志》卷一五《魏书·温恢传》。《温恢传》曰:"文帝践阼,以恢为侍中……数年,迁凉州刺史,持节领护羌校尉。道病卒,时年四十五。诏曰……赐恢子生爵关内侯。"此诏写作具体年月未详,今据"文帝践阼""数年",暂系于此。

曹植作《赏罚令》。

　　《艺文类聚》卷五四引作《黄初五年令》,令曰:"诸吏各敬尔在位,孤推一概之平。功之宜赏,于疏必与;罪之宜戮,在亲不赦。此令之行,有若皎日。"

鲜卑轲比能多次侵扰边境,幽、并苦之。

　　据《三国志》卷三〇《魏书·乌丸鲜卑传》。

黄初六年(公元二二五)　乙巳　曹丕三十九岁　曹植三十四岁

二月,曹丕遣使者问民疾苦。

> 《文帝纪》黄初六年二月:"遣使者循行许昌以东尽沛郡,问民所疾苦,贫者振贷之。"

曹丕将征吴,作《设镇军抚军大将军诏》,以陈群为镇军大将军,司马懿为抚军大将军。

> 诏见《文帝纪》黄初六年二月注引《魏略》。诏曰:"吾今当征贼,欲守之积年。其以尚书令颍乡侯陈群为镇军大将军,尚书仆射西乡侯司马懿为抚军大将军……吾欲去江数里,筑宫室,往来其中,见贼可击之形,便出奇兵击之;若或未可,则当舒六军以游猎,飨赐军士。"

三月,曹丕至召陵,通讨虏渠,还许昌宫。

并州刺史梁习击鲜卑轲比能,大破之。

> 以上据《文帝纪》。

曹丕为舟师再次征吴,作《征吴临行诏司马懿》。

> 《文帝纪》黄初六年三月:"辛未,帝为舟师东征。"

> 诏见《晋书》卷一《宣帝纪》。《宣帝纪》曰:"六年,天子复大兴舟师征吴,复命帝居守,内镇百姓,外供军资。临行,诏曰……"

五月,曹丕至谯。

> 据《文帝纪》。

六月,利成郡兵蔡方等起义,为屯骑校尉任福等所镇压。

> 《文帝纪》黄初六年六月:"利成郡兵蔡方等以郡反,杀太守徐质。遣屯骑校尉任福、步兵校尉段昭与青州刺史讨平之;其见胁略及亡命者,皆赦其罪。"

七月，曹丕立皇子鉴为东武阳王。

　　据《文帝纪》。

诸葛亮南征孟获，南中平。

　　据《诸葛亮传》及注引《汉晋春秋》。

八月，曹丕自谯循涡入淮，从陆道至徐。郭后留谯宫。

　　据《文帝纪》。

　　《三国志》卷五《魏书·郭后传》："六年，帝东征吴，至广陵，后留谯宫。"

十月，曹丕至广陵，作《至广陵于马上作》。大寒，丕引军还，孙权遣将袭击之。

　　《至广陵于马上作》见《文帝纪》黄初六年十月注引《魏书》。

　　《文帝纪》曰："行幸广陵故城，临江观兵，戎卒十余万，旌旗数百里。"注引《魏书》载帝于马上为诗曰：'观兵临江水……'"

　　《文帝纪》又曰："是岁大寒，水道冰，舟不得入江，乃引还。"

　　《三国志》卷一四《魏书·蒋济传》："车驾幸广陵，济表水道难通，又上《三州论》以讽帝。帝不从，于是战船数千皆滞不得行。"

　　《吴主传》黄武四年（黄初六年）注引《吴录》："是冬魏文帝至广陵，临江观兵，兵有十余万，旌旗弥数百里，有渡江之志。权严设固守。时大寒冰，舟不得入江。帝见波涛汹涌，叹曰：'嗟乎！固天所以隔南北也！'遂归。孙韶又遣将高寿等率敢死之士五百人于径路夜要之，帝大惊，寿等获副车羽盖以还。"

十一月，东武阳王鉴卒。

　　据《文帝纪》。

十二月，曹丕自谯往梁，过雍丘，至曹植宫。

　　《文帝纪》黄初六年十二月："行自谯过梁，遣使以太牢祀故汉太尉桥玄。"

《曹植传》："六年，帝东征，还过雍丘，幸植宫，增户五百。"

曹丕作《诏雍丘王植》，赐曹植衣。植作表谢丕，又作《自诫令》。

> 丕诏见《初学记》卷二〇《赏赐》第二。《初学记》曰："曹植表
> 称诏曰：皇帝问雍丘王，先帝昔常非于汉氏诸帝，积贮衣服，
> 使败于函箧之中。遗诏以所服衣被赐公王卿官僚诸将。今
> 以十三种赐王。"丕诏当作于在雍丘时。植表已佚，当是为谢
> 丕而作。
>
> 《自诫令》见《全三国文》卷一四。《艺文类聚》卷五四作《黄初
> 六年令》。令曰："今皇帝遥过本国，旷然大赦，与孤更始。欣
> 然和乐以欢孤，陨涕咨嗟以悼孤。丰赐光厚，赀重千金。"

鄱阳彭绮起义，攻占诸县，众数万人。

> 据《吴主传》。

是年：

夏侯尚卒，曹丕作《赠夏侯尚诏》。

> 诏见《三国志》卷九《魏书·夏侯尚传》注引《魏书》。《夏侯尚
> 传》曰："六年，尚疾笃，还京都，帝数临幸，执手涕泣。尚薨，
> 谥曰悼侯。"注引"《魏书》载诏曰……"

曹丕作《诏赐张辽李典子爵》。

> 诏见《三国志》卷一七《魏书·张辽传》。《张辽传》曰："六年，
> 帝追念辽、典在合肥之功，诏曰……"

杨彪卒，时年八十四。

> 《后汉书》卷五四《杨彪传》："年八十四，黄初六年卒于家。自
> 震至彪，四世太尉，德业相继，与袁氏俱为东京名族云。"

钟繇子会生。

> 据《三国志》卷二八《魏书·钟会传》注引会为其母传。

黄初七年（公元二二六）　丙午　曹丕四十岁　曹植三十五岁

正月,曹丕还洛阳宫。

《文帝纪》黄初七年正月:"将幸许昌,许昌城南门无故自崩,帝心恶之,遂不入。壬子,行还洛阳宫。"

曹丕作《收鲍勋诏》,杀鲍勋。

诏见《三国志》卷一二《魏书·鲍勋传》。《鲍勋传》曰:"二十二年,立太子,以勋为中庶子……太子郭夫人弟为曲周县吏,断盗官布,法应弃市。太祖时在谯,太子留邺,数手书为之请罪。勋不敢擅纵,具列上。勋前在东宫,守正不挠,太子固不能悦,及重此事,恚望滋甚……帝从寿春还,屯陈留郡界。太守孙邕见,出过勋。时营垒未成,但立标埒,邕邪行不从正道,军营令史刘曜欲推之,勋以堑垒未成,解止不举。大军还洛阳,曜有罪,勋奏绌遣,而曜密表勋私解邕事。诏曰:'勋指鹿作马,收付廷尉。'……太尉钟繇、司徒华歆、镇军大将军陈群、侍中辛毗、尚书卫臻、守廷尉高柔等并表'勋父信有功于太祖',求请勋罪。帝不许,遂诛勋。勋内行既修,廉而能施,死之日,家无余财。后二旬,文帝亦崩,莫不为勋叹恨。"丕收捕勋当在是年正月回洛阳后,杀勋在是年四月,今一并暂系于此。

三月,曹丕筑九华台。

据《文帝纪》。

五月,曹丕疾笃,立子睿为太子,时睿年二十三。丕召曹真、陈群、曹休与司马懿,并受遗诏辅政。

《明帝纪》注引《魏末传》:"帝常从文帝猎,见子母鹿。文帝射杀鹿母,使帝射鹿子,帝不从,曰:'陛下已杀其母,臣不忍复杀其子。'因涕泣。文帝即放弓箭,以此深奇之,而树立之意定。"

《明帝纪》黄初七年五月:"帝病笃,乃立为皇太子。"

《文帝纪》黄初七年五月:"帝疾笃,召中军大将军曹真、镇军大将军陈群、征东大将军曹休、抚军大将军司马宣王,并受遗诏辅嗣主。遣后宫淑媛、昭仪已下归其家。"

曹丕卒。

《文帝纪》黄初七年五月:"丁巳,帝崩于嘉福殿,时年四十。"

《三国志》卷二九《魏书·朱建平传》:"文帝为五官将,坐上会客三十余人,文帝问己年寿,又令遍相众宾。建平曰:'将军当寿八十,至四十时当有小厄,愿谨护之。'……文帝黄初七年,年四十,病困,谓左右曰:'建平所言八十,谓昼夜也,吾其决矣。'顷之,果崩。"

曹睿即皇帝位(魏明帝)。

《明帝纪》黄初七年五月:"丁巳,即皇帝位,大赦。尊皇太后曰太皇太后,皇后曰皇太后。诸臣封爵各有差。"注引《世语》曰:"帝与朝士素不接,即位之后,群下想闻风采。居数日,独见侍中刘晔,语尽日。众人侧听,晔既出,问'何如?'晔曰:'秦始皇、汉孝武之俦,才具微不及耳。'"

曹睿追谥母甄夫人曰文昭皇后,立弟蕤为阳平王。

据《明帝纪》。

六日,葬曹丕于首阳陵。

《文帝纪》黄初七年六月:"戊寅,葬首阳陵。自殡及葬,皆以终制从事。"注引《魏氏春秋》曰:"明帝将送葬,曹真、陈群、王朗等以暑热固谏,乃止。"

曹植作《文帝诔》《上文帝诔表》。

　　诔见《文帝纪》黄初七年六月注引。诔曰："仁风偃物,德以礼
宣;祥惟圣质,嶷在幼妍。庶几六典,学不过庭,潜心无罔,抗
志青冥。才秀藻朗,如玉之莹。"

　　表今仅存"阶青云而诞德"一句,见《文选》卷五九沈约《齐故
安陆昭王碑文》李善注引。

八月,孙权率军攻江夏,围石阳,太守文聘坚守,权遁走。

　　据《明帝纪》《吴主传》。

曹睿立皇子冏为清河王。

　　据《明帝纪》。

吴将诸葛瑾、张霸等攻襄阳,司马懿击破之。曹真又破吴别将
于寻阳。

十月,清河王冏卒。

十二月,以太尉钟繇为太傅,征东大将军曹休为大司马,中军大
将军曹真为大将军,司徒华歆为太尉,司空王朗为司徒,镇军大
将军陈群为司空,抚军大将军司马宣王为骠骑大将军。

　　以上据《明帝纪》。

曹植作《辅臣论》。

　　《辅臣论》论及太傅钟繇(见《书钞》卷五二、《艺文类聚》卷四
六、《御览》卷二〇六)、太尉华歆(见《书钞》卷五一)、大司马
曹休(见《书钞》卷五一)、大将军曹真(见《书钞》卷五一、《御
览》卷二三八)、司徒王朗(见《书钞》卷五二、《御览》卷二〇
八)、司空陈群(见《书钞》卷五二)、骠骑大将军司马宣王(见
《书钞》卷六四、《御览》卷二三八)等七人,当作于是年十二月
钟繇等七人任新职后不久。

是年,王弼生。

据《三国志》卷二八《魏书·钟会传》注。

魏明帝太和元年（公元二二七）　丁未　曹植三十六岁

正月，曹植作《慰情赋》。

> 赋已佚。《书钞》卷一五六引《慰情赋序》曰：“黄初八年正月，
> 雨，而北风飘寒，园果堕冰，枝干摧折。”纪年史记无“黄初八
> 年”。曹睿即位改黄初为太和，具体月份未详，当在是年正
> 月。植赋序称“黄初八年正月”，疑赋当作于是年正月改元
> 前，故系于是，备考。

西平麴英起义，曹睿遣将镇压之。

> 《明帝纪》太和元年正月：“西平麴英反，杀临羌令、西都长，遣
> 将军郝昭、鹿磐讨斩之。”

二月，曹睿立文昭皇后寝庙于邺。

> 据《明帝纪》。

曹睿营修宫室，百姓多贫困。

> 《三国志》卷一三《魏书·王朗传》：“明帝即位……使至邺省
> 文昭召皇后陵，见百姓或有不足。是时方营修宫室，朗上疏
> 曰：‘……臣顷奉使北行，往反道路，闻众徭役，其可得蠲除省
> 减者甚多……今当建始之前足用列朝会，崇华之后足用序内
> 官，华林、天渊足用展游宴，若且先成闉阖之象魏，使足用列
> 远人之朝贡者，修城池，使足用绝逾越，成国险，其余一切，且
> 须丰年……’”
>
> 《三国志》卷九《魏书·曹真传》注引《世语》：明帝治宫室，杨
> 伟谏曰：“今作宫室，斩伐生民墓上松柏，毁坏碑兽石柱，辜及
> 亡人，伤孝子心，不可以为后世之法则。”
>
> 《三国志》卷二五《魏书·杨阜传》：“时初治宫室，发美女以充

后庭,数出入弋猎。"

三月,诸葛亮率军北驻汉中,曹睿欲大发兵攻亮,孙资劝阻之。

　　《三国志》卷一四《魏书·孙资传》注引《资别传》曰:"诸葛亮出在南郑,时议者以为可因大发兵,就讨之,帝意亦然,以问资。资曰:'……今若进军就南郑讨亮,道既险阻,计用精兵又转运镇守南方四州遏御水贼,凡用十五六万人,必当复更有所发兴。天下骚动,费力广大,此诚陛下所宜深虑……'帝由是止。"

广汉、绵竹山民起义,为蜀张嶷所镇压。

　　据《三国志》卷四三《蜀书·张嶷传》。

四月,曹睿初营宗庙于洛阳。

　　据《明帝纪》。

曹植徙封浚仪。

　　《曹植传》:"太和元年,徙封浚仪。"曹植徙封浚仪月份,未详。植明年所作《朔风诗》曰:"昔我初迁,朱华未希。"初迁,当指离雍丘。朱华,指荷花。曰"未希",时当在六月前后。详见明年有关《朔风诗》的写作。

十一月,曹睿立皇后毛氏。

　　《明帝纪》太和元年十一月:"立皇后毛氏。赐天下男子爵人二级,鳏寡孤独不能自存者赐谷。"

　　《三国志》卷五《魏书·毛后传》"初,明帝为王,始纳河内虞氏为妃,帝即位,虞氏不得立为后,太皇卞太后慰勉焉。虞氏曰:'曹氏自好立贱,未有能以义举者也……'"

十二月,曹睿封毛后父为列侯。新城太守孟达反,曹睿诏骠骑将军司马宣王讨之。

　　据《明帝纪》。

太和二年（公元二二八）　戊申　曹植三十七岁

正月，司马宣王攻破新城，斩孟达。

据《明帝纪》。

诸葛亮攻魏。曹睿遣将进兵，西拒亮，亮败。睿至长安。

《明帝纪》太和二年正月："蜀大将诸葛亮寇边，天水、南安、安定三郡吏民叛应亮。遣大将军曹真都督关右，并进兵。右将军张郃击亮于街亭，大破之。亮败走，三郡平。丁未，行幸长安。"

四月，讹传曹睿卒。群臣欲迎立曹植。睿还洛阳。

《明帝纪》太和二年四月："丁酉，还洛阳宫。"注引《魏略》曰："是时讹言，云帝已崩，从驾群臣迎立雍丘王植。京师自卞太后群公尽惧。及帝还，皆私察颜色。卞太后悲喜，欲推始言者，帝曰：'天下皆言，将何所推？'"

五月，大旱。

据《明帝纪》。

曹植作《喜雨诗》。

诗见《书钞》卷一五六。诗序曰："太和二年大旱，三麦不收，百姓分为饥饿。"诗当作于五月大旱时。

六月，曹睿有《贡士先经学诏》。

诏见《明帝纪》太和二年六月。诏曰："尊儒贵学，王教之本也。自顷儒官或非其人，将何以宣明圣道？其高选博士，才任侍中常侍者。申敕郡国，贡士以经学为先。"

九月，曹休率军至皖，与吴将陆议战于石亭，败。

曹睿立皇子穆为繁阳王。

以上据《明帝纪》。

曹植复还雍丘，上《求自试表》。

表见《曹植传》。《曹植传》曰：太和"二年，复还雍丘。植常自愤怨，抱利器而无所施，上疏求自试曰：'……方今天下一统，九州晏如，而顾西有违命之蜀，东有不臣之吴，使边境未得脱甲，谋士未得高枕者，诚欲混同宇内以致太和也……今臣居外，非不厚也，而寝不安席，食不遑味者，伏以二方未克为念……窃不自量，志在效命，庶立毛发之功，以报所受之恩。若使陛下出不世之诏，效臣锥刀之用，使得西属大将军，当一校之队，若东属大司马，统偏舟之任，必乘危蹈险，骋舟奋骊，突刃触锋，为士卒先。虽未能禽权馘亮，庶将虏其雄率，歼其丑类，必效须臾之捷，以灭终身之愧，使名挂史笔，事列朝策。虽身分蜀境，首县吴阙，犹生之年也。如微才弗试，没世无闻，徒荣其躯而丰其体，生无益于事，死无损于数，虚荷上位而忝重禄，禽息鸟视，终于白首，此徒圈牢之养物，非臣之所志也。流闻东军失备，师徒小衄，辍食弃餐，奋袂攘衽，抚剑东顾，而心已驰于吴会矣"。表中"流闻东军失备"等句，当指是年九月曹休败于石亭事。知植复还雍丘及上疏求自试，当在本年九月曹休为吴败后不久。

曹植作《杂诗》之五（"仆夫早严驾"）。

诗见《文选》卷二九。《文史》第六辑载徐公持《曹植诗歌的写作年代问题》释此诗曰："统观全诗，它很可能作于太和二年……表中'流闻东军失备……心已驰于吴会矣'，即此诗前六句的意思，'虚荷上位……非臣之所志也'，即此诗后六句的意思。可以认为，曹植在写了《求自试表》后，意犹未尽，又作了此诗。"徐说可从，录以备考。

曹植作《朔风诗》。

诗见《文选》卷二九。《曹集考异》卷五注《朔风诗》曰："此明

帝太和二年复还雍丘作。"又注诗中"昔我初迁，朱华未希；今
我旋止，素雪云飞"四句云："本传：太和元年徙封浚仪，二年
复还雍丘。迁，谓自雍丘徙浚仪。还，谓自浚仪还雍丘。"

曹休卒，曹植作《大司马曹休诔》。

据《三国志》卷九《魏书·曹休传》。

诔见《艺文类聚》卷四七。

曹植复上《求自试表》。

表见《曹植传》注引《魏略》。《魏略》曰："植虽上此表，犹疑不
见用，故曰：'夫人贵生者，非贵其养体好服，终竟年寿也，贵
在其代天而理物也。夫爵禄者，非虚张者也，有功德然后应
之，当矣。无功而爵厚，无德而禄重，或人以为荣，而壮夫以
为耻。故太上立德，其次立功，盖功德者所以垂名也。名者
不灭，士之所利……是用喟然求试，必立功也。呜呼！言之
未用，欲使后之君子知吾意者也。'"

将作大匠杨阜上疏陈九族之义。曹睿有诏，称许阜。

《三国志》卷二五《魏书·杨阜传》："时雍丘王植怨于不齿，藩
国至亲，法禁峻密，故阜又陈九族之义焉。诏报曰：'间得密
表，先陈往古明王圣主，以讽暗政，切至之辞，款诚笃实。退
思补过，将顺匡救，备至悉矣。览思苦言，吾甚嘉之。'阜陈九
族之义时间，未详。据"时雍丘王植怨于不齿"句，疑在是年
植上疏求自试前后。

十一月，司徒王朗卒。

据《明帝纪》。

十二月，诸葛亮引军围陈仓。曹真遣将军费曜等拒之。亮粮尽
而还。

据《明帝纪》、《诸葛亮传》。

是年,曹睿起灵禽之园。

　　《拾遗记》卷七:"明帝即位二年,起灵禽之园,远方国所献异
　　鸟殊兽,皆畜此园也。昆明国贡嗽金鸟。国人云:'其地去燃
　　州九千里,出此鸟,形如雀而色黄,羽毛柔密,常翱翔海上,罗
　　者得之,以为至祥。闻大魏之德,被于荒远,故越山航海,来
　　献大国。'帝得此鸟,畜于灵禽之园,饴以真珠,饮以龟脑。"

太和三年(公元二二九)　己酉　曹植三十八岁

春,诸葛亮攻取武都、阴平二郡。

　　据《诸葛亮传》。

四月,吴王即皇位。

　　据《吴主传》。

元城王礼卒。

　　据《明帝纪》。

六月,吴、蜀约盟,共分天下。

　　据《吴主传》。

繁阳王穆卒。

　　据《明帝纪》。

九月,吴由武昌迁都建业。

　　据《吴主传》。

十月,曹睿改平望观为听讼观,删约汉法,置律博士。刘劭、庾
嶷、荀诜等定科令。

　　《明帝纪》太和三年十月:"改平望观曰听讼观。帝常言'狱
　　者,天下之性命也',每断大狱,常幸观临听之。"

　　《三国志》卷二一《魏书·卫觊传》:"觊奏曰:'九章之律,自古
　　所传,断定刑罪,其意微妙。百里长吏,皆宜知律。刑法者,

　　国家之所贵重,而私议之所轻贱;狱吏者,百姓之所县命,而
　　选用者之所卑下。王政之弊,未必不由此也。请置律博士,
　　转相教授。'事遂施行。"

　　《三国志》卷二一《魏书·刘劭传》:"征拜骑都尉,与议郎庾
　　嶷、荀诜等定科令,作《新律》十八篇,著《律略论》。"

十一月,洛阳宗庙建成。曹睿遣太常迎魏武帝、魏文帝神主于邺。
　　据《明帝纪》。

十二月,曹植徙封东阿王,作《转封东阿王谢表》、《迁都赋》。

　　《曹植传》太和三年:"徙封东阿。"

　　《资治通鉴》卷七一太和三年十二月:"雍丘王植徙封东阿。"

　　《转封东阿王谢表》见《艺文类聚》卷五一。表曰:"奉诏,太皇
　　太后念雍丘下湿少桑,欲转东阿,当合王意。可遣人按行,知
　　可居否……臣在雍丘,劬劳五年,左右罢怠,居业同定,园果
　　万株,枝条始茂。私情区区,实所重弃,然桑田无业,左右贫
　　穷,食财糊口,形有裸露。"

　　《迁都赋》今仅存六句,见《文选》卷九曹大家《东征赋》李善注
　　引。赋序见《御览》卷一九八。赋序曰:"余初封平原,转出临
　　淄,中命鄄城,遂徙雍丘,改邑浚仪,而末将适于东阿。号则
　　六易,居实三迁,连遇瘠土,衣食不继。"据"末将适于东阿"
　　句,知赋当作于徙东阿前夕。

是年,曹植作《社颂》。

　　《社颂》见《艺文类聚》卷三九,《初学记》卷一三、卷二七。《御
　　览》卷五三二引"曹植《赞社文》曰:'余前封鄄城侯转雍丘,皆
　　遇荒土,宅宇初造。以府库尚丰,志在缮宫室、务园圃而已,
　　农桑一无所营。经历十载,块然守空,饥寒备尝。圣朝愍之,
　　故封此县。田则一州之膏腴,桑则天下之甲第,故封此桑,以

为田社,乃作颂云。"题曰《赞社文》,当即《社颂序》。植黄初
二年封鄄城侯,至本年正"十载"。文中又有"故封此县"等
句。据此,知《社颂》当作于是年十二月植至东阿后。

太和四年(公元二三〇)　庚戌　曹植三十九岁

二月,曹睿作《策试罢退浮华诏》。

　　诏见《明帝纪》太和四年二月。诏曰:"世之质文,随教而变。
　　兵乱以来,经学废绝,后生进趣,不由典谟。岂训导未洽,将
　　进用者不以德显乎? 其郎吏学通一经,才任牧民,博士课试,
　　擢其高第者,亟用;其浮华不务道本者,皆罢退之。"

曹睿诏刻曹丕《典论》。

　　《明帝纪》太和四年二月:"戊子,诏太傅三公:以文帝《典论》
　　刻石,立于庙门之外。"《三国志》卷四《魏书·齐王芳纪》景初
　　三年二月注引《搜神记》曰:"及明帝立,诏三公曰:'先帝昔著
　　《典论》,不朽之格言,其刊石于庙门之外及太学,与石经并,
　　以永示来世。'"

　　《御览》卷五八九引戴延之《西征记》曰:"国子堂前有列碑……
　　有魏文《典论》立(编者注:"立"当作"六")碑,今四存二败。"

大将军曹真为大司马,骠骑将军司马宣王为大将军,辽东太守
公孙渊为车骑将军。

四月,太傅钟繇卒。

　　以上据《明帝纪》。

六月,曹植母卞太后卒。植作《卞太后诔》、《上卞太后诔表》。

　　据《明帝纪》。

　　植诔与表见《艺文类聚》卷一五。

夏,吴质卒。

据《三国志》卷二一《魏书·吴质传》注引《质别传》。

七月，曹睿诏曹真、司马宣王等伐蜀。

据《明帝纪》。

曹植作《征蜀论》。

《征蜀论》今仅存数句，见《书钞》卷一一六、一一七、一二二。

太和年间，魏多次谋议征蜀，唯本年七月征蜀，群臣谏议较多。《征蜀论》殆作于是年七月诏曹真等征蜀时。

八月，曹睿东巡，至许昌。

九月，大雨，曹睿诏曹真等还师。

十月，曹睿还洛阳。

以上据《明帝纪》。

太和五年（公元二三一）　辛亥　曹植四十岁

二月，诸葛亮出军围祁山，魏司马宣王督张郃等拒之。

据《诸葛亮传》及注引《汉晋春秋》。

三月，大司马曹真卒。

诸葛亮攻天水。

自去冬十月至今春三月不雨。

以上据《明帝纪》。

五月，诸葛亮败魏兵。

据《诸葛亮传》及注引《汉晋春秋》。

六月，诸葛亮粮尽退军，与魏张郃交战，郃中矢而卒。

据《诸葛亮传》。

七月，曹睿因诸葛亮退走，封爵增位各有差。

据《明帝纪》。

皇子殷生，曹植作《皇太子生颂》。

《明帝纪》太和五年七月："丙子,皇子殷生,大赦。"

植颂见《艺文类聚》卷四五、《初学记》卷十、《书钞》卷二二。《初学记》引植颂曰:"于皇我后,懿章前志,克纂三皇。"三皇当指武帝、文帝及明帝。颂殆作于太子殷生后不久。

曹植作《求通亲亲表》,曹睿有《诏报东阿王植》。

植表及睿诏均见《曹植传》太和五年。《曹植传》曰:"复上疏求存问亲戚,因致其意曰:'……伏惟陛下资帝唐钦明之德,体文王翼翼之仁,惠洽椒房,恩昭九族,群后百僚,番休递上,执政不废于公朝,下情得展于私室,亲理之路通,庆吊之情展,诚可谓恕己治人,推惠施恩者矣。至于臣者,人道绝绪,禁锢明时,臣窃自伤也。不敢过望交气类,修人事,叙人伦。近且婚媾不通,兄弟乖绝,吉凶之问塞,庆吊之礼废,恩纪之违,甚于路人,隔阂之异,殊于胡越。今臣以一切之制,永无朝觐之望,至于注心皇极,结情紫闼,神明知之矣……退唯诸王常有戚戚具尔之心,愿陛下沛然垂诏,使诸国庆问,四节得展,以叙骨肉之欢恩,全怡怡之笃义……臣伏自惟省,无锥刀之用。及观陛下之所拔授,若以臣为异姓,窃自料度,不后于朝士矣。若得辞远游,戴武弁,解朱组,佩青绂,驸马、奉车,趣得一号,安宅京室,执鞭珥笔,出从华盖,入侍辇毂,承答圣问,拾遗左右,乃臣丹诚之至愿,不离于梦想者也……'诏报曰:'……夫明贵贱,崇亲亲,礼贤良,顺少长,国之纲纪,本无禁固诸国通问之诏也,矫枉过正,下吏惧谴,以至于此耳。已敕有司,如王所诉。'"

曹植作《陈审举表》,曹睿优文答报。

表见《曹植传》太和五年。《曹植传》曰:"植复上疏陈审举之义,曰:'……既时有举贤之名,而无得贤之实,必各援其类而进矣……数年以来,水旱不时,民困衣食,师徒之发,岁岁增调,加东有覆败之军,西有殪没之将,至使蚌蛤浮翔于淮、泗,鼲鼬讙譁于林木。臣每念之,未尝不辍食而挥餐,临觞而扼腕矣……臣闻羊质虎皮,见草则悦,见豺则战,忘其皮之虎也。今置将不良,有似于此……臣生乎乱,长乎军。又数承教于武皇帝,伏见行师用兵之要,不必取孙、吴而暗与之合。窃揆之于心,常愿得一奉朝觐,排金门,蹈玉陛,列有职之臣,赐须臾之间,使臣得一散所怀,摅舒蕴积,死不恨矣……夫能使天下倾耳注目者,当权者是矣,故谋能移主,威能慑下。豪右执政,不在亲戚;权之所在,虽疏必重,势之所去,虽亲必轻,盖取齐者田族,非吕宗也。分晋者赵、魏,非姬姓也。唯陛下察之。苟吉专其位,凶离其患者,异姓之臣也。欲国之安,祈家之贵,存共其荣,没同其祸者,公族之臣也。今反公族疏而异姓亲,臣窃惑焉……'帝辄优文答报。"

曹植作《怨歌行》。

《怨歌行》见《艺文类聚》卷四一。《怨歌行》曰:"为臣良独难。忠信事不显,乃有见疑患。周旦佐文武,金縢功不刊。推心辅王政,二叔反流言……公旦事既显,成王乃哀叹。"植《求通亲亲表》曰:"盖尧之为教,先亲后疏,自近及远……昔周公吊管、蔡之不咸,广封懿亲以藩屏王室,《传》曰:'周之宗盟,异姓为后。'"植《陈审举表》曰:"《传》曰:'无周公之亲,不得行周公之事。'唯陛下少留意焉……今反公族疏而异姓亲,臣窃惑焉。"二表多次言及任人应先亲后疏及周公辅佐成王事,内容与《怨歌行》所言相近,疑《怨歌行》当作于上二表前后。

曹植作《矫志诗》。

诗见《艺文类聚》卷二三、《文选》卷三六任昉《宣德皇后令》李善注引。植《陈审举表》曰:"既时有举贤之名,而无得贤之实……岂可虚荷国宠而不称其任哉? 故任益隆者负益重,位益高者责益深。"《矫志诗》有"芝桂虽芳,难以饵鱼。尸位素餐,难以成居","大朝举士,愚不闻焉","圣主虽知,亦待英雄"等句,与上引《陈审举表》所言旨意相近,疑作于《上陈举表》前后。

八月,曹睿诏诸王及宗室公侯各带适子一人入朝。

诏见《明帝纪》太和五年八月。诏曰:"先帝著令,不欲使诸王在京都者,谓幼主在位,母后摄政,防微以渐,关诸盛衰也。朕惟不见诸王十有二载,悠悠之怀,能不兴思! 其令诸王及宗室公侯各将适子一人朝。后有少主、母后在宫者,自如先帝令,申明著于令。"

魏取诸国士息,曹植作《求免取士息表》,曹睿还所发士息。

表见《曹植传》太和五年注引《魏略》。《魏略》曰:"是后大发士息,及取诸国士。植以近前诸国士息已见发,其遗孤稚弱,在者无几,而复被取,乃上书曰:'……臣初受封,策书曰:"植受兹青社,封于东土,以屏翰皇家,为魏藩辅。"而所得兵百五十人,皆年在耳顺,或不逾矩,虎贲官骑及亲事凡二百余人。正复不老,皆使年壮,备有不虞,检校乘城,顾不足以自救,况皆复耄耋罢曳乎? 而名为魏东藩,使屏翰王室,臣窃自羞矣。就之诸国,国有士子,合不过五百人,伏以为三军益损,不复赖此。方外不定,必当须办者,臣愿将部曲倍道奔赴,夫妻负襁,子弟怀粮,蹈锋履刃,以徇国难,何但习业小儿哉? 愚诚以挥涕增河,鼷鼠饮海,于朝万无损益,于臣家计甚有废损。又臣士息前后三送,兼人已竭。惟尚有小儿,七八岁已上,十六七已还,三十余人。今部曲皆年耆,卧在床席,非糜不食,眼不能视,气息裁属者,凡三十七人;疲瘵风靡,疣盲聋聩者,二十三人。惟正须此小儿,大者可备宿卫,虽不足以御寇,粗可以警小盗;小者未堪大使,为可使耘鉏秽草,驱护鸟雀。休候人则一事废,一日猎则众业散,不亲自经营则功不摄;常自躬亲,不委下吏而已。……伏以为陛下既爵臣百寮之右,居藩国之任,为置卿士,屋名为宫,冢名为陵,不使其危居独立,无异于凡庶。若柏成欣于野耕,子仲乐于灌园;蓬户茅牖,原宪之宅也;陋巷单瓢,颜子之居也:臣才不见效用,常慨然执斯志焉。若陛下听臣悉还部曲,罢官属,省监官,使解玺释绂,追柏成、子仲之业,营颜渊、原宪之事,居子臧之庐,宅延陵之室。如此,虽进无成功,退有可守,身死之日,犹松、乔也。然伏度国朝终未肯听臣之若是,固当羁绊于世绳,维系于禄位,怀屑屑之小忧,执无已之百念,安得荡然肆志,逍遥于宇宙之外哉? 此愿未从,陛下必欲崇亲亲,笃骨肉,润白骨而荣枯木者,惟遂仁德以副前恩诏。'皆遂还之。"

冬,曹睿诏诸王明年正月朝。曹植作《入觐谢表》。

《曹植传》太和五年:"其年冬,诏诸王朝六年正月。"

《入觐谢表》见《御览》卷四六七。表曰:"臣得去幽屏之城,获觐百官之美,此一喜也。背茅茨之陋,登闾阖之闳,此二喜也。必以有觌之容,瞻见穆穆之颜,此三喜也。将以梼杌之质,禀受崇圣之训,此四喜也。"表当作于是年冬接到诏书后。

曹植至京都,曹睿有《报植等诏》,赐植等冬奈,植作《谢赐奈表》。

《三国志》卷二〇《魏书·楚王彪传》:"太和五年冬,朝京都。"

《初学记》卷二八引曹睿"《报植等诏》曰:'山奈从凉州来,道里既远,又东来转暖,故奈中变色不佳耳。'"

植《谢赐柰表》见《艺文类聚》卷八六、《御览》卷九七〇。《艺
文类聚》引植表曰:"即夕,殿中宣诏,赐臣冬柰……柰以夏
熟,今则冬至。"

据上所述,知植与诸王赴明年正月朝,于本年冬已至京都。

植表当作于入京都后不久。

十二月,太尉华歆卒,时年七十五。

据《明帝纪》、《三国志》卷一三《魏书·华歆传》及注引《魏
书》。

太和六年(公元二三二)　壬子　曹植四十一岁

正月,曹植作《元会诗》。

诗见《艺文类聚》卷四、《初学记》卷四、《御览》卷二九。《御
览》引题为《正会诗》。《曹子建诗笺》:"考《魏志》本传,太和
五年冬诏诸王朝六年正月,然则《元会诗》当作于此时也。"

二月,曹睿作《改封诸侯以郡为国诏》,以陈四县封曹植为陈王。

诏见《明帝纪》太和六年二月。诏曰:"大魏创业,诸王开国,
随时之宜,未有定制,非所以永为后法也。其改封诸侯王,皆
以郡为国。"

《曹植传》太和六年:"其二月,以陈四县封植为陈王,邑三千
五百户。"

曹植作《改封陈王谢恩章》、《谢妻改封表》。

章、表均见《艺文类聚》卷五一。表中有"玺书今以东阿王妃
为陈王妃,并下印绶"等句,当作于植封为陈王时。

曹睿作《与陈王植手诏》,曹植作《答诏表》。

诏与表均见《御览》卷三七八。诏曰:"王颜色瘦弱何意
邪……见王瘦,吾甚惊。宜当节水加餐。"表曰:"近得赐御

食,拜表谢恩。寻奉手诏,愍臣瘦弱。"诏及表当作于植在京
都时。

曹睿女淑卒,谥为平原懿公主。睿作《诏陈王植》。曹植作《答
诏示平原公主诔表》、《平原懿公主诔》。

《三国志》卷五《魏书·甄后传》:"太和六年,明帝爱女淑薨,
追封谥淑为平原懿公主,为之立庙。"

诏与表均见《御览》卷五九六。《御览》云:"明帝诏曹植曰:
'吾既薄才,至于赋诔特不闲。从儿陵上还,哀怀未散,作儿
诔,为田家公语耳。'答曰:'奉诏并见圣思所作故平原公主
诔……楚王臣彪等闻臣为读,莫不挥涕。'"

诔见《艺文类聚》卷一六。

诏、表、诔当作于植及彪等诸王在京都时。

曹植渴求试用,然终未如愿。

《曹植传》:"植每欲求别见独谈,论及时政,幸冀试用,终不
能得。"

三月,曹睿东巡。

四月,曹睿至许昌。

五月,皇子殷卒。

以上据《明帝纪》。

九月,曹睿至摩陂,治许昌宫,起景福、承光殿。杨阜上疏。

据《明帝纪》。

《三国志》卷二五《魏书·杨阜传》:"帝既新作许宫,又营洛阳
宫殿观阁。阜上疏曰:'……方今二虏合从,谋危宗庙,十万
之军,东西奔赴,边境无一日之娱;农夫废业,民有饥色。陛
下不以是为忧,而营作宫室,无有已时……'"

曹睿遣田豫等攻辽东公孙渊。曹植作《谏伐辽东表》。

《三国志》卷一四《魏书·蒋济传》注引《战略》曰："太和六年，明帝遣平州刺史田豫乘海渡，幽州刺史王雄陆道，并攻辽东。"

《谏伐辽东表》见《艺文类聚》卷二四。表曰："臣以为当今之务，在于省徭役，薄赋敛，劝农桑。三者既备，然后令伊、管之臣，得施其术，孙、吴之将，得奋其力。若此……曾何忧于二敌，何惧于公孙乎！今不恤邦畿之内，而劳神于蛮貊之域，窃为陛下不取也。"考黄初、太和年间，魏唯本年九月遣将攻辽东公孙渊。植表当作于本年攻辽东前。

曹睿诏田豫罢军。

《三国志》卷二六《魏书·田豫传》："会吴贼遣使与渊相结，帝以贼众多，又以渡海，诏豫使罢军。"

十月，田豫攻吴将周贺于成山，杀贺。

据《明帝纪》。

十一月，曹植卒。谥曰思。葬于鱼山。

《曹植传》："既还，怅然绝望。时法制，待藩国既自峻迫，僚属皆贾竖下才，兵人给其残老，大数不过二百人。又植以前过，事事复减半，十一年中而三徙都，常汲汲无欢，遂发疾薨，时年四十一。"

《明帝纪》太和六年十一月："庚寅，陈思王植薨。"

《资治通鉴》卷七二太和六年十一月注引《谥法》："追悔前过曰思。"

《曹植传》："初，植登鱼山，临东阿，喟然有终焉之心，遂营为墓。"

王士禛《带经堂诗话》卷一四："东阿鱼山即曹子建闻梵处，有墓在焉，山上有台二：曰柳书，曰羊茂，（见隋碑。）皆传为子建读书处。"

曹植卒前遗令薄葬,子志嗣。

《曹植传》:"遗令薄葬。以小子志,保家之主也,欲立之……
子志嗣,徙封济北王。景初中诏曰:'陈思王昔虽有过失,既
克己慎行,以补前阙,且自少至终,篇籍不离于手,诚难能也。
其收黄初中诸奏植罪状,公卿已下议尚书、秘书、中书三府、
大鸿胪者皆削除之。撰录植前后所著赋颂诗铭杂论凡百余
篇,副藏内外。'志累增邑,并前九百九十户。"

《晋书》卷五〇《曹志传》:晋武帝"尝阅《六代论》,问志曰:'是
卿先王所作耶?'志对曰:'先王有手所作目录,请归寻按。'还
奏曰:'按录无此。'帝曰:'谁作?'志曰:'以臣所闻,是臣族父
冏所作。以先王名高文著,欲令书传于后,是以假托。'"

曹志,字允公,有才德,好古博物。魏时封济北王。晋时改封鄄
城公,任乐平、章武、赵郡等郡太守,迁散骑常侍、国子博士,后
转博士祭酒。太康九年(公元二八八)卒。

《晋书》卷五〇《曹志传》:"曹志字允公,谯国谯人,魏陈思
王植之孽子也。少好学,以才行称,夷简有大度,兼善骑
射……后改封济北王。武帝为抚军将军,迎陈留王于邺,
志夜谒见,帝与语,自暮达旦,甚奇之。及帝受禅,降为鄄
城县公。诏曰:'……前济北王曹志履德清纯,才高行洁,
好古博物,为魏宗英,朕甚嘉之。其以志为乐平太守。'志
在郡上书,以为宜尊儒重道,请为博士置吏卒。迁章武、
赵郡太守。虽累郡职,不以政事为意,昼则游猎,夜诵
《诗》《书》,以声色自娱,当时见者未能审其量也。咸宁
初,诏曰:'鄄城公曹志,笃行履素,达学通识,宜在儒林,
以弘胄子之教。其以志为散骑常侍、国子博士。'……后

迁祭酒。齐王攸将之国,下太常议崇锡文物。时博士秦秀等以为齐王宜内匡朝政,不可之藩。志又常恨其父不得志于魏,因怆然叹曰:'安有如此之才,如此之亲,不得树本助化,而远出海隅?晋朝之隆,其殆乎哉!'乃奏议曰……议成当上,见其从弟高邑公嘉。嘉曰:'兄议甚切,百年之后必书晋史,目下将见责邪。'帝览议,大怒……以议者不指答所问,横造异论,策免太常郑默。于是有司奏收志等结罪,诏惟免志官,以公还第,其余皆付廷尉。顷之,志复为散骑常侍。遭母忧,居丧过礼,因此笃病,喜怒失常。九年卒……谥为定。"

　　是年,张华生。

　　据《晋书》卷三六《张华传》。

曹植卒后七年(魏景初三年、公元二三九、己未),曹睿卒,齐王芳即皇位。明年为正始元年。

曹植卒后十七年(魏嘉平元年、公元二四九、己巳),司马懿策动政变,遂控制魏军政大权。

曹植卒后三十一年(魏景元四年、公元二六三、癸未),魏灭蜀。

曹植卒后三十三年(魏咸熙二年、晋泰始元年、公元二六五、乙酉),司马懿孙司马炎废魏帝曹奂,自立为帝(晋武帝)。

　　以上据《三国志》卷四《魏书·三少帝纪》。

曹植卒后四十八年(晋太康元年、公元二八〇、庚子),晋灭吴,统一全国。

　　据《三国志》卷四八《吴书·三嗣主传》。

引用书目

（按在本书中出现的先后次序排列）

三国志　（晋）陈寿著　（南朝宋）裴松之注　中华书局标点本

潜夫论笺　（汉）王符著　（清）汪继培笺、彭铎校正　中华书局
　　一九七九年版

广韵　（宋）陈彭年等撰　商务印书馆发行本

艺文类聚　（唐）欧阳询等撰　中华书局一九六五年排印本

三国志集解　卢弼著　古籍出版社排印本

后汉书　（南朝宋）范晔著　（唐）李贤等注　中华书局标点本

资治通鉴　（宋）司马光著　中华书局标点本

世说新语　（南朝宋）刘义庆著　（梁）刘孝标注　扫叶山房石
　　印本

太平广记　（宋）李昉等编　中华书局一九六一年版

全上古三代秦汉三国六朝文　（清）严可均校辑　中华书局一九
　　五八年排印本

三国志旁证　（清）梁章钜著　光绪十六年广雅书局刻本

风俗通义校释　（汉）应劭撰　王利器校释　中华书局一九八一
　　年版

乐府诗集　（宋）郭茂倩编撰　中华书局一九七九年排印本

水经注　（后魏）郦道元著　商务印书馆发行本

北堂书钞　（隋）虞世南编　南海孔氏三十有三万卷堂校注重
　刊本

太平御览　（宋）李昉等撰　中华书局影印本

王粲集　俞绍初校点　中华书局一九八〇年排印本

晋书　（唐）房玄龄等著　中华书局标点本

蔡文姬　郭沫若著　文物出版社一九五九年排印本

初学记　（唐）徐坚等撰　中华书局一九八〇年排印本

乐府正义　（清）朱乾著　清乾隆朱珪刻本

魏武帝诗注　黄节注　人民文学出版社一九五八年排印本

后汉纪　（晋）袁宏著　上海涵芬楼影印明嘉靖本

群书治要　（唐）魏征著　商务印书馆丛书集成本

文选　（梁）萧统编　（唐）李善注　中华书局一九七七年影印本

文选集评　于惺介撰　渔古山房版本

隋书　（唐）魏征著　中华书局标点本

文史第六辑　中华书局编辑部编　中华书局出版

汉唐地理书钞　（清）王谟编　中华书局一九六一年影印本

三国志考证　（清）潘眉著　清光绪十五年广雅书局刊本

曹子建诗注　黄节注　人民文学出版社一九五七年排印本

曹子建诗笺　古直著　一九二八年聚珍仿宋印书局版本

三曹诗选　余冠英选注　作家出版社一九五六年排印本

史记　（汉）司马迁著　中华书局标点本

曹集考异　（清）朱绪曾著　蒋氏校印金陵丛书本

宋书　（梁）沈约著　中华书局标点本

全汉三国晋南北朝诗　丁福保辑　中华书局一九五九年版

文心雕龙　（梁）刘勰著　范文澜注　人民文学出版社一九六一
　年排印本

汉魏六朝百三家集　（明）张溥编　清光绪十八年刻本

古文苑　四部丛刊本

抱朴子内篇校释　王明著　中华书局一九八〇年版

隶释　（宋）洪适撰　清乾隆楼松书屋汪氏校本

玉海　（宋）王应麟辑　清康熙二十六年刊本

通典　（唐）杜佑撰　九通全书本　清光绪丙申年四月浙江书局　刊本

南齐书　（梁）萧子显撰　中华书局标点本

拾遗记　（晋）王嘉撰　（梁）萧绮录　中华书局一九八一年版

带经堂诗话　（清）王士祯著　人民文学出版社一九六三年排　印本

后　记

　　《三曹年谱》从最初搜集资料到最后编写定稿，前后经过了五、六年的时间。在开始编写时，我的老师陆侃如先生给了我很大的鼓励和帮助，同时在编写原则和具体方法等方面，对我有很多教诲。不幸的是，陆先生已于一九七八年十二月一日病逝，最后编定时就无法向他请教了。现在蒙出版社的同志的热情帮助，审定出版，以资纪念。

　　由于本人学识水平有限，这本书一定有不少错误和疏漏之处，恳切地希望同志们严予批评。

一九八一年十月

建安文学论稿

建安文学的发展阶段

一

建安文学是我国古代文学发展史上的一个重要时期。建安是东汉末年汉献帝的年号，时间是从公元一九六年到二二○年。但是文学史上所说的建安文学包括的时间比建安年间要长，向前应当从汉灵帝中平元年（公元一八四年）黄巾大起义算起，向后应当迄止魏明帝景初末年（公元二三七年），前后包括五十多年的时间。在这段时间里，文学是怎样发展的？有没有阶段性？过去学术界很少有人论及。这个问题不解决，编写或讲授建安文学史，常常是作家作品排队，难以看到它的发展变化过程，更难揭示它的发展规律。因此，有必要对这个问题加以探讨。

划分建安文学发展的阶段，首先碰到的问题就是划分的依据。依据不同，往往会得出不同的结论。依据是什么？一般有两种考虑：一是主要以历史发展的阶段为依据。而历史发展的阶段常常是由经济政治发展的特点来决定的。因此，以历史发展的阶段为依据，实际上主要是着眼于经济政治发展的特点。一是主要以文学发展的特殊性和文学发展过程中呈现出来的不同特点为依据。两相比较，应当说后者更科学一些。因为文学的发展和经济政治的发展虽然关系密切,但这两个方面并不是完全吻合的。文学的发展毕竟有它的特殊性。文学发展的一般进程正是通过这种特殊性表现出来的,这种特殊性是我们认识文学发展的基础。另外,文学同其他事物的发展一样,在其发展过程中的不同时期,都有特殊性。正是这些特殊性,使文学发展表现出阶段性。因此,要划分建安文学发展的阶段,应当把建安文学发展过程中呈现出来的特殊性,即不同特点作为主要依据。这样考虑,并不是说建安文学的发展阶段与历史的发展阶段没有关系。实际上,建安文学的发展同其他时期的文学发展一样,和当时的经济政治状况关系极为密切。拿经济来说,在整个建安时期,经济基础的性质虽然没有改变,但在不同阶段却有不同特点,这些特点自然会影响文学的发展。其影响有时是直接的,但更多的是要通过一些中间环节,其中重要的是政治和社会思潮。这是从理论上考虑。如果再考察一下建安文学的实际状况,可以看到,建安文学在其发展过程中,在不同时期,在作家的状况,作品思想内容的主要倾向以及艺术表现等方面,确有不同的特点。我们根据这些特点,完全可以看出建安文学发展的阶段性。

根据上面谈的依据,整个建安文学的发展过程可以考虑分为三个阶段。下面分说三个阶段。

二

第一阶段从汉灵帝中平元年到汉献帝建安九年(公元一八四年至二〇四年),前后约二十年。这一阶段是建安文学的形成时期。

这一阶段是由两汉到魏晋的一个重要转折时期。声势浩大的黄巾农民大起义,基本上摧毁了东汉王朝的统治。长期依附于东汉王朝的外戚和宦官两大集团被赶出了政治舞台。一些士大夫官僚和地方豪强在镇压农民起义的过程中,陆续出任州牧郡守。他们积蓄力量,拥兵自强,竞盗声名,逐鹿混战。政治的急剧变化,社会的强烈动荡,战祸的连绵不断,使经济惨遭破坏,人们死亡枕藉。有名无实的东汉皇权,不仅无力收拾这种动乱的局面,而且成了人们批判的对象。依附于两汉政权的陈腐的道德规范、烦琐经学等也随之失去了控制人们的力量。地主阶级中下层的文人学士被抛到了动乱之中,上层知识分子也是荣华富贵顿时丧落。战乱使他们程度不同地经受了苦难,对现实生活有比较深切的体验,这就使他们能够挥笔疾书,写出了一些感人肺腑的作品。曹操的《薤露行》、《蒿里行》,王粲的《七哀诗》(其一)等,是这一阶段的重要代表作。

以悲痛感伤为基调是这一阶段文学在内容方面的主要特点。"瞻彼洛城郭,微子为哀伤"(曹操《薤露行》);"生民百遗一,念之断人肠"(曹操《蒿里行》);"悟彼下泉人,喟然伤心肝"(王粲《七哀诗》其一)。这些典型的诗句,直抒胸臆,"哀伤"、"断人肠"、"伤心肝"之类的词语,不假旁托,说明诗人内心有抑制不住的痛苦和感伤。这种痛苦和感伤构成了这一阶段作品的典型音调。作者在谱写这种典型的音调时,并没有完全停止在悲怀感慨上,而是同揭露东汉末年政治的腐败和描写军阀混战给人民带来的深重灾难结合在一起。这在上面列举的几篇作品中都有比较深刻的反映。

曹操的《薤露行》描写了东汉末年由于皇帝的昏庸,"所任诚不良",结果导致了董卓乱政,执君杀主,"荡覆帝基业,宗庙以燔丧。播越西迁移,号泣而且行"的悲惨结局。诗中叙写汉末时事,抒发丧亡之哀,直指皇帝和军阀。这就使这首被历来誉为"诗史"的优秀作品,具有深刻的揭露和批判意义。《蒿里行》是曹操的另一篇名作。这首诗先从袁绍等兴兵讨伐董卓写起,接着笔锋一转,叙写袁绍等踌躇不前,互相混战,竞相称帝。最后描绘了军阀混战造成的惨景:"铠甲生虮虱,万姓以死亡。白骨露于野,千里无鸡鸣。"全诗不仅饱含着强烈的愤慨和悲伤,同时还揭示出人民惨遭死亡的原因在于军阀争夺"势利"。这就使这首诗同《薤露行》一样,具有深广的社会内容,具有明显的现实主义的特点,而现实主义正是建安文学总的创作倾向。

　　值得注意的是,这一阶段的作家虽然面对战乱造成的悲惨景象,不胜悲痛,但是他们并不消沉,并没有产生对人生、对前途的厌倦和空幻之感。这在王粲的《七哀诗》(其一)中表现得比较明显。这首诗写的是,作者离长安去荆州避难途中的所见所闻和所感:"出门无所见,白骨蔽平原。路有饥妇人,抱子弃草间。顾闻号泣声,挥涕独不还。'未知身死处,何能两相完。'"白骨蔽野,母亲弃子,军阀混战造成的惨景,深深地感动了诗人,致使诗人"驱马弃之去,不忍听此言"。但是,面对这样的惨景,诗人并没有丧失人生的目标。诗最后写道:"南登霸陵岸,回首望长安。悟彼下泉人,喟然伤心肝。"诗人在最后特别提到"霸陵"和"下泉",表现了他由乱思治的思想感情。这一现象说明,这一阶段以悲痛感伤为基调的作品含有理想的因素。作家经历了动乱,描绘了动乱,同时也希望以治世代替动乱。这种理想的因素虽然在这一阶段的作品中表现得比较微弱,但它在下一阶段却得到了很大的发展,成为整个建安文学在思想内容方面的重要特点之一。

　　从文学体裁看,这一阶段的重要作品几乎都是五言诗。五言诗源于民间谣谚,在汉乐府民歌中已经臻于成熟。但两汉文人之作,除了东汉末年的《古诗十九首》之外,却极为罕见。到了这一阶段,情况有了很大的变化。文人注重学习汉乐府民歌,写了不少五言诗,而且成功的作品也很多。所以《文心雕龙·明诗篇》说:"暨建安之初,五言腾踊。"这一阶段,大量的优秀的文人五言诗的出现,是建安文学在诗歌形式方面的重大贡献,它为以后五言诗的进一步发展奠定了坚实的基础。

在语言风格方面,这一阶段作品的突出特点是古朴质直。作家在描绘社会现实时,似乎是无暇做过细的思考,常常用朴素的语言,白描的手法,直接叙写所闻所见。一般诗句和通篇立意构思,比兴手法用得较少。诗人在表现惆怅悲伤的情感时,如上所述,常常是直抒胸臆,有时甚至直接使用"断人肠"、"伤心肝"之类的词语。这说明,这一阶段的作家受汉乐府民歌的影响很大,在他们的作品中更多地保留了汉乐府民歌质朴无华的特色。

三

第二阶段从建安十年到二十二年(公元二○五年至二一七年),前后约十二年。这十二年是建安文学全面发展的阶段,也可以说是建安文学繁荣昌盛的一个阶段。

这一阶段开始的前几年,在军阀混战中逐渐壮大起来的曹操集团,经过著名的官渡之战,打败了当时威震全国、势力雄厚的北方豪强袁绍集团,建安九年攻占了他的大本营邺城,建安十年消灭了他的残余势力袁谭等,逐渐统一了冀、青、幽、并四州。曹操攻占了邺城,在当时具有重大意义。《晋书·乐志》说:"曹公初破邺,武功之定始于此也。"从此,邺城成了曹操"霸府"的所在地,许多文人陆续集中到这里。这一阶段,虽然还有动乱,但远不象以前那样战乱频仍、死亡惨重。曹操在统一北方的过程中,一直比较重视农业生产。因而北方的经济得到一定的恢复和发展,人民的生活相对地得以安定,个别地方甚至出现了"鸡鸣达四境,黍稷盈原畴。馆宅充廛里,士女满庄馗"(王粲《从军诗》其五)的景象。

　　曹操为了治理战乱的创伤,继续战胜其他军阀,从而夺取整个天下,在政治思想上,他十分重视刑名,强调人事。他基本上否定了两汉以经学和"仁孝"为中心的用人标准,主张"唯才是举",广泛延揽能"治国平天下"的有用人材。曹操比较强大的物质力量和他的一些进步主张,在当时产生了很大的影响。许多著名的文人,如王粲、陈琳、阮瑀、刘桢、徐干、应玚、邯郸淳、繁钦、路粹和丁仪兄弟等等,都逐渐看到了曹操的力量,看到了曹操采取的很多进步措施。因此,他们通过不同的途径,先后投靠了曹操,聚集到邺城,形成了以曹氏父子为核心的邺下文人集团。曹氏父子不象两汉一些帝王贵族那样,把文人视为俳优,而是在政治上相信他们,根据他们的才能和特长任用他们。以前朝政中有不少迂阔的经生宿儒,现在很多被有才华的文人所代替。这就使当时的文人,在政治上有了依靠,在利禄仕途上有了保证,有了施展自己才能,实现自己抱负的条件。在文学创作上,曹氏父子虽然都是杰出的作家,但他们不太霸道,基本上能和文人友好相处,对文学创作总的是采取鼓励和支持的态度。这一阶段文人的物质生活条件,随着北方的渐趋统一、经济的恢复和发展,也有很大的改善。他们当中,虽然有不少人曾多次随军出征,体验过戎马倥偬的艰辛和苦难,但也确有一些时间安居邺城,经常和曹丕兄弟在一起饮宴歌舞、游园射猎、唱和诗赋,过着比较安闲奢华的生活。上述这些,对这一阶段的文学都有很大的影响,使它在前一阶段文学取得的成就的基础上,得以全面的发展,呈现出崭新的风貌。当然也产生了一些消极的东西。

首先，作家视野开阔，题材多种多样。动乱对社会的破坏，战争给人们带来的灾难，人民生活的饥寒交迫，妇女的不幸遭遇，对曹操集团的种种歌颂，曹氏父子及其周围文官武将的生活情趣……这些题材，虽然有的我们在第一阶段的作品已经看到，但更多的是在这一阶段才进入我们的眼帘。题材的广阔多样，使这一阶段的建安文学从各个不同的角度反映了丰富多彩的现实生活。

战争给人们带来的深重灾难，仍是这一阶段文学的重要题材之一。前一阶段军阀混战对社会的严重破坏，还没来得及整治，惨痛的创伤仍然历历在目。这一阶段新的战争还在不断进行。新的战争虽然和以前的并不相同，但是也给人们造成了很多苦难。这就使当时不少作家忧伤满怀、感慨不已，写了一些有关这方面题材的作品。曹植的《送应氏诗》（其一）以感伤的笔调，叙写了都城洛阳被董卓焚掠后的荒寂景象。蔡琰的《悲愤诗》描述了战乱造成的流离死亡之苦，母子的被迫分离之痛，字里行间饱含着血泪。曹操的《苦寒行》描写了他率领大军西征途中，士卒身受饥寒之苦，作者心怀思归之情。其悲痛感伤虽不象《蒿里行》那样强烈，但时世多艰、战事多难仍使作者发出了由衷的悲悯。上述几首诗歌写的题材，虽然上一阶段有些作品也曾吟咏过，但由于这一阶段作家面对新的社会现实，有自己独特的、深切的体验，因而写出来的作品仍是那样感人肺腑，动人心弦。

如前所述，这一阶段由于北方渐趋统一，社会相对地安定，经济有所恢复和发展，这是一方面；另一方面，由于人民刚刚经过了大灾难，生活仍然贫困不堪。这两方面在这一阶段的作品中都有真实的反映。反映前者的典型作品是曹操《步出夏门行》中的《冬十月》；描写后者的代表作是曹植的《泰山梁甫行》和曹丕的《上留田行》。《冬十月》反映了北方农村严冬季节粮食收藏、商旅开始活跃的情景：“耨铚停置，农收积场。逆旅整设，以通贾商。”《泰山梁甫行》描写了“边海民”“寄身于草野。妻子象禽兽，行止依林阻。柴门何萧条，狐兔翔我宇”的贫困生活。《上留田行》用鲜明对照的手法，揭露了当时贫富的天壤之别：“居世一何不同”，“富人食稻与粱”，“贫子食糟与糠”。上面列举的三篇作品，虽然数量不多，水平也有高低之分，但是在整个建安文学中却极为罕见。因此，我们应当重视写这类题材的作品。

在这一阶段，随着封建礼教和烦琐经学的被冲击，人的作用受到了重视，处于社会最低层的妇女的种种不幸更加引起了作家的关注，因而出现了不少以妇女生活为题材的作品。

这一阶段，由于曹操集团和其他军阀之间的战争仍在进行，而且多发生在边境和江淮一带。这就使不少男子要告别妻室、远离故乡，担负繁重的徭役和其他征战任务。他们当中有的长年不归，有的死于战争和灾疫。这种情况即使统治者当中的中上层人物有时也难以幸免。曹操建安十四年写的《存恤从军吏士家室令》一文说：“自顷以来，军数征行，或遇疫气，吏士死亡不归，家室怨旷。”看来家室怨旷、妇女哀伤是当时的一个重要的社会问题。因此，这一阶段出现了不少描写怨女思妇和孤儿寡妇的诗赋。前者如曹丕的《于清河见挽船士新婚与妻别》和《燕歌行》；后者如曹丕、曹植和王粲的《寡妇赋》。《于清河见挽船士新婚与妻别》一诗，用一位新婚女子的口吻，抒写了她与挽船的丈夫刚刚结婚，就被迫长期分离的哀怨和痛苦。《燕歌行》则从另外一个角度，用如泣如诉的笔调，反映了一位女子对长期在外的丈夫的深沉思念和难以排遣的忧伤。《寡妇赋》取材于阮瑀家庭的不幸遭遇。据《三国志》卷二十一《魏书·王粲传》记载,阮瑀于建安十七年去世。阮瑀的去世使曹丕、曹植和王粲等人"怆然伤怀"。为了"叙其妻子悲苦之情"(《曹丕《寡妇赋序》),他们分别写了《寡妇赋》。曹植的赋,现在仅存两句。曹丕和王粲的赋留下来的较为完整。两篇赋都写得哀怨动人。如王粲的赋写道:"提孤孩兮出户,与之步兮东厢。顾左右兮相怜,意凄怆兮摧伤……涕流连兮交颈,心憭结兮增悲。欲引刃以自裁,顾弱子而复停。"值得注意的是,阮瑀是当时的著名文人,生前为曹操仓曹掾属,甚得曹氏父子赏识。这样的人死后,其妻子尚且如此孤苦无依,至于一般平民百姓当中的寡妇孤儿的悲惨命运,那就更可想而知了。

　　封建社会男尊女卑的不合理制度,曾经给无辜的妇女造成了很多悲剧。这一阶段有不少作家对此极为关切,写了一些有关这方面题材的作品。平虏将军刘勋先娶王宋为妻,后因她无子而被休弃。王宋的不幸遭遇,当时引起了曹丕、曹植、王粲等人的怜悯与同情。他们以此为题材,分别写了《出妇赋》,曹植另外还写了诗歌《弃妇篇》。这些诗赋虽然写的是王宋一个人的遭遇,但"抚心长叹息,无子当归宁","有子月经天,无子若流星","天月相终始,流星没无精"(《弃妇篇》),却是当时不少妇女的共同不幸。因此可以说,这类作品从一个侧面揭示了男尊女卑、妇女没有独立的人格和地位的社会现实。

　　作为新的题材在这一阶段文坛上出现的还有对曹氏父子的歌颂。过去对这类题材,常常是笼统地扣上"作伪和庸俗"的帽子而予以全部否定。现在看来,这种认识恐怕不够恰当。正确的态度应当是作具体的分析,既不要全盘肯定,也不要一概否定。如果仔细分析这类作品,可以看到,大致有两种情况:其一,有一些作品基本上歌颂的是曹氏父子进步的方面,陈琳的《神武赋》,王粲的《从军诗》(其一、其四)和《浮淮赋》,阮瑀的《纪征赋》,应玚的《征赋》等,都属于这一类。这类作品就其主导倾向来说,是应当肯定的。这里仅举《神武赋》和《从军诗》(其一)作为示例。建安十二年曹操为了消灭袁绍逃亡到乌桓的残余势力、安定东北边境,亲自率军征伐乌桓。陈琳随军出征,写了《神武赋》。赋中歌颂了曹操"六军被介,云辎万乘"的威武雄壮和"单鼓未伐,虏已溃崩,克俊馘首,枭其魁雄"的辉煌胜利。建安二十年,曹操为了巩固其在关中的地位,进而统一汉中,亲自领兵西征,降服了控制汉中一带的张鲁。王粲参加了这次征战,回来写了《从军诗》(其一),歌颂了曹操在这次战争中的功绩:"相公征关右,赫怒震天威。一举灭獯虏,再举服羌夷……拓地三千里,往返速若飞。"类似这样的作品,虽然有些溢美之词,但是因为曹操进行的这些战争,在当时有利于祖国的统一,是进步的。曹操作为一个封建政治家和军事家在这些战争中起了重要作用。如果否定了曹操的功绩,把他从这些进步的战争中抹去,那就无法讲清这段历史。因此,上述这些作品歌颂曹操的功绩是符合历史真实的,基本上是应当肯定的。其二,有一些作品就其主要倾向来说,是属于庸俗的"颂祝"之作。王粲的《公宴诗》、《太庙颂》、《俞儿舞歌》四首等,都是属于这一类。这些作品基本上属于"帮闲"文学。如《公宴诗》主要是写作者陪曹操夏天饮宴的情况,最后四句歌颂曹操道:"愿我贤主人,与天享巍巍。克符周公业,奕世不可追。"这类作品脱离了社会现实,空泛枯燥,不论是在思想内容还是在艺术表现上,基本上没有什么可取之处。与此相联系的是,这一阶段还出现了数量较多的应酬唱和之作,其主要内容是"怜风月,狎池苑,述恩荣,叙酣宴"(《文心雕龙·明诗篇》)。这类作品,虽然不能完全否定,在艺术技巧上有值得借鉴的东西,但就其主要方面来看,它们脱离了时代的脉搏,有些内容空泛,有些索然无味,反映了曹氏父子和其他文人在邺城生活时的情况。上面谈到的庸俗的颂祝之作和应酬唱和之作的出现,实际上是建安文学发展过程中出现的一股逆流。它在文学史上的主要影响是消极的。

文学的繁荣与否,与题材的关系十分密切。题材的丰富多采,常常是文学繁荣的主要表现之一。这一阶段的建安文学,题材如此广阔多样,可以说是建安文学繁荣的一个重要标志。

其次,创作中的理想成分有明显的增强,不少作品具有浪漫主义的激情。

如果说前一阶段,曹操作为许多军阀之一,对凭借着自己的力量消除战乱、进而统一天下,还缺乏信心的话,那么到了这一阶段,由于力量的强大,并且又占据了中原,他则完全充满了信心。曹操是这样,曹操周围的不少文人在思想上也经历了类似的变化。历史和思想的变化,使这一阶段不少作品理想的成分增强了,浪漫主义的激情比较强烈。曹操《步出夏门行》中的《观沧海》、《龟虽寿》,曹植的《白马篇》,王粲的《从军诗》,陈琳的《游览》诗等,都是这方面的代表作。《观沧海》表面上是写大海波涛汹涌、茫茫无际,实际上正如清朝人张玉谷所说:"此志在容纳,而以海自比也。……写沧海,正自写也。"(《古诗赏析》卷八)借写沧海抒发自己胸怀的博大和称霸天下的雄心。《龟虽寿》表现了作者面对"神龟虽寿,犹有竟时。腾蛇乘雾,终为土灰"的自然规律,不仅没有丝毫的消沉之感,反而激起了"老骥伏枥,志在千里"的豪壮情怀。《白马篇》塑造了一个武艺高强、捐躯报国,带有理性化色彩的游侠形象,表现了曹植"戮力上国,流惠下民"(《与杨德祖书》)的远大抱负。《从军诗》和《游览》诗当中有不少诗句抒发了王粲和陈琳希望建功立业、名垂史册的满腔激情。"窃慕负鼎翁,

愿厉朽钝姿。不能效沮溺,相随把锄犁。"(《从军诗》其一)"输力
竭忠贞,惧无一夫用。"(其二)"身服干戈事,岂得念所私。"(其三)
"虽无铅刀用,庶几奋薄身。"(其四)"骋哉日月逝,年命将西倾。
建功不及时,钟鼎何所铭。"(《游览》其一)人生易逝,不愿虚度时
日,一心想及时有所作为的慷慨之情,在这些诗句里表现得极为
强烈。当时,严重的战争创伤需要整治,祖国的大地有待统一。
在这样的历史条件下,曹氏父子与王粲、陈琳等人,怀有理想,积
极入世,希望勋铭钟鼎,应当说是顺乎历史前进潮流的。

再次,注重文采。前面曾经说过,建安文学的第一阶段紧承
汉代,在语言方面是质有余而文不足,比较明显地保留了汉诗淳
朴少文的特点。到了这一阶段,上述情况有所变化。文人注意艺
术形式,崇尚文采,渐成风气。在这方面,曹丕、曹植的影响较大。
曹丕在《典论·论文》中主张"诗赋欲丽"。这一主张也体现在他
的创作上。他的诗歌常见工语:"淫鱼乘波听,踊跃自浮沉。"(《善
哉行》其二)"弦歌奏新曲,游响拂丹梁。"(《于谯作》)"惊风扶轮
毂,飞鸟翔我前。丹霞夹明月,华星出云间。"(《芙蓉池作》)这些
诗句表明曹丕是相当注意追求辞采的。和曹丕相比,曹植在这方
面更为突出。钟嵘《诗品》卷上称颂曹植的作品"辞采华茂";清朝
人刘嗣绾说曹植"声名三国最,文藻一家工"(《曹集考异》卷十二
引)。钟、刘两人的看法完全符合实际。曹植确实注重辞采,这在
他这一阶段的作品中有许多明显的表现。曹植工于起调,前人已
有很多论述。以前的诗歌,对句极为罕见,而曹植的作品却常有
出现,如:"潜鱼跃清波,好鸟鸣高枝。"(《公宴诗》)"凝霜依玉除,
清风飘飞阁。"(《赠丁仪》)以前的诗歌,用字较少刻意锻炼,而曹
植用字却极为精细,如"秋兰被长坂,朱华冒绿池"(《公宴诗》)。
"冒"字的使用,显然是经过精心选择的。曹植对诗文的音韵也比

较重视。他在《平原懿公主诔》中赞颂懿公主"生在十旬,察人识物。仪同圣表,声协音律"。为一个孩子作诔,竟提及她的音律,足见他平时是相当注意音律的。这在他的诗歌中也有表现,如"游鱼潜绿水,翔鸟薄天飞……始出严霜结,今来白露晞"(《情诗》)。这些诗句,平仄谐调妥贴,俨然后来的律句。在曹丕和曹植的影响下,当时其他文人也比较重视文采,如王粲《杂诗》其二云:"幽兰吐芳烈,芙蓉发红晖。百鸟何缤翻,振翼群相追。"刘桢《赠徐干》云:"细柳夹道生,方塘含清源。轻叶随风转,飞鸟何翻翻。"这些诗句用字精审、注重锻炼表现得比较明显。

值得注意的是,这一阶段的文学,虽然重视文采,但并不轻视内容;虽然重视语言锻炼,但仍保有汉乐府民歌率直明快、自然清新的特点。正如黄侃《诗品笺》论建安诗所说:"文采缤纷,而不离闾里歌谣之质。故其称景物则不尚雕镂,叙胸情则唯求诚恳,而又缘以雅词,振其英响,斯所以兼笼前美,作范后来者也。"上述特点使这一阶段的文学,既不象汉代一些文人诗那样"质木无文",也不象两晋南北朝的许多作家那样轻视内容、过分地追求形式,而是"以情纬文"、"以文被质",总的面貌是文质并重。

四

建安文学发展的第三阶段是从建安二十三年到魏明帝景初三年(公元二一八年至二四〇年),前后约二十二年。这一阶段是建安文学的衰落阶段。

我们之所以说这一阶段是建安文学的衰落阶段,主要是因为在这一阶段的文坛上,反映人民的生活、讴歌时代精神的优秀作品急剧地、大量地减少，而为封建统治者服务的贵族文学却得到迅速的发展。庸俗地为曹魏统治者唱赞歌的作品以及为了满足他们奢华生活而出现的应酬作品，几乎充斥了整个文坛。如曹丕代汉称帝前后，不少文人为了迎合曹丕的口味，写了许多颂祝之类的作品。曹植的《大魏篇》，缪袭的《魏鼓吹曲》十二首，邯郸淳的《受命述》，刘劭的《嘉瑞赋》、《龙瑞赋》以及连篇累牍的章表等，都属于这一类。这里仅对《大魏篇》和《魏鼓吹曲》稍加分析。我们知道，曹植和曹丕为了争夺太子，本来存在着尖锐的矛盾，曹植对曹丕称帝是有异议的。但是曹植在《大魏篇》中却称颂曹丕代汉称帝是"应灵符"，赞扬他称帝之后，"圣德致泰和，神明为驱使"，"众吉咸集会，凶邪奸恶并灭亡"。这些诗句显然表现了曹植为人庸俗的一面。关于《魏鼓吹曲》，据《晋书·乐志》记载："汉时有短箫铙歌之乐，列于鼓吹，多叙战阵之事。及魏受命，改其十二曲，使缪袭为词，述以功德代汉。"这十二首诗写的内容，虽然有些是历史事实，但由于它们是应制之作，目的是为了叙述曹魏"以功德代汉"。因此，就其主要方面来说，应当属于为曹魏统治者代汉称帝服务的庙堂文学。又如曹丕称帝以后，生活更加腐化。他儿子曹叡继位期间，又大兴土木，兴建都城宫苑，耗费了大量的人力财物。当时一些文人为了满足曹丕父子和其他贵族腐化生活的需要，写了不少有关都城宫苑的作品，如邯郸淳、卞兰各自写的《许昌宫赋》，刘劭写的《赵都赋》、《许都赋》、《洛都赋》，何桢写的《许都赋》等。这些辞赋多是模仿汉大赋，描绘都城宫苑建筑华美，歌妙舞丽，极尽铺采摛文之能事。上述这些作品的出现，说明这一阶段文学贵族化的倾向非常明显，也说明前一阶段文学发展中的那股逆流，在这一阶段有了恶性膨胀。

　　建安文学在这一阶段，虽然总的来看是衰落了，但这并不是说，这阶段的文学没有任何成绩可讲。如果全面地考查这一阶段的文学，可以发现，有少数作家还是程度不同地做出了自己的贡献。其中比较突出的是曹植。曹植以反映曹魏统治集团内部矛盾为中心内容的作品，在这一阶段的文坛上放出了奇光异采。本来，在这之前，曹魏集团内部曹丕和曹植之间，为争夺太子就存在着矛盾，到了这一阶段，他们之间的矛盾又进一步加深，而且日益表面化。这主要表现在曹丕父子对曹植的排挤和压抑上。曹操死后，曹丕为了巩固自己的统治地位，迅即杀害了曹植的支持者丁仪、丁廙等，接着又用远离都城、贬爵、迁徙等多种手段迫害曹植。曹叡继位期间，曹植的这种境遇也没有多少好转。这种状况一直延续到曹植含恨而死。曹植的这种遭遇在他的创作中有深刻的反映，是他后期创作的主要内容。这方面比较典型的作品有《野田黄雀行》、《赠白马王彪》、《杂诗》六首、《吁嗟篇》、《怨歌行》等。由于曹植是曹魏集团内部矛盾的直接参加者和失败者，有亲身的经历和深切的体验，所以这些作品饱含着痛苦和愤慨，具有鲜明的个性特点。我们从这些作品当中，看到了曹丕父子为了维护和巩固自己的既得权势，不惜迫害自己亲骨肉的残忍面目。另外，我们还看到，曹植在这些作品中抒发的思想感情，并没有完全局限于个人权势利益的得失，并没有完全浸沉在个人狭隘的感伤当中。他的痛苦和愤慨常常是和为国立功、统一天下的理想融合在一起的。"闲居非吾志，甘心赴国忧。"（《杂诗》其五）"国仇亮不塞，甘心思丧元。抚剑西南望，思欲赴太山。"（《杂诗》其六）这些诗句表现了曹植在遭受迫害的情况下，并不甘心闲居，而是希望为国立功、统一天下，为此甚至不惜牺牲自己的生命。在当时的历史条件下，他的希望和理想是顺乎历史发展潮流的，在一定程度上反映了时代的趋向。因此，这些作品不仅仅是一般地反映了封建地主阶级内部的矛盾，同时也暴露了封建统治者有时为了维护自己的既得权势，是怎样背离历史潮流、扼杀人才的，是怎样剥夺有志之士建功立业的正当权利的。正是由于上述原因，曹植的遭遇及其有关的作品，才得到后来不少有志之士的同情和赞颂。

从艺术表现来看，这阶段那些贵族化倾向比较明显的作品如同它们的内容一样，没有多少可取之处。这方面，值得我们重视的还是曹植的作品。曹植这阶段的作品，除了"辞采华茂"的特点以外，还有一些新的特色，其中特别突出的是大量地运用比兴手法。他运用比兴不是作为一般的修辞手法和表现方法，而是常常用于一篇作品总体意境和形象的构思上。比较典型的例子是《野田黄雀行》和《吁嗟篇》。前者通过描绘一位少年解救见鹞自投罗网的黄雀的故事，寄托了自己要营救蒙难朋友的急切愿望。后者通篇写的是转蓬长离本根，飘荡不定，借以寄托自己十一年中三徙其国、到处流转的生活遭遇。曹植诗中所以多用比兴，主要是与他的生活遭遇有密切关系。曹植的后期生活，虽然屡受迫害，常遭诬告，长期生活在逆境之中，但他始终坚持自己的理想和抱负。他对曹丕父子既有藕断丝连的关系，有时对他们寄以希望，担心自己的言行不慎会得罪他们，又对他们的迫害十分不满。曹丕父子的迫害给他带来了无可言状的忧生之痛和愤慨之情，深藏不露吧，他们日益啮心，直接袒露吧，险恶的环境又不允许。这种现实境况和矛盾心理，使他的作品不得不纡曲其旨，更多地采用比兴的艺术手法。

这一阶段，虽然曹植写了一些优秀作品，但就整个文坛来看，优秀作品的数量很少。和前一阶段相比，这一阶段的文学对现实生活的反映，不论在广度上、深度上，还是在艺术表现上，都表现出衰落的现象。这种现象的出现有多方面的原因。

　　从政治思想上来看，与这一阶段统治者宣扬儒家经学有密切关系。重视儒家经学，本来曹操在晚年就有表现。建安十九年曹操提出"治定之化，以礼为首"(《三国志》卷二十四《魏书·高柔传》)。荀彧也曾建议曹操"'宜集天下大才通儒'考论六经……并隆礼学，渐敦教化，则王道两济。'……太祖常嘉纳之"(《三国志》卷十《魏书·荀彧传》注引《彧别传》)。但由于曹操当时还没有正式登上皇帝的宝座，所以在实践上儒家经学影响不大。到了曹丕父子统治时，情况则不同。他们身居皇位，为了维护皇权，采取了多种措施推崇宣扬儒家经学。曹丕在称帝的第二年，就写了《以孔羡为宗圣侯置吏修庙诏》，称赞孔子"资大圣之才，怀帝王之器"。他取士选人，强调"儒通经术"(《取士勿限年诏》)。他为了传播经术，使"诸儒撰集经传"(《三国志》卷二《魏书·文帝纪》)。曹叡为了宣传经学、注意重用经生宿儒(《三国志》卷三《魏书·明帝纪》)，强调"六艺之文"，而"六艺之文，礼又为急"(《三国志》卷二十五《魏书·高堂隆传》)。曹丕父子如此推崇儒家经学，在政治思想领域中把它奉为准则，结果使当时不少知识分子不再注重实际，而把自己的许多精力和才华用到了经学方面。同时他们的思想也受到较大的箝制。这样，前一阶段思想比较活跃的局面不见了，代替它的是思想的比较单一和僵化。这是这阶段文学衰落的一个原因。

　　从文学思想方面来看，如果说在前两个阶段曹氏父子对文学的影响主要是积极的话，那么，到了这一阶段，由于其地位的变化，以曹丕父子为代表的魏国统治集团对文学的影响则主要是消极的。曹丕父子相继登上皇位以后，为了巩固他们的统治地位，非常热衷于恢复和制定礼乐制度，要求礼乐服饰、文学艺术与其统治相适应。从这一点出发，他们极力要文学为其歌功颂德。为此，他们有时不惜耗费大量的资财，如文人卞兰曾写有《赞述太子赋》，竭力称颂曹丕的才华和功德，摛采铺藻，颇多谀词，极不真实。但是这样的辞赋却受到了曹丕的赏识。曹丕专门写信给卞兰，赞扬他写这篇辞赋"义足嘉也"，并"赐牛一头"，"由是遂见亲敬"（《三国志》卷五《魏书·卞后传》注引《魏略》）。又如邯郸淳黄初年间"作《投壶赋》千余言奏之"，赋中对曹丕多溢美之词。而曹丕看了，"以为工，赐帛千匹"（《三国志》卷二十一《魏书·王粲传》注引《魏略》）。由于最高统治者廉价的奖赏，结果使当时不少文人把写文做赋当成获得利禄爵位的重要工具。而统治者也确实常常因为文人所奏的文赋合乎自己的需要而擢升他们，如儒宗严苞"黄初中，以高才入为秘书丞，数奏文赋。文帝异之，出为西平太守"（《三国志》卷十三《魏书·王肃传》注引《魏略》）。这样就使庸俗地为统治者歌功颂德之类的文学作品得到了鼓励，并借助皇权得以推广。

这一阶段，许多著名作家的相继去世也是文学衰落的一个重要原因。建安二十二年春天，王粲死于疫疠。这年冬天，疫疠更为猛烈，徐干、陈琳、刘桢、应场"一时俱逝"。在这之前死去的重要作家有阮瑀（卒于建安十七年）、路粹（卒于建安十九年）。在这之后，又有几位作家相继死去。建安二十三年繁钦病逝；二十四年杨修被杀；二十五年曹操去世，丁仪、丁廙兄弟被杀；黄初二年刘廙死去。在前后八九年的时间，有十二位著名的作家接连去世，使整个文坛顿时群星殒落，变得暗淡荒寂。文人的大量死亡，实在是影响建安文学走向衰落的一个重要契机。这也是我们把建安二十三年做为这一阶段文学开始的一个重要原因。

五

上面分三个阶段论述了建安文学的发展过程,从它的发展过程中,我们可以得到三点有益的启示:

第一,建安文学发展的三个阶段,虽然情况互有差异,成就大小不同,但三个阶段有成就的作家却有一个共同的特点,即都是顺应了历史发展的潮流,对现实生活有比较深刻的体验,通过条条看得见的和看不见的线路同时代和人民相联系。因此,他们写出来的成功作品,描绘了军阀混战酿成的动乱和灾难,同情人民的悲惨遭遇,抒发了积极进取、建立功勋的豪情壮志,向往出现安定统一的封建治世。马克思指出:"任何真正的哲学都是自己时代精神的精华。"(《马克思恩格斯全集》第 1 卷 121 页)马克思讲的虽然是哲学,但其基本精神也适用于文学。普列汉诺夫说过:"任何文学作品都是他的时代的表现,它的内容和它的形式是由这个时代的趣味、习惯、憧憬决定的,而且愈是大作家,他的作品的性质由他的时代的性质而定的这种关联也就愈强烈、愈明显。"(《两篇关于古·朗松〈法国文学史〉一书的评论》)建安文学各阶段的杰出作家都具有时代精神的支持者的特色。他们写的优秀作品,都程度不同地具有时代精神。正是这些优秀作品形成了建安文学的主流,使建安文学在中国古代文学史上放射出灿烂的光辉。而建安文学发展过程中,出现的那些庸俗的颂祝之作和应酬之作之所以没有价值,正是因为当时的作者脱离了历史发展的潮流,脱离了现实生活,没有发自时代潮流的强有力的感情冲动,对人民的命运没有深切的关怀,对社会的发展也缺乏理想的火花。这类作品在后来历史发展的长河中,受到人们的冷遇,是完全理所当然的。

　　第二，建安文学的全面发展不是在社会急剧动荡、民生极其凋敝的第一阶段，而是在社会相对安定、经济有所恢复和发展的第二阶段。第一阶段虽然也有成就，但总的来看，优秀的作品不多。当时战乱频仍，人们大量死亡，少数幸存者时刻都在受着死亡的威慑。文人或避难无暇，或忙于征战，他们常常连起码的衣食住行都难以保证，自然就很少有时间问津文学了。到了第二阶段，情况有所改变。这时随着北方的渐趋统一，社会相对地稳定了。备受灾难煎熬的人民，开始有了喘息的机会。经过战乱洗礼的文人，生活也较为优裕，不再象以前那样奔波飘荡了。他们回忆着昨天的深重灾难，面对着今天战争创伤的整治和经济的恢复发展，更多地看到了社会和人生的希望。他们有条件创作更多的优秀作品了。狄德罗说："什么时代产生诗人？那是经历了大灾难和大忧患以后，当困乏的人们开始喘息的时候。那时想象力被伤心惨目的景象所激动，就会描绘出那些后世未曾亲身经历的人所不认识的事物。……而在那样的时候，情感在胸怀堆积、酝酿，凡是具有喉舌的人都感到说话的需要，吐之而后快。"（《论戏剧艺术》）在一定意义上，狄德罗讲的道理也适用于这一阶段的文学创作。从这里可以看到，文学做为一种特殊的意识形态，和经济基础之间的关系，尽管有时被某些中间环节弄得模糊不清，但是归根结底，经济发展的状况对文学的影响是很大的。过去以至现在学术界流行着一种观点，认为建安文学繁荣的原因，是社会的急剧动荡和经济的惨遭破坏，并且以此做为艺术生产与物质生产不平衡规律的典型例证。其实，总观建安文学发展的全过程，可以说，上述观点并不切合实际。社会的急剧动荡和经济的惨遭破坏，最多给文学的发展提供了一种可能性，而把这种可能性变成现实性,还必须依赖于社会的相对安定,依赖于经济的恢复和发展。

　　第三,在建安文学发展的过程中,我们还可以看到,文学发展的状况与思想是否活跃,关系至为密切。如前所述,在建安文学发展的前两个阶段,特别是第二阶段,思想比较解放。人们在不同程度上冲破了两汉经学章句的羁绊,被"罢黜百家,独尊儒术"所长期搁置起来的其他思想,又为人们所重视。人的才性智能胜过忠孝节操,人们由崇尚经生宿儒变为嘉许能治国平天下的有为之士,文学由经学的附庸,变成了从当权者到一般士大夫所重视的"不朽"之业。思想的解放使文坛十分活跃,创作比较繁荣。反映现实、抒发真情实感、文情并茂的抒情文学,以前所未有的风貌,在我国古代文学史上写下了光辉的一页。与此相反,到了第三阶段,曹魏统治集团为了巩固自己的统治,原来被他们丢弃的两汉儒家经学,又被拣回来了,要文人整理,要人们学习,要人们信奉,其他思想则逐渐又被搁置起来了,经学之士又被请进了皇宫府第,委以重任。在文学思想上,曹丕父子以皇权钦定的形式,要文学为他们歌功颂德,宣扬谶纬迷信,从而借以证明他们的统治是上合神灵、下符"功德"的。所有这些对文人的思想都有较大的束缚。于是,文坛上出现了大量庸俗颂祝和宣扬神学迷信之类的作品。思想上的解放是文学发展的先导,思想上的束缚必然导致文学的衰微。这在建安文学的发展过程中表现得比较清楚。

　　　　　　　　　　写于一九八三年二月

建安诗歌的新特点

在建安文坛上，诗歌、辞赋、散文和小说等文学体裁，都有新的发展。但其中成就最大的是诗歌。建安文学的繁荣，主要表现在诗歌创作上出现了一些新特点。这些新特点表现在多方面，这里着重谈两点：一是"五言腾踊"，二是重在抒情。

一

刘勰《文心雕龙·明诗篇》论述我国古代诗歌发展时说："暨建安之初，五言腾踊。文帝、陈思，纵辔以骋节；王、徐、应、刘，望路而争驱。""五言腾踊"确实是建安诗歌的一个新特点。

五言诗萌芽于民间歌谣，同时又是在民间歌谣的肥沃土壤里渐渐成长起来的。秦汉时期的民间歌谣，就有一些是五言的，如传说是秦时的《长城歌》和西汉时的《尹赏歌》、童谣"邪径败良田"等，都是完整的五言诗。汉武帝时设立乐府，民间五言歌谣大量地被采入乐府，成为乐府歌辞。但没有发现西汉时期文人写的五言诗，所以《文心雕龙·明诗篇》说："至成帝品录，三百余篇；朝章国采，亦云周备。而辞人遗翰，莫见五言。"到了东汉，文人写的五言诗，有主名且又较早的是班固的《咏史》诗。这首诗"质木无文"（钟嵘《诗品·总论》），影响不大，只能看成是文人写作五言诗的一种尝试。值得注意的是东汉末年出现的《古诗》十九首。它的出现,标志着文人五言诗已经臻于成熟。但在东汉时期,这样比较成熟的文人五言诗,不仅出现得很晚,而且数量也不多。这种现象到建安时期才有了根本的转变。

建安时期文人竞作五言诗,使五言诗在当时的诗坛上占有很大的比重。丁福保《全汉三国晋南北朝诗》,辑建安二十四位著名文人比较完整的诗歌,共二百七十八首,其中五言诗一百七十一首,占总篇数的百分之六十二。五言诗占有这样大的比重,这是前所未有的。需要特别指出的是,当时成就较大的不少作家写的五言诗特别多。现将今存的三曹和七子的诗歌中五言诗占的百分比列表如下:

姓名	诗歌总篇数	五言诗篇数	五言诗占的百分比
曹操	20	6	30
曹丕	43	22	51
曹植	77	59	77
孔融	9	3	33
王粲	25	15	60
刘桢	15	15	100
陈琳	4	3	75
徐干	4	4	100
阮瑀	12	12	100
应玚	6	5	83

从上表提供的情况来看,虽然三曹和七子留下来的五言诗所占的百分比不同,但他们对五言诗都是重视的。五言诗已蔚为大

观,成为当时文人所运用的主要诗歌形式了。

在我国古代诗歌发展史上,由《诗经》以四言为主到建安诗歌以五言为主,这在诗歌形式上是一重大发展。我们知道,以《诗经》为代表的四言诗,曾经放射出灿烂的光辉,发挥了很大的作用。但是随着社会和语言的发展,四言诗也逐渐表现出明显的局限性,势必要被五言诗所取代。事实也是这样。《诗经》以后,尽管有少数文人写出了一些优秀的四言诗,但就总的趋势来说,正象章太炎所说:"数极而迁,虽才士弗能以为美。"(《国故论衡》)这是因为,四言诗和五言诗相比,有一些明显的缺欠:四言诗一句四字,句子短促,容量有限,表达一个完整的意思,往往需要较多的诗句。因此,钟嵘《诗品·总论》谈到四言诗说:"每苦文繁而意少,故世罕习焉。"五言诗则不同,它一句五字,语句较长,容量较大,一般两句、有时甚至一句就能表达一个完整的意思。从音节来看,四言诗两字一顿,每句包括两个音节。节奏虽然明显,但却有偶无奇,显得比较单调。同时单音词和双音词的配合也相当困难。这样就不容易把诗歌的抑扬顿挫之美表现出来。五言诗则没有这方面的问题。它一句由五字构成,单音词和双音词比较容易调配。在节拍上,五言诗一句由三个音节构成,有偶有奇,奇偶相配,变化较多,不象四言诗那样呆板。这样五言诗就能"居文辞之要,是众作之有滋味者也",就容易取得"指事造形,穷情写物,最为详切"(《诗品·总论》)的艺术效果。由于五言诗具有上述一些优点,所以建安及其以后的历代诗人,都注重五言诗,使五言诗成为我国流行较广、生命力较强的一种诗歌形式。

五言诗在建安时期之所以受到重视,得以发展,除了它本身所具有的优点以外,还有多方面的原因。

诗歌发展史告诉我们,新的诗歌形式的完善和被广泛运用,主要取决于时代的变化和诗歌内容的发展。五言诗也是这样。建安时期,社会急剧动荡,生活的节奏加快了。作家对动乱的社会现实有深刻的体验。他们不同程度地挣脱了两汉经学章句、谶纬迷信的羁縻,思想比较活跃,感情冲动比较强烈。作家脚下的生活土壤变了,思想感情变了,这就要求采用新的更适合的诗歌形式,而五言诗所具备的一些优点,正适应于表现诗歌的新内容,正好满足了建安时代的需要。

　　建安诗歌的繁荣与曹氏父子的积极影响有很大关系,这在五言诗的发展上也有明显的表现。在理论上,曹丕在强调"诗赋欲丽"(《典论·论文》)的前提下,比较重视五言诗。这主要反映在他对刘桢诗歌的评论上。现存刘桢的诗歌全是五言诗,其中有不少是成功之作。对此,曹丕在《又与吴质书》中给予了很高的评价,说刘桢"五言诗之善者,妙绝时人"。这一评价虽然比较简略,但它在我国古代文学理论批评史上,第一次肯定了刘桢优秀的五言诗。在创作上,曹操、曹丕和曹植都是当时杰出的诗人,他们都写了一些五言诗,特别是曹丕和曹植写的五言诗,都占他们诗篇总数的一半以上(如前表所列)。曹氏父子在政治上大权独揽,地位显赫。他们在理论上和创作上对五言诗的重视,因其特殊的政治地位自然会产生极大的影响。另外,曹丕还以太子和"副君"的身份,热心倡导聚集在曹氏父子周围的文人写作诗歌。曹丕在《又与吴质书》中,曾追忆与著名的文人徐干、陈琳、应场和刘桢等人相处作诗的情形:"每至觞酌流行,丝竹并奏,酒酣耳热,仰而赋诗。"又《初学记》卷十引《魏文帝集》说,曹丕"为太子时,北园及东阁讲堂,并赋诗,命王粲、刘桢、阮瑀、应场等同作"。曹植以"公子之豪",也经常用诗歌和当时的文人一起唱和,彼此赠答。《全汉三国晋南北朝诗》辑有曹植、王粲、刘桢、阮瑀、应场《公宴》诗各一首，陈琳《宴会》诗一首；辑的赠答诗主要有曹植的《赠徐干》、《赠丁仪》、《赠王粲》、《赠丁仪王粲》、《赠丁翼》，刘桢的《赠五官中郎将》四首、《赠徐干》，徐干的《答刘公干诗》，应玚的《侍五官中郎将建章台集诗》等。这些诗多是应制和唱和之作，而且都是五言诗。值得我们注意的是，上面列举的王粲、刘桢、阮瑀、应玚、陈琳和徐干等人的诗歌，都是依附曹氏父子以后写的。由此亦可窥见曹氏父子对五言诗发展的一些影响。

在我国古代诗歌发展史上，新的诗歌形式的产生与发展一般都是与继承、借鉴过去的诗歌形式分不开的。建安五言诗的发展也是这样。它的发展与继承、借鉴汉乐府民歌中的五言诗和《古诗十九首》的优秀成果有密切联系。

建安文人十分重视汉乐府民歌，深受汉乐府民歌中的五言诗的影响。挚虞《文章流别论》说："五言者……于俳谐倡乐多用之。"黄侃《诗品讲疏》也说："凡非大礼所用者，皆俳谐倡乐，此中兼有乐府所载歌谣。"挚、黄两人所说的，符合汉乐府民歌的实际情况。汉乐府民歌，特别是"相和歌辞"中有许多民歌是完整的五言诗，如《江南》、《鸡鸣》、《陌上桑》、《长歌行》、《君子行》、《豫章行》、《相逢行》、《长安有狭斜行》、《陇西行》、《步出夏门行》、《折杨柳行》、《双白鹄》、《艳歌行》、《艳歌》、《上留田行》、《皎如山上雪》、《怨诗行》等。汉代文人由于受儒家保守思想和经学的束缚，把以四言为主的《诗经》尊为"经"，当作雅言，而认为"俳谐倡乐多用之"的五言诗，非音之正，不能登大雅之堂。他们推崇的仍是四言诗。他们相率模拟《诗经》，写了一些板滞的四言诗，而较少取法汉乐府民歌创作五言诗。随着时代的变化，这种正统的保守观念，被建安文人冲破了。建安文人注重学习汉乐府民歌中的五言新形式，努力写作五言诗。曹魏三祖曹操、曹丕和曹睿在这方面又走在了前头。他们三人有一个共同的特点，就是都爱好乐府民歌和民间俗乐。《魏志·武帝纪》注引《曹瞒传》说，曹操"好音乐，倡优在侧，常以日达夕"。《宋书·乐志》说："'但歌'四曲，出自汉世。无弦节，作伎，最先一人倡，三人和。魏武帝尤好之。"由此可知，曹操所喜爱的主要是汉代的民间音乐。《文选》卷四十载繁钦《与魏文帝笺》及李善注引《文帝集序》说，繁钦曾经"广求异妓"，发现都尉薛访车子善唱俗曲，马上写信告诉曹丕。曹丕得知此事，赞叹不已。《宋书·乐志》说："'相和'，汉旧歌也……本一部，魏明帝分为二，更递夜宿。"曹魏三祖不仅喜爱民间俗乐，而且还写了不少歌辞入乐歌唱。现存曹操留下来的诗歌全是乐府歌辞。据郭茂倩《乐府诗集》所辑，曹操的乐府歌辞都属"相和歌辞"，其中有不少名篇，如《薤露行》、《蒿里行》、《苦寒行》等都是五言诗。曹丕留下来的乐府诗共二十四首，有二十二首属于"相和歌辞"，其中有五言诗七首。现存曹睿的诗歌同曹操一样，也都是乐府歌辞。《乐府诗集》辑有曹睿诗共九首，有八首属于"相和歌辞"，有五言诗四首。曹魏三祖如此重视汉乐府民歌，热心写作五言诗，说明汉乐府民歌中的五言诗对建安五言诗的发展，有很大的影响。

建安五言诗的发展，还与继承、借鉴《古诗十九首》密切相关。《古诗十九首》出自东汉末年社会地位比较低下的文人之手。它的出现，是汉乐府民歌五言诗在艺术上的进一步升华。它在思想上和艺术上的成功，进一步显示了五言诗具有四言诗所没有的长处，为建安五言诗的发展奠定了坚实的基础。由于《古诗十九首》写作的时间离建安很近，自然会对建安文人产生更为直接、更为广泛的影响。在形式上，主要表现在不少建安文人学习《古诗十九首》，写了大量的五言诗。他们写的五言诗中，有许多诗句和

《古诗十九首》中的诗句极为相近。这在写五言诗较多的王粲、曹丕和曹植等人的诗篇中，有许多明显的表现。现将他们诗歌中与《古诗十九首》相近的诗句摘录对照如下：

《古诗十九首》　　　　　　　　王粲、曹丕、曹植诗

忧愁不能寐（《明月何皎皎》）──→独夜不能寐（王粲《七哀诗》三首其二）

揽衣起徘徊（《明月何皎皎》）──→摄衣起抚琴（王粲《七哀诗》三首其二）

愁思当告谁（《明月何皎皎》）──→此愁当告谁（王粲《从军诗》五首其三）

白露沾野草（《明月皎夜光》）──→白露沾我裳（曹丕《杂诗》二首其一）

忧愁不能寐（《明月何皎皎》）──→展转不能寐（曹丕《杂诗》二首其一）

生年不满百（《生年不满百》）──→人生不满百（曹植《游仙》）

人生非金石（《回车驾言迈》）──→自顾非金石（曹植《赠丁仪王粲》）

被服纨与素（《驱车上东门》）──→裁缝纨与素（曹植《浮萍篇》）

人生寄一世（《今日良宴会》）──→人生处一世（曹植《赠白马王彪》）

建安五言诗中，类似上面直接运用或化用《古诗十九首》诗句的例子，还可以举出很多。这些例子的出现不是偶然的现象，它说明建安文人十分重视、非常熟悉《古诗十九首》，并且学习《古诗十九首》来创作五言诗。

关于建安五言诗发展的原因，上面谈的几点，只是一些初步的、粗浅的看法。实际上，建安五言诗的发展同其他文艺形式的发展一样，原因是多方面的。其中有外部条件，也有内在根据。种种外部条件和内在根据综合发生作用，才促使五言诗得到蓬勃的发展。这一问题，有待进一步探讨。

二

现存的汉乐府民歌，大多属于叙事诗。这一特点在建安诗坛上仍有一定的反映。无名氏的《焦仲卿妻》、陈琳的《饮马长城窟

行》、阮瑀的《驾出北郭门行》和蔡琰的五言《悲愤诗》等，都是优秀的叙事诗。但就整个建安诗歌来看，这类叙事诗很少，而更多的是抒情诗。这些抒情诗，虽然是叙事与抒情相结合，但大都饱含着强烈的抒情性。这是建安诗歌的另一个特点。

建安诗歌的抒情性具有深广的社会内容和强烈的时代气息。它所涉及的内容相当丰富，有动乱、灾难、征战、离别、爱情、游览、饮宴、赠答、咏史、游仙、山水等等。后来抒情诗所吟咏的各个方面，大多在建安诗歌中都有所接触。在上述内容中，最值得我们重视的是那些慨叹战乱给人们带来的悲惨遭遇的诗歌。曹操的《薤露行》、《蒿里行》、《苦寒行》，王粲的《七哀诗》三首其一，曹丕的《于清河见挽船士新婚与妻别》、《燕歌行》，曹植的《送应氏》二首其一和《泰山梁甫行》等，都是这方面的典型作品。这些诗篇有的反映战乱对社会的惨重破坏，有的抒写人们生离死别的无限痛苦，有的描绘人民艰难竭蹶的贫困生活。其内容虽然各有特点，但写的都是那个社会的悲剧，唱的都是那个时代的哀歌。值得我们特别注意的是，当时的种种灾难尽管使诗人悲伤不已，但是他们并没有因此而消沉，而颓丧。相反的，在他们的悲叹中，常常融合着积极向上的壮怀激情。这在曹操、曹植、陈琳和王粲等人的诗篇中，都有比较深刻的表现。

曹操的诗歌，一方面描绘了"白骨露于野，千里无鸡鸣"的悲惨社会图景，抒发了"断人肠"的"哀伤"（《蒿里行》），另一方面又表示"不戚年往，忧世不治"（《秋胡行》），憧憬"太平时，吏不呼门"的封建治世（《对酒》）。为了恢复封建治世，他要象"山不厌高，海不厌深。周公吐哺，天下归心"那样广揽人才（《短歌行》）。为了统一天下，他高唱"老骥伏枥，志在千里。烈士暮年，壮心不已"（《步出夏门行》）。曹植的诗歌，尽管前期和后期不同，但"戮力上国,流惠下民,建永世之业,流金石之功"(《与杨德祖书》)的志向,前期和后期却是一致的。前期可以他的《白马篇》为例。这首诗中的"名在壮士籍,不得中顾私。捐躯赴国难,视死忽如归"等句,洋溢着他希望乘时为国立功的豪迈情怀。他后期虽屡受压抑,多遭迫害,但他希望建立功勋的情怀并没有改变。这里可用他的《杂诗》六首其五和其六作为示例。在这两首诗中,曹植希望东灭吴国、西征蜀汉,进而统一天下。为此,他表示:"闲居非吾志,甘心赴国忧。""国仇亮不塞,甘心思丧元。抚剑西南望,思欲赴泰山。"陈琳留下来的抒情诗不多,但及时立功、名留史册的思想感情,在有限的诗篇中表现得也极为鲜明:"骋哉日月逝,年命将西倾。建功不及时,钟鼎何所铭。收念还房寝,慷慨咏坟经。庶几及君在,立德重功名。"(《游览》其二)王粲依附曹操以前写的诗歌,已表现出恢复封建治世的愿望,如《七哀诗》三首其一写道:"南登霸陵岸,回首望长安。悟彼下泉人,喟然伤心肝!"依附曹操以后,这一愿望又有进一步发展。为了实现这一愿望,他在《从军诗》五首其二中写道:"昔人从公旦,一徂辄三龄。今我神武师,暂往必速平。弃余亲睦恩,输力竭忠诚。惧无一夫用,报我素餐诚。夙夜自恲性,思逝若抽萦。将秉先登羽,岂敢听金声。"诗中虽对曹操有溢美之词,但信赖曹操、输力尽忠、积极向上、有进无退的思想感情还是十分强烈的。

从上面提到的部分诗歌中,我们看到了历史的灾难在作家心灵上激起的深切悲痛,也看到了在深切的悲痛中产生的消除灾难、再现封建治世的理想和愿望。这些在当时都是历史的呼啸,都是历史要前进的音响。正由于这一特色,才使建安抒情诗具有能够激动人心的艺术力量。长期以来,有些研究者在论述建安抒情诗的内容时,强调的多是当时文人用悲凉的笔触对社会灾难的描绘,而较少论及他们抒发的憧憬治世、积极进取等思想感情。其实建安抒情诗的思想价值,不仅仅在于当时文人描绘了社会的灾难,更重要的是由于他们表现了面对社会灾难而激发出来的奋发有为、坚毅向上的精神境界。

建安抒情诗在感情客观化所采取的具体途径上,也有自己的特点。我国古代诗歌抒情时,常常借助于外物景象,使主观感情客观化。建安诗歌在抒情上继承了这一传统,同时又有新的创造,新的特点。

我国最早的诗歌总集《诗经》,抒情时选用的外物景象比较广泛,鱼虫鸟兽,花草树木,日月风云和山水江河等等,几乎都被用于诗歌,而且多是特指,比较具体。到了建安时期,上述情况有了变化。从现存曹植、王粲和刘桢三人的诗歌来看,他们抒情所选取的外物景象,虽然也比较广泛,但其中有些用得较少,有些用得较多。用得较多的是风和鸟。用风和鸟时,泛指的较多,特指的较少。

先看用风的情况。上述三人诗歌中写到风的共有五十四处。这么多的数量,表明风在建安诗歌中的出现是多发性的现象。自然界中有各种各样的风,有和煦的春风,有炎热的夏风,有秋冬的寒风,还有狂暴的回飙。而在上述三个作家的诗歌中,用的最多的是秋冬的寒风和狂暴的回飙。用秋冬寒风的例子有:

北风行萧萧,烈烈入君耳。(曹植《怨诗行》)

凉风肃兮白露滋,木感气兮条叶辞。(曹植《离友诗》二首其二)

秋风发微凉,寒蝉鸣我侧。(曹植《赠白马王彪》)

风流云散,一别如雨……烈烈冬日,肃肃凄风。(王粲《赠蔡子笃》)

日夕凉风发,翩翩漂吾舟。(王粲《从军诗》五首其五)

　　　　　四节相推斥,季冬风且凉。(刘桢《赠五官中郎将》四首
其一)

　　　　　秋日多悲怀……清风凄已寒。(同上,其三)

　　　　　凉风吹沙砾,霜气何皑皑。(同上,其四)

　　用回飙的例子有:

　　　　　卒遇回风起,吹我入云间。(曹植《吁嗟篇》)

　　　　　何意回飙举,吹我入云中。(曹植《杂诗》六首其二)

　　　　　风飙扬尘起,白日忽已冥。(王粲《杂诗》)

　　从上面的例子来看,诗人借风抒情时,一般不作细致的描绘,
而只作粗线条的勾勒。此外,有时粗线条的勾勒也没有,而是在
“风”的前面冠以“惊”、“悲”等词,如“惊风飘白日”(曹植《箜篌引》),
“悲风来入怀”(曹植《浮萍篇》),“高台多悲风”(曹植《野田黄雀行》)
等。这样直接给风染上感情色彩,进一步突出了感情的抒发。

　　再看用鸟的情况。上述三个作家的诗歌中,用鸟共有四十一
处。用鸟用得这么多,这也是前所未有的。本来自然界中的鸟种
类繁多,千姿万态。但上述三个作家着笔较多的是:第一,孤独之
鸟。如:

　　　　　孤雁飞南游,过庭长哀吟。(曹植《杂诗》六首其一)

　　　　　飞鸟绕树翔,噭噭鸣索群。(同上,其三)

　　　　　中有孤鸳鸯,哀鸣求匹俦。(曹植《赠王粲》)

　　　　　蟋蟀夹岸鸣,孤鸟翩翩飞。(王粲《从军诗》五首其三)

　　　　　联翩飞鸾鸟,独游无所因。(王粲《杂诗》其三)

　　诗人写这类孤独之鸟,常常是借以抒发人们与亲友离别之后
的孤苦。第二,比翼双栖之鸟。如:

　　　　　鸳鸯自朋亲,不若比翼连。(曹植《豫章行》二首其二)

　　　　　下有交颈兽,仰有双栖禽。(曹植《种葛篇》)

愿为比翼鸟，施翮起高翔。(曹植《送应氏》二首其二)

南杨栖双鹄，北柳有鸣鸠。(曹植失题诗)

诗人写这类比翼双栖之鸟，多是借以反衬人们离别之后的孤独悲伤。第三，归林之鸟，如：

游鸟翔故巢，狐死反邱穴。(曹植失题诗)

归鸟赴乔林，翩翩厉羽翼。(曹植《赠白马王彪》)

愿随越鸟，翻飞南翔。(曹植《朔风诗》)

潜鳞在渊，归鸟在轩。(王粲《赠蔡子笃》)

狐狸驰赴穴，飞鸟翔故林。(王粲《七哀诗》三首其二)

诗人写归鸟赴林，常常是借以抒发人们寄居外地、渴望归乡的情思。

上面列举的例子，说明建安诗歌抒情选取的外物景象确实有自己的特点。诗人面对的客观景物是十分繁富的，促使诗人选此而弃彼的，显然主要不是呈现在他们面前的客观景物，而是他们的意绪情感。而这种意绪情感主要又是来自他们所处的时代。前面已经谈到，建安时期，社会动荡，白骨纵横，民生凋敝，人多离别。人们的心灵上常常笼罩着一种悲凉的凄苦之情。这种心情，使人们自然很少会去欣赏和煦的春风，去聆听悦耳的鸟鸣。与此相反，那寒冷萧瑟的秋冬之风，扬尘飘物的狂暴之飙，离群失偶的孤独之禽，飞向故林的归巢之鸟，凡此种种，倒是十分容易引起诗人的共鸣。悲伤的感情容易选择凄凉的景物，凄凉景物的选择和描绘，又进一步表现了悲伤的感情。这恐怕是建安诗歌在抒情上较多地选用风和鸟的重要原因。

写于一九八三年八月

建安诗歌的三种产生方式及其特点

建安诗歌在当时的文坛上占有非常重要的地位,但是,建安诗歌的产生究竟有哪些方式? 每种方式有些什么样的特点? 从中我们可以得到哪些启示? 对诸如此类的问题,过去很少有人论及。因此,本文想就上述问题,谈一点粗浅的想法。

从现存有关建安诗歌的资料来考察,建安诗歌的具体产生情况是相当复杂的,归纳起来,大致有三种不同的方式:一是即兴式,二是积淀式,三是应制式。下面就这三种方式,逐一试作探讨。

一 即兴式

即兴式诗歌在建安诗歌中占的比重较大。作者在写这类诗歌之前,一般都缺少明确的写作打算,也没有充分的思想准备。作者之所以写这类诗歌,多是由于偶然的机会,使他们看到了或想到了某一景物、某一事件或某一人物。这些景物、事件或人物所具有的审美价值触动了作者,吸引了作者。作者全神贯注地观赏它、玩味它,产生了非把它写出来不可的激情,于是在较短的时间里,把自己稍纵即逝的思想感情的浪花,用诗歌的形式凝定了下来,成为有艺术感染力的文学作品。这种即兴式的产生方式,在建安作家的创作中是屡见不鲜的：

《魏志·武帝纪》注引《魏书》说曹操"登高必赋"。所谓"登高必赋"，就是登高四望，心有所感，迅即吟诗作诗。曹操的不少诗歌就是这样产生的。人们所称道的《观沧海》就是一例。这首诗是曹操征讨乌桓回师途中写的，看来曹操事先并没有写《观沧海》的想法，只是当他"东临碣石，以观沧海"时，波涛汹涌、浩瀚无际的大海触动了他，于是他一挥而就，写出了这篇不朽的杰作。

刘桢《京口记》载："蒜山无峰岭，北悬临江中。魏文帝南望而致歌。"这里所谓的曹丕"南望而致歌"，说明曹丕本来并没有写诗描绘蒜山的考虑，只是当他看到了"蒜山无峰岭，北悬临江中"的画面以后，有所感触，因而马上"致歌"，叙写景物，抒发感情。

由于即兴式诗歌是诗人在即时之间，受到某种景物的触动而开始写作的，因而每首诗歌的写作，都有一个触发点。建安即兴式诗歌的触发点很多。社会惨遭破坏的许多画面，人们生离死别的种种情景，征战中遇到的各种境况，文人之间的相互赠答，高山峻岭，江河沧海，日月星辰，凡此等等，都成了即兴式诗歌的触发点。值得我们注意的是，在上述众多的触发点当中，与社会动乱有关的触发点特别多。建安许多优秀的即兴式诗歌，几乎都和这一点有关系。这说明建安即兴式诗歌的触发点，具有鲜明的时代特点。

即兴式诗歌虽然产生的具体情况不同，每篇作品的内容也有自己的特点，但如果仔细地对它们加以分析和综合，大致可分成两种类型：一种可以称之谓即景型，另一种可称之谓即情型。当然这种区分只能是相对的。

即景型诗歌，作者主要是写他在短时间内所看到的景物，有时也写由眼前的景物而引起的联想，至于他由这些景物产生的感情,一般是隐藏不露,把它寄寓在所描写的景物当中。所以这类诗具有明显的客观色彩。曹植的《送应氏》二首其一,就是属于这种类型的作品。这首诗的前十句,写的是作者登北邙山所看到的洛阳的荒凉景象。初平元年,董卓胁迫献帝由洛阳迁都长安,迁都时大肆焚烧抢劫,洛阳惨遭破坏。诗中所写的是当时的真实景象。诗的最后六句是由洛阳的惨遭破坏,进而联想到应氏回家途中及家乡的凋敝和荒寂。全诗不论是描绘作者所看到的实景,还是叙写由此而产生的联想,作者都是主要着眼于客观景物的再现,把自己悯时伤乱的思想感情寄寓在所描写的景物之中。

　　和即景型诗歌相比,即情型诗歌则具有浓重的主观感情色采。作者写即情型诗歌的契机,虽然常常也是由客观的某种景物所触动,但这类诗歌中的景物或用以起兴,或用以衬托,或用以比喻,和即景型诗歌中的景物描写不同。此外,在这类诗歌中,作者为了抒发自己的即时之情,有时自己站出来,不假景物,直抒胸臆。如曹操的《龟虽寿》。这首诗一开始就写了长寿的神龟和乘雾的腾蛇。曹操笔下的神龟和腾蛇显然不是眼前的景物。作者写它们既不是为了褒赞它们,也不是为了贬抑它们,而是用神龟"犹有竟时"和腾蛇"终为土灰",说明人寿不长,终有一死。作者写了神龟和腾蛇之后接着又写道:"老骥伏枥,志在千里。"这也是比喻,说明人应当象伏枥的老骥那样身老而志不衰。作者写到这里,感情的潮水仍在激荡,于是不再假借他物,不可遏止地唱出了"烈士暮年,壮心不已。盈缩之期,不但在天;养怡之福,可得永年"这样径直袒露胸襟的诗句。

　　从上面的分析可以看到,即景型和即情型诗歌,虽然都有景物描写,都是为了抒情,但即景型诗歌,作者着意描绘的是客观景物的画面,所抒发的感情多是潜藏在画面的背后,而即情型诗歌则不同,作者一般并不太注意画面的描绘,作者的感情常常是比较明显地宣泄出来。

建安即兴式诗歌,因其在产生方式上有自己的特殊性,这就使这类诗歌具有一些明显的特点:

其一,反映社会现实的迅即性。建安即兴式诗歌多是触目兴怀,写眼前景,抒即时情,对社会现实生活的反映比较迅速,比较直接。自然界中的各种景物,社会生活中的许多事情,不仅都可以成为这类诗歌的机缘,而且在这类诗歌中,一般都可以得到比较迅速的反映。建安时期,社会的惨遭破坏,人们的大量死亡,生离死别的痛苦,征战徭役的艰辛,为国立功的愿望,恢复治世的理想……凡此种种,在建安即兴式诗歌中,都有比较迅速的反映。

其二,在时间与空间上,突出空间性。建安即兴式诗歌,一般不太注意以时间为线索,从纵的方面把写的景物和抒发的感情贯穿在一起,而是大多着眼于用空间形式来写景抒情。这种空间形式,主要表现为诗歌的横向结构,即位置布局、侧面角度等等。这类诗歌有时也写到时间,但并不太考虑时间先后的承接。譬如曹操的《苦寒行》。这首诗写的是曹操率军西征高干,途经太行山时的所见和所感。全诗可分为五个层次:1.开头四句,写高峻的山势、崎岖的道路给士卒带来的艰难。2.“树木”六句,写风寒雪大、人少兽多的萧索景象。3.“延颈”十句,写远行思归、徘徊迷路的情景。4.“行行”四句,写人马的饥寒之苦。5.最后两句,借《诗经·东山》诗,抒发悲伤的情怀。以上五层多是从空间方面横列作者所看到的景物,借以表现行役征战之苦。虽然第三层中“薄暮无宿栖”一句提到了时间,但上下并没有承接。这表明作者写即兴式诗歌,注意更多的是空间性。

其三,在一首诗歌层次之间的衔接上,常常表现出顿断性。

建安即兴式诗歌中的不少篇章,作者的感情腾挪跌宕,似乎被一种激情卷着走,在诗情的进展以及与之相联系的层次之间的衔接上,一般不是连续不断的平静过渡,也较少用承上启下的句子。作者经常是信手提笔,陡然转折,从一个层次上跳到另一个层次上。比较典型的例证是曹操的《短歌行》。《短歌行》是曹操的即席吟咏之作。清朝人吴淇分析这首诗时指出:"对酒当歌""以下三十一句诗文,皆从此四字生出。盖一厢口中饮酒,一厢耳中听歌,一厢心中凭空作想,想出这曲曲折折,絮絮叨叨,若连贯,若不连贯,纯是一片怜才意思。"(《六朝选诗定论》卷五)这首诗的确有"不连贯"的特点,但又没有离开"怜才"这一中心。吴淇的分析是符合实际情况的。但是也有人,如明代的谢榛由于对这首诗产生的方式和承接上的特点,未作仔细分析,就批评这首诗"意多不贯"。为了"意贯",他甚至主张应当删去一些诗句。(《四溟诗话》)这实际上是一种误解。谢榛并不理解,"意多不贯",层次之间的顿断性,正是即兴式诗歌的一个特点。

其四,语言上的通俗性。由于即兴式诗歌,多是触目兴情,信手写来,并且是在较短的时间内写成的,因而作者无暇在文字上做过多的思考,更没有条件煞费苦心地去用那些艰涩冷僻的词语。这就使这类诗歌的语言,风流自然,具有比较明显的通俗性。

建安即兴式诗歌,虽然都是即时之作,但却有不少成功的作品。前人分析其原因时,多着眼于作者的才华,其实这只是一个方面。即兴式诗歌的创作,同其他文艺创作一样,固然需要一定的才华,但更为重要的是作者平时生活体验的积累、认识水平的提高和艺术技巧的修养。只有这样,当诗人仰观俯察、遇物触景时,诗情才会勃然而兴,笔墨才会自然挥洒,描绘出动人的画面,弹奏出心灵的旋律。这里,我们举曹植《杂诗》六首其六为例。这首诗是曹植后期的优秀诗作之一。诗的前半部分，是写他登阙凭栏远望以及所看到的广袤无垠的平原："飞观百余尺，临牖御棂轩。远望周千里，朝夕见平原。"后半部分则笔锋陡转，抒发他为塞国仇、统一天下、甘心牺牲自己的慷慨悲壮之情："烈士多悲心，小人媮自闲。国仇亮不塞，甘心思丧元。抚剑西南望，思欲赴太山。弦急悲声发，聆我慷慨言。"曹植之所以能写出这样优秀的篇章，决不是仅仅因为他有才华，而是与他长时期的多方面的修养密切相关。试想，如果他平时没有"勠力上国，流惠下民"（《与杨德祖书》）的积极思想，没有后期屡受迫害、有志不得伸展的切身体验，没有"自少至终，篇籍不离于手"（《魏志·陈思王植传》）的写作实践，即使他才华横溢，也很难在登阙眺望较短的时间内，写出这样为人们所称颂的佳作来。

二　积淀式

在建安诗歌中，和即兴式诗歌并存的，还有积淀式诗歌。这种诗歌和即兴式诗歌不同，它不是即时之作，而是诗人在较长的时间内积淀的结果。积淀式诗歌所描绘的种种社会生活的画面，叙写的各类人物的生活遭遇，抒发的激动人心的浓烈感情，多是在过去就积淀在诗人的心里。这种积淀，起初还是比较零星的，还是比较单薄的，还不足以使作者搦笔成篇，或者虽然有时可以成篇，但因为不具备其他成篇的条件，于是就长期地积淀在诗人的心里。这种积淀，在作者的心里不是静止不变的，而是随着作者生活阅历的增长和较长时期的沉思体味，在不断地郁结加深。当这种积淀达到精神亢奋、文思泉涌、不吐不快的时候，作者就愤然提笔，"兴文自成篇"。蔡琰的《悲愤诗》，就是建安诗歌这方面的代表作。

《悲愤诗》是一篇长篇叙事诗,是建安十三年蔡琰被曹操赎回、重嫁董祀以后写的。诗中叙写了董卓之乱造成的灾难和自己被匈奴俘获的悲惨遭遇,反映了她在匈奴生活的十二年对故乡的思念以及离别亲生儿子的痛苦情景,描绘了她回到故乡以后,见到家乡遭到的严重破坏和自己难以抑止的悲伤。诗中所写的主要内容不是蔡琰回乡以后的所见和所感,而是她长期的经历和体验。这些经历和体验在她心里不断积淀,也在不断盘旋回荡。但是她的经历和体验,在写这首诗之前,作为诗的思想内容、作为诗的艺术形象还不成熟,她的思想感情的潮水,还可以用闸门拦住,因而她没有象写即兴式诗歌那样,把自己的经历和体验随时表现出来,而是一直把它们郁结在心里,而且在不断地积蓄酝酿、沉浸深思。后来当她回到故乡时,由于"感伤乱离,追怀悲愤"(《后汉书》卷八十四《董祀妻传》),思想感情的潮水终于冲破了闸门,达到了欲罢而不能的地步,于是就挥笔成篇。

建安积淀式诗歌由于主要是诗人长期生活积淀的结果,因而典型的积淀式诗歌,篇幅一般都比较长,容量比较大,反映的社会生活比较广阔。如蔡琰的《悲愤诗》,一方面写出了作者个人的悲惨遭遇,其中有被掳途中受到的百般虐待和凌辱,有在匈奴的漫长岁月中思念亲人的难以忍受的熬煎,有在归国时和儿子离别时的肝肠欲裂之痛,有回国后"托命于新人"、"常恐复捐废"的无限忧伤。另一方面,诗人又注意把个人的悲惨遭遇置于时代悲剧的背景之中,诗里面写出了这场灾难首先是由汉末的皇室开始的:"汉末失权柄,董卓乱天常。志欲图篡弒,先害诸贤良。"写出了这场灾难使人民惨遭杀害:"平土人脆弱,来兵皆胡羌。猎野围城邑,所向悉破亡。斩截无孑遗,尸骸相撑拒。马边悬男头,马后载妇女。"写出了这场动乱使城郭乡村变成了荒寂的废墟:"城郭为山林,庭宇生荆艾。白骨不知谁,纵横莫覆盖。出门无人声,豺狼号且吠。"这样的描写,就把个人的不幸遭遇和时代的悲剧融合在一起了,就加重了个人遭遇的社会意义,就分外使人感喟不已。又如《赠白马王彪》。这首诗虽属赠诗,重点是写作者与白马王彪自京都回封地的路上的种种情景,但却从多方面揭露了曹魏统治集团内部的矛盾和作者对人生的深刻思索。"本图相与偕,中更不克俱。鸱枭鸣衡轭,豺狼当路衢。苍蝇间白黑,谗巧令亲疏。"这些诗句虽然主要是痛斥有司之类的谗巧小人,同时也含有对曹丕迫害自己的不满。"奈何念同生,一往形不归。孤魂翔故域,灵柩寄京师。"这几句诗是追悼任城王曹彰不明不白地死于京都,从一个侧面揭露了曹丕对骨肉兄弟的摧残。"苦辛何虑思,天命信可疑。虚无求列仙,松子久吾欺。"这些诗不仅抒发了作者的愤慨之情,同时也表现了作者结合自己的一生,静思默想,悟出的比较深刻的人生哲理。象《悲愤诗》和《赠白马王彪》这样内容如此丰富、反映社会生活如此深刻,建安即兴式诗歌是难以做到的。

　　建安积淀式诗歌,虽然一般篇幅比较长,容量比较大,但我们读起来常常感到前后融贯、浑然一体。这与作者写这类诗歌时,在谋篇构思上特别下功夫有关系。象《赠白马王彪》这样的诗篇,除序文以外,全诗八十句,长达四百字,而且是一题数章,章章蝉联,有起有结,有过渡,有照应,有虚有实,虚实相间。这种注意谋篇的特点,说明作者写这类诗歌时是颇费匠心的。这样说,并不意味着其他类型的诗歌,没有谋篇构思,或者说可以忽视,而是说积淀式诗歌在这方面更为注意,花的力气更大,酝酿的时间更长,不象即兴式诗歌那样能在较短的时间内写成。

　　和建安即兴式诗歌相比,建安积淀式诗歌在空间和时间两个方面,特别重视时间。这类诗歌叙写的事物,一般都是以时间的先后为顺序,表现为纵向结构。有的积淀式诗歌叙写的事物,包括的时间相当长。如蔡琰的《悲愤诗》就叙写了作者长达十二年之久的生活遭遇。这十二年的遭遇,作者基本上是按时间的先后顺序来叙写的。有的积淀式诗歌,如《赠白马王彪》,从时间的线索来看,虽然中间有穿插,有回叙,似乎并没有按时间的顺序来叙写,但从通篇来考虑,作者仍是以时间的先后为顺序的。这首诗是从作者与白马王一起离京都返封地开始写起,中间写途中的所见所感,最后是"收泪即长路,援笔从此辞",以与白马王告别结束。时间的线索还是很清楚的。

上面我们分别论述了建安即兴式诗歌和积淀式诗歌,在产生方式上的不同以及与之相联系的一些不同特点。需要补充说明的是,上面的这种区分,只是相对的而不是绝对的。因为有些即兴式诗歌也有积淀式诗歌的因素,反过来有些积淀式诗歌也有即兴式诗歌的某些表现。黑格尔说过:"就'即兴诗'这一词的广义来说,大多数诗作品都可以用这个称呼;就这一词的狭义和本义来说,它就只能包括由当前的某一事件所引起的而且作者有意要提高、美化和颂扬这一事件的一类诗。"(《美学》第三卷下第五十页)我们上面把一些建安诗分为即兴式和积淀式两种,用的主要是即兴诗的狭义和本义。

三　应制式

在建安诗坛上,除了即兴式、积淀式诗歌之外,还有一种应制式诗歌。这种诗歌主要是一些文人应统治者的诏命而写成的。当时的统治者,为了自己政治上的需要,或者为了满足自己的审美需要,常常指令文人为他们写诗。而接到指令的文人,有的出于对帝王权贵的愚忠,有的因为屈服于他们的压力,有的则想借此得到高官厚禄,因而应制遵命,写了不少应制式诗歌。这种情况不仅在曹氏父子统治的魏国经常出现,就是在孙权父子和刘备父子控制下的吴国和蜀国也屡有发生。譬如在魏国,早在曹丕为太子时,就在北园及东阁讲堂赋诗,并且"命王粲、刘桢、阮瑀、应玚等同作"(见《初学记》卷十引《魏文帝集》)。到魏明帝时,应制式诗歌仍不断出现。据《晋书》卷二十三记载:"汉时有《短箫铙歌》之乐……列于鼓吹,多序战阵之事。及魏受命,改其十二曲,使缪袭为词。"据此可知,今存缪袭的《魏鼓吹曲十二首》,完全是属于应制之作。又譬如《晋书》同卷记载,吴国诗人韦昭有《吴鼓吹曲十二曲》,这十二曲是作者应吴国皇帝之命而写成的,同《魏鼓吹曲》一样,也是比较典型的应制式诗歌。

在建安诗歌当中,和应制式诗歌相近的,还有一些奉献应酬之作。这些诗歌虽然不一定是遵帝王权贵之命而写的,但却是迫于某种情势而不得不为之。奉献诗如曹植的《责躬诗》和《应诏诗》。这两首诗作于黄初四年曹植朝京都时。当时曹植屡受曹丕的迫害,他到京都之后,曹丕未许朝见。曹植为了及时拜谒曹丕,被迫写了这两首诗。写好以后,连同《上责躬应诏诗表》,一并献给了曹丕。应酬诗比较明显的例子是曹植、王粲、刘桢、阮瑀和应玚写的《公宴诗》。这些题目相同的诗歌,都是宴会上的应酬之作。其他如邯郸淳写给曹植的《赠答诗》。《赠答诗》说,在邯郸淳离别曹植时,曹植有"嘉辞"赠给他。他蒙受"嘉辞"以后,诚惶诚恐,表示"既受德音,敢不答之",于是写了这首《赠答诗》。从上面列举的奉献诗、应酬诗的产生方式来看,和应制式诗歌极为相近,因此可以把它们视为应制式诗歌。

　　上面谈到的应制式诗歌,就产生的时间来说,主要是在建安中期以后,这与当时社会发生的变化有关系。建安中期以后,随着北方的渐趋统一和魏、蜀、吴三国形势的相对稳定,三国统治者各自的统治地位也逐渐确立。在这种形势下,统治者为了维护和巩固自己的统治地位,为了满足自己奢华生活的需要,常常让文人写应制式诗歌,而文人一旦写了这类诗歌,不仅可以受到统治者的青睐,而且有时可以得到官职和利禄。应制式诗歌正是在上有所需、下有所应的情况下才不断地产生出来。

　　建安应制式诗歌在内容方面的主要特点是为统治者歌功颂德,歌颂他们的"功业",宣扬他们的"恩惠",从而要人们相信。他们的统治是理所当然的,是上合神意、下符民情的。这方面的内容程度不同地在许多应制式诗歌中都有表现。缪袭的《魏鼓吹曲十二首》是这方面比较系统的代表作。这十二首诗所写的内容,虽然有一些是历史事实,不能完全予以否定,但其总的思想倾向,是要证明曹魏"以功德代汉"的合理性。为此,作者对曹魏集团有不少庸俗的称颂,有许多地方歪曲了历史,夸大了曹氏三祖的作用。如歌颂曹操说:"赖我武皇万国宁";称美曹丕说:"聪明昭四表,恩德动遐方";赞扬曹睿说:"德泽为流布","天下狱讼察以情,元首明"。这样歌颂,作者还嫌不够,于是又用迷信思想给他们涂抹神灵的光采,说曹魏代汉时,"河洛吐符瑞,草木挺嘉祥"。这样的作品,与其说是诗歌,倒不如说是庙堂里的颂祝词。从上面列举的事实,我们不难看出,建安应制式诗歌在内容方面基本上脱离了社会现实,脱离了人民的生活,脱离了时代精神。因而这类作品所表现的思想内容,就其主导方面来说,没有多大价值。

　　建安应制式诗歌在艺术表现上,很少有独特的创造性,模拟的弊病比较明显。这不仅在一般文人的作品里有所表现,而且在

曹植那样富有创造性的诗人的作品里,也有不少例证。曹植的
《责躬诗》中就有许多诗句,基本上是模拟前人的词句写成的。如
"笃生我皇",模拟的是《诗经·大雅·文王》中"笃生武王"一句;
"奕世载聪"模拟的是《国语·周语》中"奕世载德"一句;"临君万
邦"模拟的是《尚书·顾命》中"临君周邦"一句;"率由旧则"模拟
的是《诗经·大雅·假乐》中"率由旧章"一句;"广命懿亲,以藩王
国"二句,大意是袭用《左传·僖公二十四年》中"以藩屏周"、"不
废懿亲"二句。如此等等,不一而足。此外,还有一些文人彼此互
相模拟的表现也极为明显。这里我们不妨举两个例证。例一:前
面提到的曹植、王粲和应场等人都写了一些应酬诗。这些诗有些
题目完全相同,有些题目虽然有所变化,但诗中的句子却彼此极
为相似。象曹植《公宴》诗中的"公子敬爱客,终宴不知疲"和应场
《侍五官中郎将建章台集诗》中的"公子敬爱客,乐饮不知疲"二
句,在词句和诗意上没有多少差异。上述现象的出现,并非一时
的适然偶合,而是互相模拟的结果。例二:如果把韦昭的《吴鼓吹
曲》和缪袭的《魏鼓吹曲》加以比较,可以发现彼此有不少雷同的
现象:1.韦昭所改的汉铙歌十二曲的名称与缪袭所改的完全相
同。2.韦昭的诗歌在构思布局上同缪袭的也相当近似。开始都
是从汉室衰微、董卓作乱写起;中间叙写屡次的征伐之功;最后写
魏国、吴国代汉称帝是"承天序"、"从历数"的。3.韦昭《吴鼓吹
曲》中的《汉之季》、《炎精缺》、《摅武师》、《通荆门》,与缪袭《魏鼓
吹曲》中的相应之作《战荥阳》、《楚之平》、《获吕布》、《平南荆》等,
在字数的多少、句子的长短等方面也无纤介不合。这些都足以证
明,韦昭的《吴鼓吹曲》实际上是缪袭的《魏鼓吹曲》的仿制之作。
由于不少建安应制式诗歌重模拟,所以我们读这些作品时,常常
感到内容上的大同小异,表现形式上的彼此相似。从这些作品

中,我们很难看到对现实生活的真实描绘,很难看到作者发自时代的强有力的感情冲动,很难看到作者鲜明的创作个性。

四　几点启示

以上我们分别论述了建安诗歌的三种产生方式及其特点,从上面的论述中我们是否可以得到以下几点启示:

1. 建安诗歌中的即兴式、积淀式和应制式,虽然各有自己的特点,但其思想和艺术的价值却迥然不同。即兴式因其和社会现实的联系比较直接,篇幅不长,写作的时间较短,因而反映社会生活比较及时,内容和形式都比较丰富多采。积淀式诗歌由于多是经过作者长期的积淀,篇幅较长,在艺术表现上颇费匠心,对社会生活的反映,一般都比较广阔,比较深刻。即兴式和积淀式两种诗歌,各有千秋,不能互相取代,也很难加以轩轾。它们在建安诗坛上都占有重要的地位,后来也一直受到人们的重视。而应制式诗歌则不同,因为它主要是为封建统治者歌功颂德,它不可能真正地反映社会现实,在艺术表现上它又多模拟,很少有创造性,而缺乏创造性的模拟之作,在文学创作的竞赛中很快就会泯灭。因此,建安应制式诗歌就思想内容和艺术表现来说,都没有多少可取之处。它在文学发展的历史长河中,特别是在今天,受到人们的冷遇是理所当然的。

2. 建安即兴式诗歌和积淀式诗歌之所以有许多成功之作,虽然有多方面的不同的原因,但其中有一点却是共同的,也是非常重要的,那就是它们都是以生活体验作为创作的基础的。这两种产生方式,作者对生活的体验,尽管有长短、多少和深浅等区别,但他们和生活的联系是比较密切的,他们写的诗歌都是源于社会生活。而应制式诗歌之所以多是败笔，主要是因为作者所写的内容不是自己在现实生活中的体验，没有从现实生活中激发出来的激情，但是迫于诏命，又不得不写，于是只好从理念出发，搜肠刮肚地去拼凑一些有关封建统治者的"功德"的材料，这样写出来的作品必然是枯燥无味的颂神曲。另外，应制式诗歌之所以多模拟，也与作者只了解封建统治者的一般说教和要求，而没有生活体验有密切关系。歌德曾经指出："作家如果满足于一般，任何人都可以模仿，但是如果写出个别特殊，旁人就无法模仿，因为没有亲身体验过。"（《歌德谈话录》）这些都说明，诗歌创作同其他文艺创作一样，都必须把社会生活作为唯一的源泉，把生活体验作为创作的基础。诗歌一旦脱离了社会生活，忽视了对社会生活的深切体验，就成了无源之水、无本之木。

　　3. 从建安诗歌的三种产生方式中，我们还可以看到，剥削阶级狭隘的功利主义对文学创作的消极影响。我们知道，文艺创作总是和功利主义相联系的，正如普列汉诺夫所说："任何一个政权只要注意到艺术，自然就总是偏重于采取功利主义的艺术观。"（《没有地址的信　艺术与社会生活》）在阶级社会中，完全超功利主义的文艺创作是不存在的。因此，我们并不一般地反对功利主义。我们反对的是剥削阶级的极端狭隘的功利主义。这种狭隘的功利主义的中心内容，是要文艺为剥削阶级的政治服务，这种狭隘的功利主义常常是文艺发展的桎梏。建安诗歌产生的三种方式，也说明了这个问题。建安即兴式诗歌和积淀式诗歌的写作，作者虽然也有一定的指导思想，有一定的功利目的，但并没有完全被当时剥削阶级的狭隘的功利主义所拘限。他们的写作主要是基于特殊的生活体验和健康的审美情操，因而写出了一些优秀的诗歌。而建安应制式诗歌则与此相反，帝王权贵诏命写这种诗歌,完全是出于狭隘的功利目的,要诗歌变成为他们歌功颂德的传声筒,从而为维护和巩固他们的统治服务。他们根本不考虑诗歌创作是一种极其复杂的精神生产活动,完全无视作者特殊的生活体验,抹杀了作者个人的独创性。这样,当作者应制写作的时候,实际上就成了御用的说客和宫廷的侍从。他们写出的诗歌,只有明显的庙堂色采,而没有精神产品的个性特点。

　　　　　　　　　　　　写于一九八四年二月

建安时期的辞赋

一

建安时期，辞赋作为一种重要的文学体裁，同诗歌一样，也得到了很大的发展。

辞赋本来在先秦时期就出现了，但那时作品还不多。到了汉代，则成了一种重要的文学体裁。《汉书·艺文志》总举辞赋七十八家，一千○四篇。这些作品除极少数是秦代的以外，绝大多数都是西汉时期的。《文心雕龙·诠赋篇》说："秦世不文，颇有杂赋。汉初辞人，顺流而作。陆贾扣其端，贾谊振其绪，枚马同其风，王扬骋其势，皋朔已下，品物毕图。繁积于宣时，校阅于成世，进御之赋千有余首。讨其源流，信兴楚而盛汉矣。"上面引用的两条资料，概括地反映了汉代辞赋的盛况。汉代辞赋尽管如此兴盛，可是当时的一些统治者对它却比较轻视。这从汉代的皇帝对辞赋的态度上可以得到证明。譬如，西汉的武帝比较爱好辞赋，但实际上对辞赋和辞赋家并不重视。他"亲幸"辞赋家东方朔、枚皋等人，但多是以"俳优畜之"，很少重用他们。（见《汉书》卷六十四上《严助传》）到了东汉，皇帝这种轻视辞赋的状况并没有大的改变。这方面比较明显的例子是汉明帝。我们知道，司马相如是汉代影响力很大的辞赋家,而汉明帝却批评他的辞赋"但有浮华之词,不周于用"(《文选》卷四十八班固《典引序》引)。统治者对辞赋的轻视也影响到一些辞赋家和其他知识分子。这方面扬雄和王充是颇有代表性的。扬雄是汉代写赋较多的辞赋家,但是到了晚年却自悔过去写的辞赋,把它们视为"童子雕虫篆刻"(《法言·吾子》)。王充是东汉著名的思想家,他对辞赋也是相当轻视的。他在《论衡·定贤篇》中尖锐地批评辞赋"不能处定是非、辨然否之实,虽文如锦绣,深如河汉,民不觉知是非之分,无益于弥为崇实之化"。象王充这样轻视辞赋,在汉代是相当流行的。但是,上述情况,到了建安时期却有了较大的变化。

建安时期,不论是地位显赫的三曹,还是其他的著名作家和一般的封建士大夫,对辞赋都是比较重视的。《文心雕龙·章句篇》说:"昔魏武论赋,嫌于积韵,而善于资代。"从刘勰的话我们知道,曹操对辞赋曾经发表过评论,而且连辞赋的韵律都注意到了,足见他对辞赋是相当重视的。曹丕对辞赋的态度主要见于他的《典论·论文》和《与王朗书》。《典论·论文》中有"诗赋欲丽"的重要见地,同时对长于辞赋的作家给予了很高的评价:"王粲长于辞赋,徐干时有齐气,然粲之匹也。"在《与王朗书》中,曹丕说他曾把"所撰著《典论》、诗赋,盖百余篇,集诸儒于肃成门内,讲论大义,侃侃无倦"。曹丕把诗赋并提,而且公开宣讲自己的辞赋,说明他对辞赋是非常看重的。曹植对辞赋的重视始于少年时期,据《魏志·陈思王植传》记载,曹植"年十岁余,诵读诗论及辞赋数十万言"。三曹对辞赋是这样重视,其他作家也有类似的表现。如杨修在《答临淄侯笺》中就曾十分强调辞赋的重要,指出"今之赋颂,古诗之流,不更孔公,风雅无别耳"。并且批评他的先人扬雄"悔其少作"是"老不晓事"。至于一般的封建士大夫,对辞赋的重视,吴质在《答东阿王书》中有所描写:"此邦之人,闲习辞赋,三事大夫,莫不讽诵。"一个地方有这么多的人"闲习辞赋",说明轻视辞赋的观念在建安时期确是有所破除的。

建安时期对辞赋的重视,还表现在创作实践上。建安时期虽然不长,但不论是三曹,还是其他文人都留下了不少辞赋作品。

据有关书籍所引,曹操写有《登台赋》(据《水经注·浊漳水》)、《沧海赋》(据《文选》卷五《吴都赋》刘逵注)和《鹖鸡赋》(据《大观本草》十九"鹖鸡")。遗憾的是,这些辞赋仅有题目,赋文完全失传了。

曹丕长于写诗,同时又"妙善辞赋"(《文心雕龙·时序篇》)。据严可均《全三国文》卷四所辑,曹丕今存辞赋二十八篇,其中比较完整的有二十六篇,另有两篇,一篇仅存两句,一篇仅有序文。

就现存建安作家的辞赋来看,写赋最多的当推曹植。据朱绪曾《曹集考异》所辑,今存曹植辞赋较为完整的有四十三篇,有一句或几句的十一篇,有题无文的三篇,共五十七篇。这个篇数虽然不少,但只是曹植辞赋的一部分。曹植《文章序》说:"余少而好赋……所著繁多,虽触类而作,然芜秽者众,故删定别撰为前录七十八篇。"从曹植的自序来看,曹植当时写的辞赋比流传下来的要多得多。

"长于辞赋"的王粲写的辞赋比较多。据俞绍初校点的《王粲集》,王粲今存辞赋二十六篇,其中有些较为完整,有些则残缺不全。另外,据曹丕《典论·论文》所记,王粲还有一篇《征思赋》,今已亡佚。

在辞赋方面和王粲相匹敌的徐干也留下了不少辞赋。严可均《全后汉文》卷九十三辑徐干辞赋八篇。这八篇多不完整,有的只有数句,有的有序无文。此外,据《典论·论文》所论,徐干还有

《玄猿》、《漏卮》、《桔赋》三赋,赋文全都失传了。

应场写的辞赋也较多。《全后汉文》卷四十二辑有应场辞赋十四篇,其中较为完整的有十一篇,另外三篇,每篇仅有数句。

刘桢的五言诗"妙绝时人",但他也重视辞赋的写作。《全后汉文》卷六十五辑有刘桢的辞赋六篇,另外还有一篇《大阅》赋,有题无文。

阮瑀和陈琳是"以符檄擅声"的作家,但他们也留下了一些辞赋。《魏志·王粲传》说阮瑀"著文赋数十篇",其中辞赋的篇数已不可考。《全后汉文》卷九十三辑有四篇。曹植在《与杨德祖书》中说陈琳"多自谓与司马长卿同风",可见陈琳是喜欢写作辞赋的。《全后汉文》卷九十二辑有陈琳赋十篇,比他流传下来的诗歌还要多。

上面列举的只是建安时期的重要作家写作辞赋的概况。此外,还有不少文人多少不等地都留下了辞赋作品。今存建安辞赋虽然仅是当时创作的一部分,但是从上述有关资料可以看到,在建安时期,写作辞赋已经蔚然成风,作品的篇数也是十分可观的。

二

从内容上来考虑,建安辞赋大致可以分成两类:一类是以抒情为主,一类是以体物为主。

《文心雕龙·诠赋篇》说辞赋在内容方面的主要特点是"体物写志"。但在两汉时期,"写志"的辞赋较少,而"体物"之作却充斥了当时的文坛。建安时期,许多文人突破了辞赋"体物"的框子,把它看成是随时可以用来抒发感情的一种文体,而且这种认识达到了比较自觉的地步。这从曹丕和曹植有关辞赋的一些言论中可以得到证明。曹丕在一些赋的序文中说：

> 避暑东阁，延宾高会，酒酣乐作，怅然怀盈满之戒，乃作斯赋。（《戒盈赋序》）

> 建安十六年，上西征，余居守，老母诸弟皆从，不胜思慕，乃作赋曰……（《感离赋序》）

> 陈留阮元瑜，与余有旧，薄命早亡，每感存其遗孤，未尝不怆然伤心，故作斯赋，以叙其妻子悲苦之情。（《寡妇赋序》）

> 丧乱已来，天下城郭丘墟，惟从太仆君宅尚在。南征荆州，还过乡里，舍焉。乃种诸蔗于中庭，涉夏历秋，先盛后衰。悟兴废之无常，慨然永叹，乃作斯赋。（《感物赋序》）

上面摘录的序文表明，当曹丕触景生情、心有感慨的时候，常常用辞赋的形式来抒发。类似的情况，在曹植那里也有表现。曹植《文章序》说："余少而好赋，其所尚也，雅好慷慨。"所谓"雅好慷慨"，就是喜爱用辞赋抒发慷慨悲壮的思想感情。基于这样的认识，曹植常常用辞赋来抒写自己的种种情志。这在他的不少辞赋的序文中有明确的表述：

> 建安十六年，大军西讨马超，太子留监国，植时从焉，意有怀恋，遂作《离思》之赋。（《离思赋序》）

> 家弟出养族父郎中伊。余以兄弟之爱，心有恋然，作此赋以赠之。（《释思赋序》）

> 或人有好邻人之女者，时无良媒，礼不成焉。彼女遂行适人，有言之于余者。余心感焉，乃作赋曰……（《愍志赋序》）

从上面列举的曹植的赋序来看，离别时的怀恋，兄弟间的情意，男女间的婚事，凡此种种，只要曹植有所感，就随时用辞赋把它们表现出来。

此外，从建安辞赋的许多题目上，也可以看出建安文人是非常重视用辞赋来抒情的。如现存曹植的赋题就有《幽思》、《离思》、《释思》、《归思》、《静思》、《秋思》、《感节》、《感时》、《感婚》、《怀亲》、《潜志》、《愍志》、《悲命》、《叙愁》、《九愁》、《愁霖》、《慰子》、《慰情》、《喜霁》等。上述赋题中的"思"、"感"、"怀"、"志"、"悲"、"愁"、"慰"、"喜"等词，比较明显地表现了这些赋的主要内容是抒发作者的思想感情。这和汉赋的一些代表作，诸如《上林》、《甘泉》、《羽猎》、《两都》、《二京》一类重在体物的赋题，形成了比较鲜明的对照。

建安以抒情为主的辞赋，抒发的感情是多种多样的，有寄居他乡的哀怨，有离别亲友的悲伤，有外出征战的慨叹，有对人生早逝的追悼，有对妇女不幸命运的同情，等等。但在上述的各种感情中，常常有一个主调，这就是忧生之嗟：

何岁月之若骛，复民生之无常。（曹植《闲居赋》）

惧天河之一回，没我身乎长流……唯人生之忽过，若凿石之未耀。慕牛山之哀泣，惧平仲之我笑。折若华之翳日，庶朱光之常照……内纡曲而潜结，心怛惕以中惊。匪荣德之累身，恐年命之早零。（曹植《感节赋》）

惟生民兮艰危，在孤寡兮常悲。……三辰周兮递照，寒暑运兮代臻。历夏日兮苦长，涉秋冬兮漫漫。微霜陨兮集庭，燕雀飞兮我前。去秋兮既冬，改节兮时寒。水凝兮成冰，雪落兮翩翩。伤薄命兮寡独，内惆怅兮自怜。（曹丕《寡妇赋》）

掘中堂而为圃，植诸蔗于前庭。涉炎夏而既盛，迄凛秋而将衰。岂在斯之独然，信人物其有之。（曹丕《感物赋》）

上述种种由生命短暂、人生无常引起的悲叹，在其他建安抒情辞赋中也有明显的反映。值得注意的是，这种对人生的感喟有时能和积极进取的感情交融在一起。这就使这些抒发忧生之嗟的辞赋含有一种激励人们愤发向上的艺术感染力。这方面有代表性的作品，是王粲的《登楼赋》。这篇辞赋用很大的篇幅，抒发了作者在动乱的岁月中，长期漂泊异地而又不被重用的痛苦：

> 遭纷浊而迁逝兮，漫逾纪以迄今。情眷眷而怀归兮，孰忧思之可任……悲旧乡之雍隔兮，涕横坠而弗禁。

但作者并不是一味地悲叹，而是在悲叹之中还表现了对治世的向往和施展自己才能的理想：

> 惟日月之逾迈兮，俟河清其未极。冀王道之一平兮，假高衢而骋力。惧匏瓜之徒悬兮，畏井渫之莫食。

由于作者把忧生之嗟和恢复封建治世以及建功立业的理想因素交融在一起，结果使这类抒情辞赋含有更多的时代内容。我们知道，从东汉后期开始，封建政治日益昏暗，社会接连急剧动荡，战争继踵而来，灾疫不断发生，生产惨遭破坏。在深重的灾难面前，不用说普通的平民百姓，就是那些封建权贵和地位较高的文人也是生命难保、人寿不长。从当时几个著名作家的年龄来看，曹丕只活了四十岁，曹植和王粲都只活了四十一岁，徐干只活了四十八岁。当时真可以说是"人过五十古来稀"了。社会是如此多灾多难，人生是这样顷刻即逝。这样的社会现实，自然会使人们更加珍重人生、更加希望改变这样的人生。正是由于这一点，我们读这些抒发忧生之嗟的辞赋时，很少有消沉颓废的感受，相反地，倒是有时能产生一种积极进取的激情。

上面谈的是以抒情为主的辞赋，下面再谈以"体物"为主的辞赋。

　　如前所述,体物本来是汉赋的主要内容。汉赋写土地的广袤,京都的繁华,宫殿的巍峨,山川的壮丽,鸟兽的珍奇,器具的华美,所有这些,都是属于"体物"。不少建安文人受汉赋"体物"的影响,写了一些以"体物"为主的辞赋。这一类辞赋粗略地可以分成两种,一种是借物咏怀,另一种基本上属于纯咏物赋。

　　现存的建安辞赋当中,借物咏怀的占有较大的比重。这种辞赋表面上是咏物,实际上是借物咏怀,颇多寄兴。如曹植的《白鹤赋》:

　　　　嗟皓丽之素鸟兮,含奇气之淑祥。薄幽林以屏处兮,荫重景之余光。狭单巢于弱条兮,惧冲风之难当。无沙棠之逸志兮,欣六翮之不伤。承邂逅之倪幸兮,得接翼于鸾凰。同毛衣之气类兮,信休息之同行。痛美会之中绝兮,遘严灾而逢殃。共太息而祇惧兮,抑吞声而不扬。伤本规之违忤,怅离群而独处。恒窜伏以穷栖,独哀鸣而戢羽。冀大纲之解结,得奋翅而远游。聆雅琴之清韵,记六翮之末流。

　　这篇赋通篇写的都是白鹤的遭遇,但作者并不是纯客观地描写白鹤,而是有所寄托。正如丁晏《曹集诠评》评这篇赋所说:"伤本离群,皆自喻也。"只要我们把赋中所写的白鹤的种种遭遇,同曹植后期屡受曹丕父子的迫害联系起来,不难发现,曹植正是借着写白鹤来抒发自己屡受迫害的愤慨。

　　又如应场的《愍骥赋》:

　　　　愍良骥之不遇兮,何屯否之弘多。抱天飞之神号兮,悲当世之莫知……思蒲翁于西土兮,望伯氏于东隅。愿浮轩于千里兮,曜华轭乎天衢。瞻前轨而促节兮,顾后乘而踟蹰,展心力于知己兮,甘迈远而望劬。哀二哲之殊世兮,时不遘乎良造。制衔辔于常御兮,安获骋于遐道。

应场本是汝南名门子弟,有志向,有理想,但因遭遇乱离、未遇知己,他的志向和理想难以实现,于是借"愍良骥之不遇兮","悲当时之不知",希望慧眼识良骥的荪翁和伯乐能够再现,从而施展自己的心力,获骋迈远。这篇辞赋表面上写的是良骥,其实是自写也。

上面谈的咏物辞赋,形式是咏物,实际上是抒情,和前面说的抒情辞赋,在本质上基本是相同的。

抒情辞赋在整个建安辞赋中占的比重较大,这一点和许多建安诗歌以抒情为主极为近似。这种现象的出现,主要有以下几方面的原因:1. 建安时期多动乱,"风衰俗怨",不少作家都遭受乱离,感触很多,自然笔端饱含感情。试想王粲如果不是离乡蓬转,"自伤情多",是不可能写出象《登楼赋》这样情思凄恻、感人肺腑的作品的。2. 抒情辞赋出现得较早,到了东汉,特别是东汉后期有了较大的发展,诸如张衡的《归田赋》、《思玄赋》,赵壹的《刺世疾邪赋》,蔡邕的《述行赋》等,都是这方面的代表作。文学发展史告诉我们,一个时期的文学,比较容易受到与它邻近时期的文学的影响。建安抒情辞赋的大量出现,是与东汉后期抒情辞赋的影响分不开的。3. 我国古代抒情诗歌在先秦之后,逐渐趋于衰落,到了建安时期才有新的勃兴。建安抒情辞赋的作者,几乎都是当时杰出的抒情诗人。他们的不少诗歌,或直接抒情,或托物咏怀,都具有较为明显的抒情特点。建安时期抒情诗的勃兴,常常使建安文人自觉地或不自觉地把抒情诗的一些特点转移到辞赋的写作上,使辞赋和诗歌在内容上表现出互相融合的新面貌。

和借物咏怀的辞赋并存的还有一种纯咏物辞赋。这种辞赋多是应制唱和之作。曹丕在这方面的影响较大。曹丕生活腐化,贪得无厌,占有不少珍品宝器。对他的腐化生活和珍品宝器,他

常常用辞赋加以描绘。如他从钟繇那里得到了美玦以后，视为
"希世之宝"，于是"谨奉赋一篇，以赞扬丽质"（见曹丕《又与钟繇
书》）。他不仅自己写了不少这种辞赋，而且还指使他周围的文人
也这样做。因此，这种辞赋，有许多相同的题目。如同是用《车渠
盌赋》为题的有曹丕、曹植、王粲、应玚和徐干，用《迷迭香赋》为题
的有曹丕、曹植、王粲、陈琳和应玚，用《弹棋赋》为题的有曹丕、王
粲和丁廙，用《莺赋》为题的有曹丕和王粲。这种纯咏物辞赋的主
要内容是写珍奇的珠宝，不凡的禽兽花木，游玩用的一些器物。
曹丕及其周围的文人玩赏这些东西，同时把描绘它们的辞赋也作
为玩赏的对象。这种辞赋是当时统治者及其文人生活日趋腐化
的写照。因此，就其主要方面来看，没有多少可取之处。

　　从上面的论述中，我们可以看到，在题材上，建安辞赋和两汉
辞赋相比，虽然有所开拓，但远不如建安诗歌那样广阔。就比较
集中地反映当时动乱对社会的破坏来说，今存的建安辞赋中，只
有曹植的《洛阳赋》和《归思赋》。《洛阳赋》仅存四句："狐貉穴于
紫闼兮，茅莠生于禁闱。本至尊之攸居，□于今之可悲。"《归思
赋》保留的较多。

　　　　背故乡而迁徂，将遥憩乎他滨。经平常之旧居，感荒坏
　　而莫振。城邑寂以空虚，草木秽而荆榛。嗟乔木之无阴，处
　　原野其何为！信乐土之足慕，忽并日之载驰。

　　除了上述这两篇辞赋以外，其他辞赋基本上没有涉及到动乱
对社会的破坏这方面的内容。就反映人民的疾苦来说，今存建安
辞赋写妇女不幸命运的较多，如曹丕和王粲等分别写的《寡妇
赋》，曹植和王粲各自写的《出妇赋》等。其他方面则很少有所接
触。有的辞赋，如曹植的《感节赋》，虽然也写到"嗟征夫之长勤"，
但仅有这样一句，而且写这句的主要目的，还是为了"感节"伤时。

再就叙写统一的理想和积极进取的人生态度来说，建安辞赋也远不如建安诗歌。同样的作家，既能写辞赋，也能写诗歌，但二者在题材方面却出现了上述的差别。这种现象的产生，恐怕与两汉文学的影响有密切的关系。我们知道，建安诗歌受汉乐府民歌的影响较大。汉乐府民歌题材多样，对当时的社会关系和人民的生活，有多方面的广阔的描写。建安作家对汉乐府民歌极为重视，继承了汉乐府民歌这一优良传统，因而诗歌的题材比较广泛。而建安辞赋则是在汉赋的影响下发展的。汉赋的题材比较狭窄，多是"体物"之作。汉赋的这一特点，为建安文人所重视，曹丕就认为："赋者，言事类之所附也。"（《答卞兰教》）由于汉代"体物"辞赋的影响，所以建安文人写了不少咏物辞赋。至于建安抒情辞赋在题材上的局限，也与汉赋的影响有关。如前所述，汉代除了"体物"的大赋之外，还陆续不断地出现了一些抒情辞赋。这些辞赋抒情性很强，但多是慨叹作者个人的遭遇。作者个人与社会的联系和矛盾在这些辞赋中占据着中心地位，而很少从多方面反映当时的社会现实和人民的生活。汉代抒情辞赋在这方面的局限，自然会影响到建安抒情辞赋，使建安抒情辞赋在题材上远不如建安诗歌那样广阔。

三

　　从表现形式上来考虑，建安辞赋有四个比较突出的特点：

　　其一，篇幅比较短小。辞赋从先秦开始出现，到两汉得到了很大的发展。其间虽然也有短篇之作，但篇数很少。真正影响较大的能代表辞赋形式上特点的是汉代的一些大赋。这些大赋篇幅很长，如司马相如的《上林赋》长达五百一十五句。这种情况到建安时期发生了较大的变化。建安时期的辞赋,篇幅一般都比较短小。如今存曹丕的二十八篇辞赋,全是短篇,其中最长的是《柳赋》,但也只有三十八句,相当于《上林赋》的十三分之一。

建安辞赋之所以篇幅短小,与当时的社会条件和辞赋的主要产生方式有密切的关系。建安时期战乱较多。建安初期自不必说,就是在建安中期,战乱也没有消除。建安九年,曹操攻占了邺城以后,社会尽管相对地安定一些,文人的生活条件也有所改变,但远不如两汉那样国家统一,经济比较繁荣,文人的生活比较优裕安定。相反地,战乱仍在不断发生,文人还要经常参加征战。这样的社会条件使建安文人不可能象汉代一些辞赋家那样,长时期关门潜心创作鸿篇巨制。他们只能运用篇幅短小而又宜于随时抒写的小赋这一形式。小赋同大赋虽然同属语言艺术,但小赋的写作同短篇诗歌一样,较少依靠社会物质条件,较少受社会物质条件的限制。

从产生方式来看,汉代尽管有"登高能赋,可以为大夫"的说法(见《汉书·艺文志》),但实际上代表汉赋的那些鸿篇巨制,都不是登高即兴而写成的。建安时期则不同。建安辞赋有很多都是即兴之作和应制之作。这就使建安文人难以在短时间内写出篇幅较长的辞赋。曹植在《前录自序》中说他写的"繁多"的辞赋,基本上都是"触类而作"。"触类而作"的确是当时辞赋写作的一个特点。曹植是这样,其他的建安文人也有类似的情况。如曹丕在行进途中遇到濛濛阴雨时,马上写了《愁霖赋》,而一旦雨过天晴、皎日扬晖时,则又迅即写了《喜霁赋》。他渡河时写有《济川赋》,观海时写有《沧海赋》。上面谈的是即兴辞赋的写作情况,至于建安辞赋中的应制之作,也多是在短时间内写成的。如邺城铜雀台建成以后,曹操曾率诸子登台,命诸子即时写赋。诸子当即从命。在这种情况下写的赋也只能是小赋。今存曹植的《登台赋》较长，但也仅有二十六句。又如刘桢《瓜赋·序》说："在曹植坐，厨人进瓜，植命为赋，促立成，其辞曰……"从赋的序文来看，刘桢事先并没有准备写赋，他的《瓜赋》完全是从命而作，是"促立成其辞"，所以今存刘桢的《瓜赋》文字不长，属于短篇小制。

其二，语言比较通俗。两汉时期的不少大赋，好用冷僻奇特的字词，好堆砌词藻，结果语言板滞，艰涩难懂，常常使人难以卒读。建安时期，有的文人已经看到了汉大赋在语言上的缺点，如曹植就曾经指出："扬、马之作，趣幽旨深，读者非师传不能析其辞，非博学不能综其理。"（《文心雕龙·练字篇》引）因此，建安文人一般比较注意学习民间文学和街谈巷语通俗质朴的语言，再加上当时用字有了一定的法度（《文心雕龙·练字篇》："及魏代缀藻，则字有常检。"），所以建安文人的不少辞赋同诗歌一样，语言比较通俗。曹植的《鹞雀赋》是这方面的典型例证。如这篇赋开头的一段：

> 鹞欲取雀，雀自言："雀微贱，身体些小，肌肉瘠瘦，所得盖少。君欲相啗，实不足饱。"鹞得雀言，初不敢语："顷来辕轲，资粮乏旅。三日不食，略思死鼠。今日相得，宁复置汝。"

这篇赋用拟人的手法，着重写鹞雀的对话，不雕饰，不堆砌词藻，不用冷僻难懂的词语，读起来通俗易懂，而又诙谐有趣，明显地具有通俗文学的语言特点。

其三，句式比较自由，骚体赋较多。辞赋本来是介于诗歌和散文之间的一种文体，但在其发展过程中有不少变化。就两汉辞赋来说，汉初的辞赋，如贾谊的《鵩鸟赋》和《吊屈原赋》等，抒情性较强。与此相联系的是，这类辞赋在句式方面受"楚辞"的影响比较明显，基本上都是骚体句式。后来出现的那些大赋和汉初的辞赋不同,在内容上多是以"体物"为主,抒情的成分较少。与此相适应的是在语言上,主要是四六句式。这样的句式,缺少变化,比较呆板。到了建安时期,上述情况有所改变。建安辞赋的句式,一般都比较自由,而且多骚体。这里,我们以今存王粲的辞赋为例略加说明。从句式来看,王粲的辞赋有的基本上是六言骚体句式,如《出妇赋》和《寡妇赋》;有的开头是七言骚体句式,后面是四六句式,如《浮淮赋》和《游海赋》;有的基本上是六言句式,如《闲邪赋》和《伤夭赋》;有的开头是六言,接下去是七言、五言和六言骚体句式,如《思友赋》。从骚体赋占的比重来看,王粲的二十二篇辞赋,其中完整的骚体赋有三篇,部分是骚体句式的有八篇。这两种辞赋加起来占王粲辞赋总数的百分之五十,而且他的辞赋的重要代表作《登楼赋》就是一篇完整的骚体赋。象王粲这样的情况,在建安作家中是很有代表性的。这种现象的出现,恐怕与许多建安辞赋以抒情为主有关系。建安文人遭罹动乱,感慨深沉,饱含激情,当他们用辞赋抒发自己的感情时,比较容易冲破四六句式的规范。另外,骚体句式语调抑扬,也比较适宜抒发悲伤愤慨的思想感情。因此,建安辞赋句式比较自由、多骚体,固然与骚体辞赋的影响有关,但追根求源,还是时代使然。

其四,骈俪的现象有所发展。本来,骈俪的句式,在两汉的辞赋中就出现过。如:"撞千石之钟,立万石之虡,建翠华之旗,树灵鼍之鼓。"(司马相如《上林赋》)"周以龙兴,秦以虎视。"(班固《两都赋》)"声与风游,泽从云翔。"(张衡《东京赋》)但在汉赋中,象上述这样的例子并不多,可以说是一种偶发现象。到了建安时期,这种现象有明显的发展。有些辞赋,骈俪的句式占的比重相当大。比较典型的例子是曹植的《洛神赋》。这篇赋写洛神的美丽动人,用了许多骈俪的句式:

其形也，

翩若惊鸿，
婉若游龙。

荣曜秋菊，
华茂春松。

髣髴兮若轻云之蔽月，
飘飖兮若流风之回雪。

远而望之，皎若太阳升朝霞；
迫而察之，灼若芙蓉出渌波。

秾纤得中，
修短合度。

肩若削成，
腰如约素。

············

于是，

屏翳收风，
川后静波，

冯夷鸣鼓，
女娲清歌。

············

于是，

越北沚，
过南冈；

纡素领，
回清扬。

象上面这样大量地运用骈俪的句式，表明象曹植这样的建安文人在写作辞赋时，一方面受民间文学的影响，注意语言的自由和通俗，另一方面又重视追求语言的整齐和俳偶，在字句的工整对仗上下过功夫。这种追求骈俪的现象，尽管在建安辞赋创作中还没有形成风气，但却直接影响了两晋南北朝时期骈赋的形成和盛行。因此，建安辞赋骈俪现象的发展，在我国古代辞赋发展史上，有不可忽视的地位和作用。

写于一九八三年四月

建安时期的散文

一

谈到建安文学，人们首先想到的是建安诗歌，其次是建安辞赋，这当然是合乎实际的。不过如果要全面地评价建安文学，还应当顾及建安时期的散文，因为它同建安诗歌和辞赋一样，也取得了不可忽视的新成就。

就现存资料来看，建安文人对散文是十分重视的。他们留下来的散文，不论是数量还是质量，都是相当可观的。著名作家三曹和七子中的孔融、王粲、陈琳、阮瑀和徐干等长于诗赋，同时也注重散文。清朝人严可均编的《全上古三代秦汉三国六朝文》辑有曹操散文三卷，曹丕散文四卷，曹植散文近六卷，孔融、王粲等人的散文多卷。此外，属于魏国范围内的仲长统、祢衡、邯郸淳、路粹、潘勖、繁钦、杨修、吴质、丁仪、丁廙、王朗、刘廙、苏林、王象、荀纬、蒋济、桓范、傅巽、卫觊、韦诞、刘劭、卞兰、缪袭、应璩、何晏、毌丘俭、王肃、杜挚、夏侯惠、李康和曹睿等，属于蜀国范围内的诸葛亮、秦宓和谯周等，属于吴国范围内的张纮、胡综、骆统、张温、薛综和韦昭等，多少不同，都有散文流传下来。以上是就数量而言。

关于质量，可以《文选》选录建安散文的情况为例加以说明。《文选》是梁代萧统选定的我国第一部文学作品选集，它选录了先秦至梁代七八百年重要的诗赋和散文，其中选有建安散文二十九篇。这二十九篇中，有"七"一篇，表四篇，笺五篇，书十四篇，檄三篇，论一篇，诔一篇。《文选》选录作品，强调"事出于沈思，义归乎翰藻"（萧统《文选序》），选文标准是比较高的。因此，《文选》选定以后，受到不少人的重视。唐代有"《文选》烂，秀才半"的谚语，大诗人杜甫也曾要他儿子"熟精《文选》理"（《宗武生日》）。《文选》在有限的篇幅内，竟选录了那么多的建安散文，足以证明建安散文的质量也是相当高的。因此，我们有必要对建安散文作一些深入的探讨。

二

建安时期的散文，就内容来看，大致可以分为两类：一类是以叙事为主的叙事性散文；一类是以议论为主的议论性散文。

建安时期，战乱不断，社会动荡。消弭频繁的战乱，整治战乱的创伤，要求散文为其制造舆论。因此，书、檄、章、表、诏、令这一类叙事性散文得到了迅速的发展。在这方面，曹操、陈琳、阮瑀、曹丕和曹植的成就比较突出。

曹操留下来的叙事性散文较多，其中虽然主要是当时朝廷官府常用的书、表、教、令等文体，但有不少写得内容充实，叙写了曹操的一些经历和思想，从若干侧面反映了当时的现实。如《让县自明本志令》开头一段写道：

> 孤始举孝廉，年少，自以本非岩穴知名之士，恐为海内人之所见凡愚，欲为一郡守，好作政教，以建立名誉，使世士明

知之；故在济南，始除残去秽，平心选举，违忤诸常侍。以为强豪所忿，恐致家祸，故以病还。去官之后，年纪尚少，顾视同岁中，年有五十，未名为老，内自图之，从此却去二十年，待天下清，乃与同岁中始举者等耳。故以四时归乡里，于谯东五十里筑精舍，欲秋夏读书，冬春射猎，求底下之地，欲以泥水自蔽，绝宾客往来之望，然不能得如意。

曹操的这段自述，写出了他自己在兴兵讨伐董卓之前的主要经历。从中我们可以看到，曹操少年时就有一定的抱负。他刚入仕途，就敢作敢为，初步显露了一个封建政治家的胆识。但由于宦官专权，曹操"恐致家祸"，结果一度辞官归隐。这不仅反映了东汉末年政治的昏暗和封建地主阶级内部尖锐的矛盾，同时也表现了曹操初入仕途时在政治上有动摇脆弱的一面。后来曹操正是不断地克服了他的动摇脆弱等弱点，才成了一个有作为的封建政治家。

陈琳和阮瑀长于写作章、表、书、檄。为此，他们在当时就深受曹操的重视。据《魏书·王粲传》记载：陈琳、阮瑀依附曹操以后，曹操"并以琳、瑀为司空军谋祭酒，管记室，军国书檄，多琳、瑀所作也"。曹操称誉当时的作家作品不多，但对陈琳、阮瑀的书檄却给予了充分的肯定。《王粲传》注引《典略》说：

> 琳作诸书及檄，草成呈太祖。太祖先苦头风，是日疾发，卧读琳所作，翕然而起曰："此愈我病。"数加厚赐。太祖尝使瑀作书与韩遂，时太祖适近出，瑀随从，因于马上具草，书成呈之。太祖揽笔欲有所定，而竟不能增损。

曹操这样赞赏陈琳、阮瑀写的书檄，说明陈琳、阮瑀写的书檄，在当时是颇负盛名的。

今存陈琳重要的叙事性散文有《答东阿王笺》、《为曹洪与魏文帝书》、《为袁绍与公孙瓒书》、《为袁绍檄豫州》、《檄吴将校部曲》等。阮瑀重要的有《为曹公作书与孙权》一文。由于陈琳和阮瑀经历了当时的战乱,对现实有比较深切的体验,因此他们写的书檄等散文,常常不同于一般空泛的应制之文,而是内容比较充实,反映了当时的某些社会现实。如陈琳的《为袁绍与公孙瓒书》说公孙瓒"二三其德,强弱易谋,急则曲躬,缓则放逸,行无定端,言无质要"。廖廖数语,深刻地揭露了公孙瓒在军阀混战中的丑恶嘴脸。而"毒遍生民,辜延白骨","积尸为京,头颅满野"等句,又叙写了军阀混战给人民带来的深重灾难。

曹丕留下来的叙事性散文主要是书信,其中特别值得我们重视的是《与吴质书》、《又与吴质书》和《典论·自叙》等。这些散文不论是叙写时事,谈论友情,还是忆昔虑今,抒哀述乐,都写得情理交融,真实感人。如《与吴质书》中有一段追叙曹丕与其他文人在南皮游览的情景:

> 每念昔日南皮之游,诚不可忘。既妙思六经,逍遥百氏,弹棋闲设,终以六博。高谈娱心,哀筝顺耳。驰骛北场,旅食南馆。浮甘瓜于清泉,沉朱李于寒冰。白日既匿,继以朗月。同乘并载,以游后园。舆轮徐动,参从无声。清风夜起,悲笳微吟。乐往哀来,凄然伤怀。余顾而言,斯乐难常。足下之徒,诚以为然。

建安中期以后,随着北方的渐趋统一及经济的恢复和发展,曹丕兄弟和其他文人的生活也日趋奢华。上面这段文字,从一个侧面比较真实地反映了这方面的现实。同时从中我们还可以看到,伴随着他们奢华生活的还有人生短暂、欢乐难常的凄然之情。

曹植的叙事性散文值得我们重视的主要是书表,象《与杨德祖书》、《求自试表》、《求通亲亲表》、《陈审举表》和《求免取士息表》等，都是这方面的代表作。这些作品多写于曹植生活的后期，其主要内容是表现曹植在曹丕父子的排挤和压抑之下，有志不得伸展的满腔愤慨。如《求自试表》中有一段写道：

> 若使陛下出不世之诏，效臣锥刀之用，使得西属大将军，当一校之队，若东属大司马，统偏舟之任，必乘危蹈险，骋舟奋骊，突刃触锋，为士卒先。虽未能禽权馘亮，庶将虏其雄率，歼其丑类，必效须臾之捷，以灭终身之愧，使名挂史笔，事列朝策。虽身分蜀境，首县吴阙，犹生之年也。

《求自试表》作于太和二年。当时三国鼎立，全国尚未统一。曹植一心想为统一全国而建功立业，但是魏明帝曹睿对曹植并不放心，致使曹植"抱利器而无所施"。上面这段引文自由发抒，感情沛然，表现了曹植作为一个有志之士的苦衷和愿望，也从一个侧面真实地反映了曹魏统治者内部的矛盾。

建安时期的议论性散文也有很大的成绩。东汉后期，政治黑暗。黄巾农民大起义使汉王朝名存实亡。接着又是连年不断的军阀混战。政治的黑暗和社会的急剧动荡给人们提出了许多问题：正常的封建秩序为什么会被打乱？汉王朝为什么会灭亡？乱世怎样才能结束？诸如此类的问题，常常使当时的不少政治家和文学家叹息不已，愤慨填膺。他们在思索，他们要总结，他们要提出建议。另外，东汉后期，清议力量发展很快，议论时政、品评人物逐渐成为风气。上述原因促使议论性散文在建安时期得到了很大的发展。

建安时期，议论性散文成就比较突出的是仲长统、徐干、蒋济和诸葛亮等人。

仲长统是一位著名的政论家。他"每论说古今世俗行事，发愤叹息"（《三国志》卷二一《魏书·刘劭传》注引缪袭撰统《昌言表》)。他写的重要政论文《昌言》,"词佳可观省"(《魏书·刘劭传》)。《昌言》共二十四篇,全书早已亡佚。《后汉书》卷四十九本传载有《理乱》、《损益》和《法诫》三篇。《群书治要》载有断章残篇。严可均《全后汉文》辑有两卷。《昌言》中有许多在当时来说是极其光辉的思想,如对人事的重视和对天道的轻忽:

> 王天下作大臣者,不待于知天道矣。所贵乎用天之道者,则指星辰以授民事,顺四时而兴功业,其大略吉凶之祥,又何取焉! 故知天道而无人略者,是巫医卜祝之伍,下愚不齿之民也;信天道而背人事者,是昏乱迷惑之主,覆国亡家之臣也。(《群书治要》卷四五)

这里,仲长统旗帜鲜明地宣传了人事为本的朴素的唯物主义思想,并指出"信天道而背人事",必然会导致国家的覆亡。这是对汉代谶纬神学迷信思想的一种有力的批判。又如《理乱》中有一段文字分析了封建社会由治到乱的原因:

> 彼后嗣之愚主,见天下莫敢与之违,自谓若天地之不可亡也;乃奔其私嗜,骋其邪欲,君臣宣淫,上下同恶……信任亲爱者,尽佞谄容说之人也;宠贵隆丰者,尽后妃姬妾之家也;使饿狼守庖厨,饥虎牧牢豚,遂至熬天下之脂膏,斫生人之骨髓;怨毒无聊,祸乱并起,中国扰攘,四夷侵叛,土崩瓦解,一朝而去。

上面这段话说得相当尖锐。在仲长统看来,封建社会所以由治到乱,主要是由于最高统治者骄奢淫泆、信用佞邪,肆无忌惮地榨取民脂民膏。这些见解在当时来说是比较深刻的。

徐干是建安七子中写议论散文最多的作家,其代表作是《中论》。曹丕《与吴质书》说徐干"著《中论》二十余篇,成一家之言,辞义典雅,足传于后,此子为不朽矣"。足见徐干的《中论》是很受

曹丕重视的。《中论》是一部政论散文,其中最值得我们注意的是
对东汉末年黑暗政治的抨击,如《谴交篇》揭露东汉末年官场的丑
恶说:

> 桓灵之世其甚者也。自公卿大夫州牧郡守,王事不恤,
> 宾客为务,冠盖填门,儒服塞道,饥不暇餐,倦不获已,殷殷沄
> 沄,俾夜作昼。下及小司,列城墨绶,莫不相商以得人,自矜
> 以下士。星言夙驾,送往迎来,亭传常满,吏卒传问,炬火夜
> 行,阍寺不闭。把臂揿腕,扣天矢誓,推托恩好,不较轻重。
> 文书委于官曹,系囚积于图圄而不遑省也。详察其为也,非
> 欲忧国恤民、谋道讲德也,徒营己治私、求势逐利而已。

这里,徐干直接揭露了东汉末年桓帝和灵帝时期,大小官吏
不恤政事、日夜奔走,热衷于交游请托、拉帮结伙的可耻行径,并
且指出他们这样做的目的,完全是为了"营己治私、求势逐利"。
这就由现象进而触及到一些本质问题。徐干的揭露和分析,应当
说是入木三分的。

蒋济的议论散文主要也是政论文,其中有代表性的是他的
《万机论》。《万机论》全书的面貌已不可见,今存比较完整的是
《政略》、《刑论》和《用奇》三篇。这三篇均见于《群书治要》。三篇
之中,特别值得我们称道的是《政略》。《政略》虽然篇幅简短,但
论述的内容却是至关重大。论文一开始就论及"君正之治,必须
贤佐",强调选用贤能是治国的根本,继而提出"随俗树化,因世建
业"应该注意三点:"一曰择人,二曰因民,三曰从时。"这些对于在
当时恢复封建治世,都是有益的见解。

诸葛亮是建安时期杰出的政治家和军事家,同时也是当时卓
著的散文作家。他的散文创作以政论散文成就最高,为古今不少
人们所称许的《出师表》,又是政论散文中的优秀作品。这篇优秀

作品写于后主刘禅建兴五年（公元227年）。当时诸葛亮要奖率三军北定中原，临行前写了这篇奏疏，劝诫刘禅要严明法纪、尊贤纳谏。文章一开始就概括而准确地分析了蜀国当时所处的"危急"形势，接着阐述了要改变这种形势，"诚宜开张圣听，以光先帝遗德，恢宏志士之气，不宜妄自菲薄，引喻失义，以塞忠谏之路也"。为了大开忠谏之路，文章继而在强调陟罚臧否、内外一法的同时，还特别指出要信任忠贤之臣：

> 亲贤臣，远小人，此先汉所以兴隆也。亲小人，远贤臣，此后汉所以倾颓也。先帝在时，每与臣论此事，未尝不叹息痛恨于桓灵也。侍中、尚书、长史、参军，此悉贞亮死节之臣也，愿陛下亲之信之，则汉室之隆，可计日而待也。

这里，有两汉在用人上正反两方面的经验和教训，有对先帝刘备叹恨桓灵二帝宠信宦官而败亡的追忆，有对后主要亲信忠贤之士的规劝。出言肺腑，情辞恳切，通畅流丽，论证有力。《文心雕龙·章表篇》说《出师表》写得"志尽文畅"，并把它列入"表之英也"。陆游《书愤》诗说："出师一表真名世，千载谁堪伯仲间。"这些赞誉，说明《出师表》在我国古代散文史上有比较重要的地位，也发生了较大的影响。

三

建安散文在其发展过程中，形成了自己的一些特点，主要表现有以下几方面：

第一，具有鲜明的时代特色。建安时期是一个动乱时期，也是一个动乱逐渐被消除的时期。兵燹战乱、自然灾害给社会带来的深重灾难，战乱和灾害激起人们积极的进取精神，这些都是建安时期的时代风貌。而这些不论是在当时的叙事性散文,还是议论性散文当中,都有比较深刻的反映。这里仅举曹操的《军谯令》、曹植的《说疫气》和糜元的《讥许由》作为示例。

《军谯令》有一段话说:

> 吾起义兵,为天下除暴乱。旧土人民,死丧略尽,国中终日行,不见所识,使吾凄怆伤怀。

《军谯令》是建安七年,曹操驻军谯地时发布的一道命令。令文虽短,但却有鲜明的时代内容。令中"旧土人民,死丧略尽"等句,和作者在《蒿里行》中所写的"白骨露于野,千里无鸡鸣"一样,都是当时战乱给人民带来的深重灾难的写照。

《说疫气》是曹植反映疫病造成人口大量死亡的一篇散文,其主要内容是:

> 建安二十二年,疠气流行。家家有僵尸之痛,室室有号泣之哀,或阖门而殪,或覆族而丧……人罹此者,悉被褐茹藿之子,荆室蓬户之人耳。若夫殿处鼎食之家,重貂累蓐之门,若是者鲜焉。此乃阴阳失位,寒暑错时,是故生疫。而愚民悬符厌之,亦可笑也。

上面引文的前半部用对照的手法,记叙了当时疫病造成的深重灾难,指出死者多是"被褐茹藿"、"荆室蓬户"的贫困百姓,而"殿处鼎食"、"重貂累蓐"的豪门富族却死得很少。引文的后半部对疫病的发生作了朴素唯物主义的解释,批判了"悬符厌之"的迷信作法。建安时期死于战乱的多是贫困百姓,被疫病之类的自然灾害夺去生命的也多是贫困百姓,幸存的少数贫困百姓还在被迷信思想麻醉着。所有这些使我们清楚地看到了建安时期劳动人民的悲惨命运。

糜元的《讥许由》一文见于《全三国文》卷三十八。这篇散文旗帜鲜明地批判了传说中的隐士许由。对传说中的许由,历朝历代有不少人推崇他,仰慕他,而糜元在《讥许由》中却认为,许由并不足取,指出他的隐居行为"非以劝智能之士,入通达之教"。糜元认为:

> 太上立德,其次立功。世殊事异,不得而同,故伯禹过门而不入,稷契刻节而奋庸,股肱帝室,作民王公。今子生圣明之世,得观雍熙之治,则当摅不朽之功,畅不羁之志。龙飞凤起,修摄君司。佐天理物,干成王事。若子以尧为暗主,则历代载其功,以民为贪乱,则比屋可封。若夫世浊时昏,上无贤君,忠臣不出,小人聚群,即当揆烦理乱,跨腾风云,光显时主,拔济生民。何得偃蹇、藏影蔽身!夫道不虚行,士不徒生。生则干时,为国之桢。故伊尹干汤,周公相成。兴治济世,以致太平。生有显功,没有美名。人生于世,贵能立功,何得逃位、矫世绝纵!丹朱不肖,朝有四凶。尧放求贤,逊位于子。度才处分,不能则已。何所感激,临河洗耳。山居巢处,执心不倾。辞君之禄,忘君之荣。居君之地,避君之庭。立身若此,非子之贞。欲言子智,则不仕圣若,欲言子高,则鸟兽同群。无功可纪,无事可论。

在糜元看来,一个人如果生活在圣明之世,则应当立"不朽之功",如果生活在昏浊之时,则应当不畏艰难,"光显时主,拔济生民"。象许由那样,实在是"无功可纪,无事可论"。这篇散文敢于冲破传统观念的束缚,表现了当时有志之士在深重的社会和自然灾难面前,渴望立功、积极入世、昂扬向上的精神面貌。

第二,直抒胸臆,饱含真情实感。建安时期不论是优秀的叙事性散文,还是杰出的议论性散文,一般都是直接抒发自己的思想感情,能够"为情而造文"(《文心雕龙·情采篇》)。这和两汉时期的许多散文不同。两汉时期，由于重视儒学经术，不少帝王要求文人想问题、写文章要以儒学经术为准则。如汉武帝要求臣下回答问题时，要"具以《春秋》，勿以纵横对"(《汉书·严助传》)。因此两汉时期，一些经生宿儒写的散文受儒学经术的影响较重，叙事议论，大多没有突破儒学经术的框框。作者常常是不痛不痒地引用一些儒言经语，很少直抒胸臆。这种情况在建安时期发生了较大的变化。建安时期的优秀散文，能够坦率地抒发自己的胸襟，笔端常带感情。提倡什么，反对什么，爱什么，恨什么，感情色彩比较鲜明。我们读这些散文，似乎感到作者写作时兴会淋漓，思致风发。这在三曹的一些散文中表现得相当明显。

鲁迅先生在《魏晋风度及文章与药及酒之关系》一文中，说曹操"胆子很大……作文章时又没有顾忌，想写的便写出来"。曹操的确是这样。曹操的许多散文和军政斗争、世俗生活密切相关，其中不少散文本身就是政令。但他写的政令和过去那些呆板的政令迥然不同。曹操的不少政令能够毫不拘束地表达自己的思想感情，不虚伪，不矫饰，敢言私，也敢谈利，因而使读者览之了然，无所疑惑。读了他的散文，就看到了他的真胸怀，看到了他鲜明的个性。如《让县自明本志令》有一段写道：

> 设使国家无有孤，不知当几人称帝，几人称王……欲孤便尔委捐所典兵众，以还执事，归就武平侯国，实不可也。何者？诚恐己离兵为人所祸也。既为子孙计，又己败则国家倾危，是以不得慕虚名而处实祸，此所不得为也。

曹操这些话直接了当地说出了自己在当时所处的举足轻重的地位，说明自己可以让封地，但要交出兵权是绝对不行的。这些毫不掩饰地倾吐自己真情实感的言语，只有曹操才能说得出来。

曹丕的一些散文,特别是一些书信,写得也是饱含感情。典型的例子就是《又与吴质书》中的一段:

> 昔年疾疫,亲故多离其灾,徐、陈、应、刘,一时俱逝,痛可言邪!昔日游处,行则连舆,止则接席,何曾须臾相失!每至觞酌流行,丝竹并奏,酒酣耳热,仰而赋诗。当此之时,忽然不自知乐也。谓百年己分,可长共相保,何图数年之间,零落略尽,言之伤心!顷撰其遗文,都为一集。观其姓名,已为鬼录。追思昔游,犹在心目,而此诸子,化为粪壤,可复道哉!

这封信写于建安二十二年以后,当时曹丕的朋友、著名的作家徐干、陈琳、应场和刘桢等,都已死于疫病。他们的"一时俱逝",使曹丕悲伤不已。曹丕这封信由今忆昔,缅怀咏叹,追叙了过去同他们的友好情意,饱含着对死者的深沉悼念。

曹植的散文,不论是叙写自己的深受压抑,还是反映个人的壮志难酬,都融合着强烈的感情色彩。象他的《求通亲亲表》一文,一方面写出了魏明帝曹睿极力排挤宗室,给曹植造成的痛苦,另一方面又表现了曹植渴望立功的激切之情:

> 臣伏自思惟,岂无锥刀之用,及观陛下之所拔授,若臣为异姓,窃自料度,不后于朝士矣。若得辞远游,戴武弁,解朱组,佩青绂,驸马奉车,趣得一号,安宅京室,执鞭珥笔,出从华盖,入侍辇毂,承答圣问,拾遗左右,乃臣丹青之至愿,不离于梦想者也。

曹植才华横溢,有理想,有抱负,但是魏明帝和他父亲曹丕一样,一直在迫害他,使他难以报效国家。即使是这样,曹植为朝廷立功的想法一直没有改变。上面这段话就表现了这一点。这段话感情真实而强烈,表明他梦寐以求的是为国立功,也透露了他内心深处隐藏着满腔的痛苦和愤慨。

从上面的论述可以看到，建安散文确有明显的抒情特点。这一现象说明，建安散文虽然多是应用文，但抒情成分增加了，它与"吟咏情性"的建安诗歌和以抒情为主的建安小赋一起，形成了"梗概多气"的建安文学。同时也说明了我国古代的散文，在建安时期已经开始明显地由实用性向抒情性转变。

第三，建安散文在语言方面出现了两种倾向：一是重视骋词摛采、骈俪偶句，骈化有所发展；一是清峻通脱、质朴无华，散体比较明显。

前一种倾向的典型代表是陈琳和曹植。由于不少文学艺术都注重对称，加上中国文字是单音字，语法又不象西方那样严格，这样写文章很自然地容易产生骈俪现象，即刘勰所说的"高下相须，自然成对"（《文心雕龙·俪辞篇》）。这种情况在先秦的散文当中就出现过。但那时的俪词偶句，是作者意到笔到，并不自觉。到了两汉，特别是东汉，一些作者有意于骈俪对偶，骈俪对偶的现象在文章中逐渐多起来了。所以王闿运《湘绮楼论文》说："骈俪之文起于东汉。"这种现象到了建安时期又有所发展，这与"魏晋群才，析句弥密，联字合趣，剖毫析厘"（《文心雕龙·俪辞篇》）有密切关系。刘师培说："建安之世，七子继兴，偶有撰著，悉以排偶易单行。即非有韵之文，亦用偶文之体，而华靡之作，遂开四六之先，而文体复殊于东汉。"（《论文杂记》）这在陈琳和曹植的散文中表现得尤为明显。陈琳的书檄"纯以骋辞为主"（《中国中古文学史》），颇多俪辞偶句，如：

> 盖闻明主图危以制变，忠臣虑难以立权。是以有非常之人，然后有非常之事。有非常之事，然后立非常之功。（《为袁绍檄豫州》）

> 盖闻祸福无门，惟人所召。夫见机而作，不处凶危，上圣

之明也。临事制变，因而能通，智者之虑也。渐渍荒沈，往而不返，下愚之蔽也。是以大雅君子，于安思危，以远咎悔。小人临祸怀佚，以待死亡。二者之量，不亦殊乎！（《檄吴将校部曲》）

上面引的两段文字，其中有不少是俪辞偶句。这些俪辞偶句和散体语句交替使用，整齐匀称，错落有致，增加了文章的节奏感。

曹植的诗歌"辞采华茂"（《诗品》），这一点在他的散文中也有突出的表现。曹植散文重辞采，善于用排句偶语的例证很多，如《求自试表》中的一段：

臣闻士之生世，

入则事父，
出则事君，

事父尚于荣亲，
事君贵于兴国。

故

慈父不能爱无益之子，
仁君不能畜无用之臣。

故

论德而授官者，成功之君也；
量能而受爵者，毕命之臣也。

故

君无虚授，
臣无虚受；

虚授谓之谬举，
虚受谓之尸禄。

　　这样的排句偶语，字句匀称，意义相对，前后连贯，读起来给人一种谐调对称的美感。从散文发展史来看，曹植这么多地运用排句偶语，对后来也产生了较大的影响。两晋南北朝时期，骈体文的形成和盛行，就与曹植散文较多地运用排句偶语有直接关系。

　　和过去相比，建安散文虽然俪词偶语多了，但就整个建安散文来看，基本上还是骈散相间、以散为主，句式自由灵活，多变化，还没有凝成一种定型，给人的感受是散朗明快，而不是滞重呆板。

　　后一种倾向可以曹操为代表。曹操的散文，遣词造句简洁通畅，不拘绳墨，质朴无华。如他写的《求贤令》：

　　　　自古受命及中兴之君，曷尝不得贤人君子与之共治天下者乎！及其得贤也，曾不出闾巷，岂幸相遇哉？上之人求取之耳。今天下尚未定，此特求贤之急时也……若必廉士而后可用，则齐桓其何以霸世！今天下得无有被褐怀玉而钓于渭滨者乎？又得无有盗嫂受金而未遇无知者乎？二三子其佐我明扬仄陋，唯才是举，吾得而用之。

《求贤令》是建安十五年曹操下的一道命令，中心内容是强调用人要"唯才是举"。求贤是有关国家兴衰存亡的一件大事。这样一件大事，曹操写得如此通脱活泼、质朴简明。求贤的重要性、古代任贤的经验、求贤的基本原则，这些都用自由的散体语言阐述得清清楚楚。

四

　　建安散文之所以取得了新的成就，留下了很多优秀的作品，是因为它置根于当时时代的土壤，回答了时代的要求，反映了时代的风貌。这是主要的原因，也是整个建安文学发展的共同原因。此外，还有促使建安散文发展的一些特殊原因。

首先，以曹氏父子为代表的建安文人对散文是比较重视的。曹丕《典论·论文》所说的"盖文章，经国之大业，不朽之盛事"，在很大程度上指的是各种散文。曹丕对长于写作散文的文人和当时常用的几种散文体裁都有重要的评价和见解。《典论·论文》推崇陈琳、阮瑀说："琳、瑀之章表书记，今之隽也。"称赞徐干，说他"著论，成一家言"。曹丕论文体时指出："盖奏议宜雅，书论宜理，铭诔尚实。"奏议、书论、铭诔都属于散文。曹丕对奏议等六种文体的特点和要求，都概括地作了说明。这些足以证明，曹丕对散文是非常重视的。建安文人在重视散文的同时，既注意继承以前散文的优良传统，同时又能冲破过去束缚散文发展的一些框框。比如《文心雕龙·诏策篇》说："魏武称：作敕戒当指事而语，勿得依违。"《章表篇》又说："昔晋文受册，三辞从命，是以汉来让表，以三为断。曹公称：'为表不必三让，又勿得浮华。'"曹操对写作敕戒和章表提出的看法，说明他确实是"改造文章的祖师"。曹操的这些主张和他的散文写作的实践，对推动当时和后来散文的发展，都产生了积极的影响。

其次，建安散文在很大程度上是应用散文。建安文人写的章、表、书、檄、奏、疏、诏、令、铭、诔、哀、笺等，都是当时的应用文体。这些应用文体比当时诗赋之类的纯文学体裁，用得更广泛，用得更多。

应用散文在写作上比诗歌辞赋等文体自由得多，灵活得多。它既不象诗歌那样讲究韵律节奏和字句精炼，也不象辞赋那样要求相对固定的句式和铺文摘采。它拘限较少，又可以发挥不同的功用，可以叙事，可以议论，可以夹叙夹议，也可以抒情。

　　和诗赋之类的文体相比，应用散文比较容易掌握，只要当时需要，作者有所见闻，有所感触，又具备一定的文字修养，就可以写作这方面的散文。

　　由于上述原因，所以建安时期写作散文的人很多。其中有一些人既写诗赋，也写散文，但更多的是在诗赋方面没有留下作品，而在散文写作上却程度不同地作出了贡献。

　　　　　　　　　　　　　　　写于一九八三年六月

建安时期的小说

一

　　建安时期，小说虽然不象诗歌、辞赋等文体那样光辉灿烂，但也取得了不可忽视的成就。这方面，过去的一般著作涉及得较少，因此，这里有必要比较详细地加以阐述。

　　建安时期，人们对小说是比较重视的，这在不少文人那里有明显的表现。《魏志·王粲传》注引《魏略》说，曹植延请邯郸淳时，曾"诵俳优小说数千言"。曹植对俳优小说如此谙熟，致使邯郸淳深表叹服。又据邯郸淳《笑林》记载，孔融曾对"某甲夜暴疾"这一笑话发表过评论，足见他对笑话之类的小说还是颇有兴趣的。此外，如淳和薛综在注释过去的文籍时，对汉代所谓的小说曾做过比较重要的解释。如淳注班固《汉书·艺文志》所谓"小说家者流，盖出于稗官"等二句说："街谈巷说，其细碎之言也。王者欲知闾巷风俗，故立稗官使称说之。"薛综注张衡《西京赋》"小说九百，本自虞初。从容求之，实俟实储"等几句说："小说医巫厌祝之术，……持此秘术，储以自随，待上所求问，皆常具也。"（见《文选》卷二《西京赋》李善注引）如淳和薛综的注释，不仅有助于我们对汉代所谓的小说的理解，而且说明他们对小说是有所研究的。

　　建安时期，不少文人，如应劭、曹丕和邯郸淳等写的小说，或近似于小说之类的作品也比较多。应劭的重要著作《风俗通义》（也称作《风俗通》），其中有不少内容是属于小说。曹丕撰写的小说，重要的有《列异传》。此外，刘勰《文心雕龙·谐隐篇》说："魏文因俳说以著笑书。"邯郸淳在小说方面的主要贡献，是他写的《笑林》。《文心雕龙·谐隐篇》说："荀卿《蚕赋》，已兆其体，至魏文、陈思，约而密之。高贵乡公，博举品物。"根据刘勰当时所接触的资料来看，建安时期，笑书，特别是谜语之类的作品还是相当多的。遗憾的是，上面提到的这些作品，有些已经全部亡佚了，有些只有部分流传下来。从现在流传下来的部分看，特别值得我们重视的是应劭的《风俗通义》、曹丕的《列异传》和邯郸淳的《笑林》这三部书。

二

　　应劭，字仲远，又作仲援或仲瑗。他一生博览多闻，著述较多，其中和小说关系密切的是他写的《风俗通义》。

　　《风俗通义》成书的时间，自古至今，说法不一。清朝人桂馥在《晚学集》卷五《书风俗通后》一文中说，《风俗通义》是应劭"少年之作"。今人则多认为是应劭后期所作。但具体时间的断限，又各不相同。归纳起来，大致有两种说法：一是周祖谟先生在《方言校笺序》中认为，其写作时间"约在献帝兴平初"。二是王利器和吴树平二位先生认为当在兴平元年离开太山太守、归袁绍以后。王先生的见解见他写的《风俗通义校注》一书的《叙例》。吴先生的看法见他写的《风俗通义杂考》一文（载《文史》第七辑）。仔细检核有关应劭的生平资料，可以发现，上述诸说，其中周先生的说法当更为接近实际。《风俗通义·正失》篇"封泰山禅梁父"一条说:"予以空伪,承乏东岳,忝素六载。"这是《风俗通义》一书中,应劭谈自己生平经历最晚的时间。据《后汉书》卷四十八《应劭传》,劭在中平六年,"拜太山太守",中经初平前后四年,至兴平元年,"弃郡奔冀州牧袁绍"。从中平六年到兴平元年,前后正好"六载",由此可知,《风俗通义》的成书不会早于兴平元年。又《意林》引《风俗通义·折当》篇载《目录》云:"泰山太守臣劭再拜上书曰:'秦皇焚书坑儒,《六艺》缺亡;高祖受命,四海乂安,往往于壁柱石室之中,得其遗文,竹帛朽裂,残阙不备。至国家行事,俗间流语,莫能原察;故三代遣辎轩使者,经绝域,采方言,令人君不出户牖而知异俗之语耳。'"这段文字当是应劭《风俗通义》自叙的佚文。自叙一般都是作于全书写成时。自叙中有"泰山太守臣劭再拜上书"一句,据此可以确定,《风俗通义》当杀青于兴平元年,当时应劭仍在泰山太守任上。

《风俗通义》在内容上的特点,应劭在这部书的序文中解释书名时曾有说明。他说这部书之所以取名《风俗通义》,因为它的内容是"言通于流俗之过谬,而事该之于义理也"。这和《后汉书》本传说他写《风俗通义》旨在"辩物类名号,释时俗嫌疑"是一致的。由于上述的写作意图,所以《风俗通义》所涉及的内容比较广泛,也比较杂乱,致使后人对这部书的性质的看法产生了歧义。《隋书·经籍志》把它列入杂家。后来有不少人讥其驳杂,贬抑较多。但也有人与上述观点不同,看到了《风俗通义》具有小说的一些特点,因而把它列入小说家。清朝人王鸣盛在《十七史商榷》卷三十六中说:"《风俗通义》,小说家也。"清朝人周中孚在《郑堂读书记》卷五十六中论《风俗通义》说:应劭"撰是书,颇近小说"。近代著名的文学家龚自珍在《最录汉官仪》中说得也很明确:"《风俗通义》,小学之旁支,小说之别祖也。"王鸣盛、周中孚等人的说法,虽然彼此有些差异,但都看到了《风俗通义》同小说有密切的关系。值得我们注意的是,解放以后的研究者却很少有人从小说的角度去研究《风俗通义》,甚至连《中国小说史》这样的专史,对《风俗通义》也只字未提。其实,如果统观《风俗通义》一书,可以发现王鸣盛等人的说法有合理的成分。《风俗通义》内容比较广泛,比较杂乱,不能把它看成是单纯的小说创作,和后来单纯的小说自然有很大的区别,但《风俗通义》当中确实有一部分内容具有小说的特点,特别是不少有关志怪的故事,我们应当把它们看成是志怪小说。这类故事虽见于《风俗通义》一书不少地方,但主要集中在《怪神》篇里面。《怪神》篇记载了二十多个有关神鬼怪异的故事,其中有不少故事,不论在思想内容上,还是在艺术表现上,都达到了相当高的水平,和后来的一些志怪小说相比,并不逊色。

　　在思想内容上,《怪神》篇所写的志怪小说有一个突出的特点,就是通过一些有关神鬼怪异的故事,否定了神仙的存在,赞颂了人们敢于同鬼怪作斗争的大无畏精神。如《石贤士神》说:

　　　　汝南汝阳彭氏墓路头立一石人,在石兽后。田家老母,到市买数片饵,暑热行疲,顿息石人下小暝,遗一片饵去,忽不自觉。行道人有见者,时客适会,问:"何因有是饵?"客聊调之:"石人能治病,愈者来谢之。"转语:"头痛者摩石人头,腹痛者摩其腹,亦还自摩,他处放此。"凡人病自愈者,因言得其福力,号曰贤士;辒辌毂击帷帐绛天,丝竹之音,闻数十里,尉部常往护视,数年亦自歇,沫复其故矣。(《太平御览》卷七四一引此故事,最后作"后饼母为说乃止",又卷八六〇引作"数年前饵母闻之,为人说之,乃无复往者"。)

　　一位田家老母在石人下面丢下了一片饵,这完全是一件偶然

的事情,路上的行人借此开玩笑说"石人能治病",这也不足为怪,
但是那些迷信思想严重的人却信以为真。从此石人成了能治百
病的神仙,而且愈演愈烈。这个故事,真实生动,饶有趣味。它形
象地揭示了一个真理:人们所信奉的一些神仙,实际上是不存在
的,完全是人们自己虚构出来的。当人们不明白事实真相时,常
常会上当受骗,可是,一旦了解了事实真相,人们就会自觉地把神
毁掉。又如《世间多有精物妖怪百端》说:

> 北部督邮西平郅伯夷,年三十所,大有才决,长沙太守郅
> 君章孙也。日晡时到亭,敕前导人。录事掾白:"今尚早,可
> 至前亭。"曰:"欲作文书,便留。"吏卒惶怖,言当解去。传云:
> "督邮欲于楼上观望,亟扫除。"须臾便上。未冥,楼镫阶下复
> 有火鑪。敕:"我思道,不可见火,灭去。"吏知必有变,当用赴
> 照,但藏置壶中耳。既冥,整服坐诵《六甲》、《孝经》、《易本》
> 讫,卧。有顷,更转东首,以幐巾结两足帻冠之,密拔剑解带。
> 夜时,有正黑者四五尺,稍高,走至柱屋,因覆伯夷。伯夷持
> 被掩足,跣脱几失,再三,徐以剑带系魅脚,呼下火上,照视老
> 狸,正赤,略无衣毛,持下烧杀。明旦发楼屋,得所髡人结百
> 余,因从此绝。伯夷举孝廉,益阳长。

这个故事里所说的"髡人结百余"和纯赤老狸不可能互为因
果,因为得到"髡人结百余",老狸兴妖从此就断绝了,也是荒诞不
足信的。但故事的中心不在这里。故事的中心是通过写人与精
物妖怪的斗争,充分肯定并且赞颂了人的力量。在深夜时刻,郅
伯夷面对四五尺高的妖怪,无所畏惧。他先用被子掩其足,后又
用剑带系其脚,最后用火将其烧死。故事突出地表现了郅伯夷同
妖怪作斗争时的勇敢和沉着。从郅伯夷的身上,我们可以看到,
妖怪不足畏,只要人们勇于斗争,善于斗争,妖怪是完全可以被消

除的。再如《世间多有伐木血出以为怪者》说：

> 桂阳太守江夏张辽叔高去隔令家居，买田。田中有大树十余围，扶疏盖数亩地，播不生谷，遣客伐之，木中血出。客惊怖，归，以其事白叔高。叔高大怒曰："老树汁出，此何等血？"因自严行复斫之，血大流洒。叔高使先斫其枝，上有一空处，白头公可长四五尺，忽出往赴叔高，叔高乃逆格之，凡杀四头。左右皆怖伏地，而叔高恬如也。徐熟视，非人非兽也，遂伐其树。其年司空辟侍御史兖州刺史，以二千石之尊，过乡里，荐祝祖考。白日绣衣，荣羡如此，其祸安居？

先秦两汉时期，树木成神，树木有血之类的迷信传说，比较流行（如《风俗通义·怪神》篇所记的《李君神》，《水经注·渭水注》引《列异传》所记梓树化为牛等）。对这些迷信传说，不少人信以为真。但也有一些人勇于破除迷信，不相信这些传说。上面所引的故事中的叔高就是这样的人。他有见识，不相信什么树会出血。他有胆量，勇敢地杀死了"非人非兽"的四个怪物，伐掉了影响庄稼生长的十余围的大树。叔高的言行，表现了我国古代有识之士不迷信，敢于斗妖降魔的大无畏精神。

在艺术表现上，《怪神》篇所载的志怪小说和后来比较成熟的小说相比，一般地都缺少深刻细致的描写，缺少复杂的完整的结构，但是作为我国早期的小说来看，仍有一些值得注意的特点，这主要表现在以下三个方面：

首先，注意选取典型。《怪神》篇里的志怪小说，作者写的多是从各方面选取的典型人物和典型事件。由于作者写志怪小说的目的，在于破除对神鬼怪异的迷信，因此他选择的典型，如前面列举的《石贤士神》、郅伯夷和叔高等，一般都是奇特的、不同寻常的，都带有喜剧性的特点。因此，这些小说写的尽管都是生活中的一些片断,但艺术感染力还是比较强的。

其次,具有故事性。《怪神》篇里所写的志怪小说,虽然涉及到一些怪诞现象,但一般的都有比较完整的故事情节。作者的思想倾向主要是通过故事情节的展示,自然流露出来的。如《世间多有见怪惊怖以自伤者》写道:

> 予之祖父郴为汲令,以夏至日请见主簿杜宣,赐酒。时北壁上有悬赤弩,照于杯中,其形如蛇。宣畏恶之,然不敢不饮,其日,便得胸腹痛切,妨损饮食,大用羸露,攻治万端,不为愈。后郴因事过至宣家,窥视,问其变故,云:"畏此蛇,蛇入腹中。"郴还听事,思惟良久,顾见悬弩,必是也。则使门下史将铃下侍徐扶辇载宣,于故处设酒,杯中故复有蛇,因谓宣:"此壁上弩影耳,非有他怪。"宣意遂解,甚夷怿,由是瘳平,官至尚书,历四郡,有威名焉。

这是后来人们经常称道的"杯弓蛇影"的故事。故事尽管比较简单,但矛盾的产生、发展和解决,交待得都比较清楚。

再次,语言比较通俗。《怪神》篇里所载的志怪小说在语言上,一般都比较质朴简明,具有明显的通俗的特点。如《鲍君神》写道:

> 汝南鲖阳有于田得麕者,其主未往取也。商车十余乘经泽中行,望见此麕著绳,因持去。念其不事,持一鲍鱼置其处。有顷,其主往,不见所得麕,反见鲍鱼,泽中非人道路,怪其如是,大以为神。转相告语,治病求福,多有效验。因为起祀舍,众巫数十,帷帐钟鼓,方数百里皆来祷祀,号鲍君神。其后数年,鲍鱼主来历祠下,寻问其故,曰:"此我鱼也,当有何神。"上堂取之,遂从此坏。

整个故事的叙写,用的多是民间流行的口语,文辞清辨,通俗易懂。《风俗通义》中的志怪故事,不少是"俗间行语,众所共传"(《风俗通义序》)。内容多是民间俗事,语言又主要是当时流行的口语,内容和语言比较谐合一致。封建社会有些文人,往往用"儒雅"作标准,批评《风俗通义》的语言"不典"(见《后汉书·应劭传》、《魏志·王粲传》注引华峤《后汉书》)。其实,今天看来,封建文人所谓的"不典",正是我们应当肯定的。

<h1 style="text-align:center">三</h1>

《列异传》一书的著录,最早见于《隋书》。《隋书·经籍志·史部·杂传类》录《列异传》三卷,并指出其内容是:"序鬼物奇怪之事"。因此,很早以来,人们即把《列异传》列入志怪小说的范围。《列异传》全书早已亡佚,鲁迅先生《古小说钩沉》从各种著作中辑得五十条,这是现在比较完备的辑本。此外,《艺文类聚》卷九二《鸟部》下载《列异传》佚文一条,《古小说钩沉》未予辑录。这样看来,今存《列异传》,当共有五十一条。

《列异传》的作者问题,自唐代以来,众说纷纭,总括起来,大概有五说:一是魏文帝曹丕说。此说见于《隋书·经籍志》,后来章怀《后汉书》注和徐坚编著的《初学记》引《列异传》,也都标明魏文帝撰。二是张华说。此说见于《旧唐书·经籍志》和《新唐书·艺文志》。今人王瑶先生也持有此说。他在《中古文学思想·小说与方术》一文中认为:"两唐志题张华撰,比较近理。"三是张华续曹丕说。有这种说法的是清朝人姚振宗。姚振宗在《隋书经籍志考证》中,认为《列异传》是"张华续文帝书而后人合之"。四是托名曹丕说。明显地持这种看法的是游国恩等先生和科学院文学研究所分别编写出版的《中国文学史》。五是存疑说。鲁迅先生《中国小说史略》第五篇说：《列异传》中"有甘露年间事，在文帝后，或后人有增益，或撰人是假托，皆不可知"。看来鲁迅先生对《列异传》的作者是持存疑态度的。上述五说，其中魏文帝曹丕说最早。后面四说的主要理由是因为《列异传》中记有魏文帝以后的事。如鲁迅先生分析张华说时认为："两唐志皆云张华撰，亦别无佐证，殆后有悟其抵牾者，因改易之。"（《中国小说史略》第五篇）

综观上述诸说，我的初步想法是，《列异传》为曹丕所撰一说较为可信。理由主要有以下两点：

第一，如上所述，此说最早。《隋书·经籍志》写于初唐，离曹丕所处的时代较近，又是曹丕之后最早的一部经籍志。《后汉书》注的作者章怀和《初学记》的编著者也都是唐代人，他们的学识都比较渊博。上述三种重要的著作都断言《列异传》是曹丕撰写的，当有一定的根据。我们在没有充分的证据之前，恐怕不宜对他们的说法加以否定。

第二，《列异传》中有魏文帝以后的事情，这是事实。但是，今存《列异传》五十一条中，有五条所写的是曹丕以后的事情，占的比重并不大。另外，我们知道，我国的古籍在流传过程中有所增减，这种现象并不罕见。如鲁迅先生在《中国的小说的历史的变迁》一文中，认为现存的二十卷本《搜神记》是一部"半真半假的书籍"。但自《搜神记》诞生以来，人们并没有因为今存《搜神记》是一部"半真半假的书籍"而否定它的作者是干宝。又如《旧唐书·经籍志》卷下、《新唐书·艺文志》卷三都录有《启颜录》十卷，题侯白撰。据《隋书·陆爽传》记载，侯白卒于隋高祖时，但《启颜录》中却记有唐代的事情，这显然是后人增加的。值得我们注意的是，人们并没有因为《启颜录》中记有侯白以后的事，而不承认侯

白撰有《启颜录》。上述情况只能说明，有些古籍在流传过程中确
有增益，我们不能因为有所增益，而就轻易地否定了原书的作者。
对《列异传》的作者，是否也应当这样看。

　　基于上述两方面的理由，可以认为，《列异传》原著当为曹丕
所撰，至于书中记有曹丕以后的事情，那是在流传过程中后人增
加的。我们不能因后人增加了一小部分内容，就断定原书不是曹
丕撰写的。

　　现存《列异传》五十一条当中，除一小部分已残缺不全以外，
其余绝大部分都比较完整。从比较完整的部分来看，就其主要的
思想倾向，即对神鬼怪异方术的态度，以及与之相联系的、对社会
生活所起的作用而言，粗略地可以分为积极的和消极的两大类。
这两大类，在本质上存在着矛盾。

　　先说积极的一类。这里所说的积极的一类，指的是作者所写
的故事，程度不同地曲折地反映了人民的情感和愿望，表现了人
们对自身力量的肯定和对自由幸福的憧憬。下面略举几个故事
作为示例：

　　　　干将莫邪为楚王作剑，三年而成。剑有雄雌，天下名器
也，乃以雌剑献君，藏其雄者。谓其妻曰："吾藏剑在南山之
阴，北山之阳；松生石上，剑在其中矣。君若觉杀我。尔生
男，以告。"及至君觉，杀干将。妻后生男，名赤鼻，告之。
赤鼻斫南山之松，不得剑；忽于屋柱中得之。楚王梦一人，眉
广三寸，辞欲报仇。购求甚急，乃逃朱兴山中。遇客，欲为之
报；乃刎首，将以奉楚王。客令镬煮之，头三日三夜跳不烂。
王往观之，客以雄剑倚拟王，王头堕镬中；客又自刎。三头悉
烂，不可分别，分葬之，名曰三王冢。

上面引的是"干将莫邪"故事的全文。这一故事描写了楚王

的暴虐,干将的预见,赤鼻为报杀父之仇的坚毅的英雄性格,客人
仗义除虐的豪侠气概。所有这些,一方面揭露了残暴君王杀害无
辜劳动人民的罪行,另一方面也歌颂了我国古代劳动人民反抗压
迫的顽强斗争精神。整个故事带有浓重的浪漫主义的特色。"赤
鼻斫南山之松,不得剑;忽于屋柱中得之";赤鼻的头,煮"三日三
夜跳不烂"。所有这些,都不是现实生活中所能有的,然而给我们
的感受却是有深刻的现实根据。

又如"宗定伯"故事:

> 南阳宗定伯,年少时,夜行逢鬼。问曰:"谁?"鬼曰:"鬼
> 也。"鬼曰:"卿复谁?"定伯欺之,言:"我亦鬼也。"鬼问:"欲至
> 何所?"答曰:"欲至宛市。"鬼言:"我亦欲至宛市。"共行数里。
> 鬼言:"步行太迟;可共迭相担也。"定伯曰:"大善。"鬼便先担
> 定伯数里。鬼言:"卿大重! 将非鬼也?"定伯言:"我新死,故
> 重耳。"定伯因复担鬼,鬼略无重。如其再三。定伯复言:"我
> 新死,不知鬼悉何所畏忌?"鬼曰:"唯不喜人唾。"于是共道遇
> 水,定伯因命鬼先渡;听之了无声。定伯自渡,漕漼作声。鬼
> 复言:"何以作声?"定伯曰:"新死不习渡水耳。勿怪!"行欲
> 至宛市,定伯便担鬼着头上,急持之。鬼大呼,声咋咋,索下,
> 不复听之。径至宛市中,著地化为一羊。便卖之,恐其便化,
> 乃唾之,得钱千五百,乃去。于时言:"定伯卖鬼,得钱千
> 五百。"

这段故事,作者用轻松而富于风趣的笔触,用朴实而洗炼的
语言,比较成功地塑造了少年宗定伯这一人物形象。宗定伯有勇
有谋。当他夜间遇到鬼时,无所畏惧,敏捷地回答了鬼提出的各
种问题,机智地探得了鬼的唯一畏忌,最后制服了鬼。故事本身
虽然并没有否定鬼的存在,但是,它告诉人们:鬼并不可怕,人比

鬼高明得多；人只要勇于斗争而又善于斗争，鬼是完全可以被战胜的。

再如"谈生"故事：

> 谈生者，年四十，无妇。常感激读《诗经》，夜半有女子可年十五六，姿颜服饰，天下无双，来就生为夫妇之言："我与人不同，勿以火照我也。三年之后，方可照。"为夫妻，生一儿，已二岁；不能忍，夜伺其寝后，盗照视之，其腰已上生肉如人，腰下但有枯骨。妇觉，遂言曰："君负我，我垂生矣，何不能忍一岁而竟相照也？"生辞谢。涕泣不可复止，云："与君虽大义永离，然顾念我儿，若贫不能自偕活者，暂随我去，方遗君物。"生随之去，入华堂，室宇器物不凡。以一珠袍与之，曰："可以自给。"裂取生衣裾，留之而去。后生持袍诣市，睢阳王家买之，得钱千万。王识之曰："是我女袍，此必发墓。"乃取拷之，生具以实对。王犹不信，乃视女冢，冢完如故。发视之，果棺盖下得衣裾。呼其儿，正类王女，王乃信之。即召谈生，复赐遗衣，以为主婿。表其儿以为侍中。

这是一个活人与死人结为夫妇的故事。故事中睢阳王的女儿死而复生，并且与"年四十无妇"的谈生结婚生儿，这些在现实生活当中是不可能发生的。但是作者写的这些，又是以现实生活为基础的。我们知道，美好的婚姻是人们幸福生活的一部分，但是在封建礼教的桎梏下，人们是很难得到这种幸福的。于是人们就用活人和死人结为夫妇这样虚幻的故事，来寄托对幸福美满的婚姻的追求。

以上说的是积极的一类，下面再说消极的一类。所谓消极的，就是作者所写的神鬼怪异，一般都具有超人的力量，它们能够主宰人们的一切，人们的生死存亡、祸福穷达完全控制在它们的手里，人们只能听命于它们。这样的故事，对人们实际上是麻醉剂。人们读了这样的作品，也很容易产生消极的后果。这样的故事，在《列异传》中并不罕见，如：

> 北地傅尚书小女，尝拆获作鼠，以狡狴放地。鼠忽能行，径入户眼土中。又拆获更作，咒之云："汝若为家怪者，当更行，不者不动。"放地，便复行如前。即掘限内觅，入地数尺，了无所见。后诸女相继丧亡。

一个女孩子拆获作鼠，竟招惹了"家怪"，最后造成了"诸女相继丧亡"的悲剧。这一故事表明，鬼怪具有超人的力量，它们能把人们置于死地。作者在这里，显然是宣扬了鬼怪可畏的消极思想。又如：

> 昔番阳郡安乐县有人姓彭，世以捕射为业。儿随父入山，父忽蹶然倒地，乃变成白鹿。儿悲号追，鹿超然远逝，遂失所在。儿于是不捉弓终身。至孙复学射。忽得一白鹿，乃于鹿角间得道家七星符，并有其祖姓名年月分明。视之悯悔。乃烧去弧矢。

以捕射为业的彭氏，在射猎时竟变成了白鹿，这显然是荒诞的。作者借这一荒诞的故事，承认并且赞颂了一种怪异的超人的力量，这种力量使从事正当事业的彭氏受到了不应有的惩罚，使他的儿孙们不得不辍止他们的捕射事业。这一故事的消极倾向是非常清楚的。

从上面列举的部分事例来看，《列异传》在思想倾向上确实存在着矛盾。这种矛盾的产生有多方面的原因，就作者来说，至少有两点与此有关：一是《列异传》原书主要是曹丕以猎奇的心情搜录传说编成的，带有明显的有闻必录的特点。曹丕并不是彻底的无神论者，他对这些传说并没有加以甄别区分。二是《列异传》在流传过程中，后人有增益。作者不同，在思想上自然容易产生不同的倾向。由于上述原因，我们总观现存《列异传》的佚文时，常常感到这部书缺乏比较统一、比较明确的主导思想。这和《风俗通义》旨在"辩物类名号，释时俗嫌疑"，是有所不同的。

从艺术表现来看，现存《列异传》佚文，有不少是散见于各种文籍的零碎记载，故事大抵比较简略，形象描绘一般也比较单薄。但是，它作为我国古代早期的小说，同《风俗通义》一样，仍有值得我们注意的地方。

和神话传说相比，和志人小说相比，《列异传》所写的故事，不少具有自己独特的艺术形象，其中有些是现实中的人物，有些则是非现实的神鬼怪异。这些神鬼怪异，如上所述，其中有不少浸透着神学迷信思想，十分荒诞。这样的形象，很难说有什么艺术特点。值得我们重视的倒是另外的少数艺术形象。这些艺术形象，或出于幻域，或顿入人间，大多半是世俗中的人物，半是神鬼怪异。由于作者在它们身上，灌注了一些正常人的思想感情，因而给人的感受是亲切自然，忘为异类。如"谈生"故事中的女主公，虽属怪异，但并不可怕。她不仅年青貌美，而且富有人情味。她追求幸福的婚姻，甘愿和谈生永远结为夫妇。当谈生违忌以后，她泣涕悲伤，但并不怨恨谈生。她为谈生和儿子以后的生活着想，最后把自己的珠袍赠给了谈生。这些描写，委曲自然，在传奇之中见真实。

《列异传》所写的故事，篇幅一般都比较短，如"干将莫邪"，全文仅一百七十多字，"望夫石"仅四十多字。这些故事篇幅虽然很短，但却比较圆满地表现了故事蕴含的思想感情。这些故事之所以能有这样的艺术效果，固然与作者十分注意语言的精炼有关，但更重要的是由于作者开始注意刻画人物性格，善于选取能够表现人物性格、反映事物普遍意义的典型事件。如"干将莫邪"为了突出赤鼻的反抗斗争精神，作者主要选择了两个典型事件：一个是遇客刎首，"将以奉楚王"；一个是"头三日三夜跳不烂"。由于选择了这两个典型事件，所以作者尽管着墨不多，但赤鼻为报杀父之仇甘愿牺牲自己、达不到目的决不罢休的斗争精神却得到了比较充分的体现。再如"望夫石"的故事写望夫石的由来是："昔有贞妇，其夫从役，远赴国难；妇携幼子饯送此山，立望而形化为石。"作者写这一故事，只用了上面五句话，但是表现的思想感情是丰富而深沉的。其所以能够如此，主要是由于作者选取了具有普遍意义的典型事件。丈夫外出服役，妻子携子送行，离别的痛苦，对丈夫的担心，盼望丈夫早些回来，以至送行时立望而忘归，这些在现实生活中是常有的事情。作者抓住了这一具有普遍意义的典型事件，再加以升华、染上浪漫主义的色彩，因而全文虽然只有几句，但却成了从古到今人们所乐于称道的故事。

四

在建安小说创作领域里，和《风俗通义》、《列异传》可以相提并论的，还有邯郸淳的《笑林》。

《笑林》的最早著录，见于《隋书·经籍志》。《隋书·经籍志》小说家著录《笑林》三卷，题邯郸淳撰。《旧唐书·经籍志》和《新唐书·艺文志》所录的卷数与作者，和《隋书·经籍志》相同。宋代吴曾《能改斋漫录》卷七说："秘阁有《古笑林》十卷，晋孙楚《笑赋》曰：'信天下之笑林，调谑之巨观。'《笑林》本此。"由此可知，赵宋时《笑林》一书还存在，只是卷数有变化。《笑林》原书早就失传了，今存佚文散见于古代的一些文籍当中。明代陈禹谟《广滑稽》

卷二十二载有《笑林》一卷，共辑十三条。清朝马国翰有辑本，共辑二十六条，见马氏《玉函山房辑佚书》。鲁迅先生的《古小说钩沉》在马氏辑本的基础上，又增补了三条，共二十九条。这是现存《笑林》比较完备的辑本。

由于有关邯郸淳的生平资料很少，由于《笑林》现在只有部分佚文，所以《笑林》的具体写作时间，现在还难以确定。不过，如果仔细阅读现存的有限资料，这部书写作时间的上限和下限，大致还是可以推断的。《笑林》"吴沈珩弟峻"条说：

> 沈珩弟峻，字叔山，有名誉，而性俭吝。张温使蜀，与峻别。峻入内良久，出语温曰："向择一端布，欲以送卿，而无粗者。"温嘉其能显非。又尝经太湖岸上，使从者取盐水；已而恨多，敕令还减之。寻亦自愧曰："此吾天性也！"

这里涉及到张温出使蜀国一事。张温是三国时吴国人。《三国志》卷五十七《吴志·张温传》说：他"年三十二，以辅义中郎将使蜀"。由此可知，张温出使蜀国确是事实。另外，《三国志》卷四十七《吴志·吴主传》记载：黄武三年夏，孙权"遣辅义中郎将张温聘于蜀"。黄武三年为黄初五年。据此可以推断，《笑林》的成书时间，不会早于黄初五年。这就是《笑林》成书时间的上限。关于《笑林》成书时间的下限，《三国志》卷二十一《魏志·刘劭传》注引卫恒《四体书势》的序文提供了一点线索。序文说："魏初传古文者，出于邯郸淳。敬侯写淳《尚书》，后以示淳，而淳不别。至正始中，立三字石经，转失淳法。"这里讲的是书法。这一资料告诉我们，邯郸淳是三国时期著名的书法家，他长于书写古文，他所传的古文，到正始时就失传了。从这里可以知道，邯郸淳到正始时已经去世了，否则，就不会发生他写的古文的失传问题。由此可以进而推断，《笑林》成书时间的下限，应当在正始以前。

《笑林》全书的内容和风貌，已无法了解。但从《古小说钩沉》所辑的二十九条佚文中，亦可窥见一斑。作者在这二十九条中，写的都是一些诙谐的言行，其中有些言行，虽然也能使人发笑，但低级庸俗，没有多大意义。值得我们重视的是，作者写的那些既富有幽默而又有社会意义的诙谐言行。这方面的内容还是比较丰富的。归纳起来，重要的有以下几点：

（一）叙写愚庸无知的滑稽可笑。这类人物和故事在《笑林》中占的比重较大。如"鲁有执长竿入城门者"条说：

　　鲁有执长竿入城门者，初竖执之，不可入，横执之，亦不可入，计无所出。俄有老父至，曰："吾非圣人，但见事多矣。何不以锯中截而入。"遂依而截之。

这一故事诙谐地讽刺了执竿者和那位自以为"见事多"、聪明过人的老父的愚蒙可笑。它对现实生活中的那些遇事简单粗疏、不肯全面思考的人，明显地具有针砭的作用。又如"有甲欲谒见邑宰"条说：

　　有甲欲谒见邑宰，问左右曰："令何所好？"或语曰："好《公羊传》。"后入见，令问："君读何书？"答曰："惟业《公羊传》。"试问："谁杀陈他者？"甲良久对曰："平生实不杀陈他。"令察谬误，因复戏之曰："君不杀陈他，请是谁杀？"于是大怖，徒跣走出。人问其故，乃大语曰："见明府，便以死事见访，后直不敢复来，遇赦当出耳。"

上面故事里写的主人公本来没有什么学识，也不知道《公羊传》的内容，但是他为了投邑宰之所好，却说自己好读《公羊传》，结果出尽了洋相，弄了个狼狈不堪。这个故事告诉人们：作人应当老老实实，在知识面前是容不得虚假的。

（二）讽刺贪得无厌的悭吝人。如前面列举的"沈珩弟峻"的故事,就属于这一类。沈峻想送给自己的朋友张温一块布,好的舍不得,差的又没有,只好作罢。盐水本来是不值钱的,但他却让他的仆从取它,"已而恨多,敕令还减之"。两件小事辛辣地讥讽了这位"有名誉"的沈峻,原来本性是那样的悭吝。这类故事还有"汉世有人年老无子"一条,详见下文。

(三)讽刺损人利己的自私者。在封建社会里,有少数人鄙视劳动,不务正业,常常想用招摇撞骗的手法,想靠一些歪门邪道,来占有他人的劳动成果。《笑林》中有些故事对这种剥削阶级的思想意识进行了讽刺。如"楚人居贫"条:

> 楚人居贫,读《淮南方》:"得螳螂伺蝉自障叶,可以隐形。"遂于树下仰取叶。螳螂执叶伺蝉,以摘之,叶落树下;树下先有落叶,不能复分别,扫取数斗归。——以叶自障,问其妻曰:"汝见我不?"妻始时恒答言:"见。"经日乃厌倦不堪,绐云:"不见。"嘿然大喜,赍叶入市,对面取人物,吏遂缚诣县。县官受辞,自说本末。官大笑,放而不治。

螳螂执叶隐形伺蝉,这是一种自然现象。但是楚人却想学螳螂的隐形法,以叶自障,偷取别人的东西,结果被捕诣县。故事通过写楚人愚蠢可笑的言行,对妄图不劳而获的思想意识,对损人利己的自私行为,给予了有力的讽刺。又如"楚人有担山鸡者"条:

> 楚人有担山鸡者,路人问曰:"何鸟也?"担者欺之曰:"凤皇也!"路人曰:"我闻有凤皇久矣,今真见之。汝卖之乎?"曰:"然。"乃酬千金,弗与;请加倍,乃与之。方将献楚王,经宿而鸟死。路人不遑惜其金,惟恨不得以献耳。国人传之,咸以为真凤而贵,宜欲献之,遂闻于楚王。王感其欲献己也,召而厚赐之,过买凤之值十倍矣。

　　凤凰本来是传说中的一种鸟，谁也没有见过。担山鸡的人钻了这个空子，竟用山鸡冒充凤凰，高价出售，骗取金钱。过路的楚人以假为真，想把所谓的凤凰献给楚王，不惜高价购买。而楚王为了奖励过路的楚人，厚加赏赐。担山鸡者的诡诈，过路的楚人的无知和愚忠，楚王的挥金如土，所有这些剥削阶级的思想意识，在这简短的故事里都得到了比较鲜明的体现。

　　《笑林》属于笑的艺术，它同建安时期的其他小说一样，也有很大的审美价值。在艺术表现上，《笑林》也有一些值得注意的特点。

　　《笑林》虽然写的是一些笑话，但从上面列举的一些笑话来看，它并不是毫无意义的纯笑料。它具有喜剧和幽默的一些特点，能把笑与社会意义统一起来，使人们从笑话里知道什么是愚蠢的，什么是智慧的，什么是丑的，什么是美的，从而使人受到教育和启发。但是《笑林》的教育和启发作用，既不同于普通的说教式的文章，也不同于一般的文学作品，而是伴随着很大的娱乐性，非常鲜明地寓事理于娱乐之中。邯郸淳是一位智慧的、富有幽默感的文人，在《笑林》中，他善于描绘有幽默意味的人物和故事，善于叙写生活中带有喜剧性的一些片断，因此，当我们阅读这些笑话，在思想上得到启示的同时，总是能引起一种喜剧性的美感。

　　《笑林》中描绘的人物形象，一般的都比较单薄，但也有一些形象，由于作者抓住了人物性格、外貌和举止的某些特征，因而刻画得比较成功。这方面比较典型的是《汉世有人年老无子》一条：

　　　　汉世有人年老无子，家富，性俭啬；恶衣蔬食，侵晨而起，侵夜而息；营理产业，聚敛无厌；而不敢自用。或人从之求丐者，不得已而入内取钱十，自堂而出，随步辄减，比至于外，才余半在，闭目以授乞者。寻复嘱云："我倾家赡君，慎勿他说，复相效而来！"老人俄死，田宅没官，货财充于内帑矣。

作者在上面的故事中，有一般的叙写，这对揭示汉世老人俭啬的性格是必要的。但是，统观全篇，能够突出地表现汉世老人俭啬性格、给人印象最深的，还是关于打发求乞者这一事件的描写。这一事件非常典型，也十分真实。通过这一典型事件的描写，我们看到这个悭吝人，在不得已的情况下给求乞者十个小钱，比割他的心头肉还痛。他拿着十个小钱，"自堂而出，随步辄减"，最后"闭目以授乞者"，并嘱咐求乞者"慎勿他说"。凡此种种描写，都入木三分地揭示了这个守财奴极端吝啬的内心世界。

笑话这种笑的艺术之所以能取得使人发笑的艺术效果，常常是与作者善于运用夸张的艺术手法分不开的。《笑林》在这方面也有值得我们借鉴的地方。请看"赵伯公为人肥大"这一故事：

> 赵伯公为人肥大，夏日醉卧，有数岁孙儿缘其肚上戏，因以李子八九枚内肚脐中。既醒，了不觉；数日后，乃知痛。李大烂，汁出，以为脐穴，惧死，乃命妻子处分家事，泣谓家人曰："我肠烂将死。"明日，李核出，寻问，乃知是孙儿所内李子也。

数岁小孩把八九枚李子放在赵伯公的肚脐里，赵伯公竟然在较长的时间内没有发觉，结果闹了个关系到生死存亡的大笑话。作者这样写，显然是属于夸张。但是，这种夸张并不使人感到不真实，并不使人感到歪曲生活。这是因为象这样的夸张，是事物所含的本质的扩大，是以一定的生活真实做基础的。赵伯公的肚脐之所以能容纳八九枚李子而无感觉，后来又认为是肠烂，是因为他"为人肥大"，并且又是"夏日醉卧"。由于作者抓住了这些特征加以夸张，所以"饰而不诬"，能够收到"发蕴以飞滞，披瞽而骇聋"（《文心雕龙·夸饰篇》）的艺术效果。

五

上面我们分别论述了《风俗通义》、《列异传》和《笑林》等三部建安小说的代表作。通过上面的论述，可以看到，建安时期小说创作还是比较活跃的。这种现象的出现，有复杂的、多方面的原因，重要的有以下几点：

第一，社会上长期存在着相信鬼神迷信思想与反对鬼神迷信思想的斗争。

秦汉以来，特别是汉武帝以来，不少怀有野心的君王，为了维护自己的统治，贪求无厌，希望成神成仙。而一些巫人方士为了应和统治者的需要和奢望，编造了许多荒诞不经的有关神怪灵异的故事，借以骗取高官厚禄。这样就使鬼神迷信思想和巫祝方术之风一直比较盛行。《风俗通义·祀典》篇说："自高祖受命，郊祀祈望，世有所增。武帝尤敬鬼神，于时盛矣。至平帝时，天地六宗已下及诸小神凡千七百所。"《后汉书·方术传序》说："汉自武帝，颇好方术，天下怀协道艺之士，莫不负策抵掌，顺风而届焉。后王莽矫用符命，及光武由信谶言，士之赴趋时宜者，皆驰骋穿凿争谈之也。故王梁、孙咸，名应图箓，越登槐鼎之任，郑兴、贾逵，以附同称显；桓谭、尹敏，以乖忤沦败。自是习为内学，尚奇文，贵异教，不乏于时矣。"这种相信神鬼迷信的风尚，到建安前后，虽然在很大程度上有所破除，但并没有，也不可能完全消除。即使象曹操和曹植这样思想相当解放的人，有时对神鬼方术也表现了相信的态度。《魏志·武帝纪》注引《曹瞒传》说："王使工苏越徙美梨，掘之，根伤尽出血。越白状，王躬自视而恶之，以为不祥，还遂寝疾。"此外，据《武帝纪》注引张璠《汉纪》记载，曹操对谶纬迷信之说,有时也是相信的。这些都说明曹操并没有彻底否定神鬼迷信思想。曹植也有类似的情况。他在《平陵东》诗中说:"灵芝采之可服食,年若王父终无极。"看来曹植对服灵芝、成神仙,有时也是企羡的。

由于统治者的影响,相信鬼神、巫祝和方术的风气在下层人士和民间也颇盛行。《盐铁论·致不足篇》说:"世俗饰伪行诈,为民巫祝以取厘,坚额健舌,或以成业致富。故惮事之人,释本相学,是以街巷有巫,闾里有祝。"《三国志》卷二十九《魏志·方技传》注引曹丕《典论》说,由于方士郗俭"饵伏苓",结果一度使市场上伏苓的价格暴增"数倍"。值得注意的是有些倡优有时也参与祭祀神鬼的活动。如《风俗通义·怪神》篇记载城阳祭祀城阳王时,"远迎他倡",以至于"驾乘烹杀,倡优男女杂错"。足见汉代直到建安前后,相信鬼神、巫祝和方术的还是大有人在。这种迷信风气的盛行,对人民造成的危害是相当严重的。《风俗通义·怪神》篇说:"会稽俗多淫祀,好卜筮,民一以牛祭。巫祝赋敛受谢,民畏其口,惧被祟,不敢拒逆。是以财尽于鬼神,产匮于祭祀。或贫家不能以时祀,至竟言不敢食牛肉,或发病且死,先为牛鸣,其畏惧如此。"这里讲的虽然是会稽一个地方发生的事情,但却有相当大的代表性。它说明鬼神迷信思想的盛行,不仅费财害农,而且极大地摧残了人们的心灵。

同任何事物都有其对立面一样,秦汉以来,随着鬼神巫祝等迷信之风的推衍,怀疑、揭露和反对鬼神巫祝等迷信思想的进步思想,也在民间和一部分知识分子当中不断发展,并且程度不同地和鬼神巫祝等迷信思想进行了斗争。这在桓谭、王充、应劭和曹操等人的著述中多少不一,都有所反映。

桓谭是东汉初期的进步思想家,他针对汉代流行的灾异变怪等迷信思想,曾经指出:"灾异变怪者,天下所常有,无世而不然。"(《新论·谴非》)但是,他认为怪异现象不一定都能给人们带来灾难,如果"逢明主、贤臣、智士、仁人",能够"修德、善政、省职、慎引以应之",就能够"咎殃消亡而祸转为福焉"(同上)。桓谭虽然反对怪异迷信思想很不彻底,但在当时还是有进步意义的。

唯物主义思想家王充继桓谭之后,在《论衡》中尖锐地批判了社会上流传的占卜、祭祀等迷信言行,否定了鬼怪能给人造成灾难的荒谬思想。如《解除篇》说:"论祭祀,祭祀无补,论巫祝,巫祝无力,竟在人不在鬼,在德不在祀,明矣哉!"由此足见,王充对神学迷信的批判,态度是相当鲜明的。

应劭作为一个文学家,在他的世界观里,有很多进步的、朴素的唯物思想。在认识上,他否定鬼神的存在。他在《怪神》篇"城阳景王祠"条中说:"安有鬼神,能为病者哉?"他不相信人死后还有什么"神明",不相信"神明"能够"谴问祸福立应"。他极力反对淫祀,认为"旧多淫祀,糜财妨农,长乱积惑,其侈可忿,其愚可愍"。他为了揭露巫祝的骗人,在《怪神》篇"世间多有狗作变怪"条曾写了下面一段故事:"武帝时迷信鬼神,尤信越巫,董仲舒数以为言。武帝欲验其道,令巫诅仲舒;仲舒朝服南面,诵咏经论,不能伤害,而巫者忽死。"这一故事对巫祝的批判是一针见血的。在实践上,应劭在担任官职期间,曾经采取了一些破除迷信的措施。据"城阳景王祠"条记载,应劭为营陵令时,曾移书禁止淫祀,宣称:"今条下禁,申约吏民,为陈利害,其有犯者,便收朝廷。"从这里可以看到,应劭为了禁止淫祀,所采取的措施是非常严厉的。由于应劭在认识上和在实践上都反对鬼神迷信思想,所以他在《风俗通义》中特别注意搜集和叙写那些不怕鬼怪、敢于同鬼怪作斗争的人物和故事。

　　关于曹操,虽然如前所述,他还有一些相信神怪的迷信思想,但如果全面地加以考察,可以发现,曹操进步的、朴素的唯物思想还是主要的。他对世人相信神仙表示沉痛:"痛哉世人,见欺神仙。"(《善哉行》)他任济南相时,曾下令禁断淫祀。另外,据曹植《辩道论》记载,曹操曾经把一些方士"集之于魏国","诚恐斯人之徒,接奸宄以欺众,行妖慝以惑民"。这些都说明,曹操对神鬼、方士基本上是持否定态度的。

　　我们知道,作为观念形态的文学作品,都是一定的社会生活在作家头脑中反映的产物。建安志怪小说的活跃,实际上是秦汉以来有关鬼神、巫祝和方术等社会现象在文学创作领域里的反映。有的建安文人在神学迷信问题上表现出来的矛盾,有的志怪小说在思想倾向上显示出来的对立,说到底,都是秦汉以来,特别是建安前后社会上神学迷信与反神学迷信的斗争,在小说创作领域里的折射。

　　第二,儒家的保守思想在很大程度上有所破除,人们的审美趣味有所改变。

　　我国古代小说出现得较晚,最早列有小说书目的是班固的《汉书·艺文志》。《汉书·艺文志》列"小说十五家",共一千三百九十篇。这些作品,虽称之谓"小说",其实不少只是近似于小说,有些离小说较远。对这类所谓的小说,受儒家保守思想影响较深的汉儒多是轻视的。在这方面,比较典型的是班固。班固《汉书·艺文志》说:"小说家流,盖出于稗官。街谈巷语,道听涂说者之所造也。孔子曰:'虽小道,必有可观者焉,致远恐泥,是以君子弗为也。'然亦弗灭也。闾里小知者之所及,亦使缀而不忘。如或一言可采,此亦刍荛狂夫之议也。"班固虽然并没有完全否定小说,但从主要倾向来看,他对小说是比较轻视的。他轻视小说,一是因为小说源于"街谈巷语",是"道听涂说者之所造",而"君子"是"弗为"的。这就是说,小说的作者一般都是属于"小人",这些"小人"在班固这样汉儒的心目中,自然是没有地位的。二是因为小说是属于"小道",写的多是有关神话传说、方术求仙和信史之外的逸史。这些内容不见于经典,也有违于正史。班固的看法在汉代是颇有代表性的。早在东汉初年,桓谭就曾经说过:"小说家合残丛小语,近取譬喻,以作短书。"(见《文选》卷三一江文通《李都尉》诗李善注引《新论》)还说过:"庄周寓言,乃云'尧问孔子',《淮南子》云'共工争帝,地维绝',亦皆妄作,故世人多云'短书不可用'。"(见《太平御览》卷六〇二引《新论》)桓谭上面两段话有三点值得我们注意。其一,把小说看成是"短书"。"短书"是什么意思?王充《论衡·谢短篇》说:"二尺四寸,圣人文语……汉事未载于经,名为尺籍短书。比于小道,其能知非儒者之贵也。"《论衡·骨相篇》又说:"在经传者较著可信,若夫短书俗记,竹帛胤文,非儒者所见。"从《论衡》提供的情况来看,所谓"短书",指的是经传以外的不足凭信的短篇俗记。这类"短书"是不值得儒者重视的。其二,把与小说关系密切的神话传说视为"妄作"。既然是"妄作",自然就没有什么用处,就应当排斥。其三,从"世人多云"一句来看,在汉代知识分子当中,对小说的轻视是比较普遍的,并不是个别现象。汉代轻视小说的一个重要原因,就是受以孔子为代表的儒家思想的影响。孔子是"不语怪、力、乱、神"的(《论语·述而篇》),一些汉儒轻视神话传说和神鬼怪异故事,与孔子上述思想的影响有密切关系。汉代轻视小说的正统观念在较长的时期内,一直居于正统的地位。但是到了东汉末年,特别是到了建安前后,随着社会的急剧变化,随着两汉儒家经学在很大程度上的被冲击,轻视小说的传统观念也动摇了,如前所述,不少文人开始重视小说，重视街谈巷语、民间俗说，重视神鬼怪异故事，并且身体力行地撰写小说了。

　　前面曾经谈到邯郸淳以幽默讽刺见长的《笑林》，是建安小说的重要组织部分。《笑林》的出现，也是与建安前后冲破了儒家保守思想的束缚分不开的。本来我们中华民族是具有诙谐幽默的传统的。这在我国古代文学中有明显的反映。《诗经》中的一部分民歌，用幽默的语言对剥削者进行了讽刺。先秦不少散文中的寓言，诙谐有趣，含有事理，耐人寻味。先秦时期，还出现了一些滑稽而有益于社会的人物，司马迁在《史记·滑稽列传》中专门为他们作传，对他们"谈言微中，亦可以解纷"，给予了肯定。但是上述优秀的文学传统和宝贵的精神财富，却常常受到冷遇。从先秦到两汉，不少皇帝和贵族，虽然喜欢幽默诙谐的人物和故事，但目的是为了逗笑取乐，并不是真正的重视。儒家一般都是强调雅正、提倡不苟言笑的。一些保守思想较重的儒士文人，承袭了儒家的偏见，对幽默诙谐的人物和故事，对具有幽默意味的文学作品，也多是轻视的。班固对《史记》专列《滑稽列传》进行非难，在《汉书·东方朔传赞》中批评东方朔的诙谐"其事浮浅"，就是典型的例证。这种情况到了东汉末年有所变化。东汉末年，由于人们在很大程度上冲破了儒家保守思想的束缚，人们不再象过去那样轻视幽默诙谐了。建安时期，特别是建安后期，幽默诙谐已成为不少文人的审美趣味。身为相王的诗人曹操，性情豪放，富有幽默。《武帝纪》注引《曹瞒传》说曹操"为人佻易无威重"，"每与人谈论，戏弄言诵"。他的幽默戏弄有时甚至达到了以隐语代替军令的地步。（见《武帝纪》注引《九州春秋》）曹操对富有幽默的邯郸淳是很器重的。曹操没有见到邯郸淳时，就"素闻其名"，当他"召与相见"时，"甚敬异之"（《魏志·王粲传》注引《魏略》）。类似的情况在曹植的身上也有体现。曹植对邯郸淳也是十分敬重的。他宴请邯郸淳时,曾"诵俳优小说数千言"(同上)。曹植特别重视俳优,这是因为从先秦以来,俳优就是以诙谐见长,创作了不少供人们观赏愉悦的审美对象。这从一个角度说明到了建安时期,人们已经在一定程度上认识到小说具有观赏和愉悦的特点。在写作上,曹植的《鹞雀赋》和《释愁文》等,也都带有诙谐幽默的意味。其他如"魏文因俳说以著《笑书》,薛综凭宴会而发嘲调"(《文心雕龙·谐隐篇》),也都说明了建安时期人们对幽默诙谐的喜爱。

上面列举的事实表明,建安时期伴随着儒家保守思想的衰落,人们已经不再满足于长期以来儒家宣扬的那些干巴巴的文学教化思想,不再满足于儒家强调的那种所谓"典雅"的、"醇正"的美。人们对神怪异象体现出来的奇异的美,对笑话之类体现出来的幽默诙谐的美,都表现出浓厚的兴趣。这是建安时期志怪小说和笑话之类创作空前活跃的一个重要原因。

第三,从文学发展的内部情况来看,建安小说创作的活跃,是与继承以前优秀的文学成果分不开的。

我国小说的胚胎是古代神话传说、史书和诸子散文,它们对建安小说的影响是较大的。从现存的建安小说当中,可以看到建安小说对古代神话传说、史书和诸子散文的继承关系。

古代神话传说对建安小说的影响,主要表现在志怪小说方面。建安文人继承了古代神话传说的传统,进而写了一些神鬼怪异之类的故事。这些故事,有些和古代神话传说的关系十分密切。如《列异传》中的"黄帝葬桥山"、"秦穆公"、"武都故道县有怒特祠"几条,显然都是取材于古代的神话传说。从创作方法来考虑,建安志怪小说大多倾向于幻想的、怪诞的、现实生活中并不存在的描写对象。作者描写这些对象时,驰骋想象,附会夸饰。如

《列异传》"临淄蔡支"条写蔡支离开了人间,"乘马所之,有顷,忽达天帝座太微宫殿,左右侍臣俱如天子。支致书讫,帝命坐,赐酒食"。象这样的描写,和有些古代神话传说是相当接近的。

我国的史书在先秦两汉时期是十分丰富的,《左传》、《战国策》和《史记》等,是其中杰出的代表。这些史书中的人物传记部分,虽然基本上属于信史,不是小说,但它们叙事生动、注意抓住典型事件刻画人物、寓教诲于事实叙述等,对建安小说的创作都有较大的影响。象前面提到的《风俗通义》中描写的郅伯夷、叔高等人物,《笑林》中描写的那个"汉世老人",不论是把人物放在尖锐的矛盾当中来描绘,还是抓住人物的典型言行来刻画,给我们的感受都是叙写生动、性格鲜明。作者如果不是注意继承史书叙写方面的优秀传统,恐怕是难以取得这样的艺术效果的。

建安小说还继承了诸子散文中的宝贵的精神财富,特别注意继承了诸子散文当中的寓言。我国古代的寓言,如《孟子·公孙丑上》所描写的"揠苗助长",《韩非子·五蠹篇》所描写的"守株待兔",《吕氏春秋·察今》所描写的"刻舟求剑"等,都是脍炙人口的寓言故事。这些寓言故事短小精悍,作者善于抓住一些富有特征意义的矛盾现象,然后加以想象虚构,用夸张的艺术手法,通过生动的形象,讽刺了生活中的一些不合理的现象。这类寓言,对建安小说,特别是对邯郸淳的《笑林》,也产生了积极的影响。如前所述,《笑林》所写的都是社会生活中的一些典型的滑稽言行,有人物,有故事,长于夸张想象,富有幽默意味,这些和诸子散文中的寓言,可以说是一脉相承的。

从小说发展的角度来看,建安小说也继承了两汉时期的小说和人们对小说的认识的积极成果。两汉时期是我国古代小说的萌芽时期。两汉时期的小说尽管还不很成熟,但已经初步地具备了我国古代小说的一些特征。建安小说就是在两汉小说的基础上发展起来的。拿建安时期志人小说的代表《笑林》来说，它一方面继承了古代散文中的一些优秀的寓言故事，另一方面它长于选择人物典型的言行片断，叙写时注意故事性，篇幅一般都较短等，显然是继承了两汉《说苑》和《新序》等小说的一些特点。两汉对小说的看法，虽然就其主要倾向来说是轻视的。但这并不意味着两汉对小说是完全否定的。这在前面曾经引用过的桓谭和班固有关小说的言论当中就有体现。桓谭虽然和不少汉儒一样，把小说视为"短书"，但他又指出小说是"近取譬喻"，这就初步地注意到小说的艺术表现手法问题。班固在轻视小说的同时，又认为小说"必有可观者焉"，对"君子"来说，应当"缀而不忘"。到了东汉末年，小说又特别受到汉灵帝的重视。光和元年前后，汉灵帝曾招集各种文学艺术人才，其中有的属于小说家，让他们居鸿都门下。这些小说家"造作赋说"（《后汉书》卷五四《杨赐传》），"熹陈方俗闾里小事"（《后汉书》卷六〇下《蔡邕传》）。这里所说的"方俗闾里小事"，指的主要当是小说之类的东西。因为班固早就说过，小说是"街谈巷语，道听涂说者之所造也"。汉灵帝对小说非常喜爱，并且对小说家"待以不次之位"（同上）。汉灵帝对小说的喜爱和他对小说家的空前重视，扩大了小说的影响，为小说争得了重要的地位。这些自然会对建安文人产生积极的影响，使建安小说创作出现了前所未有的新局面。

六

　　建安小说留下来的作品虽然不多，但从历史的角度来考察这些作品，可以看到，它们在我国古代小说发展史上占有比较重要的地位,对后代小说,特别是对两晋南北朝的小说产生了不可忽视的影响。

在我国古代文学发展史上,小说和诗歌、散文等文学样式相比,产生得较晚。从现存的资料来看,可以说先秦时期是我国古代小说的胚胎时期,到了两汉,小说才开始萌芽。这一萌芽到了魏晋南北朝时期得到了迅速的发展,从而奠定了我国古代小说发展的基础。而建安小说在整个魏晋南北朝小说当中,又占有比较重要的先导地位。

前面曾经提到,我国古代的小说和古代的神话传说关系非常密切,但神话传说毕竟和小说不同。神话传说不论是写主宰万物的"神",还是写近于人性的"半神"和英雄,都具有神话传说的特点,不能把它们看成是小说。随着历史的发展变化,在神话传说的影响下,到了魏晋南北朝时期,出现了以描写神鬼怪异为主要内容的志怪小说。而在这些小说当中,应劭的《风俗通义》和曹丕的《列异传》又占有开创的地位。因此,《风俗通义》和《列异传》的出现,是我国古代神话传说开始向志怪小说演变的重要标志。从此,志怪小说在我国古代小说发展史上,作为一个重要的小说流派在不断地发展,在不断地丰富。

建安时期,以《笑林》为代表的志人小说,在我国古代小说发展史上也占有比较重要的地位。鲁迅先生在《中国小说史略》第七篇中说:"记人间事者已甚古,列御寇、韩非皆有录载,惟其所以录载者,列在用以喻道,韩在储以论证。若为赏心而作,则实萌芽于魏而盛大于晋,虽不免追随俗尚,或供揣摩,然要为远实用而近娱乐矣。"鲁迅先生这里所说的"记人间事"、"远实用而近娱乐"的作品,指的主要当是《笑林》之类的小说,因为鲁迅先生在同篇中还说过:《笑林》"举非违,显纰缪,实《世说》之一体,亦后来诽谐文字之权舆也。"鲁迅先生所说的"实萌芽于魏而盛大于晋"和"亦后来诽谐文字之权舆"等,不仅指出了建安文人对小说的性质有新的认识,这种认识是建安时期文学自觉意识的重要表现之一,同时也是从小说发展的角度,充分肯定了建安小说在我国古代小说史上的重要地位及其影响。

建安小说对后来小说的影响,具体说来,有以下几个方面:

首先,为以后的志怪小说开了先路。以《风俗通义》和《列异传》为代表的志怪小说,从思想内容和艺术表现来看,都是比较成熟的志怪小说。它们的出现,直接推动了后来志怪小说的发展。在魏晋南北朝时期,继《风俗通义》和《列异传》之后,志怪小说蓬勃发展,层出不穷。这些志怪小说程度不同地都受到了《风俗通义》和《列异传》的影响。比较典型的是魏晋南北朝志怪小说的重要代表《搜神记》。据初步统计,《搜神记》从《风俗通义》和《列异传》中采用的题材,分别都有二十多条。其中有一些基本上全是引自《风俗通义》和《列异传》,如《搜神记》中的"张助"一条和《风俗通义·怪神》中的"李君神"一条,"宋定伯"一条和《列异传》中的"宗定伯"一条,基本上相同,只是个别文字稍有出入。有一些在《风俗通义》和《列异传》中比较简略,而在《搜神记》当中得到了丰富和发展,如"韩凭夫妇"的故事。这一故事在今存《列异传》的佚文中,比较简略,只有"宋康王埋韩凭夫妻,宿夕文梓生,有鸳鸯雌雄各一"等六句(见《艺文类聚》卷九二),但它却是《搜神记》中"韩凭夫妇"完整故事的雏形。此外,据日本小南一郎先生的研究,《风俗通义》在故事结构方式上,对《搜神记》也产生了很大的影响。(详见日本《中国文学报》第二十一册:《搜神记的文体》)

其次,推动了后来志人小说的发展。建安小说《笑林》虽然是笑话,但从故事情节和人物描绘来看,应当是属于志人小说。由于《笑林》有不少作品，在思想内容和艺术表现上都比较成功，再加上它出现得又比较早，因此引起了后人的重视，对后来志人小说的发展有较大的影响。诸如晋代裴启的《语林》、郭澄之的《郭子》，宋代刘义庆的《世说新语》等志人小说，程度不同地都受到了《笑林》的影响。《世说新语》还专列《排调篇》，集中地记录了一些幽默的辞令和诙谐可笑的故事，更可以看作是《笑林》的直接影响。《世说新语》以后，《笑林》一类的作品，接连不断地出现，象侯白的《启颜录》，杨松玢的《解颐》，朱揆的《啫噱录》，托名苏轼的《艾子杂说》等，都是这方面的重要的代表作。这些作品的出现，是与邯郸淳《笑林》的影响分不开的。

　　　　　　　　　　　　　　　写于一九八四年六月

建安文学的时代风格及其形成的原因

　　建安文学之所以能在我国古代文学史上占有非常重要的地位,并且能发生深远的影响,是与它有鲜明的时代风格分不开的。对这一点,从古到今,大家的看法比较一致。但是如何认识建安文学的时代风格,人们的理解却相差很大。这一问题不解决,会影响我们对建安文学的全面认识。因此,我们有必要对建安文学的时代风格作进一步的讨论,以便统一认识,以便全面地了解建安文学。

一

　　关于建安文学的时代风格,古代不少文人作过论述,其中影响较大的是刘勰。刘勰《文心雕龙·时序篇》论及建安文学时说:

　　　　观其时文,雅好慷慨,良由世积乱离,风衰俗怨,并志深而笔长,故梗概而多气也。

　　刘勰这段话,指出了建安文学的时代风格及其形成的原因,至今对我们仍有启迪的作用。但同时也应当看到,刘勰的话比较简略,有些用语(如"气"),由于含义不甚明确,本身就值得讨论。因此,我们不必受刘勰的局限,我们应当从建安文学的实际出发,用今天的美学原则和文艺理论,对建安文学的时代风格作出新的概括和说明。

钟嵘《诗品·总论》说：

> 降及建安，曹公父子，笃好斯文；平原兄弟，郁为文栋；刘桢、王粲为其羽翼。次有攀龙托凤，自致于属车者，盖将百计。

从钟嵘上述的言论，我们可以想见建安文坛作品繁多的盛况。但是，随着时间的流逝，建安时期的不少作品已经失传了，我们今天能够看到的，只是当时作品的一部分。尽管如此，我们从流传下来的建安作品，仍旧可以看到一种鲜明的时代风格。这种鲜明的时代风格，可以用慷慨悲壮四个字来概括。

我们知道，建安时期是一个动乱的时期。社会的动乱，民生的悲惨，是许多建安文人所共同关注的首要问题。曹操的《薤露行》、《蒿里行》，王粲的《七哀诗》二首其一，蔡琰的五言《悲愤诗》，曹植的《送应氏》二首其一，这些经常为人们称道的名篇，或揭露汉末朝政的暗无天日，或痛斥各地军阀的狼子野心，或悲叹惨不忍睹的黎民百姓，字里行间，饱含着悲伤和愤慨。其他如孔融的《六言诗》三首其一写道：

> 汉家中叶道微，董卓作乱乘衰，僭上虐下专威。万官惶布莫违，百姓惨惨心悲。

曹丕《令诗》开头两句写道：

> 丧乱悠悠过纪，白骨纵横万里。

这类诗歌，成就虽然不如上面列举的那些名篇，但对董卓的鞭挞、对百姓悲惨命运的同情却是一致的，都比较鲜明地体现了慷慨悲壮的时代风格。

建安时期是一个灾难的时期，同时也是一个催人奋发的时期。建安文人面对动乱的社会和悲惨的人生，不退隐，不消沉，有理想,能够以积极进取的态度对待现实,对待人生。这在许多文人的作品中,都有比较明显的反映。曹操的《度关山》和《对酒》两首诗,前一首高唱"天地间,人为贵。立君牧民,为之轨则"。希望执政者能够守法、节俭、爱民。后一首描绘"太平时,吏不呼门。王者贤且明,宰相股肱皆忠良"的太平盛世。这两首诗,从不同的方面表现了曹操面对动乱的现实,非常向往理想的封建治世。曹操不仅是一个封建治世的向往者,而且也是一个能够立足于现实的积极进取者。为了消除动乱,他学习周公,思贤如渴,唱出了"山不厌高,水不厌深。周公吐哺,天下归心"(《短歌行》)这样脍炙人口的诗句。为了实现封建治世,他老当益壮,谱写出"老骥伏枥,志在千里。烈士暮年,壮心不已。盈缩之期,不但在天,养怡之福,可得永年"(《龟虽寿》)这样豪壮的篇章。值得注意的是,在建安文人当中,象曹操这样有理想、对现实采取积极态度的,并不是个别的。曹丕的诗歌,虽然以写男女恋情和游子思妇见长,但也不乏表示努力创业的诗句:

男儿居世,各当努力。蹴迫日暮,殊不久留。(《艳歌何尝行》)

曹植一生把"勠力上国,流惠下民,建永世之业,流金石之功"(《与杨德祖书》)作为自己的宗旨。这一宗旨,不论是在他春风得意的前期,还是在他屡受迫害的后期,都没有改变。他在前期写的《白马篇》中直陈:

弃身锋刃端,性命安可怀。父母且不顾,何言子与妻。名编壮士籍,不得中顾私。捐躯赴国难,视死忽如归。

在后期写的《鰕䱇篇》中写道:

驾言登五岳,然后小陵丘。俯视路上人,势力唯是谋。高念翼皇家,远怀柔九州。抚剑而雷音,猛气纵横浮。泛泊徒嗷嗷，谁知壮士忧！

在后期写的《杂诗》六首其五中表示：

烈士多悲心，小人偷自闲。国仇亮不塞，甘心思丧元。

上面引的曹植前后期的诗句，虽然色彩不同，但希望报效国家、建功立业的慷慨之情却是纵贯前后的。三曹之外的七子，虽然留下来的诗歌不多，但也不乏这方面的内容。表现比较明显的是孔融和王粲。孔融的《杂诗》二首其一，鄙薄吕望的消极和伯夷叔齐的出世，仰慕"独能建功祚"的管仲。特别是"人生有何常，但患年岁暮。幸托不肖躯，且当猛虎步。安能苦一身，与世同举厝"等诗句，比较坦率地表现了他对功名事业的追求。王粲类似的思想感情，在他的诗歌中有多处表现：

窃慕负鼎翁，愿厉朽钝姿。不能效沮溺，相随把锄犁。
（《从军诗》五首其一）

弃余亲睦恩，输力竭忠贞。惧无一夫用，报我素餐诚。夙夜自恲性，思逝若抽萦。将秉先登羽，岂敢听金声。（同上，其二）

身服干戈事，岂得念所思。（同上，其三）

我有素餐责，诚愧伐檀人。虽无铅刀用，庶几奋薄身。（同上，其四）

上面这些诗句，表明王粲虽然处于乱世，但并不颓丧畏缩。长沮、桀溺的隐逸，丝毫不值得效法；伊尹由操俎调味而为相立功，才是值得学习的楷模。在战乱中，要自勉自励，要有进无退，要公而忘私，要尽自己的微薄之力为国效劳。王粲这种奋发有为、积极进取的精神，都是以慷慨悲壮为基调的。

值得注意的是，建安文学的慷慨悲壮，不仅仅表现在上述那些描绘动乱现实和抒发个人理想的作品中，而且在一些游宴诗和游仙诗中,也有比较明显的反映。

　　建安文人基本上生活在动乱的岁月当中。他们在主观上,一般都特别珍重宝贵的时光和人生的享乐。但主观的愿望和客观的现实是有距离的。他们生活的现实,毕竟是多战乱,多灾难,多死亡。因此,他们即使在游览饮宴时,也常常表现出一种慷慨悲壮的情怀。曹丕在《与吴质书》中有一段文字叙写他与其他文人在南皮游览时,就有一种"乐往哀来,凄然伤怀"的感慨。这种感慨,自然会在一些游宴诗中表现出来。这一点,刘勰《文心雕龙·明诗篇》已有揭橥。刘勰认为,建安时期那些"怜风月,狎池苑,述恩荣,叙酣宴"的游宴诗,是"慷慨以任气"的。刘勰的看法,基本上符合建安游宴诗的实际。这里仅以曹植和陈琳的游宴诗作为示例。曹植前期写了不少游宴诗。这些游宴诗,正如谢灵运在《拟魏太子邺中集诗序》中所说:"不及世事,但美遨游,然颇有忧生之嗟。"如他的《箜篌引》本是写饮宴歌舞的,诗从"置酒高殿上,亲友从我游"开始,前半部用很大的篇幅写丰膳佳肴、妙歌奇舞和主宾相祝,但后半部分却调转笔端写道:

　　　　惊风飘白日,光景驰西流。盛时不再来,百年忽我遒。
　　　生存华屋处,零落归山丘。生民谁不死? 知命复何忧。

　　表面看来,这些诗句和前半部分似乎不太协调,但实际上是表现诗人在欢乐的酣宴歌舞之中,也蕴含着忧生之嗟和悲慨感伤之情。陈琳的《游览诗》二首其二,正如诗题所揭示的,是写"游览"的。诗的前半部主要写秋天的清凉和嘉木芳草的凋落;诗的后半部却由萧索的秋景,进而连想到岁月易逝,应当及时建功立业:

　　　　骋哉日月逝,年命将西倾。建功不及时,钟鼎何所铭。
　　　收念还寝房,慷慨咏坟经。庶几及君在,立德垂功名。

本来是写"游览",但却慷慨陈词,毫不讳言对功名的追求,表明建安确有一些游宴诗,染有浓重的慷慨悲壮的时代色彩。

建安时期,曹氏父子还写了一些游仙诗。这些游仙诗,大致可分为两类:一类主要是写虚幻缥缈的神仙境界,表现了作者追求享乐和延年益寿之类的思想感情。这类诗歌和那些真实地描绘现实、表现积极人生态度的诗歌相比,其意义狭窄得多,时代风格也不太明显。另一类虽然也属于游仙诗,但和那些纯粹讴歌神仙的游仙诗不同。它们大多采用非现实的和现实的相结合的表现形式,不同程度地反映了具有社会意义的现实内容。这类诗歌慷慨悲壮的风格特点表现得比较明显。下面分别列举曹氏父子的这类游仙诗加以说明。

《精列》是曹操写的一首游仙诗。这首诗的主要内容是:

> 厥初生,造化之陶物,莫不有终期。莫不有终期,圣贤不能免,何为怀此忧?愿螭龙之驾,思想昆仑居……君子以弗忧。年之暮奈何?时过时来微。

这首诗写得开阔悲壮。诗中一方面写死亡是不可抗拒的自然规律,另一方面又幻想求仙长寿。这种难以克服的矛盾,使诗人最终发出了"年之暮奈何"的慷慨悲叹。曹丕留下来的游仙诗只有一首《折杨柳行》。这首诗的前半部写游仙西山,服食了仙童赐予的丸药,结果体生羽翼、乘云而行。但是诗的后半部却又否定神仙说:

> 王乔假虚辞,赤松垂空言。达人识真伪,愚夫好妄传。
> 追念往古事,愦愦千万端。百家多迂怪,圣道我所观。

这首诗虽属游仙诗,但诗人并不相信神仙。诗人最终追念往事,愦愦万端,知道只有人间的"圣道",才是值得遵循的。贯穿全诗的基调是一种蔑弃超然的神仙境界,表示积极入世,顺圣道而行的慷慨悲壮之情。

　　曹氏父子当中,曹植留下来的游仙诗最多,慷慨悲壮的特点表现得也最鲜明。曹植一生,富有才华,胸怀大志,但是屡受迫害,遭遇艰厄,最后局于藩国,有才不能用,有志不得伸。所以他的不少游仙诗,如"九州不足步,愿得凌云翔"(《五游咏》);"昆仑本吾宅,中州非我家"(《远游篇》);"四海一何局,九州安所如……俯视五岳间,人生如寄居"(《仙人篇》);"人生不满百,岁岁少欢娱。意欲奋六翮,排雾陵紫虚"(《游仙》)等,气势宏放,局面恢阔,饱含着愤世嫉俗、感慨忧患之情。这和《楚辞·远游》篇中"悲时俗之迫阨兮,愿轻举而远游"等诗句所表现的思想感情,是一脉相承的。

二

　　建安文学慷慨悲壮的时代风格的形成,有多方面的原因,其中比较重要的有两点:一是描写对象方面的原因,一是反映主体方面的原因。

　　所谓描写对象方面的原因,主要指的是当时具有特色的社会现实。如上所述,建安时期是一个动乱时期,其动乱的境况,建安文人有许多实录。曹丕《典论·自叙》写道:

　　　　初平之元,董卓杀主鸩后,荡覆王室。是时四海既困中平之政,兼恶卓之凶逆,家家思乱,人人自危。山东牧守,咸以《春秋》之义,"卫人讨州吁于濮",言人人皆得讨贼。于是大兴义兵,名豪大侠,富室强族,飘扬云会,万里相赴。兖豫之师,战于荥阳;河内之甲,军于孟津。卓遂迁大驾,西都长安。而山东大者连郡国;中者婴城邑;小者聚阡陌,以还相吞并。会黄巾盛于海岳，山寇暴于并冀，乘胜转攻，席卷而南。乡邑望烟而奔，城郭睹尘而溃。百姓死亡，暴骨如莽。

曹丕说的"家家思乱，人人自危"，"名豪大侠""以还相吞并"，"百姓死亡，暴骨如莽"等等，如实地画出了当时动乱社会的悲惨图景。这样的乱世，对于治世多于乱世的具有悠久历史的中华民族来说，对于以儒家的仁政、民本思想为核心的民族心理来说，不能不引起巨大的震动。人们在悲叹，在忧伤，同时也在愤慨，也在激昂。《三国志》卷七《魏志·臧洪传》有关臧洪起兵讨伐董卓、设坛盟誓的记载，就是有力的说明：

> （臧）洪乃升坛操盘歃血而盟曰："汉室不幸，皇纲失统，贼臣董卓乘衅纵害，祸加至尊，虐流百姓，大惧沦丧社稷，翦覆四海。兖州刺史岱、豫州刺史伷、陈留太守邈、东郡太守瑁、广陵太守超等，纠合义兵，并赴国难。凡我同盟，齐心勠力，以致臣节，殒首丧元，必无二志。有渝此盟，俾坠其命，无克遗育。皇天后土，祖宗明灵，实皆鉴之！"洪辞气慷慨，涕泣横下，闻其言者，虽卒伍厮养，莫不激扬，人思致节。

上面的记载告诉我们，"并赴国难"，消弭战乱，统一天下，恢复封建治世，为此甚至不惜"殒首丧元"，是当时上层的封建官员和下层的"卒伍厮养"共同的意愿。这样的意愿在当时是很有代表性的。

总观上面列举的事实，可以发现，建安文学慷慨悲壮的时代风格，不是当时个别人的偏爱，而主要是取决于建安文学的描写对象。具体地说，就是取决于当时动乱的社会现实以及人们对动乱现实所采取的积极态度。这种来自社会现实的积极态度，成了当时在社会上占主导地位、并且具有普遍性的思想感情。没有这种思想感情，建安文学不可能形成慷慨悲壮的时代风格。

　　所谓反映主体方面的原因,首先指的是当时的文人,大多有相近的社会地位、政治态度、文化教养和生活经历,其次指的是建安文人彼此间比较密切的关系和相互影响。

　　建安时期重要文人的社会地位,虽然有所差别,但基本上都是出身于上层社会,都是属于封建官员和封建士大夫的范围。他们的政治见解虽然不尽相同,但大体还是比较一致的。他们对东汉末年朝政的昏暗,对以董卓为代表的许多军阀的残暴,都程度不同地怀有愤慨。当他们看到了曹操所采取的许多措施是进步的,看到了曹操的力量不断壮大、有希望统一天下的时候,都先后依附了曹操。他们对曹魏统治集团,基本上是拥护和支持的。

　　就文化教养来说,建安文人虽然不同程度地冲破了两汉经学章句的束缚,但对先秦儒家的一些根本思想,不但没有抛弃,而且多少不等地都受到了它们的熏陶。特别是先秦儒家的以民为本、"王道""仁政"和"治世"等思想,在不少建安文人的头脑里都打上了较深的烙印。如曹植在《夏侯赞》中,颂扬夏禹的"拯世济民";在《求自试表》中,强调受爵禄者,应当"以功勤济国,辅主惠民";在《转封东阿王谢表》中,对于"古之仁君""弃国以为百姓"表示赞许。又如王粲在《务本论》中,认为"古者之理国也,以本为务。八政之于民也,以食为首。是以黎民时雍,降福孔皆也"。这就是说,治理国家,最重要的是解决黎民百姓的吃饭问题。先秦儒家民本等思想对不少建安文人的影响,使他们容易同情黎民百姓的悲惨遭遇,容易关注国家为什么会由治到乱和怎样使国家再由乱到治。所有这些对建安文学慷慨悲壮的时代风格的形成,都有密切的关系。

　　就生活经历来看,建安文人程度不同地都经历了战乱。年纪较大的文人,由于战乱,他们不得不走出官第和书斋,过着流寓迁徙、南征北战的极不安定的生活；年纪较轻的文人，也多是"生乎乱，长乎军"，从懂事的时候起，就常常远离亲人、随军出征。建安文人相似的经历，使他们对当时动乱的社会现实有许多相近的体验，对现实生活的本质和特点，有不同程度的把握，并力求把它们化为鲜明的形象。建安文人相似的经历，作品表现的现实生活和作家思想感情的许多相近之处，是建安文人形成共同的时代风格的一个重要原因。这一点，古人多有论述。元稹《唐故工部员外郎杜君墓系铭并序》说："建安之后，天下文士遭罹兵战，曹氏父子鞍马间为文，往往横槊赋诗，故其抑扬冤哀存离之作，尤极于古。"谢灵运《拟魏太子邺中集诗八首》说王粲，"家本秦川贵公子孙，遭乱流离，自伤情多"；说陈琳是"袁本初书记之士，故述丧乱事多"；说应场是"汝颍之士，流离世故，颇有漂薄之叹"。元稹和谢灵运的话，说明建安文人由于大多被卷入了动乱的社会，都有一些真切的感慨和忧伤，所以他们写出的作品，或"抑扬冤哀"，或"自伤情多"，或"述丧乱事多"，或有"漂薄之叹"，其慷慨悲壮的时代风格是比较明显的。

　　从建安时期全国的范围来看，建安文学的成就，主要体现在曹氏父子统治的魏国。当时的著名文人，多是以曹氏父子为中心，形成了邺下文人集团。这个集团虽然没有明确的组织和纲领，但是曹氏父子的政治观点、文学主张和创作实践，曹氏父子与文人比较友好的关系，对当时文人的文艺思想和具体写作却有不可忽视的影响。反过来，其他建安文人由于常常和曹氏父子，特别是同曹丕和曹植在一起饮宴游乐、唱和诗赋，对曹氏父子也会产生一定的影响。文艺发展史告诉我们，共同的时代风格总是与当时大多数作家有相近的审美理想分不开的。建安文学也是这样。建安邺下文人集团彼此之间比较亲密的关系和相互影响，再加上上述其他方面的原因,使建安文人形成了比较接近的审美理想。这种审美理想的重要内容之一,就是爱好"慷慨"。翻开建安诗文,可以发现,建安文人特别喜欢用"慷慨"一词。诗中用"慷慨"的,如:

> 慨当以慷,忧思难忘。(曹操《短歌行》。这里的"慨当以慷"是"慷慨"的间隔用法。)

> 余音赴迅节,慷慨时激扬。(曹丕《于谯作》)

> 弦急悲声发,聆我慷慨言。(曹植《杂诗》六首其六)

> 慷慨对嘉宾,凄怆内伤悲。(曹植《情诗》)

> 怀此王佐才,慷慨独不群。(曹植《薤露行》)

> 收念还房寝,慷慨咏坟经。(陈琳《游览》二首其二)

> 慷慨自俛俛,庶几烈丈夫。(吴质《思慕诗》)

赋中用"慷慨"的,如:

> 义激毫毛,怨成梗概。(刘桢《鲁都赋》。这里的"梗概"即"慷慨"。)

> 慷慨磊落,卓砾盘纡,壮士之节也。(阮瑀《筝赋》)

> 秦筝慷慨,齐舞绝殊。(卞兰《许昌宫赋》)

散文中用"慷慨"的,如:

> 兼资文武,志节慷慨。(曹丕《以蒋济为东中郎将代领曹仁兵诏》)

> 慷慨则气成虹蜺。(曹植《七启》)

> 莫不泫泣殒涕,悲怀慷慨。(繁钦《与魏文帝笺》)

类似上面的例子,还可以举出很多。从上面例句中出现的"慷慨"来看,不论是用来抒发作者的情感,还是用来描绘动人的音乐,不论是用来形容人们的气势,还是用来赞美志士的节操,其含义尽管不尽相同,但是大致都含有愤慨激扬、忧伤悲壮这类思想感情。建安文人在自己的作品中,这么多地直接使用"慷慨"一词,表明他们对慷慨悲壮的时代风格的追求是比较自觉的。

写于一九八五年七月

建安作家的艺术个性特点

文学发展史表明,成功的文学作品都是光彩夺目的,一方面放射着鲜明的时代色彩,另一方面也闪耀着作家艺术个性的光辉。建安文学也是如此。建安文学除了有共同的时代风格以外,不少文人还有自己比较明显的艺术个性特点。正是这些艺术个性特点,使当时的文人在共同浇灌的慷慨悲壮的建安文苑里,各自又放射出绚丽的奇光异彩。建安文学的时代风格,上文已经作了论述,下面我们对建安时期的重要作家三曹和七子的艺术个性特点,作一粗浅的分析。

一

曹操留下来的作品,主要是诗歌和散文。他的散文虽然写得清峻通脱、简明要约,很有特点,但从文学史上来看,最能体现曹操特点的,还是他的诗歌。

曹操是建安时期杰出的封建政治家和军事家,他经常关注的是当时政治上和社会上的一些重大问题,如东汉末年朝政的昏暗、建安时期社会的动乱,以及如何消除动乱等等。他对这些重大的问题,都有自己的见解和亲身的体验。这就使他常常能够把对政治、对整个社会的关注,同文学创作自然地结合在一起。他的不少诗歌，写的都是当时的重大题材。这些诗歌，每首尽管篇幅不长，写的多是当时社会现实中的一个重要的侧面或者一个重要的横断面，但是把这些诗歌合起来，却明显地具有史诗的容量。《薤露行》概括地描绘了东汉末年外戚与宦官的尖锐矛盾，揭露了董卓杀害君主、焚毁都城的残暴罪行。《蒿里行》上承《薤露行》，叙写了讨伐董卓的许多军阀各怀野心，互相混战，结果造成了"白骨露于野，千里无鸡鸣"的社会悲剧。《苦寒行》展示了建安十一年，曹操北上征讨高干途中的种种苦难，从一个侧面反映了削平割据、统一天下的艰辛。曹操类似上面这样的诗歌，形象地表现了当时的重大事件以及他对这些重大事件的种种深切感受。因此，这样的诗歌，至今还有重要的认识作用。在这方面，曹操在整个建安诗坛上，可以说是独树一帜的。

　　和曹操注意写重大题材相联系的是，他的不少诗歌在具体写作上，长于从大的方面选取典型，从大的方面着笔。而很少选取细小的景物，做细致的、具体的刻画。上面提到的几首诗都有这方面的特点。此外，还可以举出许多例子，如《步出夏门行》中《冬十月》和《河朔寒》：

　　　　孟冬十月，北风徘徊。天气肃清，繁霜霏霏。鹍鸡晨鸣，鸿雁南飞；鸷鸟潜藏，熊罴窟栖。钱镈停置，农收积场。逆旅整设，以通贾商。幸甚至哉，歌以咏志。

　　　　乡土不同，河朔隆寒。流澌浮漂，舟船行难。锥不入地，蘴藾深奥。水竭不流，冰坚可蹈。士隐者贫，勇侠轻非。心常叹怨，戚戚多悲。幸甚至哉，歌以咏志。

　　这两首诗，写的是曹操北征乌桓回师途中看到的北方的风土人情。每首诗的内容，大致都可以分为两层。《冬十月》一层写孟冬季节的天时：北风萧瑟，天凉霜繁，飞禽走兽，各得其所；一层写孟冬季节的人事：农具停置，庄稼上场，旅店整设，发展商业。《河朔寒》一层写北方隆寒，河多冰冻，舟船难行；一层慨叹北方的人们好勇疾贫。总起来看，两首诗写天时物候，都能抓住北方冬天的风物特征，从大处写风霜，写冰冻，写农商，写人情。取境阔远，雄浑苍劲，表现了曹操的大胸襟。曹操在这一方面，也有别于其它建安诗人。

"风格是应该刻画思想的。"（布封《论风格》，载《译文》57号9月号）曹操诗歌表现的思想是比较深刻的。他描绘军阀混战，能够由现象到实质，指出讨伐董卓的军阀，所以"军合力不齐"、"嗣旋使自相戕"，原因在于"势利使人争"（《蒿里行》）。他"性不信天命之事"（《让县自明本志令》），面对深重的灾难，不迷信鬼神，发出了"痛哉世人，见欺神仙"（《善哉行》）的慨叹。他知道人生是短暂的，能从世界上没有永存的事物这一客观规律的高度，指出人也是要死的。但他不消极，写出了"盈缩之期，不但在天；养怡之福，可得永年"（《龟虽寿》）这样的诗句，批判了"死生有命"的唯心主义谬论。这样的诗句，诚如谭元春所说，真可使"腐儒吐舌"（《古诗归》卷七）。上面的例证，说明曹操的诗歌确有比较深刻的思想，有的还比较明显地带有哲理的意味。值得注意的是，曹操诗歌中的光辉思想和哲理意味，都同自己强烈的思想感情融合在一起，又多是通过形象表现出来的。这就使曹操的诗歌能够把思想、感情和形象熔为一炉，浑成一体，含蕴丰厚，耐人咀嚼。

诗歌是语言艺术。有成就的诗人在语言上都有自己的特点。曹操就是这样一位诗人。遗憾的是，对于曹操诗歌的语言，毁誉参半，有人甚至持贬抑态度。钟嵘《诗品》卷下把曹操列为下品，原因之一就是认为曹操诗"古直"。"古直"主要指的是语言方面。许学夷《诗源辩体》卷四说曹操的《薤露行》和《蒿里行》,"过于质野"。说曹操诗的语言过于"野",并不准确。说"古直"、"质",倒是符合实际的。不过这不仅不是曹操诗的缺点,而恰恰是应当肯定的特点。诗歌的语言,有的华美,有的质朴,有的精巧,有的古拙,它们各有特点,可以互相比较,互相辉映,并无高下之分。曹操诗的语言,不论是色彩和声调,还是语义和语感,都是以古朴质直、自然浑健见长。如他的《观沧海》一诗,开门见山,"点题直起",不管是描绘耸峙葱郁的山岛,还是叙写"洪波涌起"、吞吐宇宙的沧海,都是"直写其胸中眼中"(钟惺《古诗归》卷七)。其他如《龟虽寿》中的"老骥伏枥,志在千里。烈士暮年,壮心不已",《短歌行》中的"山不厌高,水不厌深。周公吐哺,天下归心"等诗句,用人们所熟悉的老骥和山水作比喻,贴切自然,古朴质直,不假雕琢,在整个建安诗坛上,可以说是独一无二的。

曹操诗歌语言特点的形成,与他的个人经历、审美趣味以及诗歌产生的方式等有密切的关系。曹操一生重实际,讲效用,尚通脱,慕豁达,不追求浮华,不讲究形式。这样的生活和思想,表现在文艺上则是:喜欢质朴的民间音乐;强调"作敕戒,当指事而语,勿得依违"(《文心雕龙·诏策篇》);"称为表不必三让。又勿得浮华"(同上,《章表篇》);论赋"嫌于积韵,而善于资代"(同上,《章句篇》);他写诗,不用"兮"字,因为它"无益文义"(同上)。看来曹操在审美趣味上,追求的主要是质实自然。曹操一生御军三十余年,大部分时间过的是征战生活。他的诗歌多是即兴之作,有些是在"鞍马间"匆匆写成的,不可能有较多的时间修饰润色,这也是他的诗歌语言所以质朴自然的一个重要原因。

二

曹丕在文学创作上，同他的父亲曹操一样，成就也主要在诗歌方面。今存曹丕诗四十多首，其数量在建安文人当中，仅次于他的弟弟曹植。曹丕艺术个性的特点，也主要体现在诗歌方面。

曹丕诗表现的对象，涉及的方面很多：有描绘战乱对社会破坏的，如《令诗》和《黎阳作》（"奉辞罚罪遐征"）；有揭露贫富悬殊的，如《上留田行》；有叙写行军征战的，如《黎阳作》三首（"朝发邺城"、"殷殷其雷"、"千骑随风靡"）；有吟唱游乐饮宴的，如《芙蓉池作》和《于玄武陂作》；有反映男女恋情、游子思妇和妇女不幸命运的，如《燕歌行》、《寡妇诗》等。在上述表现对象当中，最后一类占的比重较大，而且这一类不论在思想上，还是在艺术表现上，写得都相当成功。如《燕歌行》三首其一云：

秋风萧瑟天气凉，草木摇落露为霜，群燕辞归雁南翔。念君客游思断肠，慊慊思归恋故乡，君何淹留寄他方？贱妾茕茕守空房，忧来思君不敢忘，不觉泪下沾衣裳。援琴鸣弦发清商，短歌微吟不能长。明月皎皎照我床，星汉西流夜未央。牵牛织女遥相望，尔独何辜限河梁！

这首诗用忧伤婉曲的笔调，写出了一位思妇，在深秋的夜晚对客居在外的丈夫的思念，情景互相交融，感情缠绵悱恻。王夫之说这首诗"倾情，倾度，倾色，倾声，古今无两"（《薑斋诗话》卷下），并非过誉之词。曹丕这类诗歌，一般都写得感伤和柔、便娟婉约，有自己独具的特点。曹丕这类诗歌的成功，表明他长于在当时比较普通的人生际遇中，发掘出具有社会意义的内容，能把动乱的社会现实溶合在男女恋情和游子思妇的命运之中。

曹丕诗歌上述特点的形成，有多方面的因素。曹丕一生，虽然不象他的父亲曹操那样戎马倥偬，但也是生长在动乱的岁月里。多次随军出征，使他饱尝过远行不归的辛酸和与亲人别离的哀伤。因此，当时社会上普遍存在的离别之苦，当时士卒役夫的忧愁，怨女思妇的悲叹，都很容易引起曹丕的关切。另外，恋情思妇和妇女的不幸命运，是我国古代诗歌的一个传统主题。《古诗》十九首有关这方面的内容也比较多。曹丕终生尽管没有离开政治舞台，但是他常常"优游典籍之场，休息篇章之囿"（吴质《答魏太子笺》），身上有明显的"文士气"。这一特点自然容易使他更多地受到以往文学，特别是《古诗》十九首中写思妇游子一类诗歌的影响。

曹丕诗歌的语言，民歌化的特点比较明显。钟嵘批评曹丕诗的语言"鄙质如偶语"（《诗品》卷中）。其实，所谓"鄙质"和"偶语"，正是曹丕诗语言的特色。诸如"居世一何不同？富人食稻与粱，贫子食糟与糠"（《上留田行》）；"东越河济水，遥望大海涯"（《钓竿行》）；"长兄为二千石，中兄被貂裘，小弟虽无官爵，鞍马馺馺，往来王侯长者游"（《艳歌何尝行》）之类的诗句，通俗自然，显然是受了民歌的影响。值得指出的是，曹丕诗歌的语言虽然通俗自然，但并不乏文采。如《芙蓉池作》一诗：

乘辇夜行游，逍遥步西园。双渠相溉灌，嘉木绕通川。卑枝拂羽盖，修条摩苍天。惊风扶轮毂，飞鸟翔我前。丹霞夹明月，华星出云间。上天垂光彩，五色一何鲜。寿命非松乔，谁能得神仙。遨游快心意，保己终百年。

这首诗富有文采。"嘉木绕通川"四句，描写生动。"丹霞夹明月"两句，光泽鲜丽。又如《于玄武陂作》写玄武陂景物，"垂柳有色，色美在重；群鸟有声，声美非一。水光泛滥，与风澹澹。佳处全在生动。"(陈祚明《采菽堂古诗选》卷五)上面的例证说明,曹丕诗歌的语言,既注意向民歌学习,又重视自己在文采方面的创新。

三

和曹操、曹丕相比,曹植诗歌创作的主要特点,不是对客观现实的描绘,而是着重于主观感情的抒发。曹植的创作,常常把目光投向个人的精神世界。他的不少优秀作品是属于"表现自我"的。但他"表现自我",并没有凌驾于社会现实之上,也没有脱离他所处的社会地位,而是同社会现实的土壤息息相通的。因此,他表现的主观世界,不管是个人的理想,还是被压抑的、有志不得伸展的种种心态,就总的倾向来说,是积极的、健康的,和时代精神是协调的。

从风格方面来考虑,曹植和其他建安文人一样,都有慷慨悲壮的特点。曹植《前录自序》说:"余少而好赋,其所尚也,雅好慷慨。"《赠徐干》说:"慷慨有悲心,兴文自成篇。"这表明曹植对慷慨悲壮是相当重视的。这是一方面。另一方面,由于曹植前后期生活经历的不同,所以他的慷慨悲壮,在前后期又表现出不同的特点。曹植生活的前期,虽然是"生乎乱,长乎军",也目睹过战乱对社会的破坏,但因为他出世较晚,这方面的阅历不算太长,对战乱的体验并不太深。相反地,随着北方的渐趋统一和他的特殊地位,使他常常能以贵公子的身分,过着斗鸡走马、饮宴歌舞的生活。这时期,他尽管也写过动乱对社会的破坏这类诗歌,但毕竟是凤毛麟角。他写得较多的、值得特别称道的是那些抒发自己建功立业的理想之歌,如《白马篇》:

　　白马饰金羁，连翩西北驰。借问谁家子？幽并游侠儿。少小去乡邑，扬声沙漠垂。宿昔秉良弓，楛矢何参差。控弦破左的，右发摧月支。仰手接飞猱，俯身散马蹄。狡捷过猴猿，勇剽若豹螭。边城多警急，胡虏数迁移。羽檄从北来，厉马登高堤。长驱蹈匈奴，左顾陵鲜卑。弃身锋刃端，性命安可怀。父母且不顾，何言子与妻！名编壮士籍，不得中顾私。捐躯赴国难，视死忽如归。

　　象《白马篇》这样的诗歌，其主要特点是昂扬明朗，在慷慨悲壮总的风格当中，体现较多的是雄壮这一面。曹植后期，特别是黄初以后，屡受曹丕父子的压抑和迫害，他怀有建功立业的雄心壮志，但是曹丕父子却让他踯躅藩邦，致使他想从征而不能，求自试而不可。这样的遭遇，使他后期的作品，内容多是"忧生之嗟"。前期作品体现出来的那种昂扬明朗的基调大大地减弱了，代替它的是悲愤，是沉郁。这突出地表现在他的名篇《赠白马王彪》一诗中。这首赠诗写的主要是曹植和白马王彪同归藩国途中的种种情景，是曹植及其兄弟受迫害、被诬陷的不平之鸣。全诗从与白马王离开京都开始写起，至两人最后告别结束。诗中写曹植同任城王、白马王同赴京都，任城王暴死，曹植欲哭而不得。"奈何念同生，一往形不归。孤魂翔故域，灵柩寄京师"，这样的诗句，实际上是以哀歌代哭。诗中写曹植与白马王同归，"本图相与偕，中更不克俱"。使他们兄弟不能在一起的原因是："鸱枭鸣衡轭，豺狼当路衢。苍蝇间白黑，谗巧令亲疏。"最后写与白马王分手："离别永无会，执手将何时？王其爱玉体，俱享黄发期。"这样的诗句，写的虽是生离，实际上是死别，表面上是宽慰和祝愿，骨子里是至痛和哭声。全诗从始至终，写得悲愤沉郁，和前期的诗歌相比，在风格上有较大的变化。

在建安文坛上，曹植是最重视、最讲究语言的一个作家。他的作品，在语言上，具有自己鲜明的特点。其突出表现，有以下几方面：

（一）藻饰丰赡。曹植的作品，特别是五言诗，一般都写得辞藻华美，颇能体现建安文学由质到文的转变。比较明显的例子是《白马篇》和《美女篇》。《白马篇》"控弦破左的"等四句，颂扬游侠的射技之美、骑术之精，铺文摘采，敷衍夸饰，虽然属于辞赋句式，但是畅达淋漓。"左的""右发"两句，一左一右，有变化，不板滞。"仰手""俯身"两句，有上有下，状貌生动。《美女篇》写美女服饰的珍丽：

> 攘袖见素手，皓腕约金环。头上金爵钗，腰佩翠琅玕。
> 明珠交玉体，珊瑚间木难。罗衣何飘飘，轻裾随风还。

这八句诗从不同的角度，描绘美女的服饰容仪之美，词采宏富，语多致饰。这样的诗句，显然是在汉乐府民歌《陌上桑》的基础上，进一步铺陈夸饰，从而表现了曹植"辞采华茂"的新特点。

（二）用语精工，多有创新。曹植的不少作品，用语精审，虽然经过推敲，但最后能够归返自然。象"朝云不归山，霖雨成川泽"（《赠丁仪》）；"白日曜青春，时雨静飞尘"（《侍太子坐》）；"游鱼潜绿水，翔鸟薄天飞"（《情诗》）之类的诗句，遣词造句，不同凡俗，能把事物的形色、意趣完整而贴切地表现出来，而且对仗工丽，音节铿锵，平仄谐调，和后来的律句极为相似，读起来有明显的音乐感。

（三）比兴和象征的表现手法用得较多。建安文人继承了我国诗歌善于运用比兴和象征手法的优良传统。在这方面，曹植和其他建安文人相比，表现得更为突出。曹植的诗歌，不仅常常把比兴和象征的手法用在一般的诗句上，而且也常常用在许多诗歌的整体构思上。如《吁嗟篇》：

> 吁嗟此转蓬，居世何独然！长去本根逝，夙夜无休闲。
> 东西经七陌，南北越九阡。卒遇回风起，吹我入云间。自谓
> 终天路，忽然下沉渊。惊飙接我出，故归彼中田。当南而更
> 北，谓东而反西。宕宕当何依，忽亡而复存。飘飘周八泽，连
> 翩历五山。流转无恒处，谁知吾苦艰！愿为中林草，秋随野
> 火燔。糜灭岂不痛，愿与根荄连。

这首诗是曹植后期的作品。全诗用长离本根、夙夜不停、四处流转的蓬草，象征自己"十一年中三徙都"、漂泊不定的遭遇。其他如《浮萍篇》、《美女篇》和《种葛篇》等诗，用怨女愁妇的悲叹，寄托自己正当盛年、有志不得施展的感慨。曹植的诗歌，比兴和象征手法的大量运用，不仅增加了诗歌语言的形象性，而且还能够同慷慨悲壮的激情相融合，使曹植的诗歌具有明显的浪漫主义的色彩。

四

在建安七子当中，孔融死得最早。孔融死后，曹丕曾以金帛作为重赏，募集过他的文章和诗歌，共得二十五篇。可是孔融流传到现在的各类作品却有四十篇之多。看来曹丕当时募集的主要是孔融比较重要的作品。从孔融流传下来的作品来看，最值得我们重视的是散文，其特点也比较明显。

关于孔融的散文，曹丕《典论·论文》评价说：

> 体气高妙，有过人者，然不能持论，理不胜词，以至乎杂
> 以嘲戏。

曹丕对孔融的散文，虽然有褒有贬，但却讲出了它的主要特

点。其中特别值得我们重视的是"体气高妙"和"杂以嘲戏"这两方面。孔融的散文确有"体气高妙"的特点。刘勰《文心雕龙·才略篇》说:"孔融气盛于为笔。"王世贞《艺苑卮言》说:孔融"其于文特高雄"。何焯《义门读书记》卷五说,孔融"特其气犹壮"。刘勰、王世贞等人强调的都是这一点。细读孔融的散文,确实如此。比较明显的例子是《荐祢衡表》一文。这篇散文是写给汉献帝的一篇奏疏。文章的内容由远及近,从多方面写出了祢衡非凡的才能和"忠果正直,志怀霜雪"的品格。全文一气贯注,笔纵意畅,感情沛然,读了以后,使人觉得祢衡确实是一位"不可多得"的贤俊之士。所以《文心雕龙·章表篇》称赞这篇散文说:"气扬采飞……表之英也。"孔融散文的"体气高妙",与他的身世、思想和性格有密切的关系。孔融是孔子的后代,"幼有异才",后来又"名重天下"(《后汉书》卷七〇《孔融传》)。孔融在政治上,虽然有时迂腐疏狂,但并不消极。他疾恨宦官,推崇贤能。他面对天下离析、"王室多难",希望扶助汉室、统一天下。孔融天性气爽,他"闻人之善,若出诸己。言有可采,必演而成之。面告其短,而退称所长。荐达贤士,多所奖进。知而未言,以为己过"(同上)。这些都反映了他正直的性格和磊落袒荡的胸襟。正是上述这些条件,才使孔融"卓卓,信含异气,笔墨之性,殆不可胜"(《文心雕龙·风骨篇》引刘桢语)。

孔融散文的"杂以嘲戏",主要是针对曹操的。如曹操为了节约粮食,下令禁酒。对此,孔融表示反对,写了两篇《与曹操论禁酒书》。第一篇里有这样的话:

> 夫酒之为德久矣。古先哲王,类帝禋宗,和神定人,以齐万国,非酒莫以也。故天垂酒星之耀,地列酒泉之郡,人著旨酒之德。尧不千钟,无以建太平;孔非百觚,无以堪上圣。

第二篇又说：

> 而将酒独急者，疑但惜谷耳，非以亡王为戒也。

孔融反对曹操禁酒，这显然是错误的。但在写作上，诙谐之中见犀利，戏笑里面含讽刺，确实是孔融独具的特色。这一特色的形成，一方面与孔融任情、放纵和傲岸的性格有关，另一方面因为他看到了曹操的僭越之心，可又不愿意从正面激烈地加以揭露，所以借禁酒之类的事情，戏谑笑傲曹操。这一点，《后汉书·孔融传》有清楚的说明，孔融"既见操雄诈渐著，数不能堪，故发辞偏宕，多致乖忤"。

五

在建安文坛上，陈琳曾以擅长写作章表书记而被当时的人们所赞誉。曹丕《典论·论文》说他和阮瑀的"章表书记，今之隽也"。陈琳的不少章表书记确实写得壮健雄伟，名不虚传。比较典型的是《为袁绍檄豫州》一文。这篇散文是陈琳在依附曹操之前，为袁绍讨伐曹操而写作的。檄文怒气奋发，先由过去赵高执柄、吕后专权的教训写起，接着从多方面揭露曹操的奸诈凶残和图谋篡弑，最后要"州郡各整戎马，罗落境界，举师扬威，并匡社稷"。全文纵横驰骋，笔力雄健，词若江河。刘勰《文心雕龙·檄移篇》称许这篇散文"壮有骨鲠"。所谓"壮有骨鲠"，正是陈琳章表书记表现出来的特点。

陈琳留下来的诗歌不多，但其特点还是相当明显的。比较能够体现陈琳诗歌特点的主要有三首诗：一首是《饮马长城窟行》，另外两首是《游览》诗。

《饮马长城窟行》是历来为人们所称道的名篇。全诗是：

饮马长城窟,水寒伤马骨。往谓长城吏:"慎莫稽留太原卒。""官作自有程,举筑谐汝声!""男儿宁当格斗死,何能怫郁筑长城?"长城何连连,连连三千里。边城多健少,内舍多寡妇。作书与内舍:"便嫁莫留住,善侍新姑嫜,时时念我故夫子。"报书往边地:"君今出语一何鄙!""身在祸难中,何为稽留他家子? 生男慎莫举,生女哺用脯。君独不见长城下,死人骸骨相撑拄?""结发行事君,慊慊心意关。明知边地苦,贱妾何能久自全!"

这首诗主要写官吏和役卒、丈夫和妻子的对话,用对话的形式,揭露了封建社会修筑长城这样繁重的徭役,给人民造成的悲剧。诗中写的虽然是历史上的事情,但诗人之所以写历史,恐怕还是有感于当时极为动乱的现实。从这个角度来考虑,这首诗可能是陈琳前期的作品。在写法上,这首诗着重于客观描绘,作者对人民悲惨命运的深切同情,完全寓于所叙写的事实当中。通篇真实的叙事和质朴的语言,互为表里,合谐一致。从风格上看,这首诗质朴浑厚,同汉乐府民歌是比较接近的。

两首《游览》诗和《饮马长城窟行》相比,则是另外一种风貌。这两首诗可能是陈琳后期写的。第一首抒发羁旅在外的悲伤和惆怅。第二首感时伤怀,表现了诗人希望在有限的岁月里建功立德的慷慨之情。两首诗都是着重于主观感情的抒发。从语言表达上来看,两首诗的基本倾向是比较华美,象"萧萧山谷风,黯黯天路阴"(其一),"嘉木凋绿叶,芳草纤红荣"(其二)一类的诗句,同《饮马长城窟行》质朴平实的语言相对照,显然是不同的。这说明陈琳后期的诗歌,受到了当时文坛开始注意艺术形式的影响,也是比较重视辞采的。

六

　　王粲在文学创作上的主要成就是在诗赋方面。过去评论王粲作品的特点，强调较多的是"发愀怆之辞"和"苍凉悲慨"。如果这指的是王粲前期的作品，则未尝不可。但用来概括王粲的整个创作，却不够全面。王粲的创作以三十二岁为界，比较明显的可分为前后两个时期。他前期，多经乱离，依附刘表之后又不被重用。这样的经历，反映在创作上，主要有两个特点：一是描绘动乱给人民带来的深重灾难的作品较多，二是抒写寄寓异乡的忧伤和不被重用的苦闷之类的作品，占的比重较大。前者可以《七哀诗》其一作为代表。这首诗写战乱造成的"白骨蔽平原"和"路有饥妇人，抱子弃草间"的悲惨景象，其中有哭声，有眼泪，悲凉沉郁的特点表现得比较明显。后者可以《七哀诗》其二和《登楼赋》作为代表。《七哀诗》其二写诗人避难荆州时多愁多忧，以至发出了"羁旅无终极，忧思壮难任"的慨叹。全诗的基调是感伤的。《登楼赋》不论是描绘登楼所看到的种种景物，还是抒发自己有志无法伸展的忧愤以及对故土的深沉思念，其色调都是忧伤沉郁的。这种色调是王粲前期作品的重要特点。

　　王粲后期的创作是从三十二岁开始的。从这一年到他四十一岁去世为止，前后共十年的时间。这十年，由于他主动地投靠了曹操，受到了曹操的重用，自己有了发挥才能的机会，兴高采烈，再加上曹操力量不断壮大，北方渐趋统一，致使王粲踌躇满志。所有这些在王粲后期的创作上，都有明显的反映。王粲后期的创作，就总的基调来说，不再是悲伤沉郁，而是昂扬豪壮。其突出代表是《从军诗》五首。这五首诗，虽然其中有时还流露出感伤沉郁的情调,如"征夫怀亲戚,谁能无恋情"(其二);"征夫多心怀,恻怆令心悲。下船登高防,草露沾我衣。回身赴床寝,此愁当告谁?"(其三)但诗人并没有让这种感伤沉郁的情调,一直萦绕自己的心田,而是在抒发了这种情调之后,又写出了"弃余亲睦恩,输力竭忠贞。惧无一夫用,报我素餐诚……将秉先登羽,岂敢听金声"(其二);"身服干戈事,岂得念所思"(其三)这样的慷慨豪壮之情。这种慷慨豪壮之情是这五首诗的基调,也是建安时代精神的重要表现。

七

　　现存刘桢的作品有诗赋和碑文。《文心雕龙·书记篇》说:"公干笺记,丽而规益。子桓弗论,故世所共遗。若略名取实,则有美于为诗矣。"照刘勰的意思,刘桢的笺记写得比诗歌还要美。不过从刘桢流传到今天的作品来看,他的贡献主要还是在诗歌方面,他创作的特点也主要是通过诗歌体现出来的。

　　建安时期的不少文人,对动乱的社会现实比较关注,而且在诗歌当中多少不等地都有所反映。但是现存刘桢的诗歌,主要是写自己对高洁情操的追求以及个人失意的感慨,找不到对当时动乱社会的描绘。看来刘桢写诗感兴趣的主要还不是当时的社会现实,不是人民的种种不幸遭遇,而是他个人的种种情怀。这种种情怀,尽管也是当时社会生活的折光,但毕竟还不是社会生活的激流。因此,刘桢的诗歌,从侧重抒发个人的种种情怀来看,和曹植相当接近,可以"曹、刘"并称。但是刘桢抒发的种种感情,时代色彩远不如曹植那样鲜明。从这一角度来比较,刘桢又比曹植逊色得多。

　　刘桢的诗，虽然有时也有悲叹，也有感慨，但就总的倾向来看，如刘熙载《艺概·诗概》所说，是"壮而不悲"。这一特点的形成，是与刘桢具有鲜明的个性分不开的。刘桢为人比较正直豪壮，不大恪守封建礼教。他所仰慕的是高洁坚贞的情操。他虽然依附曹操父子，但对他们较少媚骨。其他文人写《公宴诗》，多少不同都有对曹操和曹丕的庸俗颂扬，而刘桢的《公宴诗》，"通章只言游从之盛、景物之美，曾无一颂德语"（吴淇《六朝选诗定论》卷六）。正是基于上述这种个性特点，刘桢才写出了"壮而不悲"的诗歌。

　　在诗歌的语言方面，钟嵘曾经批评刘桢"气过其文，雕润恨少"。其实，钟嵘的批评有些苛求，并不切合实际。只要我们细读刘桢的诗歌，可以发现，刘桢还是十分重视艺术表现、重视辞采的。刘桢有些诗篇全用比兴。如《赠从弟》三首：

　　　　泛泛东流水，磷磷水中石。蘋藻生其涯，华叶纷扰溺。
　　采之荐宗庙，可以羞嘉宾。岂无园中葵，懿此出深泽。

　　　　亭亭山上松，瑟瑟谷中风。风声一何盛，松枝一何劲。
　　冰霜正惨凄，终岁常端正。岂不罹凝寒，松柏有本性。

　　　　凤凰集南岳，徘徊松竹根。于心有不厌，奋翅凌紫氛。
　　岂不常勤苦，羞与黄雀群。何时当来仪，将须圣明君。

　　这三首诗，第一首用蘋藻喻高洁而必被任用；第二首用松柏喻正直而不改本性；第三首用凤凰喻志高而期待圣君。比兴表现手法的运用，使这三首诗表现的高洁情操寓于鲜明的形象之中，言简意深、耐人寻味。至于刘桢对辞采的重视，也表现在许多诗篇当中。象"清川过石渠，流波为鱼防"（《公宴诗》）；"细柳夹道生，方塘含清源。轻叶随风转，飞鸟何翩翩"（《赠徐干诗》）；"众宾会广坐，明灯熹炎光"（《赠五官中郎将》四首其一）之类的诗句，或注重对偶，或用心刻画，都显得秀丽华美。在这方面，刘桢同曹植、王粲等人的诗歌一样，都体现了我国古代诗歌，在建安时期由质朴向华丽的转变。

八

有关徐干的创作情况，现在留下来的资料不多。曹丕《典论·论文》说他和"长于辞赋"的王粲可以相匹敌，并且说他写的《玄猿》、《漏卮》、《团扇》和《桔赋》等赋，"虽张（衡）、蔡（邕）不过也"。但是，今天看来，他的辞赋成就并不高，值得我们重视的倒是他的政论散文和诗歌。他作品的特点，也主要体现在政论散文和诗歌创作上。

徐干的政论散文，最重要的是《中论》。《中论》保留得比较完整，受到当时和后来不少文人的重视。曹丕《与吴质书》说，徐干"著《中论》二十余篇，成一家之言，辞义典雅，足传于后，此子为不朽矣"。胡应麟《诗薮》外编卷一说：徐干"著《中论》盛传，较诸魏晋浮华，良有异者。"关于这部书的具体写作情况，《全三国文》卷五十五载阙名《中论序》有所阐述：

> 君之性，常欲损世之有余，益俗之不足。见辞人美丽之文，并时而作，曾无阐弘大义，敷散道教。上求圣人之中，下救流俗之昏者，故废诗、赋、铭、赞之文，著《中论》之书二十二篇。

看来，徐干写《中论》的主要目的，是想以儒家经典为依据，宣扬古代所谓的圣人之道，从而矫正东汉末年流传下来的种种弊端。这在当时还是有现实意义的。在写作上，《中论》这部政论散文，既不同于曹操散文的清峻通脱、简明要约，也有别于陈琳书檄的驰骋词藻、淋漓挥洒，而是叙事和说理相结合，说理比较详切，语言质朴平实，在建安文坛上，堪称"一家之言"。

徐干现存比较完整的诗歌有三首。从这三首诗歌来看，徐干写诗并没有把眼光投向动乱的社会现实，基本上没有触及时代的脉搏。这三首诗既不是忧国恤民之作，也不见积极进取之心，而主要是写妇女的闺怨之情，其中影响较大并且能代表他诗歌特点的是《室思》。这首诗写女子对离家在外的丈夫的思念。全诗情调深沉缠绵、真切动人。在语言上，这首诗平实自然而又不乏文采。特别是"自君之出矣，明镜暗不治。思君如流水，何有穷已时"几句，不用典，不雕琢，婉转流丽，意味深长，常为后人所重视，所模拟。"宋武帝拟之曰：'自君之出矣，金翠暗无精。思君如日月，回环昼夜生。'既诸贤拟之，遂以'自君之出矣'为题。"（谢榛《四溟诗话》卷一）足见这首诗的影响还是相当大的。从上面的简单分析来看，徐干的诗不论是内容，还是形式，和汉乐府民歌的距离较远，而同《古诗》十九首倒是相当接近的。

徐干诗歌特点的形成有多方面的原因。阙名《中论序》说徐干富有才华，"年十四，始读五经，发愤忘食，下帷专思，以夜继日"。后来当"冠族子弟，结党权门"时，他"闭户自守，不与之群，以六籍娱心而已"。当"董卓作乱，劫主西迁，奸雄满野，天下无主"时，他"避地海表，自归旧都"，"绝迹山谷，幽居研几"。他依附曹操之后，虽然"从戎征行，历载五六"，但又因"疾稍沉笃，不堪王事"，结果采取了"潜身穷巷，颐志保真"的生活态度。从上述徐干的经历来看，他在依附曹操之前，对社会的动乱，基本上采取了回避的态度。依附曹操之后，他虽然也参加过征战，但和其他文人相比，时间并不长。他更多的时间是过着脱离现实的、比较清贫的生活。这就使他对当时动乱的社会现实接触不多、体验不深。

另外,从思想方面来考虑,如曹丕《与吴质书》所说:徐干"独怀文抱质,恬淡寡欲,有箕山之志",追求的是一种不耽世荣、淡然自守的生活情趣。这就使他的诗歌,缺少当时其他一些诗歌所具有的那种昂扬向上、积极进取的思想感情,而容易在平淡自然方面,显示出自己的特点。

九

从阮瑀现存的诗歌来看,虽然也体现了建安文学慷慨悲壮这一总的特点,但在慷慨悲壮之中,悲伤的成分较重。如他的《驾出北郭门行》,全诗是:

> 驾出北郭门,马樊不肯驰。下车步踟蹰,仰折枯杨枝。顾闻丘林中,嗷嗷有悲啼。借问啼者出:"何为乃如斯?""亲母舍我殁,后母憎孤儿。饥寒无衣食,举动鞭捶施。骨消肌肉尽,体若枯树皮。藏我空室中,父还不能知。上冢察故处,存亡永别离。亲母何可见? 泪下声正嘶。弃我于此间,穷厄岂有资?"传告后代人,以此为明规。

这首诗写继母虐待孤儿,着笔较多的是孤儿对自己悲惨遭遇的自泣自诉,给人们的感受是悲怨哀伤。又如他的《怨诗》全篇写动乱之中人们的命运是:

> 民生受天命,漂若河中尘。虽称百龄寿,孰能应此身。犹获婴凶祸,流落恒苦辛。

这样的诗句笔调忧伤,对战乱年代的人们含辛茹苦、生命难以保证,表现了深切的同情。阮瑀还有些诗歌表现了人生易逝的悲叹,如《七哀诗》全诗写道:

> 丁年难再遇,富贵不重来。良时忽一过,身体为土灰。

冥冥九泉室，漫漫长夜台。身尽气力索，精魂靡所能。

又如失题诗共八句，写道：

白发随栉堕，未寒思厚衣。四肢易懈倦，行步益疏迟。常恐时岁尽，魂魄忽高飞。自知百年后，堂上生旅葵。

上面这些诗句充满着悲伤和感慨，缺乏那种珍惜时光、勇于进取的壮怀激情，因而确如张溥所说，"读其诸诗，每使人愁"（《汉魏六朝百三家集题辞·阮元瑜集题辞》）。

阮瑀诗在语言上，比较明显的特点是质朴，《驾出北郭门行》是一个典型的例证。这首诗写孤儿的苦难，主要是通过孤儿质朴无华的自述表现出来的。全诗从内容到语言，受汉乐府民歌的影响比较明显，所以陈祚明《采菽堂古诗选》卷七说：这首诗"质直悲酸，犹近汉调"。

阮瑀诗质直无华语言特点的形成，除了受汉乐府民歌的影响以外，还有两个主要原因：（一）阮瑀建安初依附曹操，建安十七年去世。他的许多作品是在建安文学发展的第一阶段写成的，而这一阶段，在语言上的主要特点是古朴质直，阮瑀显然是受到了这种古朴质直的风尚的影响。与此相联系的是，阮瑀依附曹操集团以后，在曹操身边任"司空军谋祭酒，管记室"（《魏书·王粲传》），和以古直朴实的文风见长的曹操交往较多，而同强调"诗赋欲丽"的曹丕和以"辞采华茂"为特点的曹植，接触的少一些。这样阮瑀自然会受到曹操古直朴实的文风的影响。（二）与阮瑀的理论主张有密切关系。阮瑀在《文质论》一文中说：

盖闻日月丽天，可瞻而难附；群物著地，可见而易制。夫远不可识，文之观也；近而易察，质之用也。文虚质实，远疏近密。

这里，阮瑀过分地强调了属于内容方面的"质"，而比较轻视属于形式方面的"文"，文艺思想有些保守。因而在他的创作上，虽然"平典不失古体"（钟嵘《诗品》卷下），但使人明显地感到质朴有余而文采不足。

<h1 style="text-align:center">十</h1>

有关应玚的生平和写作的资料不多。曹丕《与吴质书》说：应玚"常斐然有述作之意，其才学足以著书，美志不遂，良可痛惜。"据此可知，应玚是很想在写作方面有所作为的，只是因为去世较早，所以他的理想没有实现。从应玚流传到现在的作品来看，值得我们重视的主要是他的六首诗歌。这六首诗歌的突出内容是写离居漂泊之苦。如《别诗》二首其一写道：

　　朝云浮四海，日暮归故山。行役怀旧土，悲思不能言。悠悠涉千里，未知何时旋？

其二写道：

　　浩浩长河水，九折东北流。晨夜赴沧海，海流亦何抽？远适万里道，归来未有由。临河累太息，五内怀伤忧。

这样的诗歌，音调舒缓柔和，情感悲切忧伤，和其他建安文人写的那些悲而又壮的作品相比，显然是别具一格。所以曹丕在《典论·论文》中说应玚的特点是"和而不壮"。

应玚诗歌在艺术表现方面，比较重视辞采，长于运用比兴手法。如他的《报赵淑丽诗》，全诗共有八句：

　　朝云不归，夕结成阴。离群犹宿，永思长吟。有鸟孤栖，哀鸣北林。嗟我怀矣，感物伤心。

这首诗前六句主要是写景，其中两句写"朝云不归"，四句写离群之鸟的哀鸣，最后两句是直接抒写自己的胸怀。这六句诗，表面上主要是写景,实际上是托物抒发诗人孤苦忧伤的情怀。又如《侍五官中郎将建章台集诗》。这首诗属于公宴诗,共二十八句,大致可以分成两部分。第一部分十八句:

> 朝雁鸣云中,音响一何哀。问子游何乡,戢翼正徘徊。言我塞门来,将就衡阳栖。往春翔北土,今冬客南淮。远行蒙霜雪,毛羽日摧颓。常恐伤肌骨,身陨沉黄泥。简珠堕沙石,何能中自谐。欲因云雨会,濯羽陵高梯。良遇不可值,伸眉路何阶。

这十八句主要写诗人依附曹操之前的羁旅之苦。第二部分十句,主要写对曹丕的敬爱和感激之情。值得注意的是第一部分。在这一部分里,诗人不是直叙自己的遭遇。而全是运用比兴手法。这一点,张玉谷《古诗赏析》卷十作了比较精辟的分析:"前十八句,皆叙己从前行迹与目今冀获知遇之心事也。然正说易于平板,妙在托之于雁,纯于比中出之,便觉实处皆虚。'简珠'二语,喻中之喻,而占身分者在此,祈鉴察者亦在此,不特用笔奇幻也。"应场善于运用比兴,说明他在诗歌创作方面是比较重视艺术表现的。

十一

建安文学个性特点的形成,除了上面已经谈到的与作家的个人性格、特殊经历、思想品格和艺术爱好等方面的原因之外,还与当时的社会条件密切相关。建安时期是一个动乱时期,同时也是一个变革的时代。随着社会的动乱和变革,不论是在政治上,还是在社会思潮上,都发生了相应的变化。这在曹操统治的领域里,尤其明显。曹操是一个敢于冲破传统束缚的人物。他在政治思想上轻视汉代的经学儒术、强调名法。他选用人才,重视才能,不拘品行。再加上曹丕的"慕通达"和曹植的"无愿为世儒"(《赠丁翼》)等思想,使当时聚集在邺下的许多文人,思想都比较活跃。另外,邺下文人虽然在政治上依附了曹操,但却有比较重要的社会地位,不象汉代的文人那样被皇帝贵族视为俳优。在文学创作上,建安文人顾忌较少,一般都能够根据自己的特点各抒怀抱,不象汉代的文人那样迫于压力,必须应酬,必须献媚。建安文人这方面的情况,曹丕的《典论·论文》有所反映:

> 今之文人,鲁国孔融文举,广陵陈琳孔璋,山阳王粲仲宣,北海徐干伟长,陈留阮瑀元瑜,汝南应玚德琏,东平刘桢公干。斯七子者,于学无所遗,于辞无所假,咸以自骋骐骥于千里,仰齐足而并驰,以此相服,亦良难矣。

这里所谓的"自骋千里""齐足并驰"的情况,正是当时文人能够比较自由地进行创作的真实写照。正是由于当时的文人有一个比较开放、比较自由的社会政治环境,所以文人能够正视具有多样性、丰富性的社会现实,能够珍视自己来自现实的独特感受,进而能够把这种独特的感受,用独特的艺术形式表现出来。从某种意义上说,成功的文学作品是政治社会环境比较开放、作家的意志比较自由的产物。作家受的束缚愈少,愈容易表现出个性特点。建安文学的创作实践,就是一个有力的证明。

　　　　　　　　　　　　　　　　　　写于一九八五年八月

建安时期的文学理论和文学批评

一

建安时期是文学创作的丰收季节,同时也是文学理论和文学批评相当活跃的年代。

建安时期,许多文人一方面热心于文学创作,另一方面对议论辩说也表现出浓厚的兴趣。应玚《公宴》诗说:"开馆延群士,置酒于斯堂。辨论释郁结,援笔兴文章。"应玚的诗从一个侧面表现了建安文坛对理论的重视。随着整个文坛对理论的重视,不少建安文人常常采用论文、书信和诗歌等多种形式,发表自己有关文学理论和文学批评的各种见解。在这方面,流传到现在的重要文章主要有:曹丕的《典论·论文》、《与吴质书》、《与王朗书》;曹植的《与杨德祖书》、《与吴季重书》;王粲的《荆州文学记》;阮瑀和应玚各自写的《文质论》;杨修的《答临淄侯笺》等。建安文人还有不少有关文学理论和文学批评的见解,零星地散见于后来的一些论著当中,如刘勰《文心雕龙》许多篇章里面就引用了曹操、曹植和刘桢等人的一些言论。引用曹操的主要见于《诏策篇》、《章表篇》、《章句篇》、《事类篇》等;引用曹植的主要见于《乐府篇》、《定势篇》、《练字篇》等;引用刘桢的主要见于《风骨篇》、《定势篇》等。

刘勰在上面各篇中引用的曹操、曹植和刘桢的言论,都比较重要,但是很遗憾,载有这些言论的整篇文章却早就失传了。此外,还有一些建安文论的原文全部亡佚了,现在仅存有一些篇目。如《文心雕龙·序志篇》提到的应场的《文论》,陆厥《与沈约书》中提到的刘桢"大明体势之致"的奏书,《三国志》卷六《魏志·刘表传》注引挚虞《文章志》提到的周不疑的"《文论》四首"等。其中应场的《文论》,刘勰标举著名文论时,特别提到了它,可见它是相当重要的。上面谈到的这些文论,虽然有些只留下了片断,有些只留下了篇目,但由此可以想见建安文人对文学理论和文学批评的重视。

在上面列举的文论当中,最重要的是曹丕的《典论·论文》。它是我国古代第一篇文学专论,在我国古代文学理论批评史上占有极为重要的地位。我国古代的文学创作源远流长,从先秦到两汉,许多优秀作品璀璨夺目、竞放异采,但是在文学理论和文学批评方面,还没有出现专论。这表明在先秦两汉时期,文学理论和文学批评还处于幼年时期,许多问题的提出和阐述,还带有很大的自发性。而《典论·论文》的出现,标志着我国古代文学理论和文学批评已经进入了比较自觉的时期。因此,《典论·论文》在我国古代文学批评史上具有十分重要的意义。

以《典论·论文》为代表的建安文论,在文学理论和文学批评的建树上,做出了杰出的贡献。下面分述其主要贡献。

二

建安文论在我国古代文学理论批评史上,第一次充分地肯定了文学的重要地位和重要作用。在这方面,曹丕的观点最为鲜明。他在《典论·论文》中说：

> 盖文章，经国之大业，不朽之盛事。年寿有时而尽，荣乐止乎其身，二者必至之常期，未若文章之无穷。是以古之作者，寄身于翰墨，见意于篇籍，不假良史之辞，不托飞驰之势，而声名自传于后。

在《与王朗书》中又说：

> 生有七尺之形，死唯一棺之土，唯立德扬名，可以不朽，其次莫如著篇籍。

对文学的地位和作用的认识，是一个老问题。早在先秦时期，《左传·襄公二十四年》就有"三不朽"之说："太上有立德，其次有立功，其次有立言，虽久不废，此之谓不朽。"曹丕把文章视为"不朽之盛事"，表面上看，是沿袭了《左传》立言不朽的说法，但实际上并不是简单的沿袭，而是有新的发展。这主要表现在以下两方面：

首先，《左传》讲"立言"的"言"，主要指的是有关德教和政教方面的言辞，而且把"立言"置于"立德"和"立功"之下。曹丕则不同，他所说的文章，虽然包括象他的《典论》中的议论文和徐干的《中论》之类的理论著作，但同时也包括以诗赋为代表的文学作品。《三国志》卷二《魏志·文帝纪》注引《吴历》说，曹丕曾"以素书所著《典论》及诗赋饷孙权，又以纸写一通与张昭"。足见曹丕是把《典论》和诗赋看得同样重要。另外，曹丕在《典论·论文》中称许王粲、徐干说：

> 王粲长于辞赋，徐干时有齐气，然粲之匹也。如粲之《初征》、《登楼》、《槐赋》、《征思》，干之《玄猿》、《漏卮》、《圆扇》、《橘赋》，虽张、蔡不过也。

曹丕肯定王粲、徐干的辞赋，而且不惜笔墨，特别列举了许多篇名,这也说明曹丕对辞赋这样的文学作品是相当重视的。两汉时期,文学作为经学的附庸,辞赋基本上是被轻视的。到了建安时期,曹丕第一次把包括辞赋在内的文章视为"不朽之盛事",几乎把写文章和"立德"扬名相提并论,这就空前地提高了文学的地位,在很大程度上发展了先秦时期"立言"不朽的观点,同时对两汉轻视辞赋的作法,也是一种否定。曹丕如此重视文学,对文学的发展是有促进作用的。

其次,曹丕把文章的不朽同"经国之大业"联系在一起,这反映了他对文学的重要作用有了进一步的认识。文学的作用问题,也是我国古代文学理论批评史所着重探讨的问题之一。先秦孔子认为:"诗可以兴,可以观,可以群,可以怨。迩之事父,远之事君。"(《论语·阳货》)汉代《诗大序》主张诗歌要发挥"经夫妇,成孝敬,厚人伦,美教化,移风俗"的社会作用。不论是孔子,还是《诗大序》的作者,他们着重强调的都是诗歌在道德教化方面的作用。而曹丕把文章看成是"经国之大业",这就突破了道德教化说的框框,能从治理当时的封建社会的角度,把文学和封建政治紧密地联系在一起。同时,由于曹丕把文章看成是"经国之大业",因此,他提出的文章不朽之说,就不仅仅是个人的声名不朽,而是以有利于"经国"为前提的。很显然,象曹丕这样强调文章的重要作用,是前所未有的。

三

曹丕在《典论·论文》中还提出了"文以气为主"的文气说,这也是建安文论的一个重要贡献。文气说涉及的问题较多,这里想仅就文气说产生的条件、含义、意义和局限性等问题,谈一些不成熟的意见。

文气说之所以产生于建安时期，是有其历史原因的。我们知道，气除了它的普通意思以外，在建安以前，很早就被不少思想家和哲学家做为一个特殊的概念和范畴来使用。这方面与曹丕提出的文气说多少有联系的，大致有以下几种情况：

（一）用气来解释世界的本原。这在先秦和两汉的典籍中是屡见不鲜的。先秦时期，《周易·系辞》说"精气为物"。《管子·内业篇》载有宋鈃、尹文学派的精气说，把气看成是万物的本原："凡物之精，此则为生：下生五谷，上为列星；流于天地之间，谓之鬼神；藏于胸中，谓之圣人。是故民气，杲乎如登于天，杳乎如入于渊，淖乎如在于海，卒乎如在于己。"两汉的董仲舒用气来解释阴阳、四时和五行："天地之气，合而为一：分为阴阳，判为四时，列为五行。"（《春秋繁露·五行相生》）东汉的王充认为天地万物的原始物质基础都是气："天地合气，万物自生，犹夫妇合气，子自生矣。"（《论衡·自然篇》）王充之后的王符把天地日月鬼神人民等的出现也都归结为气："天之以动，地之以静，日之以光，月之以明，四时五行，鬼神人民，亿兆丑类，变异吉凶，何非气然？"（《潜夫论》卷八《本训》）上面列举的各种说法，尽管有的基本上是属于朴素的唯物论，有的基本上属于唯心论，但是它们却有一个共同的特点，都把气看成是万物的本原。既然气是万物的本原，那么人们根据这一命题，到了一定的时期，自然就可能把文和气联系起来。

（二）用气来说明有关人本身的各种现象。由于气是万物的本原，因此不少思想家和哲学家常常把气和人本身联系在一起，来解释有关人的一些现象。宋鈃、尹文就认为人的精神活动是由气产生的："气道乃生，生乃思，思乃知，知乃止矣。"（《管子·内业篇》)这就是说,气产生了生命,有了生命才有属于精神方面的思想和智慧。人的感情也是源于气。《左传·昭公二十五年》载郑子产的话说:"民有好、恶、喜、怒、哀、乐,生于六气。"《汉书·礼乐志》也有类似的看法:"人函天地之气,有喜、怒、哀、乐之情。"人的力量和气也是不可分的。王充《论衡·儒增篇》说:"人之精,乃气也;气乃力也。"这里,王充把气和力等同起来,足见气与力之间的密切关系。气与言的关系,也早为人们所注意。《国语·周语下》引单穆公的话说:"口内味而耳内声,声味生气。气在口为言……若视听不和而有震眩,则味入不精,不精则气佚。气佚则不和,于是有狂悖之言。"照单穆公的看法,人有了气就会有语言,不同的气就会有不同的语言。从上面列举的部分资料来看,建安以前不少思想家和哲学家确实常常用气来说明人的种种表现,其中有的说明在今天看来并不科学,但是由于他们看到了人与气的密切关系,而文又是人写出来的,因此,气、人和文三者之间有什么联系,就作为一个问题摆在了人们的面前。

　　(三)开始接触到气与音乐及诗歌的关系。关于气与音乐的关系,《荀子·乐论》说:"凡奸声感人而逆气应之;逆气成象而乱生焉;正声感人而顺气应之,顺气成象而治生焉。"荀子认为不同的音乐只能和人的不同的气相感应。这一说法颇有代表性,而且有较大的影响。《礼记·乐记》、《说苑》和《汉书·礼乐志》等都有和荀子相似的观点。《说苑·修文》依据荀子的说法,又作了具体阐述:"雅颂之声动人而正气应之。和成容好之声动人而和气应之,粗厉猛贲之声动人而怒气应之,郑卫之声动人而淫气应之,是以君子慎其所以动人也。"关于诗歌与气的关系,较早地接触这个问题的是刘向。《开元占经》一一三引刘向的话说:"气逆则恶言至,或有怪谣,以此占之,故曰诗妖。"后来班固在《汉书·礼乐志》

中又承袭了这种说法："君炕阳而暴虐,臣畏刑而柑口,则怨谤之气发于歌谣,故有诗妖。"刘向和班固都是用神学迷信思想来解释某些歌谣的产生,他们把歌谣称之谓"诗谣",也属诬蔑之说。但值得注意的是他们较早地把气同诗歌联系起来,这对后来文气说的提出,也是有启示作用的。

马克思在谈到传统在人类文化史上的重要意义时指出:"人们自己创造自己的历史,但是他们并不是随心所欲地创造,并不是在他们自己选定的条件下创造,而是在直接碰到的、既定的、从过去继承下来的条件下创造。"(《马克思恩格斯全集》第八卷第一二一页)在我国古代文学理论批评史上,后来的人们都是继承了以前人们积累下来的精神财富。建安以前的思想家和哲学家关于气的种种解释,对于建安文人来说并没有销声匿迹,而是成了文气说提出的重要思想资料。这就是文气说提出的重要历史根据。

马克思主义还告诉我们,以往的思想资料的作用和人们对它们的态度,在不同的社会条件下是不同的。建安以前有关气的种种观点之所以能在建安时期受到重视,进而把基本上属于哲学思想领域里的概念运用到文学领域里来,还有其现实的原因。

建安时期是一个动荡时期,社会在动荡之中发生了急剧的变化。社会的急剧变化在意识形态方面的一个突出的反映,就是思想比较活跃。随着思想的活跃,人们在不同程度上冲破了两汉经学、谶纬迷信思想的束缚,由两汉对各种神仙的迷信转到重视人事、珍惜人生。现实促使人们对自己的生命、作用和命运,开始作新的探索。人的力量、才能、情感、性分、气质和意志等,在当时都具有重要的意义,因而都是当时许多人所关注的重要课题。曹操"唯才是举"的《求贤令》和"夫有行之士未必能进取,进取之士未必能有行也"的《敕有司取士勿废偏短令》应时公之于众了；与曹丕同时的刘劭的《人物志》也应时代的需要而产生了；魏末傅嘏、李丰、钟会和王广四人论才性同异离合的著作《四本论》，也带有鲜明的时代印记出现了。与人事、人生关系密切的一些问题既然成为建安时期的重要课题，因而先秦两汉时期有关气，特别是涉及人与气的关系的一些思想资料，自然就受到了不少建安文人的重视，他们继续用气来解释自然现象和有关人的一些问题。曹植在《贪恶鸟论》中曾用气来批驳关于伯劳鸟的迷信说法："俗恶伯劳之鸣，言所鸣之家必有祸也。此好事者附名为之说，而今俗人普传恶之，其实否也。伯劳以五月而鸣，应阴气之动。阳气为仁养，阴为贼害，伯劳盖贼害之鸟也……若其为人灾害，愚民之所信，通人之所略也。"这是建安文人用阴气阳气来解释自然现象的例证。至于人与气的关系，刘劭《人物志》中有许多地方都谈到了，如："夫容之动作发乎心气。心气之征，则声变是也。"（《九征》）"躁静之决在于气。"（同上）"言将发而怒气送之者，强所不然也。"（《八观》）刘劭认为人的容貌的变化、动作、性格、语言等都是源于气的。刘劭对人各方面的表现与气的关系，显然是非常注意的。

　　由于建安时期"风衰俗怨"、"世积乱离"和人们对气的重视，所以建安文学常常是以气见长。刘勰说建安文学"梗概多气"（《文心雕龙·时序篇》），沈约认为"子建、仲宣以气质为体"（《宋书·谢灵运传论》），指的都是这一特点。至于具体地写人和物的气，在建安诗文中也屡有出现。写人的气的，如曹操《气出唱》："但当爱气寿万年。"这写的是气与寿命的关系。曹丕《至广陵马上作》："胆气正纵横。"这写的是猛将。曹植《鰕䱇篇》："猛气纵横浮。"这写的是壮士。曹植《五霸赞》："壮气盖世。"这颂的是齐桓、晋文等五人。刘桢《射鸢》："意气凌神仙。"这写的是射鸢者。吴质《思慕诗》："志气甫当舒。"这写的是作者自己。上面例证中的"胆气"、"猛气"、"壮气"、"意气"和"志气"等，都是从文学的角度表现人的不同的精神世界。写物的气的，如王粲《迷迭赋》说珍草迷迭是"受中和之正气"；曹植《桔赋》说桔是"禀太阳之烈气"；《白鹤赋》说白鹤是"含奇气之淑祥"。在建安之前的诗文中，写人和物的气的也不乏其例，但和建安诗文相比，以前涉及得较少，而建安时期涉及得较多。建安诗文中提到的气，虽然还不是理论的表现形式，但也可以说明建安时期是一个重气的时期。

建安时期，一方面重气，一方面又重文，而气和文两者之间有怎样的关系就成了当时需要探索的一个重要问题。文学理论发展史告诉我们，任何一个文学理论问题，只有在现实社会需要解决，而且解决它的客观条件已经具备，或者至少是在形成过程的时候，才会被提出来。曹丕的文气说也是这样。当时，除了曹丕以外，其他文人如刘桢也谈到了文与气的问题。《文心雕龙·风骨篇》引刘桢的话说："孔氏卓卓，信含异气。"《定势篇》说："刘桢云：'文之体指实强弱，使其辞已尽而势有余，天下一人耳，不可得也。'公干所谈，颇亦兼气。"可见曹丕文气说的提出，并不是一个孤立的现象，而是当时时代促使不少文人都比较关注的一个问题。

关于文气说的含义，由于曹丕语焉不详，因此从古到今，众说纷纭，还没有一个较为统一的看法，这说明它是一个相当复杂的问题，有必要继续加以探讨。

曹丕有关文气的言论，大致可以分为两类。一类是总论文气：

> 文以气为主，气之清浊有体，不可力强而致。譬诸音乐，

曲度虽均,节奏同检,至于引气不齐,巧拙有素,虽在父兄,不能以移子弟。(《典论·论文》)

另一类是用文气说对作家作品进行评论:

王粲长于辞赋,徐干时有齐气,然粲之匹也……孔融体气高妙,有过人者,然不能持论,理不胜辞,以至乎杂以嘲戏。(同上)

公干有逸气,但未遒耳。(《与吴质书》)

从上面曹丕的言论来看,曹丕使用气,有时指人,如说"虽在父兄,不能以移子弟"。有时指文,如说"徐干时有齐气","孔融体气高妙","公干有逸气"。上述情况说明,曹丕在使用气这一概念时,具有不确定性的特点。

曹丕把气分成两类:一类是清气,一类是浊气。对气进行分类,并不是始自曹丕。早在曹丕之前,就有不少人从不同的角度试图对气加以区分。《淮南子·天文训》认为气有清阳和重浊两种,"清阳者薄靡而为天,重浊者凝固而为地"。《礼记·乐记》论乐时又有刚气、柔气之分,并指出:"刚气不怒,柔气不慑。"这些对曹丕把气分成两类都是有启示的。曹丕所谓的清气,指的当是阳刚之气,孔融的"体气高妙"可能属于这一类。刘桢虽有"逸气,但未遒耳",还不能说是标准的清气。清气指阳刚之气,这在当时其他文人的诗文中也有表现,如曹植《感婚赋》说:"阳气动兮淑清。"刘劭《人物志·八观》说:"气清力劲,则烈名生焉。"曹植把"阳气"与"清"联系在一起,刘劭认为"气清力劲",都可以说明清气指的是阳刚之气。曹丕所谓的浊气,指的当是阴柔之气,徐干时有的"齐气",就是属于这一类。关于"齐气",《文选》李善注云:"言齐俗文体舒缓。"舒缓当属于阴柔的范围。曹丕对气的分类,固然与受前人的影响有关系,但更重要的是由于他分析了当时的作家和作品体现出来的不同的气。

曹丕所说的气，同我国古代不少文艺理论的概念一样，在内涵方面具有多义性。根据曹丕的论述，参照当时其他文人和后来一些文人对气的理解和使用，曹丕所说的气，至少有以下几种含义：

（一）气质。气，就作者来说，主要指的是气质。所谓"文章以气为主"，意思是说文章主要是表现作者的气质的。由于作者的气质不同，所以作品也就呈现出不同的风貌。气这一方面的含义，被后来不少文人所重视。沈约《宋书·谢灵运传论》说"子建、仲宣以气质为体"；陆九渊说"人之文章多似其气质"（《象山先生集》卷三十五）。沈、陆二人直接把作者的气质同文章联系起来，可以说是发挥和揭示了气具有气质这一方面的含义。

（二）生气。《魏志·文帝纪》黄初元年注引曹丕令说："日月所照，戴天履地含气有生之类，靡不被服清风。"《魏志·三少帝纪》注引《搜神记》说："文帝以为火性酷烈，无含生之气。"在曹丕看来，除了火之类的物质之外，其他东西都含有气，有气就有生命。因此，曹丕文气说中的气，当含有生气的意思。后来南齐谢赫在《古画品录》中提出了六法，其中第一法就强调"气韵生动"。南齐诗人袁嘏曾对徐太尉说："我诗有生气，须人捉着；不尔，便飞去。"（钟嵘《诗品》卷下引）五代画家荆浩在《笔法记》中，主张画山水不要为了追求形似而"遗其气"，"遗其气"，就难以表现出山水的生命。清代钱泳认为："诗文家俱有三足，言理足、意足、气足也……气足则生动。理与意皆辅气而行，故尤必以气为主，有气则生，无气则死。"（《履园谭诗》）谢赫、袁嘏、荆浩和钱泳都把气同生动、生命等联系在一起，显然是继承并且发展了曹丕提出的气具有生气的这一含义。

（三）气力、力量。曹丕说："徐干时有齐气。"曹丕对齐气略有批评的意思，主要是由于齐气舒缓，力量不足。同时，曹丕说刘桢"有逸气，但未遒耳"。所谓未遒，显然指的是文气缺乏遒劲的力量。此外，当时其他人使用气时，也常常和力连用。曹植《释疑论》说："颜色不减，气力自若。"《三国志》卷十三《魏志·钟繇传》注引《魏略》载钟繇上书说："臣又疾病，前后历年，气力日微。"刘劭《人物志·英雄篇》说："气力过人。"上述例证中的"气"和"力"，都不是并列对举的两个概念，可以从一个方面说明气具有气力、力量这方面的含义。后来钟嵘在《诗品·总论》中批评南朝作家孙绰、许询等人的诗歌"皆平典似《道德论》，建安风力尽矣"。钟嵘所说的风力，含有气力的意思，和曹丕的文气说有相通之处。因此，刘永济先生说，"魏文所谓气，即风力也"（《文心雕龙校释》第一〇八页）。

（四）声调。曹丕使用气这一概念时，常常和声调相联系。他在《答繁钦书》中称颂歌伎的歌唱说："声协钟石，气应风律。"在《善哉行》中说："悲弦激新声，长笛吹清气。"同时在当时其他人的著述中，也有很多把气同声联系在一起的。有的认为声源于气，如刘劭《人物志·九征篇》说："夫气合成声，声应律吕。有和平之声，有清畅之声，有回衍之声。"有的声气连用，如徐干《中论·法象篇》说："声气可范，精神可爱。"《覈辩篇》说："彼利口者，苟美其声气，繁其辞令。"又如王粲《神女赋》说："称诗表志，安气和声。"上面例证中的"声"和"气"，都不是从并列对举的意义上来使用的，而是从联系统一的角度来使用的。正由于气与声密切相连，所以曹丕在谈到"文以气为主"之后，特别用音乐作为比如。这一点，刘勰《文心雕龙·总术篇》中有所发微："魏文比篇章于音乐，盖有征矣。"曹丕之后，有不少人正是从这一含义上，使用和发挥了曹丕的文气说。嵇康《声无哀乐论》认为：“夫声音，气之激者也。”《文心雕龙·声律篇》说：“夫音律所始，本于人声者也。声含宫商，肇自血气。”因为气与声调关系密切，所以“气之清浊有体”也使声韵有清浊之分。明朝人谢榛《四溟诗话》卷三引林贞恒谈诗法时认为，诗歌声韵的清浊抑扬是由气决定的，“气舒且长，其声扬也”，“气咽促然易尽，其声抑也”。清朝人刘大櫆则进一步认为，文章的“神气”，必须靠音节来表现，“神气不可见，以音节见之”（《论文偶记》）。

从上面粗略的论述中，可以看到，曹丕所说的气的含义是多方面的。因此，如果用今天文学理论的某一概念简单地加以对应，恐怕是难以符合曹丕文气说的含义的。

前面曾经提到，曹丕的文气说在我国古代文学理论发展史上是一个新的问题。这一问题的提出，不论在理论认识上，还是在创作实践上，都有不可忽视的重要意义。

先说理论认识上的意义：

曹丕总论文气时，强调气“不可力强而致”，认为“虽在父兄，不能以移子弟”，同时他用文气说评论作家作品时，又看到了不同的作家作品有不同的气。把上述两个方面综合起来考虑，不难发现，曹丕所说的文气明显地具有个性的特点。这样，由“文以气为主”这一命题，就合乎逻辑地在很大程度上强调了文学的个性特点。文学发展史告诉我们，成功的文学作品之所以具有生命力，原因之一就在于作家能用独特的方式去掌握和表现个别特殊的事物。因此，文学的个性特点，就成了文学理论发展史上的一个重要问题。曹丕正是在这个问题上，做出了自己的贡献。

如果把曹丕的文气说放在我国古代文学理论的发展过程中来考察，还可以看到它在理论认识上的另一方面的重要意义。我国古代文学理论对文学内容重要特点的认识，从先秦到南北朝，大致经历了从"言志"说到重气说、再到"缘情"说的发展过程。先秦时，《尚书·尧典》提出了"诗言志"的观点。此后，在不少典籍中，特别是在儒家的一些典籍中，有很多这方面的论述。它们所说的"言志"，虽然有时也含有言情的意思，但它们着重强调的是表现思想。文学作品作为一种特殊的意识形态，不能没有思想，也不能不表现一定的思想。因此，"言志"说的主要问题不是文学作品应当不应当表现一定的思想，而在于它过分地强调了表现思想这一方面，而表现的思想的具体内容，又主要是儒家宣扬的政治伦理道德。"言志"说虽然兼含言情，但它强调言情要做到"乐而不淫，哀而不伤"，限制人们抒发强烈的感情。这些都表现了"言志"说有较大的片面性和保守性。我们知道，思想和感情虽有联系，但又有区别，二者各有特点。一般地说，思想具有抽象性和共性等特点，而感情则具有具体性和个性等特点。再加上文学作品重在以情感人，所以表现感情是文学在内容方面的一个重要标志。一些儒家典籍片面地强调"言志"，而限制言情，这对文学创作和文学理论的发展是一种束缚。不冲破这种束缚，就会在一定程度上阻碍文学创作和文学理论的发展。从这一角度来看，曹丕提出了文气说，并且特别强调气的个性特点，这对传统的"言志"说是一个很大的突破。如果说我国古代文学理论的发展，先秦两汉时期是以"言志"说为主的阶段，那么建安时期则是以重气说为主的阶段。从曹丕所说的气的含义来看，和志的联系较少，与情却比较接近。随着时代的变化，沿着重气说的路子向前走，自然容易发展到"缘情"说。后来陆机在《文赋》,中第一次提出了"缘情"说。陆机之后，刘勰和钟嵘对"缘情"说又作了进一步阐发。刘勰所说的"五情发而为辞章"、"为情而造文"(《文心雕龙·情采篇》),钟嵘所说的"气之动物,物之感人,故摇荡性情,形诸舞咏"(《诗品·总论》)等,都突出地强调了情在文学中的地位。陆机、刘勰和钟嵘这样重视情,说明到了两晋南北朝时期,文学理论已经发展到以"缘情"说为主的阶段。追溯其源,如果没有文气说冲破"言志"说的束缚,"缘情"说恐怕是难以出现的。因此可以说,文气说是由"言志"说到"缘情"说的一个过渡阶段。

另外,由于曹丕的文气说强调独特的个性,而独特的个性是作家作品独特风格的重要标志。没有个性,就没有风格。再加上曹丕所说的气具有多方面的含义,因此文气说的提出,对人们探讨个性与作家作品的风格的关系,对人们多方面去探讨作家作品的风格,无疑是有重要的启发作用的。曹丕以后,不少古代文论家常常是沿着文气说的路子,继续研究作家作品的风格问题。譬如在《文心雕龙》专论风格的《体性篇》中,有"风趣刚柔,宁或改其气"、"才力居中,肇自血气"等说法。又譬如钟嵘在《诗品》中评论某些作家的风格时说,曹植"骨气奇高"、刘琨"仗气爱奇"等。这些说法显然都是受了文气说的影响。

再说创作实践上的意义:

由于曹丕的文气说强调个性,因此在创作实践上自然就有利于鼓励作家发展自己的独创性,使作家根据个人的特点,从不同的方面反映现实生活,从而满足读者不同的审美需要。同时,因为独特的个性与模拟是相对立的,所以强调作家具体的个性,不满足于一般地谈论创作,就会有利于反对文学创作上的模拟作法。因为真正有个性特点的作家作品,别人是很难模拟的。正是从这一意义上,曹丕对建安七子的"于学无所遗,于辞无所假,咸以自骋骥骤于千里,仰齐足而并驰"(《典论·论文》),给予了比较充分的肯定。

　　同我国古代的不少文学理论问题一样,曹丕的文气说也表现出明显的局限性,这主要表现在对气的某些解释上。曹丕认为气"不可力强而致",还认为"虽在父兄,不能以移子弟"。这就是说,气的来源和形成,不能靠后天的努力,也不能靠父兄的转移。曹丕在这一点上,就其主要倾向来说,显然是陷入了唯心主义和形而上学。曹丕谈到的气,其实质应当是先天的和后天的统一,也就人的自然属性与社会实践这两方面的辩证的统一。而这两方面,自然属性是次要的,社会实践是主要的。自然属性只是为其以后的发展提供了一种可能性,这种可能性如何变成现实性,并且得到发展变化,则取决于社会实践的影响。曹丕把气归结为先天的赋予,这说明他只看到了气的自然属性这一次要方面,并且加以夸大,因而就产生了谬误。当然这种谬误在建安前后,不仅发生在曹丕身上,而且在其他人那里也有表现。如东汉末年的赵壹在《非草书》中说:"凡人各殊血气,异筋骨,心有疏密,手有巧拙。书之好丑,在心与手,可强为哉! 若人颜有美恶,岂可学有相若耶!"赵壹谈的虽是书法,但他认为书法的好丑,主要是由先天的"各殊血气"等所决定的,不可强为,这和曹丕对气的看法比较接近。这说明,曹丕的谬误,并不是他个人的过失,而是在很大程度上反映了时代认识水平的局限。

四

　　建安文坛,"辞人美丽之文,并时而作"(阙名《中论序》)。这一新的风貌,引起了建安文人的重视。他们开始注意从理论上对这种新的风貌进行探讨和概括。在这方面,表现比较突出的仍是曹丕。曹丕在《典论·论文》中第一次提出了"诗赋欲丽"的新见解。所谓"诗赋欲丽",主要指的是以诗赋为代表的文学作品应当具有形式美。这也是建安文论的一个重要贡献。

从现存资料来看,重视文学的形式美,不只是曹丕,而在其他建安文人的言论中也有一些这方面的表现。例如:丁廙论文,强调"佳丽"(见《魏志·曹植传》注引《与杨德祖书》)。吴质称赞曹植给他写的信有"文采",而且"巨丽"(见《答东阿王书》)。卞兰推崇曹丕写的赋颂,"逸句烂然,沉思泉涌,华藻云浮,听之忘味,奉读无倦"(见《赞述太子赋并上赋表》)。卞兰还赞颂曹丕能够"做叙欢之丽诗"(同上)。曹植有关重视美丽辞采的言论更多。对自己,他表示:"骋我径寸翰,流藻垂华芬"(《薤露行》),要写出华丽的诗文。对他人,评论其作品时,也十分注意美丽的辞采,如《七启序》评枚乘等人的作品说:"昔枚乘作《七发》,傅毅作《七激》,张衡作《七辩》,崔骃作《七依》,辞各美丽,余有慕之焉。"又如在《与吴季重书》中说吴质的来信,写得"文采委曲,晔若春荣"。上列例证中提到的"佳丽"、"巨丽"、"华藻"、"流藻"、"华芬"、"美丽"、"文采"等,用语虽然不同,但中心意思指的都是诗文应当有美丽的文采。当时有这么多的人重视美丽的文采,说明重文采在当时的文坛上已衍为一种风尚。曹丕"诗赋欲丽"的说法,实际上是这一风尚在理论上的概括。

建安文人虽然重视美丽的辞采,但还不象两晋南北朝的一些文人那样。两晋南北朝的一些文人在辞采方面,"俪采百字之偶,争价一句之奇,情必极貌以写物,辞必穷力而追新"(《文心雕龙·明诗篇》),结果不少人不同程度地走上了雕绘和矫饰的地步。而建安文人重视辞采,崇尚的主要是自然之美。曹植在《王仲宣诔》中评王粲的作品说:"文若春华",在《文章序》中盛赞"君子之作",特别肯定"摛藻也如春葩"之类的作品。秦宓则结合一些自然现象,进一步强调了自然的文采:"夫虎生而文炳,凤生而五色,岂以五采自饰画哉? 天性自然也。"(《蜀志·秦宓传》)曹植和秦宓的看法,是建安文人重视自然文采的典型例证。

我们知道,形式美是诗赋之类的文学作品的重要特征之一。文学作品如果没有形式美,就很难表现内容美,就很难感动读者,唤起读者的美感。从这一角度来说,建安文论强调文学作品的形式美,对于人们认识文学作品的重要特征,有不可忽视的意义。

此外,从我国古代文学理论发展史方面来看,建安文论重视文学作品的形式美,也有比较重要的意义。在我国古代文学理论发展史上,早在先秦时期,人们就开始涉及到文采的问题,如当时儒家的一些著述,就主张文质并重。不过他们所说的文,含义相当宽泛,其中虽然也有修饰词句、使它们有文采的意思,但其主要目的还是为了在政治上、外交上,用语能获得较好的效果,还不是着眼于文学作品应有的特征。两汉时期,也有不少人谈到了文学作品语言美的问题,如司马相如论赋说:"合綦组以成文,列锦绣而为质,一经一纬,一宫一商,此赋之迹也。"(《西京杂记》)班固在《离骚序》中评屈原说:"其文弘博丽雅,为辞赋宗。"但由于两汉是儒家经学在思想政治领域里占统治地位的时期,文学是经学的附庸。论及文学时,又重在强调它在封建政治、伦理道德方面的狭隘的功利作用。因此,两汉时期,尽管司马相如、班固等人也注意到文学作品应有的美丽的辞采,但并没有被统治者和大数文人所重视。东汉末年,汉灵帝曾召集辞赋家、小说家、书法家和绘画家等数十人在鸿都门下,按艺术才能的高低,"待以不次之位",结果出现了重视文艺形式的新气象。但是,由于儒家经学保守思想统治的根深蒂固,灵帝的措施遭到了蔡邕和杨赐等人的强烈反对,一度出现的新气象,很快就泯灭了。(见《后汉书·蔡邕传》和《杨赐传》)到了建安时期,随着社会的急剧变化和两汉经学的衰微,随着文学创作上由质胜文到文质相称的转变,曹丕第一次提出了"诗赋欲丽"的新见解。这表明在我国古代文学理论发展史上,对形式美的认识,向前发展了一大步。鲁迅先生在《魏晋风度及文章与药及酒之关系》一文中评曹丕说:"他说诗赋不必寓教训,反对当时那些寓训勉于诗赋的见解,用近代的文学眼光看来,曹丕的一个时代可说是'文学的自觉时代',或如近代所说是为艺术而艺术(Art for Art's Sake)的一派。"又说:"文章的华丽好看,却是曹丕提倡的功劳。"鲁迅先生把曹丕提出的"诗赋欲丽"的观点,看成是文学进入自觉时代的重要标志,这一看法是极为深刻的。

五

对文章体裁的认识,是建安文论的一个重要内容。在这方面,建安文人,特别是曹丕,也做出了重要的贡献。

建安以前,特别是两汉时期,随着文学的发展,各种体裁日渐增多。《后汉书·冯衍传》说冯衍"所著赋、诔、铭、说、问交、德诰、慎情、书记、说、自序、官禄、说策五十篇"。《蔡邕传》说蔡邕"所著诗、赋、碑、诔、铭、赞、连珠、箴、吊、论议、独断、劝学、释诲、叙乐、女训、篆势、祝文、章表、书记,凡百四篇传于世"。上面列举的大多是属于体裁。东汉末年的建安时期,不少体裁,特别是诗赋,又得到了进一步的丰富和发展。众多体裁的发展以及新的体裁的出现,迫切需要从理论上加以辨析。

另外,东汉后期,政治日益昏暗,浮夸贿赂,结党营私,愈演愈烈。这种污浊的社会风气对文学也产生了消极的影响。这一点,桓范《世要论·铭诔篇》有所揭露:"夫渝世富贵,乘时要世,爵以赂至，官以贿成。而门生故吏，合集财货，刊石纪功，称述勋德……势重者称美，财富者文丽，欺耀当时，疑误后世……谇谥乃人主权柄，而汉世不禁，使私称与王命争流，臣子与君上俱用。"桓范这里谈到的虽然只是铭谇一类的体裁，而且也暴露了桓范的封建正统观点，但由此可以说明，东汉后期确有一些体裁已被滥用，出现了名不副实的弊病。

上述情况的产生，与两汉时期还没有充分注意对体裁的辨析有关系。两汉时期，人们对体裁的认识，多是在评论作家作品时顺便提及，而且常常是仅就某一体裁发表一些看法，还没有比较集中的或专门的体裁论。如《诗大序》论诗说："诗者，志之所之也，在心为志，发言为诗。"班固论赋说："不歌而颂谓之赋。"（《汉书·艺文志》）又说："赋者，古诗之流也。"（《两都赋序》）东汉末年，蔡邕著有《独断》和《铭论》。《独断》中把君臣所用的体裁分为策书、制书、诏书、戒书、章、奏、表、驳议等八种。《铭论》主要讲铭的功用。蔡邕所论的九种体裁，虽然比较明确，对后来辨析体裁也有影响，但他主要是着眼于朝政应用的体裁，还没有涉及到真正属于文学范围内的有关体裁。

由于上述原因，所以关于体裁的辨析和规范这一任务，就历史地落在了建安文人的身上。建安文人有关体裁的言论较多，如曹操"称作敕戒当指事而语，勿得依违"（《文心雕龙·诏策篇》引）、"称为表不必三让，又勿得浮华"（同上《章表篇》引）。曹丕说："赋者，言事类之所附也；颂者，美盛德之形容也。"（《答卞兰教》）杨修认为："今之赋颂，古诗之流。"（《魏志·曹植传》注引《典略》）上述曹操、曹丕和杨修等人的言论，虽然从不同的角度谈到了几种体裁，但毕竟是零星的。真正比较集中地从理论上对体裁进行探讨，并且做出了较大贡献的是曹丕《典论·论文》中的两段话：

文非一体，鲜能备善。

夫文本同而末异，盖奏议宜雅，书论宜理，铭诔尚实，诗赋欲丽。此四科不同，故能之者偏也，唯通才能备其体。

这两段话，文字虽然不长，内容却是相当丰富的。曹丕认为"文非一体"，这是针对先秦以来文章体裁的不断丰富和发展，第一次在理论上作出的概括。两汉时期，经学章句被看成是文章的正宗，而诗赋一类的文学作品则一直处于附庸的地位。曹丕指出"文非一体"，这不仅反映了各种文章体裁的出现和发展，同时也从理论上为当时以诗赋为代表的文学，争得了存在和发展的地位。

曹丕说的"夫文本同而末异"，其含义也是相当丰富的。所谓"本同"，指的当是各种文章都是"经国之大业，不朽之盛事"。这是各种文章的共同性。所谓"末异"，指的主要当是各种不同的文章体裁的差异性和特殊性。曹丕讲"本同"，又讲"末异"，这说明他既重视考虑各种文章的共同性，也注意探讨各种文章的差异性和特殊性。这一点在我国古代文学理论发展史上，有不可忽视的意义。我们知道，先秦时期，文史哲不分，当时人们着重阐述的是文史哲的共同性，而较少注意分析它们各自的特殊性。到了两汉时期，有些论著开始注意把经学、文学和其他学术著作加以区别，但谈论文学时，重视的主要是文学的共同性，而较少留心探讨各种文学体裁之间的差异性和特殊性。因此，曹丕强调"文本同而末异"，对于人们研究各种文学体裁的特点，是有启发作用的。

对于具体的文章体裁，曹丕列举了奏、议、书、论、铭、诔、诗和赋八种，并把这八种归纳为四科。这种归纳，说明曹丕不仅重视区分体裁，而且注意根据一些体裁的特点，开始对体裁进行综合分类。曹丕所说的四科，其中有诗赋一科，并且把它与奏议、书论和铭诔相提并论，这也是前所未有的，说明了他对诗赋的重视。至于曹丕对四科的认识，由于每科只用一个字，予以说明，过于简括，再加上他主要想指出各科之间的差异性，所以他的概括很难全面说明各科的特点。但由于曹丕关于体裁的认识，是从一个侧面反映了文学发展的状况，反映了当时思想比较解放，所以总的来看，他的概括基本上还是抓住了每科的重要特点。象"诗赋欲丽"的概括，如前所述，就突破了两汉儒家经学的羁縻，较早地揭示了以诗赋为代表的文学作品应具备的形式美。再象"铭诔尚实"的概括，突出地强调了"尚实"，这不仅恰当地说明了铭诔必须真实这一特点，同时对汉末以来不少铭诔一味虚美、不务真实的弊病，也具有针砭的作用。

从上面的论述来看，曹丕对文章体裁的说明虽然比较简括，但在我国古代关于体裁的认识发展史上，却占有相当重要的地位。它标志着我国古代对文章体裁的探讨，已经进入了一个比较自觉的阶段。它对后来也产生了较大的影响。仅从曹丕之后的两晋南北朝来看，有关文章体裁的论著就很多。这些论著，有些专论一体，如左思和皇甫谧分别写的《三都赋序》。有些兼说数体，如桓范的《世要论》。有些全面列论，如陆机的《文赋》、挚虞的《文章流别论》、李充的《翰林论》和刘勰《文心雕龙》中的"论文叙笔"部分。上述论著中有关文章体裁的论述之所以能做出不同的贡献，与曹丕的影响是分不开的。

六

建安时期，随着文学理论的发展，文学批评也开了一代新风。当时的文学批评有以下几个特点：

第一，强调端正态度。为了端正态度，曹丕《典论·论文》一开始就对"文人相轻"进行了批评：

> 文人相轻，自古而然。傅毅之于班固，伯仲之间耳，而固小之，与弟超书曰："武仲以能属文为兰台令史，下笔不能自休。"夫人善于自见，而文非一体，鲜能备善，是以各以所长，相轻所短。里语曰："家有弊帚，享之千金。"斯不自见之患也。

先秦两汉时期，确实存在着"文人相轻"的陋习，曹丕指出这一点，完全符合实际。不过曹丕之所以提出这个问题，主要目的还不是为了论古，而是借古说今。从建安文坛的情况来看，象班固攻讦傅毅这类现象还是时有发生的。如"刘季绪才不逮于作者，而好诋诃文章"（曹植《与杨德祖书》）。又如曹植曾挖苦陈琳把自己的辞赋同司马相如的辞赋相比，"譬画虎不成反为狗者也"（同上）。其他如建安七子，虽然不见他们公开地互相轻蔑，但象曹丕所说，由于他们在文学创作上都有所长，因而"以此相服，良亦难矣"（《典论·论文》）。这说明曹丕对"文人相轻"的批评，在当时是有针对性的。

曹丕批评了"文人相轻"的现象以后，进而又分析了产生这一现象的主要原因是："夫人善于自见"，"又患暗于自见，谓己为贤。"这就是说，文人彼此之间所以相轻，主要是对自己对别人都缺乏全面的认识。对自己是只看到其长处，看不到其短处。反过来，对别人又只看到其短处，看不到其长处。于是就"各以所长，相轻所短"。曹丕从认识的片面性这一角度来分析产生"文人相轻"的原因，是颇有说服力的。

为了改变"文人相轻"的陋习，树立正确的批评态度，曹丕认为"夫事不可自谓己长"（《典论·自叙》），强调批评者要"审己以度人",就是要详于审己,善于度人,对自己和对别人应当同样看待,既要看到其长处,也要注意其短处,不能用自己的长处去攻击别人的短处,这样才会有比较公允的态度。此外,曹丕还结合文体论,说明文人不应当相轻。曹丕认为"文非一体,鲜能备善"。在谈四科文体时,还认为:"此四科不同,故能之者偏也;唯通才能备其体。"文章的体裁是多种多样的,人的才能又是有限的,一个文人很难能够兼善各体。所谓能兼善各体的"通才",毕竟是凤毛麟角。曹丕从这方面阐述文人不应当相轻,不应当求全责备,而要互相尊重,也能够令人信服。

曹丕反对"文人相轻",主张文人互相尊重,并不是他个人的随心所欲,而是当时有关人才思想在文学批评上的反映。建安时期,不论在理论上,还是在实践上,对人才都非常重视。当时对人才的看法,就其主要倾向来看,一不看虚名,二不求全才,而是注重实际的才能和发挥各人的长处。曹操用人强调"唯才是举",但他并不轻视偏才。他公开宣称:"夫有行之士未必能进取,进取之士,未必能有行也……士有偏短,庸可废乎!"(《敕有司取士勿废偏短令》)具体来说,"果勇不顾,临敌力战"者,他用之;"若文俗之吏,高才异质,或堪为将守"者,他用之;"负污辱之名,见笑之行,或不仁不孝,而有治国用兵之术"者,他也用之(见《举贤勿拘品行令》)。曹操的主张在魏国作家韦诞和刘劭的言论中也有明显的表述。韦诞评论建安文人时强调说:"君子不责备于一人,譬之朱漆,虽无桢干,其为光泽亦壮观也。"(《魏志·王粲传》注引)刘劭《人物志·八观》论人才的短长时说:"夫偏材之人,皆有所短,故直之失也讦,刚之失也厉,和之失也懦,介之失也拘。夫直者不讦,无以成其直。既悦其直,不可非其讦。讦也者,直之征也。刚者不厉,无以济其刚。既悦其刚,不可非其厉。厉也者,刚之征也。和者不懦，无以保其和。既悦其和，不可非其懦。懦也者，和之征也。介者不拘，无以守其介。既悦其介，不可非其拘。拘也者，介之征也。然有短者，未必能长也。有长者，必以短为征。是故观其征之所短，而其材之所长可知也。"上述言论都指出人才有所长，也有所短，应当用其所长，不要求全责备。曹丕结合创作实际，把这些思想运用到文学批评上，批评了"文人相轻"、"各以所长，相轻所短"的错误态度，要文人互相尊重，这对端正当时文人的文学批评态度，显然是有积极意义的。

曹丕在反对"文人相轻"的同时，还对"常人贵远贱近，向声背实"（《典论·论文》）的错误态度提出了批评。贵远贱近，也就是崇古卑今的观点由来已久，特别是两汉时期，由于儒家经学居于统治地位，所以"征圣""宗经"、厚古薄今常常束缚着不少文人的思想。对此，桓谭和王充曾先后进行了斗争。桓谭《新论·闵友》在称赞扬雄的《太玄经》时说："世咸尊古卑今，贵所闻贱所见也，故轻易之。"王充《论衡》有不少篇章批驳了高古下今、贵闻贱见的错误态度，如《案书篇》说："夫俗好珍古不贵今，谓今之文不如古书。夫古今一也，才有高下，言有是非，不论善恶而徒贵古，是谓古人贤今人也……盖才有浅深，无有古今；文有伪真，无有故新。"桓谭和王充虽然态度鲜明，批驳有力，但由于尊古卑今赖以存在的社会条件没有明显的变化，所以他们的收效不大。建安时期，曹丕适应社会条件的急剧变化，继桓谭和王充之后，再次批评了崇古卑今的错误态度。曹丕的批评尽管在理论上谈不到有什么新的建树，但在实践上还是有积极意义的。建安文人虽然不象许多汉儒那样严重地长古而短今，不过其影响还是存在的。拿建安七子来说，就现存的资料来看，我们还没有看到他们对当时作家作品的推许，相反地，他们对古人的尊崇倒是不乏其例。如陈琳谈及辞赋时，就非常崇拜西汉的司马相如（见曹植《与杨德祖书》），而对当时长于辞赋的作家却从未齿及。这不仅有"文人相轻"的问题，而且表明"贵远贱近"的积习还在继续影响着人们。因此，曹丕对"贵远贱近，向声背实"的批评，同样有利于人们端正文学批评的态度。

第二，注意作家的个性特点。前面曾经谈到，曹丕论气时，特别强调作家独特的个性，这也体现在他的文学批评上。在《典论·论文》中，曹丕指出："王粲长于辞赋，徐干时有齐气"；陈琳、阮瑀的主要贡献在于章表书记；应玚的诗文是"和而不壮"；刘桢的作品是"壮而不密"；孔融的特点是"体气高妙"。在《与吴质书》中，曹丕认为徐干"独怀文抱质，恬淡寡欲，有箕山之志，可谓彬彬君子者矣。著《中论》二十篇，成一家之言，辞义典雅，足传于后"。还认为刘桢"有逸气，但未遒耳。其五言诗之善者，妙绝时人。"上述资料有两点值得我们注意：一是曹丕用气来评论作家时，注意区分不同的作家体现出来的不同的气，如"齐气"、"体气高妙"、"逸气"等，以及与气相联系的各种不同风格。二是注意从文章体裁的角度，分析作家各自的特点，如评论刘桢时，特别肯定他的五言诗"妙绝时人"，这就清楚地肯定了刘桢在五言诗方面的突出贡献。这些都说明，曹丕对作家一般不作泛泛的评论，而是注意从作家作品的实际出发，分析其个性特点和突出的贡献。

第三，不虚美，不饰非。建安文坛上有不少知名作家，他们彼此之间虽然也有"文人相轻"的表现，但总的来看，还是能够较好地相处，有些相互之间还有较深的友情，但是这些并没有影响他们开展比较切合实际的文学评论。在这方面比较突出的代表还是曹丕。曹丕在《典论·论文》中评论建安七子时，一方面比较恰如其分地肯定了他们的长处，如说王粲、徐干长于辞赋，说应玚和刘桢的作品分别具有"和"、具有"壮"的特点,说孔融"体气高妙,有过人者"等;另一方面,也相当有分寸地批评了他们的缺点,如说王粲和徐干在辞赋之外,对于其他文体,"未能称是",说应玚和刘桢的作品分别表现出"不壮"、"不密"的弱点,说孔融的作品存在着"不能持论,理不胜辞,以至乎杂以嘲戏"的严重缺欠。曹丕对七子既热情地称道了他们的成绩,也毫不含混地指出了他们存在的缺点,基本上做到了不虚美、不饰非。这种比较客观、比较公正的批评作风,是应当给予肯定的。

写于一九八四年七月

曹植文学思想述评

　　建安时期杰出的诗人曹植,在文学思想方面留下来的论述不多,一般的研究者也较少注意,有些研究者虽然对其有所评价,但否定得多,肯定得少。其实,如果对曹植的文学思想全面地加以分析,可以发现,其中有不少很有价值的见解。本文想就曹植对文学的看法和有关文学批评的论述,谈一点自己的浅见。

一

　　关于曹植对文学的看法,不少研究者评论这个问题时,都认为曹植轻蔑文学。诸如"曹植对文章之重要,显然未能认识"(《中国文学批评史大纲》第 24 页),曹植"对辞赋采取忽视的态度"(《中国文学批评史》上册第 97 页),曹植"乃有轻薄文辞而不足为之意"(《中国文学思想史》第 42 页)之类的看法,很有代表性。这些研究者所以持上述观点,根据是下面曹植说的一段话:

　　　　辞赋小道,固未足以揄扬大义,彰示来世也。昔扬子云,
　　先朝执戟之臣耳,犹称"壮夫不为"也。吾虽薄德,位为藩侯,
　　犹庶几勠力上国,流惠下民,建永世之业,流金石之功,岂徒
　　以翰墨为勋绩,辞赋为君子哉!

　　这段话见于曹植的《与杨德祖书》一文(以下凡引《与杨德祖

书》原文,均不再注明)。《与杨德祖书》是曹植写给杨修的一封信。表面看来,曹植这段话对文学确实是轻蔑的。但是,正如鲁迅先生所说:"倘要论文,最好是顾及全篇,并且顾及作者的全人。"(《"题未定"草》)如果仔细阅读《与杨德祖书》全文,可以看到,这封书信谈论的主要是文学,其中对当时的一些知名文人给予了充分的肯定,对他的父亲曹操能把许多作家集聚在自己的周围,作了热情的赞颂。此外,他还用很多篇幅论述了自己的创作,谈到了把自己年轻时所写的辞赋送给杨德祖,认为这些辞赋如同街谈巷说、击辕之歌一样,必有可采,有应风雅,未易轻弃,希望杨德祖帮助刊定。从书信中谈及的这些事实来看,曹植对文学是十分重视的。

历史现象常常存在着矛盾。曹植一方面重视文学,另一方面又把辞赋一类的文学看成是"小道"。他对同一个问题,态度为什么这样迥然不同? 过去的研究者对这种矛盾的现象很少论及,常常是抓住曹植把辞赋看成是"小道"这一方面,就断言他轻蔑文学。我认为,对于上述矛盾现象应当结合曹植的生平和思想作一些具体的分析,从而揭示出曹植的真实思想。

"生乎乱,长乎军"(《魏志·陈思王植传》)的曹植,从少年时起,就有远大的抱负。从《与杨德祖书》中可以看到,曹植经常想的是"勠力上国,流惠下民,建永世之业,流金石之功"。如果这一抱负不能实现,他就想在文学创作上有所作为。曹植的这种想法,在他的《薤露行》一诗中表现得也很清楚。诗中说,人生短促,"愿得展功勤,输力于明君",要象"鳞介尊神龙,走兽宗麒麟"那样崇敬明君,建立功名。假如这条道路走不通,他就要追随孔子"删诗书","流藻垂华芬",在写作上有所建树。从这里可以看到,曹植对在政治上建功立业和在文学上从事写作,并没有等量齐观。他是把前者放在第一位,把后者放在第二位。他把辞赋看成是

"小道",是与在政治上建功立业相比较而言的。这里只是在摆法上有第一位和第二位的区别,并没有轻蔑文学的意思。类似的情况在曹丕的言论中也有表现。曹丕非常重视文学,这已为大家所承认。但如果分析一下曹丕有关文学思想的全部言论,可以发现,他常常是把立德放在第一位,把文学放在第二位。这一点,曹丕在《与王朗书》中说得很明白:"唯立德扬名,可以不朽,其次莫如著篇籍。"曹丕的看法和曹植相比,尽管有程度的不同,但都是把文学放在次要的地位。值得我们注意的是,人们从来没有根据曹丕上述的言论,认为曹丕轻视文学。既然对曹丕是这样,那么我们也不能根据曹植上面那段话就断言他轻蔑文学。因为把文学放在第二位,同轻蔑文学毕竟不是一回事。

　　如果再考察一下《与杨德祖书》的写作背景,还可以看到,曹植把辞赋看成是"小道",并不是真的轻视文学,而是一种激愤之言。在这种激愤之言的后面,潜藏着与曹丕争当太子的斗争。我们知道,从曹操开始考虑确立太子的时候起,曹丕与曹植为了争当太子,双方展开了复杂的斗争。他们双方各自拉拢亲信,施展权术,制造舆论。杨修参加了这场斗争。他站在曹植一边,对曹植想当太子的心情是非常了解的,并且为曹植出了不少主意,说了许多好话。这场斗争持续了很长时间。斗争的结果是,建安二十二年曹丕被立为太子,曹植失败了。《与杨德祖书》是建安二十一年写的。当时争夺太子的斗争正处在高潮。曹植把辞赋看成是"小道"的那段话,就是在这种情况下讲的。他这样讲的真正用心,是为了表明他虽然爱好辞赋,别人也以长于辞赋称许他,但他首先追求的是在政治上建功立业,而不是写作辞赋。而政治上的建功立业又是与争当太子密切相关的。因此,曹植在当时特别强调在政治上建功立业,把辞赋看成是"小道",实际上有为自己争当太子制造舆论的意思。这样看来,我们也不能根据曹植那几句激愤的言辞就断言他轻蔑文学。

为了进一步说明曹植并不轻蔑文学,我们不妨再看看曹植写的《汉二祖优劣论》。曹植在这篇文章中,对刘邦在政治上能"招集英雄,遂诛强楚,光有天下"的雄才大略和丰功伟绩表示赞许,但对他轻侮文人和诗书礼乐却提出了批评:

> 高祖又鲜君子之风,溺儒冠不可言敬……诗书礼乐,帝尧之所以为治也,而高帝轻之。济济多士,文王之所以获宁也,高帝蔑之不用。

这里,曹植在批评刘邦的同时,还对传说中的帝尧重视诗书礼乐和文王重用文人,给予了很高的评价。曹植的这种一褒一贬的鲜明态度,不是也表明他是相当重视文学吗?

曹植作为一个杰出的作家,他留下了许多优秀的文学作品。现存曹植文学理论方面的论述和他留下来的文学作品相比,则少得多。因此,我们分析曹植的文学思想时,既要研究他现存有关文学理论的全部论著,又要联系他的创作实践。一般地讲,对于一个作家来说,创作实践是他对文学的看法的更为直接、更为真实的体现。曹植从小就喜爱文学,长于写作。《魏志·陈思王植传》说曹植"年十岁余,诵读诗论及辞赋数十万言,善属文"。《魏志·王粲传》注引《魏略》说曹植能"诵俳优小说数千言"。他一生虽然念念不忘在政治上建功立业,但他始终没有放弃文学创作,而且在这方面他一直是相当努力、相当刻苦的。《太平御览》卷三七六引《魏略》说:曹植"精意著作,食饮损减,得反胃病也。"《金楼子·立言篇》也说:"曹植为文有反胃之论。"曹植的这种刻苦的创作精神,曾得到不少人的好评。据《魏志·陈思王植传》记载,曹植死后不久,魏明帝曹睿就下诏书称赞曹植说:"自少至终,篇籍不离手,诚难能也。"由于曹植努力创作,所以在建安作家当中,他留下来的优秀作品也最多。他在文学创作上取得的成就,是与他重视文学分不开的。很难设想,一个轻蔑文学的人,在文学创作上能取得那样大的成就。

综合上述,不难看出,曹植对文学是相当重视的。那种认为曹植轻蔑文学的观点,并不符合曹植的实际情况。

曹植所以重视文学,固然与他个人的爱好有关,但更重要的是因为他看到了文学的价值和作用。前面引的"诗书礼乐,帝尧之所以为治也"这句话,说明曹植是从文学与治理社会有密切关系这一角度,认识到文学有治国平天下的作用。他在《与杨德祖书》中明确地表示,他的写作目的是"辩时俗之得失,定仁义之衷",就是通过写作,赞扬现实生活中好的东西,贬抑现实生活中坏的东西,用仁义来影响人们的心灵。曹植相近的观点还表现在他对图画的看法上。他在《画赞序》一文中说:

> 观画者见三皇五帝,莫不仰戴;见三季暴主,莫不悲惋;见篡臣贼嗣,莫不切齿;见高节妙士,莫不忘食;见忠臣死难,莫不抗首;见忠臣孝子,莫不叹息;见淫夫妒妇,莫不侧目;见令妃顺后,莫不嘉贵。是知存乎鉴者图画也。

在曹植看来,不同的画象能激起人们不同的感情,从不同的方面对人们产生鉴戒的作用。他谈的虽是图画,但可以作为他对文学作用的看法的补充。

建安时期,"主爱雕虫,家弃章句"(《宋书·臧焘传论》),文学获得了独立的地位。当时人们对文学的价值和作用,认识虽然不尽一致,但重视文学却是时代的风尚。这一点,就其主导方面来说,对当时和后来文学的影响都是积极的。在这一方面,曹植也做出了自己的贡献。

二

　　曹植在重视文学的同时，对文学批评也比较关心，也提出了一些值得注意的见解。

　　文学批评和文学创作有密切关系。正确的文学批评能够帮助提高文学作品的质量。对于这一点，曹植有一定的认识。他认为：

> 世人之著述，不能无病……昔尼父之文辞，与人通流，至于制《春秋》，游、夏之徒乃不能措一辞。过此而言不病者，吾未之见也。

　　曹植认为孔子写的《春秋》完美无缺，这当然是过誉之词，但他反复强调"世人之著述，不能无病"却颇有见地。曹植认为"世人之著述，不能无病"有两个原因：一是从文学创作来看，要写好文章并非是轻而易举的事。曹植在《与吴质书》中说："夫文章之难，非独今也。古之君子，犹亦病诸。"这就是说，不论是古人，还是今人，写文章都是十分艰难的，写出来自然就难免有这样那样的缺欠。二是从人的才能来看，很少有什么全才。曹植谈论写作和绘画时指出："传出文士，图生巧夫，性尚分流，事难兼善。"（引自姚最《续古画品录》）由于"性尚分流"，所以写作和图画就难以兼善。文学创作领域也是这样，有的作家长于写此，有的作家长于写彼。例如建安七子之一的陈琳，当时以书檄擅名，但却"不闲于辞赋"，写出来的辞赋比他的书檄就逊色得多。曹植的上述看法和曹丕在《典论·论文》中的有关论述比较接近。曹丕说："文非一体，鲜能备善"，"故能之者偏也，唯通才能备其体。"曹丕在这里也是强调，由于很少有什么"通才"，所以在创作上"鲜能备善"。

　　既然写作"不能无病",那么文人之间的相互批评、相互帮助就十分必要了。在这方面,曹植是身体力行的。他在谈到自己的创作时曾说:

　　　　仆尝好人讥弹其文;有不善者,应时改定。

　　所谓"讥弹",就是批评改正的意思。曹植从相互批评可以改正作品的缺欠、提高作品的质量这一角度,谈到了文学批评的必要性。

　　曹植宣扬上述见解,在当时是有一定的针对性的。孤高自大、彼此相轻,常常是一些封建文人的陋习,建安文人程度不同地也有这方面的问题。建安文坛,作家辈出,群星灿烂,其中有些人相当自负,缺乏自我批评的精神。象当时名气很大的建安七子,多少不同地都有这方面的毛病。对此,曹植和曹丕看得比较清楚。曹植指出:

　　　　今世作者可略而言也:昔仲宣独步于汉南;孔璋鹰扬于
　　　　河朔;伟长擅名于青土;公干振藻于海隅;德琏发迹于大魏;
　　　　足下高视于上京。当此之时,人人自谓握灵蛇之珠,家家自
　　　　谓抱荆山之玉。

　　曹丕在《典论·论文》中也指出:

　　　　夫人善于自见,而文非一体,鲜能备善。是以各以所长,
　　　　相轻所短。里语曰:"家有弊帚,享之千金。"斯不自见之
　　　　患也。

　　一个作家如果把自己的作品完全看成是"灵蛇之珠"和"荆山之玉",或者弊帚自珍,看不到自己的短处,那就很难有所提高、有所前进了。因此,曹植强调文学批评的重要,并且带头请别人"讥弹"自己的作品,这在建安文坛上确有针砭弊病的作用。

　　曹植重视听取别人的批评,对后来产生了积极的影响。北朝

的颜之推对曹植的作法就十分赞赏。他说："江南文制,欲人弹射,知有病累,随即改之,陈王得之于丁廙也。"(《颜氏家训·文章篇》)同时他还告诫学习写文章的人:"学为文章,先谋亲友;得其评论者,然后出手。慎勿师心自任,取笑旁人也。"(同上)宋代的唐子西也非常强调写作要注意听取别人的批评。他说:"诗在与人商论,深求其庇而去之。"(引自《诗人玉屑》卷八)清代的徐增和李沂也有类似的说法。徐增《而庵诗话》说:"大抵诗贵人说。曹子建何等才调,当时无出其右者,人或有商榷,应时改定,故称'绣虎'"。李沂《秋星阁诗话》说:"夫以子建之才,犹欲就正于人,以自知其所不足。今人专自满假,吾不知今人之才与子建何如也?"颜之推和唐子西等人,显然是继承了曹植的主张和作法。

三

在文学批评方面,曹植还认为,为了使批评能够正确地进行,批评者还必须具备一定的条件。关于这个问题,曹植说过下面一段比较重要的话:

> 盖有南威之容,乃可以论于淑媛;有龙渊之利,乃可以议于断割。刘季绪才不能逮于作者,而好诋诃文章,掎摭利病。昔田巴毁五帝,罪三王,訾五伯于稷下,一旦而服千人。鲁连一说,而终身杜口。刘生之辩未若田氏,今之仲连求之不难,可无叹息乎!

怎样理解上面这段话?过去比较有影响的是,从批判的角度对这段话表述的观点加以否定。否定的主要理由,归纳起来有两点:一是说曹植主张"不是作家也就没有资格批评了。把批评与创作混而为一"。二是说曹植"侧重在才的方面,所以无意间就有偏重形式主义的倾向"（见《中国古典文学理论批评史》上册，第67页）。其实，上面的看法并不符合曹植的原意。曹植这段话主要是强调批评者要有才能，要有较高的修养，要懂得文学。如果不具备这些条件，就会象刘季绪那样随便诋诃文章，那就根本谈不到对作者会有什么帮助。曹植对自己也是这样要求的，他说：

> 昔丁敬礼尝作小文，使仆润饰之。仆自以才不过若人，辞不为也。

曹植是著名作家，但是他拒绝润饰丁敬礼的文章。他所以拒绝，并不是着眼于自己是否是作家，而是自己感到才不如丁敬礼。因此，说曹植主张"不是作家也就没有资格批评了"是缺乏根据的。

至于曹植重才，"就有偏重形式主义的倾向"的说法，也是值得讨论的。这里有两个问题：（一）强调才与"偏重形式主义倾向"没有必然的联系。所谓才，一般来说，指的是才能。强调才，就是强调才是完成某种活动的重要条件。而文学上的所谓形式主义倾向，一般指的是割裂文学的内容和形式，片面地追求形式，使文学脱离社会生活，脱离实际内容。很显然，强调才与"偏重形式主义倾向"是两回事。（二）粗略地看，曹植强调文学批评需要才，要求似乎过高，但仔细考虑，他这样要求还是大有益处的。批评家与作家有分工的不同，批评家不一定需要具备作家那样的条件。但是，文学批评是一门科学。既然是一门科学，就需要一定的才能。"智弥盛者其言博，才益多者其识远"（王逸《楚辞章句序》）。一个作家的作品，需要有才能的批评者来批评、来指导，正如狄德罗所说："不管一个戏剧家具备多大的天才，他总是需要一个批评者的……假使他能遇到一个名副其实的比他更有天才的批评者，他是何等幸福呵！"（《论戏剧艺术》，《文艺理论译丛》1958年第1

期)狄德罗谈的是戏剧家,其实对所有的文学家来说,何尝不是如此! 因此,那种认为强调才"就有偏重形式主义的倾向"的说法,是很难使人苟同的。

曹植这样重视才,这决不仅仅是出自他个人的偏爱,而是有其深刻的社会根源。东汉末年黄巾大起义以后,社会发生了重大的变化,人们在很大程度上冲破了汉代儒家思想的束缚,思想有所解放。地主阶级的各个集团都在寻找新的意识形态作为自己的思想武器。不少统治者相信人力,重视人才。在这方面突出的代表是曹操。曹操"性不信天命之事"(《让县自明本志令》),基本上抛弃了汉代主要以仁孝为中心的用人标准,强调"唯才是举"。当时不少知识分子也非常注重探讨才性问题。和曹植差不多同时的刘劭,在他的著作《人物志》中,就把人分成偏才、兼才和兼德三种,并且分别加以论述。稍后的傅嘏、李丰、钟会和王广四人从不同的角度出发,论才性的同异离和,著有《四本论》(见《世说新语·文学篇》)。从上述事实可以看出,重才是当时的时代风尚。曹植强调文学批评需要才,这是曹魏集团务在得人、博选良才在文学批评上的反映,也是重才的时代风尚在文学批评上的反映。

四

曹植在强调文学批评应当具备一定条件的同时,还指出,从事文学批评应当抱有正确的态度。曹植在这方面的见解,值得我们注意的有以下两点:

首先,曹植认为从事文学批评应当慎重,应当严肃,而不能太随便。曹植身为侯王,富有才华,又是一代文宗,但他并不因此而随便评论作家作品。他曾明确表示:

　　　　夫钟期不失听，于今称之，吾亦不敢妄叹者，畏后世之嗤余也。

　　曹植推崇钟子期善于知音，表示自己对作家作品不敢妄加赞赏，这和当时刘季绪之类的人物随便毁谤别人的文章，成为鲜明的对比。曹植对文学批评采取比较慎重、比较严肃的态度，应当说是可取的。曹植虽然对文学批评采取比较慎重而严肃的态度，但并没有因此而缩手缩脚放弃文学批评。他对当时妨害创作和批评的一些现象，还是及时地提出了批评，有时甚至指名道姓地批评某些文人。如《与杨德祖书》中对陈琳的批评。陈琳是当时的著名作家，很受曹操赏识，但他的辞赋写的并不好。今存陈琳辞赋十篇，其中有的比较完整，有的只是一些片断。这些辞赋和当时其他作家好的辞赋相比，显得相当逊色。对这一点，陈琳不仅缺乏正确认识，而且自以为能和司马相如相匹敌。曹植针对这种情况对陈琳提出了批评。曹植的批评虽然含有嘲笑的成分，但总的来看，还是比较切合实际的。这同当时的"文人相轻"，把文学批评完全当作"崇己抑人"的手段是有区别的。

　　其次，曹植认为，文学批评要注意作家不同的爱好和多样的风格，不能全凭自己的好恶。注意作家的个性爱好，重视作家的不同风格，这是建安文学批评的重要贡献。曹植在这方面也颇有见地。他认为：

　　　　世之作者，或好烦文博采，深沉其旨者；或好离言辨白，分毫析厘者；所习不同，所务各异。"（引自《文心雕龙·定势篇》）

　　作家习尚不同，努力追求的东西也不一样，这就形成了不同的风格。曹植指出这一点，对文学批评来说，是相当重要的。

　　作家有不同的爱好，文学批评也有类似的现象。文学批评是人们的一种认识，它有相对的独立性。鲁迅先生曾经说过："看人生是因作者不同，看作品又因读者而不同。"(《俄文译本〈阿 Q 正传〉序》)曹植初步接触到这个问题，他指出：

> 人各有好尚：兰茝荪蕙之芳，众人之所好，而海畔有逐臭之夫；《咸池》、《六茎》之发，众人所共乐，而墨翟有非之之论，岂可同哉！

因为批评者爱好不同，所以对于同样的兰茝荪蕙、《咸池》和《六茎》，会有不同的反应。这里，曹植一方面看到了文学批评的复杂性，另一方面要求批评者又不要囿于个人的爱好。不同的人对同一作品常常会有不同的评价，这是事实。但这并不等于说，其中没有高低和是非之别。文学批评毕竟是有客观标准的。尽管有人"逐臭"，但兰茝荪蕙并不因此而失去芳香；尽管有人批评《咸池》和《六茎》，但并不能影响它们为"众人所共乐"。既然文学批评有客观标准，那么，从事文学批评就不能全从个人的好恶出发。曹植的这些看法，就是在今天，对我们也是有启示的。

写于一九八二年八月

建安时期思想解放与文学的发展

建安文学是我国古代文学发展史上的一个重要阶段。和建安以前的汉代文学相比,它有许多新成就和新特点。这些新成就和新特点对我国古代文学的发展曾经产生了积极的影响。建安文学的发展有多方面的原因。但就意识形态领域来说,它的发展同当时的思想比较解放有直接关系。从这个角度来看,可以说,没有建安时期的思想解放,就不会有建安文学。

一

沈约在《宋书·臧焘传论》中说:"自曹氏膺命,主爱雕虫,家弃章句,人重异术。"这几句话概括说明了,建安时期人们抛弃了两汉以来的经学章句,反映了当时思想比较解放的一个侧面。

在汉代,自从武帝"罢黜百家,独尊儒术"以后,经学章句得到了钦定的正宗地位,繁衍很快,到了东汉,又有恶性发展。官办和私办的经学遍及全国各地,儒生多至数以万计。这么多的儒生从事经学,愈搞愈繁琐,常常是"一经说至百余万言",不少人从少年至皓首,不能穷尽一经。

统治者和一般知识分子对经学章句是这样重视,可是他们对诗赋之类的文学却常常采取比较轻蔑的态度。武帝以来的历代皇帝,个别的如武帝、宣帝虽然也喜欢辞赋,但主要是用它来娱悦耳目,所以对文人和文学并不真正重视。对于人只是以"俳优畜之"。当时的文人,有的感到统治者这样对待他们极不光彩,因此也不想专心致力于文学事业,有的则不得不从事经学章句。这些情况说明,当时的文学完全成了经学的附庸,地位是相当低下的。

武帝以来,由于经学章句在意识形态领域居于统治地位,而它的传播又强调"家法教授",因此,当时的一般的经学门徒都崇经学、讲家法、尊经师。他们注释经学时,一般只能依据经师教授的内容,作一些繁琐的解说。再加上他们为了穷尽一经,常常闭门不出,严重地脱离现实,因此他们的思想一般比较僵化。这种风气影响到文学方面,就是不少文人强调宗经,重视模拟。从武帝以来的诗歌来看:一种是模拟四言古体,一种是沿袭楚人骚体。从散文来看:《太玄》模拟《易经》,《法言》模拟《论语》。至于辞赋方面的模拟之作,更是不胜枚举。模拟之风如此盛行,实在是当时文学的一大不幸。

经学章句如此束缚人们的思想,而且繁琐至极,时间长了,必然会走向反面。东汉后期经学章句开始出现了穷极必变的趋势。到了建安时期,终于衰落了。《魏志·王肃传》注引《魏略》说:

> 从初平之元,至建安之末,天下分崩,人怀苟且,纲纪既衰,儒道尤甚。至黄初元年之后,新主乃复,始扫除太学之灰炭,补旧石碑之缺坏,备博士之员录,依汉甲乙以考课。……而诸博士率皆粗疏,无以教弟子。弟子本亦避役,竟无能习学,冬来春去,岁岁如是。

身为经学博士而不懂经学,跟博士学习的又多是避役子弟。看来,朝廷办的旨在传授经学的太学已是徒具虚名了。至于各地的经学也是十分萧条的,如当时的弘农郡竟找不到一个懂得经学的人。(见《魏志·任苏杜郑仓传》注引《魏略》)可见经学的衰落,大有后继无人的趋势。经学的衰落,使一般知识分子逐渐对它失去了兴趣,而开始注重博览群书、诵读诗赋了。曹丕"少诵诗论,及长而备历五经四部史汉诸子百家之言,靡不毕览"(《典论·自叙》)。曹植少年时好辞赋,"年余十岁,诵读诗论及辞赋数十万言"(《魏志·陈思王植传》),还能背诵俳优小说数千言。建安"七子""于学无所遗"。文人扩大了学习的范围,这就使他们有可能从过去丰富的文化宝库中,更多地吸收思想上的营养。

建安时期,随着经学的衰微,文学从它的禁锢中逐渐得到了解放,获得了独立的地位,而不再是经学的附庸。这反映在文学理论上,就是建安时期人们对文学的地位、作用和特点等都有了新的认识。曹丕《典论·论文》说:"盖文章,经国之大业,不朽之盛事。年寿有时而尽,荣乐止乎其身,二者必至之常期,未若文章之无穷。"这里说的"文章",包括学术著作,也包括文学作品。曹丕以"副君之重",对文学的地位和作用给了这样高的评价,并且鼓励人们努力写作,这对当时文学的发展,具有促进的作用。当时从事写作的人很多,仅在曹操集团周围就有"盖将百计"的文人。

曹丕在《典论·论文》中论述文体时,还特别指出"诗赋欲丽",强调文学应当有美的艺术形式。西汉以来,在对待艺术形式问题上,出现了两种偏向:一是象辞赋家那样,一味追求堆砌辞藻,结果从反面破坏了艺术形式;一是受经学影响深重的人,只强调文学的教化作用,忽视艺术形式,以至把《诗经》这样的文学作品也当成了单纯的谏劝工具。这两种偏向都不能使人们正确地认识文学的艺术特点。建安时期,经学不象以前那样束缚人们了,曹丕第一次提出了"诗赋欲丽"的看法。这标志着我国古代文学发展到建安时期,已经进入了比较自觉的阶段。曹丕的看法,对当时提高文学艺术水平有一定的推动作用。不少建安文人重视文学内容,也注意艺术形式,如重视辞彩,开始注意韵律等。这样就使建安文学能够"以情纬文,以文被质"(《宋书·谢灵运传论》),成为中国古代文学史上由质到文的转折点。

　　由于建安时期突破了经学的束缚,因此一般文人不拘于陈规旧矩,比较注意创新。曹植在《鼙鼓歌五篇·序》中主张"异代之文未必相袭",反对创作亦步亦趋。在创作实践上,许多建安文人抛弃了不合时务的大赋,开始注意学习以乐府民歌为代表的优秀传统。他们在学习乐府民歌时,又不受乐府民歌原题原意的束缚,而敢于用乐府旧题叙写时事,抒发自己的感情。这些和西汉以来那种重模拟的风气是大不相同的。建安文学所以能够在文学史上放出异彩,是与建安文人敢于创新分不开的。

二

　　建安文人在抛弃经学章句的同时,还在不同程度上冲破了两汉神学迷信的统治。突出的表现有以下两点:

　　首先,怀疑天命论。人与天的关系,天有没有意志,这是天命论和反天命论斗争的关键问题。汉代从董仲舒开始,不断修补先秦的神学观念,制造了天人感应的神学目的论,把天解释为主宰一切的神。后来谶纬迷信泛滥,与经学章句相结合,天命论弥漫了整个意识形态领域。在这种恶浊的气氛下,不少文人崇奉天命,成了神学迷信的传声筒。现存汉代的诗歌当中,有不少就是颂天命、赞嘉瑞的,如西汉的《郊祀歌》十九首,东汉班固写的《郊祀灵芝歌》,都属于这一类作品。这种情况,到建安时期有了较大的变化。

建安时期，不少文人怀疑天命论，有时甚至否定天命论。曹操宣称自己"性不信天命之事"（《让县自明本志令》）。曹植在《赠白马王彪》中说："辛苦何虑思，天命信可疑。"王粲对天命决定生死存亡的说法也是持怀疑态度的。曹植在《侍中王仲宣诔》中回忆王粲时说："又论死生存亡度数，子犹怀疑，求之明据。"这些看法代表了一般建安文人的见解。

其次，破除了对神仙方术的迷信。在汉代，董仲舒制造的神学目的论，本来是先秦思孟学派和阴阳学派的混血儿，加上秦汉以来，许多皇帝贪生怕死，想成神仙，因此，两汉出现了许多仙人方士。其中有些既讲经学，又讲神仙方术，有些则专讲成仙之道。他们有一套麻醉人们的骗术，从消极方面影响了文学创作，这在汉代诗歌和那些"劝百讽一"的大赋中都有明显的表现。

和两汉相比，建安时期的情况有很大的不同，不少文人破除了对神仙方术的迷信。曹操在《善哉行》中说："痛哉世人，见欺神仙。"对世人被神仙所蒙骗深表痛惜。曹丕也认为相信神仙是靠不住的。他在《芙蓉池作》中说："寿命非松乔，谁能得神仙？遨游快心意，保己终百年。"至于当时对方士，不少文人也是持否定态度的。曹氏父子不信方士，常常把方术当作笑料。曹操曾招致天下方士，"聚而禁之"，以免他们行妖惑民。（见曹植《辩道论》）建安二十二年，瘟疫流行，死人很多。当时一些方士认为灾疫是鬼神所作，于是"悬符厌之"。而曹植却不信这一套。他认为灾疫的发生是由于"阴阳失位，寒暑错时"（《说疫气》），对灾疫的出现作了朴素唯物主义的解释。

由于不少建安文人程度不同地破除了神学迷信，因而思想比较活跃。他们不再象汉代的统治者和一些文人那样，把人和神联系起来,一味地美化神的观念,让人们作神的奴仆,而是把人和社会联系起来,注意现实,重视人事,相信人的力量。这在建安文人的一些诗文当中,都有明显的反映。陈琳在《檄吴将校部曲文》中说:"盖祸福无门,惟人所召。"否定了祸福取决于神,强调祸福取决于人。曹操在《度关山》中说:"天地间,人为贵。"非常鲜明地把神学迷信颠倒了的天人关系颠倒过来了。他在《龟虽寿》中,不仅抹去了传说中有关"神龟"和"腾蛇"的迷信色彩,而且指出:"盈缩之期,不但在天;养怡之福,可得永年。"这种强调人的作用的思想,闪烁着朴素的唯物主义的光辉,和"死生有命,富贵在天"的唯心主义观点是相对立的。正因为曹操重视人事,所以他能在《短歌行》中唱出"山不厌高,海不厌深,周公吐哺,天下归心"这样为人们所称颂的诗句。

作家一旦破除了神学迷信,重视人事,他们的创作就容易植根于现实,立足于人事。建安文学走的正是这条道路。"梗概而多气"的建安文学,不论是描绘战乱给人民造成的悲惨生活,还是抒发统一天下、建功立业的雄心壮志,都有真情实感,都是当时社会现实真实的反映。因此,我们诵读建安文学的优秀作品时,总是有一种真切的历史感。

三

建安文人的思想解放,还表现在他们当中不少人不愿意恪守封建礼教的规范,开始在许多方面解脱了封建礼教的羁縻。

西汉以来的统治者在宣扬神学迷信的同时,还极力强化封建礼教。二者对巩固两汉的封建统治来说,具有相辅相成的作用。

中国的封建礼教,常常以伦理道德为其表现形态。两汉时期在封建礼教的统治下,形成了一套以忠孝仁义为主要内容的道德观,而且把它定为选用官吏的重要标准。汉代不少皇帝下诏举士,非常重视仁孝。如宣帝强调"孝弟有行义",哀帝强调"孝弟淳厚",章帝强调"孝行为首",桓帝强调"至孝笃行"。按照这种道德观,大地主、大官僚的子弟只要通经,只要有忠孝仁义的虚名,不管其有无才能,经过"察举"和"征辟",都能做官。统治者如此重视仁孝,自然就不会重视有真才实学的文人,一般只是把文人放在弄臣之列。统治者对文学则强调要起到"经夫妇,成孝敬,厚人伦,美教化,移风俗"(《毛诗序》)的作用。所谓"经夫妇,成孝敬"云云,就是要文学宣扬封建礼教,从而维护汉代的统治。

建安时期,上述情况有了一些改变。当时不少地主武装集团轻视仁孝道德,用人重视"非常之才"。特别是曹操,他用人强调"唯才是举",大胆地否定了以仁孝为中心的用人标准,主张重用"进取之士"和"不仁不孝而有治国用兵之术"的人(见《魏志·武帝纪》)。由于曹操集团在这方面比其他地主武装集团态度更坚决,因而在邺下聚集的人材就特别多。当然,曹操的"唯才所举",不是不要德行,只是不象两汉统治者那样崇尚仁孝、重视虚名而已。曹操强调的是要有"治国用兵"的真本事。从这一点出发,他广泛招揽当时有才能的文人,其中包括反对过他的象陈琳这样的人。陈琳曾经依恃曹操的政敌袁绍,写文章骂过曹操和他的父祖,但曹操俘虏了他以后,因爱其才而不咎既往。曹操这样做,收到了明显的效果,在曹操集团周围聚集了"盖将百计"的文人。曹操招揽文人不是为了装璜门面,而是委以重任,让他们参与政事,同时用文学为曹操集团服务。如曾经依附刘表的王粲归依曹操以后,初为丞相掾,赐爵关内侯,后迁军谋祭酒、侍中等。当时"旧仪废弛,兴造制度,粲恒典之"(《魏志·王粲传》)。这样,以前经师宿儒在朝政中的地位,这时被有才能的文人所取代了。饱经乱离的文人,又能直接参与政事,自然就会更加关心当时社会的治乱。建安文人所以能写出一些反映现实的优秀作品,和这一点是分不开的。当然,建安文人聚集邺下也写了一些描绘池苑、叙写恩荣酣宴之类的作品,但这毕竟是次要方面。

建安时期,由于曹操集团轻视仁孝道德,重视才能功用,这样自然就使当时的文人不大拘执于封建礼教的一些规范。汉代统治者依据封建伦理纲常,极为重视贵贱尊卑的等级关系,制定了带有宗教色彩的繁文缛节,致使汉代上下之间、父子之间、男女之间,以至冠带衣服和肤发修饰等,都有严格的规定。在这种礼法的束缚下,知识分子思想陈旧僵化,言行循规蹈矩,很难写出优秀的文学作品。和两汉相比,建安文人是另外一种精神面貌。他们常常无视封建礼教的清规戒律,思想上狂放豁达,行动上相当浪漫。曹操"任性放荡,不治行业",《魏志·武帝纪》注引《曹瞒传》说他:

> 为人佻易无威重,好音乐,倡优在侧,常以日达夕,被服轻绡,身自佩小鞶囊,以盛手巾细物,时或冠帢帽以见宾客;每与人谈论,戏弄言诵,尽无所隐,及欢悦大笑,至以头没杯案中,肴膳皆沾污巾帻,其轻易如此。

上述记载很形象地说明了曹操体任自然、目无礼教的思想情趣。这和汉代那些动辄讲礼仪的端委儒者确实是大相径庭的。

曹丕也是"慕通达"、不拘礼法的。他为太子时,"尝请诸文学,酒酣坐欢,命夫人甄氏出拜。坐中人咸伏,而桢独平视"(《魏志·王粲传》注引《典略》)。在汉代,妇女出宴、男女杂坐是违背封建礼教的,而身为太子的曹丕却让他的夫人拜见地位比他低下的文人,看来他确实是没有把封建礼教放在心上。至于坐中的刘

桢竟敢平视太子夫人,同样表现了不拘礼教的浪漫风格。又据
《世说新语·伤逝》记载:

> 王仲宣好驴鸣。既葬,文帝临其丧,顾与同游曰:"王好
> 驴鸣,可各作一声以送之。"赴客皆一作驴鸣。

王粲好听驴叫,已是有伤封建礼教,而他死后,身居太子尊位的曹
丕又带头学驴叫给他送葬,这真是全然不顾封建礼教的体统了。

和曹丕相比,曹植对于封建礼教表现了更多的叛逆精神。
《魏志·陈思王植传》说他"性简易,不治威仪","任性而行,不自
雕励"。这表现在人事交往方面,就是他比较赞赏那些不守礼教
的人。《魏志·邢颙传》说:曹植为平原侯时,邢颙为家丞。邢颙
是一个"防闲以礼"的"雅士",而任平原侯庶子的刘桢却不守礼
教,无视尊卑。就是这样一个刘桢,却受到曹植的特殊待遇,而邢
颙受到的却是冷遇和简疏。此外,曹植在《赠丁翼》一诗中说:"滔
荡固大节,世俗多所拘。君子通大道,无愿为世儒。""世儒"指的
是那些恪守礼仪的儒者,曹植公开表示自己不愿做这样的"世
儒",并且以此劝导他的友人丁翼。

从上面列举的事例可以看出,建安不少文人的确是在不同程
度上冲破了礼教的束缚。值得注意的是,建安文人不守礼教同后
来的正始文人不同。正始文人在否定礼教的同时,常常是重玄
学,尚清谈,好喝酒,鄙薄世务,轻视功烈。而建安文人却一直关
注现实。因此,建安文人不守礼教,对建安文学的发展有明显的
促进作用。突出的有以下两点:

第一,曹操集团和文人之间建立了比较友好的关系,出现了
文学批评的良好风气。曹氏父子在政治上掌握大权,文学上都是
内行,但他们对文人一般并不霸道。曹操重用文人,注意发挥他
们的才能,尊重他们的创作。曹操一生制定了不少政策,下过不

少命令,但没有一条是干预限制作家创作的。曹丕和曹植同当时有名的文人,如王粲、陈琳、阮瑀、应玚、刘桢等,地位虽然不同,但都是朋友关系。这一点,建安作家的许多诗文都有所反映。曹丕在《又与吴质书》中说:

> 昔年疾疫,亲故多离其灾,徐、陈、应、刘,一时俱逝,痛可言邪?昔日游处,行则连舆,止则接席,何尝须臾相失?每至觞酌流行,丝竹并奏,酒酣耳热,仰而赋诗。当此之时,忽然不自知乐也。谓百年已分,可长共相保。何图数年之间,零落略尽?言之伤心。顷撰其遗文,都为一集,观其姓名,已为鬼录。追思昔游,犹在心目,而此诸子化为粪壤,可复道哉!

这里,曹丕追忆昔日与朋友的亲密相处,在一起饮宴赋诗,叙述建安二十二年朋友因灾疫的不幸逝世,感情十分真挚动人。而撰遗文、编文集,又表现了曹丕对死去的朋友的尊重和悼惜。

由于曹氏父子与文人建立了友好关系,因而促使当时形成了一种良好的文学批评风气。曹丕在《典论·论文》和《与吴质书》中,对当时影响较大的建安七子的创作,平心而论,分别指出了他们的长处和短处,中肯惬当。在曹丕的影响下,不少文人关心文学,发表了许多好意见。在写作上他们注意互相磋商和互相润饰。曹植在这方面带了个好头。他在《与杨德祖书》中说:"世人著述,不能无病,仆常好人讥弹其文,有不善者应时改定。昔丁敬礼尝作小文,使仆润饰之。"身为侯王的曹植,他的诗文在当时有很高的声誉,但他并不自满,衷心欢迎别人"讥弹其文",并且能采纳别人的意见,"应时改定"。这和曹丕在《典论·论文》中批评的"文人相轻,自古而然","各以所长,相轻所短"的陋习完全不同。这种良好批评风气的形成,是以破除礼教的束缚为前提的。如果曹氏父子象两汉统治者那样严等级、讲贵贱、重门第,就不可能出现上述那样的良好风气。

第二,扩大了文学的题材,促进了文学的抒情化和个性化。建安时期,许多文人随着礼教的破除,写作时顾忌较少,因此文学题材比两汉时期扩大了。当时除了叙写时事、抒发立功建业的抱负以外,其他象男女爱恋、游子、思妇之类的题材占有相当大的篇幅。不少文人直抒胸臆,想怎样写就怎样写,这样就促进了建安文学的抒情化:抒情小赋代替了汉代板滞的大赋,五言抒情诗代替了汉代那些无病呻吟的文人诗。题材的扩大和抒情化的发展,又使建安文学除了具有慷慨悲壮的时代特点以外,不少作家还具有自己独特的风格。曹操的"气韵沉雄"、古朴质直,曹丕的质朴清新,曹植的"骨气奇高,辞采华茂",王粲的苍凉悲壮,凡此种种个人风格的形成有多方面的原因,其中一个原因就是文人突破了礼教的禁锢。

四

建安时期思想解放的出现不是偶然的,是有其深刻的社会根源和阶级根源的。

就其社会根源来说,主要是由于东汉末年社会发生了深刻变革。早在东汉后期,社会危机严重,地主阶级与农民阶级的矛盾极为尖锐,后来终于爆发了黄巾大起义。地主阶级在基本上镇压了黄巾起义以后,内部又出现了新的分化。这样就使东汉末年的社会在大动荡中发生了变革,这种变革必然要影响到意识形态领域。

如前所述,在汉代经学章句随着今文经学的发展,日趋繁琐。这种趋势曾经引起少数知识分子爱好博览而羞学章句。明帝以后,古文经学开始发展,今文经学不象以前那样盛行了。东汉中期以后,随着社会危机的严重,有些经学门徒已有摆脱经学束缚的趋势。桓帝时有太学生三万多,其中有不少人不满意当时博士们繁琐至极的经学章句,他们的眼光已经开始由经学章句转到社会问题上来了。其他如"为世通儒"的马融也是"通古今学,好研精而不守章句"了(《后汉书·卢植传》)。这些都说明经学章句已开始呈现出衰败的趋势,但这还不是经学的真正衰败。事实上,当时经学章句并没有止息,不少古文经学大师兼采繁琐的今文经学,仍在广收门徒,继续传授。这说明经学章句根深蒂固,没有深刻的社会变革,是无法使它动摇的。因为它和汉代相对稳定的物质生活条件和通经可以做官的取士制度是互相联系的。物质生活条件的改变常常是思想改变的前提。东汉末年的黄巾大起义推翻了经学章句赖以存在的东汉王朝,接踵而来的是军阀角逐,战乱频仍,结果是"生民废业,饥馑流亡,公家无经岁之储,百姓无安固之志"(《魏志·毛玠传》)。在这种情况下,一般知识分子也不得不蓬转南北。他们生活没有保障,不可能继续在书斋里覃思精研,死抱住经学章句不放了。象当时的经学大师郑玄在黄巾打到他的家乡北海时,就不得不"与门人到不其山避难。时谷籴县乏,玄罢谢诸生"(《魏志·崔琰传》)。同时由于曹操用人重在才能,杜塞了通经可以得到禄利的道路,这就使当时不少知识分子逐渐认识到经学"迂阔","不周世用"(《魏志·杜恕传》),而转向博览群书,转向重视刑名之学和文学。这样到了建安时期,终于出现了"主爱雕虫,家弃章句"的新局面。

在汉代,随着神学迷信统治的加强,和它相对立的进步思想也在发展,并同它进行了斗争。进步的思想家如司马迁、桓谭、王充、仲长统等都做出了自己的贡献。特别是王充,他的巨著《论衡》，针对谶纬迷信和方士鼓吹的种种神鬼谬说，以及日常生活中的各种迷信言行，一一予以批驳，表现了唯物主义者的斗争精神。与此同时，劳动人民也在不断地揭露批判神学迷信。如"知星宿，衣不覆"之类的民谣，话并不多，但对提倡算命、预测祸福的迷信思想做了大胆的揭露和深刻的讥笑。又如在前几年发掘的曹操宗族墓字砖上，刻有"当奈何"、"成壁（坯）但冤余"、"仓（苍）天乃死"等话（见《文物》1978 年第 8 期），这些都是当时劳动人民在残酷的剥削压迫下，诅咒天意主宰一切的愤怒呼声。进步思想家和劳动人民对神学的批判，从积极方面影响了建安文人的思想。但这些都不可能从根本上动摇神学的统治。这是因为"意识的一切形式和产物不是可以用精神的批判来消灭的，……而只有实际地推翻这一切唯心主义谬论所由产生的现实的社会关系，才能把它们消灭"（《马克思恩格斯全集》第 3 卷第 43 页）。值得庆幸的是东汉末年终于爆发了黄巾大起义。起义军用"苍天已死，黄天当立"作口号，旗帜鲜明地否定了汉代君权神授的神学观念。起义军用道教组织群众。道教教义本身不是进步思想，农民只是用它作工具来对抗汉代正统的神学统治。起义军虽然染上了宗教色彩，但它本质上是农民革命战争，它如急风暴雨摧垮了东汉王朝，使产生神学迷信的社会基础在革命实践中得到了改造。同时，它采取的禁淫祀等措施，也直接打击了神学统治。因此，建安时期神学迷信的破除和文人思想的解放，从根本上来说，是黄巾大起义所进行的政治斗争和思想斗争的自然结果。

　　封建礼教是维护封建统治的工具。东汉末年的黄巾大起义，打乱了封建秩序，使东汉王朝的"旧仪废弛"。黄巾以后，拥兵割据的军阀都怀有问鼎的野心，都想消灭自己的政敌，从而包揽天下，取东汉王朝而代之。这种行为本身就不合乎礼教的规定，礼教成了束缚他们手脚的东西了。他们注意的是"强兵足食"、"任天下之智力",因而对礼教一般不予重视。当然,他们有时也讲礼教,但正如鲁迅所说,他们"所谓崇奉礼教,是用以自利,那崇奉也不过偶然崇奉"(《魏晋风度及文章与药及酒之关系》)。因此可以说,建安文人所以不大受礼教的束缚,仍是时代使然。

建安文人的思想解放,主要是在曹操集团统治时期出现的。曹操集团基本上属于中小地主阶层。这一阶层力量的发展,并且逐渐取得了统治地位,是当时出现思想解放的阶级基础。

我们知道,封建社会是有等级的阶级社会。在汉代,地主阶级内部就有互相联系而又有所区别的大地主和中小地主的等级差别。东汉末年的黄巾大起义和中国北方以曹操集团的胜利而结束的军阀混战,沉重地打击了大地主,再加上曹操采取了抑制豪强和"唯才是举"的用人方针,这样就进一步削弱了大地主的力量,而以曹操集团为代表的中小地主的力量得到了发展。

以曹操集团为代表的中小地主阶层是地主阶级的一部分。从根本上来说,他们同农民阶级是对立的。特别是当农民起来进行反抗时,他们总是和大地主联合起来镇压农民起义。但是和大地主相比,他们地位又较低,受过去名门士族传统影响较少。他们比较接近人民,比较了解社会实际。他们又是从战争中打出来的刚刚兴起的统治者,对当时社会发展的趋势有一定的认识,能根据黄巾大起义和军阀混战所造成的社会条件,制定一些比较切合实际的政策。他们要求有适合当时政治需要的意识形态,要求文学直抒胸臆,表达自己的政治理想,推动自己的事业。这些都需要在不同程度上冲破经学章句、神学迷信和封建礼教的束缚。曹操集团正是在这种情况下,成了当时思想解放的带头人和支持者。

最后需要补充说明的是，建安时期由于封建制度并没有改变，再加上旧传统巨大的保守力量，因而当时的思想解放还不可能同经学章句、神学迷信和封建礼教一刀两断，相反，在这几方面仍然有所沿袭，这在那些即使思想比较活跃的作家的作品中，也都有明显的表现。但这毕竟是次要方面，就主导方面来说，建安文人的思想的确是比较解放的，因而促进了当时文学的发展。

　　　　　　　　　　　　　　　写于一九七九年三月

建安作家的修养

长期以来，人们在分析建安文学繁荣的原因时，常常把它归结为当时"世积乱离，风衰俗怨"（《文心雕龙·时序篇》）的客观现实，这从一个方面来说，当然是对的。因为建安文学同其他时期的文学一样，它作为一种特殊的意识形态，归根到底是当时客观现实的产物。但是，我们的分析如果只停留在这一点上，或者只承认这一点，而不注意从其他方面，特别是从作家的主观方面去考虑，这不仅不够全面，而且最后必然会忽视以至于不自觉地否定文学创作中作家主观方面的作用。文学创作的实践告诉我们，作为观念形态的文学作品，虽然是客观现实在作家头脑中反映的产物，但是，由于人的头脑极其复杂的主观能动作用，这种反映从来就不是简单的、直接的摄取或刻板的印制。客观现实与作家的主观反映决不是一种机械的因果关系，也决不是一种单一的同步对应关系。客观世界在作家主观世界的反映，在很大程度上是由作家内在的品格和素质来决定的。作家的政治态度、文化教养和道德观念，作家的审美理想、习惯和兴趣，作家的体验、能力和气质等等，都直接影响着对客观现实的反映。如果否定了作家主观世界的重要作用，就不会有文学。从这个意义上来说，文学的反映是时时表现作家心灵的反映，是灌注了作家具有个性特色的思想感情的反映。社会现实只有首先成为主观的，然后才有可能成为文学的。因此,作家主观世界的状况,对文学创作的影响是很大的,是绝对不可忽视的重要方面。从这个角度来看,我们分析建安文学繁荣的原因时,在肯定当时社会对文学影响的同时,还应当分析建安作家主观世界方面的情况。事实上,建安文学的繁荣与建安作家注意发挥自己的主观能动作用密切相关。而这种主观能动作用的发挥,又是与他们程度不同地重视本身的修养分不开的。因此,本文想就建安作家修养的几个主要问题,作一初步的探讨,目的是想说明建安作家注意自身的修养是建安文学繁荣的一个不可忽视的原因。

一

道德修养对于一个作家来说,是非常重要的。建安作家在这方面是比较注意的。

注意作家的道德修养是我国古代文论的一个重要论题。早在先秦时期,一些论著就涉及到这个问题。《左传·襄公二十四年》记有穆叔关于三不朽的言论:"太上有立德,其次有立功,其次有立言,虽久不废,此之谓不朽。"这里所说的"言"主要指的是表现德教和政教等内容的言辞,但它同文学有关。就立德、立功和立言三者的地位来看,穆叔特别强调立德。后来不少文论据此来论述立德与立言的关系。孔子重文,但更重德。他说:"志于道,据于德,依于仁,游于艺。"(《论语·述而》)又说:"有德者必有言,有言者不必有德。"(《论语·宪问》)孔子论述道德修养与文化修养的关系时,是把道德修养放在首要地位,而把文化修养放在次要地位。孔子强调道德修养和穆叔注重立德一样,也为后来的人们所称道、所继承。建安作家也程度不同地受到了他们的影响。

　　建安时期随着社会的急剧变化，人们在一定程度上冲破了两汉统治者所宣扬的一些陈腐的道德观念，强调重才能、尚功用。但这并不是说，当时的人们完全不要道德，不要道德修养。事实上当时的一些统治者和不少文人，如曹丕、曹植和七子等，还是比较重视道德修养的。曹丕在《与王朗书》中说："生有七尺之形，死惟一棺之土，惟立德扬名，可以不朽，其次莫如著篇籍。"曹丕虽然重视文学，但他是把立德放在第一位，而把文学写作放在第二位。他不仅要其他文人重视立德，而且他自己也是"学无常师，惟德所在"（卞兰《赞述太子赋》）。曹植虽然自始至终热心于文学创作，但他也是比较注重立德的。他在《求自试表》中指出："无功而爵厚，无德而禄重，或人以为荣，而壮夫以为耻。盖太上立德，其次立功，盖功德者所以垂名也。"类似的看法在七子的诗文中也有比较明显的表现。陈琳《游览》二首其二说："庶几及君在，立德重功名。"刘桢《赠五官中郎将》四首其二说："勉哉修令德，北面自崇珍。"徐干的《中论》有不少篇章强调了立德的重要性。《夭寿篇》说："夫形体固自朽弊消亡之物，寿与不寿不过数十岁，德义立与不立差数千岁，岂可同日言也哉！"这和上述曹丕的言论是比较接近的。此外，徐干在《修本篇》强调"德弥高而基弥固"。《艺纪篇》论述道德修养与"文艺"的关系时说："盛德之士，文艺必众。"徐干的论述虽然有时把道德修养强调到了不适当的地步，但其基本倾向还是值得肯定的。

　　建安作家在重视道德修养的同时，还对那些不注意道德修养的文人提出了批评。曹丕《与吴质书》说："观古今文人，类不护细行，鲜能以名节自立。"曹丕这几句话虽然比较简单，但对那些不注意道德修养、结果很少"能以名节自立"的文人却提出了严肃的批评。和曹丕同时的吴质在《答魏太子笺》中，还结合汉代的几个作家,发表了与曹丕近似的言论:"往者孝武之世,文章为盛,若东方朔、枚皋之徒,不能持论……其唯严助、寿王,与闻政事,然皆不慎其身,善谋于国,卒以败亡,臣窃耻之。"东方朔是个滑稽家,"常在汉武帝面前调笑取乐。枚皋"其文骫骳,曲随其事"(《汉书·枚乘传》),是典型的文学弄臣。吴质批评他们"不能持论",显然是因为他们缺乏修养而不知自重。严助和吾丘寿王虽然参与政事,但一个因接受贿赂而弃市,一个因有罪而被诛,追究其根源,就在于他们"不慎其身"。曹丕和吴质的言论,从反面强调了作家道德修养的重要性。

建安作家不仅强调道德修养的重要性,而且对道德的具体内容也有所阐述。在这个问题上,虽然各个作家和同一个作家在不同时期所主张的不尽相同,但在不同之中又有比较一致的东西,这就是他们讲道德时,大多强调仁义这方面的内容。曹操《善哉行》三首其一称颂"古公亶父,积德垂仁";"太伯仲雍,王德之仁";"晏子平仲,积德兼仁"。在《修学令》中,曹操对战乱以来"后生不见仁义礼让之风",表示痛心,并且指令"郡国各修文学",教育人们要恢复仁义礼让的风尚。刘桢在《处士国文甫碑》中,特别嘉许国文甫具有仁义慈惠的美德,以至于"长安师其仁,朋友钦其义,闺门称其慈,宗属怀其惠"。从上面列举的曹操和刘桢的言论来看,他们对动乱当中道德的沦丧是极为关注的,他们要人们注意以仁义为主要内容的道德修养。

仁义作为一种道德规范,从它们被提出来的时候起,就是属于剥削阶级的意识形态。建安作家注意它们,虽然主要是立足于立德垂名,但从根本上来说,还是为封建统治服务。这是一方面。另一方面,由于先秦两汉时期的不少思想家在一定程度上看到了人民的力量,知道民心的向背对维护统治地位的利害,因此他们在阐述仁义时,常常主张对人民采取比较慎重、比较宽缓的态度。东汉末年的黄巾大起义是不少建安作家所目睹过的。在军阀混战中,一些军阀因为对人民采取不同态度而导致了不同的结果,也是许多作家所经历过的。这样的客观社会状况,使不少建安作家,在注意修养仁义道德时,常常能和民本思想联系在一起。曹操的为人有残忍、狠毒的一面,他曾血腥地镇压过人民、屠杀过人民。但是由于受仁义和民本思想的影响,他对人民也有同情的一面。他在青年时期就表示:"欲济天下,为百姓请命。"(《武帝纪》注引《逸士传》)后来他看到象袁绍那样残酷剥削人民,"欲望百姓亲附,甲兵强盛"(《收租调令》),是不可能的。他在《存恤从军吏士家室令》中还说过:"自顷以来,军数征行,或遇疫气,吏士死亡不归,家室怨旷,百姓流离,而仁者岂乐之哉? 不得已也。"曹操的这些话,主要是从仁义的角度,表现了他对人民的同情。曹植终生不忘"勠力上国,流惠下民"(《与杨德祖书》)。他在《谏伐辽东表》中,主张对人民"省徭役,薄赋敛,勤农桑"。徐干认为,"王者之取天下也,有大本有仁智之谓也。仁则万国怀之"(《中论·慎所从篇》)。他反复强调"忧国恤民,谋道讲德"(《中论·谴交篇》)。在他看来,"治平在庶功兴,庶功兴在事役均,事役均在民数周,民数周为国之本也"(《中论·民数篇》)。王粲在《务本论》中也指出:"古者之理国也,以本为务。八政之于民也,以食为首。"上面这些论述都说明建安作家在考虑以仁义为中心内容的道德修养时,不忘国家的命运,能关心人民的状况,把修身、治国、平天下融合在一起,注意把个人、国家和"下民"的利益融合在一起。

　　建安作家注意道德修养,对他们的文学创作产生了积极的影响。我们知道,作家的道德修养属于人品的问题,文学作品的好坏属于文品的问题。人品与文品之间尽管有一些复杂的情况,但就其实质来说,二者是一致的。一个作家如果具有高尚的人品,同时又具有创作的能力,他就会把自己高尚的人品渗透在自己的作品里。中外的许多作家和理论家对这一点都有深刻的见解。歌德曾经说过:"在艺术和诗里,人格确实就是一切。"(《歌德谈话录》第239页)我国古代文论总结了古代作家的创作经验,也一直强调言为心声、文如其人。《周易·乾卦》主张"修辞立其诚"。刘勰看到了过去的优秀作家,都是"有懿文德"(《文心雕龙·程器篇》)。建安文坛的情况和上述的见解基本上是吻合的。试想象曹操这样杰出的作家,如果他对人民只有残忍、狠毒的一面,而丝毫没有同情,没有象当时凉茂称赞他的那种"忧国家之危败,愍百姓之苦毒"(《魏志·凉茂传》)的思想品德,怎么能够设想他会唱出"白骨露于野,千里无鸡鸣。生民百遗一,念之断人肠"和"不戚年往,忧世不治"这样流传千古的诗句呢! 曹植也是这样,如果他一生只是"任性而行,不自雕励,饮酒不节"(《魏志·陈思王植传》),而没有念念不忘"勠力上国,流惠下民"的思想感情,也不可能写出象《白马篇》、《送应氏》和《泰山梁甫行》等优秀篇章。这一点,清人潘德舆在《养一斋诗话》卷二中有所揭示:"子建人品甚正,志向甚远……《求通亲亲表》、《求自试表》,仁心劲气,都可想见。""子建不知爱君恋阙,报国奋身,诗必不能出七子之上。"潘氏的论述符合曹植创作的实际情况。由此可见,建安作家之所以能够写出不少反映国家命运和人民生活的优秀作品,是与他们程度不同地注意自身的道德修养分不开的。

二

　　社会生活是文学创作的唯一源泉,也是作家道德修养的重要熔炉。注意道德修养的作家，一般都比较留心向社会生活学习。建安作家在这方面也下过一些工夫。

建安时期基本上是一个动乱的时期。动乱破坏了人们相对安定的生活条件。许多作家从书斋和官府里被抛了出来，被卷进了动乱的社会激流当中。曹操的大半生是在政治昏暗、战乱不息的情况下度过的。他的儿子曹丕在《典论·自叙》中说他自己是"生乎中平之季，长于戎旅之间"，是在动乱的岁月中成长的。他的另一个儿子曹植在《陈审举表》中也自称是"生乎乱，长乎军"，也目睹过动乱对社会的严重破坏。王粲从十四岁开始即遭乱流离，长期过着漂泊不定的羁旅生活。动乱的年代，虽然使不少建安作家不得不置身于动乱之中，但是他们并不消沉，并不被动，而是常常能够面对社会现实，注意向社会生活学习。其主要表现有以下两个方面：

首先，身体力行，能够参加当时的一些社会斗争。动乱和努力消除动乱，是建安时期社会生活的主要内容。战争是当时斗争的主要形式。面对这样的社会现实，当时不少作家都先后参加了征战。通过征战，向社会学习了不少东西。曹操作为当时的一个杰出的封建军事家，他不仅是当时许多重大战役的决策者，而且也常常是直接参加者。为了战争的需要，他有时甚至还能做一些一般封建官员和封建士大夫难以做到的事情。如他在《军策令》中曾记述了他和铁匠一起锻打武器的情形："孤先在襄邑，有起兵意，与工师共作卑手刀。时北海孙宾硕来候孤，讥孤曰：'当慕其大者，乃与工师共作刀耶？'孤答曰：'能小复能大，何苦！'"同工匠一起打刀，这在当时的动乱中，确实是一件小事，但是曹操正是从这样的小事中懂得了武器的制造，接触了下层的人民，体验了劳动的滋味。在曹操的直接影响下，曹丕和曹植也都参加了当时的一些社会斗争,从中学到了许多东西。曹丕《典论·自叙》说:"余时年五岁,上以四方扰乱,教余学射,六岁而知射。又教余骑马,八岁而知骑射矣。以时之多艰,故每征,余常从。"曹植少年时文才洋溢,但曹操并没有让他关起门来作文章,而是让他习武学兵、随军出征。他随军征战,"南极赤岸,东临沧海,西望玉门,北出玄塞"(《求自试表》),到过许多地方,增长了阅历,阔大了视野,加深了对生活的体验。三曹是这样。三曹以外的其他作家,不少也有类似的情况。如王粲在"冀王道之一平兮,假高衢而骋力"(《登楼赋》)的思想指导下,投靠曹魏集团以后,不仅经常主持"兴造制度",而且多次随军出征,最后卒于征战途中。又如作家徐干虽然有时"轻官忽禄,不耽世荣"(以上见《魏志·王粲传》),但他依附曹操以后,也是"从戎征行,历载五六"(《中论序》)。

其次,在向社会生活学习时,注意观察人物,分析人物。建安时期,由于现实斗争的需要,由于人们在很大程度上破除了神学迷信,因此,在建安作家当中,不论是三曹、七子,还是其他作家,大多比较重视人的力量,比较注意观察和分析社会上各方面的人物。这里,仅以曹操、曹植和王粲为例。

曹操强调"天地间,人为贵"(《度关山》)。他"知人善察,难眩以伪"(《魏志·武帝纪》注引《魏书》),既注意观察上层人物,也留心了解下面的民情。前者可以他对袁绍的分析为例,后者在他的诗文中常有表现。袁绍出身于四世三公的名门大族。他弱冠登朝,势力雄厚,名扬海内。曹操少年时曾同他有过来往,后来也多次同他打过交道。通过与袁绍接触,曹操认识到袁绍的为人是"志大而智小,色厉而胆薄,忌克而少威,兵多而分划不明,将骄而政令不一"(《魏志·武帝纪》)。曹操对人民,一方面杀戮他们、驱赶他们服役征战,另一方面又注意体察他们艰难的生活和悲惨的遭遇。《军谯令》中说的"旧土人民、死丧略尽，国中终日行，不见所识"，就表现了曹操对民情的体察。

曹植基于"勠力上国，流惠下民"的志向，也比较注意观察平民百姓和统治阶级内部的某些人物。建安十三年他随军出征三郡乌桓时，特别留心观察贫困的边海人民，这在他写的《泰山梁甫行》中有所反映。太和二年遇到大旱，曹植看到三麦不收，对"百姓分于饥饿"（《喜雨诗序》），极为关注。曹植生活的后期，屡受曹丕父子的排挤和迫害，一些奸邪小人如灌均、王机等，从中枉告诬蔑，挑拨离间，曹植特别留心观察他们的言行。曹植《黄初六年令》说："吾昔以信人之心，无忌于左右，深为东郡太守王机、防辅吏仓辑等任所诬白，获罪圣朝。"沉痛的教训加深了曹植对奸邪小人的认识。

王粲虽是汉代三公、大将军的后代，但当他接触动乱的社会生活以后，也比较留心观察各方面的人物。如他十六岁那年，在离长安赴荆州避乱的途中，遇到了一个饥饿的妇女，他不仅注意观察了她"抱子弃草间"、惨不忍睹的情景，而且还寻问了她悲惨的遭遇。又如她到荆州依附刘表以后，经过较长时期的观察和比较，认识到刘表和曹操的不同。这在他奉觞祝贺曹操的讲话中表现得非常清楚："刘表雍容荆楚，坐观时变，自以为西伯可规。士之避乱荆州者，皆海内之俊杰也；表不知所任，故国危而无辅。明公定冀州之日，下车即缮其甲卒，收其豪杰而用之，以横行天下；及平江、汉，引其贤俊而置之列位，使海内回心，望风而愿治，文武并用，英雄毕力，此三王之举也。"（《魏志·王粲传》）王粲的这番话，不是应酬之言，而是从生活实践中得到的认识。正由于他对曹操有比较清楚的认识，所以劝刘表之子刘琮投降了曹操。而他自己在依附曹操的近十年的岁月当中，基本上是踌躇满志。他经常想到的是"弃余亲睦恩,输力竭忠贞。惧无一夫用,报我素餐诚。"(《从军诗》五首其二)表现了与以前迥异有别的精神风貌。

社会生活是作家创作的土壤,也是作家获得正确认识的重要途径。建安作家注意向社会生活学习,对他们的思想和创作都产生了积极的影响。这突出地表现在以下几方面:

第一,加深了他们对动乱社会的认识,激发了他们的思想感情,使他们不得不拿起笔来描绘动乱对社会的严重破坏,抒发他们由动乱而引起的种种感受。建安时期不少反映社会动乱的优秀作品都有这方面的特点。这里且举曹操的《薤露行》和《蒿里行》作为示例:

> 惟汉二十世,所任诚不良。沐猴而冠带,知小而谋强。犹豫不敢断,因狩执君王。白虹为贯日,己亦先受殃。贼臣持国柄,杀主灭宇京。荡覆帝基业,宗庙以燔丧。播越西迁移,号泣而且行。瞻彼洛城郭,微子为哀伤。

> 关东有义士,兴兵讨群凶。初期会盟津,乃心在咸阳。军合力不齐,踌躇而雁行。势利使人争,嗣还自相戕。淮南弟称号,刻玺于北方。铠甲生虮虱,万姓以死亡。白骨露于野,千里无鸡鸣。生民百遗一,念之断人肠。

这两首诗不仅叙写了汉末动乱对社会的惨重破坏,而且在一定程度上揭示了造成动乱的主要原因,触及了一些本质问题。《薤露行》鲜明地揭露了汉末由于朝政的昏暗,任用了"知小而谋强"的外戚何进等人,结果导致了董卓等"贼臣持国柄,杀主灭宇京"的时代悲剧。《蒿里行》开始写关东军阀豪强兴兵联合讨伐董卓,接着调转笔锋,写军阀豪强各怀异心,为了争夺"势利",互相残杀。在诸多军阀豪强当中,曹操特别点出了袁绍兄弟妄想称帝的野心。这就使我们认识到当时军阀混战的主要目的。象《薤露行》、《蒿里行》这样内容比较广阔而深刻的诗歌，只有能够俯视汉末昏暗的政治和社会现实，只有曾经接触过袁绍兄弟这类军阀的曹操，才能够写得出来。

第二，增进了对民情的了解，加深了对人民的同情。同情是观念形态的东西，主要是社会实践的产物。建安作家对人民不同程度上的同情，固然与他们在品德修养时受儒家民本思想的影响有关，但更重要的是由于他们常常置身于动乱的社会现实，耳闻目睹人民的生活遭遇，使他们感到人民值得同情。心胸里有了对人民的同情，笔下才会写出同情人民的作品。如七子之冠冕的王粲，他的诗歌比较成功的当是《七哀》三首中的第一首：

> 西京乱无象，豺虎方遘患。复弃中国去，委身适荆蛮。亲戚对我悲，朋友相追攀。出门无所见，白骨蔽平原。路有饥妇人，抱子弃草间。顾闻号泣声，挥涕独不还。"未知身死处，何能两相完？"驱马弃之去，不忍听此言。南登霸陵岸，回首望长安。悟彼《下泉》人，喟然伤心肝。

这首诗表现了他对动乱中的人民的深切同情。这种同情主要是由于他在乱离当中，对人民的悲惨遭遇不是冷漠无视，不是惊而却走，而是主动地接近和体察。通过接近和体察，受到了人民有声的和无声的帮助。

第三，给文学创作提供了比较丰富的素材，使建安作家的作品能够从多方面反映现实生活，具有广泛的社会内容。斯大林曾经说过："形象和事件不是可以坐在自己的书房里臆造的。必须从生活中汲取。"（转引自《苏联文学中的典型性问题》）斯大林的话具有普遍意义，不少建安作家的创作也是这样。王粲是建安时期的杰出作家，他留下来的诗歌虽然不多，但题材还是比较丰富的。战乱对社会的惨重破坏，人们被迫流离的悲伤，将士从军征战的苦乐，个人为国立功和消除战乱的急切愿望，乱离之中朋友之间的关怀和宽慰，凡此种种，在王粲的诗歌当中都有所反映。他的作品的题材比较丰富的原因，正如清朝人陈祚明在《采菽堂古诗选》卷七中所说："祗缘述亲历之状，故无不沉切。又如耕夫言稼，红女言织，平实详婉，纤悉必尽。"曹植的创作也有近似的情况。曹植现存的作品较多，其中有不少作品的写作时间难以确定。但从那些基本上可以断定写作时间的优秀作品来看，有许多是他随军出征、向生活学习的产物。如建安十六年七月，曹操率军西征马超，曹植抱病从征。他在从征的途中，留心观察社会现实，颇多感受，满怀创作激情。从七月到十二月，先后写了许多作品，仅流传到现在的就有《离思赋》、《送应氏》二首、《洛阳赋》、《赠丁仪王粲诗》、《三良诗》、《述行赋》等七篇诗赋。这七篇诗赋涉及的题材比较广泛，从多方面反映了现实生活以及由现实生活激发出来的思想感情。曹植在前后不到半年的时间里，竟留下了这么多比较好的作品，这恐怕是曹植创作生涯中大放光芒的一段时间。这些丰硕成果的取得，可以证明作家向生活学习是多么重要。

三

　　歌德曾经说过："谁要想作出伟大的作品，他就必须提高自己的文化教养。"(《歌德谈话录》第174页)要提高自己的文化教养，就必须努力看书学习。建安作家在这方面的修养，也是值得我们重视的。

　　建安作家虽然家庭出身有差别，生活经历有不同，但从小就努力读书却是他们走过的共同道路。这在有关三曹、七子和其他作家的文献资料中都有明确记载。曹操的一生虽然处在社会斗争的旋涡里,主要精力用于政治斗争和军事斗争,但他一直没有放松读书学习。曹丕《典论·自叙》说曹操"雅好诗书文集,虽在军旅,手不释卷"。《魏志·武帝纪》注引《魏书》说他"文武并施,御军三十余年,手不舍书,昼则讲武策,夜则思经传"。特别值得我们重视的是他读书能够坚持不懈,至老不息。他"常言人少好学则思专,长则善忘,长大而能勤学者,唯吾与袁伯业耳"(《典论·自叙》)。曹操的"长大而能勤学",使后来不少人非常叹服。据《吴志·吕蒙传》注引《江表传》记载:孙权曾以曹操的"老而好学"勉励无暇读书的吕蒙笃志学习。《颜氏家训·勉学篇》说曹操"老而弥笃,此皆少学而至老不倦也"。王利器先生注引《梁谿漫志》载苏轼赞叹曹操说:"此事独今人不能,即古人亦自少也。"曹操的读书好学,直接影响到曹丕和曹植。曹植《文帝诔》称颂曹丕"歧嶷幼令,研几六典。学不过庭,潜心无罔"。卞兰《赞述太子赋》赞扬曹丕能够"研精典籍,留意篇章","历精思于训籍,忽日移而忘劬"。曹植和卞兰的话虽有溢美的成分,但从中可以看到曹丕读书还是相当努力的。曹植在读书方面也是很用功的。他"年十岁余,诵读诗、论及辞赋数十万言"(《魏志·陈思王植传》)。他与邯郸淳相见时,能"诵俳优小说数千言"(《魏志·王粲传》注引《魏略》)。所谓"诵"就是背诵的意思。可见他有些书读得是相当稔熟的。七子在读书方面并不亚于三曹,其中特别值得称道的是王粲和徐干。王粲对读书是十分重视的。在他看来,一般人且不必说,即使"圣人"也是"实之于文,铸之于学"的(《荆州文学记官志》)。基于这样的认识,他"强记洽闻,幽赞微言"(曹植《王仲宣诔》)。徐干在读书方面也表现出极大的兴趣和惊人的毅力。据阙名《中论序》记载:他"未志乎学,盖已诵文数十万言矣。年十四,始读五经,发愤忘食,下帷专思,以夜继日,父恐其得疾,常禁止之。"由此可知,徐干读书是多么集中精力、孜孜不倦!

　　建安作家读书涉及的面是比较广的,一般都是博览群书,注意从各种著述中汲取对自己有益的东西。曹操作为一个文学家,他不仅注意学习诗赋,而且"好学明经"(《北堂书钞》卷十二引《魏武帝集》),注意钻研诸子百家之言,特别留心学习《孙子兵法》之类的兵书。他在《孙子·序》中曾说过:"吾观兵书战策多矣,孙武所著深矣。"曹丕留下了不少诗赋,自然他在学习诗赋方面花费过很多精力,但他又不止于此,他"妙思六经,逍遥百氏"(《与吴质书》),对经典和诸子百家也相当熟悉,所以葛洪称赞曹丕"学则无书不览"(《抱朴子·内篇》卷二《论仙》)。曹植读的书,除前面提到的诗、论、辞赋和俳优小说之外,还有其他"古今文章"(《魏志·王粲传》注引《魏略》)。曹丕在《典论·论文》中称赞七子读书是"于学无所遗"。《魏志·王粲传》说王粲"博物多识,问无不对"。同传注引《先贤行状》称徐干"聪识洽闻"。他们之所以能够这样,是与他们的博览群书分不开的。女诗人蔡琰的博学也是值得称道的。据《后汉书·列女传》记载,蔡琰幼年时,就深受其父蔡邕的影响,非常"博学"。后来她被曹操从匈奴赎回时,还能够"诵忆"过去家藏的典籍"四百余篇",而且缮书,竟然"文无遗误"。

　　建安作家虽然重视读书,但他们对书本知识并不盲从。王粲和曹植在这方面都有明显的表现。王粲在《难钟荀太平论》一文中,特别肯定孟子"尽信书不如无书"的见解。这和那些盲目信从书本的封建士大夫是有天壤之别的。曹植的看法突出地表现在他对一些著述宣扬神学迷信思想的批判上。先秦时期,特别是两汉时期的一些著述,常常把自然灾害的出现,完全看成是对执政者的谴告。曹植对这些神学迷信的宣传,不仅不信从,而且在《告咎文序》中还作了分析和批判:"五行致灾,先史咸以为应政而作。

天地之气自有变动，未必政治之所兴致也。"此外，曹植对不少他认为是杰出人物的言论，也从不盲目崇信。他佩服汉代著名的思想家桓谭，赞誉桓谭是"中兴笃论之士"，"其所著述多善"。但是他并不完全信从桓谭。他认为桓谭有些说法"未是也"，有些论述前后自相矛盾，"未见其定论也"（《辩道论》）。曹植对前人的著述注意分析，并能指出其中的纰缪，这种精神是非常可贵的。

书籍是人类文化成果的体现，是滋补人们精神的营养品。读书对作家人格的镕铸，对作家认识水平的提高和用美的形式反映社会生活，都有重要的作用。这在不少建安作家身上体现得比较清楚。

拿道德修养来说，徐干在《中论·治学篇》中一开始就曾经指出："昔之君子成德立行，身没而名不朽，其故何哉？学也。"又指出："人不学，则无以有懿德。"徐干所说的"学"，主要指看书学习。徐干认为学习能培养人的美德，这在建安作家是不乏其例的。如前面提到曹植的"勠力上国，流惠下民"的思想品德，固然主要是来自时代的感召和生活的激发，但同时也是与他注意努力阅读古代史籍分不开的。这一点曹植在《求自试表》有一段自述："每览史籍，观古忠臣义士，出一朝之命，以殉国家之难，身虽屠裂，而功勋著于景钟，名称垂于竹帛，未尝不抚心而叹息也。"所谓"抚心而叹息"，就是深深地受到了古代"忠臣义士"的影响。

读书对文学创作的影响也是很大的。黑格尔说过，在文艺创作中，"每个人都是按照他的见解和胸襟的深度与广度去了解人物、行动、事件的"（《美学》第一卷《全书序论》）。而见解和胸襟的深度与广度常常与作者读书的多少关系密切。作者如果能广泛地、深入地读书，他就会贯通古今、囊括历史，就有利于区别各种人物、行动和事件当中，哪些仅对个人有意义，哪些对多数人有意义，有利于从社会激流中汲取激情，有利于提高把握现实的能力，从而写出优秀的作品。这方面在曹植的创作中有一些体现。曹植由于读书的范围较广，从多方面了解了人类的文化成果，因此储知蓄理较多，有较强的审辨鉴别能力。这就使曹植有可能写出较多的优秀作品。这一点，曹植的同辈丁廙和后来的评论家方东树都有所评述。据《魏志·陈思王植传》注引《文士传》记载，丁廙称赞曹植的创作时，明确地把"博学渊识"和"文章绝伦"联系在一起。在丁廙看来，没有"博学渊识"，就很难有"文章绝伦"。方东树对曹植的有关评述见于《昭昧詹言》卷三："大约陈思才大学富，力厚思周，每有一篇，如周公制作，不可更易。非如他家以小慧单美，取悦耳目也。"说曹植的作品"不可更易"，有些夸张，但他指出曹植的作品与"学富"关系密切，这倒是精当之论。

学识的广博与否，会直接影响作品质量的高低。这一点曹操有比较明确的认识。《文心雕龙·事类篇》说："魏武称张子之文为拙，然学问肤浅，所见不博，专拾掇崔、杜小文，所作不可悉难，难便不知所出，斯则寡闻之病也。"曹操认为张子的文章之所以拙劣，原因在于"学问肤浅，所见不博"。这从教训方面说明了博览群书、深入钻研对文学创作的重要意义。

一个作家人格的形成，主要依靠实践的养育，但也离不开文化知识的陶冶。一个作家认识水平的高低，固然主要取决于社会实践，但如果他读书多、文化高，就会有助于对各种事物做出比较接近于真理的评价。同样的，一个作家的审美趣味，总是深深打上他社会实践的烙印，但因为作家都是生活在一定的社会条件下，在审美趣味方面总会有一定的局限性。如果他能够多读书，具有广阔的文化视野，常常会有助于克服这种局限性。建安作家在上述几方面，都多少不同地给我们提供了一些经验。这些经验值得我们借鉴。

四

许多建安作家在努力读书学习的同时，还对不少艺术门类表现出浓厚的兴趣，并且有较高的修养。在这方面比较突出的是曹操，其次是曹植、王粲、阮瑀、蔡琰和邯郸淳等。

曹操好音乐，而且有较高的造诣。东汉的桓谭和蔡邕，都是音乐专家，而曹操"皆与埒能"（《魏志·武帝纪》注引《博物志》）。曹操精通不少乐器，《魏志·方技传》记载：

> 汉铸钟工柴玉巧有意思，形器之中，多所造作，亦为时贵人见知。（杜）夔令玉铸铜钟，其声均清浊多不如法，数毁改作。玉甚厌之，谓夔清浊任意，颇拒捍夔。夔、玉更相白于太祖，太祖取所铸钟，杂错更试，然〔后〕知夔为精而玉之妄也……

这段记载说明，曹操对钟这类乐器是否合乎标准，具有精审的辨别能力。如果没有音乐方面的修养，是很难做到这一点的。又据《博物志》记载，曹操还是著名的书法家和棋手。东汉的崔瑗、崔实、张芝和张昶等擅长草书，而曹操几乎能同他们相媲美；山子道、王九真和郭凯等都是有名的围棋手，而曹操能和他们相抗衡。此外，如"造作宫室，缮治器械"等，曹操都"无不为之法则，皆尽其意"（《魏志·武帝纪》注引《魏书》）。

曹植对一些艺术的爱好和修养也是颇有名气的。《法苑珠林》卷四十九载释道世说曹植是"世间术艺，无不毕善"。释道世的话虽然有些夸张，但曹植对好多艺术比较熟悉确是事实。他长于书法，又善于绘画。他的字画的墨迹曾经流传到隋代，使杨广赞叹不已："余观夫字画沈快，而词旨华致，想象其风仪。玩阅不已,因书以冠于褾首。"(《全隋文》卷六《叙曹子建墨迹》)由于曹植爱好绘画,并善于绘画,所以对绘画也有较高的鉴赏水平,给我们留下了《画赞序》和《长乐观画赞》两篇有关绘画方面的文章。曹植还熟悉乐曲。根据他的《鼙鼓歌五篇·序》,我们知道,他曾经在"古曲多谬误"的情况下,"依前曲改作新歌五篇",这就是流传至今的《鼙鼓歌》五首。另外,根据《魏志·王粲传》注引《魏略》记载,曹植还爱好舞蹈和击剑。他曾经在邯郸淳面前"胡舞五椎锻,跳丸击剑",使邯郸淳非常叹服。上述事实说明,曹植对不少艺术门类都有一定的修养。

　　王粲在绘画和音乐等方面也有较高的修养。曹植在《王仲宣诔》称赞他说:"何道不洽,何艺不闲。棋局逞巧,博奕惟贤。"他懂得绘画,《历代名画记》说他画有遁甲开山图。他熟悉音乐,当他在"独夜不能寐"的孤寂之中,能够"摄衣起抚琴"(《七哀诗》三首其三)。和王粲相比,阮瑀和蔡琰在音乐方面的修养更高。阮瑀"善解音,能鼓琴",他"抚弦而歌","音声殊妙"(《魏志·王粲传》注引《文士传》)。《后汉书·列女传》说蔡琰"妙于音律",注引刘昭《幼童传》曰:"(蔡)邕夜鼓琴,弦绝。琰曰:'第二弦。'邕曰:'偶得之耳。'故断一弦问之,琰曰:'第四弦。'并不差谬。"由此可见,蔡琰童年时即注意音乐修养,在琴技方面达到了非常精熟的地步。

　　文学艺术中的各个门类,都有自己的特殊性。我们不应当要求一个作家同时也是一个音乐家,或者同时是一个美术家和书法家等等。这样的要求有些脱离实际。事实上,在我国古代,虽然有的作家也是其他艺术家,但这毕竟是个别的,而更多的作家的主要贡献还是在文学方面。建安作家基本上也是这样。这是一方面。另一方面,文学艺术的各个门类之间又有相通的东西,彼此之间能够互相渗透、互相影响。拿诗歌和音乐来说，诗歌的本质在很大程度上是接近音乐的，而音乐的胎盘上也常常孕育着诗歌。一个作家如果能够注意音乐、绘画和书法等艺术门类的修养，就会有助于他从不同的角度去观察生活、体验生活，就会有助于更全面地发展他的审美意识，就会有利于他的创作。譬如，曹操等建安作家对音乐的爱好和修养，不仅使他们的审美情操受到音乐的陶冶，而且使他们的创作有时能越过文学的边缘而进入音乐艺术的领域，使诗歌和音乐融合在一起。这明显地表现在乐府诗的创作上。建安作家有不少人都写有乐府诗，其中比较突出的是曹操。《魏志·武帝纪》注引《魏书》说曹操"及造新诗，被之管弦，皆成乐章"。今存曹操比较完整的诗歌共十九首，全是乐府诗。曹操和他的子孙在"清商"曲方面还有创造。《南齐书·王僧虔传》载王僧虔上表说："今之'清商'，实由铜爵，三祖风流，遗音盈耳，京、洛相高，江左弥贵。"看来曹操等创作的"清商"曲在南朝还有很大的影响。曹操等建安作家之所以能够比较自觉地写乐府诗，而且能有所创造，是与他们喜爱音乐，并且注意音乐修养分不开的。建安作家在这方面的贡献，值得我们借鉴。

五

文学作为一个门类，它本身还有一些特殊要求。因此，对于一个作家来说，除了上面谈到的几方面的修养以外，还要在文学本身的修养方面付出很大的努力。建安作家在这方面也是比较注意的。

建安作家留下来的比较优秀的文学作品，多是短篇之作。表面上看，作者写这些作品似乎没有费多大力气，实际上他们的写作态度是相当严肃认真的。在这方面曹丕和曹植都有一些值得我们重视的言行。曹丕《典论·论文》中把文章视为"经国之大业,不朽之盛事"。基本这种认识,他认为写作应当严肃认真。他对孔融的某些文章"不能持论,理不胜辞,以至乎杂以嘲戏",提出了批评。曹植当时有重要的社会地位,在建安文坛上又是佼佼者。但是在创作上,他并不傲慢。他注意征求别人的批评,注意修改删定自己的作品。他在《前录自序》中曾经说过:"余少而好赋,其所尚也,雅好慷慨,所著繁多。虽触类而作,然芜秽者众,故删定,别撰为前录七十八篇。"曹植对自己的辞赋,能够主动地进行"删定",这说明他对自己作品的要求是比较严格的,说明他的写作态度是相当严肃的。

文学是一种语言艺术,一个作家要写出好的作品,必须有较高的语言修养。从建安作家的言论和创作实践来看,他们对语言的修养也是十分注意的。

建安作家重视语言修养的言论,主要散见于有关的著述当中。曹操"称作敕戒当指事而语"(《文心雕龙·诏策篇》);又说写表"勿得浮华"(同上,《章表篇》);他论赋"嫌于积韵,而善于资代"(同上,《章句篇》)。曹丕《典论·论文》论文体,强调"诗赋欲丽"。上面提到的"指事而语"、"勿得浮华"、"嫌于积韵"和"诗赋欲丽"等,都与语言的运用关系密切。如果不注意语言的修养,是很难提出上面这些问题的。

从创作实践来看,建安作家在语言修养方面特别注意向古人学习。这主要有两点:一是学习古人的句法,有选择地化用古人的用语。如曹植《朔风诗》里有"昔我初迁,朱华未希。今我旋止,素雪云飞"四句。这四句显然是在取式《诗经·小雅·采薇》篇中"昔我往矣,杨柳依依,今我来思,雨雪霏霏"四句句法的基础上,加以变化而写成的。王粲写诗有时也化用古人的用语。杨慎《升庵诗话》卷二曾经指出："刘歆《遂初赋》：'望亭隧之嶕嶢兮，飞旗帜之翩翩。'王粲《七哀诗》：'登城望亭隧，翩翩飞羽旗。'实用刘歆语。"二是直接引用古人的成句。如曹操《短歌行》中的"青青子衿"二句用《诗经·郑风·子衿》成句；"呦呦鹿鸣"四句用《诗经·小雅·鹿鸣》成句。曹操熟悉《诗经》，所以引用《诗经》成句，常常给人以不假思索、信手拈来的感觉。同时由于他引用妥贴，恰到好处，不仅笔墨经济，而且丰富了诗歌的思想内容。

　　建安作家在注意学习古人的语言的同时，还特别重视学习人民的语言。曹植《与杨德祖书》说："夫街谈巷说，必有可采；击辕之歌，有应风雅。"这里所说的"街谈巷说"和"击辕之歌"指的都是人民的口语。曹植之所以重视它们，一方面因其在思想上有可取之处，同时也因为从中可以学习一些丰富的、生动的语言。这说明象曹植这样的作家是相当重视人民的语言的，并且注意向民间歌谣学习。这方面在建安诗人的创作中，有许多突出的表现。如陈琳的《饮马长城窟行》一诗。这首诗开头"饮马长城窟，水寒伤马骨"两句，直接点题，显然是取法汉乐府民歌的形式。汉乐府民歌有许多题目，都是根据诗的起句或起句中的几个字确定的。这首诗属于叙事诗，主要是用对话的形式写成的。全诗客观地叙写和质朴的语言，同秦汉时的民歌极为接近。其中"生男慎勿举，生女哺用脯。君独不见长城下，死人骸骨相撑拄"四句，基本上引用的是传说产生于秦朝的"长城歌"。不同的是"长城歌"四句全是五言，这首诗引用时，把后两句变成了七言。字数的变化，使诗句前后参差错落，同全诗用长短句形成的歌行体合谐一致。陈琳这首诗的例子，表明建安文人既重视学习民歌的语言，同时在学习时，又注意避免生搬硬套。此外，因为建安文人生活在动乱时期，程度不同地接触过人民,因而在客观上为他们学习人民的语言提供了有利的条件。平时注意学习人民的语言,创作时就会自然地加以运用。如曹操采用民间通俗的语言进行写作,有时甚至用《谣俗词》作为诗的题目。又如建安作家常常在自己的诗文中,甚至在一些严肃的政令中直接引用里语和谚语。曹操《礼让令》引"里谚曰:'让礼一寸,得礼一尺。'"《选举令》引"谚曰:'失晨之鸡,思补更鸣。'"曹植《黄初五年令》引"谚曰:'人心不同,若其面焉。'"这些里语、谚语,语言精炼,含义深刻丰富。曹操和曹植用得又非常恰当。如果他们平时不注意这方面的修养,恐怕在诗文中是不会运用得那样恰当。我们知道,语言的比较通俗是建安文学的一个突出的特点。这一特点的形成,是与建安作家注意学习人民的语言分不开的。

　　以上我们从五个方面论述了建安作家的修养。总上所述,我们可以看到,建安作家确是比较重视各方面的修养,他们自身的修养也确是当时文学能够取得丰硕成果的重要原因之一。不过我们在肯定这一点的同时,还必须考虑到建安作家都是封建文人,他们的修养又是在古代封建剥削阶级占统治地位的历史条件下进行的。这就使他们的修养不可避免地要受到历史的和阶级的局限。他们虽然比较重视修养,但有时并不自觉。他们修养所涉及的许多方面,有些不仅他们自己难以做到,而且有时还有严重背离的地方。因此,对建安作家的修养,我们应当注意作历史的、具体的分析。

　　　　　　　　　　　　　　　　写于一九八四年九月

建安文学和它以前的文学传统

任何一个文学繁荣的时期,不管当时的作家多么有天才,多么善于创新,他们总是要依靠过去长期创造的文学传统,总是要在继承以往文学成果的基础上进行创作的。建安文学的繁荣也是这样。建安文人对过去文学传统的继承表现在多方面。这里,我想以文学史上的重要作家作品,如《诗经》、"楚辞"、汉乐府民歌和汉赋等为主,谈一谈建安文学从中继承了哪些东西,是怎样继承的,给我们留下了哪些有益的经验。

一

《诗经》是我国最早的一部诗歌总集。《诗经》,特别是其中的民歌的现实主义精神,对后来有很大的影响。历代许多进步的文人,都注意继承《诗经》这一优秀的文学成果,作为自己创作的借鉴。在这方面,建安文人可以说是走在了前面。

曹植在《与杨德祖书》中曾经说过:"夫街谈巷说,必有可采;击辕之歌,有应'风'、'雅'。"曹植谈论"击辕之歌"竟和"风"、"雅"联系起来,并且认为"击辕之歌"之所以值得注意,是因为它合乎"风"、"雅"。这说明曹植是把"风"、"雅"作为衡量民间歌谣的重要标准的,也说明建安文人对《诗经》,尤其是对其中的"风"、"雅"部分是相当重视的。这也体现在曹操、曹植和王粲等人的创作上。

在曹操、曹植和王粲等人的创作中，对"风"、"雅"的继承表现在多方面。有的是不露形迹的，这主要体现在对"风"、"雅"的现实主义精神的继承上。有的则有明显的表现，这突出地体现在一些建安诗歌中直接引用了"风"、"雅"中的一些诗篇，继承了这些诗篇所反映的思想内容。如曹操《苦寒行》说："悲彼《东山》诗，悠悠令我哀。"《东山》诗见于《国风·豳风》，主要是写征人还家途中对家乡的思念。曹操在《苦寒行》的最后，特别提到《东山》诗，目的是借《东山》诗来丰富自己的诗的内容。这样写使读者自然会把《苦寒行》同《东山》诗联系在一起，这就扩大了《苦寒行》的意境，深化了它的主题。又如曹植在《情诗》中当写到游子因服徭役长期不得归还时说："游子叹《黍离》，处者歌《式微》。"《黍离》是《国风·王风》中的著名诗篇，主要写行役人的感慨和忧伤。《式微》是《国风·邶风》中的重要作品，写的是人们由于苦于繁重的劳役而产生的不满和怨恨。曹植在《情诗》中凯切地引用了这两首诗，说明他对这类诗歌有比较深刻的体会，并注意在自己的创作中加以继承。再如王粲《七哀诗》其一引用《国风·曹风》里的《下泉》诗说："悟彼《下泉》人，喟然伤心肝。"《下泉》主要是写春秋时曹国人怀念东周王朝的治世，对贵族之间的战乱表示愤慨。诗中所反映的社会情况和王粲所面临的社会现实有相似之处，因而当王粲写完饥妇"抱子弃草间"之后，很自然地联想到《下泉》人"。王粲引出《下泉》这首诗，进一步抒发了自己的感喟和恢复封建治世的理想。值得注意的是，上面曹操等三人提到的《诗经》中的篇章，都是"国风"中比较重要的诗歌。这一现象的出现，并非偶然。它表明建安文人尽管对整个《诗经》都比较熟悉，但他们在创作中，继承较多的是《诗经》里"国风"这一部分。

二

　　战国时期,屈原等作家写的"楚辞"同《诗经》一样,都是我国古代优秀文学传统的重要组成部分。建安文人十分珍惜它,并在创作中注意加以继承。

　　建安文人对屈原和宋玉的作品是相当重视的。比较明显的例证是曹植。曹植,特别是他的后期,由于忠而被谗、报国无门、多遭迫害,因而十分注意屈原的作品,并且深受影响。他在《陈审举表》中借用屈原的诗句"国有骥而不知乘,焉皇皇而更索",来抒发自己希望为国立功但不被任用的愤慨。他在《九愁赋》中,叙写自己对都城的怀念(如"匪徇荣而愉乐,信旧都之可怀");抒发自己忠而被逐的怨恨(如"恨时王之谬听,受奸枉之虚辞。扬天威以临下,忽放臣而不疑");倾吐自己坚守正义的耿耿胸怀(如"履先王之正路,岂淫径之可遵");以及许多幻想(如"御飞龙之蜿蜒,扬翠霓之华旌,绝紫霄而高骛,飘弭节于天庭")等,显然都同屈原的作品十分接近。因此清朝人丁晏《曹集诠评》卷一评这篇赋说:"楚骚之遗,风人之旨。托体楚骚,而同姓见疏,其志同其怨亦同也。文辞凄咽深婉,何减灵均!"此外,曹植在《洛神赋·序》中曾说,他写《洛神赋》是因为"感宋玉对楚王说神女之事,遂作斯赋"。由此可见,曹植对宋玉的作品不仅相当谙熟,同时在他的创作中也是有所继承的。

　　建安文人对"楚辞"的继承,还表现在许多游仙诗的写作上。我们知道,建安以前的游仙之作,大致有两种情况:一种是"楚辞"中有关游仙的描写;一种是汉代的游仙诗。"楚辞"中写的神仙,很多都带有神话传说的色彩,在神仙那里发生的事情多是与人间的事迹相近似。神仙对人并没有控制和威慑的力量。作者用幻想的形式来描绘神仙，主要是为了表现对混浊现实的不满和对美好理想的追求。汉代的游仙诗则不同。从内容上来分析，汉代的游仙诗多是相信神仙的存在，认为神仙能够主宰人事，因而希求神仙保佑，梦想成神变仙、长生不老。建安文人，特别是三曹，写了一些游仙诗。这些游仙诗的内容，虽然有的也带有神学迷信色彩，但从其主要倾向来看，表现的是对人生的执着和对神仙的否定。如曹操《秋胡行》二首其二说："二仪合圣化，贵者独人不？万国率土，莫非王臣。仁义为名，礼乐为荣。""不戚年往，忧世不治。"象曹操这样肯定人的价值和对乱世的忧愤，在汉代的游仙诗中是很难找到的。又如曹丕的《折杨柳行》。这首诗写的是游仙，但却明确地宣称："王乔假虚辞，赤松垂空言。达人识真伪，愚夫好妄传。"王乔和赤松子是汉代一些游仙诗所崇敬和追慕的仙人，但在曹丕的游仙诗里，却成了被否定的对象。和曹操、曹丕相比，曹植的游仙诗更多。曹植的游仙诗多是托意远游，表现自己有志不得伸展、怀才不被任用的痛苦和愤慨，所谓"人生不满百，岁岁少欢娱"（《游仙》），"九州不足步，愿得凌云翔"（《五游咏》），"欢日尚少，戚日苦多"（《善哉行》）等等，都表现了这种思想感情。通过上面对三曹游仙诗的简略分析，可以看到，建安游仙诗和汉代游仙诗相距较远，而与"楚辞"中的游仙篇章却有不少相通之处。清朝人黄子云《野鸿诗的》说："游仙诗本之《离骚》，盖灵均处秽乱之朝，蹈危疑之际，聊为乌有之词以寄兴焉耳。建安以下，竞相祖述。"黄氏论游仙诗，特别点出建安游仙诗与"楚辞"的代表作《离骚》的继承关系，是很有见地的。从游仙诗这方面来看，建安文人对"楚辞"的继承是比较明显的。

三

继《诗经》、"楚辞"之后,汉乐府民歌在我国古代优秀的文学传统上,又增添了新的光辉。它赋予了古代诗歌以新的生命。一代又一代的杰出文人学习它、继承它,从它那里吸取营养,哺育自己的创作。在这方面,建安作家应当说是名列前茅。汉乐府民歌"感于哀乐,缘事而发",从多方面反映了社会现实,进一步发展了《诗经》开创的现实主义精神。建安文人对汉乐府民歌特别重视,十分注意继承汉乐府民歌的现实主义精神和表现形式,给我们留下了许多优秀的诗篇。曹操的《薤露行》、《蒿里行》,王粲的《七哀诗》,陈琳的《饮马长城窟行》,阮瑀的《驾出北郭门行》,曹植的《送应氏》和《泰山梁甫行》等,都是这方面的典型作品。在这些作品中,陈琳的《饮马长城窟行》和阮瑀的《驾出北郭门行》对汉乐府民歌的继承尤为明显。《饮马长城窟行》主要采用书信对话的形式,叙写了封建统治者驱使许多健夫远离家乡和亲人去修筑长城,揭露了不合理的封建徭役给人民造成的深重灾难。陈去病《诗学纲要》分析这首诗说:"《饮马长城窟行》叙述边地之苦,颇为切至。而一篇之中,官吏督责,夫妇书问,其声口之严厉哀戚,莫不惟妙惟肖,洵《羽林》、《罗敷》之流亚也。"这段话不仅说明了这首诗的表现特点,同时也指出了这首诗对汉乐府诗歌的继承关系。《驾出北郭门行》用如泣如诉的笔调,描绘了孤儿在封建宗法制度的统治下受继母虐待的悲惨遭遇。诗篇最后"传告后代人,以此为明规"两句的大意,也见于其他乐府民歌。这首诗从题材选择到表现手法,显然是继承了汉乐府民歌中的《孤儿行》和《妇病行》等作品。清朝人陈祚明《采菽堂古诗选》卷七评《驾出北郭门行》说:

"质直悲酸,犹近汉调。"强调的也是这首诗与汉乐府民歌之间的继承关系。《饮马长城窟行》和《驾出北郭门行》等诗歌的出现,说明不少建安文人对汉乐府民歌的现实主义精神的继承是比较自觉的。

建安文人在诗歌体裁方面,也继承了汉乐府民歌的新成就。从现存汉乐府民歌的体裁来看,主要是杂言体和五言体。杂言体这种形式,汉代的一般文人都不予重视,到了建安时期却有不少诗人注意继承它,写了许多杂言体诗。如曹操留下来的诗歌,几乎有一半是杂言体。其他的诗人如曹丕、曹植和陈琳等,也都写有杂言体诗,而且其中有不少是名篇。至于五言诗,虽然是汉乐府民歌的重要创造,但汉代的一般文人多是鄙视这种形式。到了东汉末年,特别是建安时期,不少诗人克服了汉代文人的偏见,注意向汉乐府民歌学习,写了很多五言诗。钟嵘《诗品·总论》叙述五言诗的发展说:"东京二百载中,惟有班固《咏史》,质木无文。降及建安,曹公父子,笃好斯文;平原兄弟,郁为文栋;刘桢、王粲,为其羽翼。次有攀龙托凤,自致于属车者,盖将百计。彬彬之盛,大备于时矣!"钟嵘看到的建安五言诗比流传到今天的要多得多。从他的叙述中,可以想见建安诗坛五言诗蓬勃发展的新局面。建安以后,五言诗以强大的生命力取代了《诗经》四言诗和"楚辞"骚体诗,成了我国诗歌史上重要的诗歌体裁。追究其重要原因,不能不归功于建安文人对汉乐府民歌的继承。

四

普列汉诺夫曾经指出:"差不多每个社会都受到其邻近的社会的影响。"(《一元历史观之发展》)社会的发展是这样,文学的发展也常常有这种现象。建安文学紧承两汉文学,它的发展除了继承汉乐府民歌以外,对两汉的文人文学也是有所借鉴的。这主要表现在对汉赋和汉末《古诗十九首》的继承上。

就对汉赋来说,建安文人不论是对汉代的大赋,还是对汉代的抒情小赋,并不完全排斥,而是注意吸取对自己创作有益的东西。

建安文人对汉代大赋的看法不见系统的论述,但从一些零星的资料中,亦可窥见一斑。曹植在《与杨德祖书》中说陈琳"多自谓与司马长卿同风"。看来陈琳对司马相如的辞赋是相当推崇的,不然他不会把自己和司马相如相提并论。杨修在《答临淄侯笺》中,对扬雄晚年否定自己写的大赋的做法,提出了尖锐的批评:"修家子云,老不晓事,强著一书,悔其少作。"上面两个例子,说明有些建安文人对汉代大赋是有所肯定的,并且是相当重视的。这在他们的某些作品里也有表现。

汉代大赋"苞括宇宙,总览人物",长于体物写景,注重状貌叙事。对这一特点,建安文人不仅写辞赋时深受影响,而且在诗歌创作中也有所继承。比较典型的例子是曹操的《观沧海》:"东临碣石,以观沧海。水何澹澹,山岛竦峙。树木丛生,百草丰茂。秋风萧瑟,洪波涌起。日月之行,若出其中;星汉灿烂,若出其里。幸甚至哉,歌以咏志。"这首诗用雄浑壮丽的笔墨,描绘了广阔无际的茫茫大海。曹操之所以能写出这样壮丽的诗篇,虽然取决于他具有吞吐宇宙的胸襟和很高的艺术表现能力,同时也与他注意继承汉代大赋有密切的关系。明朝人王世贞在《艺苑卮言》卷四中评这首诗时曾经指出:"其辞亦有本。相如《上林》云:'视之无端,察之无涯,日出东沼,月生西陂。'马融《广城》云:'天地虹洞,因无端涯。大明出东,月生西坡。'扬雄《校猎》云:'出入日月,天与地沓。'"如果没有上述汉代大赋中有关广阔水域和天地无涯的描绘以资借鉴，恐怕曹操是难以写出《观沧海》这样意境开阔壮丽的诗篇的。

汉代大赋在艺术表现上还具有重辞采、好铺陈的特点。这一点为不少建安文人所注意，并且也体现在创作实践上。这里我们不妨举曹植的《白马篇》和《名都篇》为例。《白马篇》前半部描绘游侠的射技用了下面四句诗："控弦破左的，右发摧月支。仰手接飞猱，俯身散马蹄。"为了表现游侠高超的射技，曹植先由左到右，再由上到下，从四个方面加以描绘。这样的描绘，不论是句式，还是辞采，都和汉大赋的铺采摛文相近似。因此，宝香山人评这首诗说："前半幅敷衍处是赋体"（《三家诗》《曹集》卷二）。《名都篇》后半部写京洛少年斗鸡狩猎回来宴乐的情景是："归来宴平乐，美酒斗十千。脍鲤臇胎鰕，寒鳖炙熊蹯。鸣俦啸匹侣，列坐竟长筵。"读了这些诗句，很容易使我们联想到汉代大赋《七发》中有关饮食的描写："熊蹯之臑，勺药之酱，薄耆之炙，鲜鲤之鲙，秋黄之苏，白露之茹；兰英之酒，酎以涤口；山梁之餐，豢豹之胎。"上面两段描写，内容虽然不尽相同，但在表现上都有铺陈夸饰的特点。看来《名都篇》可能是取法于《七发》，所以宝香山人评《名都篇》说："后幅用《七发》如神"（同上）。

两汉时期的辞赋，除了大赋之外，还有一些小赋，如《鵩鸟赋》、《悲士不遇赋》、《北征赋》、《归田赋》、《刺世疾邪赋》和《述行赋》等。这些小赋篇幅较短，内容重在言志抒情，和汉大赋相比，表现的是另一种风貌。建安文人对这些抒情小赋比较重视，并且注意加以继承，写下了许多优秀的抒情小赋。如果纵观我国古代文学史，可以发现，建安时期是抒情小赋最繁荣的一个季节。这一成就的取得，是与建安文人注意从多方面继承汉代抒情小赋的优秀成果分不开的。这一点在当时的文学评论中就有反映。如曹丕在《典论·论文》中称赞王粲和徐干说："王粲长于辞赋,徐干时有齐气,然粲之匹也。如粲之《初征》、《登楼》、《槐赋》、《征思》,干之《玄猿》、《漏卮》、《圆扇》、《桔赋》,虽张、蔡不过也。"曹丕在这里肯定的辞赋,有的已经亡佚,但从传下来的作品看,多是抒情小赋。值得我们注意的是,曹丕评论王粲和徐干的辞赋,没有和汉大赋的代表作家司马相如和扬雄等相对照,而是同写过著名抒情小赋的作家张衡和蔡邕相比较,这并非疏忽大意,而是透露了曹丕在一定程度上看到了建安抒情小赋与汉代抒情小赋之间的一些继承关系。

《古诗十九首》主要是东汉末年的文人作品。这些作品从思想内容到艺术表现,都有很高的成就。从写作时间上看,这些作品离建安较近,更容易引起建安文人的注意。因此,不少建安文人都重视学习《古诗十九首》,从形式到内容都深受其影响。在形式上,建安文人在学习汉乐府民歌中的五言诗的同时,也效法《古诗十九首》五言诗体,写了大量的五言诗。在内容上,《古诗十九首》不论是写游子思妇的悲哀、朋友交情的凉薄,还是写仕途的失意和人生的无常,都贯穿着人生短暂、节序如流的感伤,都有强烈的抒情性。《古诗十九首》在内容上的这一特点,引起了不少建安文人的共鸣。他们注意加以继承,唱出了非常相近的音调:"对酒当歌,人生几何!譬如朝露,去日苦多。"(曹操《短歌行》)"人生如寄,多忧何为?"(曹丕《善哉行》三首其一)"人居一世间,忽若风吹尘。"(曹植《薤露行》)"常恐游岱宗,不复见故人。"(刘桢《赠五官中郎将》四首其二)可见一些建安文人对人生的珍惜和留恋同《古诗十九首》所表现的思想感情是相通的。

五

　　以上我们粗略地论述了建安文学对以前文学传统的继承。通过上面的论述,我们是否可以得到下面几点认识:

　　1. 建安文人是重视文学传统的。建安时期优秀的文学作品,固然主要是置根于作者所处的时代的土壤,但是也体现了以往文学传统的存在、体现了对以往文学传统的继承。建安文学同其他时期的文学一样,都是一个复杂的现实与历史的统一体。它既是时代声音的反响,又是继承过去文学传统的结果。恩格斯在《致康·施米特》一文中曾经说过:"每一个时代的哲学作为分工的一个特定的领域,都具有由它的先驱者传给它而它便由以出发的特定的思想资料作为前提。"(《马克思恩格斯选集》第 4 卷第 485 页)就思想内容来说,建安文学的发展同哲学的发展一样,也是与作家用他们的先驱者传下来的"思想资料作为前提"分不开的。不同的是,建安文学的发展除了继承其先驱者的"思想资料"以外,在表现形式等方面也深受过去文学传统的影响。建安文人如果没有他们的先驱者创造的优秀的文学传统,或者不注意继承过去的优秀文学传统,他们是不可能取得那样光辉的文学成就的。

　　2. 建安文人对以往文学传统的继承,既是比较全面的,又是有所侧重的。所谓比较全面,就是注意继承以往各个时期的作家和作品,以及这些作家和作品的许多方面。上面我们谈到了建安文人对《诗经》、"楚辞"、汉乐府民歌、汉赋和《古诗十九首》的继承。从时间上看,包括了建安以前几乎所有时期的重要文学。从作者和作品看,有文人的创作,也有劳动人民的歌唱;有诗歌,也有辞赋。从内容和形式看,既重视从思想内容上加以继承,也注意借鉴艺术表现上的成果。至于我们没有提到的一些作家作品，建安文人也从中继承了一些东西。这说明建安文人对过去文学传统的继承的范围是相当广泛的。建安文人正是继承了多方面的文学成果，并且加以消化和吸收，才写出了许多优秀的文学作品。所谓有所侧重，就是建安文人对过去各个时期的文学，或者对同一时期不同的文学的继承，并不是半斤五两、不分轻重的。一般地来讲，一个时期进步文人对过去文学传统的继承，多是立足于他们所处的时代，继承的重点是那些特别适合时代需要的东西。对这些东西，作家特别重视，从中吸收的营养也特别多。建安时期，社会动荡，灾难深重。许多文人对这样的社会现实有深切的观察和体验。他们要把自己的观察和体验，用现实主义的创作方法表现出来。他们需要借鉴的主要是现实主义的传统。因此，建安文人对《诗经》和汉乐府民歌更加重视。《诗经》特别是"国风"部分所表现的"饥者歌其食，劳者歌其事"的创作主旨，汉乐府民歌所具有的"感于哀乐，缘事而发"的写作特点，都是先秦两汉文学史上活的灵魂，都有强大的生命力，都贯穿着现实主义创作精神。而这些正适合于建安文学发展的需要，所以建安文人对它们特别重视，从中继承的东西也特别多，也特别明显。

3. 建安文人重视过去的文学传统，同时又特别注意革新和创造，不被过去的文学传统所束缚，不机械地照搬和简单地重复过去的文学传统。

建安文人重视《诗经》，继承了《诗经》的现实主义传统，但在具体创作上，又不是墨守陈规、亦步亦趋。特别是在诗歌体裁上，建安文人不再象《诗经》那样以四言为主。即使写四言诗，也注意创新。在建安诗人当中，曹操写的四言诗比较多。但他的四言诗和《诗经》中的四言诗不同。他的四言诗有自己鲜明的个性特点。这不仅表现在思想内容上，而且也表现在语言的运用上。清朝人吴乔《围炉诗话》卷二说："作四字诗，多受束于《三百篇》句法，不受束者，惟曹孟德耳。"清朝人沈德潜《古诗源》卷五也说："曹公四言，于《三百篇》外，自开奇响。"吴、沈两人的看法切合曹操四言诗的实际情况。

建安文人继承了汉乐府民歌的现实主义精神，但是他们写作乐府诗时并没有受乐府旧题所写内容的束缚，而是或借旧题写时事，如曹操的《薤露行》和《蒿里行》等，或根据首句命题，如阮瑀的《驾出北郭门行》、曹植的《浮萍篇》和《吁嗟篇》等。由于建安文人勇于创新，所以才能把乐府诗的发展推向了新的阶段。

建安文人继承了《古诗十九首》的一些思想内容，但是又没有受它的局限。《古诗十九首》抒发人生短暂、时光易逝的感喟时，常常表现出"为乐当及时"（《生年不满百》）、"荡涤放情志"（《东城高且长》）的消极思想。建安文人虽然在一些作品里也慨叹过人生的短暂，但却不象《古诗十九首》中一些诗歌表现得那样消极，而是表示要用短暂的人生来整治乱世，来建功立业。曹操的"不戚年往，忧世不治"（《秋胡行》二首其二），曹植的"闲居非吾志，甘心赴国忧"（《杂诗》六首其五），陈琳的"建功不及时，钟鼎何所铭"（《游览》二首其二）等诗句，都是明显的例证。

上面的论述说明，建安文人对过去的文学传统，有继承，也有革新，也有创造。唯其如此，建安文学才能给我国古代文学史增加新的光彩。任何一个时期的文学成就的取得，既是对过去文学传统的继承，又是对过去文学传统的革新。真正的继承，总是要在新的历史条件下对过去的文学传统进行极其复杂的革新。只有这样，才能丰富和发展文学传统。这恐怕是文学发展带有普遍性的一个问题。

写于一九八四年三月

建安文学在当时的传播

在异采彪炳的建安文坛上，有许多优秀的文学作品。这些作品在当时是怎样传播的？传播的范围有多大？它们的传播又怎样影响了当时文学的发展？这些就是本文想要探讨的问题。

一

建安文学产生以后，同其他时期的文学一样，也是通过一定的途径得到传播的。从现存有关资料来分析，建安文学在当时传播的主要途径有以下几条：

1. 通过音乐来传播。建安时期的不少作家都写有乐府诗。这些乐府诗多是入乐的，自然能通过音乐这一途径得到传播。建安时期，人们对音乐是非常重视的。当时在许多生活领域里都有乐声在盘旋，在回荡。曹操《鼓吹令》说："有鼓吹而使步行。"王粲《从军诗》五首其一说："歌舞入邺城，所愿获无违。"这说明当时军队中有军乐。曹丕《于谯作》写道："弦歌奏新曲，游响拂丹梁。余音赴迅节，慷慨时激扬。"刘桢《赠五官中郎将》四首其一也写道："清歌制妙声，万舞在中堂。"这些写的是宴会上奏乐歌唱的情景。其他如歌功颂德时要用音乐："何以咏功？宣之管弦。"（曹植《文帝诔序》）送行时要用音乐："武骑卫前后，鼓吹箫笳声。"（曹植《圣皇篇》)相思解愁时要用音乐:"援琴鸣弦发清商,短歌微吟不能长。"(曹丕《燕歌行》三首其一)甚至有的妇女被休弃归宁时,也要借演奏音乐来宣泄自己的情感:"搴帷更摄带,抚弦调鸣筝。慷慨有余音,要妙悲且清。"(曹植《弃妇诗》)上述事例足以证明,音乐在当时人们的生活中占有相当重要的地位。人们对音乐的重视,为诗歌通过音乐来传播提供了有利的条件。当时人们演唱的歌词是否都是当时作家写的,我们难以断定。但是建安诗歌确有一些是通过音乐得到传播的。《魏志·武帝纪》注引《魏书》说曹操"登高必赋,及造新诗,被之管弦,皆成乐章。"曹植的《武帝诔》也说曹操"躬著雅颂,被之琴瑟"。看来曹操的许多诗歌都是入乐的,是通过音乐得到传播的。类似的情况在曹植身上也有表现。曹植在《鼙鼓歌五篇》的序文中说:"古曲多谬误,异代之文未必相袭,故依前曲改作新歌五篇。不敢充之黄门,近以成下国之陋乐焉。"很明显,象《鼙鼓歌》这样的诗歌在当时也是通过音乐来传播的。

　　建安诗歌通过音乐来传播,具体形式是多种多样的,但其中最重要的是通过聚会饮宴时的演唱歌诵来传播。当时有关这方面的描写比较多。如曹丕的《大墙上蒿行》写道:"女娥长歌,声协宫商。感心动耳,荡气回肠。"曹植《箜篌引》写道:"阳阿奏奇舞,京洛出名讴。"这些都写到宴会上演唱歌舞的情况。又如曹操的《短歌行》。这首诗是曹操在宴会上的即席吟咏之作,同时也是在宴会上通过歌唱得到传播的。

　　2. 通过互相赠答来传播。建安时期文人用诗文互相赠答的风气空前盛行。从现存建安作家的作品来看,有许多都与赠答有密切的关系。曹植、王粲和刘桢在这方面尤为突出。在曹植的诗歌中,属于赠诗的有《送应氏》二首、《赠徐干》、《赠丁仪》、《赠王粲》、《赠丁仪王粲》、《赠丁廙》和《赠白马王彪》等。其中有不少是曹植杰出的诗作。王粲也有许多赠诗,如《赠蔡子笃》、《赠士孙文始》、《赠文叔良》和《思亲为潘文则作》等。刘桢的赠诗占的比重更大。刘桢《赠五官中郎将》四首其二中,有"望慕结不解,贻尔新诗文"的诗句,说明他常常把自己写的"新诗文"送给曹丕。今存刘桢完整的诗歌共有十三首,其中属于赠诗的有《赠五官中郎将》四首、《赠徐干》一首、《赠从弟》三首,共八首,占总数的百分之六十三,而且他的名作都是赠诗。有赠诗,自然一般的会有答诗,如徐干写有《答刘公干诗》,邯郸淳写有《答赠诗》等。上面所列举的,只是今存的部分赠答诗。实际上还有不少赠答诗早就亡佚了。譬如,据有关曹植的生平资料和邯郸淳《答赠诗》中的"饯我路隅,赠我嘉辞。既受德音,敢不答之"四句,我们可以断定邯郸淳的《答赠诗》,是为了回敬曹植的赠诗而写的。但我们现在却看不到曹植的赠诗。这说明曹植的这首赠诗早就失传了。赠答诗既然是为赠答而写的,这样通过赠答这一途径就得到了传播。

此外,建安有一些诗文虽然不是为赠答而写作的,但有时也被文人拿来赠送给自己的亲友。这里,我们还是举曹植为例。曹植《与杨德祖书》说:"今往仆少小所著辞赋一通相与。"杨德祖接到曹植的书信以后,迅即写了《答临淄侯笺》,其中有云:"损辱来命,蔚矣其文。诵读反复,虽讽《雅》、《颂》,不复过也。"另外,陈琳《答东阿王笺》中曾说:"昨加恩辱命,并示《龟赋》,披览粲然。"根据上面三封书信的披露,我们可以肯定,曹植曾经把自己写的辞赋送给了杨德祖和陈琳,而杨德祖和陈琳也都认真阅读过曹植送给他们的辞赋。曹植这种形式的赠送,显然使自己的作品得到了传播。

建安文学之所以能通过互相赠答这一途径来传播,与当时文学和文人地位的提高有密切的关系。两汉时期，统治者把文学视为经学的附庸，把文人视为俳优，文学和文人地位的如此低下，一般文人自然会很少用诗歌来互相赠答，也很少会通过互相赠送来传播自己的作品。这种情况到了建安时期有所改变。建安时期的统治者，特别是曹魏统治集团中的曹氏父子，对文学和文人空前重视，把文章看成是"经国之大业，不朽之盛事"（曹丕《典论·论文》）。再加上当时封建礼教在一定程度上被冲击，曹氏父子与文人之间以及地位不同的文人之间能够较为平等地相处。在这种情况下，文人已经把创作看成是荣耀的事情，因此才会出现通过互相赠答来传播文学作品的现象。

3. 借助政权来传播。这种传播途径在建安文学发展的第一阶段，我们很少能够看到，但在第二、第三两个阶段则屡有表现。在第一阶段，由于天下动乱、战争频仍，许多军阀豪强重视的主要是武功，所谓"有事赏功能"（曹操《论吏士行能令》）。一般还很少有时间考虑通过政权的形式来传播文学。到了第二、第三阶段，随着北方的渐渐统一和三国鼎立局面的确立，不少统治者为了维护和巩固自己的统治，强调文武并用，所谓"外定武功，内兴文学"（《魏志·荀彧传》注引《彧别传》）。为此，他们一方面收集过去的典籍，加以传播，以明"先圣"之教；另一方面又注意借用政权的形式，传播有利于巩固他们统治地位的论著和诗文。这方面比较明显的例证是曹丕。曹丕为了传播其"论撰所著《典论》、诗赋盖百余篇"，曾经"集诸儒于肃城门内，讲论大义，侃侃无倦"（曹丕《与王朗书》）。这件事发生在建安二十二年。到黄初三年，曹丕又"以素书所著《典论》及诗赋饷孙权，又以纸写一通与张昭"（《魏志·文帝纪》注引《吴历》）。曹丕上述的做法，显然是想借助他在政治上的特殊地位，来传播自己的《典论》。

二

上面我们概述了建安文学传播的主要途径,通过这些途径,建安文学在一定的范围内得到了传播。

建安时期,由于地位显赫的统治者和封建士大夫,有的本身就是文人,有的虽不是文人,但一般都有较高的文化素养,再加上他们有较为优裕的物质生活条件,因此当时文学传播的几条主要途径,首先是通向他们。文学作品首先在他们当中传播。他们是文学传播的主要对象。上面的有关论述已经说明了这个问题。

此外,建安文学在当时有时也能传播到某些下层人们当中去。所谓下层人们,主要指的是低级小吏、下层知识分子和歌伎等。这方面的情况在曹植和吴质等人的著述中都有所反映。曹植《与吴季重书》说:"其诸贤所著文章,想还所治复申咏之也。可令熹事小吏讽而诵之。"曹植让"熹事小吏"讽诵"诸贤所著文章",说明当时有些文学作品能够在某些小吏当中得到传播。又吴质《答东阿王书》中有云:"此邦之人,闲习辞赋,三事大夫,莫不讽诵。"吴质写这封信的时候任朝歌长,他所说的"此邦",指的是朝歌县。一个县的三事大夫都能"闲习辞赋",说明当时的文学在下层知识分子当中还是得到了传播。建安时期,由于音乐受到重视,所以当时歌伎这类艺人也比较多。不少豪强和权贵的家中都有歌伎。《魏志·武帝纪》注引《曹瞒传》说,曹操"好音乐,倡优在侧,常以日达夕"。这里所说的"倡优",指的就是歌伎。这类歌伎基本上是奴隶,统治者可以随意掠取和赠送。如《魏志·夏侯惇传》记载,建安二十一年,夏侯惇驻军居巢时,曹操曾赐给他"伎乐名倡"。这些歌伎一般都比较熟悉音乐,能歌善舞。他们有时单独为豪强权贵演唱,但更多的是在人数较多的宴会上歌舞。这在曹丕和曹植的作品中均有表现。曹丕《善哉行》四首其二写宴会上的歌伎:"知音识曲,善为乐方。哀弦微妙,清气含芳。流郑激楚,度宫中商。感心动耳,绮丽难忘。"曹植的《箜篌引》也写了宴会上歌伎演唱的情况:"秦筝何慷慨,齐瑟和且柔。阳阿奏奇舞,京洛出名讴。"如前所述,这些歌伎演唱的歌曲,不一定都是当时文人写的作品,但其中肯定有一部分是出自当时的文人之手。这些歌伎既然要演唱一些当时文人的作品,事先就要熟悉它们。这样,这一部分作品在歌伎当中就得到了传播。

　　建安文学尽管通过上述几条主要途径在一定的范围内得到了传播,但总的来说,传播的范围是比较狭小的。从当时的阶级和阶层来看,建安文学主要是在封建地主阶级的中上层及其为他们服务的封建士大夫中传播,而处于封建地主阶级最下层的卑职小吏和没有政治社会地位的小知识分子,虽然有些也接触过当时的文学作品,但机会毕竟不多。至于在深受剥削和压迫的广大劳动人民中间,虽然象歌伎这样一部分艺人演唱过当时的文学作品,但她们多是被迫为少数封建权贵而演唱,范围是有限的,劳动人民很难听到她们的歌声。

　　从当时传播的地域来看,有些文学作品有时也越过了封建统治者各自所控制的范围,向其他地方传播,如前面提到的曹丕的《典论》和诗赋由魏国传到了吴国。又如《吴志·张纮传》注引《吴书》所载:曹魏集团的文人陈琳在北方看到了吴国作家张纮的《柟榴枕赋》,而张纮在吴国也读到了陈琳的《武库赋》和《应机论》,而且还"深叹美之"。但是象这样的事情,在当时是极为罕见的。而前面所列举的更多的事实表明,建安时期的作品主要是在封建统治者各自控制的有限的领域内传播的。从这一角度来说,当时文学传播的范围也是有限的。

建安时期是我国古代文学史上的一个繁荣时期,建安文人创作的不少优秀作品,同当时的社会现实、同人民的生活联系比较密切。这些虽然都有利于当时文学的传播,但实际上传播的范围仍是比较狭小的。这种现象的出现,有比较复杂的社会历史原因。

建安时期的社会状况,虽然前后有较大的变化,但兵燹战乱却始终程度不同地存在着。面对兵燹战乱,不少统治者都把主要精力用在征战上,一些文人也多是被迫蓬转四方,安定的时间比较少。至于一般的平民百姓,更是"家家思乱,人人自危"(曹丕《典论·自叙》)。与战乱相联系的还有大小不一,程度不同的封建割据。赤壁之战以前,军阀豪强拥兵自立,控制着大小不等的地盘。封建割据星罗棋布,遍及全国。赤壁之战以后,虽然三国在各自统辖的领域内,基本上实现了统一,但各国的内部和三国之间的征战也时有发生,三国之间的和平交往也不多。另外,由于战乱的存在,使手工业生产也遭到严重的破坏,与传播文学关系密切的素帛和纸张的生产也急剧地下降。上述这样的社会条件,一方面毁坏、散失了许多文学作品,如萧绎《金楼子》卷六《杂记篇》所说:"王仲宣昔在荆州,著书数十篇,荆州坏,尽焚其书。"看来王粲在荆州有许多著述被焚毁了。象王粲这样由于战乱失去了很多作品的情况,恐怕在建安时期不是个别的。另一方面,即使有些作品有幸被保存了下来,但由于战乱的破坏和割据的存在,也很难在较大的范围内得到传播。从这里我们可以得到一点启示:社会的安定、国家的统一,是文学能够在较大的范围内得到传播的重要条件。

毛泽东同志曾经指出:"中国历来只有地主有文化,农民没有文化。"(《湖南农民运动考察报告》)建安时期的文化,主要被控制在少数封建统治者及其知识分子手里。广大的劳动人民,或者死于战乱灾疫,或者饥寒交迫、频于死亡,或者担负着繁重的徭役,他们连生命都难以维持,自然就很难谈到受教育、学文化了。当时有的统治者虽然也想恢复和发展教育,但教育的对象并不包括一般劳动人民的子弟。如曹操在建安八年曾经下过《修学令》,指令"郡国各修文学,县满五百户置校官,选其乡之俊造而教学之。"曹操所说的"俊造",恐怕决非一般劳动人民的子弟。因此曹操的措施,也根本解决不了劳动人民没有文化的问题。而一定的文化水平是文学传播的重要条件,因此,从这方面考虑,建安文人尽管写了一些与时代、与人民相联系的作品,也不容易传播到广大劳动人民当中去。不改变劳动人民没有文化的状况,文学的传播就要受到很大的局限。建安文学传播范围的狭小,从反面说明了这一点。

三

　　建安文学的传播及其在传播过程中表现出来的局限性,从积极和消极两个方面影响了建安文学的发展。

　　先谈积极方面的影响:

　　建安时期是文人乐府诗创作的黄金时期。乐府诗始于西汉,东汉时少数文人开始模仿,但一般不过每人数篇而已。到了建安时期,情况有很大的变化。很多文人都重视乐府诗,而且写的作品也特别多。拿三曹来说,他们今存比较完整的诗歌的情况是:曹操共十九首,全是乐府诗;曹丕共四十三首,其中乐府诗二十二首;曹植共七十七首,其中乐府诗四十四首。从三曹的诗歌来看,乐府诗在他们的整个诗歌中占的比重相当大,而且其中有许多是优秀的作品。这种现象的出现,固然主要是由于汉乐府民歌对建安文人的影响,但同时也与当时诗歌常常通过音乐来传播有直接关系。建安时期许多诗歌通过音乐这一途径来传播,对当时文人重视乐府诗无疑是一种推动。

前面曾经谈到,建安文学不仅在封建统治者和封建士大夫当中传播,而且有时还能在某些下层人们当中传播。这一传播特点,有利于建安文人冲破为极少数皇室贵族而写作的小圈子。这一点和两汉相比较为明显。两汉时期的文人作品,不论是当时占有重要地位的大赋,还是数量不多的文人诗歌,就其主要倾向来说,都是属于宫廷文学。这就决定了两汉的文人诗赋,只能主要在宫室贵族这一极为狭小的范围内传播。这样的传播范围,反过来也常常影响两汉的文人写作,使他们很难离开宫廷文学的路子。建安时期的文学,由于社会条件的变化,因此在内容和形式上都有新的特点。这些新的特点,决定了文学传播的范围比两汉要有所扩大。建安文学传播范围的扩大,又促使建安文人不再象两汉文人那样,把许多精力用在宫廷文学的写作上。

再谈消极方面的影响:

如前所述,建安文学虽然较两汉的文人文学传播的范围有所扩大,但很少能够传播到广大的人民当中去。即使是当时优秀的文人作品,广大人民也很难接触到,再加上当时乐府已不采诗,因而一般文人很难听到人民对文学的见解和呼声,这就极大地限制了一般文人从人民那里吸取营养来充实自己、丰富自己,限制了他们写出更多的与人民有联系的作品。既然他们听不到人民对文学的要求,于是就常常把自己局限在封建统治者和封建士大夫的框框里,反映他们的生活,表现他们的感情。《文心雕龙·明诗篇》说建安诗歌的内容是"怜风月,狎池苑,述恩荣,叙酣宴",并对此有所批评,这与建安文学在传播方面的局限性也有关系。

从地域上看,建安文学传播的局限性也影响了整个建安文学的发展。文学如果能打破地域的界限,通过交流,互相学习,吸收对自己有益的东西,必定会促进自身的发展。但是建安文学多是在封建统治者各自控制的领域内传播,各个领域之间很少交流。建安文学成就最突出的是在基本上被曹魏集团控制的中原一带,而这一带的文学却很少能传播到其他地方,与此相联系的是,其他地方的文学也很少能够传播到中原一带。这对整个建安文学的发展是很不利的。

写于一九八四年七月

建安文学的影响

在我国古代悠久的文学发展史上，每个时期杰出的文学成就，都不会随着岁月的消逝而消逝，而是以它巨大的生命力与时间相伴，继续存在着，继续发生着影响。建安文学也是这样。建安文学产生以后，一直为人们所重视。不仅历代的作家，而且差不多各个时期的知识分子都程度不同地接触过建安文学，特别是建安诗歌。他们评论建安诗歌，学习建安诗歌，从不同的方面受到了启示，得到了教益。因此，探讨建安文学在文学史上的影响，不仅有助于我们加深对建安文学的理解，而且还会有助于我们进一步了解建安文学的价值。本文想按时代的先后顺序，分别粗略地谈一谈建安文学在六朝、隋唐和宋元明清时期的影响。

一

六朝是我国古代文学发展史上的一个重要的变化和发展时期。六朝文学的变化和发展，主要是植根于当时的社会现实，同时也与建安文学的影响有直接的关系。

六朝离建安时期较近，这就使当时的不少人有较多的机会接触和阅读建安文学作品。晋代的一般文人自不必说，就是在当时的封建官员当中，也有不少人喜欢诵读建安诗歌。请看下面列举的事实：

> （王敦）每酒后，辄咏魏武乐府歌曰："老骥伏枥，志在千里。烈士暮年，壮心不已。"以如意打唾壶为节，壶边尽缺。（《晋书》卷九十八《王敦传》，又见《世说新语·豪爽篇》）

> （孝武）帝召（桓）伊饮宴，（谢）安侍坐。帝命伊吹笛。伊神色无迕，即吹为一弄，乃放笛云……伊便抚筝而歌《怨诗》曰："为君既不易，为臣良独难。忠信事不显，乃有见疑患。周旦佐文武，《金縢》功不刊。推心辅王政，二叔反流言。"声节慷慨，俯仰可观。安泣下沾衿，乃越席而就之，捋其须曰："使君如此不凡！"帝甚有愧色。（《晋书》卷八十一《桓宣传》）

> 羊昙者，太山人，知名士也，为（谢）安所爱重。安薨后，辍乐弥年，行不由西州路。尝因石头大醉，扶路唱乐，不觉至州门。左右白曰："此西州门。"昙悲感不已，以马策扣扉，诵曹子建诗曰："生存华屋处，零落归山丘。"恸哭而去。（《晋书》卷七十九《谢安传》）

王敦、谢安、桓伊和羊昙，有的是晋朝的名门贵族，有的是身居要位的高级官员，他们并不是著名的文人，但对曹操和曹植的诗歌却是如此熟悉，以至于能够随时吟诵歌唱，而且深深地为诗歌所抒发的思想感情所感动。从上面列举的事实，我们可以想见晋代人们对建安文学的喜爱和受到的影响。

晋代以后，建安文学又得到了进一步的传播。《文心雕龙·才略篇》说："宋来美谈，亦以建安为口实。"由此可见，从刘宋开始，人们经常用赞美的态度来谈论建安文人和建安文学，以至于成了"口实"。刘宋以后，建安文学的影响还突出地表现在沈约、刘勰、钟嵘和萧统等人的重要著述当中。沈约《宋书》卷六十七《谢灵运传论》说：

　　　　至于建安，曹氏基命，二祖、陈王，咸蓄盛藻，甫乃以情纬
　　文，以文被质……子建、仲宣以气质为体，并标能擅美，独映
　　当时。

　　沈约这段话高度评价了建安文学，指出了它的特点，并且做
了充分的肯定。

　　和沈约基本上同时的刘勰，在他的《文心雕龙》一书中，有许
多篇章都有关于建安文学的论述。仅以三曹为例，论及曹操的有
九处，论及曹丕的有十三处，论及曹植的有二十二处。刘勰对建
安文学的论述，大部分是持肯定态度的。特别值得我们重视的是
他在《时序篇》中对建安文学的评述：

　　　　观其时文，雅好慷慨，良由世积乱离，风衰俗怨，并志深
　　而笔长，故梗概而多气也。

　　这里，刘勰不仅在一定程度上揭示了建安文学的特点，而且
给予了很高的评价。刘勰在同篇中还提出了"文变染乎世情，兴
废系乎时序"的著名论断。这一论断的得出，也是与建安文学鲜
明的时代特色对他的启发分不开的。由此不难看出，刘勰之所以
特别重视建安文学，是由于建安文学提供了不少创作经验。这些
经验正是刘勰建树自己的文学理论所不可缺少的。

　　稍晚于刘勰的另一位重要文论家钟嵘，对建安文学也是十分
推崇的。他在我国第一部五言诗专论《诗品》当中，评论了建安时
期的重要作家十人，对他们的五言诗给予了程度不同的肯定。
《诗品》上品共列有十二家，其中属于建安时期的就有三家。此
外，钟嵘根据建安诗歌的特点，在《诗品》中还提出了"建安风力"
这一概念，并且用它作武器，反对"理过其辞，淡乎寡味"的玄
言诗。

　　继刘勰和钟嵘之后，梁朝的萧统也相当重视建安文学。这主

要表现在他主持选定的《文选》上。《文选》是我国现存最早的一部诗文选集。从这部选集来看,萧统所选的诗文,一般都具有"事出于沈思,义归乎翰藻"(《文选序》)的特点。这说明他选文的标准是相当高的,去取也是比较严格的。《文选》选录的诗文上起先秦,下迄齐梁,前后八百年左右,时间是比较长的。《文选》选录的文体有三十九种之多,范围是相当广的。在这样长的时间里,在这样广的范围内,《文选》竟选录了建安诗文九十篇,在整个《文选》中占的比重比较大。从这里也可以窥见建安文学在南朝确实有相当大的影响。

上面我们按时间顺序,概括地说明了建安文学在六朝的影响。下面我们再从内容和形式等方面的影响,具体地作一些分析。

先说内容方面的影响。过去有些论著认为,建安文学在内容方面的特点,对六朝文学并没有多大影响。这种看法恐怕不符合六朝文学的实际情况。如果仔细考察一下六朝文学,可以发现,建安文学在内容方面对六朝文学还是有一定影响的。

建安文人面对社会现实,写下了不少优秀的现实主义篇章。这些篇章在内容上有许多是反映时事,从不同的角度比较真实地描绘了当时的社会现实。这一点对六朝的作家是有影响的。比较明显的例子是左思、刘琨和鲍照。

左思是西晋杰出的诗人。他出身比较寒微,一直得不到门阀世族的重视。他在诗歌方面的代表作是《咏史》八首。这八首诗歌,有的表现了他为国立功的雄伟抱负,但更多的是揭露和抨击门阀制度的不合理。门阀制度是当时社会上的一个严重问题,左思面对这一问题,用诗歌对它进行揭露和抨击,具有深刻的现实意义。这些诗歌志壮气盛,情调高亢,和"慷慨以任气,磊落以使才"(《文心雕龙·明诗篇》)的建安诗歌比较接近。这一点前人已有揭示。如前所述,钟嵘《诗品》就曾把左思的诗和建安文人刘桢的诗联系起来考虑。钟嵘评建安诗时提出了"建安风力"的问题。"建安风力"具体到刘桢身上是"仗气爱奇,动多振绝。真骨凌霜,高风跨俗"(《诗品》卷上)。《诗品》卷中评价陶渊明时,又提出并且肯定了"左思风力",卷上又说左思的诗,"其源出于公干"。左思的诗歌和钟嵘对它的评论,都说明建安诗歌对左思的影响是较深的。

　　刘琨是略晚于左思的一位著名诗人。他后期由于国破家亡,参加了卫国战争,经历了很多艰难,所以他的诗有深刻的现实内容和强烈的爱国思想。刘勰《文心雕龙·才略篇》说他"雅壮而多风"。钟嵘《诗品》说他"善为凄戾之词,自有清拔之气"。这些都是剀切的评语。从继承关系来看,刘琨的诗受建安诗的影响也比较明显。如他的《重赠卢谌》中有这样的诗句:"功业未及建,夕阳忽西流。时哉不我与,去乎若云浮。朱实陨劲风,繁英落素秋。"读了这样饱含感慨的肺腑之言,很容易使我们联想到建安诗人陈琳在《游览》二首其二中的咏叹:"嘉木凋绿叶,芳草纤红荣。骋哉日月逝,年命将西倾。建功不及时,钟鼎何所铭。"两首诗所抒发的慷慨悲壮的思想感情是比较接近的。元好问《论诗绝句》说:"可惜并州刘越石,不教横槊建安中。"元好问把刘琨的诗同建安文学联系起来,清楚地说明了刘琨受到了建安文学的影响。

　　鲍照是宋代的一位杰出的作家。他长于乐府诗的写作。现存他的二百多首诗歌,其中乐府诗八十多首。他的乐府诗描写了比较广阔的社会现实,对人民的痛苦生活寄予了深切的同情。如《代东武吟》写一个穷老还家的士卒的痛苦,《拟古诗》"束薪幽篁里"写劳动人民受剥削的悲惨遭遇。象这样思想比较深刻、感情悲凉慷慨的诗篇,和那些描写人民不幸命运的建安诗歌是相通的。另外,曹植抒发自己立志报国的诗篇,特别是《白马篇》对鲍照的边塞诗也有较大的影响。鲍照《代出自蓟北门(行)》歌颂的那种"时危见臣节,世乱识忠良。投躯报明主,身死为国殇"的英勇牺牲精神和《白马篇》中抒发的"名编壮士籍,不得中顾私。捐躯赴国难,视死忽如归"的爱国激情,显然是一脉相承的。因此,方东树《昭昧詹言》卷二说:"《白马篇》,此篇奇警⋯⋯明远《代出自蓟北门行》、《结客少年场》、《幽并重骑射》皆橅此。"

　　再说形式方面的影响。建安时期的文人五言诗,为我国古代五言诗的发展奠定了坚实的基础。这一点直接影响了六朝几乎所有的诗人。六朝诗人学习建安诗歌,对建安五言诗极为重视。《文心雕龙·明诗篇》对五言诗的起源和发展作了探讨,强调"五言流调,则清丽居宗",同时对建安时期"五言腾踊"给予了充分的肯定。钟嵘《诗品》专论五言诗,认为"五言居文词之要,是众作之有滋味者也,故云会于流俗"。这和萧子显《南齐书》卷五十二《文学传论》说"五言之制,独秀众品"的看法是一致的。此外,《诗品·总论》论及"五言之冠冕"时,特别标举了八人,其中有曹植、刘桢和王粲三个建安诗人,占的比重是相当大的。在创作上,六朝时期五言诗得到了蓬勃的发展,差不多所有的诗人都写有五言诗,并且把它作为主要的诗歌形式。钟嵘《诗品·总论》说他品评五言诗人"凡百二十人。预此宗流者,便称才子"。仔细检点这一百二十人,其中有一百多人是属于六朝时期的。这虽然没有涵盖六朝所有的五言诗人,但亦足以表明五言诗在六朝发展的盛况。我们可以毫不夸张地说,如果没有建安时期的"五言腾踊"作先导,六朝的这种盛况是很难出现的。

　　建安诗歌体裁对后来的影响,除了五言诗以外,还有七言诗。

我们知道,曹丕的两首《燕歌行》,是我国现存最早、最完整的七言乐府诗。清朝人冯班在《钝吟杂录》中把它们视为"七言歌行之滥觞"。这两首诗出现以后,"开千古妙境"(胡应麟《诗薮》内编卷三)。六朝的诗人首先注意效法,使七言诗得到了进一步的发展。这方面突出的代表是南朝的诗人鲍照。鲍照长于七言歌行。今存他的诗歌当中,有二十多首七言乐府诗。这些乐府诗是在曹丕《燕歌行》和民歌的影响下产生的。经过鲍照的努力,七言诗进入了比较成熟的阶段。因此王夫之《船山古诗评选》说:"明远乐府,自是七言至极。"从此,七言的形式逐渐被许多诗人广泛地运用。到了唐代,七言就成了我国古代诗歌的主要形式之一。鲍照之所以在七言诗上能取得这样的成就,原因之一,是曹丕的《燕歌行》为他开了先河。

建安时期是我国古代诗歌由质到文的转折时期,重视辞采是不少建安诗人的共同特点。这一点对六朝的诗歌也产生了很大的影响。钟嵘论晋宋几个著名诗人与建安诗人的关系是:陆机"其源出于陈思,才高词赡,举体华美";潘岳"其源出于仲宣。《翰林》叹其翩翩如翔禽之有羽毛,衣服之有绡縠";张协"其源出于王粲。文体华净,少病累,又巧构形似之言";谢灵运"其源出于陈思。杂有景阳之体,故尚巧似"(《诗品》卷上);张华"其源出于王粲。其体华艳,兴托不奇。巧用文字,务为妍冶"(《诗品》卷中)。钟嵘论诗,强调"干之以风力,润之以丹采"(《诗品·总论》)。他说陆机、潘岳、张协、谢灵运和张华这些比较重视形式的诗人,分别源于曹植和王粲,主要是着眼于曹植和王粲的诗歌在辞采方面对他们的影响。因为钟嵘认为曹植和王粲的诗歌分别具有"辞采华茂"和"文秀"等特点(《诗品》卷上)。

建安文学在辞采方面对六朝文学的影响,主要表现有两点:

　　其一,不少建安文人注重"诗赋欲丽",他们的作品常常遣词新奇,造句精审,对偶工整,这些都直接影响了六朝文学。这一点曹植和曹丕表现得尤为明显。曹植写作,对语言的选择锤炼是颇费苦心的,六朝的不少作家深受他的影响。如曹植《公宴》诗"朱华冒绿池"一句中的"冒"字,用得就不同寻常,显然是经过了反复的推敲。这一"冒"字曾引起了六朝一些著名诗人的注意。宋朝人范希文《对床夜语》卷一对此有所揭橥:

　　　　"朱华冒绿池",……"冒"字殆妙。陆士衡云:"飞阁缨虹带,层台冒云冠。"潘安仁云:"川气冒山岭,惊湍激岩阿。"颜延年云:"松风遵路急,山烟冒垄生。"江文通云:"凉叶照沙屿,秋华冒水浔。"谢灵运云:"蘋萍泛沉深,菰蒲冒清浅。"皆祖子建。

　　又如曹植《离友诗》"木感气分条叶辞"一句中的"辞"字,也是曹植用语的独创。后来鲍照《玩月城西门廨中》"别叶早辞风"句中也用了"辞"字,显然是受了曹植的影响。

　　曹丕作品在辞采方面虽然不如曹植,但不少作品仍有工丽华美的特点,并且对六朝诗人也有影响。如胡应麟《诗薮》卷二所说:

　　　　魏文"朝与佳人期,日久殊未来",康乐"园景蚤已满,佳人犹未适",文通"日暮碧云合,佳人殊未来",愈衍愈工。

　　"愈衍愈工"确是事实,但肇其端的却是曹丕。

　　关于语言的对偶,在建安以前的作品中就出现了,到了建安时期有了进一步的发展,成为当时语言上值得注意的一个重要现象。这一点也为六朝的许多作家所递相沿袭。如晋代的陆机就特别重视讲究辞句的整齐对偶。"振策陟崇丘,安辔遵平莽"(《赴洛道中作》),"静言幽谷底,长啸高山岑"(《猛虎行》)之类对偶的句子,在陆机的作品中不胜枚举。《文心雕龙》比较集中论语言对偶的《丽辞篇》说:'至魏晋群才,析句弥密,联字合趣,剖毫析厘。'刘勰论对偶,特别把魏晋联系在一起讲,说明了魏晋之间在对偶问题上相承相因的密切关系。到了南朝,谢灵运等人对对偶更加偏爱,在他的诗歌中,如《登池上楼》,甚至出现了通篇都是偶句的现象。追其根源,与建安文学在这方面的影响是分不开的。

其二,由于汉字有单音独体的特点,便于前后调配适当,所以声韵在我国古代诗歌的语言运用上占有重要的地位。建安以前的诗歌在平仄、双声和迭韵等方面就有所表现,但都是自然为之。建安诗歌,特别是曹植的诗歌,在声韵方面有新的突破。他的不少诗句,如《情诗》中的"游鱼潜绿水,翔鸟薄天飞",《赠白马王彪》中的"孤魂翔故域,灵柩寄京师"等,都是平仄妥贴、音韵谐合。其他如曹丕《猛虎行》中的"梧桐攀凤翼,云雨散洪池",在声律方面和后来的律句就相当接近。声律在建安创作上的体现,再加上三国时期孙炎《尔雅音义》和李登《声类》等声韵著作的问世,所以到了六朝,声律问题引起了许多文人的重视。晋代有不少文人把曹植的用韵作为诗文押韵的主要依据,这在陆云给陆机的信中有明显的反映:"李氏云:雪与列韵,曹便复不用。人亦复云:曹不可用者,音自难得正。"(《全晋文》卷一百二)陆机对音韵也是非常重视的,他在《文赋》中提出"暨音声之迭代,若五色之相宣",有意识地强调诗文在音节上要变换交替,从而形成一种合谐的美。陆机之后,人们更加注意声律问题。宋代范晔《狱中与诸甥侄书》说自己"性别宫商,识清浊……言之皆有实证"。再到齐代永明年间,沈约在《宋书·谢灵运传论》中进一步提出了声律论。沈约讲声律,特别标举"子建函京之作,仲宣霸岸之篇",重要原因是因其"音律调韵,取高前式"。由此可见,沈约声律论的提出,与建安文人在声韵方面取得的成果是分不开的。由于沈约等人的提倡和创作实践的影响,从而使诗歌的音乐美被提到了非常重要的地位。人们自觉地讲究音律,开辟了古诗向律诗转变的途径。到了初唐,就正式出现了律诗这一诗歌形式。纵观声律发展的过程,建安文学的影响是不可忽视的。这一点,明人谢榛《四溟诗话》有所论述:

> 建安之作,率多平仄稳帖,此声律之渐。而后流于六朝,千变万化,至盛唐极矣。

上面我们主要从内容和形式两方面论述了建安文学对六朝文学的影响。从上面的论述,我们可以看到,建安文学在内容方面虽然对六朝文学也产生了影响,但远不如在形式方面产生的影响那样广泛,那样深入。如何评价这个问题,学术界的看法颇有歧义。有的论著认为:"建安以后,'俪采百字之偶,争价一句之奇'的形式主义文风逐渐抬头,忽视思想内容,刻意雕琢,追求词藻的华丽,对偶的工稳,成为文人的共同风尚。这种风尚的形成,和建安文学也有关系。"(《曹氏父子和建安文学》)这种看法值得讨论。如上所述,六朝不少文人确实在建安文学的影响下,特别重视辞采声韵等形式美,但这不是建安文人的过失,也不是六朝文人的过失,不应笼统地冠以形式主义而简单地予以否定。我们知道,文学作品要求形式美,语言作为文学的重要因素应当是美的。六朝文人重视形式美,是文学发展的必然,就其主要倾向来说,应当予以肯定。如果没有他们在这方面的努力,很难设想会有唐代诗歌的全面繁荣。六朝文学的根本弱点不在于对形式美的追求,而在于内容比较狭窄,有的不健康。这有复杂的原因,不能简单地归咎于六朝文人对形式的重视,更不能简单地归咎于建安文学的影响。这样说,并非意味着建安文学对六朝文学的影响都是积极的。消极的影响还是有的。如建安文人写了一些公宴诗和应制诗。这些诗歌多是应酬之作。拿公宴诗来说，不少是"酒肉气深，文章韵短"（《船山古诗评选》卷四），对六朝以及后来的各个朝代确实产生了消极的影响。这一点前人早有揭示。沈德潜《古诗源》卷六说："魏人'公宴'俱极平庸，后人应酬诗从此开出。"张玉谷《古诗赏析》卷十说得更尖锐："魏人'公宴'诗皆累幅颂扬，开后来应酬恶派。"方东树《昭昧詹言》卷二指出：这些作品"皆文士龌龊猥鄙所为也。"沈、张等人的批评，应当说是比较恰当的。

<h2 style="text-align:center">二</h2>

　　唐代是我国古代诗歌全面繁荣的黄金时期。唐诗的繁荣有多方面的原因，建安文学的积极影响是重要的原因之一。建安文学对唐诗的影响是贯穿始终的，但有三个比较突出的高峰：一是初唐时期，可以陈子昂为代表；二是盛唐时期，可以李白和杜甫为代表；三是中唐时期，可以白居易和元稹为代表。

　　初唐诗人陈子昂十分重视建安文学，这主要表现在他写的《与东方左史虬修竹篇序》一文当中。这篇文章的全文和有关建安文学的评价，详见本书《如何理解"建安风骨"？》一文，这里再着重强调两点：第一，陈子昂在讲"汉魏风骨"时，还联系到"风雅"和"兴寄"。他所谓的"兴寄"，就是比兴寄托。比兴本来是《诗经》中的两种表现手法，但陈子昂使用比兴，其含义已经不限于表现手法，而包括象《诗经》和"汉、魏"诗的作者那样关心现实，用诗歌反映当时的社会现实，从而发挥诗歌应有的作用。第二，陈子昂不满意"彩丽竞繁，而兴寄都绝"的齐、梁文学。这种文学的流波余绪在初唐仍旧存在着。陈子昂提倡"汉、魏风骨",旨在防止诗歌创作"逶迤颓靡,风雅不作",从而使初唐的文坛能出现更多的象《咏孤桐篇》这样"骨气端翔,音情顿挫,光英朗练"的作品,这样的作品可以和建安诗歌相媲美。从上面两点来看,陈子昂充分肯定了建安文学,他把"汉、魏风骨"视为光辉的文学传统。他提倡"汉、魏风骨",对唐代诗歌的革新和发展,具有很大的推动作用。

陈子昂不仅在理论上提倡"汉、魏风骨",而且在创作实践上,也受到了它的影响。陈子昂的《感遇诗》三十八首,或讽刺现实、感慨时事,或悲叹身世、抒发壮怀,都是内容丰富、兴寄深婉,有很强的现实性。特别是其中的"丁亥岁云暮"、"本为贵公子"、"朔风吹海树"、"苍苍丁零塞"等边塞诗,不论是反映当时的现实,还是抒发自己报国的理想,都饱含着愤慨沉郁的感情,和慷慨悲壮的建安文学是一脉相承的。如"本为贵公子"一首写道:

> 本为贵公子,平生实爱才。感时思报国,拔剑起蒿莱。西驰丁零塞,北上单于台。登山见千里,怀古心悠哉! 谁言未忘祸,磨灭成尘埃。

读了这样的诗篇,很容易使我们联想到曹植的《杂诗》六首其六:

> 飞观百余尺,临牖御棂轩。远望周千里,朝夕见平原。烈士多悲心,小人自偷闲。国仇亮不塞,甘心思丧元。抚剑西南望,思欲赴太山。弦急悲声发,聆我慷慨言。

两首诗都是"骨气端翔,音情顿挫",都表现了作者欲报国而不能的愤慨之情。陈子昂的诗作受建安诗的影响,由此亦可窥见一斑。

李白论诗和写诗,注重清真自然,反对刻镂雕琢,因此他论及建安和六朝诗时说:"自从建安来,绮丽不足珍。圣代复元古,垂衣贵清真。"(《古风》其一)李白由于"贵清真",对建安以来的重绮丽,不加分析地一概加以否定,认识有些偏颇。不过我们不能根据这一点就认为李白完全轻视建安文学。实际上,他对建安文学还有推崇的一面。他在《宣州谢朓楼饯别校书叔云》一诗中,继陈子昂之后,又提出了"建安骨"。他讲"建安骨",主要着眼于"逸兴壮思"、高昂戾天,肯定的是建安文学壮阔遒劲的一面。李白的许多诗歌抒发感情,任情率真,雄壮有力,给我们的感受也是"逸兴壮思"。这说明李白在创作上,同样受到了建安文学的晡育。

如果说李白对建安文学还有一些不当的批评的话,那么杜甫对建安文学则是充分肯定的,并且受到的影响也非常明显。他在《戏为六绝句》中说:"纵使卢王操翰墨,劣于汉魏近风骚。"杜甫认为,包括建安诗的汉、魏诗是接近"国风"和"楚骚"的。杜甫推崇"风骚",标举汉、魏诗,目的是要人们学习和继承我国古代诗歌的优良传统。杜甫从少年时起就喜爱建安诗,特别是曹植的诗歌。用他自己的话来说,就是"诗看子建亲"(《奉赠韦左丞丈二十二韵》)。他多次称许曹植的作品:"子建文章壮"(《别李义》),"文章曹植波澜阔"(《追酬故高蜀州人日见寄》)。他晚年赞扬他的老朋友、杰出的诗人高适的作品说:"方驾曹刘不啻过"(《奉寄高常侍》)。这里所说的曹刘,指的是著名的建安文人曹植和刘桢。杜甫把他推崇的诗人高适的诗歌和曹植、刘桢的作品相提并论,说明他对曹植和刘桢的作品是给予肯定的。根据上面所引的诗句,可以看到,杜甫从少年至晚年,对建安文学,特别是曹植的作品,一直是非常重视的。

在创作实践上,杜甫也深受建安文学的影响。建安文人继承并发扬了汉乐府民歌"感于哀乐,缘事而发"的现实主义传统,以古题或自拟题"写时事",在我国古代诗歌史上留下了许多优秀的篇章。杜甫学习建安文人"写时事"的现实主义传统,在乐府诗的写作方面,"即事名篇,无复依傍"(元稹《乐府古题序》),写下了象《兵车行》、"三吏"、"三别"这样彪炳千古的光辉诗篇,从而把我国古代诗歌的发展推向了一个新的高峰。杜甫有许多诗歌都具体地受到了建安文学的影响,这方面前人多有发微。现按论者的先后顺序略举数例如下:

> 惟老杜、李太白、韩退之早年皆学建安,晚乃各自变成一家耳。如老杜"崆峒小麦熟"、"人生不相见"、《新安》、《石壕》、《潼关吏》、《新婚》、《垂老》、《无家别》、《夏日》、《夏夜叹》,皆全体作建安语,今所存集,第一第二卷中颇多。(范温《潜溪诗眼》)

> 子美《秋野》诗:"水深鱼极乐,林茂鸟知归。"此适会物情,殊有天趣。然本于子建《离思赋》:"水重深而鱼悦,林修茂而鸟喜。"二家辞同工异,则老杜之苦心可见矣。(谢榛《四溟诗话》卷四)

> 《七哀诗》("西京乱无象")落笔刻,发音促,入手紧,后来杜陵有作,全以此为禘祖。"未知身死处,何能两相完",居然杜句矣。(王夫之《船山古诗评选》卷四)

> 王粲《登楼赋》:"白日忽其将匿","鸟相鸣而举翼。原野阒其无人,征夫行而未息。"摹写长途景况,令人肌骨凛冽。少陵全用其意,曰:"空村惟见鸟,落日不逢人。"(宋长白《柳亭诗话》卷七)

> 杜之前后《出塞》、《无家别》、《垂老别》诸篇,亦曹孟德之《苦寒行》、王仲宣之《七哀》等作也。(钱泳《履园谭诗》)

> 王仲宣《从军》五首紧健处,杜公时效之,《出塞》诸作可见。(方东树《昭昧詹言》卷二)

　　蔡琰《悲愤诗》，王粲《七哀》"路有饥妇人"一首……己开
少陵宗派。（施补华《岘佣说诗》）

　　从上面列举的事例，我们可以看到，杜甫的许多诗歌不论是
在内容上，还是在形式上，都从建安文学那里吸取了很多营养。
杜甫《戏为六绝句》说："别裁伪体亲风雅，转益多师是汝师。"他所
说的"亲风雅"，包括"亲"建安文学，他所说的"转益多师"也包括
学习和借鉴建安文人。

　　李白和杜甫是盛唐诗坛上最杰出的代表。从上述李、杜的诗
论和创作来看，盛唐文坛的繁荣与建安文学的积极影响密切相
关。这一点，唐人杜确论开元之际的文坛时有所阐述，他说："其
时作者，凡十数辈，颇能以雅参丽，以古杂今，彬彬然，灿灿然，近
建安之遗范矣。"（《岑嘉州集序》）杜确的"近建安之遗范"的见解，
对我们认识建安文学对唐代文学发生影响的第二个高峰是颇有
帮助的。

　　中唐时期，建安文学对唐代的影响又出现了第三个高峰。这
就是建安文学对新乐府运动的倡导者白居易和元稹等人的影响。

　　白居易在文学理论上，旗帜鲜明地主张"文章合为时而著，歌
诗合为事而作"（《与元九书》）。认为诗歌应当"惟歌生民病"（《寄
唐生》），"但伤民病痛"（《伤唐衢》）。白居易的这些主张，也明显
地体现在他的创作上。他的讽喻诗《新乐府》和《秦中吟》等，就是
这方面的代表作。这些作品由于是他"闻见之间，有足悲者，因直
歌其事"（《秦中吟序》），所以广泛地反映了当时的社会现实，并且
对人民的痛苦寄以很大的同情。白居易的理论主张和创作实践，
对当时的进步文人起到了指导和示范的作用。正是在他的推动
下，在中唐的文坛上形成了波澜壮阔的新乐府运动。如果追溯一
下历史根源，应当说白居易的主张和创作，是同建安文人用乐府

诗"写时事"的现实主义精神的影响分不开的。

和白居易齐名的、新乐府运动的重要骨干元稹，也是建安文学的仰慕者和继承者。他在《唐故工部员外郎杜君墓系铭并序》中，不仅指出了建安文人的生活经历和建安文学的密切关系，同时对曹氏父子的诗歌能够反映时代的灾难和人民的哀怨，也做了完全的肯定。此外，他在《乐府古题序》中还说：

> 况自风雅至于乐流，莫非讽兴当时之事，以贻后代之人。沿袭古题，唱和重复，于文或有短长，于义咸为赘剩，尚不如寓意古题，刺美见事，犹有诗人引古以讽之义焉。曹、刘、沈、鲍之徒，时得如此，亦复稀少。

元稹这段话强调《诗经》和乐府诗"讽兴当时之事"的优良传统，称许那些"寓意古题"、刺美现实的作品。元稹的这些主张和建安文学注重"写时事"的创作精神是相通的。建安作家曹植和刘桢等的一些作品确有"讽兴当时之事"的特点，因此受到了元稹的肯定。在创作实践上，元稹受建安文学的影响，追随白居易，也写了一些乐府诗。这些乐府诗不少具有"写时事"的特点，相当广泛地反映了当时的社会现实。他的理论主张和创作实践同白居易一样，都说明建安文人用乐府诗叙写时事的现实主义精神，是中唐新乐府运动的先导。

中唐时期元、白二人以外，其他诗人受建安文学影响的也不乏其例。皮日休《论白居易荐徐凝屈张祜》说：

> （张）祜元和中作宫体诗，词曲艳发，当时轻薄之流重其才，合噪得誉。及老大，稍窥建安风格，诵乐府录，知作者本意，讲讽怨谲，时与六义相左右，此为才子最也。

从皮日休提供的上述资料来看，张祜本来是一个名噪一时的写宫体诗的能手，但后来却变成了一位长于写"与六义相左右"的有讽怨意义的诗人。张祜转变的关键是因为他"稍窥建安风格，诵乐府录"。建安文学和与之相联系的乐府诗，竟能把一个写宫体诗的能手拉到现实主义的轨道上来。这说明建安文学对唐代诗人的影响，不仅时间长、范围广，而且也是相当有力的。

三

我国的古代文学发展到宋元明清时期，尽管以前的重要文学体裁诗歌逐渐退到了比较次要的地位，出现了一些新的体裁，如词、戏曲和长篇小说等，但是建安文学，特别是建安诗歌的现实主义精神和一些艺术表现特点却仍旧受到不少文人的重视。建安文学在宋元明清时期的影响并没有衰歇。这在宋元时期的范温、张戒、严羽、元好问和明清时期的胡应麟、王夫之和沈德潜等人的著述中，都有明显的表现。

范温《潜溪诗眼》说：

> 建安诗辩而不华，质而不俚，风调高雅，格力遒壮。其言直致而少对偶，指事情而绮丽。得风雅骚人之气骨，最为近古者也。

看来范温是一个建安诗歌的爱好者。他用"辩而不华，质而不俚，风调高雅，格力遒壮"来概括建安诗歌总的风貌，这样的概括是比较接近建安诗歌的实际的。他认为建安诗歌在语言上，既有直质的一面，也有绮丽的一面。他还认为建安诗歌继承了《诗经》和《离骚》的优良传统。范温充分肯定了建安诗歌，并且对它做了全面的评价。足见建安诗歌对他的影响还是比较深的。

张戒受建安诗歌的影响，主要体现在他的《岁寒堂诗话》当中：

> 建安、陶、阮以前诗,专以言志;潘、陆以后诗,专以咏物;兼而有之者,李、杜也。言志乃诗人之本意,咏物特诗人之余事。《古诗》、苏、李、曹、刘、陶、阮,本不期于咏物,而咏物之工,卓然天成,不可复及。其情真,其味长,其气胜,视《三百篇》几于无愧,凡以得诗人之本意也。(卷上)

张戒基于"诗言志"的传统观点,认为建安诗属于"专以言志"这一类,具有情真、味长、气胜等特点。张戒的议论,不仅说明他对建安诗的肯定和爱好,而且对宋代黄庭坚等人不讲创作应当以"言志之为本",而过分地强调"用事押韵"的错误主张,是一种批评。建安诗歌的光辉成就和创作经验,常常被人们拿来作为反对文学创作或文学理论批评上的不良倾向的有力武器,张戒就是其中的一例。

宋代继张戒之后,论述建安诗比较多、受影响比较大的是严羽。严羽在《沧浪诗话》中,有多处论及建安诗,其中特别值得我们注意的有两点:一是把建安诗作为学习的楷模之一。他说:"夫学诗以识为主,入门须正,立志须高;以汉、魏、晋、唐为师。"又说:"汉、魏、晋与盛唐之诗,则第一义也。"严羽把建安诗视为"师",把它列为"第一义"的范围之内,可见他是一个建安诗的热爱者和追随者。二是提出了"建安风骨"这一概念,并且用它来概括建安文学的重要特点,来称颂建安文学和其他优秀的文学作品。严羽之所以能提出"建安风骨"这一概念,固然有刘勰、钟嵘、陈子昂和李白等人的有关看法为基础,同时也是与他熟悉建安诗歌、并深受其影响分不开的。

元好问是金、元之际的一位杰出诗人。在理论上,他十分推崇曹氏父子和刘桢等建安诗人,他在《论诗绝句三十首》中说:

> 曹刘坐啸虎生风,四海无人角两雄。可惜并州刘越石,

不教横槊建安中。

　　邺下风流在晋多，壮怀犹见缺壶歌，风云若恨张华少，温李新声奈尔何？

自注：钟嵘评张华诗，恨其儿女情多，风云气少。

元好问论诗，特别标举曹植、刘桢和曹操等诗人，形象地肯定了他们诗歌抒发的雄健的气概和豪壮的情怀以及对晋代刘琨等诗人的影响。这些见解都是精当的。此外，元好问还把建安诗歌同张华、温庭筠和李商隐的诗歌加以对照，批评了张华等人的诗歌"儿女情多，风云气少"。元好问对建安诗歌和张华等人的诗歌的这种鲜明的褒贬，说明他提倡的是慷慨激越、壮怀多气的建安诗风。

在创作上，元好问受建安诗的影响也比较明显。元好问面对金、元之际的社会矛盾和人民的不幸遭遇，写了不少反映社会现实的诗篇。这些诗篇继承发扬了现实主义传统，和建安诗歌是一脉相传的。譬如汴京被蒙古军队攻陷以后，他被迫前往聊城。沿途所闻所见使他悲愤不已，于是挥笔写道：

　　道旁僵卧满累囚，过去觥车似水流。红粉哭随回鹘马，为谁一步一回头。（《癸巳五月三日北渡》其一）

　　白骨纵横似乱麻，几年桑梓变龙沙。只知河朔生灵尽，破屋疏烟却数家。（同上，其三）

读了这样激动人心的杰作，很自然使我们联想到曹操的《蒿里行》、王粲的《七哀诗》（其一）和蔡琰的五言《悲愤诗》等悯时伤乱的建安诗歌。很显然，元好问之所以能写出这样的诗篇，在很大程度上是受了"邺下风流""写时事"的影响。

和宋元相比，建安文学在明清时期的影响又有一些新的表现。明清时期，通过整理全集和编辑选本，使建安文学得到了较为广泛的传播。建安文人虽然遭遇战乱，常常是横槊赋诗，但他们写的作品不仅质量高，而且数量也相当可观。对此，明清一些文人深为敬佩。如明人胡应麟《诗薮》杂编卷二说：

> 自汉而下，文章之富，无出魏武者。集至三十卷，又《逸集》十卷，《新集》十卷，古今文集繁富当首于此。陈思集亦五十卷，魏文二十三卷，明帝十卷。吁！曹氏一门何盛也。今惟陈思十卷传，武、文二主集仅二、三卷，亡者不可胜计矣。

看来胡应麟对"曹氏一门"在创作上取得的那么多的成绩，是深表赞许的。

为了使建安诗文不至于继续散佚，并且得以传播，建安作家的许多诗文在明清时期得到了进一步整理。如明人张溥的《汉魏六朝百三名家集》，收有建安时期诸葛亮、孔融、曹操、曹丕、曹植、陈琳、王粲、阮瑀、刘桢、应玚和应璩等十一家的诗文。这是流传至今的较早、较完备的建安作家的诗文集。张溥编这部诗文集并不是纯客观地编辑资料，而是送疑取难，要人们吸取汉、魏、六朝"先质后文，吐华含实"（《汉魏六朝百三名家集·原叙》）的精华，丢弃那些充斥着浮靡和骈衍的糟粕，从而复兴古学、务为有用。正是基于上述目的，他在这部诗文集中，竟选辑了建安十一个作家的作品。这个数字在全书中占的比重是较大的。这说明张溥对建安文学是相当重视的。在建安文集被整理的同时，许多诗歌选本也陆续地出现了。明朝人钟惺、谭元春的《古诗归》、清朝人吴淇的《六朝选诗定论》、王夫之的《船山古诗评选》、王士祯的《古诗选》和沈德潜的《古诗源》等，都是这方面的重要代表。这些选本对建安诗都比较重视。如沈德潜在《古诗源·例言》中认为曹氏父子的诗歌"应为一大宗"，还认为"邺下诸子，各自成家"。他编选的《古诗源》是我国清代以后流行很广的古诗选本。全书十四卷,其中有三卷多少不等地选录了建安文人的诗歌,共六十八首。这在全书中占的比重是十分可观的。沈德潜的诗选对于建安诗的流传,对于人们从中得到借鉴,都是有利的。

明清时期随着选本及诗话的大量出现,进一步阐释和分析建安诗歌的论述也越来越多。这些阐释和分析涉及的方面虽然很多,但是建安诗真实地叙写时事这一特点,仍是许多人所极为关注的。下面略举几则作为示例:

《薤露》("知小而谋强"二句),钟惺云:"此二语道尽群雄病根。"("贼臣执国柄"六句)钟惺云:"汉末实录,真诗史也。"

《蒿里行》,钟惺云:"看尽乱世群雄情形,本初、公路、景升辈,落其目中掌中之矣。"(以上《古诗归》卷七)

观魏武此作(按:指《短歌行》)及后《苦寒行》,何等深,何等真。(吴淇《六朝选诗定论》卷五)

《七哀诗》二首("西京乱无象"篇),首章言西京之乱,乃弃中国而去之由。"亲戚"二句不是写亲友之厚,乃写亲友之难舍。"出门"以下,正云"乱无象"。兵乱之后,其可哀之事,写不胜写,但用"无所见"三字括之,则城郭人民之萧条,却已写尽。复于中单举妇人弃子而言之者,盖人当乱离之际,一切皆轻,最难割者,骨肉,而慈母于幼子尤甚,写其重者,他可知矣。(同上,卷六)

借古乐府写时事,始于曹公。

《送应氏二首》,时董卓迁献帝于西京,洛阳被烧,故诗中云然。(以上沈德潜《古诗源》卷五)

上面列举的对几首诗歌的分析,虽然有的简括,有的具体,但对这些作品的叙写时事、悯时悼乱却都给予了充分的肯定。由此可见,建安文学现实主义的写作特点,在明清时期仍旧放射着光芒，影响了不少封建文人。

四

　　以上分三部分粗略地论述了建安文学的影响。从上面的论述中，我们可以看到，建安文学对后代的影响是相当深远的。建安文学对后代的影响表现在多方面，有创作方法上的影响，有思想内容上的影响，也有表现形式上的影响。但是这各个方面的影响并不是均衡的。大体说来，建安文人用诗歌"写时事"的现实主义创作，对后代的影响最大。可以说，建安以后的许多杰出的文人，程度不同地都受到了建安文学现实主义创作的哺育和熏陶。建安文学开创的"诗史"的优良传统，在建安以后的诗歌发展史上是代代相传的。从这里我们是否可以得出这样的看法：在我国古代，现实主义的创作具有强大的生命力，现实主义作品有明显的持久性，能发生比较深远的影响。

　　根据上面的论述，我们还可以看到，建安文学对后来各个时期虽然都发生过影响，但是影响的情况并不相同。有时主要表现在某一方面，有时表现在许多方面。有时影响较小，有时影响较大。呈现出的现象是比较复杂的。概括地说，建安文学对六朝文学创作的影响多是侧重在形式方面。到了唐代，建安文学不论是在内容上，还是在形式上，还是在创作方法上，都发生了很大的影响。唐代之后的宋元明清时期，人们对建安文学的认识虽然有所深入，建安文学作品虽然也被不断地整理，但在创作上发生的影响却远不如唐代那样广泛而深入。上述现象的出现有比较复杂的原因。从建安文学本身来看，它是一个比较复杂的整体，其中有积极的东西，也有消极的东西。就积极的东西来说，也表现在各个方面。这种复杂的情况,就在客观上为以后人们从各个不同的方面接受建安文学的影响,提供了各种可能性。另外,人们对建安文学的接触都不是被动的、消极的。人们接受建安文学的影响,总是与他们所处的时代和社会地位密切相关,总是与他们的政治观点、文化教养、生活经历和审美趣味密切相关,总是根据文学发展的水平和他们各自的需要,吸收他们能够吸收的和对他们有用的东西。六朝时期,门阀士族居于统治地位,崇尚形式美差不多是当时的时代风尚,这样自然就会特别重视建安文学在形式方面取得的成就,因此,建安文学在形式方面对六朝的影响也就特别明显。到了唐代,封建地主阶级还是一个有生气的阶级,社会各方面都在向前发展,思想领域里束缚较少,古今内外的文化学术得到了大交流、大融合。在这样的社会条件下,很多的著名文人能够从多方面吸收文学遗产里面有益的东西。以"写时事"著称和以文被质、文质并重的建安文学,自然是他们学习的对象,他们受到的影响自然也是多方面的。宋元明清时期,封建地主阶级在逐渐走下坡路。思想领域里远不如唐代那样活跃,文学领域里,诗歌逐渐退到了比较次要的地位。有些人学习诗歌,重点也多是放在唐诗上,因为唐诗毕竟是我国古代诗歌的集大成者。由于上述主要原因,建安文学在宋元明清时期的影响远不如在唐代那样广泛、那样深入。从这里可以看到,古代优良的文学传统在不同的历史时期,能在多大范围、多大程度上发生影响,不仅仅取决于优良文学传统本身,而且与各个时期各方面的情况有直接的关系。一个时期的文学同其他时期的读者的精神需求和审美意识一旦接触后,就会产生比较复杂的思想方面和审美方面的联系与关系。

建安文学在六朝至明清的历史长河中,虽然发生了比较深远的影响,但是由于在这一历史长河中,一直是封建地主阶级占据统治地位的封建社会。时代的局限性和封建地主阶级的阶级偏见,使封建社会的人们不仅不可能真正科学地、全面地认识和评价建安文学,而且有时还被片面地加以吸收或者加以歪曲。"沉舟侧畔千帆过,病树前头万木春。"随着社会翻天覆地的变化,随着人类的不断进步,科学地、正确地认识和评价建安文学,并且使建安文学的优良传统得到全面的继承和发扬,这一任务历史地落到了我们的身上。我们已经创立了蓬勃前进的社会主义新时代,我们有马克思主义的辩证唯物论、历史唯物论和科学的文艺观作武器,我们完全能够完成这一任务。

写于一九八四年三月

如何理解"建安风骨"?

在我国古代文学理论批评史上，不少文人，特别是钟嵘、陈子昂、李白和严羽等，在评论建安文学（主要是建安诗歌）时，曾使用过"建安风骨"，或近似于"建安风骨"这样的概念，而且这一概念一直沿用到今天。但是，这一概念是怎样提出来的？它的具体含义是什么？今天我们应当怎样对待它？诸如此类问题，从古迄今，有的问题，学术界的理解颇为分歧，有的基本上还没有涉及到。如果这些问题不解决，不仅不能还"建安风骨"以本来的面目，而且也不利于我们对建安文学作深入的研究。因此，现在仍有必要对与建安文学关系密切的"建安风骨"，作进一步的探讨。

一

"建安风骨"这一概念的提出，有一个酝酿的过程。探究其源，至少应当追溯到南朝齐梁间的刘勰。刘勰写的《文心雕龙》专列《风骨篇》，第一次正式把"风骨"用到文学理论上来。《文心雕龙》对建安文学又有许多精辟的论述。这些对后人提出"建安风骨"，无疑是有启迪的。

刘勰所说的"风骨"的含义，从古代一直到现在，众说纷纭，莫衷一是。这种现象的产生，主要有两方面的原因：就《文心雕龙》

来说,它虽然是一部"博大精深"的文学理论著作,但因为它是用骈文的形式写成的,受骈文的束缚,许多地方语焉不详,再加上它运用的概念有时有多义性和模糊性,这就使人们难以准确地把握"风骨"的内涵。这是第一个原因。第二,从人们对"风骨"的理解来看,又常常不能扣紧刘勰的论述,有时习惯于用今天的文学理论的概念,简单地加以对号。这样仁者见仁,智者见智,认识就很难统一了。

我认为,要把握"风骨"的含义,主要应当根据刘勰在《风骨篇》中说的下面一段话:

> 《诗》总六义,风冠其首。斯乃化感之本源,志气之符契也。是以怊怅述情,必始乎风;沈吟铺辞,莫先于骨。故辞之待骨,如体之树骸;情之含风,犹形之包气。结言端直,则文骨成焉;意气骏爽,则文风清焉。……故练于骨者,析辞必精;精乎风者,述情必显。捶字坚而难移,结响凝而不滞,此风骨之力也。若瘠义肥辞,繁杂失统,则无骨之征也;思不环周,索莫乏气,则无风之验也。……相如赋《仙》,气号"凌云",蔚为辞宗,乃其风力遒也。

上面这段话,是刘勰有关"风骨"系统的、集中的论述。刘勰讲"风",首先追溯到《诗经》的"六义",并且联系到《毛诗序》中"风以动之,教以化之"的说法。刘勰这样联系,显然是想从儒家的经典中,为"风"找理论根据,表现了他常常不忘"宗经"的局限性。但值得注意的是,刘勰并没有就此止步,而是另开思路,从其他方面对"风"进行了论述,从而赋予"风"以新的含义。从刘勰上面的论述,我们可以看到,他所说的"风",至少有两种含义:(一)指作品的内容,即所谓的"志气"和"意气"。他说的"风"是"志气之符契也","情之含风,犹形之包气","意气骏爽"等,都是确凿的证明。刘勰说的"志气"和"意气"，虽然和"情"有联系，所谓"怊怅述情，必始乎风"，但还不等于"情"。他说的"志气"和"意气"，含有思想和气势两方面的意思，所以他又从反面论证说："思不环周，索莫乏气，则无风之验也。"（二）指作品的内容能够得到爽朗显豁、刚健有力的表现。上面引文中的"意气骏爽，则文风清焉"，"深乎风者，述情必显"，都很清楚地说明了这一点。他之所以肯定司马相如的《大人赋》，固然是由于它"气号'凌云'"，同时也因为它在表现方面遒劲有力。

关于"骨"的含义，刘勰也从正反两方面作了论述。从正面来说，他强调"沈吟铺辞，莫先于骨"，"辞之待骨"，"练于骨者，析辞必精"；从反面论证，他认为："若瘠义肥辞，繁杂失统，则无骨之征也。"把正反两方面的意思合起来，不难发现，刘勰所说的"骨"是属于文辞的范围。不过，它指的不是一般的文辞。它的主要特点是"结言端直"、"析辞必精"，即文辞要端庄明显、精炼不繁。

刘勰对建安文学是十分重视的。在我国古代文学理论批评史上，他较早地对建安文学作了相当全面的评论。他对建安文学虽然也有批评，但从总的倾向来看，还是颇为赞许的。《明诗篇》说，建安诗歌的突出特点是：

> 慷慨以任气，磊落以使才。造怀指事，不求纤密之巧，驱辞逐貌，唯取昭晰之能。

《时序篇》论及建安文学时说：

> 观其时文，雅好慷慨，良由世积乱离，风衰俗怨，并志深而笔长，故梗概而多气也。

上面两段引文，是刘勰关于建安文学最重要的论述。从这两段引文来看，刘勰基本上是从"风骨"的角度来肯定建安文学的。刘勰说建安文学有"慷慨以任气"、"志深而笔长"、"梗概而多气"

等特点,这显然是从"风"这一方面来考虑的。刘勰认为,建安文学在文辞方面,"不求纤密之巧"、"唯取昭晰之能"。这样的文辞没有"瘠义肥辞,繁杂失统"的弊病,在很大程度上达到了"结言端直"、"析辞必精"的地步。看来刘勰认为,建安文学在文辞方面,比较接近于他对"骨"的要求。

通过上面的论述,我们可以看到,刘勰在《文心雕龙》里,确实是第一次比较集中地论述了"风骨"问题,论述了建安文学的一些特点。同时我们还看到,刘勰在《文心雕龙》里并没有直接把"风骨"同他有关建安文学的论述联系在一起,更没有明确提出"建安风骨"这一概念。刘勰有关"风骨"和建安文学的论述,同后来人们提出的"建安风骨"还不能简单地等同起来。刘勰提出的"风骨",是他从一个方面对我国古代优秀文学传统的总结,是对文学提出的一个重要要求,不仅仅是对建安文学的总结和概括。因此,我们不能因为刘勰既讲了"风骨",又指出了建安文学的一些特点,就说他提出了"建安风骨",并且加以探讨。这并不符合事实。我们这样说,并不意味着刘勰与后来人们提出的"建安风骨"毫无关系。刘勰较早地把"风骨"运用到文学批评理论上来,而且设了专论,他对建安文学又有许多精辟的见解,这些见解与他提出的"风骨"又有联系,这些对后来人们正式提出"建安风骨",提供了极有价值的思想资料。在"建安风骨"这个问题上,我们只能从这方面对刘勰的贡献给予肯定,而不能把后来人们提出的"建安风骨"以及它的一些含义加在刘勰的身上。

二

稍晚于刘勰的钟嵘,在他的《诗品》中,明确地提出了"建安风

力"的问题,并且用它来评价了一些作家作品。《诗品·总论》说:

> 降及建安,曹公父子笃好斯文,平原兄弟郁为文栋,刘
> 桢、王粲为其羽翼……尔后陵迟、衰微,迄于有晋。太康中,
> 三张、二陆、两潘、一左,勃尔复兴,踵武前王,风流未沫,亦文
> 章之中兴也。永康时,贵黄、老,稍尚虚谈,于时篇什,理过其
> 辞,淡乎寡味。爰及江表,微波尚传。孙绰、许询、桓、庾诸
> 公,诗皆平典似《道德论》,建安风力尽矣。先是郭景纯用俊
> 上之才,变创其体;刘越石仗清刚之气,赞成厥美。然彼众我
> 寡,未能动俗。逮义熙中,谢益寿斐然继作。元嘉中,有谢灵
> 运,才高词盛,富艳难踪,固已含跨刘、郭,凌铄潘、左。

上面这段引文,有两点值得我们注意:第一,钟嵘提出"建安风力"是针对着两晋的玄言诗。他认为玄言诗"理过其辞,淡乎寡味"、"平典似《道德论》",完全丧失了"建安风力"。钟嵘还认为,建安之后的正始时期,文学"陵迟衰微",谈不到保持"建安风力"。这可能是因为"正始明道,诗杂仙心"(《文心雕龙·明诗篇》),"篇体轻澹"(同上,《时序篇》)的缘故。第二,除了玄言诗人以外,钟嵘认为,晋宋以来的不少诗人,程度不同地都继承了"建安风力"。太康中的三张、二陆、两潘、一左"踵武前王",多少不等地都有"建安风力"。郭璞的诗歌,"变创其体",也就是"始变永嘉平淡之体"(《诗品》卷中),刘琨赞成这种"变创",郭、刘的诗歌,自然也是具备"建安风力"的。谢灵运超出刘、郭,压倒潘、左,他的诗也继承了"建安风力"。把上述两点结合起来看,不难发现,钟嵘提出的"建安风力",不同于刘勰所说的"风骨"以及他对建安文学的评价,而是有它自己的含义。含义是什么? 为了解决这个问题,我们有必要首先对钟嵘所说的"风力"稍加分析。

《诗品》全书用"风力"二字,除上面说的"建安风力"以外,还

有两个地方：一是讲五言诗写作时，提出要"干之以风力，润之以丹采"（《诗品·总论》）；二是评陶潜的诗说，"又协左思风力"（《诗品》卷中）。钟嵘论诗，既强调"风力"，又注重"丹采"。他把"风力"和"丹采"作为两条重要的审美原则和评价标准。他把"风力"与"丹采"相提并举，"丹采"指的是文辞，"风力"指的是文辞之外的内容。具体地说，"风力"的含义和"气"的含义比较接近。这从《诗品》中用"气"的情况，可以得到证明。《诗品》中用"气"的例子较多，如：

　　评曹植："骨气奇高，辞采华茂。"

　　评刘桢："仗气爱奇，动多振绝。真骨凌霜，高风跨俗。但气过其文，雕润恨少。"

　　评陆机："气少于公干，文劣于仲宣。"（以上均见《诗品》卷上）

　　评郭泰机等五人："文虽不多，气调警拔。"（《诗品》卷中）

　　上面这四条例证，是钟嵘审美原则和评价标准的具体运用。例证中的"辞采"、"文"和"雕润"等，明显是属于文辞方面，即钟嵘所注重的"丹采"。而"骨气"、"气"和"气调"，则明显是属于内容方面，即钟嵘所强调的"风力"。据此可以知道，钟嵘所说的"风力"和"气"是字异义同，"风力"就是"气"。

　　关于"风力"和"气"的具体含义，钟嵘并没有作明确的说明，我们只能根据他用"风力"和"气"的具体情况作一些探索。钟嵘说陶潜"协左思风力"，而左思"其源出于公干"（《诗品》卷上），公干的重要特点是"仗气爱奇"。看来在钟嵘的心目中，陶潜、左思和刘桢一样，都是"仗气爱奇"的，只是程度不同而已。他肯定其他作家用到"气"时，除了与"爱奇"相联系以外，还常常用"奇高"、"警拔"、"清拔"（如卷上说刘琨"自有清拔之气"）之类的词。这类词的使用,表明钟嵘所说的"风力"和"气"是多义的,至少含有思想内容具有独创性和思想内容能够表现得挺拔有力等意思。钟嵘用"奇高"、"爱奇"之类的词同"气"相联系赞美的作家作品,在钟嵘看来,都有独创性的特点,如说曹植"骨气奇高"之后,又说他"粲溢今古,卓尔不群";说刘桢"仗气爱奇"之后,又说他"真骨凌霜,高风跨俗"(以上均见《诗品》卷上)。所谓"粲溢古今"、"高风跨俗",指的主要是不同凡俗的创造性。钟嵘在重视独创性的同时,还特别强调思想内容能够表现得挺拔有力。他肯定曹植的"骨气奇高"、刘桢的"动作振绝"、刘琨的"自有清拔之气"和虞羲诗的"奇句清拔"(《诗品》卷下)等,都说明了这一点。

由于钟嵘讲"风力",主旨在于强调诗歌内容的独创性和内容能表现得挺拔有力,所以用这样的标准去衡量建安诗,自然首先会嘉许曹植,其次是刘桢了。钟嵘认为曹植的诗,"譬人伦之有周孔,鳞羽之有龙凤,音乐之有琴笙,女工之有黼黻"(《诗品》卷上),给予了最高的评价。钟嵘评价刘桢,虽然认为他的诗歌"雕润恨少",即有"丹采"不足的缺憾,但由于他"仗气爱奇",能够体现"建安风力",所以对他还是非常赞赏。认为"曹、刘殆文章之圣"(《诗品·总论》),"陈思已下,桢称独步"(《诗品》卷上)。对建安以后的作家,钟嵘比较推重左思,认为左思的作品,虽然在文辞上"野于陆机","丹采"不足,但由于"其源出于公干",所以仍把他列为上品(《诗品》卷上)。左思留下来的五言诗的代表作是《咏史》诗。《咏史》诗多是错综史实,寄托讽喻,表面上是咏史,实际上是咏怀,在咏史诗方面,有鲜明的独创性。另外,《咏史》诗情调豪壮,笔力雄健,显然和刘桢是一脉相承的。正是基于上述原因,所以钟嵘说左思的诗是有"风力"的。

上面列举的是钟嵘从正面对"风力"的论述和对有关诗人肯

定的评价。此外,他还从反面谈论了有关"风力"的问题。这除了前面引文中,对玄言诗丧失"建安风力"作了总的批评以外,在《诗品》卷下还有一段对玄言诗人的代表孙绰、许询等人的具体批评:

> 永嘉以来,清虚在俗。王武子辈,诗贵道家之言。爰泊江表,玄风尚备。真长、仲祖、桓、庾诸公犹相袭。世称孙、许,弥善恬淡之词。

在钟嵘看来,玄言诗是西晋永嘉以后谈玄风气比较盛行的产物,这和刘勰《文心雕龙·明诗篇》的认识比较接近:"自中朝贵玄,江左称盛,因谈余气,流成文体。"关于玄言诗的内容,沈约《宋书·谢灵运传论》说是"莫不寄言上德,托意玄珠";刘勰《文心雕龙·明诗篇》说是"嗤笑徇务之志,崇盛亡机之谈"。沈约和刘勰对玄言诗内容特点的概括,同钟嵘的看法,大体是一致的。由于玄言诗的内容主要是崇尚清虚、谈玄论道,诗人追求的是玄虚的理念,所以玄言诗不仅很少能够见到个人独特的思想感情,而且还容易发生相互沿袭、了无独创的弊病。另外,写玄言诗的目的,既然是为了阐释玄理,所以作者只要用抽象而平淡的语言来剖析玄理就可以了,用不着在表现上去追求刚健遒劲。这样,玄言诗给人的感受只能是"理过其辞"、平淡无奇,根本看不到建安诗人曹植和刘桢诗歌中,表现出来的那种挺拔有力的特点。正是由于玄言诗有上述的严重缺点,所以钟嵘才慨叹"建安风力尽矣"。

总括以上钟嵘关于"建安风力"正反两方面的论述,我们大致可以看到,他所说的"建安风力",主要是指建安诗歌在内容上的独创性和挺拔有力的表现。钟嵘之所以赞许"建安风力",是想通过总结建安诗歌的优良传统,来荡涤盛极一时的玄言诗风。

三

钟嵘之后，第一个倡导"建安风骨"的是陈子昂。陈子昂有关"建安风骨"的论述，见于他的《与东方左史虬修竹篇序》一文：

> 东方公足下：文章道弊五百年矣。汉魏风骨，晋宋莫传，然而文献有可征者。仆尝暇观齐、梁间诗，采丽竞繁，而寄兴都绝，每以永叹，思古人常恐逶迤颓靡，风雅不作，以耿耿也。一昨于解三处见明公《咏孤桐篇》，骨气端翔，音情顿挫，光英朗练，有金石声。遂用洗心饰视，发挥幽郁。不图正始之音，复睹于兹，可使建安作者，相视而笑。解君云：张茂先、何敬祖，东方生与其比肩，仆亦以为知言也。

陈子昂所谓"汉魏风骨"的"汉"，指的是东汉末年的建安时期，这从下文"可使建安作者相视而笑"一句，可以得到印证。他所谓的"魏"，指的当是从魏国建立到魏国后期，包括正始年间，下文"不图正始之音，复睹于兹"两句，就说明了这一点。而"正始之音"，指的自然是以阮籍和嵇康为代表的正始文学了。从时间上来看，陈子昂所谓的"汉魏风骨"，不同于钟嵘所说的"建安风力"。钟嵘认为，建安之后，"迄于有晋"（包括正始年间）的文学，"陵迟衰微"，没有"建安风力"。而陈子昂则明确地把正始文学也包括在"汉魏风骨"的范围之内。仅就这一点来看，我们也不能简单地把钟嵘所说的"建安风力"和陈子昂所说的"汉魏风骨"等同起来。

陈子昂所说的"汉魏风骨"的具体内容，他自己没有作直接说明。不过我们从他对东方虬《咏孤桐篇》的褒赞，可以有一个大致的了解。陈子昂认为《咏孤桐篇》"骨气端翔，音情顿挫，光英朗练，有金石声"。认为《咏孤桐篇》再现了"正始之音"，"可使建安作者相视而笑"。据此可知,"骨气端翔"等四句,不仅指的是《咏孤桐篇》的特点,而且也是"汉魏风骨"的主要内含。陈子昂所谓的"骨气"就是"风骨"。但他所说的"风骨"和刘勰所说的"风骨"含义不同。刘勰尽管也讲"风骨"二者之间的联系,但他是把"风骨"作为两个概念,而陈子昂则是把"风骨"作为一个概念,陈子昂讲"汉魏风骨",主要是强调"骨气端翔"。所谓"端",主要指语言端直精炼;所谓"翔",主要指有凌空翱翔的气势和力量。诗歌创作如果能够做到"骨气端翔",自然就会产生"音情顿挫,光英朗练"的艺术效果。看来,陈子昂讲"汉魏风骨",基本上是从诗歌的表现方面来考虑的。具体地说,指的是建安文学和正始文学端直精炼、刚健有力的语言和风格。而这种语言和风格,同晋宋以后占重要地位的"采丽竞繁"、柔弱淫靡的语言和风格是大不相同的,所以陈子昂慨叹:"汉魏风骨,晋宋莫传。"

陈子昂生活在初唐时期,当时社会历史虽然进入了新的朝代,但是整个文坛却仍旧弥漫着六朝和隋代浮靡的文风,即《新唐书》卷二〇一《文艺传》上所说:"唐兴,诗人承陈、隋风流,浮靡相矜。"对于这种浮靡的文风,在陈子昂之前,有不少文人曾进行过抨击。魏征《隋书》卷七六《文学传序》说,梁、陈时期的文学是"亡国之音","其意浅而繁,其文匿而采;词尚轻险,情多哀思"。姚思廉《陈书》卷六《后主本传》说梁、陈及隋代的统治者,"不崇教义之本,偏尚淫丽之文,徒长浇伪之风,无救亡乱之祸矣"。这些批评虽然很尖锐,但由于积习根深蒂固,短时间难以变革,再加上文学创作方面,新的力量还没有形成足以振撼文坛的强大声势,所以直到唐高宗时,文坛上基本上还是"骨气都尽,刚健不闻"(杨炯《王勃集序》)。这种文风的存在,不适应当时政治、经济的发展,也会把文学的发展引向死胡同。文风的变革势在必行。陈子昂正是在这种形势下，举起了变革的旗帜，揭开了变革的序幕。为了变革，他高唱"汉魏风骨"。表面上看，他讲"汉魏风骨"，有复古的色彩，实际上是想从文学理论上，为唐代文学的发展，指明一条正确的道路；是要当时的文人继承和发扬建安文学和正始文学的优良传统，在文学创作的语言和风格上，要端直精炼，要刚健有力。

四

继陈子昂之后，对建安诗歌比较重视，并且涉及到"建安风骨"的，应当首推盛唐诗坛的奇才李白。李白在《古风》其一中说：

大雅久不作，吾衰竟谁陈……自从建安来，绮丽不足珍。圣代复元古，垂衣贵清真。

又在《宣州谢朓楼饯别校书叔云》一诗中说：

蓬莱文章建安骨，中间小谢又清发。俱怀逸兴壮思飞，欲上青天览明月。

李白一方面满怀激情地赞美"建安骨"，另一方面又用鄙薄的语调说："自从建安来，绮丽不足珍。"这种矛盾的现象，说明李白对建安文学既有肯定，也有批评，也说明他讲的"建安骨"有其特定的含义。

在我国古代文学史上，建安时期是由质到文的转变时期，不少作家注重辞采。这一点影响了两晋南北朝的文学。两晋南北朝时期，许多文人轻忽内容，一味地追求绮丽浮靡。对这种倾向，李白总的是持否定态度的。本来建安文学的注重辞采，和后来的追求绮丽浮靡，有很大的不同，而李白不加分析，一概加以否定，看法显然是片面的。但从这里我们可以看到，李白讲"建安骨"是完全排斥建安文学注重辞采这一特点的。

　　李白虽然否定建安文学注重辞采这一特点,但却十分推崇"建安骨",同时还认为,谢朓的诗有"建安骨",认为谢朓诗和建安诗是:"俱怀逸兴壮思飞。"由此可知,李白讲"建安骨",主要指的是建安诗歌有"逸兴壮思飞"这样的特点。所谓"逸兴",主要指才逸气高,兴会属辞;所谓"壮思",主要指思想感情豪壮雄健。"逸兴壮思",刚健有力,所以能飞上"青天"。"逸兴壮思",是自由抒写,挥洒自如,所以不受传统的束缚。"逸兴壮思",是兴来笔到,不矫揉,不做作,所以"清真"而自然。建安诗人思想活跃,"磊落以使才,慷慨以任气",留下了不少才调逸迈、刚健有力的优秀篇章。李白讲"建安骨",着重强调"逸兴壮思飞",应当说,反映了建安诗歌的一个重要特点。

　　同陈子昂一样,李白高唱"建安骨",表面上是复古,实际上是借"建安骨"来针砭当时文坛的弊病。李白生活在盛唐,时代的繁荣,疆域的拓展,思想的活跃,开阔了人们的视野。不少文人有一种积极进取、奋发向上的激情。这对文学来说,需要的主要是豪放、是壮美。只有这样,才能与宏阔壮丽的盛唐气象相适应。但当时的文坛却并非完全如此。李阳冰《草堂集序》指出:"卢黄门(藏用)云:陈拾遗横制颓波,天下质文,翕然一变。至今朝诗体,尚有梁、陈宫掖之风。"卢藏用的话告诉我们,充斥六朝特别是梁、陈时期浮艳淫靡文风的初唐文坛,经过陈子昂的努力革新,虽然已经发生了较大的变化,但是并没有完全消声匿迹。到李白所处的盛唐时期,"尚有梁、陈宫掖之风"。这一点李白也是深有感触的。孟棨《本事诗·高逸传》载有李白论诗说:"梁、陈以来,艳薄斯极,沈休文又尚以声律,将复古道,非我而谁欤?"看来李白对梁、陈以来浮艳淫靡的文风是深恶痛绝的,对过分地崇尚声律也是比较反感的。他称许"建安骨",表面上是"复古道",实际上是为了继续推进诗歌的革新,彻底廓清南朝,特别是梁、陈以来浮艳淫靡的文风,要人们不要受声律的羁縻。只有这样,诗坛上才会大批地涌现出"俱怀逸兴壮思飞"这样理想的诗歌。

五

唐代之后,仍有不少文人从不同的角度谈到了"建安风骨",其中比较有代表性的是宋代的严羽。严羽《沧浪诗话·诗评》说:

> 黄初之后,惟阮籍《咏怀》之作,极为高古,有建安风骨。
> 晋人舍陶渊明、阮嗣宗外,惟左太冲高出一时,陆士衡独在诸公之下。

严羽在《沧浪诗话》一书中,直接提到"建安风骨"的,只有上述一处。从上面这段话来看,严羽对"建安风骨"是相当推许的。他认为阮籍的《咏怀》诗是有"建安风骨"的,晋代的左思和陶渊明也是有"建安风骨"的。但"建安风骨"的具体内容是什么,严羽没有明确说明。为了弄清其具体内容,我们只能联系严羽对诗歌的要求和他对建安诗歌的评价作一些探讨。

严羽论诗,讲诗法。《诗辨》说:"诗之法有五:曰体制,曰格力,曰气象,曰兴趣,曰音节。"同时严羽还重诗品。《诗辨》又说:"诗之品有九:曰高,曰古,曰深,曰远,曰长,曰雄浑,曰飘逸,曰悲壮,曰凄婉。"他讲"建安风骨",大致也离不开诗法和诗品这两方面。从诗法方面来说,他主要是着眼于"气象"。从诗品方面来说,重点又在"高古"。《沧浪诗话》论建安诗,涉及"气象"的较多,如:

> 汉、魏古诗,气象混沌,难以句摘。晋以还方有佳句,如

渊明"采菊东篱下,悠然见南山",谢灵运"池塘生春草"之类。谢所以不及陶者,康乐之诗精工,渊明之诗质而自然耳。

建安之作,全在气象,不可寻枝摘叶。灵运之诗,已是彻首尾成对句矣,是以不及建安也。

虽谢康乐拟邺中诸子之诗,亦气象不类。(以上均见《诗评》)

严羽所说的"气象",指的是诗歌的风貌。在严羽看来,建安诗歌表现出来的风貌是浑然一体的。这种浑然一体是质朴而自然的,章与章之间、句与句之间来去无端,水乳交融,因此整体浑沦、"难以句摘"。这种浑然一体的形成,主要是由于诗人多是直抒胸臆、不施斫削,正像严羽评价蔡文姬作品所说的那样:"浑然天成,绝无痕迹,如蔡文姬肺肝间流出。"(《诗评》)

严羽讲诗品,十分推崇"高古"。他把"高古"分别列为第一品和第二品。他肯定阮籍的《咏怀》诗,并且认为它有"建安风骨",是因为它"极为高古"。足见严羽是把"高古"作为"建安风骨"的主要内容。严羽在《沧浪诗话》中,有时"高古"连用,有时分而用之。前者除了见于上面对阮籍《咏怀》诗的评价外,还有一例:"韩退之《琴操》极高古"(《诗评》);后者如上所述,把"高古"分别作为两品。这表明,严羽所说的"高古"这两个概念,既有密切的联系,又有细微的区别。就区别来说,所谓"高",指的是有些诗歌高迈有力;所谓"古",指的是有些诗歌古朴浑厚。就联系来说,所谓"高古",不管是高迈有力,还是古朴浑厚,都表现出"本色"的特点。所以严羽在肯定韩愈《琴操》一诗"极高古"之后,接着又说:"正是本色。"陶明濬《诗说杂记》卷七说:"本色者,所以保全天趣者也。故夷光之姿,必不肯污以脂粉;蓝田之玉,又何须饰以丹漆?此本色之所以可贵也。"看来从严羽讲诗品方面来理解"建安风骨"，主要指的是建安诗歌高壮古朴，浑然无迹，具有自然天成的特点。这同他从诗法方面来讲"建安风骨"，强调建安诗歌"气象混沌"，大体是一致的，只是角度不同而已。

严羽推许"建安风骨"，同钟嵘、陈子昂和李白一样，也有一定的目的。他的主要目的，是想借"建安风骨"这面旗子来批评江西诗派。北宋后期以黄庭坚为代表的江西诗派，由于脱离现实，生活比较空虚，在文学思想上，过分地重视书本知识和写作技巧，强调写诗要"无一字无来处"（黄庭坚《答洪驹父书》），要"左准绳，右规矩"，要"规摹"（黄庭坚《跋书柳子厚诗》）。在写作实践上，他一味地追求"句律"，"搜猎奇书，穿穴异闻"（刘克庄《江西诗派小序》）。这样写出来的诗歌，常常是堆砌典故、挦撦补凑，给人的感受是瘦硬生涩。江西诗派在理论和创作上存在的问题，尽管遭到了不少人的批评，但在严羽生活的时期仍有影响。《沧浪诗话·诗辨》说：

> 近代诸公乃作奇特解会，遂以文字为诗，以才学为诗，以议论为诗。夫岂不工，终非古人之诗也。盖于一唱三叹之音，有所歉焉。且其作多务使事，不问兴致；用字必有来历，押韵必有出处……诗而至此，可谓一厄也。

严羽对江西诗派的遗风余绪十分不满。他要继续批评江西诗派。为此，他在《答出继叔临安吴景仙书》中表示"虽得罪于世之君子，不辞也"；他自称："其间说江西诗病，真取心肝刽子手。"正是从这一点出发，他十分推许"建安风骨"，强调建安文学"气象混沌"、既"高"又"古"的艺术特点。对此，我们应当结合严羽所处的时代，给予应有的肯定。

六

通过上面的简单分析，可以看到，古代所说的"建安风力"、"汉魏风骨"和"建安骨"等概念，虽然用语有所不同，但基本上都是"建安风骨"的意思。同时还可以看到，古代的文人使用"建安风骨"这一概念时，有共同的方面，也有各自不同的方面。

就共同的方面来说，大致有以下几点：

首先，古代所说的"建安风骨"，都不是对整个建安文学的评价。钟嵘讲"建安风力"，就没有包括建安文学的辞采。陈子昂把"汉魏风骨"同"兴寄"相提并论，显然不包括建安文学与"兴寄"有关的内容。李白认为"自从建安来，绮丽不足珍"，完全否定了建安文学开始重辞采这一特点。严羽讲"建安风骨"，主要指"混沌"的"气象"和"高古"的诗品，也没有涉及建安文学的其他特点。因此，可以断言：古代讲的"建安风骨"，都是对建安文学某些特点的概括，而对某些特点的概括，又多是侧重在艺术表现方面，强调的是建安文学明朗刚健、古朴自然的艺术表现。至于建安文学对当时社会现实的真实描绘，建安文人抒发的消除动乱、恢复封建治世的理想和抱负等特点，则基本上没有涉及。因此，现在学术界流行的所谓古代提出的"建安风骨"，"是对整个建安时代文学的面貌的概括"的说法，与古人讲的"建安风骨"的含义，是方圆不合的。

第二，古代的文人都是把"建安风骨"作为优秀的文学传统来肯定的，都想在他们当时所处的文坛上，树起"建安风骨"这面旗子。他们这样做，并不是发思古之幽情，而是想借倡导"建安风骨"来针砭当时文坛上的一些弊病。如前所述，钟嵘因痛感永嘉以来的玄言诗"理过其辞,淡乎寡味",而喟叹"建安风力尽矣",想通过肯定"建安风力"来荡涤玄言诗风的流行。陈子昂对初唐承袭六朝华艳淫靡的诗风极为不满。他高唱"汉魏风骨",旨在提倡"骨气端翔,音情顿挫,光英朗练"的诗风,从而进一步推进诗歌的革新。后来的李白和严羽赞赏"建安骨"和"建安风骨",都是为了纠正当时文坛上的不良倾向。

第三,从理论形态上来看,古代文人提出的"建安风骨"及其论述,多是在讲其他问题时涉及的,是零星的、片断的,没有集中的论述,没有具体的、必要的解释。有时有一些解释,也多是运用比喻("风骨"本身就是比喻)和创作方面的例证,缺乏明确性、系统性、更谈不到严密的逻辑论证。这种理论形态,好处是形式多样,比较自由,比较形象。缺点是使人们不容易确切地把握它的具体内容。这也是千百年来解释"建安风骨",说法繁多,难以定论的一个重要原因。

就各自不同的方面来说,由于提倡"建安风骨"的文人所处的时代不同,由于他们的审美理想和审美趣味不同,因此,他们尽管用的概念是相同的,或者是相近的,但概念的具体内含,却存在着明显的差异。如钟嵘和陈子昂用"建安风力"和"汉魏风骨"作标准评价过正始文学和晋宋以后的文学,评价的对象是相同的,得出的结论却不一样。钟嵘认为建安之后的正始文学是"陵迟衰微",谈不到继承"建安风力",但他却认为晋宋以后的左思、郭璞、刘琨、陶渊明、谢灵运,甚至包括三张、两潘,都程度不同地具有"建安风力"。陈子昂则与钟嵘相反,他讲的"汉魏风骨",本身就包括"正始之音"。他痛心的是,"汉魏风骨,晋宋莫传"。上述现象,说明钟嵘和陈子昂讲的"建安风力"和"汉魏风骨",除了有相近的内含以外,各自还有不同的内含。这种情况提醒我们:对古人所说的"建安风骨"，我们在注意分析它的大致相同的内含的同时，还要留心体察各自不同的特殊的内含。只有这样，才能对古人说的"建安风骨"做出比较确切的分析，才能还"建安风骨"以本来的面貌。

七

　　"建安风骨"是我国古代文人提出的一个概念，站在今天科学发展的高度，具体分析这一概念的提出，分析它的内含及其在不同时期的衍变，从而吸收其合理的因素，这对于我们正确地评价建安文学和了解我国古代文学理论的发展，都有重要的意义。从这个角度来考虑，我们有必要对"建安风骨"继续进行探讨。与此同时，我们还应看到，"建安风骨"毕竟是我国古代的产物，单就理论形态来说，带有很大的直观性和经验性，其思维的历史局限性是很明显的。另外，同一个"建安风骨"，在不同的时代、不同的文人那里，常常有不同的含义。因此，从古代到现在，对"建安风骨"的认识，一直是争论不休。随着历史的发展，今天我们已经有了马克思主义文艺理论，已经有了高度发展的辩证思维。人们在进行辩证思维时，已经十分重视范畴概念的科学性和明确性。在这种情况下，我们应当用马克思主义文艺理论去研究分析建安文学，应当吸收古人用"建安风骨"评价建安文学得到的有益的东西，而不应当像过去那样简单地沿用含义本来就不统一，而且也无法统一的"建安风骨"来评价建安文学，更不应当象有些论者那样继续给"建安风骨"增加这样或那样的含义，那就会混淆古今的界限，就会把问题搞得越来越复杂，而且最后也很难解决。

　　"建安风骨"是一个历史的、具体的概念。继续对"建安风骨"

进行探讨,弄清它在不同时期、不同文人的著述中的具体含义,从而吸取对我们今天有价值的东西,这是完全必要的。但是我们今天不应当像过去那样继续简单地使用"建安风骨"这一概念。这就是本文最后要说的粗浅的结论。

写于一九八五年八月

附录一　刘勰对三曹评价的得失

三曹是建安时期的三个重要作家,他们的文学业绩受到历代人们的重视。早在魏晋南北朝时期,不少文论家就发表了许多言论对三曹进行评论,其中论述较多、时间较早、影响较大的,当首推刘勰的《文心雕龙》。刘勰在《文心雕龙》里,虽然没有对三曹的专题论述,但在他论述有关文学的种种问题时,却涉及到对三曹的评价。就《文心雕龙》全书来看,谈到三曹的共有四十多处。如果把这四十多处综合起来,可以看到,刘勰对三曹的评价,有不少颇有价值的见解,同时也有一些失误。因此,对这一问题进行探讨,不仅有助于我们正确分析三曹,而且对我们全面理解刘勰的文学观也是有益的。

一

建安文学是我国古代文学史上的一个丰收季节,是一个光辉灿烂的时期。建安文学的繁荣有多方面的原因,而三曹对文学的爱好和对文人的尊重是其中的一个重要方面。这一点,刘勰有较为明确的认识。《时序篇》说:

> 自献帝播迁,文学蓬转;建安之末,区宇方辑。魏武以相王之尊,雅爱诗章;文帝以副君之重,妙善辞赋;陈思以公子

之豪,下笔琳琅。并体貌英逸,故俊才云蒸。

这里,刘勰直接谈到三曹的有两点:一是他们自身对文学的爱好;二是他们对文人的尊重。这两点客观地反映了当时的实际情况,对建安文学的繁荣,都具有促进作用。

曹操是建安时期的一个杰出的封建政治家、军事家、同时也是一个著名的文学家。他在当时动乱的社会里,转战南北,戎马倥偬,但是始终没有离开文学创作。曹丕说他"雅好诗书文籍,虽在军旅,手不释卷"(《典论·自叙》)。王沈称赞他"创造大业,文武并施,御军三十余年,手不舍书,昼则讲武策,夜则思经传,登高必赋,及造新诗,被之管弦,皆成乐章"(《魏志·武帝纪》注引《魏书》)。曹丕同他的父亲曹操一样,也是终生喜爱文学,没有停止过文学创作的。《三国志》卷二《魏志·文帝纪》赞扬他"好文学,以著述为务,自所勒成垂百篇"。他对文学的爱好是多方面的,正象刘勰所说的那样:他"妙善辞赋","乐府清越"(《文心雕龙·才略篇》),他"因俳说以著《笑书》",还写了"约而密之"的谜语。(同上,《谐隐篇》)曹植对文学的爱好和重视,并不亚于其父曹操和其兄曹丕。《三国志》卷一九《魏志·陈思王植传》称许他"年十岁余,诵读诗论及辞赋数十万言,善属文"。又引景初中诏,赞扬他"自少至终,篇籍不离于手,诚难能也"。他"精意著作",有时甚至"食饮损减,得反胃病也"。(《太平御览》卷三七六引《魏略》)由于三曹爱好文学,所以他们在创作方面留下了丰硕的成果。这一点,明朝人胡应麟《诗薮·杂篇》卷二有明确的统计:"自汉而下,文章之富,无出魏武者。集至三十卷,又《逸集》十卷,《新集》十卷,古今文集繁富当首于此。陈思集亦五十卷,魏文二十三卷,明帝十卷。吁!曹氏一门何盛也。今惟陈思十卷传,武、文二主集仅二、三卷,亡者不可胜计矣。"

　　在封建社会里,最高统治者有至高无上的权威。而遵从权威,在许多封建士大夫的心目中,又常常被视为"天经地义"。上有所好,下必有所应。最高统治者对社会的影响是相当大的。三曹当中,曹操占有"相王之尊"的首要地位,曹丕以"副君之重"显赫当时,曹植靠"公子之豪"引人注目。他们在政治上都有特殊的地位,特别是曹操和曹丕,都有决策的权势。他们在文学上又都是行家,各自都写了不少优秀的文学作品。这些对建安文学的繁荣都有较大的促进作用。

　　建安文学的繁荣,除了三曹重视爱好文学这方面的原因之外,还与当时其他文人的共同努力密切相关。当时的杰出作家建安七子和蔡琰等,都以自己创作的优秀作品,给建安文坛增加了绚丽的光采。这些作家之所以能在文学方面有所贡献,固然有多方面的原因,但与他们受到了三曹的重视是分不开的。刘勰在前面引文中所讲述的"体貌英逸,故俊才云蒸",指的主要就是这一点。

　　建安前后,随着社会的急剧变化和思想的比较解放,文人的地位得到了提高。三曹不再象两汉一些帝王贵族那样,把文人视为俳优,而是从"唯才是举"的用人原则出发,重视文人,延揽文人,注意重用文人。在这方面,曹操做了不少工作,其中有的是一般封建统治者难以做到的。曹操具有识别才能的才能。他的才能再加上他采取的许多进步措施和雄强的性格,吸引了许多有才能的文人围绕在他身边。他懂得如何使用这些人才,知道怎样利用他们为他出力。这些文人一般也愿意听从他指挥,愿意为他效劳。他对陈琳的任用和赎回女诗人蔡琰,就是典型的例证。著名文人陈琳在依附曹操的政敌袁绍时,曾为袁绍作檄文,骂过曹操及其祖父。袁绍败后,曹操对陈琳是"爱其才而不咎",并且委以重任。(《三国志》卷二一《魏志·王粲传》)这件事,刘勰在《檄移篇》有所论述:"陈琳之檄豫州……敢指曹公之锋,幸哉免袁党之戮也。"看来刘勰对曹操不计私仇,重用陈琳是颇为赞许的。女诗人蔡琰被匈奴俘获以后,长期生活在匈奴,后来曹操"乃命使者周近持玄璧于匈奴",将她赎回。(曹丕《蔡伯喈女赋序》)由于曹操比较尊重文人,结果使当时不少文人陆续会萃在曹魏的统治中心邺城,形成了邺下文人集团。这方面的情况,曹植在《与杨德祖书》中有概括的描绘:

> 昔仲宣独步于汉南,孔璋鹰扬于河朔,伟长擅名于青土,
> 公干振藻于海隅,德琏发迹于大魏,足下高视于上京。当此
> 之时,人人自谓握灵蛇之珠,家家自谓抱荆山之玉。吾王于
> 是设天网以该之,顿八纮以掩之,今尽集兹国矣。

曹操虽然重视文人,但由于他军政要务在握,难以有更多的时间接触文人。因此,三曹当中,接触文人较多的是曹丕和曹植,他们兄弟俩在邺下文人集团中发挥着更为直接的作用。曹丕对当时的著名文人徐干、陈琳、应玚、刘桢和吴质等相当尊重,基本上和他们能够友好相处,达到了"行则同舆,止则接席,何尝须臾相失!每至觞酌流行,丝竹并奏,酒酣耳热,仰而赋诗"(曹丕《又与吴质书》)的十分密切的地步。曹植对当时的文人也是比较尊重的,这从他写的《送应氏》二首、《赠徐干》、《赠丁仪》、《赠王粲》、《赠丁仪王粲》、《赠丁翼》和《与杨德祖书》等诗文中都可以得到印证。曹植尊重文人,而不少文人对他也是相当敬佩的。丁翼曾说曹植"博学渊识,文章绝伦。当今天下之贤才君子,不问少长,皆愿从其游而为之死"(《三国志》卷一九《魏志·陈思王植传》注引《文士传》)丁翼的话虽有溢美的成份,但从中可以看到曹植和一些文人的友好关系。

　　三曹对文人比较尊重,注意延揽文人,对建安文学有哪些影响? 对此,刘勰虽然没有专题论述,但在他对建安文学的概论中却有所反映。《时序篇》说建安时期的文人常常是:

　　傲雅觞豆之前,雍容衽席之上,洒笔以成酣歌,和墨以藉谈笑。观其时文,雅好慷慨。

《明诗篇》论建安五言诗说:

　　暨建安之初,五言腾踊。文帝、陈思,纵辔以骋节;王、徐、应、刘,望路而争驱。并怜风月,狎池苑,述恩荣,叙酣宴;慷慨以任气,磊落以使才。造怀指事,不求纤密之巧;驱辞逐貌,唯取昭晰之能;此其所同也。

　　在上面两节引文中,刘勰概括地描绘了文人聚会在三曹周围以后,文坛创作的盛况及其主要特点。过去学术界有一种观点,认为上面引文中的"傲雅觞豆之前"等四句和"并怜风月"等四句,是刘勰对邺下文人的全面批评,进而认为三曹把许多文人延揽在自己的周围,对文学的影响主要是消极的。其实,这种看法既不完全符合刘勰的原意,也不符合邺下文人创作的实际。从上面第一节引文来看,刘勰说了"傲雅觞豆之前"等四句话之后,接着又说了"观其时文,雅好慷慨"两句完全肯定的话。从第二节引文来看,刘勰在"并怜风月"等四句话之后,接着又肯定了当时文人的"慷慨以任气,磊落以使才"的特点。因此,恐怕不能认为刘勰上面两段引文是对邺下文人的全面批评。如果说刘勰在这里有不足之处的话,那就是由于骈文的局限,对"怜风月,狎池苑,述恩荣,叙酣宴"之类的作品,只是作了笼统的论述,而没有作具体的分析。假若仔细分析一下这类作品,可以发现,其中有些内容应当肯定,有些则没有多大价值。拿"述恩荣"这类作品来说,其中有一些作品就其主要倾向来说,歌颂的基本上是曹氏父子进步的方面,如王粲歌颂曹操的《从军诗》五首当中的第一首和第四首。
这两首诗对曹操的歌颂虽然有些过头,但诗中叙写的曹操进行的
战争,在当时有利于祖国的统一,是进步的。对这类作品,应当肯
定。此外,还有一些作品,就其主要倾向来说,是属于庸俗的颂祝
之作,如王粲的《公宴诗》。作者写这类作品,主要是为了取媚曹
氏父子,结果矫揉造作,缺乏真实深切的感受和时代的内容。这
类作品,没有多大价值。就其艺术表现来看,上面说的"述恩荣"
之类的作品,确有"造怀指事,不求纤密之巧"等特点。刘勰对此
也是肯定的。

　　综上所述,三曹爱好文学、尊重文人、延揽文人,对建安文学
的影响主要还是积极的,也是建安文学发展的一个重要原因。刘
勰指出了这一点,值得我们重视。

二

　　在刘勰对三曹的评论当中,评论最多的是曹植。散见于《文
心雕龙》各篇中涉及曹植的论述有二十多条,占有关三曹评论的
一半左右。这一现象的出现,并不是偶然的。它说明刘勰对曹植
是相当重视的。综合刘勰对曹植的二十多条论述,可以看到,刘
勰既肯定了曹植在文学上的卓越贡献,又指出了他存在的不少缺
点,其评价是比较全面的。

　　首先,刘勰充分肯定了曹植在各体文学上取得的杰出成就。
曹植长于各体诗歌,并且都做出了自己的贡献。对此,刘勰是十
分称赞的。《明诗篇》说:

　　　　若夫四言正体,则雅润为本;五言流调,则清丽居宗;华
　　实异用,惟才所安。故平子得其雅,叔夜含其润,茂先凝其

清,景阳振其丽。兼善则子建、仲宣,偏美则太冲、公干。

刘勰强调四言诗是"正体",应以"雅润为本",论述五言诗又以"清丽居宗",这些都不够恰当。因此,纪昀评刘勰上面这段话说:"夫'雅润'、'清丽',岂诗之极则哉?"(引自《文心雕龙注释·明诗篇》)用"雅润"和"清丽"作尺度去评价曹植的四言诗和五言诗,自然也是不妥的。但是,从这里可以看到,刘勰对曹植诗歌的评价是相当高的。刘勰在《乐府篇》里还认为曹植的乐府诗也有"佳篇"。建安时期,是五言诗大发展的时期。曹植在五言诗的发展中,也走在了前面。刘勰十分重视曹植在这方面的成就。《明诗篇》在论及"建安之初,五言腾踊"时,特别指出曹植是纵辔驰骋,大显身手。刘勰的看法,可以从曹植的诗歌创作得到证明。今存曹植比较完整的诗歌近八十首,其中五言诗近六十首,占百分之七十以上。而且,曹植的五言诗"骨气奇高,辞采华茂"(钟嵘《诗品》卷上),无论在思想内容上,还是在艺术表现上,水平都是很高的。由此可见,刘勰十分肯定曹植在五言诗方面的贡献,并不是虚美之词,而是切合实际的恰当论断。

散文在曹植的创作中占有较大的比例,刘勰对曹植的散文也是相当重视的。《章表篇》评价曹植的表说:

> 陈思之表,独冠群才。观其体赡而律调,辞清而志显,应物掣巧,随变生趣,执辔有余,故能缓急应节矣。

曹植的表,无论在数量上,还是在质量上,都是相当可观的。《三国志·陈思王植传》及注全文引曹植的表共有五篇,这在整个《三国志》及其注文中,是极其罕见的。《文选》的选文标准是比较高的,选录的表共有十九篇,其中曹植的就有两篇,在建安文人当中居于首位。曹植的表,确有不少写得声情并茂,刘勰以"独冠群才"等话加以赞誉,并不过分。除了表之外,刘勰《祝盟篇》还说曹植的《诰咎》，能"裁以正义"；《杂文篇》说曹植的《七启》，"取美于宏壮"。应当说，这些评价都是精当之论。

其次，刘勰充分肯定了曹植作品在艺术表现上取得的杰出成绩。建安时期是一个由质到文的时期，重视艺术表现是建安文坛比较普遍的风尚。这在曹植的作品中也有鲜明突出的表现。这个问题，刘勰在不少地方有所论及。除了上面提到的（如说曹植的五言诗"清丽"，说他的表"律调"、"辞清"等）以外，刘勰特别重视曹植在运用比兴手法和声律两方面取得的成就。《比兴篇》论比时，在建安文人当中，特别标举曹植和刘桢两人，说他们：

> 图状山川，影写云物，莫不纤综比义，以敷其华，惊听回视，资此效绩。

比兴是我国古代诗歌创作的优秀传统。刘勰在《文心雕龙》中设《比兴篇》专论比兴，可见他对比兴是相当注意的。《比兴篇》在论兴的同时，还专门论述了比。比作为一种艺术手法，在曹植作品中用得很多，确实达到了"莫不纤综比义"的地步。这方面的例证，在曹植的作品中，俯拾即是。"高波凌云霄，浮气象螭龙"（《盘石篇》），这里用腾飞的螭龙作比，描绘波涛凌云、水气涌浮的壮观景象。"有子月经天，无子若流星。天月相终始，流星没无精"（《弃妇篇》），这里用月亮比喻有子的妇女，月亮与天相终始，比喻有子的妇女能和丈夫在一起；用流星比喻无子的妇女，流星离天即失去了光辉，比喻无子的妇女要被休弃。月亮与流星，两两相比，比拟惊切，表现了弃妇的悲惨遭遇，寄托了诗人的无限同情。曹植还有一些作品，几乎层层意思都有比。如《矫志诗》"段段用比语起，别成一格"（陈祚明《采菽堂古诗选》卷六）。《浮萍篇》连用六个比喻，表现了一种悲慨而悱恻的感情。曹植作品中的比，有许多是富有创造性的，一般都是先有情意，然后选择适当的外界物象做比，做到了情意与物象的互相交融。因此，曹植运用比，增加了作品的文采，收到了"惊听回视"、动人心弦的艺术效果。刘勰论比，特别标举曹植，可以说是抓住了曹植作品一个重要的艺术特点。

关于曹植作品在声律方面的成绩，刘勰在《文心雕龙》中有几个地方都谈到了，其中首先值得我们注意的是《声律篇》中有关的论述。《声律篇》是刘勰集中论述声律的专论。刘勰在这篇专论中特别称许了曹植：

> 若夫宫商大和，譬诸吹籥……籥含定管，故无往而不壹。陈思、潘岳，吹籥之调也。

在刘勰看来，曹植的作品声律调和，无处不谐。这样的称许，基本上符合曹植的实际情况。有不少资料证明，曹植是十分注重声律的。如他在《平原懿公主诔》中赞美懿公主"生在十旬，察人识物，仪同圣表，声协音律"。为一个女孩子作诔，特别提到她的音律，足见曹植对声律是非常注意的。这在曹植的诗歌中也有不少表现。曹植以前的诗歌，对语很少，而曹植的诗歌则有很多工整的对语。"秋兰被长坂，朱华冒绿池。潜鱼跃清波，好鸟鸣高枝。"（《公宴诗》）"凝霜依玉除，清风飘飞阁。"（《赠丁仪》）这些诗句平仄谐调妥贴，俨然后来的律句。在《乐府篇》中刘勰对俗称曹植乐府诗"乖调"的看法，提出了反驳的意见。刘勰认为曹植的乐府诗合乎声律，其所以未能被演奏，是因为"无诏伶人，故事谢丝管"。曹植重视声律，在他的散文中也有表现。《章表篇》说曹植的表"律调"。所谓"律调"，意思就是音律谐调。

语言艺术，特别是诗歌，与声律有着特别密切的关系，所以诗歌对声律的要求也比较严格。曹植的作品，在这方面取得了前所未有的艺术成就。后来有不少文论家对曹植在这方面取得的成绩,都比较赞赏,其中较早肯定这方面的,当首推刘勰。

　　刘勰在肯定曹植创作成就的同时,对曹植的作品,特别是在用事、用语等方面存在的缺点,也提出了严格的批评。《诔碑篇》批评曹植的诔文"体实繁缓,《文皇》诔末,旨言自陈,其乖甚矣"。《杂文篇》认为曹植的《客问》,"辞高而理疏"。《论说篇》指出曹植的《辩道论》,"体同书抄,言不持正,其论如已"。《封禅篇》指责曹植的文章《魏德》,说它"假论客主,问答迂缓,且已千言;劳深绩寡,飙焰缺焉"。关于用事,《事类篇》批评曹植说:"陈思,群才之英也。《报孔璋书》云:'葛天氏之乐,千人唱,万人和,听者因以蔑《韶》、《夏》矣。'此引事之实谬也。"关于用语,《指瑕篇》中对曹植的《武帝诔》和《明帝颂》提出了批评:"《武帝诔》云:'尊灵永蛰';《明帝颂》云:'圣体浮轻'。'浮轻'有似于胡蝶,'永蛰'颇疑于昆虫。施之尊极,岂其当乎!"上述刘勰对曹植的批评,现在看来,有的并不恰当。但刘勰的可贵之处就在于:他并没有因为曹植是向来为世人所推崇的作家而讳言他的缺点。

　　刘勰在评价曹植的时候,还对过去评论中关于曹植和曹丕的高下问题,发表了自己的看法。《才略篇》说:

　　　　魏文之才,洋洋清绮,旧谈抑之,谓去植千里。然子建思捷而才俊,诗丽而表逸;子桓虑详而力缓,故不竞于先鸣。而乐府清越,《典论》辩要;迭用短长,亦无懵焉。但俗情抑扬,雷同一响,遂令文帝以位尊减才,思王以势窘益价,未为笃论也。

　　这里有两点值得我们注意:其一,刘勰指出了"旧谈"对曹丕和曹植抑扬的不当,说明曹丕和曹植在才华和创作等方面各有所长,不能因其政治地位的不同而加以抑扬。这一点是应当肯定的。其二,刘勰虽然批评了过去对曹植和曹丕抑扬的不当,但他反对的只是把两人的才华说成是相差"千里"和"文帝以位尊减才,思王以势窘益价"的不正确看法,而并不意味着曹丕和曹植就没有高下之分。综合刘勰对曹丕和曹植的有关论述,可以发现,刘勰还是认为曹植的文学成就高于曹丕,如《明诗篇》说曹植的四言诗"雅润"、五言诗"清丽",达到了"兼善"的地步,而没有提及曹丕。如果要品评等级的话,刘勰恐怕会把曹植排在曹丕之上。这和钟嵘在《诗品》中把曹植列为上品、把曹丕排在中品,是大体相近的。

<h1 style="text-align:center">三</h1>

　　在建安时期,曹操不仅以"雅爱诗章"、"体貌英逸"促进了建安文学的繁荣,而且他自己写的一些作品也是我国古代文学史上的优秀篇章。但是,在《文心雕龙》里,刘勰对曹操的作品,基本上采取了贬抑的态度。《文心雕龙》全书提到曹操及其作品的共有九处。其中有六处是刘勰引用曹操有关创作和文体的见解,刘勰引用的目的是想借以论证自己要说明的问题。他对曹操的诸多见解是肯定的。有两处是赞颂曹操爱好文学、尊重文人的。只有一处是论述曹操作品的,即《乐府篇》所说的:

　　　　至于魏之三祖,气爽才丽;宰割辞调,音靡节平。观其"北上"众引,"秋风"列篇,或述酣宴,或伤羁戍;志不出于淫荡,辞不离于哀思,虽三调之正声,实《韶》、《夏》之郑曲也。

　　"'北上'众引",指的是曹操《苦寒行》之类的作品。刘勰认为这类作品"伤羁戍"、"辞不离于哀思",是属于"《韶》、《夏》之郑曲"。刘勰的看法,不仅否定了这类作品的内容,而且也否定了与之相联系的曲调。此外,刘勰对曹操的其他优秀作品也只字未提。本来刘勰论诗歌,十分重视四言诗。《明诗篇》说四言诗是"正体";《章句篇》认为:"诗、颂大体,以四言为正。"曹操的不少四言诗,如《短歌行》、《步出夏门行》等,在今天看来,不论在思想内容上,还是在艺术表现上,都是相当成功的。但刘勰对这些作品,态度冷漠,从未齿及。刘勰对五言诗也是比较重视的。他论建安诗歌,特别肯定其"五言腾踊"。曹操在五言诗方面也做出了自己的贡献,除了上面提到的五言诗《苦寒行》之外,其他象《薤露行》、《蒿里行》、《却东西门行》等,都是五言诗当中的优秀作品。对这些优秀的五言诗,刘勰也从未提及。

刘勰对于建安文坛上地位显赫、贡献突出的作家曹操的优秀作品,或者只字不提,或者虽然提到了,但却予以贬抑。这不能不说是一种失误。刘勰作为一位杰出的文学理论家,在作家评论上,有不少真知灼见,但在曹操作品的评价上,却出现了失误。这种情况的出现,不是刘勰的疏忽,也不是一种偶然的现象,而是与他在文艺思想上的局限性有密切的关系。具体地说,有以下几方面原因:

第一,在文学的作用方面,刘勰过分地强调文学在为封建政治、封建军事服务和道德修养等方面的功利性。这在《文心雕龙》中有许多明显的表现。《征圣篇》说:"是以远称唐世,则焕乎为盛;近褒周代,则郁哉可从:此政化贵文之征也。"《序志篇》说:"唯文章之用","君臣所以炳焕"。在《封禅篇》中,刘勰盛赞司马相如的《封禅文》说:"表权舆,序皇王,炳元符,镜鸿业,驱前古于当今之下,腾休明于列圣之上;歌之以祯瑞,赞之以介邱:绝笔兹文,固维新之作也。"这些是强调文学要为封建政治教化服务。《程器篇》说:"摛文必在纬军国,负重必在任栋梁。"《序志篇》说:"唯文章之用","军国所以昭明"。《奏启篇》肯定"晁错之兵事","理既切至,辞亦通畅,可谓识大体矣"。这些是主张文学要为封建军事服务。《征圣篇》说:"褒美子产,则云'言以足志,文以足言';泛论君子,则云'情欲信,辞欲巧':此修身贵文之征也。"《谐隐篇》说:"隐语之用,被于纪传,大者兴治济身,其次弼违晓惑。"这两段引文主要是强调文学要为道德修养服务。刘勰用上面谈到的功利性原则去衡量曹操的作品,曹操的作品自然是不够格的。曹操的作品,或描写动乱给人民带来的深重灾难,或抒发统一天下的思想感情,在刘勰的心目中,这些既无益于封建政治教化和封建军事,也无补于人们的道德修养。因此,对它们或者加以贬抑,或者打入冷宫。

在我国古代文艺理论史上,有很多文论家为了本阶级的利益,强调文学为封建政治、封建军事服务和有助于封建道德修养等方面的功利性,这是可以理解的,我们也不应当不加分析地完全予以否定。我们不同意的是象刘勰那样过分地强调上述几方面的功利性。刘勰强调的功利性是比较狭隘的,用这样的尺度去评价古代文学,往往会导致否定一些优秀的作品。刘勰在这方面的失误,是值得我们注意的。

第二,在音乐思想上,刘勰十分推崇"雅乐",而对所谓"郑声"却采取了鄙视和贬斥的态度。

在先秦儒家的典籍中,常常把我国古代的音乐分成两种:一种是所谓的"雅乐"。这种音乐被认为是"治世之音",多属庙堂音乐;另一种是所谓的"郑声"。这种音乐被说成是"乱世之音",主要是来自民间。到了汉代,随着时代的推移,音乐也发生了变化:"雅乐"渐趋衰微,"郑声"(主要是乐府民歌)却得到了发展,以至连宫廷中也常常不用"雅乐"而演奏"郑声"。据《汉书·礼乐志》记载:汉武帝以后的"雅乐",虽"天子下大乐官,常存肄之,岁时以备数，然不常御，常御及郊庙皆非雅声"。汉成帝时，"郑声尤甚"。
至东汉班固写《汉书》时，"郊庙诗歌，未有祖宗之事，八音调均，又
不协于钟律；而内有掖廷材人，外有上林乐府，皆以郑声施于朝
廷"。汉代音乐的这种变化，在汉儒当中引起了不同的反响，有的
赞赏，有的反对。反对的，如陆贾、司马迁和扬雄等。陆贾《新
语·道基》说："后世淫邪，增之以郑卫之音。"司马迁《史记·乐
书》说："雅颂之音理而民正……郑卫之曲动而心淫。"扬雄《法
言·寡见》卷说："郑卫调俾。"为了对抗"郑声"，反对"郑声"的极
力主张恢复古代的"雅乐"。赞赏"郑声"的，有桓谭和桑弘羊等。
桓谭《新论》说："梌榓不如流郑之乐。"《盐铁论·相刺》载桑弘羊
云："好音生于郑卫。"两汉时期，尽管一些皇帝和贵族喜爱"郑
声"，少数文人也赞赏它，但由于"雅乐"有利于维护和巩固封建秩
序，所以在汉代音乐领域里，崇尚"雅乐"一直居于统治地位。到
了建安时期，特别是建安前期，随着社会的急剧变化和思想的相
对解放，不少统治者和文人深受汉乐府民歌的影响，在音乐思想
上发生了很大的变化：由两汉的崇尚"雅乐"，变为喜爱民间音乐，
同时还冲破了要求乐府歌辞的内容与曲名相一致的框框，出现了
一些沿用乐府旧题叙写新的思想内容的作品。在这方面，曹操是
突出的代表。曹操不仅是一个文学家，而且也是一个音乐家。
《魏志·武帝纪》注引《曹瞒传》说，曹操"好音乐，倡优在侧，常以
日达夕"。曹操爱好的音乐，主要是汉乐府"相和歌"。而汉乐府
"'相和歌'，并汉世街陌讴谣之词"（《乐府·古题要解》）。又据
《宋书·乐志》记载："'但歌'四曲，出自汉世。无弦节，作伎最先
一人倡，三人和。魏武帝尤好之。"曹操的许多优秀乐府诗，象《苦
寒行》、《薤露行》、《蒿里行》、《步出夏门行》和《却东西门行》等，都
属于"相和歌"，这显然是受了汉乐府民歌的影响。

　　从先秦到建安时期，音乐发生的变化，刘勰是看到了。但他并不认为这种变化是一种进步。他基本上承袭了汉儒保守落后的音乐思想。从《乐府篇》来看，刘勰十分推崇传说的《咸池》、《玉英》、《韶》和《夏》等"雅乐"。后来"雅声浸微，溺音腾沸"，刘勰对此是持反对态度的。汉元帝、汉成帝时"郑声尤甚"，在刘勰看来是"稍广淫乐"。刘勰对一些人追求"新异"音乐，轻视"雅咏"，也是极为不满的。用上述的态度和标准去评价曹操的乐府诗，它们自然是"《韶》、《夏》之郑曲"了，自然属于应当批评的"新异"了。如果文艺思想保守落后，把为封建统治阶级服务的文艺作品，奉为正统的、不能改动的至宝，而轻视来自民间的以及在民间文艺影响下产生的优秀文人作品，最后必然会导致否定优秀的民间文艺和一部分文人的优秀作品。在这个问题上，刘勰的失误是非常明显的。

　　第三，在艺术表现上，刘勰比较重视有文采的作品，而对质朴的作品一般评价不高。刘勰生活在南朝，他对当时文坛上过分地追求形式而忽视内容的风尚，曾多次提出了批评。但是他并不轻视文采。《宗经篇》提出"文能宗经，体有六义"。"文丽而不淫"就是"六义"之一。《文心雕龙》还设专论《情采篇》。刘勰在这篇专论中，有很大篇幅是论述文采的。从《情采篇》来看，刘勰认为文学注重文采是很自然的事情，如同"水性虚而沦漪结，木体实而花萼振，文附质也"，有质自然就应当有文。刘勰还认为，光靠自然的文采是不够的，还要靠人为的文采，正如"犀兕有皮，而色资丹漆，质待文也"。值得注意的是，刘勰所说的文采，主要指对偶、声律和辞藻，而没有把质朴看成是文采的一种特殊表现。因此，严格地讲，刘勰对文采的看法并不全面。刘永济先生在《文心雕龙校释·情采》中曾经指出："敷采设藻者，但写吾情域所包之物，状吾情识所变之物，而已不胜其巧妙矣。吾情域所包，情识所变者，或朴或华，或奇或正，而吾之采亦从之而异，斯乃真文正采。"刘先生认为，作品只要成功地表现了思想感情，即使语言质朴，也应当算"真文正采"。但是刘勰并没有看到这一点。因此，他对那些有真实内容、又有美丽文采的作品，是十分肯定的，而对那些有真实内容而语言质朴的作品，则比较轻视。前者如上面引文说曹植"诗丽而表逸"，《明诗篇》说"古诗佳丽……观其结体散文，直而不野，婉转附物，怊怅切情，实五言之冠冕也"。后者如只字不提优秀的汉乐府民歌和对曹操乐府诗的评价。本来汉乐府民歌中的优秀作品，人物描写真实生动，叙事具体细致，语言质朴无华，具有很高的艺术性。但对这样的优秀作品，刘勰是相当鄙视的。曹操深受汉乐府民歌的影响，再加上他总揽庶政，戎马不停，许多诗歌写于鞍马间，无暇做过细的思考，因此常常用朴素的语言，白描的手法，直接叙写所闻、所见和所感。这些是应当肯定的。但却受到了刘勰的贬抑和冷遇。刘勰在艺术表现上，强调"文丽"，而忽视质朴，这是他文艺思想上的一个缺欠，也是他不能正确地评价曹操作品的一个原因。

　　三曹在我国古代文学史上占有重要的地位，早在一千三百多年以前，刘勰就如此重视他们，并且从多方面对他们进行评价，这是难能可贵的。刘勰对三曹的评价（主要是对曹操的评价），虽然有一些失误，反映了他的文学观具有保守性的一面，但全面来看，他的评价还是得多于失，有不少精当的见解。特别是他肯定三曹在建安文学发展中的积极作用，称许曹植在文学上取得的多方面的成就，这些都表现了他文学观中进步的一面。刘勰对建安文学的精当见解，不仅在长期的封建社会里对人们正确认识建安文学有很大的影响,而且即使在今天,对我们仍有一定的启发作用。因此,我们应当重视刘勰对三曹的评价。

写于一九八三年五月

附录二　建安文学研究论著索引

本索引选编了 1905 年到 1985 年发表、出版的有关建安文学研究的论著。为了便于寻检，本索引分成总论和作家作品研究两大部分。每部分按发表和出版的时间为序排列。论著著录的体例是：论著名、作者、出处、时间。

本索引主要参用了刘修业编《文学论文》索引（三编和续编），中国社会科学院历史研究所编《中国史学论文索引》，河北北京师范学院中文系资料室、中国社会科学院文学研究所图书资料室编《中国古典文学研究论文索引》（增订本），北京师范学院中文系编《中国古典文学研究论文索引》，上海复旦大学历史系资料室、四川省哲学社会科学研究所资料室编《中国古代史论文资料索引》，杨殿珣编《中国历代年谱总录》，朱一清辑录《建安文学研究论文索引》，中山大学中文系资料室编《中国古典文学研究论文索引》，中国社会科学院历史研究所编《八十年来史学书目》和《全国报刊索引》等，并在上述索引的基础上增补了一些内容。

由于时间和水平的限制，本索引一定有不少疏漏和错误，敬请同志们批评指正。

一 总论

魏晋时代的文学 雨樱子 国艺 2 卷 5、6 期

汉魏时代东北之文化 冯家昇 禹贡 3 卷 3 期

论汉魏之际之文学变迁 刘师培 刘申叔遗书

三国六朝的平民文学 胡适 国语月刊 1 卷 2 期(1922.3)

论汉魏文学变迁之原因 罗莘田 南开季刊 1922 年 1 期

评建安文学与齐梁文学之优劣 周秉圭 中大季刊 1 卷 2 期
　(1926.6)

魏晋文艺批评之趋势 王炽昌 国学丛刊 3 卷 1 期(1926.8)

中古人的苦闷与游仙文学 滕固 中国文学研究(上) 小说月
　报 17 卷号外(1927.6)

魏晋诗的研究 陈延杰 小说月报 17 卷号外(1927.6)

魏晋风度及文章与药及酒之关系 鲁迅 1927 年 9 月(收入作者
　著《而已集》)

六朝以前中国文学变迁之大势 黄德原 厦大周刊 216 期

建安文学 董克中 河南中山大学文科季刊 1930 年 1 期

魏晋南北朝诗之演变大势 张长弓 燕大月刊 6 卷 1 期
　(1930.3)

建安诸子文学的通性 钱振东 师大国学丛刊 1 卷 1 期
　(1930.11)

魏晋六朝文学批评 皇甫颜 文艺月报 1 卷 4 期(1935)

汉魏六朝诗派衍实略说 徐英 安大季刊 1 卷 4 期

魏晋文学之时代背景 钱振东 师大国学丛刊 1 卷 2 期
　(1931.5)

建安文学概论　沈达材　北平朴社 1932 年 1 月出版

"建安文学"底时代背景　关健南　南开大学周刊 129、130 期（文
　艺专号）(1932.4)

读《建安文学概论》的感想　大勇　中国新书月报 2 卷 9、10 期合
　刊(1932.9)

秦汉六朝思想文艺发展草书　胡秋原　读书杂志 3 卷 6 期
　(1933.6)

两汉建安文体异同论（一、二、三）　王德林　江苏学生 2 卷 3、4、
　5、6 期(1933.6)

魏晋南北朝的文学　张玉林　读书杂志 3 卷 6 期(1933.6)

汉晋六朝之散乐戏　邵茗生　剧学月刊 2 卷 9、10 期(1933.9、
　10)

汉魏六朝小说　赵景深　中国文学月刊 1 卷 1 期(1934.2)

汉魏六朝诗人赞　陈家庆　安雅月刊 1 卷 2 期(1935.2)

论建安时期的诗　沛青　国闻周报 12 卷 18 期(1935.5)

建安文学在中国文学史上的地位　吴烈　国民文学 2 卷 3 期
　(1935.6)

魏晋诗歌概论　郭伯慕　上海商务印书馆 1936 年出版

汉魏六朝之外来譬喻文学　陈竺同　语言文学专刊 2 卷

魏晋文学与浪漫主义　刘大杰　宇宙风 1940 年 6 月

论魏晋宋齐梁陈之文学　刘樊　责善半月刊 1 卷 19 期
　(1940.12)

建安文学系年(196—219)　陆侃如　清华学报 13 卷 1 期
　(1941.1)（收入作者著、人民文学出版社 1985 年 6 月出版《中
　古文学系年》）

汉魏六朝专家文研究（左盦文论之四）　罗常培述　文史杂志 1

卷 8 期(1941.7)

魏晋六朝诗歌中的民族精神　汪容　中日文化 2 卷 6、7、9 期
(1942)

汉魏思潮及建安文艺批评　杨即墨　真知学报 1 卷 4 期
(1942.6)

乐府填词与韦昭　萧涤非　国文月刊 14 期(1942.7)

中古诗人小记　陆侃如　志林 1943 年 2 月

魏晋人物志　文载道　古今 39、41 期(1944.1、2)

汉魏六朝专家文研究　罗常培　图书季刊　新 7 卷 1、2 期
(1946.6)

《汉魏六朝专家文研究》读后记　孙燕　经世日报读书周刊 10 期
(1946.10.16)

魏晋隋唐文论　张须　国文月刊 53 期(1947.3)

《汉魏六朝专家文研究》(罗常培著)　沈文倬　前国立中央图书
馆馆刊(复刊)2 号(1947.6)

论文学的本色(中世纪诗)　傅庚生　文学杂志 2 卷 3 期
(1947.8)

魏建安说　王利器　申报文史 25 期(1948.5.29)

游仙诗　朱光潜　文学杂志 3 卷 3 期(1948.10)

曹氏父子与建安七子　王瑶　见作者著、棠棣出版社 1951 年 8
月印行《中古文学风貌》

魏晋五言诗　王瑶　文艺学习 1954 年 9 期(收入作者著、中国青
年出版社出版《中国诗歌发展讲话》)

怎样理解建安风骨　金申熊　光明日报 1956 年 4 月 8 日

公元三世纪至十世纪的文学　林庚　教师报 1956 年 10 月 12 日

魏晋南北朝志怪小说简论　刘叶秋　新建设 1958 年 4 期

"建安风骨"是怎样形成的 范民声等 光明日报 1959 年 1 月 11 日

陈子昂与建安风骨——古代诗歌中的浪漫主义传统 林庚 文学评论 1959 年 5 期

略谈中古时期的民谣 刘开扬 人文杂志 1959 年 6 期(收入作者著、上海古籍出版社出版《柿叶楼存稿》)

关于评价汉魏六朝某些文学作品的问题 敬陶 光明日报 1962 年 2 月 4 日

曹氏父子和建安文学 李宝均 中华书局 1962 年 6 月出版

魏晋六朝文学批评的发展 林庚 人民日报 1962 年 6 月 5 日,新华月报 1962 年 8 期

阶级斗争推动文学发展的史实考察一例——试论魏晋南北朝文人诗歌和唐文人诗歌在反映劳动人民生活上的重要区别 张志岳 哈尔滨师范学院学报 1963 年 1 期

黄巾起义后崛起的建安诗坛 中文系中国古代文学教研室 中山大学学报 1978 年 1 期

魏晋南北朝的诗歌在我国诗歌发展史上的地位 胡国瑞 武汉大学学报 1978 年 5 期

建安时代的诗歌风格 吴云 天津文艺 1978 年 6 期

读古典诗歌札记 王达津 南开大学学报 1978 年 4、5 期

曹氏父子和建安文学 李宝均 上海古籍出版社 1978 年 10 月出版

建安风骨和民间文学 罗永麟 民间文学 1979 年 4 期

建安时期思想解放与文学的发展 张可礼 文史哲 1979 年 3 期

汉魏之际文学的繁荣和建安风骨 马积高 湖南师院《语文教学》1979 年 3 期

论建安文学的新面貌 王运熙 郑州大学学报 1979 年 4 期(收

入作者著、上海古籍出版社出版《汉魏六朝唐代文学论丛》)

试论汉赋和魏晋南北朝的抒情小赋　曹道衡　文学评论丛刊
　3 辑

三曹和建安七子的故事　阎豫昌　河南人民出版社 1979 年 8 月
　出版

论魏晋至唐关于艺术形象的认识——兼论佛学输入对艺术形象
　理论的影响　敏泽　文学评论 1980 年 1 期

建安文学繁荣兴盛的原因　钟优民　学术研究丛刊 1980 年 2 月

建安文学为何繁荣　穆殿春　青海民族学院学报 1980 年 3 期

魏晋南北朝骈文的发展及成就　胡国瑞　武汉大学学报 1980 年
　5 期

从《文心雕龙·风骨》谈到建安风骨　王运熙　文史 9 辑(1980 年
　6 月)

关于魏晋南北朝的骈文和散文　曹道衡　文学评论丛刊 7 辑

三曹资料汇编(附建安文学总论、建安七子)　河北师范学院中文
　系古典文学教研室　中华书局 1980 年 9 月出版

魏晋南北朝文学史札记　曹道衡　中华文史论丛 1981 年 1 辑

世积乱离,梗概多气——建安诗歌简评　王恩宗　语文教学园地
　(徐州师院等)1981 年 2 期

先唐文学源流论略(之四)　程千帆　武汉师范学院学报 1981 年
　4 期

魏晋时期文学思想的发展　栾勋　美学论丛 3(1981.9)

鲁迅与建安文学——读《魏晋风度及文章与药及酒之关系》　张
　亚新　广西大学学报 1982 年 1 期

建国以来建安文学研究综述　徐定祥　艺谭 1982 年 1 期

建安文学的历史渊源　李伯涛　昭通师专 1982 年 1 期

略论建安诗歌的抒情性 赵福坛 广州师范学院学报 1982 年
2 期

建安诗歌 孙静 文史知识 1982 年 2 期

魏晋志怪谈 黄霖 书林 1982 年 2 期

"建安文学"的分期问题——兼略及"建安文学"的风格 牛维鼎
阜阳师范学院学报 1982 年 2 期

建安文学的两个问题 刘文忠 艺潭 1982 年 2 期

略谈建安诗人向民歌学习 蒋立甫 艺谭 1982 年 3 期

中国古典文学第八讲:建安和正始文学 霍松林等主编、赵光勇
等执笔 陕西教育 1982 年 5 期

黄巾起义冲击下的建安诗坛 王季思 收入作者著、中华书局出
版《玉轮轩古典文学论集》

谈谈魏晋南北朝文学 曹道衡 文史知识 1982 年 7 期

建安时代与建安文学 苏风捷 阜阳师范学院学报 1982 年 4 期

刘勰论建安文学 蒋立甫 安徽师大学报 1982 年 4 期

魏晋六朝隐逸思想对文学的影响 高光复 北方论丛 1982 年
10 月

刘勰论建安文学 牟世金 柳泉 1983 年 1 期

谈汉代辞赋对建安文学的影响 韦凤娟 光明日报 1983 年 3 月
29 日

中国古代文苑中的珍珠玫瑰——试论汉魏六朝抒情小赋的艺术
特色 刘树清 南宁师院学报 1983 年 2 期

"魏响",还是"汉音"?——论建安文学所属的朝代 房聚棉 沈
阳师范学院学报 1983 年 2 期

"建安风骨"浅尝 付生文 孝感师专学报 1983 年 3 期(收入艺
谭编辑部编、黄山书社出版《建安文学研究文集》)

论建安文风的演变　龚斌　研究生论文选集（1），中国古代文学
　　分册，江苏人民出版社出版

鹰隼·野鸡·凤凰——学习建安风骨札记　张亚新　苗岭1983
　　年3期

建安文学论文资料集　艺谭杂志社、亳县县委宣传部合编，艺谭
　　杂志社1983年出版

汉魏之际的社会思潮与建安文学　牛维鼎　建安文学论文资
　　料集

文学的自觉——浅论建安文学　殷翔　淮北煤炭师范学院学报
　　1983年2期（收入艺谭编辑部编、黄山书社1984年11月出版
　　《建安文学研究文集》）

建安文学研究的可喜成果　徐树仪　光明日报1983年6月28日

钟嵘论建安文学　萧华荣　安徽师大学报1983年3期

安徽召开建安文学学术讨论会　晨岘　文学评论1983年4期

释"建安风骨"　周振甫　文学评论1983年5期

建安文学发展阶段初探　张可礼　文学评论1983年5期

建安诗风的衍变　陈祖美　文艺研究1983年6期（收入《建安文
　　学研究文集》）

"七哀"新臆　田汉云　学术月刊1983年6期

建安文学和"三曹"、"建安七子"　邱英生　见作者著、黑龙江人
　　民出版社出版《古典文学流派要介》

建安文学编年史　刘知渐　重庆师院学报1984年1期

漫说建安文学和曹操　史孝贵　枣庄师专学报1984年1期

建安辞赋述略　高光复　佳木斯师专学报（综合版）1984年1期

略论"建安风骨"　王拾遗　宁夏大学学报1984年2期（收入《建
　　安文学研究文集》）

建安文学编年史(续)　刘知渐　重庆师院学报 1984 年 2 期

乱离社会的乱离诗歌——建安诗论之一　郑文　西北师院学报
　　1984 年 2 期

"风骨"、"建安风骨"及其他——与王运熙先生商榷　王许林　滁
　　州师专学报 1984 年 2 期

略谈刘勰对建安文学的评价　毕万忱　文艺论稿(12)　吉林省
　　文联文艺理论研究室编印

建安诗歌与《古诗十九首》　赵昌平　江淮论坛 1984 年 3 期

略谈建安诗歌的秋冬景物描写　张亚新　延安大学学报 1984 年
　　3 期

读《建安文学研究论文集》书后　朱东润　艺谭 1984 年 3 期

《人物志》与汉魏之际美学思想的嬗变　袁济喜　沈阳师范学院
　　学报 1984 年 3 期

魏晋六朝文学的才学观　张国星　河北大学学报 1984 年 4 期

"建安风骨"刍议　许善述　安庆师院学报 1984 年 4 期

从街谈巷语诸子附庸到大雅登堂文坛立帜　段熙仲　南京师大
　　学报 1984 年 4 期

理论的觉醒,文学的复苏——魏晋南北朝文学批评史上的四个里
　　程碑　蒋凡　文科月刊 1984 年 8 期

建安诗歌民歌化探索　张亚新　贵州社会科学 1984 年 4 期

略谈建安时期的通俗文学　魏宏灿　阜阳师范学院学报 1984 年
　　4 期

略谈魏晋南北朝文学及其教学　周舸岷　浙江师范学院学报
　　1984 年 4 期

建安文学在当时的传播　张可礼　文史哲 1984 年 5 期

建安文学和它以前的文学传统　张可礼　柳泉 1984 年 5 期

建安文学研究文集　　艺谭编辑部编　　黄山书社 1984 年 11 月
　　出版

一点感想(《建安文学研究文集·代序》)　　朱东润　　建安文学研
　　究文集

建安文学的特色　　王达津

从"文气说"看建安诗歌　　万云骏

五言腾踊,重在抒情——略论建安诗歌的新特点　　张可礼

汉末的名士与建安文学——对建安文学的政治思想背景的探讨
　　徐树仪

论建安时代的辞赋观与辞赋创作　　褚斌杰等

"建安风骨"是对建安文学美感特征的概括　　唐跃

建安游宴诗略论　　陈庆元

"三曹"与"七子"　　宣奉华

试论建安文学初期的黄老思潮——从亳县曹墓出土的两方画砖
　　谈起　　侗廪

　　　(以上十篇见《建安文学研究文集》)

论刘勰对建安文学的研究　　石云涛　　许昌师专学报 1985 年 1 期

魏晋文学批评对情感的重视和魏晋人的情感观　　杨明　　复旦学
　　报 1985 年 1 期

魏晋人的情感观　　杨明　　全国高等学校文科学报文摘 1985 年
　　1 期

论建安文学革易前型　　徐实曾等　　南京教育学院学报 1985 年
　　1 期

浅论魏晋六朝杂传的文学价值　　陈兰村　　浙江师范学院学报
　　1985 年 1 期

吴蜀文学不兴的社会原因探讨　　傅刚　　探索(上海师范大学研究

二　作家作品研究

曹氏父子

曹家文化　李家瑞　天津益世报读书周刊 90 期(1937.3.11)

帝王的写作——曹氏父子　上青　写作与阅读 2 卷 1 期
　　(1937.5)

曹氏父子与甄女　常俭　西北公论 4 卷 6 期(1943.2)

谈谈曹氏父子的文章　许世瑛　艺文杂志 2 卷 3 期(1944.3)

曹丕曹植争储考实　张志岳　东方杂志 42 卷 17 期(1946.9)

论曹丕曹植的文章　许世瑛　读书通讯 159(1948.6)

论建安曹氏父子的诗　余冠英　文学遗产增刊 1 辑

三曹诗选　余冠英　作家出版社 1956 年 9 月出版,人民文学出
　　版社 1979 年 10 月第 2 版

中国文学史讲话(魏晋南北朝)(二)——曹操、曹丕、曹植　张志
　　岳　哈尔滨文艺 1957 年 3 期

谈三曹的诗　刃尔　读书月报 1957 年 6 月

魏武帝魏文帝诗注　黄节　人民文学出版社 1958 年 2 月出版

十步廊读书录(王夫之论曹丕、曹植优劣;关于"杜诗"出处的话)
　　陈迩冬　光明日报 1962 年 3 月 31 日

善骑能射的曹丕曹植　施传萱　新体育 1963 年 5 期

曹丕曹植文学思想异同论　栾勋等　美学论丛 2

略论曹魏父子和他们的诗(上、下)　赵福坛　广州师院学报 1981
　　年 1、2 期

谈"曹"诗通讯　陈子展　艺谭 1982 年 1 期

三曹诗译释　邱英生等　黑龙江人民出版社 1982 年 1 月出版

略论曹魏父子对汉乐府民歌的继承和发展　赵福坛　广州师院
　　学报 1982 年 1 期

曹操和曹植的游仙诗　黄盛陆　广西民族师范学院 1982 年 2 期

怎样理解刘勰和钟嵘对曹氏兄弟的评价　石云涛　许昌师专学

报 1982 年 2 期

论曹氏父子和建安文学　吕美生　安徽大学学报 1982 年 3 期

"三曹"——曹操、曹丕、曹植　敏求　河北文学 1982 年 9 期

略谈三曹在建安文学中的地位　吴文镪　龙岩师专学报 1983 年
　1 期

三曹在亳县的主要遗迹简介　阎璞　阜阳师范学院学报 1983 年
　1 期(收入《建安文学论文资料集》)

试论"三曹"乐府在中国歌曲史上的地位　宋士杰　淮北煤炭师
　范学院学报 1983 年 2 期

三曹年谱　张可礼　齐鲁书社 1983 年 5 月出版

论三曹诗主"气"及其风格差异　王昌猷　湖南教育学院分院论
　文选刊 1983 年总 1 期、安徽师大学报 1984 年 2 期

关于三曹的文学评价　张亚新　贵州社会科学 1983 年 2 期

试谈三曹诗歌的审美特征　李南冈　东北师大学报 1983 年 2 期

曹氏家族墓出土文物目录　亳县博物馆　收入《建安文学论文资
　料集》)

论曹丕与曹植　陈曼平等　山西师院学报 1983 年 3 期

"三曹"乐府的音乐特色　沈念慈　艺谭 1984 年 2 期

曹魏父子诗选　赵福坛　广东人民出版社 1984 年 2 月出版

从曹氏父子到陶渊明　田达　东海 1984 年 9 期

诗苑曹操曹植高低论纲　姜海峰

魏氏"三世立贱"的分析　周勋初

　　(以上两篇见《建安文学研究文集》)

女诗人甄氏与三曹的纠葛　龚维英　芜湖师专学报 1985 年 1 期

曹丕、曹植文艺思想比较观　顾农　许昌师专学报 1985 年 1 期

刘勰《文心》与曹氏文论　蒋祖怡　见作者著、上海古籍出版社

1985 年 8 月出版《文心雕龙论丛》

曹　操

魏武帝颂　章太炎　太炎文录（章氏丛书）

曹操的性格　仲良　文章 1 卷 3 期

曹孟德诗派　何海鸣　小说世界 13 卷 8 期（1926.2）

曹操述志令和佛洛哀德自传　陆志伟　燕大月刊 6 卷 2 号

曹操评　陈登原　金陵学报 3 卷 2 期（1933.11）

建安〔曹操〕诗谱初稿　陆侃如　语言文学专刊 2 卷 1 期（1940.3）

曹操的社会改革　蒙思明　社会科学季刊（中央大学）1 卷 1 期
　（1943）

论刘备与曹操　祝秀侠　时代精神 8 卷 3 期（1943.6）

闲话曹操　璧厂　小说月报 1944 年 5 月

谈曹操《短歌行》　林庚　国文月刊 27 期（1944.6）

关于曹操　卜公　新华日报（重庆）1944 年 8 月 7 日

魏武乐府歌词（稿庵随笔）　游国恩　国文月刊 38 期（1945.9）

论曹操　鲁迅　人物杂志创刊号（1946.2）

认识曹操　王璞　人物杂志 1 卷 6 期（1946.7）

论曹操的《短歌行》　王福民　国文月刊 56 期（1947.6）

曹操论　王明　中国青年（南京复刊）1 卷 7 期（1947.9）

再论曹操的《短歌行》　王福民　国文月刊 60 期（1947.10）

曹孟德《蒿里行》"初期会盟津，乃心在咸阳"解　程会昌　国文月
　刊 77 期（1949.3）（收入作者和沈祖棻著、上海文艺联合出版社
　出版《古典诗歌论丛》，作者著、上海古籍出版社出版《古诗考
　索》）

曹操论　袁良义　光明日报 1953 年 11 月 1 日

曹操　王仲荦　上海人民出版社 1956 年出版

关于曹操在历史上的地位问题　万绳楠　新史学通讯 1956 年
　6 月

评价曹操的两种意见　刘风翥等　光明日报 1956 年 6 月 6 日

曹操《短歌行》试解　傅长君　文史哲 1957 年 6 期（收入华东师
　范大学中文系资料室编、上海教育出版社出版《古典文学名篇
　赏析》）

给曹操洗脸换衣　余冠英　安徽日报 1957 年 4 月 14 日

"东临碣石有遗篇"　知渐　天津日报 1957 年 6 月 11 日

曹操的干部政策对吗？——就正于施蛰存先生　吴金生　新闻
　日报 1957 年 6 月 11 日

应该替曹操恢复名誉——从赤壁之战说到曹操　翦伯赞　光明
　日报 1959 年 2 月 19 日（收入三联书店出版《曹操论集》）

关于曹操评价的几个问题　孙达五　扬州师院学报 1959 年 1 期

曹操是历史上的杰出人物，有没有资格称民族英雄　合肥师院学
　报 1959 年 1 期

替曹操恢复名誉要恰如其分　蒋逸雪　扬州师院学报 1959 年
　1 期

曹操乐府诗初探　顾随　天津师范大学学报 1959 年 1 期

如何评价曹操　唐光祚　安徽史学通讯 1959 年 2 期

试论曹操在历史上应有的地位　向平　史学战线 1959 年 2 期

论曹操在历史上的作用　杨国宜　安徽史学通讯 1959 年 2 期

历史系座谈曹操问题　高宾　厦门大学学报 1959 年 2 期

略论曹操　左行培　科学与教学 1959 年 2 期

如何评价曹操问题展开讨论　新建设 1959 年 3 期

曹操外论　戴不凡　戏剧研究 1959 年 3 期

曹操年表　江耦　历史研究 1959 年 3 期（收入中华书局出版《曹
　操集》）

对曹操几个主要问题的评价　文著　安徽史学通讯 1959 年 3 期

谈曹操和建安文学　今果　安徽史学通讯 1959 年 3 期

历史系师生热烈展开对曹操评价问题的讨论（报道）　北京大学
　学报 1959 年 2 期

不要把诗人曹操涂成大白脸　河北北京师院古典文学教研组
　光明日报 1959 年 3 月 1 日

曹孟德翻身了　微声　光明日报 1959 年 3 月 5 日

要客观地评价曹操　袁良骏　光明日报 1959 年 3 月 5 日

应该给曹操一个正确的评价　刘亦冰　光明日报 1959 年 3 月 5
　日（收入《曹操论集》）

郭沫若新作《蔡文姬》即将排演，曹操将第一次以正面人物出场
　光明日报 1959 年 3 月 6 日

曹操的"人道主义精神"在哪里？——对评价曹操诗歌的一点意
　见　贾流　解放日报 1959 年 3 月 16 日（收入中国作家协会上
　海分会文学研究室编、中华书局出版《中国文学史讨论集》）

历史上的曹操和舞台上的曹操　王昆仑　光明日报 1959 年 3 月
　10 日（收入《曹操论集》）

曹操和江淮屯田　杨国宜　安徽日报 1959 年 3 月 13 日

也谈历史上对曹操的评价　流泉　羊城晚报 1959 年 3 月 18 日

曹操的"人道主义精神"在这里！—评复旦《中国文学史》对曹操
　的评价并与贾流同志商榷　郭豫适　解放日报 1959 年 3 月 17
　日（收入《中国文学史讨论集》）

曹操应该被肯定　李春棠　光明日报 1959 年 3 月 19 日

谈曹操　吴晗　光明日报 1959 年 3 月 19 日（收入《曹操论集》）

月 2 日

《替曹操翻案》质疑　黄海章　羊城晚报 1959 年 4 月 4 日

黄巾起义和曹操对农民的让步　逸生　羊城晚报 1959 年 4 月
　6 日

曹操轶事录　原野　新民晚报 1959 年 4 月 6 日

关于曹操评价问题讨论综述　学术月刊 1959 年 4、7 期

出奔（曹操的故事）　师陀　文汇报 1959 年 4 月 6—11 日

也评曹操　李景春　大众日报 1959 年 4 月 8 日

对曹操应有的认识——与刘亦冰同志商讨　万绳楠　光明日报
　1959 年 4 月 9 日

关于曹操的几个问题　田余庆　光明日报 1959 年 4 月 9 日（收入
　《曹操论集》）

"东临碣石有遗篇"——略谈曹操乐府诗的悲、哀、壮、热　顾随
　河北日报 1959 年 4 月 12 日

曹操和黄巾的关系　东山　羊城晚报 1959 年 4 月 13 日

从曹操说起　唐弢　新闻日报 1959 年 4 月 15 日

也谈替曹操翻案　方明　光明日报 1959 年 4 月 16 日（收入《曹操
　论集》）

我所认识的曹操　永健　光明日报 1959 年 4 月 16 日

曹操在中国古代史上的作用　尚钺　文汇报 1959 年 4 月 16 日
　（收入《曹操论集》）

鲁迅先生论曹操　纪维周　羊城晚报 1959 年 4 月 16 日

关于曹操打黄巾的意见　罗耀九　光明日报 1959 年 4 月 16 日
　（收入《曹操论集》）

曹操的功与过　杜化南　光明日报 1959 年 4 月 16 日

关于曹操讨论中的几个问题　束世澂　文汇报 1959 年 4 月 16 日

（收入《曹操论集》）

曹操与诗　陈迩冬　北京日报 1959 年 4 月 17 日

关于替不替曹操翻案问题——安徽省社会科学学会热烈讨论　光明日报 1959 年 4 月 20 日

曹操应该被肯定吗？　杨炳　人民日报 1959 年 4 月 21 日（收入《曹操论集》）

广州史学界争论曹操的功过,同意替曹操翻案,对功绩的估计则有分歧　光明日报 1959 年 4 月 21 日

曹操在安徽的事迹和传说　敏文　新民晚报 1959 年 4 月 22 日

关于曹操的评价问题　郑天挺　文汇报 1959 年 4 月 22 日

评《论曹操》　夏宗禹　文汇报 1959 年 4 月 22 日（收入《曹操论集》）

关于曹操　郑天挺　光明日报 1959 年 4 月 23 日（收入《曹操论集》）

在文学史上应该怎样评价曹操　祝本　光明日报 1959 年 4 月 26 日（收入文学遗产编辑部编、中华书局出版《文学遗产选集》3 辑,作者遗著、陕西人民出版社出版《汉魏六朝文学论集》）

黄巾与曹操　戎笙　光明日报 1959 年 4 月 29 日（收入《曹操论集》）

上海学术界对曹操诗歌的评价　光明日报 1959 年 4 月 29 日

关于曹操镇压黄巾军的问题　陈周棠　中学历史教学 1959 年 4 月

曹操没有违背黄巾起义的目的　杜秉钧　红色教师 1959 年 4 月

关于评价曹操的几个问题　柳春藩　文汇报 1959 年 5 月 5 日

我对曹操的功过认识　洪焕椿　新华日报 1959 年 5 月 5 日

曹操应该被肯定　李春棠等　光明日报 1959 年 5 月 6 日

关于曹操和黄巾起义的关系的一个理论问题　张芝联　光明日

报 1959 年 5 月 6 日

如何对待黄巾起义与曹操　周良霄　光明日报 1959 年 5 月 6 日

关于曹操的历史地位问题　袁良义　光明日报 1959 年 5 月 6 日

要从曹操活动的主流来评价曹操　周一良　光明日报 1959 年 5
月 6 日(收入《曹操论集》)

两种立场,两种目的　高光晶等　光明日报 1959 年 5 月 6 日

在评价曹操中被忽视了的史实　吴荣曾　光明日报 1959 年 5 月
6 日

评价曹操的两种意见　刘凤翥等　光明日报 1959 年 5 月 6 日

关于评价曹操的几点意见　齐思和　光明日报 1959 年 5 月 6 日

对有关曹操翻案问题说几句话　李慧清　光明日报 1959 年 5 月
7 日

从战争来看曹操的功过　支水山　光明日报 1959 年 5 月 7 日

曹操和《孙子兵法》　常佃樵　光明日报 1959 年 5 月 7 日

关于曹操评价的几点意见　唐长孺　文汇报 1959 年 5 月 8 日

关于曹操问题讨论中的争论(学术动态)　人民日报 1959 年 5 月
8 日

曹操是应该被肯定的　游绍尹　人民日报 1959 年 5 月 8 日

关于曹操在历史中的作用问题　吴泽　光明日报 1959 年 5 月
8 日

曹操是什么政治力量的代表　吕今果　安徽日报 1959 年 5 月
11 日

曹操打乌桓是反侵略吗?　木羽　天津日报 1959 年 5 月 11 日
　　(以上四篇收入《曹操论集》)

关于如何评价曹操问题——华中师院、武汉大学历史系开展讨论
　(张舜徽对《胡笳十八拍》作者问题提出两点商榷意见)光明日

对曹操要有适当的评价　唐兰　文汇报 1959 年 5 月 22 日

曹操促进了向封建社会的过渡　戴裔煊　羊城晚报 1959 年 5 月
　24 日

罗贯中为什么要反对曹操　刘知渐　光明日报 1959 年 5 月 25 日
　（收入《曹操论集》）

关于曹操的评价问题　陈荣光　辽宁日报 1959 年 5 月 27 日

曹操是个英雄,但非民族英雄　长弓　光明日报 1959 年 5 月 28
　日(收入《曹操论集》)

不能把曹操抬得太高!——对郭老《替曹操翻案》一文的意见关
　文发　长江日报 1959 年 5 月 29 日

曹操不是大刽子手　刘玉昌等　辽宁日报 1959 年 5 月 29 日

关于曹操的评价问题　柳春藩　吉林大学学报 1959 年 2 期

用"五四"精神对待曹操和《三国演义》　张海珊　上海师院学报
　1959 年 2 期

《三国演义》和为曹操翻案　李希凡　文艺报 1959 年 9 期(收入
　作者著、作家出版社出版《管见集》)

正统主义思想与曹操　谢天佑　华东师大学报 1959 年 2 期

怎样估价曹操的历史作用　黄冕堂　山东大学学报 1959 年 2 期

从曹操的讨论中发现一些有关评价历史人物的问题　关履权
　中学历史教学 1959 年 5 期

应该如何评价曹操　戴裔煊　理论与实践 1959 年 6 期

论曹操在历史上的作用　左行培等　科学与教学 1959 年 3 期

曹操应当被肯定吗?　杨炳　新华半月刊 1959 年 12 期

曹操是应当被肯定的　游绍尹　新华半月刊 1959 年 12 期

从曹操的历史时代看曹操　杨荣国等　光明日报 1959 年 6 月 2
　日(收入《曹操论集》)

曹操没有违背黄巾起义的目的吗？ 廖德清 辽宁日报 1959 年 6 月 4 日（收入《曹操论集》）

《曹操集》和《胡笳十八拍》（书讯） 光明日报 1959 年 6 月 5 日

曹操与黄巾军 还健吾 长江日报 1959 年 6 月 5 日

怎样估计曹操的屯田政策 韩连琪 大众日报 1959 年 6 月 5 日

评价曹操的新论点（学术动态） 光明日报 1959 年 6 月 5 日

郭嘉、曹操、袁绍 史纪言 山西日报 1959 年 6 月 6 日

用历史唯物主义观点来评价历史人物——上海史学界深入讨论曹操问题认为必须掌握更多史料更好地学习马列主义和毛主席著作 文汇报 1959 年 6 月 8 日

青州黄巾的悲剧 师陀 文汇报 1959 年 6 月 7—8 日

谈曹操汉中失机 青工 湖北日报 1959 年 6 月 10 日

讨论曹操问题有什么意义？ 王瑞明 湖北日报 1959 年 6 月 10 日

华陀故里访问记（有关曹操问题） 任秉仁 安徽日报 1959 年 6 月 11 日

华陀与曹操 尚启东等 安徽日报 1959 年 6 月 11 日

谈谈曹操问题的讨论 黎群 中国青年报 1959 年 6 月 12 日

审时度势，权衡轻重——谈曹操汉中失机 方矩 湖北日报 1959 年 6 月 23 日

曹操是好人还是坏人？ 工人日报 1959 年 6 月 24 日

汉末农民起义与曹操 徐知 光明日报 1959 年 6 月 25 日

广东史学会进一步讨论曹操评价问题，对两汉社会性质问题展开争论 广州哲学社会科学研究所通讯组 光明日报 1959 年 6 月 29 日

亳县有关曹操的古迹 张荫庭 新民晚报 1959 年 6 月 29 日

从曹操的问题谈起兼论《悲愤诗》《胡笳十八拍》的真伪　张舜徽
　　长江日报 1959 年 6 月 29 日

关于曹操评价问题的讨论(历史系中国古代中世纪史教研组)
　　华中师院学报 1959 年 3 期

曹操对于改造社会制度方面的贡献　刘节　中山大学学报 1959
　　年 3 期

从曹操与袁绍来看多谋善断　师纶　红星 1959 年 6 月

关于评价曹操的两个问题　杨世钰等　红色教师 1959 年 6 月

论曹操的抑止豪强及其法家思想　朱永嘉　复旦 1959 年 6 期
　　(收入《曹操论集》)

曹孟德的喜悦　黎军　前线 1959 年 7 月

曹操集　中华书局编辑出版(1959.7)

从曹操问题的讨论谈历史人物的评价问题——在北京教师进修
　　学院对中学历史教师的讲话　吴晗　历史教学 1959 年 7 期

我对历史教学中怎样评价曹操的看法　朱活　历史教学 1959 年
　　7 期

论黄巾起义与曹操起家　杨宽　文汇报 1959 年 7 月 4 日(收入
　　《曹操论集》)

深入讨论曹操评价问题(广东史学界研讨中国农民战争的历史发
　　展规律)　文汇报 1959 年 7 月 6 日

历史人物的曹操和文学形象的曹操——再谈《三国演义》和为曹
　　操翻案　李希凡　文艺报 1959 年 14 期(收入作者著、上海文
　　艺出版社出版《论中国古典小说的艺术形象》)

曹操平定三郡乌桓战争的性质和历史作用　吴泽　文汇报 1959
　　年 7 月 17 日(收入《曹操论集》)

辩证地看待历史人物　嵇文甫　人民日报 1959 年 7 月 20 日

曹操与建安文学　林皋　羊城晚报 1959 年 7 月 23 日

五个月来曹操评价问题的讨论（本报资料室）文汇报 1959 年 7 月
　30 日

曹操与《三国演义》——学术讨论会发言　逯钦立　吉林师范大
　学学报 1959 年 4 期（收入作者遗著、陕西人民出版社出版《汉
　魏六朝文学论集》）

历史系中国上古中古史学教研组举办　"如何评价曹操"座谈会
　武汉大学学报 1959 年 4 期

黄巾、乌桓与曹操　冉昭德　人文杂志 1959 年 5 期

曹孟德论　刘季高　复旦月刊 1959 年 8 期

关于曹操评价问题的讨论（综合报道）　史学月刊 1959 年 9 期

曹操——从生活素材到艺术形象　张真　戏剧报 1959 年 11 期

我们应该有什么样的观点和态度（在曹操问题上对历史和艺术应
　持的观点和态度）　中州评论 1959 年 16 期

从曹操说到蝴蝶　蔡良骥　东海 1959 年 17 期

关于历史人物评价的若干理论问题——论一年来评价曹操讨论
　中存在的问题　吴泽等　学术月刊 1960 年 1 期

曹操论集　三联书店 1960 年 1 月出版

关于曹操的几个问题　缪钺　收入《曹操论集》

关于曹操翻案问题　周齐　哈尔滨师院学报 1960 年 1 期

翻案与立场　冯克勇　史学月刊 1960 年 6 期

对《如何对待黄巾起义与曹操》一文的意见—兼谈如何认识封建
　社会农民革命的性质问题　马松龄　史学月刊 1960 年 9 期

曹操　合肥师院中文系古典文学教研组　安徽人民出版社 1961
　年出版《安徽历代文学家小传》

谈三首诗　何歌　光明日报 1961 年 1 月 21 日

曹操纳谏　杨宝裕　解放日报 1961 年 9 月 16 日

关于曹操徐州屠城问题　龙显昭　光明日报 1961 年 9 月 27 日

一代诗宗——曹操　前文　长江日报 1961 年 11 月 21 日

"东临碣石有遗篇"　石　河北日报 1961 年 11 月 21 日

汉魏六朝文学选本中几条注释的商榷　叕申　光明日报 1962 年
　1 月 7 日

读诗笔记二则　赵开泉　甘肃师大学报 1962 年 2 期

曹操的《观沧海》和《龟虽寿》　袁行霈　解放军文艺 1962 年 3 期

曹操对发展安徽地区经济的贡献　李谷鸣　安徽日报 1962 年 6
　月 16 日

曹操诗二首　袁行霈　阅读和欣赏 1 集(1962.10)

曹操与煤　求知　中国青年报 1962 年 11 月 27 日

试论曹操在诗歌史上的地位　胡守仁　科学与教学 1963 年 2 期

"烈士暮年,壮心不已"——读曹操《龟虽寿》　陈宏天　吉林日报
　1963 年 3 月 27 日

诗人曹操　赵宁　哈尔滨师院学报 1963 年 4 期

道德论唯心史观的破产——评刘节先生在曹操评价中的"天人合
　一"的幻想　姜伯勤　中山大学学报 1963 年 4 期

曹操的《观沧海》和《龟虽寿》　余冠英　光明日报 1964 年 1 月
　18 日

读《龟虽寿》想起的　陈邦本　文汇报 1964 年 6 月 17 日

也读《龟虽寿》　董代　文汇报 1964 年 6 月 19 日

论曹操　张金光　文史哲 1977 年 4 期

曹操《观沧海》《龟虽寿》注释、说明　语文函授(北京师大)16 期
　(1977.9)

改造文章的祖师——略谈曹操的诗文　李晖　安徽大学学报

1978 年 1 期

谈曹操的二首诗　李春芳　语文教学通讯 1978 年 1 期

曹操诗二首　袁行霈　语言文学广播讲座（天津）1978 年 2 期

谈谈曹操的《观沧海》　张永鑫　语文教学通讯 1978 年 3 期

亳县曹操宗族墓葬　安徽亳县博物馆　文物 1978 年 8 期

谈曹操宗族墓砖刻辞　田昌五　文物 1978 年 8 期

也谈曹操的《龟虽寿》　葆夫等　教学研究（德州）1979 年 1 期

开创一代新诗风——读曹操的诗歌　何深　语文学习 1979 年
2 期

读曹操遗诏有感　拾风　人民日报 1979 年 2 月 25 日

曹操与天师道　陈守实　中国史研究 1979 年 3 期

曹操集译注（附曹操年表）　安徽亳县《曹操集》译注小组　中华
书局 1979 年 11 月出版

曹操的《观沧海》《龟虽寿》　茅继平　书评 1980 年 1 期

试论曹操《短歌行》的基调　吴妙琪　菏泽师专学报 1980 年 2 期

从曹操的佚文谈曹操的文学思想　傅璇琮　北方论丛 1980 年
4 期

曹操和他的《观沧海》《龟虽寿》　胡从曾　教学与研究（浙江）
1980 年 5 期

曹操的用人政策　常弼　复旦大学分校首届科学讨论会文集
（1980）

曹操与建安文学　黄立新　复旦大学分校首届科学讨论会文集
（1980）

《曹操集》补遗　李裕民　文史 8 辑

曹操的游仙诗　陈飞之等　学术月刊 1980 年 5 期

曹操《苦寒行》"注释"异议　张华儒　昆明师院学报 1980 年 6 期

曹操　曹道衡　见中国青年出版社编辑、出版《中国古典文学名
　　著题解》

谈曹操的《观沧海》和《龟虽寿》　丁戊　甘肃青年 1980 年 8 期

曹操　张习礼　中华书局 1980 年 9 月出版

人生几何——读曹操《短歌行》　陈遇春　中国青年 1980 年 11
　　期（收入华东师范大学中文系资料室编、上海教育出版社出版
　　《古典文学名篇赏析》）

谈曹操的"文采风流"　廖仲安　北京日报 1980 年 12 月 22 日

略论曹操"唯才是举"的用人路线　成新文等　晋阳学刊 1981 年
　　1 期

曹操的"理想国"——读《度关山》《对酒》　杨伟立　历史知识
　　1981 年 1 期

再论曹操　周桓　河北大学学报 1981 年 1 期

曹操诗论　吴雄伟　河北学刊 1981 年创刊号

曹操和他的《龟虽寿》　孙太来　四平师院学报 1981 年 2 期

曹操的翻案与定案　李则纲遗作　江淮论坛 1981 年 2 期

试论曹操诗歌的写实精神　吴云　昆明师院学报 1981 年 2 期

曹操应不应该翻案？　史墨　光明日报 1981 年 6 月 23 日

屈原与曹操——论儒与法在诗史上的结合（《中国诗史规律初探》
　　第一章）　任嘉禾　内蒙古大学学报 1981 年 3 期

论曹操的游仙诗　吴云　天津市语文学会《1980 年年会论文选》
　　（1981·3）

试析"建安风骨"在曹操诗歌中的体现　马燕华　宜春师专学报
　　1981 年 3 期

简论曹操的散文　高光复　求是学刊 1981 年 4 期

曹操文章与建安风骨　张啸虎　社会科学辑刊 1981 年 4 期

碣石新辨　王育民　中华文史论丛 1981 年 4 辑

曹操的《龟虽寿》　胡雨融　语文学习 1981 年 7 期

曹操杀杨修简析　舒放　中国通俗文艺 1981 年 8 期

曹操在文学史上的地位　吴云　辽宁师院学报 1981 年 6 月

曹操　王文彬　历史教学 1981 年 12 期

曹操集　魏凯等　见作者著、山西人民出版社出版《中国文学古籍选介》

最早替曹操平反的是谁　艾仁　艺谭 1982 年 1 期

谈曹诗　陈子展　艺谭 1982 年 1 期

一掬成才者的泪——谈曹操《祀故太尉桥玄文》　张长明　艺谭 1982 年 2 期

也谈曹操平定三都乌桓战争的目的和性质　赵昌洪　上海师院学报 1982 年 2 期

曹操对建安文学的贡献　魏宏灿　艺谭 1982 年 2 期

关于曹操的诗歌风格　何世盛　教与学 1982 年 2 期

横槊赋诗发浩歌——曹操诗歌中爱国主义因素浅论　林君　四平师院学报 1982 年 3 期

谈曹操的游仙诗　阎璞　艺谭 1982 年 3 期

曹操屯田"许下"质疑　马延泉等　北方论丛 1982 年 3 期

重读《龟虽寿》　张聿温　人民日报 1982 年 3 月 2 日

"乃心在咸阳"的"咸阳"在何处　杨红滨　黔南民族师专学报 1982 年 3 期

论曹操诗歌的艺术风格　吴云　辽宁大学学报 1982 年 4 期

论钟嵘《诗品》的曹陶品第　许总　中州学刊 1982 年 6 期

魏武挥鞭定白狼　沈庆洪等　理论与实践 1982 年 9 期

试论曹操的创作方法　殷建国　山西师院学报 1983 年 1 期

曹操其人及其乐府诗　胡守仁　江西社会科学 1983 年 1 期

梗概而多气——试论曹操诗歌的特色　李景琦　阜阳师范学院
　　学报 1983 年 1 期

气雄力坚——曹操《龟虽寿》、《观沧海》诗赏析　浦之秋　集美师
　　专学报 1983 年 1 期

对曹操《短歌行》中"杜康"之我见　钟新平　惠阳师专学报 1983
　　年 1 期

"明明如月"——曹操对人才的赞美　易建　邵阳师专学报 1983
　　年 1 期

祢衡与曹操　成柏泉　文学报 1983 年 2 月 17 日

曹操散文艺术　魏宏灿　收入艺谭杂志社、亳县县委宣传部合
　　编、艺谭杂志社出版《建安文学论文资料集》

"老骥伏枥,志在千里"——谈曹操诗歌中的积极进取精神　徐卫
　　跃　杭州师院学报 1983 年 2 期

释"嘉宾"、"乌鹊"——谈曹操《短歌行》创作时间　吴玖华　阜阳
　　师范学院学报 1983 年 2 期

"英雄亦到分香处"——读魏武《遗令》　周本淳　淮阴师专学报
　　1983 年 2 期(收入黄山书社出版《建安文学研究文集》)

关于曹操《短歌行》的两个问题　李仁守　湖南教育学院分院论
　　文选刊 1983 年总 2 期

曹操的传说　一之等　民间文学 1983 年 5 期

诸葛亮论曹操　山石　团结报 1983 年 5 月 28 日

慷慨悲凉,气韵沉雄——谈曹操诗《短歌行》　黄建宏　语文园地
　　1983 年 3 期

《步出夏门行》(《观沧海》、《龟虽寿》)赏析　暨南大学中文系中国
　　古代文学教研室　见作者著、湖南人民出版社出版《中国历代

诗歌名篇赏析》

汉、魏两武帝与文学发展关系的比较　袁济喜　社会科学辑刊
　1983 年 4 期

《步出夏门行》训释　陈君谋　盐城师专学报 1983 年 4 期

论曹操诗歌的艺术成就　陈飞之　文学评论 1983 年 5 期

曹操诗歌艺术剖析　蔡厚示　文史哲　1983 年 5 期（收入黄山书
　社出版《建安文学研究文集》）

曹操散文的艺术特色　张亚新　求索 1983 年 5 期

从曹操《蒿里行》的写作背景看曹操的写作动机　詹福瑞　语文
　教学之友 1983 年 10 期

爱国之心，与日月同辉——介绍曹操的《观沧海》　佳明　河南日
　报 1983 年 11 月 20 日

曹操诗中的悲慨美　袁济喜　阜阳师范学院学报 1984 年 1 期

曹操《谣俗词》研究　张士骢　天津师大学报 1984 年 1 期

曹操与建安文学——兼与刘知渐同志商榷　胡世厚等　重庆师
　院学报 1984 年 1 期

从曹操的诗文看他的政治思想　柳轩　重庆师院学报 1984 年
　1 期

浅谈曹操诗与《古诗十九首》的不同　黄明　云南教育学院学报
　1984 创刊号

悲凉慷慨的"汉末诗史"——读曹操《蒿里行》　成韵　文学报
　1984 年 2 月 23 日

八代文风和曹操　郭豫衡　光明日报 1984 年 2 月 28 日

"对酒当歌"新解　杨本祥　社会科学辑刊 1984 年 2 期

一封只有三十个字的信——读曹操《与孙权书》　雨山　夜读
　1984 年 2 期

对《步出夏门行》的一些新的理解　徐艾　成都大学学报 1984 年
　2 期

建安文学研究中曹操的评价问题　阎璞　汉中师院学报 1984 年
　2 期

曹操《短歌行》试析　周祜　下关师专学报 1984 年 2 期

悲凉慷慨论曹公——读《步出夏门行·观沧海》札记　李蹊　名
　作欣赏 1984 年 3 期（收入山西人民出版社出版《诗词曲赋名作
　赏析》)

横槊赋诗的文学家曹操　元惠　百花园 1984 年 3 期

从曹操的诗看建安风骨　蔡申　宁夏教育学院学报 1984 年 3 期

历史人物曹操与文学形象曹操　黄斯平　四川师院学报 1984 年
　3 期

曹操的《步出夏门行》　郭仁昭　语言文学 1984 年 5 期

曹操少时　李昌前　语文月刊(华南师范大学)1984 年 5 期

"老骥伏枥"辨析　宋今　社会科学辑刊 1984 年 6 期

曹操诗歌的艺术风格点滴　齐守安　电大文科园地 1984 年 7 期

慷慨激昂　直抒胸臆——曹操《短歌行》赏析　程泽银　宁夏日
　报 1984 年 12 月 21 日

曹操评价中的两个问题　高光复　北方论丛 1984 年 6 期

简论《观沧海》之"观"　周建忠　沈阳师范学院学报 1985 年 1 期

曹操游仙诗主旨何在　王太阁　殷都学刊(安阳师专学报)1985
　年 2 期

哲理与诗情交汇的乐章——读曹操《步出夏门行·龟虽寿》　张
　亚新

叱咤风云　吞吐宇宙——曹操《观沧海》赏析　阎璞等

古直　悲凉——读曹操《苦寒行》　龚克昌

"鹰隼仪形蝼蚁心,虽能戾天何足贵"——评曹丕　中文系 75 级
　　乙班三国文学评论小组　甘肃师大学报 1972 年 2 期

曹丕的《典论·论文》　赖先德　江苏文艺 1978 年 4 期

魏文帝《典论·论文》"齐气"说　李华年　社会科学战线 1978 年
　　3 期

曹丕的文气论——兼论"气"与"风骨"关系　裴世俊　教与学(宁
　　夏大学)1978 年 2 期

关于《典论·论文》注释的几点意见　郭庆亮　语文教学(江西师
　　院)1979 年 1 期

《典论·论文》译析　丛鉴　函授辅导 1979 年 3 期

曹丕"文气说"三题　韩泉欣　杭州大学庆祝建国三十周年科学
　　报告会论文集(中国语文分册)1979 年 10 月

试论曹丕的文学思想　顾启等　菏泽师专学报 1979 年 3 期

曹丕和他的《典论·论文》　刘广发等　齐齐哈尔师院学报 1979
　　年 3 期

曹丕和他的《典论·论文》　张伯训　丹东师专学报 1980 年 2 期

曹丕《典论·论文》的写作背景和在文学批评史上的地位　周舸
　　岷　浙江师院学报 1980 年 2 期

《典论·论文》语译和评介　曾扬华　作品 1980 年 4 期

作家的创作个性和艺术风格——曹丕《典论·论文》学习札记
　　王世德　广州文艺 1980 年 5 期

曹丕　曹道衡　见中国青年出版社编辑、出版《中国古典名著题
　　解》(1980.6)

曹丕的文学批评标准及有关问题　陈伯海　上海古籍出版社出
　　版《古代文学理论研究》2 辑(1980.7)

秋夜美人思远图——介绍曹丕《燕歌行》　张德祥　见广播出

社出版《阅读和欣赏》(1981.1)

有关曹丕《典论》一条材料的甄别　湛之　文学遗产 1981 年 1 期

曹丕的《燕歌行》　邱英生　语文学习 1981 年 7 期

对曹丕"文以气为主"的两点理解　褚玉龙　上海古籍出版社出版《古代文学理论研究》5 辑(1981.10)

对《曹丕的文学批评标准及有关问题》一文的两点意见　秀川　上海古籍出版社出版《古代文学理论研究》5 辑(1981.10)

谈曹丕的文学理论观点　张佩玉　新疆大学学报 1981 年 4 期

曹丕"文气"说刍议　陈植锷　文学遗产 1981 年 4 期

魏文帝集　典论·论文　魏凯等　见作者著、山西人民出版社出版《中国文学古籍选介》(1981.12)

曹丕"文气"说新探　涂光社　文史 13 辑(1982.3)(收入辽宁大学科研处编《辽宁大学学术论文选编》)

谈曹丕的《典论·论文》　宣奉华　艺谭 1982 年 2 期

曹丕的"文气"说及其影响　刘溶　河南师大学报 1982 年 3 期

曹丕《典论·论文》注译　徐寿凯　艺谭 1982 年 3 期

论曹丕"文气"说的时代精神　吕美生　艺谭 1982 年 3 期

曹丕《典论·论文》浅析　卢永璘　见北京出版社出版《阅读和欣赏》(1982.7)

曹丕及其《典论·论文》　陈必胜　中山大学学报 1982 年 4 期

曹丕　章新建　安徽人民出版社 1982 年 9 月出版

《典论·论文》中的"齐气"一解　黄晓令　文学评论 1982 年 6 期

曹丕诗歌的写实精神　章新建　阜阳师范学院学报 1983 年 1 期

曹丕诗歌中的比兴手法　章新建　徽州师专学报 1983 年 1 期

谈曹子桓对中夏文学及历史的贡献　刘季高

曹丕创作浅议　丁福林

曹子桓年表　丁福林

　　（以上三篇见艺谭杂志社出版《建安文学论文资料集》）

《燕歌行》赏析　暨南大学中文系中国古代文学教研室　湖南人
　　民出版社出版《中国历代诗歌名篇赏析》(1983.6)

建安文学研究的新收获——简评章新建的《曹丕》　钱念孙　阜
　　阳师范学院学报 1983 年 2 期

曹丕"文气"说浅析　吴孟复　淮北煤炭师院学报 1983 年 2 期
　　（收入黄山书社出版《建安文学研究文集》）

试论曹丕"文气说"的由来与发展　董德泉　辽宁教育学院学报
　　1983 年 3 期

《典论·论文》与文学的自觉　蔡仲翔　文学评论 1983 年 5 期

《典论·论文》"齐气"试解　曹道衡　文学评论 1983 年 5 期

曹丕诗文及其理论探索　柴青岳　文艺论丛 19 辑(1984.1)

掩抑低回，倾声倾色——读曹丕的《燕歌行》　韩兆琦　文史知识
　　1984 年 1 期

情景交融，如泣如诉——浅谈曹丕《燕歌行》的心理刻画　何玮
　　佳木斯师专学报(综合版)1984 年 1 期

试论曹丕和他的《典论·论文》　张在义　语文月刊 1984 年 1 期

"文气"说探源　张良志　南宁师专学报(综合)1984 年 1 期

曹丕诗歌与乐府　章新建　安徽大学学报 1984 年 2 期

试辨古代文论中的"气"　胡明　中州学刊 1984 年 2 期

"文以气为主"——我国古代文论特点一例　马白　光明日报
　　1984 年 3 月 6 日

古代文论中的文气说　王运熙　文史知识 1984 年 4 期

论曹丕《典论·论文》　冈村繁　中国文艺思想史论丛（一）
　　(1984.5)

"下笔不能自休"辨　张家钊　文艺理论研究 1984 年 2 期

曹丕的《典论·论文》　亦云　自修大学（文史哲经专业）1984 年
　　2 期

中国古代文论中的文气说　陈果安　江汉论坛 1984 年 4 期

中国文学批评史上的重要贡献——介绍曹丕《典论·论文》　李
　　逸安　电大文科园地 1984 年 7 期

论曹丕的游宴诗、言情诗及其俚俗化问题　林维民　温州师专学
　　报 1984 年 2 期

简论"文以气为主"　刘红阳　广州师院学报 1984 年 2 期

再说"齐气"　李华年　贵州民族学院学报 1984 年 4 期

谈曹丕《燕歌行》的句读和诗意　南石　名作欣赏 1984 年 5 期

《典论·论文》译讲　赵则诚等　吉林人民出版社出版《中国古代
　　文论译讲》（1984.8）

我国第一部志怪小说集——《列异传》　张灿汉　新疆日报 1984
　　年 11 月 3 日

论"气"的转化功能及其美学特征　程国安　中南民族学院学报
　　1985 年 1 期

《典论·论文》浅说　谢宇衡　成都大学学报 1985 年 2 期

曹丕《燕歌行》赏析　张可礼　收入人民文学出版社出版《汉魏六
　　朝诗歌鉴赏集》（1985.7）

《典论·论文》"书论宜理"解　杨明　文学评论 1985 年 4 期

文气略谈　仇幼鹤　河南财经学院学报 1985 年 4 期

试释"文气"　贾树新　松辽学刊（四平师院）1985 年 4 期

《典论·论文》再探索　蒋寅　教学通讯（沧州教育学院学报）
　　1985 年 1—2 期

论曹丕的时代对诗歌本质的全面把握　胡大雷　固原师专学报

1958 年 3—4 期

曹　植

曹植诗笺　古直　层冰草堂丛书本

曹子建年谱　古直　层冰草堂丛书本

论曹子建诗　李开先　觉悟 1923 年 7 月 26 日—8 月 5 日

中国式的文人——曹子建　吴景超　清华周刊 317 期(1924.6)

曹子建评传　吴溥　学灯 1924 年 8 月 2 日—8 日

曹子建《七步诗》质疑　张为骐　国学月报 2 卷 1 号(1929.1)

读曹子建诗札记　萧涤非　学衡 70 期(收入作者著、作家出版社
　　出版《读诗三札记》,作者著、齐鲁书社出版《乐府诗词论薮》)

曹子建年谱两种考略　梁廷灿　北平图书馆月刊 3 卷 1 期
　　(1929.7)

曹子建的文学研究　钱振东　新晨报副刊 1929 年 7 月 17 日

曹子建《责躬诗》"于彼冀方"考　董众　东北丛刊 6 期(1930.6)

曹子建文学之研究　陆尔恭　约翰声 1931 年 42 期

曹植生活史　季仰南　采社杂志 6 期(1931.10)

曹植杜甫诞生纪念　彦威　大公报文学副刊 215 期(1932.2.22)

曹植与《洛神赋》传说　沈达材　上海华通书局 1933 年 5 月出版

守玄阁读诗(论曹子建诗)　陈柱尊　大夏 1 卷 1 期(1934.4)

羔羊一般的曹子建　洪为法　青年界 5 卷 4 期(1934.4)

曹子建痛赋感甄文　谭正璧　青年界 8 卷 2 期(1935.9)

曹子建诗歌辞赋及其他　徐北辰　进德月刊 1 卷 3、4 期
　　(1935.10.11)

曹子建年谱　闵孝吉　新民月刊 2 卷 4 期(1936.6)

曹植诗研究　杨树达　协大艺文 5 期(1937.1)

陈思王植诗(稿庵随笔)　游国恩　国文月刊 38 期(1943.9)

曹植《洛神赋》本事说　詹锳　东方杂志 39 卷 16 期(1943.10.30)

论曹植　郭沫若　中原月刊 1 卷 3 期(1944.3)　（收入作者著、新文艺出版社出版《历史人物》）

写在《洛神赋》之后　许世瑛　艺文杂志 2 卷 6 期(1944.6)

曹植　余冠英　祖国十二诗人

才高思捷的曹植　凡石　上海文化 6 期(38)(1946.7)

《洛神赋》与曹氏父子　远　大公报(上海)1947 年 2 月 25 日

《洛神赋》与《闲情赋》　逯钦立　学原 2 卷 1 期(1949)(收入作者遗著、陕西人民出版社出版《汉魏六朝文学论集》)

《洛神赋》说　张志岳　岭南学报 11 卷 2 期(1951.6)

建安诗人代表曹植　余冠英　收入作者著 1952 年 8 月棠棣出版社、1956 年 12 月上海古典文学出版社出版《汉魏六朝诗论丛》

论曹植的诗　张志岳　文学遗产增刊 1 辑(收入作者著、黑龙江人民出版社出版《诗词论析》)

关于《论曹植》　贾斯荣　文史哲 1955 年 6 期

对高中文学教材中曹植诗的一点体会　方镇衡　光明日报 1956 年 11 月 26 日

曹植和他的诗　黄星辂　语文学习 1956 年 12 期

论曹植诗　胡守仁　科学与教学 1957 年创刊号

谈曹植　任访秋　语文教学通讯(高中版)1957 年 1 期

略论《洛神赋》的文学价值　黄公渚　青岛日报 1957 年 1 月 19 日

关于曹植的评价问题　张德钧　历史研究 1957 年 2 期

谈曹植的三首诗　康谦　北方 1957 年 4 月

处理古典诗词的一点意见——以曹植《野田黄雀行》为例兼及苏轼《念奴娇》　詹安泰　语文教学 1957 年 5 月(收入作者著、广

东人民出版社出版《古典文学论集》）

曹植诗论　崔冠一　兰州大学学生科学讨论会论文集刊1957年
　　1期

曹集诠评（附曹子建年谱）　丁晏　叶菊生校订　文学古籍刊行
　　社1957年6月出版

曹子建诗注　黄节　叶菊生校订　人民文学出版社1957年6月
　　出版

略谈曹植作品的评价问题　程毅中　光明日报1957年8月25日

札记《七步诗》的传说　志文　北方1957年11月

试论曹植和他的诗歌　郑孟彤等　文学遗产增刊5辑（1957.12）

从对三曹的评价看胡守仁教授的立场观点——评《论曹植诗》
　　刘平　科学与教学1958年3期

八斗岭访曹子建墓　贺学恒　新民晚报1958年6月5日

关于曹植的诗歌　河北北京师院中文系古典文学教研组　河北
　　日报1959年5月24日

关于曹植的几个问题　廖仲安　文学遗产增刊7辑（1959.12）

关于曹植诗的评价　王振鹏　劳动与教育1960年1月

曹子建年谱简编　叶伯村　杭州师院学报1960年1期

曹植　合肥师范学院中文系古典文学教研室　安徽人民出版社
　　1961年出版《安徽历代文学家小传》

说曹植《白马篇》　张志岳　收入作者著、黑龙江人民出版社1961
　　年出版《诗词论析》

不负子建琳琅笔，善摄诗情付丹青——《洛神赋》诗画比较　朱狄
　　美术1962年1期

曹植年谱　俞绍初　郑州大学学报1963年3期

浅谈曹植及其诗歌与人民的联系　沈中尧　书评1979年3月

曹植诗歌的写作年代问题　徐公持　文史 6 辑(1979.6)

曹植的文学理论　钟优民　文学文集(吉林省社会科学报告会)
　　1979 年 11 月

论曹植及其作品　何进华　延安大学学报 1980 年 2 期

曹植　东高　泰安师专学报 1980 年 3 期

曹植　曹道衡　中国青年出版社编辑、出版《中国古典文学名著
　　题解》(1980.6)

曹植及其诗歌的评价问题　钟优民　吉林大学学报 1980 年 6 期

曹植生平八考　徐公持　文史 10 辑(1980)

英雄的乐章——试析曹植《白马篇》　丁稚鸿　收入广播出版社
　　1981 年 1 月出版《阅读与欣赏》

浅谈曹植的《洛神赋》　傅淑芳　青海社会科学 1981 年 2 月

试论曹植的艺术成就　宁昶英　内蒙古师院学报 1981 年 2 月

李善给曹植投下的不白之冤——读《洛神赋》札记　赵福坛　广
　　州师院学报 1981 年 4 月

《洛神赋》的写作时间　石云涛　河南师大学报 1981 年 5 期

挽弓征战赋浩歌——读曹植的《白马篇》　吴越　语文学习 1981
　　年 8 月

曹子建集　魏凯等　见作者著、山西人民出版社 1981 年 12 月出
　　版《中国文学古籍选介》

《泰山梁甫行》应是曹植前期的作品　张亚新　贵州社会科学
　　1982 年 1 月

曹植诗歌创作特点管窥　郭俊明　贵州民族学院学报 1982 年
　　1 期

曹植生平若干事迹考辨　俞绍初　郑州大学学报 1982 年 3 期

血泪凝成的悲愤之歌——曹植的《赠白马王彪》浅析　邓鉴坤

武汉师院汉口分院学报 1982 年 3、4 期

试论曹植的五言抒情诗　陈庆元　福建师大学报 1983 年 1 期

应该正确评价曹植的游仙诗　陈飞之　文学评论 1983 年 1 期

从《白马篇》的豪壮到《赠白马王彪》的愤懑——试谈曹植前后期
　诗歌的不同风格　刘剑康　益阳师专学报 1983 年 1 期

论曹植诗歌在中古文学史上的地位　周建国　安庆师院学报
　1983 年 1 期

关于曹植的评价问题　徐公持　文学遗产 1983 年 1 期

略谈曹植诗歌中的警句　高欣　文科教学（乌盟师专）1983 年
　2 期

《送应氏》（第一首）赏析　暨南大学中文系中国古代文学教研室

《赠白马王彪并序》赏析　暨南大学中文系中国古代文学教研室

《白马篇》赏析　暨南大学中文系中国古代文学教研室
　　（以上三篇见作者著、湖南人民出版社 1983 年 6 月出版《中
　国历代诗歌赏析》）

曹植是建安时期最杰出的诗人吗　黄昌年　荆州师专学报 1983
　年 3 期

《洛神赋》为"寄心文帝"说质疑　张瑗　南京师院学报 1983 年
　4 期

《白马篇》"宿昔……"八句新解　韩玉生　中州学刊 1983 年 4 期

悲君臣之道否，哀骨肉之分离——曹植《赠白马王彪》评价　周建
　忠　语文教学与研究（锦州师院）1983 年 4 期

曹植为曹操第几子　徐公持　文学评论 1983 年 5 期

《洛神赋》主旨寻绎——为"感甄"说一辩兼驳"寄心君王"说　陈
　祖美　北方论丛 1983 年 6 期

略论洛神形象的象征意义　张亚新　中州学刊 1983 年 6 期（收

入艺谭编辑部编、黄山书社出版《建安文学研究文集》)

捐躯赴国难,视死忽如归——读曹植《白马篇》　牟世金　名作欣
　　赏 1984 年 1 期(收入山西人民出版社出版《诗词曲赋名作赏
　　析》)

澳学者邓安佑评介曹植的著作最近出版　柳风　世界文学 1984
　　年 1 期

柔情丽质　哀怨蕴结——曹植《洛神赋》赏析　李健　名作欣赏
　　1984 年 1 期(收入山西人民出版社出版《诗词曲赋名作赏析》)

曹植诗歌浅论　傅昌泽等　固原师专学报 1984 年 1 期

曹子建《弃妇诗》辨析　聂文郁　青海师范学院学报 1984 年 2 期

美人迟暮曲,志士不遇情——谈曹植《杂诗》之四　宛兆平　文学
　　报 1984 年 4 月 5 日

从《陌上桑》到《美女篇》　张亚新　广西大学学报 1984 年 2 期

曹植诗与汉乐府民歌　万国强　宜春师专学报 1984 年 2 期

曹植集校注　赵幼文　人民文学出版社 1984 年 6 月出版

"友于之痛"与曹植的诗歌创作　张亚新　青海社会科学 1984 年
　　3 期

关于曹植初次就国的问题　俞绍初　郑州大学学报 1984 年 3 期

试论曹植诗歌的现实主义精神　贺旭东　盐城师专学报 1984 年
　　4 期

《洛神赋》的思想寓托——论《洛神赋》　赖汉屏　常德师专学报
　　1984 年 5 期

骨气奇高　情兼雅怨——曹植的诗歌艺术　李庆甲　上海广播
　　电视文科月刊 1984 年 6 期

曹植诗歌浅谈　黄集伟　电大文科园地 1984 年 7 期

曹植的世界观　钟优民

曹植政治表现及创作风格的特点　徐公持

论曹植诗的艺术成就　胡国瑞

试说曹植作品的"华丽"与"壮大"　许善述

　　（以上四篇收入艺谭编辑部编、黄山书社出版《建安文学研究文集》）

曹植新探　钟优民　黄山书社 1984 年 12 月出版

略论曹植及其创作特点　徐公持　中国古典文学论丛 1 辑（1984.12）

托物引喻　意在言外——说曹植诗《野田黄雀行》　李厚培　语文教学与研究（锦州）1984 年 6 期

一幅令人触目惊心的图画——曹植《梁甫行》浅说　马宁申　宁夏日报 1985 年 2 月 8 日

读曹植的《赠白马王彪》　郭丹　龙岩师专学报 1985 年 1 期

苦闷的象征——《洛神赋》新议　张文勋　社会科学战线 1985 年 1 期

浅析曹植诗歌的悲壮美　曾金渊　漳州师专学报 1985 年 1 期

试谈曹植、陶渊明、庾信在我国诗歌发展中的历史作用　陈滢　广东教育学院学报 1985 年 2 期

子建七步岂专擅　大生　民族文艺报（呼和浩特）1985 年 4 月 28、29 日

建安文学的瑰宝——曹植和他的作品　朱海　书林 1985 年 3 期

慷慨对嘉宾　凄怆内伤悲——曹植《箜篌引》赏析　吕美生

揽弓鸣镝何所用　斗酒十千恣欢谑——曹植《名都篇》赏析　李春芳

曹植《白马篇》赏析　牟世金

曹植《美女篇》赏析　牟世金

建安七子

对"异议"的异议　高敏　郑州大学学报 1980 年 3 期

建安七子论　徐公持　文学评论 1981 年 4 期

建安七子诗文系年考证　徐公持　文学遗产增刊 14 辑(1982.2)

"建安七子"何人排定　钱汉东　中学语文教学(北京师院)1984
　　年 10 月 20 日

孔　融

孔北海年谱　缪荃孙　南陵徐氏烟画东堂四谱本

孔北海年谱　龚道耕　铅印本

孔北海集评注(附孔北海年谱)　孙至城　商务印书馆出版
　　(1935)

建安〔孔融〕诗谱初稿　陆侃如　语言文学专刊 2 卷 1 期(1940.3)

孔北海集　魏凯等　见作者著、山西人民出版社 1981 年 12 月出
　　版《中国文学古籍选介》

论孔融　宋景昌　阜阳师范学院学报 1982 年 4 期(收入艺谭编
　　辑部编、黄山书社出版《建安文学研究文集》)

孔融《临终诗》浅析　龚维英　淮南师专学报 1983 年 1 期

孔融管窥　张晋　绥化师专学报 1984 年 2 期

陈　琳

陈琳年岁的探索　沉思　文史 7 辑(1979.12)

《饮马长城窟行》本辞探实　费秉勋　人文杂志 1980 年 3 期

陈记室集　魏凯等　见作者著、山西人民出版社 1981 年 12 月出
　　版《中国文学古籍选介》

旧题新作,对话传情——《饮马长城窟行》赏析　李厚培　语文月
　　刊 1982 年 4 期

《饮马长城窟行》赏析　暨南大学中文系古代文学教研室　湖南

人民出版社 1983 年 6 月出版《中国历代诗歌名篇赏析》

《饮马长城窟行》本辞探实（文摘）　费秉勋　学术文摘 1985 年 5 期

陈琳的《饮马长城窟行》　蔡义江　收入人民文学出版社编辑部 编辑、1985 年 7 月出版《汉魏六朝诗歌鉴赏集》

王　粲

王粲年谱　谭其觉　文艺会刊 1921 年 4 期

从王粲《登楼赋》说到骚赋和辞赋的分别　般乃　清华周刊 37 卷 7 期(1932)

建安〔王粲〕诗谱初稿　陆侃如　语言文学专刊 2 卷 1 期(1940.3)

王粲行年考　缪钺　责善半月刊 2 卷 21 期(1942.1)　（收入作 者著、1963 年三联书店出版、1982 年 5 月重印《读史在稿》）

《登楼赋》与楚辞的关系　许世瑛　读书青年 2 卷 2 期(1945.1)

王粲卒年驳议　段凌辰　儒效月刊 2 卷 5 期(1946.8)

王粲　王子英　曲阜师院学报 1963 年 1 期

说王粲的《七哀诗》　张志岳　收入作者著、黑龙江人民出版社 1963 年 1 月出版《诗词论析》

王粲事迹考辨　俞绍初　郑州大学学报（增刊)1979 年 12 期

“冀王道之一平兮,假高衢而骋力”——从《登楼赋》看王粲的政治 思想　凌迅　语文教学研究 1979 年 3 期

一轴动人肝肠的历史画卷——试谈王粲的《七哀诗》　稚鸿　语 文学习 1980 年 1 期

王粲集　俞绍初　中华书局 1980 年 5 月出版

“冀王道之一平兮,假高衢而骋力”——从《登楼赋》试论王粲　凌 迅　齐鲁学刊 1981 年 4 期

王侍中集　魏凯等　见作者著、山西人民出版社出版《中国文学
　　古籍选介》(1981.12)

试论王粲的思想与创作　刘智亭　陕西师大学报 1982 年 2 期

袅袅哀音动肺腑——《登楼赋》赏析　刘宗德　唐山师专学报
　　1982 年 2 期

"复弃中国去"辨析〔王粲的《七哀·西京乱无象》〕　郭松柏　赣
　　南师专学报 1982 年 2 期

情真词切,忧思绵绵——读王粲《登楼赋》　刘冠雄　武汉师院咸
　　宁分院学报 1982 年 3 期

略评新校点本《王粲集》　吴云等　文学遗产 1982 年 4 期

王粲《七哀诗》考　伊滕正文　中华文史论丛 1982 年 2 辑

试论王粲的诗赋创作　吴云等　天津社会科学 1982 年 6 期

"魏晋之赋首"——读王粲《登楼赋》　徐公持　文史知识 1983 年
　　2 期

试论王粲诗赋的思想内容　彦君　语文学刊(内蒙古师院)1983
　　年 4 期

独步汉南的建安诗人王粲　锐声　艺丛 1983 年 5 期

志深笔长,梗概多气——读王粲《登楼赋》　甘其勋　文史知识
　　1983 年 5 期

《七哀诗》(第一首)赏析　暨南大学中文系古代文学教研室　湖
　　南人民出版社 1983 年 6 月出版《中国历代诗歌名篇赏析》

故国与乡思,千载尚有情——王粲《登楼赋》赏析　张永鑫　名作
　　欣赏 1983 年 6 期(收入山西人民出版社出版《诗词曲赋名作赏
　　析》)

《登楼赋》中的楼址在江陵　林晖　荆州师专学报 1984 年 1 期

王粲集注(附录《英雄记》、王粲年谱、王粲资料汇编)　吴云等

中州书画社 1984 年 3 月出版

哀汉末之乱——王粲《七哀诗》浅析　曾海平　益阳师专学报
　1984 年 2 期

王粲诗赋的思想和艺术　陈飞之　广西师范大学学报 1984 年
　3 期

笔意绵密,形象明晰——略谈王粲《七哀诗》的艺术特色　高树森
　苏州大学学报 1984 年 4 期

王粲传论　凌迅　收入艺谭编辑部编、黄山书社出版《建安文学
　研究文集》

试论王粲的思想及其创作　陈曼平等　北方论丛 1984 年 6 期

王粲后期的诗赋更具有建安文学的时代特色　陈飞之　全国高
　等学校文科学报文摘 1985 年 1 期

王粲《从军有苦乐》诗写作年代考辨　张鸣年　滁州师专学报
　1985 年 2 期

王粲《登楼赋》研究中的几个问题　曹成浩　东岳论丛 1985 年
　3 期

王粲《七哀诗·西京乱无象》赏析　王气中　收入人民文学出版
　社编辑部编辑、1985 年 7 月出版《汉魏六朝诗歌鉴赏集》

战乱图画,凄绝动人—析王粲《七哀诗》其一　苏者聪　语文园地
　1985 年 8 期

捷而能密,文多兼善——刘勰论王粲　穆克宏　福建师大学报
　1985 年 4 期

徐　干

建安[徐干]诗谱初稿　陆侃如　语言文学专刊 1 卷 2 期(1940、
　3)

徐干研究　翟宗沛　中国史学 1 期(1946.5)

魂牵梦萦　眷眷深情——读徐干的《室思》　刘永濂　收入人民
　　文学出版社编辑部编辑、1985 年 7 月出版《汉魏六朝诗歌鉴赏
　　集》

刘　桢

刘桢的遭遇　杨炳　羊城晚报 1963 年 3 月 8 日

刘桢《赠从弟》(其二)赏析　李南冈　收入人民文学出版社编辑
　　部编辑、1985 年 7 月出版《汉魏六朝诗歌鉴赏集》

真骨凌霜,高风脱俗——从《赠从弟》看刘桢的诗风　薛崧云　淮
　　阴师专学报 1985 年 3 期

阮　瑀

胸中积愤如山,笔下悲凉画卷——介绍阮瑀诗《驾出北郭门行》
　　杨巍然　中岳 1983 年 1 期

阮瑀略论　王景琳　收入艺谭编辑部编、黄山书社 1984 年 11 月
　　出版《建安文学研究文集》

蔡琰和《胡笳十八拍》

蔡琰《悲愤诗》的研究　刘桂章　学灯 1924 年 5 月 17 日

蔡文姬的三篇作品　联纬　南开双周 1 卷 3 期(1928.4)

《胡笳十八拍》作于刘商考　罗根泽　朝华月刊 2 卷 1、2 期(1930.11)

蔡琰的《悲愤诗》与《胡笳十八拍》　忆梅　新文苑 1 卷 1 期(1939.11)

蔡文姬《悲愤诗》　知堂　新光杂志 1 卷 8 期(1940.11)

《悲愤诗》作者考证　王先进　大道月刊 2 期(1942)

蔡琰《悲愤诗》辨　张长弓　东方杂志 41 卷 7 期(1945.4)

蔡琰《胡笳十八拍》本辞　王易　问政 1 卷 1 期　(1947.4)

蔡琰《悲愤诗》辨　余冠英　国文月刊 77 期(1949.3)

蔡琰《悲愤诗》语译　李行夫　国文月刊 77 期(1949.3)

读《蔡琰〈悲愤诗〉辨》　张长弓　国文月刊 80 期(1949.6)

论蔡琰《悲愤诗》　余冠英　收入作者著 1952 年 8 月棠棣出版社
　　出版、1956 年 12 月上海古典文学出版社新一版《汉魏六朝诗论
　　丛》

关于蔡文姬《悲愤诗》的真伪问题　宋升　山西师院学报 1957 年
　　2 期

蔡琰《悲愤诗》本事质疑——读余冠英先生《论蔡琰〈悲愤诗〉》
　　张少康　文史哲 1958 年 3 期

胡笳十八拍　李廉　中华书局 1959 年出版

谈蔡文姬的《胡笳十八拍》　郭沫若　光明日报 1959 年 1 月 25 日

再谈蔡文姬的《胡笳十八拍》　郭沫若　光明日报 1959 年 3 月
　　20 日

　　（以上两篇收入作者著、人民出版社出版《文史论集》,文学遗
　　产编辑部编、中华书局出版《胡笳十八拍讨论集》）

跋《胡笳十八拍》画卷　郭沫若　光明日报 1959 年 3 月 29 日（收
　　入《胡笳十八拍讨论集》）

蔡文姬和她的五言诗　林皋　羊城晚报 1959 年 4 月 7 日

中国农民起义的历史发展过程——序《蔡文姬》　郭沫若　人民
　　日报 1959 年 5 月 16 日（收入作者著、文物出版社出版《蔡文
　　姬》,三联书店编辑、出版《曹操论集》）

蔡文姬能琴辨　刘平　中国青年报 1959 年 5 月 27 日

中国画里的《胡笳十八拍图》　刘凌沧　文物 1959 年 5 期

关于明摹《胡笳十八拍图》的一些问题　王去非　文物 1959 年
　　6 期

关于蔡琰的《胡笳十八拍》　刘大杰　光明日报 1959 年 6 月 7 日

（收入《胡笳十八拍讨论集》、湖南人民出版社出版《刘大杰古典
文学论文选集》）

三谈蔡文姬的《胡笳十八拍》　郭沫若　光明日报 1959 年 6 月 8
日（收入作者著、人民出版社出版《文史论集》,《胡笳十八拍讨
论集》）

关于蔡文姬及其作品　刘开扬　光明日报 1959 年 6 月 8 日（收入
作者著、上海古籍出版社出版《柿叶楼存稿》）

《胡笳十八拍》是否为蔡文姬所作？　（学术研究动态）　文汇报
1959 年 6 月 11 日

《胡笳十八拍》是蔡文姬作的吗？　李鼎文　光明日报 1959 年 6
月 14 日

《胡笳十八拍》非蔡琰作补正　王达津　光明日报 1959 年 6 月
14 日

　　　（以上两篇收入《胡笳十八拍讨论集》）

《胡笳十八拍》是董庭兰作的吗？　萧涤非　写于 1959 年 6 月
（收入《胡笳十八拍讨论集》,作者著、齐鲁书社出版《乐府诗词
论薮》）

四谈蔡文姬的《胡笳十八拍》　郭沫若　光明日报 1959 年 6 月 21
日（收入作者著《文史论集》,文学遗产编辑部编《胡笳十八拍讨
论集》）

五谈蔡文姬的《胡笳十八拍》　郭沫若　写于 1959 年 6 月 23 日,
载文物出版社《蔡文姬》（收入《胡笳十八拍讨论集》）

从曹操问题谈起兼论《悲愤诗》《胡笳十八拍》的真伪　张舜徽
长江日报 1959 年 6 月 29 日

再谈《胡笳十八拍》　刘大杰　文学评论 1959 年 4 期（收入《胡笳
十八拍讨论集》、湖南人民出版社出版《刘大杰古典文学论文选

集》)

谈谈《文姬归汉图》　沈从文　文物 1959 年 6 期

蔡琰与《胡笳十八拍》　王运熙　光明日报 1959 年 7 月 5 日(收入
《胡笳十八拍讨论集》,作者著、上海古籍出版社出版《汉魏六朝
唐代文学论丛》)

从《胡笳十八拍》谈到《蔡文姬》　王季思　羊城晚报 1959 年 7 月
7 日(收入作者著、广东人民出版社出版《新红集》,中华书局出
版《玉轮轩古典文学论集》)

蔡文姬与《胡笳十八拍》　高亨　光明日报 1959 年 7 月 12 日

《胡笳十八拍》不是蔡文姬作的吗?　王竹楼　光明日报 1959 年
7 月 12 日

　　　(以上两篇收入《胡笳十八拍讨论集》)

关于《胡笳十八拍》　逯钦立　写于 1959 年 7 月 20 日　收入作者
遗著、陕西人民出版社出版《汉魏六朝文学论集》

读郭著《蔡文姬》后　谭其骧　文汇报 1959 年 7 月 27 日

有关《胡笳十八拍》争论种种　李荣　人民日报 1959 年 7 月 28 日

略谈在古书上加字(胡笳十八拍)　鸿　光明日报 1959 年 8 月
2 日

蔡文姬的两次被掳　黄华　新民晚报 1959 年 8 月 3 日

六谈蔡文姬的《胡笳十八拍》　郭沫若　光明日报 1959 年 8 月 4
日(收入作者著《文史论集》,文学遗产编辑部编《胡笳十八拍讨
论集》)

关于《胡笳十八拍图》　傅孝先　重庆日报 1959 年 8 月 13 日

蔡文姬的故事　段永强　中国妇女 1959 年 13 期

《胡笳十八拍讨论集》前言　文学遗产编辑部　光明日报 1959 年
8 月 16 日

蔡文姬的生平及其作品　谭其骧　学术月刊1959年8期(收入《胡笳十八拍讨论集》)

再谈蔡文姬及其作品　刘开扬　1959年初稿　(收入作者著、上海古籍出版社出版《柿叶楼存稿》)

谈谈《胡笳十八拍》的作者问题　李西成　山西师院学校1959年4期

古琴曲中的《胡笳十八拍》　许健　音乐研究1959年6月

从诗韵的角度谈谈《胡笳十八拍》的年代问题　黄诚一

蔡文姬《胡笳十八拍》四论　叶玉华

《胡笳十八拍》非蔡琰作商榷　熊德基

关于《胡笳十八拍》的一些问题　张德钧

谈《胡笳十八拍》非蔡文姬所作　刘盼遂

关于《胡笳十八拍》作者的争论问题　胡念贻

关于《胡笳十八拍》　祝本

谈蔡琰作品的真伪问题　卞孝萱

关于《胡笳十八拍》的真伪问题　胡国瑞

根据蔡琰历史论蔡琰作品真伪问题　王先进

蔡文姬生年的一点小考证　王达津

关于蔡文姬故里的资料　李村人

　　(以上十二篇收入《胡笳十八拍讨论集》)

《胡笳十八拍》的用韵　杨道经　中国语文1959年12期

为"拍"字进一解　郭沫若　文学评论1960年1期(收入作者著、人民出版社出版《文史论集》)

对《再谈〈胡笳十八拍〉》的商兑　张德钧　文学评论1960年1期

郭老谈《胡笳十八拍》的"拍"　史东　羊城晚报1960年3月20日

再谈《胡笳十八拍》　萧涤非　山东大学学报1960年3、4期合刊

（收入作者著、齐鲁书社出版《乐府诗词论数》）

再谈《胡笳十八拍》的作者问题　段熙仲等　南京师院学报 1962
　　年 1 期

题《文姬归汉图》　郭沫若　光明日报 1962 年 7 月 12 日

蔡琰和她的《悲愤诗》　袁玉琪等　河南日报 1963 年 2 月 21 日

记金人《文姬归汉图》　苏兴钧　文物 1964 年 3 期

谈金人张瑀的《文姬归汉图》　郭沫若　文物 1964 年 7 期

"出而复归"的历史启示——谈蔡文姬所处的时代背景　晓波
　　文汇报 1975 年 3 月 2 日

蔡琰与《胡笳十八拍》　张耶　北京日报 1978 年 6 月 20 日

女诗人蔡琰　孙风态　辽宁日报 1979.2.2

蔡文姬和她的《胡笳十八拍》　张忠文　遍地红花 1979 年 2 期

蔡文姬和她的《悲愤诗》　黎洪声　紫琅 1979 年 5 月

蔡文姬和《胡笳十八拍》　方乡　大众电影 1979 年 6 期

蔡文姬和她的《悲愤诗》　苏者聪　长江日报 1979 年 6 月 23 日

蔡文姬和《胡笳十八拍》　曹水　吉林日报 1979 年 9 月 23 日

《胡笳十八拍》　星星 1980 年 6 月

蔡文姬的生平　熊任望　河北大学学报 1980 年 3 期

一曲用生命和血泪凝成的悲歌——谈蔡琰《悲愤诗》　陈曼平
　　牡丹江师院学报 1981 年 1 期

论蔡琰《悲愤诗》的艺术成就和影响　罗昭彬　玉林师专学报
　　1981 年 2 期

蔡琰作《胡笳十八拍》的一个佐证　顾平旦　西南师院学报 1981
　　年 3 期

悲愤诗　魏凯等　作者著、山西人民出版社 1981 年 12 月出版
　　《中国文学古籍选介》

试论蔡琰和她的五言体《悲愤诗》　胡义成等　昭通师专1982年
　　1期

《胡笳十八拍》的作者问题　黄瑞云　黄石师院学报1982年2期

血泪凝成的诗篇——谈蔡琰《悲愤诗》　金志仁　名作欣赏1982
　　年2期（收入山西人民出版社出版《诗词曲赋名作赏析》）

苦难与叙事诗的两型——论蔡琰《悲愤诗》与《古诗为焦仲卿妻
　　作》　柯庆明　集萃1982年3期

蔡文姬没于胡中论略　郑文　兰州大学学报1983年1期

《后汉书·董祀妻传》与蔡诗三首　祝恩发　抚顺师专学报（综
　　合）1983年1期

论蔡文姬被掳与《胡笳十八拍》　杨宏峰　宁夏大学学报1983年
　　1期

五篇《胡笳十八拍》　彭海　内蒙古大学学报1983年3期

关于蔡文姬历史的一些疑问　范宁　人民政协报1983年8月
　　3日

《悲愤涛》赏析　暨南大学中文系中国古代文学教研室　见作者
　　著、湖南人民出版社出版《中国历代诗歌名篇赏析》

《悲愤诗》"视息"解　赵白云　文学遗产1984年2期

有关蔡文姬生平的几个问题——兼谈曹操赎回蔡文姬的原因
　　丁夫　内蒙古大学学报1984年4期

蔡琰晚年事迹献疑　陈仲奇　文学遗产1984年4期

史载蔡琰《悲愤诗》是晋宋人的拟作　蔡义江　收入艺谭编辑部
　　编、黄山书社出版《建安文学研究文集》

蔡琰《悲愤诗》的悲剧特色　张亚新　信阳师范学院学报1985年
　　1期

蔡琰及其《悲愤诗》　李德钧　济宁师专学报1985年1期

倾泻真情　自然成文——蔡琰《悲愤诗》赏析　刘文忠　收入人
　　民文学出版社编辑部编辑、出版《汉魏六朝诗歌鉴赏集》
由用韵看《胡笳十八拍》的写作时代　李毅夫　语文研究（太原）
　　1985 年 3 期

诸葛亮

《后出师表》作者辨　文白泉　学志 8 期
诸葛亮　孙毓修　商务印书馆 1926 年出版
诸葛忠武侯年谱　古直　层冰草堂丛书本
诸葛忠武侯年谱七种考略　梁廷灿　北平图书馆月刊 3 卷 1 期
　　（1929.7）
诸葛孔明生活　徐蓬轩　世界书局 1929 年出版
善于运用领袖权力的诸葛亮　公薎　汗血月刊 2 卷 1 期（1933.10）
诸葛亮　韩非木　中华书局 1935 年出版
诸葛亮之实干精神与实干政治　曲兴域　汗血月刊 5 卷 6 期
　　（1935.9）
诸葛亮　郑侃嬕　大众知识 1 卷 7 期（1937.1）
诸葛亮论　剡川野客　大陆 1 卷 1 期（1940.9）
诸葛武侯南征始末　王绍曾　新宁远 1 卷 6、7 期（1941.3）
诸葛亮　朱杰勤　昆明空军军官学校政治部 1941 年
谁是《后出师表》之作者？　傅孟真　文史杂志 1 卷 8 期（1941.7）
《三国志·诸葛亮》集证　赵西陆　国文月刊 12—15 期（1942 年
　　3 月－9 月）
世传诸葛亮《后出师表》辨证　陶元珍　经世 2 卷 3 期（1942.4）
《出师表》脱文（千华山馆读史札记）　金毓黻　文史哲季刊 1 卷 1
　　期（1943.1）

诸葛亮之嘉言懿行　王健民　中央周刊 5 卷 46 期(1943.7)

诸葛武侯的学术　任访秋　力行月刊 9 卷 3、4 期(1944.4)

诸葛亮　祝秀侠　重庆胜利出版社 1944 年出版

诸葛亮新论　王芸生等　重庆读者之友社 1945 年出版

从作人态度论诸葛武侯　王恩洋　文教丛刊 1 卷 2 期(1945.5)

诸葛亮　周佐治　青年出版社 1946 年出版

诸葛亮的生平思想及其事业　张民权　建国青年 2 卷 5 期
　　(1946.8)

诸葛亮与蜀国外交　王之容　人物杂志 1 卷 7 期(1946.8)

论诸葛亮的攻守策略　史念海　文史杂志 6 卷 2 期(1948.5)

论诸葛亮　周一良　历史研究 1954 年 3 期

《隆中对》的分析　何加陵　语文学习 1955 年 5 月

关于诸葛亮平定"南中之乱"的评价问题　柳春藩　史学集刊
　　1956 年 1 期

诸葛亮论　马植杰　新史学通讯 1956 年 8 月

关于诸葛亮"南中"留兵的研究　张思恩　人文杂志 1957 年 2 期

诸葛亮故居究竟在何处　陆云龙　光明日报 1957 年 4 月 2 日

诸葛亮故居确在襄阳　孙文青　光明日报 1957 年 4 月 13 日

诸葛亮与孟获　江应梁　云南日报 1957 年 4 月 26 日

诸葛亮为什么要南征?——对《诸葛亮与孟获》一文的商榷　华
　　峨等　云南日报 1957 年 5 月 24 日

诸葛亮在"南中"的用兵及其统治政策　张思恩　西北大学学报
　　1957 年 3 期

试论诸葛亮　韩嘉穗　兰州大学学生科学论文集刊 1957 年 4 月

读《诸葛亮论》　季为章　史学月刊 1957 年 7 月

答季为章《读〈诸葛亮论〉》　马植杰　史学月刊 1957 年 9 月

诸葛亮　马植杰　上海人民出版社 1957 年出版

论诸葛亮在历史上的地位和作用　李西成　山西师院学报 1958
　年 2 期

诸葛亮治蜀时期的经济情况及"南中"之征　戴良佐　数学与研
　究 1958 年 3 期

关于诸葛亮　江春　新民晚报 1959 年 3 月 1 日

诸葛亮的《诫子书》　米若　光明日报 1959 年 8 月 5 日

从诸葛亮的故事想到的　钟秀　东海 1959 年 17 期

诸葛亮集　段熙仲等　中华书局 1960 年出版

谈谈历史人物和艺术形象的诸葛亮　李希凡　光明日报 1960 年
　7 月 3 日

从晏子说到诸葛亮　冯兵　新湖南报 1961 年 2 月 19 日

诸葛亮的《隆中对》　易吾　光明日报 1961 年 3 月 8 日

诸葛亮吃败仗　炳坤　北京晚报 1961 年 3 月 25 日

诸葛亮文二篇(《诫外生书》《与群下教》)　万后　羊城晚报 1961
　年 4 月 5 日

诸葛亮文一篇(附《与群下教》译文)　万　黑龙江日报 1961 年 4
　月 23 日

诸葛亮　江春　新民晚报 1961 年 5 月 6 日

诸葛亮的《与群下教》　吴小如　中国青年报 1961 年 6 月 4 日

孔明的读书方法　人杰　解放日报 1961 年 8 月 16 日

诸葛亮　安作璋　大众日报 1961 年 9 月 17 日

诸葛亮《诫子书》　马晓野　河北日报 1961 年 12 月 14 日

试论关于评述诸葛亮的几个问题　孙达伍　扬州师院学报 1961
　年 12 期

诸葛亮(附诸葛亮大事年表》)　柳春藩　中国青年出版社 1962

年出版

漫话"八阵图"　张国康　光明日报 1962 年 6 月 16 日

云南最早的一部地方志:《南中志》(4)——《诸葛亮南征》　尤中
　　云南日报 1962 年 6 月 25 日

论诸葛亮南征　蒙文通等　光明日报 1962 年 8 月 1 日

《隆中对》与彝陵之战　朱大渭　江汉学报 1962 年 9 月

诸葛亮的军事才能　柳春藩　吉林日报 1962 年 9 月 8 日

三国两孔明　刘乃和　光明日报 1962 年 9 月 12 日

诸葛亮《与群下教》简析　吴小如　阅读和欣赏 1 集(1962.10)

诸葛亮　曹增祥等　中华书局 1962 年出版

卧龙岗上稻花香　郑福瑞　羊城晚报 1965 年 9 月 1 日

也谈南阳卧龙岗　王丙祥　羊城晚报 1965 年 10 月 9 日

论诸葛亮的治实精神　万绳楠　安徽师大学报 1978 年 3 期

略论诸葛亮的作风　范奇龙　四川师院学报 1978 年 4 期

《隆中对》简析　朱式平　山东师院学报 1978 年 4 期

关于诸葛亮《出师表》　黄瑞云　教学与研究(浙江)1978 年 4 期

《隆中对》串讲　徐佩英等　四川师院学报 1978 年 4 期、武汉师
　　院《中学语文》1978 年 5 期

《出师表》试析　陈宁安　教学参考 1978 年 4、5 期合刊

《隆中对》串讲　姜光斗等　语文教学(江西师院)1978 年 6 期

"三顾茅庐"——刘备和诸葛亮合作的初探　叶哲明　教与学(台
　　州师专)1979 年 2 期

《隆中对》语文疏解　黄岳洲　天津师院学报 1979 年 3 期

《隆中对》、《三顾茅庐》及其他　吴功正　山丹 1979 年 4 期

身居茅庐,胸怀天下——《隆中对》析　吴方刚　破与立 1979 年
　　5 期

出师一表真名世　千载谁堪伯仲间——读《出师表》　长旭　中
　学语文(武汉师院)1979 年 6 期

对子女要严格要求——读诸葛亮《诫子书》　陈汉楚　光明日报
　1979 年 11 月 29 日

谈《隆中对》有关的几个问题　李有明　语文月刊(广西)1979 年
　5、6 期

诸葛亮与《隆中对》　薛国中　江汉论坛 1980 年 1 期

读《隆中对》　李汉超　欣赏与评论 1980 年 1 期

《出师表》的艺术特点　刘宗德　语文教学(烟台)1980 年 1 期

释《出师表》里的"府中"　王明政　淮阴师专学报 1980 年 1 期

漫谈诸葛亮《后出师表》的真实性　郑挺之　湘潭师专学报 1980
　年 1 期

《出师表》语言分析　黄岳洲　语文教学(江西)1980 年 2 期

《隆中对》与《论持久战》　三奇　未来与发展 1980 年 2 期

文约而事切　情深而志诚——读《出师表》　张冠湘　语文教学
　(湖南)1980 年 3 期

出师一表真名世——读诸葛亮《出师表》　胡浙平　董景尧　教
　学与研究(浙江)1980 年 5 期

《出师表》评注　胡国钧　教学与研究(浙江)1980 年 5 期

从《隆中对》漫谈诸葛亮　田居俭　文史知识 1981 年 6 月

忠义深情寄翰墨——谈诸葛亮的《出师表》　徐余等　名作欣赏
　1982 年 3 期

"出师未捷身先死"(五丈原的诸葛亮庙)　王西林　文化与生活
　1983 年 2 期

论诸葛亮散文的文学史地位　张啸虎　中州学刊 1983 年 2 期

孔明故事在我国少数民族地区与国外的传播和影响　陈翔华

社会科学研究 1983 年 4 期

从上《出师表》的关键谈它的主题——与甘国玺同志商榷　杨德
　　成　中学语文教学(北京)1984 年 9 月

《后出师表》的作者是诸葛亮吗　施行舟　解放日报 1985 年 6 月
　　12 日

诸葛亮研究　成都市诸葛亮研究会编　巴蜀书社 1985 年 10 月出版

应　　璩

一首小诗反映一种斗争　杨炳　羊城晚报 1963 年 3 月 20 日

左延年

《秦女休行》本事探源——兼批胡适对此诗的错误推测　吴世昌
　　文学评论 1978 年 5 期(收入作者著、中国文艺联合公司 1984 年
　　9 月出版《罗音室学术论著》)

《〈秦女休行〉本事探源》质疑　俞绍初

答俞绍初君的"质疑"　吴世昌

　　　　(以上两篇见《文学评论丛刊》5 辑)

"秦女休"释辨——与吴世昌先生商榷　赵开泉　甘肃师大学报
　　1981 年 1 期

关于《秦女休行》讨论的一封信　左溟　文学评论丛刊 9 辑

关于《秦女休行》的讨论致《文学评论丛刊》编辑部函　吴世昌
　　文学评论丛刊 22 辑(收入作者著、中国文艺联合公司出版《罗
　　音室学术论著》)

左延年《秦女休行》本事新探　葛晓音　苏州大学学报 1984 年 4 期

繁　　钦

读繁钦的《定情诗》　殷呈祥　收入人民文学出版社编辑部编辑、
　　出版《汉魏六朝诗歌鉴赏集》

后　记

记得从一九六二年到一九六五年，我跟陆侃如先生当研究生时，在陆先生的指导下，就对建安文学发生了兴趣，阅读了一些有关资料，做了一点探讨工作。"十年动乱"期间，这一工作完全停止了。粉碎"四人帮"以后，我在教学和其他工作之余，时断时续地又重新阅读了有关建安文学的资料，学习了各位专家和学者的研究论著。从一九八一年开始，我给同学们上建安文学专题课，并陆续写了几篇文章。现在收在这本小书里的十六篇文章，其中有几篇在一些刊物上发表过，这次又作了一些修改。其他大部分是在讲稿的基础上加工写成的。

这本小书虽然不是有关建安文学的系统著述，但在内容上仍有一些内在的联系。大体说来，《建安文学的发展阶段》以下十篇文章，谈的主要是建安文学以及建安文学理论批评方面的成就和特点。《建安时期思想解放与文学的发展》和《建安作家的修养》两篇文章，主要是从建安时期思想比较解放和作家的主观条件两方面，论述了建安文学发展的原因。《建安文学和它以前的文学传统》以下四篇文章，目的是想从文学发展的角度谈建安文学对以前文学遗产的继承和它的影响。刘勰对建安文学，特别是对三曹曾经作过重要的论述。他的论述至今对我们仍有启发作用。因此，特将《刘勰对三曹评价的得失》一文作为附录。此外，在教学和写作的过程中，我曾编写了一个《建安文学研究论著索引》，现在也作为附录，以资参考。

　　建安文学是我国古代文学的重要宝库之一，对这一宝库进行深入地、科学地探讨，对我来讲，由于学识浅薄，实在是难以胜任。因此，收在这本小书里的文章，肯定还有不少谬误和疏漏。我恳切地希望各位专家和读者，能够提出严肃的批评，以利今后不断地改正和补充。

　　　　　　　　　　　　　　　　　　一九八五年九月一日